ro
ro
ro

«Tony Strong kann ich nur lesen, wenn alle Lichter angeschaltet sind.» *Tony Parsons*

«Eine clevere und beunruhigende Geschichte, mit einer überraschenden Wende nach der anderen und einem verstörenden Finale.» *The Scotsman*

«Düster und bizarr. Man kann das Buch nicht aus der Hand legen.» *Dublin Daily*

Tony Strong wurde 1962 in Uganda geboren. Nach dem Studium begann er eine Karriere in der Werbung. Er lebt mit seiner Frau und seinen drei Kindern in London und in Oxfordshire. «Auf meiner Haut» wird in England zur Zeit verfilmt. Ferner liegt der Kriminalroman «Der Taubenturm» (rororo 24237) vor.

Tony Strong

AUF MEINER HAUT

THRILLER

Deutsch von Ulrike Thiesmeyer

Rowohlt Taschenbuch Verlag

Einmalige Sonderausgabe Juni 2006
Veröffentlicht im Rowohlt Taschenbuch Verlag,
Reinbek bei Hamburg, Oktober 2005

Die Originalausgabe erschien 2003 unter dem Titel «Tell Me Lies»
bei Bantam Press / Transworld Publishers, London

Umschlaggestaltung Franziska Regner
(Foto: Heribert Schindler)
Druck und Bindung Clausen & Bosse, Leck
Printed in Germany
ISBN 13: 978 3 499 24310 3
ISBN 10: 3 499 24310 5

VIELES AN DIESER GESCHICHTE IST WAHR.

Ros Taylor ist eine reale Person, ich habe ihr aber einen anderen Namen gegeben.

Bei der Wiedergabe ihrer Geschichte musste ich einige Änderungen vornehmen. Ich hoffe, ich habe die wahren Geschehnisse dadurch nicht allzu sehr verzerrt.

Aber wie Picasso schon sagte: Kunst ist eine Lüge, die uns die Wahrheit begreifen lehrt.

1
ROS

1 Die Nadel schwebt über der zarten, verletzlichen Haut in meiner Armbeuge. Ich spüre den winzigen Stich, als sie sich in mich bohrt, dann einen tieferen, subkutanen Schmerz, während sie sich in die Vene schiebt.

«Fast fertig», murmelt die Ärztin und löst mir die Armbinde.

Sie ist stämmig und routiniert, mit grauem Haar, das sie zu einem Knoten geschlungen hat. Als sie die Nadel herauszieht, quillt eine winzige rote Beere aus dem Einstich. Sie presst einen Wattebausch darauf, den ich mit meinem Finger festhalten soll, damit er nicht wegrutscht, während sie einen Streifen Klebeband von einem Spender abreißt.

Das passiert nicht.

Sie gibt das Blut aus der Spritze in drei verschiedene Phiolen, die oben mit Farbstreifen versehen sind: violett, grau und rot. Auf der rot gekennzeichneten Phiole befindet sich die Aufschrift: «ACHTUNG. Nur Serumproben. Röhrchen enthält keine Gerinnungshemmer. Für DNS violettes Glas verwenden.»

Die Ärztin greift nach ihrem Clipboard. «Haben Sie irgendwelche Allergien, Ros?»

Mein Mund formt das Wort «Nein». Es dürfte kaum hörbar sein, scheint aber auszureichen.

«Nehmen Sie zurzeit irgendwelche Medikamente ein?»

Nein.

«Haben Sie in den letzten achtundvierzig Stunden irgendwelche Medikamente eingenommen?»

Nein.

«Besteht die Möglichkeit, dass Sie schwanger sind?»

O Gott, bloß nicht –

«Falls Sie sich nicht sicher sind, kann Alice später mit Ihnen ins Krankenhaus fahren, um Ihnen die Pille danach zu besorgen», sagt die Ärztin freundlich. «Im Moment müsste ich nur wissen, ob Sie vor dem Missbrauch schwanger waren.»

Ich schüttele den Kopf.

«Wann hatten Sie das letzte Mal einvernehmlichen Geschlechtsverkehr?» Meine Verwirrung ist wohl nicht zu übersehen, denn sie setzt hinzu: «Das müssen wir wissen. Es könnte die Tests beeinflussen.»

«Vor ungefähr sechs Monaten», flüstere ich.

«Und Ihre letzte Periode?»

Dichter Nebel durchwabert mein Hirn. «Ich weiß es nicht mehr. Tut mir Leid. Später fällt es mir sicher wieder ein.»

«Keine Sorge. Sagen Sie es dann einfach Alice.» Sie macht sich eine Notiz. «Haben Sie seit dem Überfall Wasser gelassen, Stuhlgang gehabt, sich den Mund ausgespült oder die Hände gewaschen?»

«Ich glaube, schon. Ich weiß nicht mehr. Ich bin aufs Klo gegangen. Da habe ich dann Jo –» Bilder durchbrechen den Nebel. Ich schließe die Augen und zwinge mich, ruhig zu atmen.

«Schon gut», sagt sie ruhig. «Darüber brauchen Sie noch nicht zu reden.» Sie holt ein weiteres Formular hervor.

«Jetzt würde ich Sie gerne untersuchen, Ros. Mein Bericht wird von der Polizei als Beweismittel benutzt, und außerdem kann ich so feststellen, welche Behandlung Sie benötigen. Aber ich untersuche Sie nur, wenn Sie einverstanden sind, und Sie können mich jederzeit bitten, aufzuhören oder eine Pause einzulegen. Ich bräuchte dann hier Ihre Unterschrift, als Zeichen Ihrer Zustimmung.»

Sie reicht mir das Formular. Oben stehen die Worte «Genehmigung einer medizinischen Untersuchung ohne Behandlungszweck». Ich muss zweimal unterschreiben, einmal, damit man mich untersuchen und mir forensische Proben entnehmen darf, das andere Mal, um zu bestätigen, dass die Ärztin mich über die Bedeutung des Formulars aufgeklärt hat. Als ich den Kugelschreiber in Empfang nehme, zittert meine Hand, und meine Unterschrift – eine bizarre, fremde Kalligraphie, wie ein loses Haar – schlingert unsicher auf der gepunkteten Linie. Sie gehört jemand anderem, einer anderen Ros Taylor. Jemandem, dem Albträume zustoßen. Nicht mir.

Das Dezernat für Missbrauchsfälle befindet sich im siebten Stock des großen Polizeireviers unweit der Edgware Road. Durch die doppelverglasten Fenster blickt man auf den nicht abreißenden Verkehr, der sich im morgendlichen Sonnenlicht über die Westway-Überführung schiebt. Der Hauptraum des Dezernats ähnelt einem Hotelzimmer oder dem Wartezimmer einer Osteopathie-Praxis. Die Einrichtung besteht aus nüchternen skandinavischen Sofas und einem billigen Couchtisch aus Holz, auf dem ein Stapel Zeitschriften liegt. Daneben gibt es noch zwei weitere Räume. Einer ist das Sprechzimmer der Ärztin, er enthält eine verstellbare Liege und Regale mit medizinischen Geräten. Hier werde ich untersucht. Eine andere Tür führt in den Duschraum. Nach Abschluss der Untersuchung wird man mir Handtücher, saubere Kleidung und diverse Toilettenartikel zur Verfügung stellen. Alice hat mir von den Toilettenartikeln erzählt. Die gibt es erst seit kurzer Zeit, und sie ist ziemlich stolz darauf.

Alice ist Polizeibeamtin, obwohl sie keine Uniform trägt. Der Broschüre zufolge ist sie die mir zugeteilte «Begleiterin», was immer das zu bedeuten hat. Man hätte wohl ein besseres Wort dafür finden können. Bei einer «Begleiterin» denkt man an Debütantinnen und Tanzbälle, verstohlene Küsse hinter wippenden Fächern, Männer in Kniehosen und Mädchen mit Hauben; nicht an Serumproben und Bluttests. Mit der gleichen beunruhigenden Vagheit, die den gesamten Text der vierundfünfzigseitigen Broschüre kennzeichnet, heißt es: «Ihre Begleiterin ist speziell ausgebildet, um mit solchen Angelegenheiten umzugehen.» Sergeant Alice redet leise und sehr langsam, wie es ihr vermutlich in der speziellen Ausbildung beigebracht wurde. Sie trägt einen knielangen, gerade geschnittenen Rock. Unter anderen Umständen hätte mich wohl nicht das Geringste mit ihr verbunden, doch jetzt bin ich für ihre Anwesenheit geradezu dankbar.

Die Ärztin hat durchsichtige Plastikhandschuhe übergestreift und säubert mir mit kurzen Zahnstochern aus Holz die Fingernägel, für jeden Nagel nimmt sie einen neuen. Sie fordert mich auf, den Mund aufzumachen, und reibt mir energisch mit einer Art großem Wattestäbchen den Gaumen ab. Dann rupft sie mir mit einer Pinzette, die sie dicht an der Kopfhaut ansetzt, ein halbes Dutzend Haare aus.

«Wir müssen die Wurzel bekommen», erläutert sie, als ich zusammenzucke. «Für die DNS-Tests.»

Wattestäbchen, Spatel und Haare werden in separate weiße Umschläge mit der Aufschrift «Forensische Probe – kühl lagern» gesteckt. Sie verschließt jeden Umschlag einzeln, greift danach mit der plastikumhüllten Hand zum

Kugelschreiber und vermerkt sorgfältig meinen Namen, ihren Namen – Dr. Philippa Matthiesson, Gerichtsmedizinerin –, eine Verbrechensnummer, den Inhalt des Umschlags und das Datum. Es dauert ewig, und dafür bin ich dankbar. Mein ganzer Körper fühlt sich schwer an, als wäre er mit Leim gefüllt, ein wenig wie nach einer langen Wanderung oder einem Autounfall.

Sie fragt, ob ich mir die Haare färbe.

«Äh, manchmal, ja.»

«Womit?»

Ich will es ihr sagen, halte dann verwirrt inne. Aus irgendeinem Grund kann ich mich nicht erinnern.

«Macht nichts. Das finden die Kollegen im Labor heraus.»

Ich spucke in ein weiteres Röhrchen und putze mir mit einem sterilen Papiertuch die Nase. Das Papiertuch wird zusammengefaltet wie etwas Wertvolles und in einen Papierumschlag gesteckt. Ich gebe der Ärztin meine Schuhe, die sie in eine große Papiertüte steckt. Dann faltet sie ein Packpapierquadrat auseinander und fordert mich auf, mich darauf zu stellen. Sie kniet sich hin und malt die Umrisse meiner Füße darauf.

«Hatten Sie diese Kleidungsstücke an?»

Vom Stehen ist mir schwindelig geworden. Ich stütze mich mit einer Hand an der Wand ab. «Nein.»

«Wir brauchen sie leider trotzdem.»

Wie im Traum fange ich an, mich auszuziehen. Alice zieht sich taktvoll zurück. Die Ärztin nimmt meine Kleidungsstücke, legt sie zusammen und steckt sie in große Papiertüten. Wie eine Verkäuferin, denke ich kurz. «Tun

Sie den Bon einfach mit in die Tüte.» Habe ich das etwa laut gesagt? Anscheinend ja. Sie schaut mich fragend an.

«Entschuldigung», murmele ich. «Keine Ahnung, warum ich das gesagt habe.»

«Sie sind vermutlich etwas durcheinander. Das ist ganz normal.»

«Ich habe ganz komische Kopfschmerzen. Als wäre ich gleichzeitig betrunken und verkatert.»

«Haben Sie Tabletten dagegen genommen?»

«Nein.»

«Ich werde Ihnen etwas geben. Aber erst, wenn alle Tests durchgeführt sind.»

Ich lege meine Kleidungsstücke ab und erhalte im Gegenzug ein Handtuch.

«Waren Sie im Urlaub?», fragt sie. Aus ihrem Tonfall schließe ich, dass dies nicht Teil des medizinischen Fragekatalogs ist, sondern unverbindliches Geplauder, ausgelöst durch den Kontrast zwischen meinen weißen Hüften und meinem übrigen Körper. Sie will mir meine Befangenheit nehmen.

«Sardinien. Wir sind letzte Woche zurückgekommen.»

«Sardinien ist wundervoll. Wir waren vor zwei Jahren auch dort.» Sie deutet auf meinen Bauch. «Das da sollten Sie mir besser auch geben.»

Ich greife nach unten und öffne den Verschluss des Knopfes in meinem Bauchnabel. Ich möchte ihr erklären, dass ich eigentlich nicht die Sorte Mensch bin, die sich den Bauchnabel pierct. Auf einmal überkommt mich ein irrationales Schuldgefühl, als könnte ein Stückchen Metall in meinem Nabel irgendwie mit schuld sein. Jo hat mich dazu verleitet, will ich sagen, was auch stimmt: Sie hatte entschieden, dass wir uns für den Urlaub beide piercen lassen sollten und, ehe ich es mir anders überlegen konnte, einen Laden hinter der Marshall Street ausfindig gemacht. Der Besitzer war ein tuntiger Australier mit gebleichtem Haar, der über Jos Witze gelacht hatte und uns, als wir fast noch kalte Füße bekommen hätten, angeboten hatte, uns sein eigenes Intimpiercing zu zeigen.

Jo. Immer von liebeskranken Verehrern umschwärmt.

Jo. O Gott.

«Würden Sie sich jetzt bitte hinlegen, Ros?»

Sie untersucht mich sorgfältig, befühlt meine Haut, fragt mich gelegentlich, ob eine Stelle wund ist. Auf meinen Armen kann ich schwache Blutergüsse erkennen. Die Ärztin vermerkt ihre jeweiligen Positionen auf einem Diagramm, das an ihrem Clipboard klemmt.

«Haben Sie sonst noch irgendwo Schmerzen?»

«Am Rücken. Ich glaube, da ist eine Schnittwunde.»

«Okay. Drehen Sie sich um, dann schaue ich mal nach.»

Ich kann ihren Atem auf der Haut spüren, als sie meine Schulterblätter untersucht. «Ich vermerke es auf dem Traumagramm, aber das werden wir fotografieren lassen müssen», sagt sie schließlich. Sie ruft Alice und spricht an der Tür leise mit ihr.

Es vergeht einige Zeit, während Sergeant Alice den Polizeifotografen holt. Weil ich es in der Broschüre gelesen habe, weiß ich bereits, dass auch der Polizeifotograf speziell für den Umgang mit Menschen wie mir ausgebildet ist. Ich lege den Kopf auf die Arme. Die Ärztin breitet das Handtuch über mich. Seltsamerweise nicke ich ein. Halb nehme ich wahr, dass der Fotograf jetzt da ist und mich fragt, ob er mich fotografieren darf. Ich antworte nicht. Aus der Broschüre weiß ich, dass in jeder Phase meine Erlaubnis eingeholt werden muss. Man will mir zu verstehen geben, dass es mein Körper ist, dass mein Einverständnis wichtig ist. Aber ich will keine Entscheidungen mehr treffen. Ich will die Augen schließen und alles über mich ergehen lassen, ohne dass es mein hämmerndes Gehirn erreicht.

«Nur zu», höre ich die Ärztin leise sagen.

Blitz-surr, blitz-surr. Ich öffne die Augen und sehe eine Polaroidkamera, die ihre Zunge herausstreckt.

«Ist es schlimm?», frage ich.

Der Fotograf will etwas sagen, aber die Ärztin kommt ihm zuvor. «Lassen Sie uns zuerst die Untersuchung beenden. Alice kann Ihnen die Fotos später zeigen.»

Als die anderen wieder fort sind, bringt sie einen Verband auf meinem Rücken an. Dann schließt sie die Jalousien und untersucht mich mit einer Ultraviolettlampe, ähnlich den Lampen, mit denen wir bei der Arbeit die Oberfläche von Gemälden untersuchen. In dem seltsamen violetten Halbdunkel fällt es mir weniger schwer, die Beine zu spreizen, als sie mich dazu auffordert. Lange Zeit schaut sie zwischen meine Schenkel und auf meine Brüste. Sie schaltet die Deckenbeleuchtung wieder an, nimmt dann einen Wattebausch, tränkt ihn mit destilliertem Wasser und fährt behutsam und doch gründlich damit über meine Schenkel und meine Scheide.

«Ich muss Ihr Schamhaar nach forensischen Spuren durchkämmen», sagt sie. «Es könnte ein wenig unangenehm werden.» Sie drückt mir einen Holzkamm auf den

Bauch, direkt über meinem Schamhaar. Ich kann fühlen, wie die Zähnchen mich beharken, fest, wie ein junges Mädchen ein Pferd mit hartem Stahlkamm und Striegel bearbeitet. Kurz drifte ich wieder in eine Art schummrige Phantasie ab, bin ganz woanders. Die Ärztin steckt den Kamm in einen weiteren Umschlag und verschließt ihn.

«Ich brauche auch ein paar Härchen. Wenn es Ihnen lieber ist, können Sie das selbst erledigen.»

Ich will es einfach nur hinter mir haben. «Machen Sie ruhig.»

Sie rupft sechs Schamhaare aus, hält sie einzeln ins Licht, um sicherzugehen, dass jedes eine Wurzel hat.

«Ich werde Sie jetzt innerlich untersuchen. Wenn es zu schmerzhaft ist, sagen Sie es mir, dann hören wir auf, bis es Ihnen besser geht.»

Auf einem Wagen befinden sich Stützschalen, die sie jetzt über die Liege rollt. Ich bringe meine Beine in die gewünschte Position und bemühe mich, zur Decke zu starren, während sie sich an die Arbeit macht.

«Leider kann ich dafür kein Gleitmittel benutzen», erklärt sie entschuldigend. «Die Abstriche werden sonst verfälscht.» Sie kippt sich aus einer Flasche mit der Aufschrift «Salzlösung BP» von der klaren Flüssigkeit in die Hand. «Das könnte ein wenig helfen.»

Trotz der Salzlösung tun mir ihre Finger weh, die in mir herumstochern, mal hier, mal dort. «Versuchen Sie, normal zu atmen», rät sie, legt mir ihre andere Hand auf den Bauch und übt sanften Druck aus. Ich zwinge mich auszuatmen.

«Ich bin fast fertig», sagt sie. «So, das war's.»

Es folgt eine ähnliche Prozedur mit meinem Anus, die

zum Glück kürzer ausfällt. «Die Untersuchung ist beendet», sagt sie endlich und streift sich die Handschuhe ab.

«Habe ich bestanden?» Warum muss ich immer diese miesen Witzchen machen?

Die Ärztin sagt leise: «Sie haben sich wunderbar geschlagen, Ros. Sie sind eine sehr tapfere junge Frau.» In der Ecke steht ein Tretabfalleimer, in den sie die benutzten Handschuhe entsorgt. «Sie können jetzt duschen gehen.» Sie reicht mir ein weiteres Handtuch, und ich schwinge die Füße zum Boden. Als ich mich aufrichte, überkommt mich plötzlich Schwindel, und ich stöhne auf. Die Ärztin legt rasch den Arm um mich und sorgt dafür, dass ich mich wieder hinlege. Ich schließe die Augen.

«Die Blutproben versehe ich besser mit einem Eilvermerk», höre ich sie murmeln. «Ros, bleiben Sie liegen, bis Sie sich besser fühlen.»

Schließlich zwinge ich mich aufzustehen. Als ich im Raum mit den Sofas an Alice vorbeikomme, hebt sie den Blick von einer Zeitschrift. «Alles klar?» Ich nicke. «Benutzen Sie, was Sie wollen. Und bedienen Sie sich ruhig bei den Toilettenartikeln.»

Alices Toilettenartikel stammen alle aus demselben Drogeriemarkt. Obst ist das Leitmotiv. Apfelshampoo. Limonenduschgel. Orangenseife. Einen Spiegel gibt es nicht. Ich dusche rasch, das Wasser brennt in den Schnittwunden auf meinem Rücken. Bei der Untersuchung hat die Ärztin mir blaue Farbe auf die Blutergüsse gestrichen. Ich beobachte, wie sie auf den Boden rinnt. Ich bin nicht hier, denke ich wieder. Ich bin nicht in einem Dezernat für Missbrauchsfälle. Ich stehe nicht unter einer Dusche und spüle mir Kochsalzlösung aus der Scheide. Das kann nicht sein.

Dann stürmt unvermittelt alles, was geschehen ist, wieder auf mein Hirn ein, eine Filmsequenz im Schnelldurchlauf, und diesmal kann ich die Bilder nicht verdrängen. Während der Untersuchung habe ich sie von mir fern gehalten, weil ich musste, aber jetzt, wo sie vorbei ist, befinde ich mich im freien Fall. Ich stolpere aus der Dusche, heule, schluchze so heftig, dass ich nicht atmen kann, die Luft, die ich gierig einsauge, bleibt mir im Hals stecken, während ich würge und schluchze und fast ersticke.

Alice kommt herein und nimmt sich meiner an. Sanft hüllt sie mich in ein Badetuch und führt mich hinaus zu einem der Sofas.

«Entschuldigung», bringe ich unter Schluchzen heraus.

«Unsinn», sagt sie. «War es wegen der Dusche?»

Ich nicke. «Die Dusche. Ja. Da habe ich Jo gefunden.»

Später, als ich mich etwas beruhigt habe, besorgt Alice mir eine Jogginghose und ein T-Shirt. Die Ärztin kommt aus ihrem Büro.

«Ros, ich habe Ihnen einiges mitzuteilen. Keine Angst, was Sie nicht auf Anhieb verstehen, kann Alice Ihnen später nochmal erklären. Erstens, nach dem, was ich gesehen habe, vermute ich stark, dass Sie unter Drogen gesetzt wurden. Ich habe die Kollegen im Labor gebeten, die Bluttests so schnell wie möglich durchzuführen, in der Zwischenzeit aber sollten Sie nicht Auto fahren und sich viel Ruhe gönnen, bis Sie sich wieder etwas normaler fühlen. Ich würde Ihnen auch raten, ein paar Tage auf Schlafmittel zu verzichten. Zweitens, wir werden die Blutproben auf Geschlechtskrankheiten testen, können damit aber nur feststellen, ob vor dem Überfall etwas vorlag. Eventuell bei der Vergewaltigung übertragene Krankheiten sind erst nach einigen Wochen feststellbar. Ich überweise Sie in eine Spezialklinik, wo Sie Antibiotika erhalten, nur zur Vorsicht. Verzichten Sie in der Zwischenzeit auf ungeschützten Sex. Ich weiß, Ihnen ist ohnehin nicht danach zumute, aber es ist meine Pflicht, Sie darauf hinzuweisen. Ich empfehle außerdem eine Impfung gegen Hepatitis. Selbst wenn er ein Kondom benutzt hat, könnten sich die Schnittwunden auf Ihrem Rücken durch seinen Schweiß entzündet haben.»

Mein Rücken. Mir fallen die Fotos ein. «Kann ich jetzt sehen, was er gemacht hat?»

Sie zögert. «Narben werden nicht zurückbleiben, da bin ich mir ziemlich sicher. Die Schnitte sind nicht tief. Sie wurden mit einem sehr scharfen Messer ausgeführt.»

Sie zieht die Polaroidbilder aus ihrer Tasche und reicht sie nicht mir, sondern Alice, die behutsam sagt: «Ros, das könnte Sie aus der Fassung bringen.»

«Ich bin schon aus der Fassung.»

«Ich verstehe, aber was ich damit sagen will, ist … Sie dürfen auf keinen Fall vergessen, dass Sie nicht nur Opfer sind. Sie haben überlebt.» Sie reicht mir eins der Polaroidfotos.

Zuerst erkenne ich die Person auf dem Foto nicht. Sie ist dunkelhäutig, ihr gebräunter Rücken wird von der dünnen hellen Linie des Bikinis zweigeteilt. Dicht über dieser Linie – als hätte sie als Orientierung gedient – hat jemand etwas auf das Foto geschrieben.

Und dann schaue ich genauer hin und sehe, dass die Schrift sich gar nicht auf dem Sofortbild befindet, sondern auf meinem Rücken, mit einer Messerspitze in meine

Haut geritzt. Und eigentlich handelt es sich nicht um eine Inschrift, sondern um eine Zahlenfolge, unterbrochen von Schrägstrichen:

11/7/1

«Es ist das Datum», sagt Alice leise. «Das Datum von gestern.»

So beiläufig wie ein gelangweilter Teenager, der ein Graffito in die Rinde eines Baumes ritzt, hat der Mann, der mich vergewaltigt und meine beste Freundin umgebracht hat, das Datum seines Anschlags in meinen Rücken geritzt.

2

«Und, wie sieht die Schadensbilanz aus?»

Noch im Pyjama, ihre Bettdecke wie einen Umhang um die Schultern gelegt, kauerte Jo auf unserem heruntergekommenen Sofa und gähnte, bevor sie antwortete. Ich war schon fertig angezogen für die Arbeit, aber ans Aufräumen hatte ich noch nicht gedacht.

«Natalie hat endlich mit Jedd Schluss gemacht. Lou hat mit Ajay Schluss gemacht, dafür aber mit Paul geflirtet. Ein Besessener hat ein nicht ganz astreines E genommen und mit der Faust den Spiegel im Bad zertrümmert. Auf der Haben-Seite: Ian von oben kam runter, um sich über den Lärm zu beschweren, und hat dann mit einer von Paulas Freundinnen aus Südafrika rumgemacht.»

«Ein Segen.»

Jo fischte von dem mit Abfall übersäten Boden eine Packung Marlboro Lights auf und spähte hoffnungsvoll hinein. Sie war leer. «Insgesamt eine ziemlich erfolgreiche

Party. Mehr neue Beziehungen als beendete.» Sie gähnte erneut. «Tust du mir einen Gefallen?»

«Kommt drauf an. Ich bin schon spät dran.»

«Wenn ich aufräume, rufst du für mich im Büro an?»

Ich zog ein Gesicht.

«Bitte! Ich bring dir auch das Telefon.» Ohne ihren Umhang abzulegen, kam sie zu mir herübergekrabbelt und legte mir das schnurlose Telefon auf den Schoß. «Bitte, bitte! Schau, ich wähle sogar für dich.» Sie drückte ein paar Tasten und hielt mir den Hörer entgegen.

«Na gut», sagte ich und musste spontan lachen. «Ruhe jetzt. Ich muss ernst klingen. Peter Longworth, bitte», sprach ich in den Hörer. «Irgendwelche besonderen Wünsche?», fragte ich Jo. «Malaria? Ruhr? Nervöse Erschöpfung?»

«Irgendwas mit dem Magen.»

«Peter Longworth am Apparat.»

«Oh, Peter, hi. Hier ist Ros – Ros Taylor. Jos Mitbewohnerin.»

«Ach ja. Wie geht's, Ros?» Jos Chef sah zwar klasse aus – markantes Kinn, pechschwarze Augenbrauen, wunderbar männlicher Bartschatten –, war aber nicht gerade der Hellste. Außerdem nahm er sich viel zu wichtig. Wahrscheinlich gab es da einen Zusammenhang.

«Tja, genau darum geht's – mir geht's gut, aber Jo leider nicht. Sie hat wohl irgendwas am Magen, hat sich die ganze Nacht übergeben. Jetzt schläft sie zwar, aber vor ein paar Stunden hat sie mich gebeten, bei Ihnen anzurufen und Bescheid zu geben, dass sie heute wohl nicht kommt. Sie hat sich schubweise übergeben, vermutlich hat sie sich nur den Magen verdorben», fügte ich hilfreich hinzu. «Morgen geht's ihr bestimmt wieder gut.»

«Moment. Ich hole kurz ihren Terminkalender.» Ich vernahm das Geräusch von raschelndem Papier. «Na ja, sie hat nur ein Meeting, das kann ich wohl für sie übernehmen», sagte er widerwillig. «Richten Sie ihr aus, dass ich hoffe, es geht ihr bald besser.»

«Mache ich auf jeden Fall», versprach ich. «Aber keine Sorge, ich bin mir sicher, dass es nichts Ernstes ist. Blumen oder so würde ich nicht schicken. Noch nicht.» Neben mir kreischte Jo auf vor Lachen. Sie schob sich ein Stück ihrer Bettdecke in den Mund.

«Schön. Dann danke für die Mitteilung.»

«Tschüs», antwortete ich heiter und legte auf. «Du stehst so tief in meiner Schuld», sagte ich zu Jo.

«Blumen – Mensch, Ros, du bist ja ein Biest. Was hat er dazu gesagt?» Jos Chef hatte ihr kurze Zeit den Hof gemacht. Ungefähr zwei Wochen lang hatte es jedes Mal, wenn sie eine Anzeige verkauft oder eine Präsentation abgehalten hatte, Rosensträuße gegeben.

«Er wurde irgendwie still.»

«Meinst du, er hat dir geglaubt?»

«Natürlich.»

Jo legte die Bettdecke ab und ging aus dem Zimmer, um sich anzuziehen. «Gestern Nacht lag ein Typ in meinem Bett», rief ich ihr hinterher.

«Hast du ein Glück. Wer war's denn?»

«Irgendein Freund von Paula, glaube ich. Hat tief und fest geschlafen und geschnarcht.»

Jo tauchte zähneputzend wieder auf. «Gute Figur?», fragte sie mit glänzenden Augen durch den Schaum hindurch.

«Woher soll ich das wissen?»

«Hast du ihn dir nicht näher angeguckt?»

«Äh, nein. Ich habe ihn geweckt und rausgescheucht. Was übrigens ewig gedauert hat. Er hat ständig vor sich hin gemurmelt, von wegen er müsste die Bären retten. Ich glaube, er war im Halbschlaf.»

«Der Arme.» Sie verschwand wieder. Dann hörte ich sie rufen: «Du wirst es nicht glauben, aber jemand hat meine Wimperntusche geklaut.»

«Warum klauen Mädchen auf Partys bloß immer irgendwas?»

«Ha. Wie kommst du darauf, dass es ein Mädchen war?» Als sie zurückkam, hatte sie zwei Zigaretten dabei, von denen sie mir eine gab. «Hier. Ist mir gerade eingefallen. Die habe ich gestern Abend versteckt. Für Notfälle.»

Eigentlich war ich viel zu spät dran, um noch eine zu rauchen. Ich steckte mir die Zigarette zwischen die Lippen und neigte mich zu ihrem Feuerzeug. «War Gerry auch da?»

«Nö. Aber ich hatte auch gar nicht mit ihm gerechnet. Er steht nicht auf Partys.»

«Wann warst du im Bett?»

«Spät. Ich hab mit Leonardo di Caprio rumgemacht.»

«Gibt's ja nicht.» Ich wusste, von welchem Typen sie redete. War zwar nicht direkt ein Doppelgänger des Schauspielers, hatte aber eine gewisse Ähnlichkeit mit ihm. «Was genau heißt ‹rumgemacht›?»

«Mehr als Knutschen, aber aufs Ganze sind wir nicht gegangen. Könnte ich denn Gerry jemals untreu werden?»

«Und wenn schon, das wäre doch nur gerecht», sagte ich schnippisch. «Gerry schläft vermutlich auch immer noch mit seiner Frau.»

«Nur in der Mitte ihres Zyklus. Da passiert anscheinend hormonell irgendetwas mit ihr.»

«Ist mir unbegreiflich, wie du so aufgekratzt sein kannst», sagte ich. Ich war um zwei Uhr früh ins Bett gegangen und war danach wegen der wummernden Musik noch mehrfach aufgewacht. Mit einem geregelten Arbeitsalltag waren unsere dauernden Partys unvereinbar, wenn man es genau nahm.

«Tust du mir einen Gefallen? Wo du doch sowieso zur Arbeit gehst?»

«Was denn?»

«Gib die bei Boots ab.» Sie händigte mir zwei Filme aus. «Das sind die Urlaubsfotos.»

«Okay. Ich lasse sie heute entwickeln und hole sie abends gleich ab.»

«Super. Und ich besorge ein Video. Mädchenabend im trauten Heim?»

«Unbedingt. Kein Alkohol, keine Fluppen, früh ins Bett.»

«Dann besorg gleich auch Wein und Kippen. Und ich räume auf, versprochen.»

Ich ging zur U-Bahn-Station Finchley Road. Der Waggon, in den ich mich zwängte, war überfüllt, totenstill und jetzt schon viel zu heiß. Trotz der offenen Fenster ging nur ein schwacher Luftzug, und die hereindringende Luft war noch stickig vom Vortag. Die Metallstangen waren schmierig von anderer Leute Händen, aber irgendwo musste ich mich ja festhalten. Mein Gesicht wurde gegen einen grauen Anzug gedrückt, der nach alten Zeitungen müffelte. Ich versuchte abzurücken und stieß dabei mit den Beinen gegen einen sitzenden Fahrgast, einen jungen Mann in kurzer Hose und schmuddeligem Jeanshemd, der breitbeinig dasaß, um so viel Raum wie möglich zu beanspruchen. Auf seinen Knien lag ein Männermagazin aufgeschlagen, *FHM* oder *Arena*. Es bildete eine hübsche Blondine aus dem Fernsehen ab, die in BH und Slip auf allen vieren dahockte und sich selbst den Hintern versohlen zu wollen schien. Ohne den Kopf von dem Magazin zu heben, wanderte sein Blick auf die Stelle zwischen meinem Oberteil und meinem Rock, die mehr nackte Haut als sonst entblößte, da ich mich mit einer Hand an der Stange über meinem Kopf festhielt. Ich war verärgert und fühlte mich doch auch geschmeichelt. Einerseits war er ein mieser kleiner Widerling, der kein Recht hatte, mich anzugaffen, nur weil ich keinen Sitzplatz ergattert hatte. Andererseits war mein Bauch nach dem Urlaub gebräunt und flacher als sonst, und es gefiel mir nicht übel, aufregender zu sein als ein sich selbst geißelndes Sternchen aus dem Privatfernsehen. Ich malte mir aus, ich wäre eine Erotiktänzerin, die lasziv um die Chromstange des Waggons herumwirbelte. Aber nur ganz kurz. Langsam wurde die Hitze im Wagen unerträglich. Ich schaute mir die Werbung über den Fenstern an und versuchte, an nichts zu denken.

Einer Rundmail zufolge, die zu der Zeit kursierte, hatte ein Team von Hygieneexperten kürzlich einige Sitze aus der Londoner U-Bahn zwecks näherer Analyse abmontiert. Angeblich hatten sie vier Arten Haare (von Menschen, Mäusen, Ratten, Hunden), sieben Arten Insekten (vor allem Flöhe, meist noch lebendig), Erbrochenes, menschlichen Urin, menschlichen Kot, Nagetierurin, Nagetierkot, menschliches Sperma und zwischen den auseinander genommenen Sitzen die Überreste von sechs toten Mäusen und einen bislang unbekannten Pilz gefunden. Die E-Mail stellte sich später als Ente heraus, der springende Punkt aber war, dass alle sie für bare Münze genommen hatten.

An der Bond Street leerte sich der Waggon, und auch der junge Mann stieg aus. Ich setzte mich auf seinen Platz, obwohl er von seiner Körperwärme noch heiß war, aber wenigstens konnte ich so meine Beine ausstrecken.

In Charing Cross marschierte ich durch die Unterführung bis St. Martin's-in-the-Fields und dann die Straße hoch zum Mitarbeitereingang der National Gallery. Das Labor, in dem ich arbeitete, befand sich im obersten Stock des Verwaltungsgebäudes an der Orange Street. Von da aus konnte man über den neuen Anbau von Sainsbury in Richtung South Africa House blicken. Wenn ich das Gesicht direkt ans Glas legte, konnte ich gerade noch Nelsons grau gesprenkelten Hinterkopf sehen. Tauben hatten ihr Geschäft auf ihm erledigt.

Insgesamt waren wir zu siebt in der Abteilung, aber da unsere Tätigkeit neben der Laborarbeit auch das Durchforsten von Archiven, Gespräche mit Spezialisten und die Arbeit mit Konservatoren umfasste, hielten wir uns selten alle zur selben Zeit dort auf. Beherrscht wurde der Raum von der Lichtzelle, einer geschlossenen Kabine mit Lampen, die von Ultraviolett auf Tageslichtblau umgeschaltet werden konnten.

Da außer mir noch keiner da war, zog ich meine Bluse aus, bevor ich meinen Laborkittel überstreifte. Er war aus Polyester und klebte mir an der Haut, aber ohne Bluse ließ sich die Hitze wesentlich besser aushalten. Ich schaltete meinen Computer an und machte mir eine Tasse Nescafé, um die Arbeit noch ein wenig vor mir herzuschieben. Dann trat ich in die Lichtzelle. Zu der Zeit enthielt sie drei Gemälde, die ohne ihre Rahmen merkwürdig klein und nackt wirkten, wie Schildkröten ohne Panzer. Ich fing an, die Oberfläche des Bildes, an dem ich arbeitete, mit einer tragbaren UV-Lampe abzuleuchten.

Unter dem intensiven Licht verschwand das Bild auf der Leinwand, eine polynesische Aktstudie, und verwandelte sich in eine Landschaft, auf der sich winzige Fasern und sogar einzelne Pinselstriche wie weiß glühende Drähte abzeichneten. Aufgrund der sich von der Oberfläche abhebenden Schlaglichter wirkte das Bild, als sei es mit einem fluoreszierenden Schwämmchen abgeschrubbt worden. Ich war auf der Suche nach Fremdkörpern in der Farbe, insbesondere Fasern vom Pinsel des Künstlers. Falls ich fündig würde und die Fasern aus Nylon bestanden und nicht aus Zobel, würde mit einiger Sicherheit feststehen, dass es sich nicht um einen echten Gauguin handelte. Es mag unglaublich scheinen, dass ein Fälscher so dumm sein kann, ein Bild, das aus dem neunzehnten Jahrhundert stammen soll, mit einem modernen Pinsel aus Nylon zu zeichnen, aber die meisten Fälscher waren tatsächlich sehr unachtsam. Sie verließen sich völlig darauf, so genannte Experten hereinzulegen, die nur selten detaillierte Prüfungen vornahmen, und rechneten nicht mit einer wissenschaftlich fundierten Analyse.

Offiziell war ich Assistenzlaborantin der Abteilung Forschung und Konservierung, gehörte aber praktisch einem Team an, das im ganzen Haus nur als «Drewe-Crew» bekannt war, nach John Drewe, dem erfolgreichsten Fälscher des zwanzigsten Jahrhunderts. Drewe war ein Phänomen, nicht zuletzt, weil er gar nicht malen konnte. Vielmehr heuerte er einen Künstler an, der seine Dienste im Kleinanzeigenteil von *Private Eye* offerierte, und ließ von ihm für einhundertfünfzig Pfund pro Bild Werke im Stil der Postimpressionisten und Modernisten produzieren. Dann kontaktierte er diverse bedeutende Einrichtungen, das V & A, das Courtauld Institute, das Tate Museum, gab sich als Fachmann mit Verbindungen zu einer zwielichtigen, aber sehr großzügigen Kunststiftung aus und fragte an, ob er zu Forschungszwecken ihre Archive aufsuchen dürfte. Einmal hineingelangt, fügte er seine Fälschungen der Liste echter Werke hinzu. Wollte er eine Fälschung veräußern, forderte er den Kaufinteressenten auf, sich direkt an die Einrichtung zu wenden, um sich die Echtheit des Bildes bestätigen zu lassen. Angesichts eines Schreibens vom Courtauld Institute, das die Herkunft eines Gemäldes beglaubigte, schlugen selbst die renommiertesten Experten des Landes die Zweifel, die ihnen bei Begutachtung des Bildes gekommen waren, in den Wind und bestätigten die Echtheit des Werkes. Täuschung ist Ansichtssache, erklärte Drewe einigermaßen selbstgefällig bei seinem Prozess. Er vergeudete nie viel Zeit oder Geld damit, seine Fälschungen so zu gestalten, dass sie näherer Prüfung standhielten. Er und sein Kopist mischten einfach normale Dispersionsfarbe mit Vaseline, um so eine billige Version der Glätte zu erzielen, wie sie echte Ölfarben aufwiesen. Weil die Leute an die Echtheit der Gemälde glauben wollten, überzeugten sie sich letzten Endes selbst.

Niemand wusste, wie viele Fälschungen Drewe genau auf dem Kerbholz hatte, doch mehrere hundert waren es gewiss. Die Sache war nur aufgeflogen, weil seine Frau dahinter kam, dass er sie mit einer anderen betrog, und zur Polizei ging, um ihm eins auszuwischen.

Vom wissenschaftlichen Standpunkt aus war mein Job ziemlich anspruchslos. Wenn ein Bild ins Labor gebracht wurde, waren die falschen Dokumente bereits entlarvt und das Gemälde von einem Expertenkomitee als fragwürdig beurteilt worden. Wir mussten nur noch Beweisspuren finden, die zur Analyse an ein Speziallabor gesandt wurden und die Auffassung des Komitees entweder bestätigen oder widerlegen würden. Aber es war allemal interessanter, als für ein Industrieunternehmen zu arbeiten oder Lebensmittel mit Farbstoffen zu versetzen, was den meisten meiner ehemaligen Kommilitonen aus Oxford beschieden war. Eine Freundin von mir gehörte einem sechzehnköpfigen Team an, dessen einzige Aufgabe darin bestand, einem weltbekannten Erfrischungsgetränk immer dieselbe schwärzliche Farbe zu verleihen. Anscheinend ist das Gesöff bei Austritt aus den Maschinen grellgrün, und in manchen Ländern, wo mit schwarzem Farbstoff gegeizt wird, weist es gelegentlich noch einen schwach grünlichen Schimmer auf. Zu viel Farbstoff andererseits könnte zu Verfärbungen an den Zähnen der Konsumenten führen. Sie behauptete, ihr Job sei genau genommen ziemlich faszinierend.

Wie erwartet, befanden sich Dutzende Pinselfasern in der Farbe. Mit der Spitze eines Skalpells pulte ich drei oder vier heraus und bereitete ein Trockenpräparat für das Speziallabor in Amerika vor, das für uns die mikroskopischen Untersuchungen vornahm. Dann schaltete ich das große Licht wieder an und fühlte, wie meine Augen vom UV-Licht schmerzten.

Beim Verlassen der Lichtzelle fand ich meinen Chef Alex an seinem Tisch vor, der gerade die Rückseite eines Rahmens untersuchte. Er hatte das LumiView auf, ein Mikroskop nach Brillenprinzip, mit dem man aussah wie ein Obduzent in einer Witzzeichnung. «Hi, Alex», sagte ich munter.

Er brummelte einen Gruß. Alex war ein melancholischer Ungar, der behauptete, seine Arbeit mache ihn dauerhaft depressiv. Dabei wusste ich nur zu gut, dass er nichts lieber tat, als sich irgendein von Kunsthistorikern hoch gelobtes Meisterwerk vorzunehmen und nachzuweisen, dass es gefälscht war. Im Grunde war er aufseiten der Fälscher, deren Motivation häufig nicht nur das Geld war, sondern ebenso sehr der Wunsch, das Kunstestablishment vorzuführen.

«Wie war der Urlaub?», fragte er. Ich hatte ihn seit meiner Heimkehr noch nicht gesehen.

«Super. Zwei Wochen am Strand liegen und nichts tun. Perfekt, eigentlich.»

Er drehte sich um und musterte mich missmutig über das LumiView hinweg. «Fehlt nicht mehr viel, und du wirst genauso braun wie sie.» Er deutete auf das Bild in meiner Hand, auf dem die gefälschte Gauguin-Schönheit dem Betrachter ihre kleinen Brüste entgegenreckte.

«Und, gibt's was Neues?»

«Hier passiert nie etwas. Unser Labor ist wie ein Museum, und wir sind seine Ausstellungsstücke.»

«Du bist ja gut drauf. Muss wohl am Wetter liegen.» Draußen glänzte die Sonne auf dem großen Springbrunnen des Trafalgar Square.

«Da sollten wir jetzt sein», sagte er, meinem Blick folgend. «Na, du jedenfalls. Da draußen. Dich von begabten Künstlern malen lassen, solange du jung und schön bist. Nicht dabei helfen, die toten zu mumifizieren. Steig aus, solange es noch geht, Ros.» Verschwörerisch neigte er sich vor und zischte: «Lass dich nicht von denen kuratieren.»

«Ich werd's mir merken», gelobte ich, und er lachte, um zu zeigen, dass er nur Spaß gemacht hatte. Mein Telefon klingelte, ich eilte zum Schreibtisch und hob ab.

«Ist da, äh, Ros?», brachte eine männliche Stimme am anderen Ende stockend hervor.

«Ja.»

«Hier ist Nathan.»

«Hallo, Nathan», sagte ich und überlegte krampfhaft, wer Nathan nochmal war.

«Von der Party. Ich bin mit Jo befreundet.»

«Ach – Nathan. Hi.» Jetzt erinnerte ich mich wieder. Er hatte mich in der Küche in Beschlag genommen und eine halbe Stunde darüber lamentiert, wie oberflächlich das Gerede bei Partys doch war. Leider hatte das gerade auf ihn besonders zugetroffen.

«Ja, ich habe mich gefragt – äh, was du gesagt hast, fand ich echt interessant.» Was komisch war, denn soweit ich mich erinnern konnte, hatte ich zu der Unterhaltung kaum mehr beigesteuert als «Ja», «Nein» und «Hm». «Ich habe mich gefragt, ob wir unser Gespräch mal bei einem Gläschen Wein fortsetzen könnten.»

Eine Stimme in meinem Kopf sagte sofort «Nein», aber aus irgendeinem Grund hörte ich mich höflich sagen: «Klar, wieso nicht?»

«Super. Hast du heute Abend Zeit?»

O Gott. Mir hatte eher vorgeschwebt, so in zwei, drei Wochen, und dann hätte ich unter einem Vorwand noch jemanden mitgebracht. Vorsichtig antwortete ich: «Heute Abend habe ich eigentlich schon was vor.»

«Dann ein andermal. Morgen?»

Ich legte den Rückwärtsgang ein. «Morgen ist leider auch nicht so günstig.»

«Tja, dann werde ich mich wohl nach dir richten müssen.» Ein Hauch Verärgerung schwang in seiner Stimme mit. «Sag du einen Tag, dann versuch ich es einzurichten.»

«Das ist schwierig. Ich habe meinen Terminkalender gerade nicht dabei.»

Nach kurzem Schweigen bohrte er hartnäckig weiter. «Aber das ist doch deine Büronummer, oder? Du musst doch irgendwo einen Terminkalender liegen haben.»

«Ich bin nicht an meinem Platz. Der Anruf ist in einen anderen Raum umgeleitet worden.» Mittlerweile stand für mich felsenfest, dass ich keine Lust hatte, mich mit Nathan zu treffen. Seine aufdringliche Tour gefiel mir überhaupt nicht.

«Dann sage ich einen Tag, und du kannst dich bei mir melden und das Treffen verschieben, wenn du nicht kannst.» Natürlich fiel mir auf, dass er bewusst «verschieben» sagte, und nicht «absagen». «Samstag? Ich reserviere uns einen Tisch irgendwo.»

Holla, dachte ich. Ich hatte halb eingewilligt, mit ihm etwas trinken zu gehen, und jetzt wurde mir förmlich ein Abendessen aufgedrängt. «Das könnte etwas schwierig werden. Am Samstag treffe ich mich mit meinem Freund.» Was vermutlich nicht übermäßig taktvoll von mir war, denn obwohl es die deutlichste Art war, ihm klar zu machen, dass er seine Zeit vergeudete, würde ein Rückzieher von ihm jetzt dem Eingeständnis gleichkommen, mich nur angerufen zu haben, weil er dachte, ich wäre solo.

Warum gab es keine einfache, unverfängliche Art, jemandem zu sagen: «Ich treffe mich gern auf ein Glas mit dir. Aber tut mir Leid, ich stehe nicht auf dich.»?

«Ach so.» Es blieb länger still. Das war's dann, dachte ich. Dann sagte er: «Mir wurde aber gesagt, dass du im Moment keinen Freund hast.»

Also, Herrgott nochmal. «Vielleicht war die Person, die dir das erzählt hat, einfach nicht im Bilde.»

«Wer ist es denn?»

«Bitte?»

«Wer ist der Glückliche?»

«Nathan, ich muss Schluss machen. Man wartet auf mich.»

«Rufst du mich zurück?»

«Vielleicht.» Nein, das war zu dumm. Er hatte bereits klargestellt, dass er sich so leicht nicht würde abwimmeln lassen. «Ich überleg's mir. Vielleicht in ein paar Monaten.»

«Miststück.»

«Wie bitte?»

«Du hast schon richtig verstanden.»

Kurz blieb es still. Dann sagte ich, so höflich es ging: «Tja, ich bin froh, dass wir uns nicht erst treffen mussten, um dieses Gespräch zu führen, Nathan. Das hätte mich nämlich wirklich sauer gemacht. Wiederhören.»

«Nein, halt. Es tut mir Leid.»

Er holte zu einer längeren Entschuldigung aus, wollte mir erklären, wie schwer ihm so ein Anruf fiel. Einen

«Blindanruf» nannte er das, als wäre ich jemand, dem er ein Marketingkonzept aufschwatzen wollte. Aber ich schnitt ihm das Wort ab. «Vergiss es. Ciao.» Ich legte auf. «Arschloch», schnaubte ich voller Wut.

Jo hätte das besser hingekriegt. Bei Typen, mit denen sie nichts zu tun haben wollte, konnte sie fast grob werden. Aber obwohl sie besser nein sagen konnte als ich, tat sie es seltener. Wenn das Telefon um zwei Uhr früh klingelte, war es immer für sie. «Bloß wieder einer meiner zahlreichen Verehrer», sagte sie dann und nahm das Telefon mit ins Bett. Meistens stellte sich heraus, dass der betreffende Verehrer sternhagelvoll aus einer Hotelbar am anderen Ende der Welt anrief, auf Kosten seines Arbeitgebers. Im Vergleich dazu führte ich ein ruhiges, man könnte sagen keusches Leben. Ich seufzte.

Alex sah in meine Richtung, sagte aber nichts. Ich suchte die Gauguin-Akte heraus, obwohl ich viel zu wütend war, um zu arbeiten. Dann läutete das Telefon wieder.

«Ros Taylor», sagte ich vorsichtig und betete, dass es nicht wieder Nathan war.

«Ros, hier ist Gerry.»

«Hi, Gerry», sagte ich erleichtert. «Wie geht's?»

«Gut. Wie war die Party?»

«Lustig. Schade, dass du nicht kommen konntest.»

«Konnte leider nicht weg. Hör mal, ich wollte nur wissen, ob mit Jo alles in Ordnung ist. In ihrem Büro hieß es, sie sei krank, und sie geht nicht an ihr Handy.»

«Oh, ihr geht's prima. Wahrscheinlich hat sie nur gerade Musik laufen. Sie wollte heute mal nicht arbeiten gehen.» Ich schaute kurz zu Alex. «Sie hat ihren Urlaub schon aufgebraucht, wenn du verstehst, was ich meine.»

Gerry lachte. «Mit anderen Worten, sie hat dich anrufen und sagen lassen, sie ist krank?»

«Genau.»

«Okay. Vielleicht schaue ich später mal bei ihr vorbei.»

Woraus ich folgerte, besser nicht zu früh nach Hause zu kommen, um die beiden nicht im Zustand postkoitaler Ermattung im Wohnzimmer anzutreffen.

Ich sollte wohl näher auf Gerry eingehen, den geheimnisvollen Gerry, den Teilzeitliebhaber, den schwer durchschaubaren Gerry – wie auch immer man ihn nennen will. Gerry war an die fünfzehn Jahre älter als Jo und ich und verheiratet. Mit Kindern, Ferienhaus in der Toskana und allem, was dazugehört. Außerdem sah er gut aus, war charmant und selbstsicher. Ach, und reich, obwohl das natürlich für Jos Entschluss, sich mit ihm einzulassen, nie ausschlaggebend gewesen war. Schließlich gingen sie selten miteinander aus.

Gerry hatte sie sogar durch mich kennen gelernt – er nennt eine Sammlung moderner Kunst sein Eigen, die ein Vermögen wert ist, und als die National Gallery ihm einmal half, ein Gerichtsverfahren gegen einen skrupellosen Kunsthändler zu gewinnen, der wissentlich Fälschungen verhökerte, lud er die gesamte Labormannschaft zu einer Feier in der Saatchi Gallery ein. Da ich als Einzige aus der Abteilung hinging, nahm ich Jo mit, und am nächsten Tag rief er sie an. Damals hielt Jo das nur für eine kurze Affäre, glaube ich, aber es entwickelte sich rasch mehr daraus, und bald erkannte ich, dass eine große Leidenschaft zwischen ihnen entfacht war. All das überraschte mich ein wenig, um es vorsichtig auszudrücken, aber Jo ist eben Jo, und sie wusste, was sie tat. Wenn die beiden sich ein nachmittägliches Schäferstündchen gegönnt hatten, fand ich die Wohnung bei meiner Heimkehr oft als wahres Schlachtfeld vor – Gläser waren zu Bruch gegangen, Champagnerflaschen und Aschenbecher standen überall verstreut rum, Bettzeug fand sich an unvermuteten Orten wieder, und die gesamte Wohnung miefte nach Sex und Gerrys Zigarren. Einmal war das ganze Badezimmer voller verträpfeltem Kerzenwachs, das im Teppich zu harten kleinen Klümpchen erstarrt war. Ein andermal hatte ich Jo im Morgenrock angetroffen, lethargisch auf dem Sofa ausgestreckt, und eine von Gerrys Krawatten war noch um ihr Handgelenk geschlungen wie ein exotisches Armband.

Es wurde bald klar, was sie zusammenkittete. Der Sex mit ihm, erzählte sie mir schon ziemlich am Anfang, sei absolut phänomenal. Einige Wochen später dann, als ich beim Nachhausekommen feststellte, dass die Gardinenstange im Wohnzimmer zerbrochen war – die Gardinenstange, lieber Himmel, ich meine, wie genau stellt man es an, beim Sex eine Gardinenstange zu zerbrechen? –, fragte sie mich ein bisschen wehmütig, ob ich jemals Sex gehabt hätte, der überwältigend war, fast schon zu viel. Ich verneinte. So eine Art von Sex schien mir ehrlich gesagt kaum vorstellbar, geschweige denn reizvoll.

Die Sache war ungefähr fünf Monate gelaufen – etwa so lange, wie Jo es bisher mit ihren wechselnden Freunden immer ausgehalten hatte. Eigentlich wollten die beiden zusammen in Urlaub fahren, aber dann konnte er sich in letzter Minute doch nicht freimachen, also fuhr ich stattdessen mit. Als wir in Italien waren, gestand mir Jo, im Grunde sei sie eher erleichtert darüber. Schließlich konnte man nicht die ganze Zeit Sex haben, und zwei volle Wochen mit Gerry hätten ziemlich anstrengend werden können. Ich fand, dass es an der Zeit wäre, ihn in die Wüste zu schicken und sich endlich einen richtigen Freund zu suchen, und sie war glaube ich meiner Meinung. Aber ich bearbeitete sie wohlweislich nicht allzu hartnäckig. Jo hatte es nämlich gar nicht gern, wenn ich ihr Ratschläge zum Thema Männer erteilte. Solange wir uns kannten, erteilte immer sie mir die Ratschläge.

Jo und ich hatten uns in Oxford kennen gelernt – sie absolvierte gerade einen zweijährigen Sekretärinnenkurs und wurde von einem Schwarm vermögender junger Schnösel verfolgt, die sich ungeheuer ernsthaft mit Dingen wie Beaglezucht und Wettpflügen beschäftigten. Davor hatte sie bereits für ein Reiseunternehmen gejobbt und in einer Bar gearbeitet; die Sekretärinnenausbildung war der allerletzte Versuch ihrer Familie, ihr doch noch zu einer beruflichen Zukunft zu verhelfen. Ich fing gerade eine Doktorarbeit über komplexe langkettige Polymere an, ein dermaßen abseitiges Gebiet der organischen Chemie, dass nicht einmal mein Doktorvater sich die Mühe machte herauszufinden, was ich genau zu tun hatte. Kennen lernten wir uns über Simon Cutter, einen arroganten Geschichtsdoktoranden, mit dem ich ein paar Mal aus gewesen war und der mir kurzerhand den Laufpass gab, weil er «jemand Interessanteres» kennen gelernt hatte – womit er, wie ich zu Recht argwöhnte, in Wirklichkeit jemand Attraktiveres meinte. Das war Jo.

Kurz darauf kam ich auf einer Party mit ihr ins Gespräch, und am nächsten Tag kreuzte sie mit einer Flasche

Wodka bei mir auf, um unsere Unterhaltung fortzusetzen. Wie sich herausstellte, hatte sie gerade erst selbst Simon den Laufpass gegeben, nicht nur, weil er miserabel im Bett war – erfrischend gnadenlos ging sie auf nähere Einzelheiten ein –, sondern auch, weil sie mich lieber mochte und einsah, dass sie nach dem, was er zu mir gesagt hatte, zwischen uns würde wählen müssen. Männer gab es in Oxford in Hülle und Fülle, sagte sie, aber Freundinnen waren dünn gesät. Das war der Anfang einer Freundschaft, die schon vier Jahre und weiß der Himmel wie viele Freunde überstanden hatte.

Wir waren grundverschieden: Sie groß, blond, sehr weiblich und extrovertiert, ein Männertraum wie aus dem *Playboy*, ich zierlich, dunkel und eher ernsthaft. Ihr übriger Freundeskreis bestand aus lauter Kunststudenten, von denen ich als eine Art Freak bestaunt wurde. Unter den Kunststudenten in Oxford galt es nämlich als ausgemacht, dass so genannte Nördliche Chemiker, ein Sammelbegriff für alle Naturwissenschaftsstudenten, ausnahmslos pickelig, ungewaschen und körperlich abstoßend waren. Ich weiß nicht mehr, wie oft ich die Worte zu hören bekam: «Wie eine Naturwissenschaftlerin siehst du gar nicht aus», oder auch, was noch origineller war: «Was ist denn aus den Pickeln geworden?»

Als wir nach London kamen, teilten wir uns zunächst ein Haus mit zwei anderen Mädchen in Putney, und nachdem diese WG an einem sonderbaren, quasijuristischen Zwist darüber, wer welchen Anteil am Hausputz übernehmen musste, gescheitert war, suchten wir uns zusammen eine Wohnung in einer Gegend, die mal als South Hampstead, mal als Kilburn oder auch Camden bezeichnet wurde, je nachdem, mit wem man sich gerade unterhielt. Zu der Zeit hatte Jo in einer hippen Werbeagentur den Karrieresprung von der Sekretärin zur Account-Managerin geschafft, während ich, mit abgeschlossenem Studium und Doktortitel, gerade mal Laborantin war. Aber dafür hatte ich mit Bildern von Caravaggio und Tizian zu tun und arbeitete im Herzen des West End. Meine Arbeit war nicht sonderlich anspruchsvoll, aber sie war recht gut bezahlt und trug mir Lob von meinen Vorgesetzten ein, und das Leben war so, wie es war: zu gut, um mir Gedanken darüber zu machen, was in fünf Jahren sein mochte.

Ich setzte den Antrag auf Analyse der Pinselfasern auf, die ich gefunden hatte, und dann war es auch schon ein Uhr. Am Strand gab es ein Pret A Manger, also zog ich meine Bluse wieder an und spazierte über den Trafalgar Square, um mir etwas zu essen zu besorgen. Es war brütend heiß. Die Leute saßen am Rand des Brunnens, hielten die Beine ins Wasser und ließen sich ihre Sandwiches schmecken. Touristen kauften Beutel mit Futter für die Tauben und fotografierten sich gegenseitig mit den Vögeln auf dem Arm. Gerüchten zufolge enthielt das Vogelfutter ein Verhütungsmittel, um der Taubenplage Herr zu werden, aber trotzdem stolzierten immer noch Hunderte der Viecher über den Platz.

Ich besorgte mir einen Salat und setzte mich zum Essen auf eine Bank. Die Pflastersteine wirkten wie ein riesiger Sonnenreflektor, strahlten Hitze und Licht in alle Richtungen ab. Abgase strömten aus den zahlreichen Bussen, die sich im Schneckentempo über die verstopften Fahrbahnen schoben. Einige Mädchen in der Nähe hatten ihre Oberteile ausgezogen und sonnten sich im BH. Ganz so weit ging ich nicht, öffnete aber ein paar Blusenknöpfe und setzte meine Sonnenbrille auf. Mein Handy piepste. Nur eine SMS von Jo, um mich daran zu erinnern, den Wein nicht zu vergessen.

Als ich zurück über den Platz ging, fielen mir zwei junge Schwarze auf, die direkt auf mich zukamen. Für das Wetter waren sie viel zu warm angezogen – weite Jeans, dicke Kapuzensweatshirts; einer trug sogar einen Parka. Im Vorbeigehen sagte der eine ganz höflich: «Entschuldigung, Miss.»

Wenn man in London lebt, entwickelt man eine Art Radar, und zu einer späteren Uhrzeit oder bei weniger schönem Wetter hätte ich vermutlich einfach so getan, als ob ich nichts gehört hätte. So aber wandte ich unwillkürlich ein wenig den Kopf, ohne jedoch stehen zu bleiben oder zu antworten.

Riesenfehler. Ich hätte sie nie anschauen dürfen.

Der, der mich angesprochen hatte, fragte mich: «Wissen Sie, wie spät es ist?»

Ich trug keine Uhr. «Tut mir Leid. Hab keine Uhr an.» Ich zuckte entschuldigend die Achseln und ging weiter.

Der andere sagte: «Ist ja gut. Haben Sie ein Handy?»

Nach kurzem Zögern antwortete ich: «Nein.» Zweiter Fehler.

Der Erste hob übertrieben die Schultern, um seiner Enttäuschung Ausdruck zu verleihen. «Aber wir haben es doch gesehen. Das Handy, wir haben es gesehen, stimmt's?»

«Wollen Sie meine Nummer?», fragte der Zweite. «Hey, speichern Sie meine Nummer in Ihr Handy. Wo ist Ihr Handy? Na los, zeigen Sie mal Ihr Handy.»

«Genau, geben Sie es mal her, Ihr Handy», forderte mich der Erste auf und streckte grinsend seine Hand aus.

Eigentlich wirkten sie viel zu liebenswürdig, um mich ausrauben zu wollen. «Lieber nicht», erwiderte ich unbeholfen.

Auf einmal kamen sie ganz nahe, verstellten mir den Weg. «Wieso lügen Sie mich an?», fragte der Erste.

Der Zweite schob die Hand in die Parkatasche und zog ein kleines Messer mit bereits aufgeklappter Klinge heraus. «Keinen Aufstand, Baby. Wir nehmen bloß dein Handy mit.»

Widerstrebend steckte ich die Hand in die Tasche und zog mein Handy heraus. Der Erste schnappte es sich. «Süß.» Er lächelte wieder. «Jetzt reg dich bloß nicht auf», sagte er und zwinkerte mir zu. «So was passiert ständig, kapiert?»

«Schon okay», sagte ich. Aus unerfindlichen Gründen lächelten wir uns alle an, während der erste Kerl das Handy kurz begutachtete und dann in einer Hosentasche verschwinden ließ.

«Hast du auch Geld?», wollte der Zweite wissen.

«Ihr habt doch schon mein Handy», wandte ich ein.

«Genau, lass sie in Ruhe», sagte der Erste. «Hauen wir ab.» Und weg waren sie, schlenderten fröhlich davon, ohne sich noch einmal umzudrehen. Ich sah mich um. Ein halbes Dutzend Leute hatte uns teilnahmslos beobachtet.

«Die haben mir mein Handy geklaut», sagte ich, immer noch völlig perplex. «Die Scheißkerle haben mir gerade mein Handy geklaut.» Niemand reagierte. Alle waren zu sehr damit beschäftigt, das schöne Wetter zu genießen, auch wenn einige von ihnen besorgte Gesichter machten. Die beiden Räuber erreichten die Straße und tauchten in den fließenden Verkehr ab.

«Sind Sie okay?», fragte mich ein Mädchen, das an einem der Brunnen saß.

«Ich glaube, schon.»

Sie nickte, als sei alles in bester Ordnung. Ich stand da und beobachtete, wie die beiden jungen Männer in Richtung der Lower Regent Street langsam verschwanden. Dann ging ich zurück zur Arbeit.

Vom Büro aus rief ich die Polizei an. Man stellte mich zu einer gelangweilten Stimme im Revier West End Central durch. Der Mann wollte von mir die Marke des Handys wissen. Ich konnte mich gerade noch daran erinnern, aber das Modell fiel mir nicht mehr ein. Der Mann seufzte. Er erklärte, ich könne gern vorbeikommen und eine Aussage machen, aber falls ich das Handy nur meiner Versicherung melden wolle, könne er mir eine CAD-Nummer geben, zum Beweis, dass ich es als gestohlen gemeldet hatte. «Prima», sagte ich und legte auf. Dann rief ich bei Orange an und bat darum, mir keine weiteren Anrufe zu berechnen. So komisch das war, bei näherer Überlegung hatte es mich eigentlich mehr erschüttert, von Nathan «Miststück» genannt zu werden, als am helllichten Tag mitten auf dem Trafalgar Square bestohlen zu werden.

«Warum rufst du nicht mal deine eigene Nummer an?», meinte Alex. «Vielleicht gehen sie dran, und dann könntest du ihnen Geld dafür anbieten.»

«Könntest du das vielleicht für mich machen?»

Er wählte meine Nummer und lauschte ein Weilchen.

«Geht keiner dran», sagte er achselzuckend. «Ist wahrscheinlich inzwischen schon weitervertickt worden.»

«Keiner hat etwas unternommen», sagte ich. «Das geht mir nicht aus dem Kopf. Ungefähr ein Dutzend Leute hat alles mit angesehen, und keiner hat was unternommen.»

«Trugen sie eine Waffe bei sich?»

«Ja, schon. Einer der beiden hatte ein Messer. Aber es war winzig klein.»

Er breitete die Arme aus. «Soll man sich denn für ein Handy gleich abstechen lassen? Du hast absolut richtig gehandelt. Warum gehst du nicht einfach nach Hause, ruhst dich ein wenig aus und versuchst, die Sache ganz schnell zu vergessen?»

Er hörte sich an wie die Handyräuber. Bloß keine Aufregung. Trotzdem aber war es ein schöner Tag, die Sonne schien immer noch. Wenn ich nach Hause ging, könnte ich mich mit einem kühlen Drink auf unsere kleine Terrasse setzen. Außerdem würde ich so dem grässlichen Feierabendgedränge in der U-Bahn entgehen. «Könnte ich eigentlich machen», sagte ich.

Er nickte. «Dann bis morgen. Musst auch nicht pünktlich auf der Matte stehen. Komm einfach, wenn dir danach ist.»

Ich räume meine Sachen weg und gehe die Treppe runter. Ich bin im Freien, doch statt in das grelle Licht auf dem Trafalgar Square trete ich in eine immense Nebelflut, dicht, undurchdringlich, eiskalt, als ob sie gerade dem Meer entströmt ist und ganz London in weißen Dunst hüllt.

Nebel durchzieht die U-Bahn. Nebel durchzieht die Straßen. Nebel durchzieht meinen Kopf.

Nebel strömt durch mein Gedächtnis, löscht alles aus. Den ganzen übrigen Tag sehe ich nichts mehr als Nebel.

Ich kann mich an nichts erinnern, nachdem ich gegen drei Uhr nachmittags die National Gallery verlassen habe. Der übrige Tag – der Einbruch, die Vergewaltigungen, der Mord – wie weggeblasen.

Tut mir Leid.

3

Der Kriminalbeamte, der meine Aussage aufnahm, hatte eine schiefe Boxernase und warme, traurig wirkende Augen. Falls man ihn wegen seiner mitfühlenden Art ausgesucht hatte, war es die richtige Wahl gewesen. Sein Name lautete D. I. Thomson, aber er bot mir sofort an, ihn Bill zu nennen.

Zunächst schickte er Alice los, um Tee für uns alle zu besorgen, während er beteuerte, wie Leid ihm der ganze Vorfall tue. Ihm war natürlich klar, dass mir überhaupt nicht danach zumute war, eine Aussage zu machen, aber die ersten Stunden einer Ermittlung waren nun mal die allerwichtigsten. Je früher er mit mir redete, desto eher könnten sie den Übeltäter schnappen. Als Alice schließlich zurückkam, zog er sich das Jackett aus und hängte es akkurat über seinen Stuhl. «Heiß, nicht wahr?», fragte er. War es heiß? Ich fröstelte, aber vielleicht war das nur eine Spätfolge des Schocks.

Er interessierte sich für die vierundzwanzig Stunden vor dem Überfall, also erzählte ich ihm von der Party und von Nathan, der mich als Miststück beschimpft hatte, und von den Handyräubern. Dabei musste ich ständig gegen die Tränen ankämpfen. Er versuchte, mehr darüber zu erfahren, bemerkte aber, dass ich wieder die Fassung zu verlieren drohte. Plötzlich war wieder alles voller Nebel.

«Okay. Keine Sorge. Es fällt Ihnen schon wieder ein, ganz bestimmt.»

Ich fragte ihn, ob Nathan oder die Handyräuber irgendetwas mit dem Geschehen zu tun gehabt haben könnten.

«Nun, selbstverständlich ziehen wir alle Möglichkeiten in Betracht. Aber ich muss gestehen, das scheint mir eher unwahrscheinlich. Könnten die Räuber irgendwie an Ihre Adresse gekommen sein?»

«Ich habe sie einigen Leuten per SMS geschickt, wegen der Party. Haben die Räuber vielleicht meine Nachrichten gelesen?»

Er machte sich eine Notiz. «Ich werde das prüfen. Jetzt erzählen Sie mal, was sie vom heutigen Vormittag noch wissen.»

Es war mühsam, meine Gedanken halbwegs zu ordnen. «Ich erinnere mich ans Aufwachen. Ich habe mich schrecklich gefühlt. Ich muss mich nachts übergeben haben, weil die ganzen Laken schmutzig waren. Und ich lag nackt im Bett. Ich muss wirklich sternhagelvoll sein, ehe so etwas passiert, aber ich dachte, vielleicht war es ja so – ich war total betrunken, und Jo hat mich ins Bett gesteckt. Ich hatte einen ekelhaften Geschmack im Mund.»

Er schrieb eifrig mit, und ich pausierte kurz, damit er aufholen konnte. «Was für einen Geschmack?», fragte er, während er weiterschrieb.

«Hm – nach Erbrochenem vor allem.» Und ein gummiartiger Geschmack, dachte ich, nach Kondom, aber das behielt ich vorerst für mich.

Alice, die neben mir saß, tätschelte mir die Hand. «Ros, Sie schlagen sich wirklich großartig.»

«Ich musste mal. Kopfweh hatte ich auch, aber ich dachte, das wäre nur ein schrecklicher Kater. Der Boden im Badezimmer war voller Wasser. Dann wurde mir klar, dass die Dusche lief. Der Vorhang war zugezogen, ich konnte also nicht sehen, ob Jo drinstand.» Unser witziger Duschvorhang mit dem Umriss einer nackten Frau darauf. «Aber irgendwie wusste ich, dass sie nicht duschte.» Ich dachte kurz nach. Dampf, genau. «Wenn das Wasser heiß gewesen wäre, hätte es gedampft, aber da war kein Dampf. Als ich konnte, stand ich von der Toilette auf und …»

… und nichts, nichts, nichts. Das alles ist gar nicht passiert. Bitte, bitte, bitte, alles ist in Ordnung –

Schluchzend fuhr ich fort: «Und da habe ich sie gesehen. Sie war zusammengesackt. Sie wissen schon, auf dem Boden der Dusche, mit angezogenen Knien. Das Wasser lief über sie. Kein Blut. Aber die Seite ihres Kopfes war – das heißt, ich konnte es nicht richtig sehen, weil ihr Haar darüber hing, aber die Form ihres Kopfes war total anders, da war eine Delle, das konnte ich sehen, und sie hatte die Augen offen. Ich muss aufhören.»

Alice legte mir die Hand auf die Schulter.

Bill wartete. Ich atmete tief durch. In dem kleinen Raum gab es nichts anzuschauen. Ich legte mir die Hand über die Augen.

Schließlich fragte Bill sanft: «Haben Sie sie berührt?»

«Da noch nicht. Ich bin ans Telefon und habe den Notruf gewählt. Dann habe ich – der Mann am Telefon fragte, bin ich sicher, dass sie tot ist, und natürlich war ich das, aber dann dachte ich, nur zur Sicherheit … Also bin ich wieder ins Bad und habe die Dusche abgedreht und sie angefasst, und da kam dann das Blut raus. Ich habe ihren Kopf berührt und zur Seite geschoben, und da kam all das Blut auf die Fliesen gequollen. O Gott. O Gott.» Ich sah auf den Tisch und sagte leise: «Ich frage mich die ganze Zeit, ob ich es mit Mund-zu-Mund-Beatmung hätte versuchen sollen. Ob ich sie hätte retten können.»

Bill hörte zu schreiben auf. Den üblichen Schmus, dass ich mir keine Vorwürfe machen bräuchte, dass ich nicht nur Opfer war, sondern überlebt hatte, ersparte er mir, und dafür war ich ihm dankbar. Er sagte leise: «Mund-zu-Mund-Beatmung hätte nichts geändert. Alle Spuren deuten darauf hin, dass Jo schon tot war, als ihr Mörder sie in die Dusche geschleppt hat. Ros, es tut mir Leid.» Er wartete kurz und sagte dann: «Erzählen Sie mir, was Sie von dem Abend vor dem Überfall noch wissen.»

In meinem Kopf herrschte Leere.

«Was haben Sie zum Beispiel gegessen?»

Immer noch nichts. Ich schüttelte den Kopf.

«Im Wohnzimmer wurden zwei leere Pizzakartons gefunden.»

«Tut mir Leid. Ich kann mich nicht erinnern.»

«Sie stammen von einem Restaurant namens Spighetta, an der West End Lane. Dort ging die Bestellung telefonisch gegen halb zehn ein. Geliefert wurde an Ihre Adresse kurz vor zehn. Ein Nachbar, Mr. Scott, hat gesehen, wie Jo die Tür öffnete. Sie trug einen blauen Morgenrock.»

Ich schüttelte den Kopf. «Tut mir Leid. Vielleicht fällt es mir später wieder ein.»

«Können Sie sich erinnern, gestern Abend noch irgendwohin gegangen zu sein?»

«Wir waren nirgendwo. Zumindest kann ich mich nicht daran erinnern.»

«Wir haben eine DVD von Video City gefunden. *Sleepy Hollow*. Die haben Sie um halb acht ausgeliehen.»

«Entschuldigung», murmelte ich. «Ich kann mich nicht daran erinnern.»

«Im Wohnzimmer lagen einige Fotos herum», beharrte er. «Urlaubsbilder von Ihnen und Miss McCourt, also Jo. Ein Kassenbon belegt, dass sie gestern um neunzehn Uhr fünfzig bei Boots an der Finchley Road bezahlt wurden. Diese Filiale schließt um acht. Vielleicht hatten Sie es eilig, vor Ladenschluss dorthin zu kommen.»

Ganz kurz hatte ich das Gefühl, er hatte Recht – mit der Eile, das stimmte irgendwie, aber von der eigentlichen Erinnerung war keine Spur mehr vorhanden.

Er seufzte. «Sie sagten, Sie hätten möglicherweise einen Kater gehabt. Wissen Sie noch, was Sie getrunken haben?»

«Weißwein», sagte ich automatisch. Jo und ich tranken immer Weißwein, wenn wir abends zu Hause blieben.

Er machte sich eine Notiz. «Erinnern Sie sich, wo Sie den gekauft haben?»

In meinem Hirn flackerte etwas auf. «Könnte aus einem Dutyfreeshop stammen. Von unserem Urlaub.»

«Wo waren Sie?»

«Auf Sardinien. In Italien. Wir sind letzte Woche zurückgekommen.»

Bill sagte: «Wir glauben, Sie haben gestern Abend bei Oddbins in der West End Lane zwei Flaschen Weißwein gekauft. Deren Kasse ist momentan defekt, wir können also die genaue Uhrzeit nicht feststellen, aber der Geschäftsführer erinnert sich an Sie. Zollfreier Einkauf im

Dutyfreeshop wurde in Europa leider schon vor Jahren abgeschafft.»

Seiner Stimme war keinerlei Ungeduld anzumerken, aber Alice nahm mich trotzdem in Schutz. «Vielleicht möchte Ros sich kurz ausruhen.»

«Selbstverständlich. Ruhen Sie sich so lange aus, wie Sie wollen.»

Ich wollte ihm behilflich sein. Und da fiel mir auf, dass die Fähigkeit, Leute dazu zu bringen, ihnen helfen zu wollen, für Polizisten sehr nützlich sein musste. «Ich will mich nicht ausruhen», sagte ich. «Ich will helfen. Ich kann mich bloß an nichts erinnern.»

Eine Weile blieb es still.

«Erinnern Sie sich an Ihren Urlaub?», fragte Bill gespannt.

«O ja. Es war großartig.»

«Wo haben Sie ihn gebucht?»

«Bei AirTours, in Swiss Cottage.»

Bill schrieb wieder mit. «Wann war das?»

«Jo hat die Reise gebucht. Ursprünglich wollte sie mit ihrem Freund fahren, aber der hatte in letzter Minute abgesagt.» Da fiel mir etwas ein. «O Gott. Der weiß es ja vermutlich noch nicht mal. Oder überhaupt jemand. Ich meine, da ist ja noch ihre Familie.»

«Wir haben ihren Bruder benachrichtigt. Er kommt mit dem nächsten Flugzeug aus Schottland, um den Leichnam zu identifizieren.»

«Hector», sagte ich. «Armer Hector. Er liebt sie über alles.»

Armer Hector. Die Worte gingen mir unaufhörlich durch den Kopf, wie ein Kinderreim. *Armer Hector. Er liebt sie über alles. Der arme Hector liebt sie über alles. Aber Hector hat sie nicht beschützen können …*

«Wie heißt ihr Freund?», fragte Bill und zückte erneut den Stift.

«Gerry. Gerry Henson.» Ich zögerte. «Eins sollten Sie allerdings wissen. Er ist verheiratet.»

«Haben Sie seine Anschrift?»

«Er wohnt irgendwo in Hampstead. Müssen Sie es seiner Frau sagen?»

«Vermutlich nicht.» Ich sah, wie er neben seine letzte Notiz ein Sternchen malte. «Ros, manchmal ist es schwierig, wenn Menschen tot sind. Ihr Leben war ein bisschen chaotisch oder kompliziert, und ihre Freunde wollen uns mitunter ungern alle Einzelheiten erzählen, damit wir keinen falschen Eindruck von den Verstorbenen bekommen. Aber wir sind einzig daran interessiert, den zu schnappen, der sie umgebracht hat. Kurzum, wir wollen nur erfahren, mit wem wir Gespräche führen müssen, meist, um sie als Schuldige rasch ausschließen zu können.» Er fing einen neuen Abschnitt unter der Überschrift «Ros Taylor» an. Ich konnte meinen eigenen Namen verkehrt herum lesen. «Wie sieht es bei Ihnen aus? Haben Sie momentan einen festen Freund?»

«Nein.»

«Haben Sie vor kurzem eine Beziehung beendet?»

«Nicht direkt. Die letzte liegt sechs Monate zurück.»

«Kann ich Namen und Anschrift haben?»

«Peter. Peter …» Ich stocherte im Nebel herum, bis es mir gelang, Peters Nachnamen dingfest zu machen. «Peter Carr. Seine Anschrift weiß ich jetzt nicht. Die muss ich erst raussuchen.»

«Seither niemand?»

«Nein. Bei Männern habe ich kein gutes Händchen.»

«Das notiere ich mir, in Ordnung?», fragte er mit todernster Miene.

«Es ist nicht besonders …», fing ich an und merkte dann, dass er mich nur aufzog.

Es hatte lange gedauert, bis ich es mir eingestand. Aber ich glaube, dass er mir schon damals zu gefallen begann, in jenem fensterlosen Raum, zu einem Zeitpunkt, der unangebrachter nicht hätte sein können. Was bloß beweist, wie unberechenbar menschliche Gefühle manchmal sein können.

Bill nahm meine Fingerabdrücke, damit sie bei der Durchsuchung meiner Wohnung übergangen werden konnten. Er führte meine Finger mit seiner großen, wohlgeformten Hand sorgsam über das Tintenkissen. Dieses Schweinchen blieb daheim. Dieses Schweinchen wurde vergewaltigt. Dieses Schweinchen ist tot.

«Ros, ich muss Ihnen ein paar Routinefragen stellen, damit die Laborleute etwas mit den forensischen Spuren anfangen können. Haben Sie Ihre Laken gewechselt, seit Sie das letzte Mal Geschlechtsverkehr hatten?»

Was für eine seltsame Frage, dachte ich. Dann wurde mir klar, dass sie nach DNS-Spuren suchen würden. «Wie gesagt. Das letzte Mal ist sechs Monate her. Und ganz so schlampig bin ich auch nicht.»

Er lächelte. «Natürlich nicht. Das wollte ich auch nicht sagen.» Er hakte etwas auf einem Formular ab.

Da erinnerte ich mich. «Ach. Moment. Nach der Party lag jemand in meinem Bett und schlief.»

«Ein Mann oder eine Frau?»

«Ein Mann.»

«Wissen Sie seinen Namen?»

«Tut mir Leid.»

Bill notierte etwas neben dem Haken.

«Ich habe ihn natürlich rausgeschmissen», fügte ich unnötigerweise hinzu. Was mir aber ein weiteres Lächeln von Bill eintrug. Er griff nach einem zweiten Formular.

«Und ich muss Sie zu den Sicherheitsvorkehrungen der Wohnung befragen. Mir sind vorhin Gitter an den Fenstern aufgefallen, die nicht verschlossen waren. War das immer der Fall?»

«Nun, wenn wir zu Hause sind, lassen wir sie offen. Die Fenster kann man nur öffnen, wenn die Gitter offen sind.»

«Und der gepflasterte Hof direkt hinter Ihrer Wohnung. Der wird gemeinschaftlich genutzt, richtig?»

Ich nickte. «Mehr oder weniger. Da stehen die Mülltonnen.»

«Haben Sie gestern Abend jemanden da draußen gehört?»

Wieder Nebel. Alice legte Bill warnend die Hand auf den Arm.

Alles ist so verkehrt, dachte ich benommen. Um diese Tageszeit sollte ich bei der Arbeit sein, über Pinselstriche und Polymerschichten diskutieren, nicht über Mord und Fenstergitter. Mir kam ein Gedanke. «O Gott. Ich habe dem Museum gar nicht mitgeteilt, wo ich bin. Hat jemand dort angerufen?»

Alice beruhigte mich: «Mache ich sofort.»

«Bitte», ich holte tief Luft, «gehen Sie nicht allzu sehr ins Detail, ja?»

«Selbstverständlich nicht. Ich werde einfach sagen, dass Sie aufgehalten worden sind.»

«Es sollte auch jemand in Jos Büro anrufen.» Es war so viel zu tun, ein riesiger Berg organisatorischer Dinge. Ich fing an zu weinen.

Bill fragte: «Möchten Sie noch etwas Tee?» Ich nickte.

Ein paar Minuten blieb ich allein. Auf dem Tisch stand ein leerer Aschenbecher. Ich wollte ihn von mir wegschieben, aber er war am Tisch befestigt. Ein tiefes, unwiderstehliches Gähnen ließ mich erschauern. In die Tischplatte hatte jemand das Wort FUCK eingeritzt. Ich dachte an die Zahlen, die der Täter in meinen Rücken geritzt hatte. Was würde ich tun, wenn Narben zurückblieben und ich mein Leben lang gezeichnet war? Auf einmal wurde mir bewusst, dass das Datum auf meinem Rücken Jos Todestag war. Es würde auch auf ihrem Grabstein stehen. Ich gähnte ein weiteres Mal und fröstelte. Die Kleidung vom Missbrauchsdezernat war ziemlich notdürftig. Ich überlegte, ob Bill wohl etwas dagegen hätte, wenn ich mir das Jackett überstreifte, das er auf der Stuhllehne zurückgelassen hatte. Unter den gegenwärtigen Umständen wohl eher nicht, beschloss ich. Das Jackett roch schwach nach Rasierwasser.

Bill kam mit zwei Plastikbechern zurück, die er vorsichtig am oberen Rand festhielt, um sich nicht die Finger zu verbrennen. Ein Schnellhefter klemmte unter seinem Arm. Er stellte die Becher ab. «Vorsicht. Heiß.»

Ich hob die Arme in seinen Jackettärmeln. «Ich hoffe, Sie haben nichts dagegen. Mir war kalt.»

Als er daraufhin lächelte, wirkten seine Augen noch

trauriger. «Soll Alice nicht lieber etwas holen, was Ihnen passt?»

«Das Jackett ist prima. Wenn es Ihnen wirklich nichts ausmacht.» Tatsächlich war es ziemlich beruhigend, mich in das viel zu große Kleidungsstück zu mummeln. Ich zog die Aufschläge zusammen.

«Können wir uns nochmal über den Überfall unterhalten?», fragte er sanft.

Ich atmete durch. «Klar.»

«Erzählen Sie mir, woran Sie sich nach Ihrer Heimkehr erinnern.»

Ich blickte nach oben. «Ich glaube, ich erinnere mich jetzt an die Pizza», sagte ich langsam. «Aber vielleicht auch nur, weil Sie mir davon erzählt haben. Ich bin mir ziemlich sicher, dass wir Wein getrunken und uns die Urlaubsfotos angeschaut haben. Aber das haben Sie mir ja auch schon erzählt. Ansonsten ist alles weg.»

«Okay», sagte er. Er tippte auf den orangefarbenen Schnellhefter. «Ich habe gerade den Bericht der Ärztin, und die erste Blutanalyse bekommen. Ganz sicher können wir erst nach Abschluss der forensischen Tests sein, aber nach dem Bericht sieht es ganz so aus, als hätte gestern Nacht jemand mit Ihnen Geschlechtsverkehr gehabt. Spermaspuren wurden jedoch keine gefunden, was nahe legt, dass er ein Kondom benutzt hat. Das erschwert uns zwar die Arbeit, dürfte für Sie aber eher beruhigend sein.»

Ich nickte benommen. Ich war vergewaltigt worden.

«Hatten Sie Kondome in der Wohnung?», fragte er sanft.

«Kann sein, dass Jo welche hatte. Na ja, wahrscheinlich. Ich weiß es nicht mehr.»

«Sagen Sie uns Bescheid, wenn es Ihnen wieder einfällt? Wenn wir den geschnappt haben, der Ihnen das angetan hat, werden wir ihm Vorsätzlichkeit nachweisen wollen, verstehen Sie? Falls er Kondome dabeihatte, könnte das darauf hinweisen, dass er die Tat geplant hat.»

«Okay.»

«In Ihrem Blut wurden außerdem Spuren von Gammahydroxybutyrat nachgewiesen, GHB. Wissen Sie, was das ist?»

Ich schüttelte den Kopf.

«Im Halbweltjargon heißt das Zeug flüssiges Ecstasy oder Flachlegertropfen. Früher wurde es in Reformhäusern als Schlafmittel verkauft. Später wurde es dann bekannt als Missbrauchsdroge. Bei ausreichender Dosierung führt es zu Bewusstlosigkeit.»

«So wie – wie heißt es noch – Rohypnol?»

«Ja, aber Rohypnol enthält heute einen Zusatzstoff, der sich in Alkohol blau verfärbt, deswegen kommt es für solche Zwecke kaum noch zum Einsatz. GHB dagegen ist farblos und nahezu geschmacksneutral. Es kann außerdem Erbrechen, Schwindel und vorübergehenden Gedächtnisverlust auslösen, was vermutlich erklärt, warum es Ihnen so schwer fällt, sich an die Geschehnisse zu erinnern.»

«*Vorübergehenden* Gedächtnisverlust? Dann lässt das also wieder nach?»

«Wahrscheinlich. Ich bin kein Fachmann auf dem Gebiet, aber nach dem, was mir gesagt wurde, können Sie damit rechnen, in den nächsten paar Tagen nach und nach Ihr Gedächtnis zurückzuerlangen.»

«Und dann erinnere ich mich daran, was passiert ist»,

sagte ich benommen. Sich nicht zu erinnern war schon schlimm genug, aber was für schreckliche Dinge würden mir plötzlich wieder einfallen, wenn mein Gedächtnis zurückkehrte?

«Ich muss so ehrlich sein, Ros, und betonen, dass es uns extrem nützen würde, wenn Sie sich erinnern könnten. Ich werde Ihnen meine Telefonnummer geben.» Er zog eine Karte heraus und notierte etwas darauf. «Hier haben Sie auch noch meine Handynummer. Falls Ihnen irgendetwas einfällt, egal was, möchte ich, dass Sie mich sofort anrufen.»

Alice kam wieder herein und setzte sich leise hin.

«Sie hatten etwas höhere Mengen GHB im Blutkreislauf als Jo», sagte Bill. Ich rätselte, woher sie das wussten, und dann ging mir auf, dass während meiner Untersuchung im Missbrauchsdezernat mit seiner gedämpften Beleuchtung und den gemütlichen Sofas Jo irgendwo in einer Leichenhalle einer ähnlichen Prozedur unterzogen worden war, ausgestreckt auf einer Bahre, unter dem grellen Licht starker Neonlampen. Vielleicht war sie aufgeschnitten worden, damit die Untersuchungen leichter durchgeführt werden konnten. Vor meinem geistigen Auge sah ich plötzlich einen Pathologen vor mir, der über sie gebeugt dastand, in ihren Bauch griff und ihre Organe herauszog, wie die grausige Parodie eines Kaiserschnitts –

«Fehlt Ihnen etwas?» Bill wirkte besorgt.

«Alles in Ordnung», murmelte ich. «Reden Sie weiter.»

«Wir haben auch die Reste einer Flüssigkeit untersucht, die wir in zwei Weingläsern in Ihrer Wohnung gefunden haben. Beide enthielten GHB, also wurde es Ihnen vermutlich auf diese Weise verabreicht.»

«Heißt das, er war dort? In der Wohnung? Während wir unsere Pizza gegessen haben oder was auch immer?»

«So sieht es aus. Wahrscheinlich ist er durchs Fenster hereingekommen, hat das GHB in Ihren Wein gekippt, während Sie gerade nicht im Zimmer waren, und sich dann in der Nähe versteckt, um die Wirkung abzuwarten. Sie können sich vermutlich nicht erinnern, ob der Wein ungewöhnlich salzig schmeckte?»

Ich schüttelte den Kopf. Mir war übel.

«In Jos Blut wurde überdies Kokain nachgewiesen, und Sie hatten beide in den achtundvierzig Stunden vor der Blutuntersuchung Cannabis geraucht, wenngleich nur in sehr geringen Mengen. Möchten Sie sich dazu äußern?»

«Bei der Party gab es welches. Cannabis, meine ich. Kokain habe ich keines gesehen, aber ehrlich gesagt wäre es nicht ungewöhnlich, wenn es davon auch was gegeben hätte.»

«Gehörte das Cannabis Ihnen, oder hat es jemand anderes mitgebracht?»

«Jemand anderes. Ich weiß nicht, wer, wirklich nicht. Es wurde einfach so herumgereicht.»

«Okay. Schauen Sie, uns geht es vorrangig darum, den Täter zu finden. Wenn es nichts damit zu tun hat, werden wir wegen ein bisschen Gras kaum anfangen, Ihre Freunde zu behelligen.»

«Danke.»

«Noch was anderes. Der Film, den Sie gestern Abend ausgeliehen haben, war auf einer DVD. Vermutlich besitzen Sie also einen DVD-Player?»

«Jo hat sich vor ungefähr einem Monat einen gekauft.»

«Nun, der befindet sich nämlich nicht mehr in Ihrer

Wohnung. Es könnten noch mehr Sachen verschwunden sein. Im hinteren Schlafzimmer haben wir ein leeres Schmuckkästchen aus Holz gefunden. Es sieht ganz so aus, als wäre es ausgeräumt worden.»

«Ist es rot?»

Er sah in seinen Notizen nach. «Ja. Gehört es Ihnen?»

Ich fing wieder an zu weinen. Nicht weil der Inhalt des Kästchens besonders wertvoll war, sondern weil er Teil meines früheren Lebens war.

«Raub kommt als Hauptmotiv durchaus infrage», fuhr Bill fort. «In dem Fall könnten wir ihm auf die Spur kommen, denn er wird versuchen, das Diebesgut zu verkaufen. Dazu müssen wir eine Liste anfertigen, die …»

«Wie ist sie gestorben?», fragte ich unvermittelt. «Jo, meine ich. Was ist ihr zugestoßen?»

«Es könnte zu früh sein, um …», fing Alice an.

«Ich will es wissen», sagte ich. Offenbar klang ich sehr entschlossen, denn Alice verstummte sofort.

«Uns liegt noch kein vollständiger Obduktionsbericht vor», sagte Bill langsam. «Aber es scheint ziemlich klar, dass Jo wie Sie auch sexuell missbraucht wurde. Sie hat Kratzer und Blutergüsse an den Armen, was belegt, dass sie aufgewacht ist und sich gegen den Täter zur Wehr gesetzt hat. Sie hat eine Kopfverletzung – wir vermuten, dass sie während des Kampfes gegen den Nachttisch geprallt ist. Todesursache war aber vermutlich Erstickung.»

Der Raum verschwamm vor meinen Augen. «Hat sie gelitten?», konnte ich gerade noch fragen.

Wieder redete er nicht um den heißen Brei herum. «Das ist sehr unterschiedlich bei Erstickung. Mitunter stellt sich dabei ein Gefühl ein, das ‹Lufthunger› genannt wird – man ringt verzweifelt um Atem. Die Verletzungen an ihren Armen legen nahe, dass sie um ihr Leben gekämpft hat. Aber nicht sehr lange.»

Als ich stumm blieb, redete er weiter. «Wir glauben, der Mörder hat ihren Körper unter die Dusche geschleift, um alle forensischen Spuren abzuspülen, die seine Identifizierung ermöglichen könnten. Wir haben noch keine Erklärung dafür, warum er mit Ihnen nicht ebenso verfahren ist. Möglicherweise erfolgte der Angriff auf Sie später, nachdem er den Schmuck gesucht hatte. Oder Jo hatte einfach nur Pech gehabt. Um das zu entscheiden, müssen wir die Tat natürlich sehr viel genauer rekonstruieren.» Er sah mich kurz an. «Ich benötige eine Liste aller Personen, die in den letzten zwei bis drei Wochen in der Wohnung waren. Männer und Frauen. Besonders von den Gästen der Party. Damit wir deren Spuren gegebenenfalls ausschließen können.»

Zum ersten Mal wurde mir bewusst, wie viel Arbeit bei einer polizeilichen Ermittlung anfällt. «Kann ich das morgen erledigen?»

«Natürlich. Wo werden Sie heute übernachten?»

«Keine Ahnung.»

«Gibt es jemanden, den Sie gern anrufen würden?»

Ich versuchte, mein vernebeltes, blockiertes Hirn zum Denken zu bewegen. Zu meiner Mutter konnte ich kaum, da sie im tiefsten Yorkshire wohnte und ich ja in London bleiben müsste, um der Polizei alle gewünschten Informationen zu liefern. Außerdem bezweifelte ich, dass ich schon in der Lage war, ihr alles zu erzählen. Seit dem Tod meines Vaters war sie zusehends gebrechlich und vergesslich geworden, und ich war mir nicht sicher, wie viel sie überhaupt verstehen würde. Meine Freundin Anna war beruflich in Südamerika unterwegs. Katie und Jim hatten zwar eine Wohnung, aber auch ein Baby. Die meisten meiner Freunde lebten in engen WGs. «Ich werde mal Charlotte fragen», sagte ich schließlich. Charlotte hatte einen Banker geheiratet. Sie wohnten in einem wahren Palast in Maida Vale, und obwohl nicht meine erste Wahl, waren sie doch die einzigen Freunde von mir, die über ein Gästezimmer verfügten.

«Hier, benutzen Sie dieses.» Bill zog ein Handy aus seiner Tasche. «Hier drinnen ist es privater als vorne am Empfang. Ich muss jetzt Ihre Aussage protokollieren, damit Sie unterschreiben können, aber ich komme später zurück.»

«Kann ich – kann ich nochmal in die Wohnung? Ich habe keinerlei Garderobe zum Wechseln.»

«Wenn Alice Sie begleitet. Sie werden sich beim zuständigen Beamten am Tatort melden und auflisten müssen, was Sie alles mitnehmen. Stellen Sie sich darauf ein, dass wir in der Wohnung eine Woche zu tun haben werden.»

Ich atmete tief durch. «Und Jo? Darf ich sie nochmal sehen?»

Die braunen Augen wirkten nachdenklich. «Nun», sagte er, «das liegt ganz bei Ihnen. Aber nicht heute. Die Obduktion dürfte noch nicht abgeschlossen sein.»

Er ging nach draußen. Ich rief Charlotte an, die noch bei der Arbeit war, und schilderte ihr in möglichst sachlichem Ton, was passiert war. Sie fing an zu weinen, und auch ich brach wieder in Tränen aus. Sie wollte vorbeikommen und mich abholen, aber ich erklärte ihr, ich sei bei der Polizei und wisse nicht, wie lange ich noch bleiben müsse.

Ein kräftiger Mann um die fünfzig betrat den Raum, sah mich kurz an und redete dann mit Alice. Als ich mein Telefonat beendete, streckte er mir seine fleischige Pranke entgegen. «Ros Taylor? Superintendent Collier. Hat mein Junge sich um Sie gekümmert?»

Ich muss wohl verdutzt gewirkt haben, denn er sagte: «D. I. Thomson. Er hat eine erste Aussage aufgenommen?»

Ich nickte bestätigend.

«Wie ich höre, leiden Sie unter Gedächtnisverlust», sagte Superintendent Collier. «Das kommt in solchen Fällen häufig vor, aber ich bin überzeugt, nach einer geruhsamen Nacht – Schönheitsschlaf, hätte ich gesagt, wenn der nicht so offenkundig überflüssig wäre – werden Sie frisch und munter aufwachen und vollauf in der Lage sein, uns bei unseren Ermittlungen zu helfen. Wie Ihnen klar sein dürfte, behandeln wir den Tod Ihrer Freundin als Mordfall.» Er ließ ein Pfefferminzbonbon gegen seine Schneidezähne klacken.

Alice reagierte aufgebracht und murmelte ihm zu, auch ich sei Opfer eines schweren Verbrechens geworden.

«Absolut», raunte Collier. Er roch nicht nur nach Pfefferminz, sondern auch nach Zigaretten und Bier. «Scheußliche Geschichte.» Er schaute das Handy in meiner Hand an. «Ist das Thomsons Handy? Ich musste ihn rausschicken, und er bat mich, darauf zu achten, dass sie es nicht aus Versehen mitnehmen. Also habe ich gesagt, ich würde mich drum kümmern und mich gleichzeitig bei Ihnen vorstellen.» Er streckte die Hand aus, und ich legte das Handy hinein. Seine andere Hand näherte sich, als wollte er mir auf die Schulter klopfen. Ich zuckte zusammen, und er ließ es bleiben. «Dann wollen wir hoffen, Sie ganz bald wiederzusehen», sagte er fürsorglich, mit glänzenden Augen. «Tschüschen.»

Ich murmelte irgendetwas und verließ hinter Alice die Wache. Ihr steif durchgedrückter Rücken verriet mir, dass auch sie nicht gerade scharf auf Detective Superintendent Collier war.

4

Alice war eine umsichtige Fahrerin, die sich peinlich genau an die Geschwindigkeitsbegrenzung hielt. Das gehörte wohl dazu, wenn man für die Polizei arbeitete: Man musste all die Vorschriften ernst nehmen, die der Rest der Welt ignorierte.

Um das Schweigen zu brechen, fragte ich sie nach ihrer Arbeit. Derzeit habe sie meist mit Schulkindern zu tun, sagte sie, was die Ermittlungen erschwere. «Manche wollen die ganze Sache geheim halten. Aus Angst vor der Reaktion ihrer Familien. Davor, dass man ihnen die Schuld gibt. Wie alt sind Sie, Ros, fünfundzwanzig, sechsundzwanzig?» Ich nickte. «Und Sie sind finanziell unabhängig, Single, haben eine Ausbildung. Ich will damit nicht sagen, dass es für Frauen wie Sie leichter ist, aber ich kann ihnen besser helfen, weil sie im Allgemeinen wollen, dass der Täter gefasst wird. Sie würden staunen, wie häufig wir wissen, wer der Vergewaltiger ist, die Frau aber ihre Aussage zurückzieht, bevor es zu einem Verfahren kommt.»

«Das muss furchtbar sein.»

«Für mich nicht so sehr. Meine Aufgabe ist es, den Opfern zu helfen, nicht die Verbrechen aufzuklären. Für die Kriminalbeamten ist es viel frustrierender.» Vor einer orangefarbenen Ampel machte sie Halt. «Es ist schon vorgekommen, dass Frauen mir den Mann beschreiben, der sie vergewaltigt hat, und ich merke, dass es sich um einen früheren Täter handelt, der ohne Anzeige davongekommen ist. Vor Gericht packt mich manchmal die Wut, wenn die Verteidigung irgendwelchen Unsinn erzählt und die Geschworenen das auch noch glauben. Ich habe schon erlebt, dass die Worte ‹Tu mir bloß nicht weh› oder ‹Bitte benutz ein Kondom› als Beweis der Einwilligung gewertet wurden. Da könnte ich wirklich aus der Haut fahren.»

«Alice, ich möchte Ihnen etwas sagen.»

Sie schaute mich aufmerksam an. «Nur zu.»

Mit leiser Stimme sagte ich: «Ich komme mir irgendwie vor wie eine Betrügerin. Ich meine, ich fühle mich gar nicht richtig vergewaltigt. Es ist, als wäre mir das alles im Schlaf passiert. Na ja, in gewisser Weise ist es ja auch so. Und ich werde mit so viel Aufmerksamkeit überschüttet, die ich gar nicht verdient habe. Mir ist, als würde die Ärztin Sie morgen anrufen und sagen: ‹Ich habe mich getäuscht, die ist gar nicht vergewaltigt worden›, und dann werden Leute wie dieser Superintendent mir vorwerfen, ich hätte ihre Zeit vergeudet, obwohl sie doch viel wichtigere Probleme zu lösen haben, zum Beispiel herauszufinden, wer Jo umgebracht hat.»

«Das wird nicht passieren», sagte Alice freundlich. «Ich habe den Bericht der Ärztin gesehen. Und ich habe auch gesehen, was er mit Ihrem Rücken gemacht hat. Glauben Sie mir, Ros, den Kerl zu kriegen, der das gemacht hat, wird für uns absolut vorrangig sein.»

Broadhurst Terrace sah sehr verändert aus. Die Anwohnerparkplätze waren aufgehoben und von drei weißen Einsatzwagen in Beschlag genommen worden. Bei einem handelte es sich laut Aufschrift um ein taktisches Einsatzfahrzeug der Metropolitan Police. Ein Polizeiwagen parkte auf dem Gehweg. Unser Hauseingang war mit einem blauweißen Band abgesperrt. Eine Polizeibeamtin stand daneben und kontrollierte jeden, der ins Haus wollte. Am Rand des abgesperrten Bereichs sah ich Mr. Scott von oben mit ein paar anderen Leuten zusammenstehen, die ich nicht kannte. Auf dem Bürgersteig war ein kleines gelbes Schild aufgestellt worden: «Zeugen gesucht – Körperverletzung mit Todesfolge – Können Sie helfen?» Datum, Uhrzeit und Ort waren handschriftlich vermerkt worden. Jemand hatte daneben einen Strauß Nelken in Zellophan abgelegt. Aufgrund der Hitze perlte auf der Innenseite des Zellophans Kondenswasser, und die Blumen wirkten schon ziemlich welk.

Alice führte mich zu dem größeren Einsatzwagen, der eine Art mobiles Büro enthielt, mit Computer, Kühlschrank und Telefonen. Ein junger Polizist indischer Herkunft schrieb gerade etwas in eine Akte.

«Pesh, das ist Miss Taylor», sagte Alice. «Ich bin mit ihr hergekommen, um ein paar Sachen zu holen.»

«Kein Problem. D. I. Thomson hat schon angerufen.» Er reichte uns eine Plastiktüte, die etwas Weißes enthielt. «Ich muss Sie nur bitten, das über Ihre Kleidung zu ziehen und die Plastikhüllen um Ihre Schuhe zu streifen. Die Leute von der Spurensicherung sind noch drinnen, aber ich kann sie bitten, ihre Arbeit kurz zu unterbrechen, wenn Sie wollen.»

«Wird wohl nicht nötig sein», sagte Alice. «Danke, Pesh.»

Die Tüte enthielt einen weißen Overall aus dünnem, papierartigem Material. Dazu gab es elastische Hauben, ähnlich wie die Duschhauben in Hotels. Als wir alles angelegt hatten, ging Alice mit mir durch den Hausflur hinab zu unserer Wohnungstür, wo ein Polizist in Uniform Wache stand.

«Alles in Ordnung?»

«Nervös», sagte ich. Sie berührte leicht meinen Arm, und wir gingen hinein.

Es herrschte ähnliches Gedränge wie sonst bei unseren Partys – nur, dass die Anwesenden verkleidet waren: Alle trugen die weißen Overalls, dazu auch noch weiße Gesichtsmasken. Ich stieß die Tür zu meinem Zimmer auf. Es roch immer noch leicht nach Erbrochenem, hinzu kam aber jetzt noch ein beißend chemischer Geruch, der mich an Sekundenkleber erinnerte. Die Wand war voller violetter Farbflecken. Eine Gestalt in weißem Overall hockte neben dem Bett und kratzte etwas vom Fußboden ab. Als der Mann Alice und mich bemerkte, stand er respektvoll auf.

Ich nahm ein paar Sachen aus dem Schrank und verstaute sie in meiner Sporttasche. Jeans, einige Blusen, ein paar schickere Sachen, nur für den Notfall. BHs und Höschen. Schminksachen vom Tisch neben dem Bett. Deo. Scheckheft. Turnschuhe. Tampons. Schuhe. Schlafanzug. Was brauchte ich noch?

Schwarz. Ich bräuchte schwarze Kleidung, für die Beerdigung. Meinen schwarzen Kaschmirpulli, meine Russell-&-Bromley-Pumps, mein schwarzes Jigsaw-Kostüm.

«Okay», sagte ich schließlich. «Ich habe alles.»

Die Tür ins Bad war mit durchsichtiger Plastikfolie überhängt worden. Dahinter konnte ich schwach eine maskierte Gestalt erkennen, die etwas auf den Duschvorhang sprühte. Im Wohnzimmer hockten zwei weitere Gestalten in Weiß am Boden und hantierten mit einem Maßband. Erst allmählich wurde mir klar, dass sie einen Fleck oder vielmehr eine Folge von Flecken auf dem Holzfußboden vermaßen. Es wirkte, als hätte jemand einen Pinsel voll brauner Farbe genommen und ihn leicht über das Holz geführt, bis eine Reihe Streifen und Flecken zurückgeblieben waren.

In der Ecke stand mein Cello in der blauen Segeltuchtasche. Ich hatte schon seit Monaten nicht mehr darauf gespielt, aber auf einmal wollte ich es unbedingt mitnehmen. Ich ging hin und hob es hoch. Das Segeltuch fühlte sich leicht klebrig an.

«Ich wollte es noch abwischen», sagte eine der weißen Gestalten entschuldigend durch ihre Maske hindurch. Erst an der Stimme bemerkte ich, dass es eine Frau war. «Der Rückstand ist bloß Toluidin – lässt sich mit warmem Wasser leicht entfernen.»

«Danke», sagte ich. Ich gab der Grünlilie auf dem Fensterbrett etwas Wasser aus der Flasche, die wir immer dort stehen hatten. Ich drehte mich um und warf einen letzten Blick auf die Wohnung, in der Jo und ich gemeinsam gelebt hatten. Dann ging ich hinaus.

«Ich habe eine Nachricht für Sie», sagte der Polizist vom Einsatzwagen zu Alice und reichte ihr einen Notizzettel. «Ist gerade über Funk gekommen.»

Sie überflog die Notiz und sagte dann stockend: «Ros,

man will wissen, ob ich im Dezernat aushelfen kann. Es warten drei Mädchen auf ihre Untersuchung, die nur eine Begleiterin haben. Ich kann aber auch bei Ihnen bleiben, falls Sie mich brauchen.»

«Nein, gehen Sie ruhig. Ich komme schon zurecht.»

«Ich werde eine Beamtin auftreiben, die Miss Taylor fährt», sagte der Polizist.

Wir legten unsere Overalls ab. Alice reichte mir eine Karte. «Hier haben Sie meine Nummer. Sie können mich jederzeit anrufen, auch unter der Privatnummer. Und für den Fall, dass Sie mich nicht erreichen, gebe ich Ihnen die Nummer des Beratungsservice.»

«Danke.» Auf der Karte stand: «Alice Turnbull. Dezernat Sexualdelikte». Ich steckte sie ein. «Sie waren einfach toll, Alice.»

«Nein», sagte sie. «*Sie* waren toll. Sie sind stark, Ros. Sie stehen das durch, das weiß ich.» Sie umarmte mich, ganz behutsam, um mir nicht am Rücken wehzutun. Als sie davonfuhr, kam ich mir furchtbar verlassen vor, mit meiner Tasche und meinem Cello. Wie ein Kind, das am Schultor zurückgelassen wird. Plötzlich merkte ich, dass ich noch das Jackett des Kriminalbeamten anhatte, wie eine zu große Schuluniform, in die ich erst noch hineinwachsen musste.

Im körperlichen Umgang mit dem Opfer einer Vergewaltigung tun Menschen sich nicht leicht. Charlotte, die mir unter normalen Umständen Küsschen auf die Wangen gegeben hätte, umarmte mich befangen, und Johnny, der mich sonst herzlich an sich gedrückt hätte, vermied gänzlich jede Berührung. Vielleicht dachte er, ich wolle nicht von einem Mann berührt werden. Oder vielleicht war ich jetzt in gewisser Weise tabu für ihn.

Ich ging direkt zu Bett. Ich war erschöpft, außerdem strengte mich Charlottes besorgtes Getue an. Ich schlief drei Stunden. Beim Aufwachen drangen Essensgerüche in meine Nase. Ich ging in die Küche, wo Charlotte gerade Pasta kochte. Das gemeinsame Abendessen kam mir fast wie ein Traum vor, ich trank zu viel Wein und plapperte aufgekratzt über alles, was mir gerade so einfiel, nur nicht über den Mord und die Vergewaltigung. Nicht, um das Thema zu umgehen, sondern weil ich nach dem Tag bei der Polizei, wo es um nichts anderes gegangen war, wirklich nichts mehr dazu zu sagen hatte. Und als ich kurz Jo erwähnte, musste ich natürlich erklären, was passiert war und was er mit meinem Rücken angestellt hatte. Charlotte weinte, und Johnny stand auf und sagte mit belegter Stimme, sollte er den Scheißkerl je in die Finger bekommen, würde er ihn in Stücke reißen. «Nur zehn Minuten allein mit dem», beteuerte er. «Dem würde ich die Eier abreißen.» Ich zuckte zusammen, woraufhin er sich entschuldigte. Das Ganze mündete in eine Diskussion, was wirklich geschehen würde, wenn die Polizei ihn schnappte, und wie viel Jahre er bekäme. Charlotte hatte eine Bekannte, die von ihrem Freund vergewaltigt worden war, und nachdem die Polizei sie dazu überredet hatte, ihn anzuzeigen und vor Gericht auszusagen, hatte der Richter verkündet, es lägen mildernde Umstände vor, da sie kaum traumatisiert wäre. Er verhängte eine Haftstrafe von nur sechs Monaten. Selbst Mörder konnten mitunter schon nach sechs Jahren wieder auf freien Fuß kommen.

Ich hörte nur mit halbem Ohr zu, weil ich keinen Zusammenhang zwischen ihrem Gerede und meinem Fall sah, als Charlotte mir über den Tisch noch Wein nachschenkte und ich plötzlich einen Moment völliger Klarheit erlebte – ein Flashback, könnte man sagen, nur dass es sich um eine jähe Erinnerung an einen Moment handelte, der bis dahin komplett im Nebel verschwunden war.

Vor vierundzwanzig Stunden, in dem Zeitraum, der mir, wie ich der Polizei erzählt hatte, völlig entfallen war, hatte ich, da mein Glas schon leer war, nach Jos halb vollem gegriffen und gefragt: «Trinkst du das nicht mehr?»

Und sie hatte geantwortet: «Nein, trink ruhig.»

Also hatte ich ihr halb volles Glas genommen und ausgetrunken.

«O Gott», sagte ich in Charlottes und Johnnys Gespräch hinein. Beide verstummten und schauten mich an.

«Mir ist gerade etwas klar geworden», sagte ich. «Ich habe gestern Abend Jos Wein ausgetrunken.»

Sie sahen mich verdutzt an.

«Das GHB war in dem Weinglas», fuhr ich fort. «Versteht ihr nicht? Und ich habe ihres auch noch ausgetrunken. Deswegen hatte ich mehr von der Droge im Blut als sie. Ich ging ins Bett und war sofort weg. Ich war total bedröhnt, also hat er später alles mit mir gemacht, was er wollte. Er hat mir sogar den Rücken zerschnitten, ohne dass ich aufwachte. Aber Jo … Jo war nicht so bedröhnt, weil sie weniger von dem Zeug intus hatte als ich. Also ist sie aufgewacht und hat sich gewehrt und um sich geschlagen, und deshalb hat er sie umgebracht. Deshalb hat er sie umgebracht: weil sie mich ihren Wein hat trinken lassen.» Ich hörte die wachsende Panik in meiner Stimme. «Wenn ich diesen Wein nicht getrunken hätte, wäre sie jetzt nicht tot. Das Ganze ist nur meinetwegen passiert. Sie war nicht ausreichend betäubt, deshalb hat er sie umgebracht.»

«Es ist nicht deine Schuld», sagte Charlotte rasch.

«Natürlich nicht», schloss Johnny sich an.

«Ich weiß, aber versteht ihr denn nicht? Wenn ich diesen Wein nicht angerührt hätte, wäre sie nie gestorben. Dann würde sie jetzt noch leben.»

«So darfst du nicht denken», sagte Johnny. «Damit quälst du dich nur. Ich meine, wenn ihr im Pub gewesen wärt, wäre das auch nie passiert.»

«Genau.» Plötzlich wirkte das, was Jo zugestoßen war, wie ein lächerlicher Zufall – nur eine von unendlich vielen Möglichkeiten, ein obskurer Seitenweg, der vom normalen Lauf der Geschehnisse abzweigte. Dass sie tatsächlich gestorben war, schien so unvorstellbar wie ein Sechser im Lotto. «Versteht ihr? Es wäre fast nicht passiert, und dann ist es doch passiert.» Ich merkte, was für wirres Zeug ich faselte, und verstummte. «Entschuldigung», murmelte ich, und dann musste ich mich übergeben.

Der Abend verlief ganz normal, wie jeder andere auch. Das Fernsehprogramm folgte dem immer gleichen Schema. Um zehn Uhr liefen die Abendnachrichten, der Tod meiner Mitbewohnerin war zu unwichtig, um erwähnt zu werden. Johnny verkündete, er würde mal früh schlafen gehen – wahrscheinlich dachte er, Charlotte und ich wollten uns unterhalten. Dann läutete die Türklingel, und Charlotte ging nachsehen, wer es war.

Ich wusste schon, dass es die Polizei sein musste. Mein erster Gedanke war, sie haben ihn. Ich hörte die Stimme von Bill, dem Kriminalbeamten, und dann Charlottes Antwort: «Ist sie, aber sie ist ziemlich müde.» Dann kam Bill ins Zimmer.

«Irgendwelche Neuigkeiten?», fragte ich.

Er schüttelte den Kopf. Er wirkte erschöpft. «Tut mir Leid. Ich bin hier, weil ich meine Schlüssel brauche. Ich habe nur den einen Satz.»

Ich muss ihn fragend angeschaut haben, denn er erklärte: «Sie befinden sich in meinem Jackett.»

«Oje, das tut mir Leid.» Ich lief ins Gästezimmer und holte sein Jackett. Eigentlich hatte ich es Alice mitgeben wollen, die sei aber so überstürzt aufgebrochen, versuchte ich mich zu rechtfertigen.

«Macht nichts», sagte er. Er klimperte mit dem Schlüsselbund und schaute sich um. «Freut mich jedenfalls, dass Sie bei Freunden unterkommen konnten.»

Plötzlich sah ich das Haus mit seinen Augen: die teuren Möbel, die gewollte Ungezwungenheit à la Conran-Shop, und dabei zog sich etwas in mir zusammen. So bin ich nicht, hätte ich ihm gern beteuert. Das bin ich nicht.

«Möchten Sie ein Glas Wein, Bill?», fragte Charlotte freundlich.

«Hm … ich sollte wohl besser gehen.»

«Bier? Johnny hat genügend im Kühlschrank.»

«Nun, ein kaltes könnte ich schon vertragen», sagte er. «War ein verdammt langer Tag.» Charlotte ging los in die Küche.

«Hören Sie, mir ist etwas wieder eingefallen.» Ich erzählte ihm, dass ich Jos Glas ausgetrunken hatte.

«Das ist sehr gut», sagte er. «Gewiss hat die Ärztin Recht, mit der Zeit wird Ihre Erinnerung mehr und mehr zurückkehren. Im Lauf der nächsten Tage nehmen wir noch eine

Aussage von Ihnen zu Protokoll.» Er unterdrückte ein Gähnen. «Entschuldigung. Ich bin ein bisschen müde.»

«Wie läuft es?», fragte ich. Es war ein komisches Gefühl, mich nach dem Gang der Ermittlungen zu erkundigen, als würde ich einen Banker nach einem Aktienkurs oder einen Journalisten nach seinem letzten Artikel fragen.

Bill wirkte, als wüsste er nicht, was er darauf antworten sollte. Dann sagte er: «Auch wenn jetzt vielleicht nicht der rechte Zeitpunkt für diese Frage ist: Was für eine Art Frau war Jo?»

«Wie meinen Sie das?»

«War sie sich der Wirkung bewusst, die sie auf Männer hatte? Nicht, dass ich ihr irgendeinen Vorwurf machen will», setzte er hastig hinzu. «Ich frage mich nur, ob ihr Benehmen oder ihr … Lebenswandel … sie einem besonderen Risiko ausgesetzt haben könnte.»

«Sie sah gut aus», sagte ich in dem entsetzlichen Bewusstsein, die Vergangenheitsform zu benutzen. «Sie hatte gern Spaß. Aber nicht mehr als andere Leute auch. Wieso?»

«Ach, nichts. Ich habe nur laut nachgedacht.» Er gähnte. «Hören Sie, das Bier lasse ich lieber bleiben. Wir durchkämmen morgen als Erstes mit einem Team von dreißig Leuten die Umgebung, und ich muss früh raus, um alles zu organisieren.»

«Danke für alles», sagte ich hilflos.

Nachdem er gegangen war, kehrte Charlotte aus der Küche zurück. «Und? Was hat er gesagt?»

Ich zuckte die Achseln. «Sie werden die Umgebung durchkämmen. Und er wollte wissen, ob Jo einen riskanten Lebensstil pflegte, was immer das bedeuten soll.»

«Also glauben sie nicht mehr, dass es ein Einbrecher war?»

«Davon hat er nichts gesagt.»

«Aber das heißt es doch im Grunde, oder? Denk doch mal nach, Ros. Von allen Wohnungen in der Straße hat er ausgerechnet eure ausgesucht. Ist es da nicht wahrscheinlicher, dass es irgendetwas mit Jo zu tun hat?»

«Was soll das heißen?»

«Mal ehrlich, sie konnte schon ganz klare Zeichen setzen», sagte Charlotte spröde. «Es würde mich nicht wundern, wenn das der Auslöser gewesen wäre.»

«Ein Auslöser wofür? Willst du etwa behaupten, sie war irgendwie selbst schuld?»

«Nein, natürlich nicht, aber vielleicht hat jemand ihre Signale falsch gedeutet.»

«Niemand verlangt danach, vergewaltigt zu werden. Meine Güte, ich fasse es nicht, wie du so etwas sagen kannst.»

«Ros, hör zu. Ich sage nicht, dass sie sich irgendwie anders hätte kleiden sollen oder so. Es geht mehr … wie soll ich das jetzt ausdrücken? … Es geht mehr darum, dass sie ein bisschen leichtsinnig sein konnte. Und damit will ich auch nicht den Kerl entschuldigen, der das gemacht hat», fügte sie hastig hinzu. «Nur dass sie, wenn sie ein bisschen vorsichtiger gewesen wäre, vielleicht nicht zum Opfer geworden wäre. Und dann wärst auch du nicht missbraucht worden.»

Auf einmal wurde mir klar, wie Charlotte und Johnny die Sache sahen. Sie mussten irgendjemandem die Schuld geben. So ging es uns allen, das ist nur menschlich. Aber während ich mir die Schuld an dem gab, was Jo zugestoßen war, gaben Charlotte und Johnny Jo die Schuld an dem, was mir zugestoßen war. Ich schüttelte den Kopf. «Es war ein Einbrecher», sagte ich. «Wir haben die Fenster offen gelassen, was dumm war, zugegeben, aber es war heiß, und wir konnten wohl kaum den Abend in einer stickigen Wohnung verbringen. Jemand ist reingekommen. Mehr nicht. Es hätte uns treffen können, es hätte aber auch die Nachbarn treffen können.»

Doch schon während ich das sagte, bemerkte ich den Haken an der Sache – warum wurden wir betäubt? Ich hatte noch nie davon gehört, dass Einbrecher betäubten. Und falls er Kondome dabeihatte, falls die Vergewaltigung, wie Bill angedeutet hatte, unter Vorsatz geschah, wie konnte es dann angehen, dass der Einbrecher ausgerechnet eine Wohnung erwischt hatte, in der zwei junge Frauen wohnten?

«Entschuldige, Ros», sagte Charlotte. «Ich wollte dich nicht aufregen.» Kurz blieb es still. «Scheint ein ganz netter Typ zu sein, dieser Polizist», sagte sie. Die Bemerkung kam völlig unvermittelt. Aber so ein Kommentar war typisch für Charlotte.

«Er ist Polizist», sagte ich knapp. «Er wird dafür bezahlt, nett zu sein.»

«Für einen Inspektor ist er noch ziemlich jung, oder?»

Allmählich bereute ich es, dass ich nicht zu anderen Freunden gegangen war, bei denen ich auf dem Sofa hätte schlafen müssen. Charlotte war sechsundzwanzig, verhielt sich aber wie eine Vierzigjährige. Sie hatte sich Hals über Kopf auf all die Sachen gestürzt, um die Jo und ich einen weiten Bogen gemacht hatten: Haus, Innenarchitekten, Dinnerpartys mit festgelegter Sitzordnung und einem neuen Wein zu jedem Gang. Es hatte ihr nie wirklich behagt, jung und ungebunden zu sein. Für sie war das nur eine notwendige und nicht ganz ungefährliche Stufe vor der nächsten Phase. Sie angelte sich, so rasch es ging, einen netten, wohlhabenden jungen Banker und verwandelte sich in ihre eigene Mutter. Risikofreudige Menschen wie Jo hatten sich das, was ihnen zustieß, selbst zuzuschreiben, und sei es nur, weil das bewies, dass die Charlottes dieser Welt immer schon Recht gehabt hatten.

Jo war unkonventionell, hob sich von der breiten Masse ab wie eine zu hoch gewachsene Mohnblume, und diesen Mohnblumen wird bekanntlich von bösen Buben mit Stöcken der Garaus gemacht. Der Übeltäter ist zwar der mit dem Stock, aber die Mohnblume hätte trotzdem vorsichtiger sein müssen.

5

Ich war schon wach, als Charlotte am nächsten Morgen mit dem Telefon ins Zimmer kam.

«Es ist dieser Polizist», sagte sie leise. «Willst du drangehen?»

Ich nickte und hielt mir den Hörer ans Ohr.

«Guten Morgen, Ros. Bill Thomson hier.» Er rief vom Handy aus an. Im Hintergrund vernahm ich Stimmen, Verkehrslärm und eine Sirene. «Kann ich vorbeikommen? Da ist etwas, wobei Sie uns helfen könnten.»

«Selbstverständlich.»

«Ich bin in fünf Minuten da.»

«Gut. Ich ziehe mich rasch an.» Aber er hatte bereits aufgelegt.

Er war sogar noch schneller da als angekündigt, in Begleitung einer Polizistin, die er als Detective Sergeant Grogan vorstellte. Grogan hatte eine schwarze Mülltüte dabei, die sie in Charlottes Küche auf den Tisch stellte.

«Erkennen Sie davon etwas wieder?», fragte Bill. Er zog ein Paar weiße Handschuhe aus der Tasche. Sie ähnelten ein wenig denen, die die Packer in der National Gallery benutzten, wenn sie wertvolle Gemälde transportierten. Er öffnete die Tüte. Zum Vorschein kamen ein moderner grauer DVD-Player, ein Walkman, einige CDs und ein Häuflein Schmuck.

«Ich bin mir nicht sicher.»

Bill hielt mir einige Schmuckstücke entgegen. Ohrringe, Halsketten, ein paar Ringe.

«Tut mir Leid. Ich kann mich wieder nicht erinnern.»

«Ist das definitiv nicht Ihr Eigentum?», fragte Grogan mich.

«Nein … Entschuldigung, ich kann mich einfach nicht erinnern.»

«Einiges erkenne ich wieder», warf Charlotte unvermittelt ein. Sie zeigte auf eine Kette. «Das ist deine, Ros. Die hast du dir vor zwei Jahren in Thailand gekauft. Und der Ring da, der gehört Jo.»

«Sind Sie sicher?», fragte Bill sie.

Sie nickte. «Ganz sicher.»

«Schauen Sie», sagte Grogan zu Bill. Auch sie hatte inzwischen Handschuhe übergestreift und den Walkman aufgeklappt. Er enthielt eine Kassette mit der Aufschrift «Mix».

«Das ist deine Handschrift, Ros», sagte Charlotte.

Bill und Grogan sahen mich beide an. «Sieht schon so

aus», sagte ich zweifelnd. Als ich nach der Kassette greifen wollte, hielt Bill mich auf.

«Vorsicht. Es könnten Fingerabdrücke darauf sein.»

«Wo haben Sie das gefunden?»

«In einer Mülltonne an der Belsize Road. Wir hatten Glück. Wenn er das Zeug näher an Ihrer Wohnung entsorgt hätte, wäre es schon abgeholt worden. Aber die Belsize Road wird von der Müllabfuhr später angefahren.»

«Aber warum hat er es denn weggeworfen?»

Bill zuckte mit den Schultern. «Falls er ein professioneller Einbrecher war, hätte er gewusst, dass es Wahnsinn wäre, Zeug zu behalten, das ihn mit einem Mord in Verbindung bringen könnte.»

«Aber falls er ein Einbrecher war», sagte Charlotte langsam, «warum hat er es dann überhaupt mitgenommen? Wenn er es kurz darauf ohnehin wegwerfen wollte?»

«Gut beobachtet», antwortete Bill und belohnte sie mit einem Lächeln.

«Vielleicht ist er in Panik geraten», mutmaßte ich.

«Unter solchen Umständen handeln Menschen nicht immer rational», stimmte Bill mir zu. «Offen gestanden, ist das der Grund, warum wir ihnen meist auf die Spur kommen. Nicht, weil wir so intelligent sind, sondern weil sie so dumme Fehler machen.» Er schaute mich an. «Im Krankenhaus sind sie fertig mit Jo, falls Sie sie immer noch zu sehen wünschen.»

«Ja», sagte ich. «Auf jeden Fall.»

«Worum geht es?», fragte Charlotte und sah zwischen uns hin und her.

Bill antwortete: «Ros möchte noch ein wenig bei Jo sein.»

Charlotte wirkte entsetzt. «Ist das eine gute Idee?»
«Wenn Ros das möchte, dann ist es das», sagte Bill leise.
«Könnte sie das nicht unnötig aufregen?»
«Möglich, aber wenn Ros das möchte, liegt das ganz bei ihr, finden Sie nicht?»
Danke sehr, Bill.

Charlotte fuhr uns in ihrem Golf hin. Sie ließ sich von Bill auf einen kleinen Personalparkplatz hinter dem Krankenhaus dirigieren. Wir marschierten an der Wäscherei vorbei, durch deren offene Türen Hitze und Dampf quollen. Von irgendwoher drangen Essensdünste einer Großküche und der heiße, beißende Geruch von Geschirrspülmaschinen. Schließlich kamen wir an einem Notausgang an, wo ein Grüppchen Krankenschwestern plaudernd Zigarettenpause machte. Einige der Frauen schauten Bill unverhohlen an, als er vorüberging. Ich fragte mich, ob er das nur so nonchalant überging, weil er Charlotte und mich dabeihatte und wir unterwegs zu einem Mordopfer waren.

Er ging mit uns ein Stockwerk tiefer und stieß eine Tür mit der Aufschrift «Pathologie – Histologie – Hämatologie» auf. Mit einem Mal war es deutlich kälter. Es gab einen kleinen Wartebereich mit einem halben Dutzend Stühlen und einigen zerfledderten Ausgaben von *Country Life*, was sehr bizarr auf mich wirkte. Hinter dem Tresen saß eine Krankenschwester. Bill sprach leise mit ihr, woraufhin sie ein kurzes Telefonat führte. Kurz darauf erschien ein Arzt in blauem Kittel.

«Miss Taylor?» Er schaute erst Charlotte, dann mich an. Ich nickte. Mir war ein wenig schwindelig.

«Ihre Freundin ist gleich dahinten.»

Ich folgte ihm in einen Flur. Auf der einen Seite war ein Raum durch einen Vorhang abgetrennt, den er ein wenig beiseite zog, um mich hineinzulassen.

Jos Körper lag auf einer fahrbaren Bahre, zugedeckt mit einem Laken. Irgendwie hatte es etwas Unanständiges, wie das dünne Laken über sie gebreitet war. Dann schlug er das Laken zurück, damit ich ihr Gesicht sehen konnte. Ihre Bräune schien verblasst, ihr hübsches Gesicht war schneeweiß. Alle sonst sichtlich durchbluteten Stellen – die Lippen, die Ohren, die Halbmonde unter ihren Augen, die Nasenspitze – wirkten besonders fahl. Ihr Mund war weiß und faltig, die Lippen waren leicht eingezogen. Um ihren Kopf war ein Handtuch geschlungen, als wäre sie gerade aus der Dusche gekommen. Was in gewisser Weise sogar zutraf.

Das Laken war so dünn, dass ich eine Reihe Stiche erkennen konnte, die sich ihren Bauch hinabzogen – sehr grobe Stiche, wie bei einem Segel. Ich gab mir Mühe, nicht darüber nachzudenken, was sie bedeuteten. Bevor man sie aufschnitt, hatte man wohl ihr Bauchnabelpiercing entfernt, so wie es die Ärztin vor meiner Untersuchung getan hatte. Ich grübelte, was wohl aus den Knöpfen geworden war, ob sie zusammen in einem Beutel für Beweismittel lagen.

«Kann ich ihre Hand halten?», fragte ich.

«Selbstverständlich», sagte der Pathologe freundlich. Er nahm Jos Hand am Gelenk, dann meine und fügte sie zusammen. Jos Hand fühlte sich schlaff und kalt an, ihre Haut war seltsam lose, wie bei einem Suppenhuhn. Mir fiel auf, dass ihre Fingernägel, die sie immer lang getragen hatte, ganz kurz geschnitten waren.

«Ich lasse Sie jetzt allein», sagte er. «Rufen Sie mich einfach, wenn Sie irgendetwas brauchen.»

Ich redete mit ihr. Ich erzählte ihr von der Polizei, und was die alles unternahm, um den Kerl zu schnappen, der es getan hatte. Ich erzählte ihr, ich könne mich nicht erinnern, was passiert war, dass die Polizei aber glaube, es falle mir bald wieder ein. Ich erzählte ihr von der Ärztin, die mich untersucht hatte, von Alice und von Charlottes missbilligenden Äußerungen.

«Es tut mir Leid», flüsterte ich ihr zu. Ich neigte mich hinab und legte die Lippen auf ihren Handrücken. «Es tut mir so Leid.»

Ich betrachtete ein letztes Mal ihr Gesicht. Unter dem Handtuch lugte eine blonde Haarsträhne hervor. Als ich sie darunter zu schieben versuchte, löste sie sich und fiel zu Boden. Sie war abgeschnitten worden. Ich bückte mich, hob sie auf und umschloss sie mit der Faust, ganz fest, bis meine Fingernägel sich in meine Haut gruben.

In dem kleinen Warteraum empfing mich eine Menschenmenge. Ich erkannte Bills Vorgesetzten wieder, Superintendent Collier. Gerry war auch dort, schick wie immer in Leinensakko und Polohemd. Sein Gesicht jedoch war aschfahl.

«Gerry. O Gott», rief ich aus.

«Geht's dir gut?», wollte er wissen.

«So weit okay. Aber ich habe mein Gedächtnis verloren. Ich kann mich an nichts erinnern. Wie geht's dir?»

«Gut», antwortete er finster. «Wenn ich irgendetwas tun kann …»

«Nein, nein. Aber trotzdem danke.»

«Kommen Sie bitte. Sie befindet sich hier», forderte Collier ihn auf.

Er hielt die Tür auf und wartete auf Gerry. Gerry zögerte und wandte sich an mich. «Sie sagen, er hätte versucht, sie zu vergewaltigen.»

Ich nickte.

«Sie dürfen den Fall wirklich nicht besprechen», sagte Collier. «Bitte hier entlang, Sir.»

«Und du? Bist du …?»

«Leider», sagte ich viel tapferer, als ich mich fühlte.

«Lieber Himmel. Ros, es tut mir so Leid.»

Die Tür ging auf, zwei weitere Personen kamen herein. Eine davon war Jos Bruder Hector. Auch er sah fürchterlich aus. Wir umarmten uns, und dann weinte ich wieder und erzählte ihm, was für ein Durcheinander das alles war. Wie Gerry wollte er wissen, wie es mir ging.

«Es geht schon», sagte ich. «Ich war betäubt, genau wie sie. Sie hat bestimmt nicht gelitten, Hector. Sie hat bestimmt nichts mitbekommen.»

Es heißt doch, die erste Lüge sei immer die schwierigste. Aber diese Lüge fiel mir leicht, als würde ich ihm ein Geschenk machen. Als wäre ich eine Ärztin und würde ihm das Rezept für eine Tablette ausstellen, die den Schmerz beseitigt.

Hector schaute Gerry mit verwirrter Miene an. Mir wurde klar, dass sie sich vermutlich nie kennen gelernt hatten. «Hector, das ist Gerry Hanson.»

Hector streckte eine Hand aus. Aber verwirrt wirkte er immer noch. «Gehören Sie zu Ros?»

«Ich wollte Jo die letzte Ehre erweisen», sagte Gerry. Er war gut zwölf Jahre älter als Hector.

Hector sah mich Hilfe suchend an. «Jos Freund», erklärte ich.

«Ich dachte, sie hätte keinen Freund», sagte Hector langsam. «Wie lange waren Sie mit ihr zusammen?»

«Ungefähr fünf Monate», antwortete Gerry. Dabei ließ er es bewenden.

«Sie hat Sie nie erwähnt.»

Ich wollte nur noch weg. «Das erkläre ich dir alles später», sagte ich zu Hector. «Wir müssen uns darüber unterhalten, aber nicht hier.»

Collier blickte zwischen uns hin und her, ohne eine Miene zu verziehen. Er stieß wieder die Tür zur Leichenhalle auf. «Wer möchte als Nächster?», fragte er heiter, fast als ginge es um eine Karussellfahrt.

«Ich», sagte Hector mit finsterer Miene. «Ich weiß nicht, wer dieser Mann ist oder in welcher Beziehung er zu Jo stand, aber ich bin ihr Bruder und will sie jetzt sehen.»

6

«Erkennen Sie irgendeinen von denen wieder?»

«Nein. Sollte ich?»

«Sie könnten Ihnen am Abend des Überfalls in der Videothek begegnet sein.»

Ich betrachtete die Fotos, die Bill auf dem Tisch aufgereiht hatte, genauer. Männer im Alter zwischen zwanzig und vierzig. Zwei trugen Hemden mit offenem Kragen, ein anderer einen Anzug, einer ein Kapuzensweatshirt. «Tut mir Leid. Warum? Was sind das für Leute?»

«Kunden, die Videos aus der Sektion Pornofilme ausgeliehen haben.»

«Oh. Verstehe.» Ich betrachtete die Fotos noch einmal. «Nein.»

«Na schön», sagte Bill. «Ich glaube auch nicht, dass sie etwas mit der Tat zu tun haben. Aber wir müssen unbedingt jede Möglichkeit ausschließen.» Er rieb sich die Augen. «Jemand wird die Filme sichten, die diese Leute ausgeliehen haben, um festzustellen, ob deren Handlung Ähnlichkeit mit dem Geschehen aufweist.»

«Um den Job reißen sich doch bestimmt alle.»

Lachfältchen bildeten sich um seine Augen. «Mit der Aufgabe habe ich eine Beamtin beauftragt. Die wird sich besser darauf konzentrieren können, glaube ich.»

Die Schnittwunden auf meinem Rücken juckten allmählich unter den Verbänden. «Was ist mit dem Typen, der mich bei der Arbeit angerufen hat? Haben Sie mit dem schon gesprochen?»

«Ja. Ich weiß nicht, ob das eine gute Nachricht ist oder nicht, Ros. Nathan war den ganzen Abend zu Hause. Er sagt, er habe im Internet gesurft. Wir haben seine Telefonverbindungen überprüft: Es stimmt.»

Ich nickte. Ich hätte auch nicht gewollt, dass Nathan es war. Vergewaltiger waren dunkle Gestalten, die in der Nacht über einen herfielen, und nicht gut aussehende Männer in meinem Alter, die überreagierten, wenn man ihnen eine Abfuhr erteilte.

Bill legte eine dicke Akte auf den Tisch. «Würden Sie da mal einen Blick drauf werfen?»

«Was ist das?»

«Leute aus unserer Sexualstraftäterkartei.»

Während ich mir die Fotos anschaute, besorgte er uns Kaffee. Als er den Plastikbecher neben mir auf den Tisch stellte, griff ich automatisch danach und trank einen Schluck. «Aua, ist der heiß», rief ich und schnappte nach Luft. «Scheiße.»

Als Reaktion auf meine verbrannte Zunge hatte sich kurz ein anderer Schmerz eingestellt. Ein Mosaikstückchen meiner Erinnerung, das sofort wieder verschwunden war, doch ich hatte genug gesehen.

«Er hatte eine Maske auf», sagte ich langsam.

«Bitte?»

«Ist mir grad eingefallen. Er war kräftig, und er hielt mein Gesicht mit einer Hand fest, während er es tat. Er hat mir immer wieder sein Gesicht zugewandt und mir ins Gesicht gespuckt. Er hat auch Spucke benutzt ... Spucke benutzt, als er – o Gott.»

«Was für eine Maske?», fragte Bill leise.

«Eine ... eine ...» Ich versuchte, sie mir zu vergegenwärtigen. «Eine Homer-Simpson-Maske. Sie wissen schon, eine Art Karnevalsmaske.»

«Sonst noch was?»

«Ich ... ich glaube, er war schwarz. Und er hat nach Schweiß gestunken.»

«Was hatte er an?»

Ich schwieg kurz, und er drängte: «Rasch. Ehe es wieder verschwindet.»

«Ein graues Sweatshirt. Jeans.»

«Sonst noch was? Ros, woran können Sie sich noch erinnern?»

Mir war übel. «Er hat mich ständig bespuckt. Die ganze Zeit. Und er hat mich geohrfeigt, als ich nicht ... als ich es nicht so gemacht habe, wie er es gern haben wollte. Er hat mir in den Mund gespuckt. O Gott. Und in die Augen.» Ich schloss die Augen, aber das Bild wollte nicht weichen. Der Mann hielt mich fest, drückte mit der Hand meinen Kiefer zusammen, zwang meinen Mund auf, damit er wieder hineinspucken konnte. Ich konnte seinen säuerlichen Geruch wahrnehmen, eine Mischung aus Schweiß und Alkohol, und die Stöße seiner Hüften.

«Wie lange hat das alles gedauert?»

Ich schloss die Augen und konzentrierte mich darauf, die in mir aufsteigende Übelkeit zurückzudrängen. «Eine Ewigkeit», sagte ich. «Wie finden Sie das, Bill? Es hat eine Ewigkeit gedauert.»

Er ließ mich kurz allein, während er Superintendent Collier und Sergeant Alice holte. Collier ließ mich alles noch einmal schildern, während er sich Notizen machte. Dann lehnte er sich zurück und überflog den Text. Dabei brummte er vor sich hin:

«Ich halt mir sechs ehrliche Diener
(Sie lehrten mich das, was ich weiß):
Sie heißen Was, Warum und Wann
Und Wie und Wo und Wer.»

Ich muss ihn verdutzt angesehen haben, denn er fügte erklärend hinzu: «Kipling. Also gut. Ich habe nur ein paar Fragen an Sie. Sie sagten, er trug eine Maske?»

«Eine Homer-Simpson-Maske.»

«Und da sind Sie sich absolut sicher?»

«Äh – ziemlich sicher. Ich meine, es war dunkel und –»

«Ah.» Collier lehnte sich vor. «Er hat Sie bei Dunkelheit angegriffen?»

«Von außen kam Licht herein», sagte ich ausweichend. Warum ließ Alice zu, dass er mich so aggressiv anging? Ich versuchte, ihr in die Augen zu schauen, aber sie blickte zu Boden.

«Und diese Maske», hakte Collier nach, während er etwas aufschrieb. «Hat die auch seinen Mund bedeckt?»

«Ja. Sie hatte ein kleines Loch zum Atmen. So eine Maske haben Sie doch bestimmt schon mal gesehen. Da, wo der Mund sein soll, ist ein kleines Loch.»

«Genau das macht mich ja stutzig.»

«Was meinen Sie?»

«Sie sagten, er hätte Sie bespuckt?» Collier sah auf seine Notizen und las mir meine Aussage vor: «‹Er hat sich in die Hand gespuckt und die Spucke dazu benutzt, in mich einzudringen. Er hat mir in den Mund und in die Augen gespuckt.› Das haben Sie doch gesagt, oder?»

«Ja.»

«Hatte er zu dem Zeitpunkt die Maske abgelegt?»

«Na ja, er ...» Plötzlich begriff ich, worauf er hinauswollte. Ich sagte hilflos: «Nun, er hätte ja nicht durch die Maske spucken können, nicht wahr, also muss er sie wohl abgelegt haben.»

«Wie hat er ausgesehen? Sein Gesicht, meine ich.»

«Ich ...» Jetzt, wo ich es mir vorzustellen versuchte, schien das Bild, das ich vor wenigen Minuten noch so deutlich vor Augen hatte – ein Mann, der sich über mir hochstemmte und mein Gesicht festhielt, um mir in den Mund zu spucken –, zu verschwimmen. Wie ein Traum, an den man sich morgens nach dem Aufwachen verzweifelt zu erinnern versucht. «Ich bin mir nicht sicher», sagte ich langsam.

«Worüber sind Sie sich nicht sicher, Ros? Die Maske oder das Spucken?»

«Beides», sagte ich. Ich fing an zu weinen. «Tut mir Leid», sagte ich. «Ich bin wohl etwas durcheinander.»

Collier lehnte sich zurück und sah mich an. «Na, na», sagte er ohne eine Spur Mitgefühl. Er stand auf. «Machen Sie weiter», sagte er leise zu Bill und Alice.

«Ich hab's total vermasselt, nicht wahr?», fragte ich, als er hinausgegangen war. Erst jetzt begriff ich, was für eine Ungeheuerlichkeit gerade geschehen war.

«Machen Sie sich keine Gedanken», sagte Alice ein wenig hilflos. «So was kommt ständig vor. Bei vier verschiedenen Zeugenaussagen widersprechen sich im Normalfall mindestens drei.»

Was nicht dasselbe war, wie wir alle nur zu gut wussten. «Ich habe das nicht erfunden. Ehrlich nicht.»

«Es ist unsere Schuld», beharrte Alice. «Wir haben Sie zu sehr unter Druck gesetzt.»

Bill sagte: «Natürlich haben Sie das nicht erfunden. Sie haben die Wahrheit gesagt, das habe ich gespürt. Nur ist das, woran Sie sich erinnern, gar nicht wirklich passiert.»

Man überwies mich an einen Polizeiarzt. Dr. Griffin war ein kleiner, adretter, vor Energie förmlich vibrierender Mann. Er trug ein knallgelbes Hemd, die Fliege dazu war blau.

Zunächst musste ich ihm den Tag vor der Vergewaltigung schildern, beginnend beim Frühstück. Immer wieder unterbrach er mich mit derselben Frage: «Sind Sie sich ganz sicher, ziemlich sicher oder gar nicht sicher, dass sich das so zugetragen hat?»

Mir fehlte weiterhin jede Erinnerung an die Ereignisse vom Mittag an.

«Wie sieht es mit der Vergewaltigung selbst aus?»

«Weg. Ich kann mich an nichts erinnern. Von der Sache mit der Maske abgesehen, aber die scheint überhaupt keinen Sinn zu ergeben.»

Er holte Spielkarten aus seiner Aktentasche, zeigte sie mir und legte sie dann mit dem Bild nach unten auf den Tisch. «Versuchen Sie mal, ob Sie ein Paar finden», forderte er mich auf.

Ich deckte zwei Buben auf. «Sehr gut.» Er sammelte die aufgedeckten Karten ein. «Noch einmal.» Ich deckte zwei Königinnen auf. «Ausgezeichnet. Was ist Ihr Lieblingsbuch?»

«Sturmhöhe», antwortete ich und fragte mich insgeheim, was Emily Brontë mit meiner Vergewaltigung zu tun hatte.

Er kam auf seinem Stuhl neben mich gerollt und beleuchtete mit einer kleinen Taschenlampe meine Augen. «Der Mädchenname Ihrer Mutter?»

«Robinson.»

«Hochschauen, nach links, nach rechts, nach unten. Wann haben Sie vorgestern Abend Ihre Arbeit verlassen?»

Leere. «Tut mir Leid.»

«Haben Sie doppelt gesehen? Kopfschmerzen gehabt? Allgemeine Schlappheit verspürt?»

«Ich glaube nicht.»

Er schaltete die Taschenlampe aus und rollte auf seinem Stuhl wieder zurück. «Wissen Sie noch, wie das Wetter am Donnerstag war?»

Ich dachte nach und schüttelte dann den Kopf.

Er rückte an seinen Schreibtisch und nahm einen Block zur Hand. «Sie leiden unter retrograder und anterograder Amnesie», sagte er beim Schreiben. «Es könnte eine posttraumatische Störung vorliegen, aber ich halte es für wahrscheinlicher, dass die Ihnen verabreichte Droge daran schuld ist. Anzeichen für neurologische Komplikationen liegen nicht vor – wenn Sie einen Schlag auf den Kopf erhalten hätten, würde ich weitere Untersuchungen in Betracht ziehen, eine Computertomographie etwa, aber das ist momentan wohl nicht erforderlich. Am interessantesten ist meiner Ansicht nach Ihre Scheinerinnerung. Sie sagen, Sie hatten das Bild ganz lebhaft vor Augen?»

«Absolut.» Schon beim Gedanken daran wurde mir übel.

«Möchten Sie, dass ich Ihnen erkläre, was passiert sein könnte?»

Ich nickte.

«Das Gehirn ist ein überaus träges Organ. Wird es aufgefordert, sich an etwas zu erinnern, macht es sich nicht die Mühe, jedes einzelne Detail aufzurufen. Stattdessen generiert es auf früheren Erlebnissen basierende Muster. Es ist ein bisschen so, wie wenn zwei Personen eine Wolke betrachten: Sie könnten einen Vogel erkennen, wo ich vielleicht einen Schmetterling sehe. Das kommt ganz darauf an, welches der Milliarden in Ihrem Hirn gespeicherten Muster zufällig als erstes zugeordnet wird.» Er deutete mit seinem Stift auf mich. «Die Frage ist, was passiert, wenn das Muster fehlt oder beschädigt ist. Wenn jemand zum Beispiel Verletzungen an den Stirnlappen erlitten hat, kann der linke Teil seines Gehirns, in dem sich das Sprachzentrum befindet, keine Verbindung zum rechten Teil herstellen, in dem das Gedächtnis seinen Sitz hat. Also generiert der linke Teil die fehlende Information selbst – stellt eine Vermutung an, wenn Sie so wollen. Deswegen wimmelt es in neurologischen Abteilungen auch von Patienten, die schwören, sie seien Ärzte. Es ist die einzige Erklärung, die ihr Hirn dafür finden kann, warum sie dort sind. Der Fachausdruck dafür lautet Konfabulation.»

«Aber mein Hirn weist doch keine Verletzungen auf, oder?»

«In Ihrem Fall wurde die Konfabulation fast sicher durch Gedächtnisverlust ausgelöst. Unter dem Druck der Vernehmung hat Ihr Gehirn einfach einige der fehlenden Antworten selbst fabriziert.»

«Es kam mir so wirklich vor.»

«Das ist zu erwarten. Das Gedächtnis ist ein hochinteressantes Organ. Jede Erinnerung besteht aus zwei Erinnerungen – aus der Erinnerung selbst und aus der Erinnerung daran, wie lange man diese Erinnerung schon hat. Faszinierend an der Konfabulation ist, dass man sich sogar an den Zeitpunkt des erfundenen Ereignisses erinnert.»

«Und warum habe ich diese speziellen Erinnerungen … konfabuliert?» Ich stockte. «Ich meine den Umstand, dass er schwarz war. Ist das irgendwie eine Art unbewusster Rassismus?»

«Was taten Sie, bevor die Konfabulation sich einstellte?»

«Ich habe mir Fotos von Sexualstraftätern angeschaut.»

«Aha. Sonst noch etwas?»

«Wir hatten gerade über Pornovideos geredet. Darüber, dass eine Polizistin sie sich anschauen musste.»

«Haben Sie sich je etwas Derartiges angeschaut? Einen Film etwa, der eine Assoziation ausgelöst haben könnte?»

Ich spürte, wie ich rot wurde. «Ich nehme an, ja. Jetzt, wo ich darüber nachdenke.»

«Tja, da haben Sie's.»

«Wie kann ich denn wissen, wann meine Erinnerungen echt sind?»

«Das ist eine schwierige Frage.» Dr. Griffin schlug ein Bein über das andere, wobei eine orange karierte Socke zum Vorschein kam. «Die kürzeste Antwort lautet vermutlich, gar nicht, es sei denn, das, woran Sie sich erinnern, wird durch andere Belege bestätigt.» Plötzlich schien der Arzt das Interesse an mir zu verlieren. Er sah kurz zu seiner Aktentasche, als befände sich darin etwas, womit er weitermachen könnte. Er hatte mich der Polizei zuliebe zwischen andere Patienten geschoben, doch jetzt nahm ich zu viel Zeit in Anspruch.

«Kann ich irgendetwas tun?»

«Mögen Sie Spiele?»

«Was für Spiele?»

«Alles, was Ihr Gedächtnis trainiert. Scrabble, Memory, sogar das kleine Kartenspiel von eben. Sie könnten auch Tagebuch führen. Fangen Sie mit dem an, woran Sie sich erinnern, und fügen Sie nach und nach mehr hinzu. Je öfter Sie diesen Teil Ihres Gehirns aktivieren, desto wahrscheinlicher ist es, dass die verborgenen Erinnerungen wiederkehren.» Dr. Griffin drückte ein paar Mal hektisch auf das Knöpfchen seines Kugelschreibers. «Ich würde Ihnen auch vorschlagen, eine Therapie zu beginnen. Möglicherweise spielt bei diesen Defiziten ein psychogener Faktor hinein.»

«Entschuldigung», sagte ich und schüttelte hilflos den Kopf. «Das müssen Sie mir übersetzen.»

«Bisweilen blockt das Gehirn bewusst die Erinnerung an traumatische Erlebnisse ab. Es handelt sich um eine Art Abwehrmechanismus, um sich nicht mit Dingen auseinander zu setzen, die Schmerz auslösen. Im Gespräch mit einem Psychotherapeuten könnte diese Blockade gelöst werden.»

«Sind Sie Psychotherapeut?»

«Ich bin klinischer Psychologe, was nicht ganz dasselbe ist. Aber ich habe mit einigen Patienten auch schon psychotherapeutisch gearbeitet, das ja.»

«Könnte ich zu Ihnen kommen?»

Er dachte nach. «Nun, ich wüsste nicht, was dagegen spricht. Falls Ihr Hausarzt Sie an mich überweist.»

«Ich meine auch nur, da Sie mit der Polizei zusammenarbeiten, könnten Sie beurteilen, ob das, woran ich mich erinnere, auch nützlich ist.»

«Ich sollte wohl betonen, dass alles, was Sie mir erzählen, der ärztlichen Schweigepflicht unterliegt und vertraulich ist. Es wäre allein Ihre Entscheidung, den ermittelnden Beamten davon zu erzählen.»

Ich dachte an Bill, erschöpft und übermüdet, der jeder noch so winzigen Spur nur auf die Chance hin nachging, dass sie sich als sachdienlich erweisen könnte. Und ich dachte an Jo, wie ich sie in der Leichenhalle gesehen hatte, leblos und totenblass.

«Ich will alles tun, um helfen zu können», sagte ich.

Auf dem Heimweg ging ich bei einem Schreibwarenladen vorbei, um mir ein Tagebuch zu besorgen. Der Laden war ziemlich nobel und führte zahlreiche in Leder gebundene Notizbücher mit unliniertem Velinpapier. So eins wollte ich auf keinen Fall. Da schrieb man Gedichte oder anderes hochgestochenes Zeug rein. Irgendwie hatte das etwas Narzisstisches. Ich aber brauchte etwas Funktionelles, Einfaches und entschied mich daher für eine schlichte rote Kladde.

Der Abend war nicht einfach. Charlotte hatte Hector eingeladen, über Nacht zu bleiben. Grundsätzlich war dagegen nichts einzuwenden, aber seine versteinerte Miene ließ mich ständig an Jo denken. Er schien immer noch schockiert von der Tatsache, dass sie ein Verhältnis mit einem verheirateten Mann gehabt hatte. Außerdem erboste er sich darüber, dass Jos Leichnam erst in einigen Wochen oder nach der Festnahme ihres Mörders zur Beerdigung freigegeben würde, da seinen Verteidigern das Recht auf eine eigene Obduktion zustand. Ich half Charlotte bei der Zubereitung des Abendessens, aber wir kamen uns ständig in die Quere, und zu guter Letzt zerbrach mir auch noch eine Salatschüssel. Sie sagte nichts, aber ich wusste, dass es ein altes Stück war, an dem sie sehr hing.

Nach dem Essen zog ich mich in mein Zimmer zurück. Die rote Kladde wartete auf dem Bett. Ich nahm den Stift zur Hand. Was hatte Dr. Griffin noch gesagt? Fangen Sie mit dem an, woran Sie sich erinnern.

Ich schrieb drei Stunden lang. Unzusammenhängend und chronologisch ungeordnet, eine Ansammlung von Fragmenten. Griffin hatte Recht: Es ging mir besser danach. Erinnerungen aber wurden nicht freigesetzt.

Ich schlief bei angeschaltetem Licht. Ich träumte, dass ich in meinem eigenen Bett lag und mit dem sicheren Gefühl aufwachte, dass ich in Jos Zimmer gehen musste. Ich stand auf und ging auf ihre Tür zu. Sie war geschlossen.

Ich versuchte, sie zu öffnen, aber es gelang mir nicht. Dann machte Dr. Griffin die Tür von innen auf, jedoch nur einen Spalt weit, sodass ich nicht an ihm vorbeischauen konnte. Mit sanfter Stimme sagte er: «Sie sollten vielleicht besser nicht hereinkommen, Ros.» Er schloss die Tür, und als ich nochmals versuchte, sie zu öffnen, stellte ich fest, dass sie wieder abgeschlossen war.

7

Die nächsten zehn Tage musste ich noch fünfmal zur Nachbehandlung ins Krankenhaus. Ich erhielt eine Reihe Injektionen mit martialisch klingenden Namen: Ceftriaxon zum Schutz gegen Gonorrhöe, Immunoglobulin zur Abwehr von Hepatitis, Doxyzyklin gegen Chlamydia, Metronidazol zur Wiederherstellung der Wand meines Gebärmutterhalses und Clotrimazol zur Vorbeugung gegen Soor. Ich absolvierte vier Therapiesitzungen, in denen ich zuerst mit einer kleinen Bibliothek von Broschüren ausgestattet wurde. Die Schnittwunden auf meinem Rücken waren schnell verheilt, ganz wie die Ärztin es vorhergesagt hatte. Hin und wieder dachte ich an Bill, den Kriminalbeamten, und seine ruhigen, freundlichen Augen. Nachmittags spielte ich die von Dr. Griffin empfohlenen Spiele, um mein Gedächtnis zu trainieren. Ich führte gewissenhaft Tagebuch.

Es half nichts. Der Raum blieb verschlossen.

Die Lethargie, die mich unmittelbar nach dem Überfall gelähmt hatte, schlug um in ihr genaues Gegenteil. Ich war permanent nervös und ängstlich und witterte überall potenzielle Angreifer. Wenn irgendein Mann mich auf der

Straße interessiert anblickte, fürchtete ich, er verfolgte mich bis nach Hause. Ich konnte nicht still sitzen, nicht einmal vor dem Fernseher. Mitten in der Nacht stand ich auf und streifte durch Charlottes Haus, um mich zu vergewissern, dass alle Fenster verriegelt waren und die Sicherungskette an der Tür vorgelegt war.

Als wir einmal darauf warteten, dass eine Aussage abgetippt wurde, kamen Bill und ich ins Plaudern. Ich stellte ihm eine persönliche Frage, auf die er erwiderte: «Ich glaube, ich muss Sie erst besser kennen, ehe ich Ihnen das verrate.» Eine beiläufige Bemerkung, aber schon bei dem Gedanken daran, was sie beinhaltete – künftige Vertrautheit, Nähe, der Austausch von Geheimnissen –, spürte ich, wie ich rot wurde.

Carl Howell, zweiundzwanzig Jahre alt, hatte den Film entwickelt, den Jo und ich am Abend des Überfalls bei Boots abgeholt hatten. Seither war er spurlos verschwunden. Höchst alarmierend war die Entdeckung, dass er mit fünfzehn eine Vorstrafe wegen Vergewaltigung erhalten hatte.

«Meinen Sie, der war's?»

«Ros, das kann ich nicht sagen. Wir müssen jeden möglichen Tatverdächtigen aufspüren, vernehmen und ausschließen.» Bill sprach schon so, als sagte er vor Gericht aus. «Ich kann nur betonen, dass es sich hier um ein sehr bedeutsames Indiz handelt.»

Wir trafen uns von nun an regelmäßig bei Starbucks gleich um die Ecke von Charlottes Haus. Ich hatte ihm erklärt, ich würde noch wahnsinnig, wenn ich den ganzen

Tag nur in der Bude hockte. Das entsprach der Wahrheit, aber der Hauptgrund für meinen Vorschlag war, dass ich Charlotte und Johnny nicht dabeihaben wollte, wenn ich mich mit Bill traf. Ich wollte ihn ganz für mich allein.

«Und alles nur wegen ein paar Fotos, die wir im Urlaub gemacht haben? Klingt doch verrückt.»

«Es sind schon seltsamere Dinge passiert. Vergessen Sie nicht, Ihre Adresse stand auf dem Umschlag. Und einige der Fotos waren ganz schön – na ja, auf so jemanden könnten sie ziemlich provokativ gewirkt haben.»

Wir hatten uns gegenseitig am Pool fotografiert, oben ohne. Nur so, aus Übermut. Das schien eine halbe Ewigkeit her zu sein.

«Wenn Sie ihn kriegen, wird es dann eine Rolle spielen, dass ich mich an nichts erinnern kann?»

«Kommt drauf an. Vielleicht gesteht er ja alles. Falls nicht, müssen wir Beweise zusammentragen. Letzten Endes aber geben forensische Spuren den Ausschlag, so oder so.»

Ich nickte.

«Ich habe noch eine andere Neuigkeit für Sie», sagte er behutsam. «Wir sind jetzt mit der Untersuchung der Wohnung fertig.»

«Sieht es da immer noch –» Ich schloss die Augen und sah wieder den großen verschmierten Blutfleck auf unserem Wohnzimmerboden vor mir. «Immer noch so schlimm aus?»

Er schüttelte den Kopf. «Alles sauber. Gehört mit zu unserem Service.»

«Ich sollte öfter meine Mitbewohnerin umbringen lassen», flachste ich. «Das erspart einem viel Hausarbeit.»

«Ros …»

Doch bei dem Gedanken an eine Wohnung ohne Jo riss die Fassade, die ich so sorgsam aufgebaut hatte, plötzlich ein. Ich fing an zu weinen. Die Leute sahen neugierig zu uns herüber. Eine ältere Frau am Nebentisch funkelte Bill zornig an, neigte sich herüber und zischte: «Der ist es nicht wert, Liebes. Such dir einen Besseren.»

Bill beachtete sie nicht. Er tätschelte mir beruhigend die Hand und trank dabei seinen Kaffee weiter.

Die Wohnung roch jetzt nach anderen Chemikalien: Lufterfrischer und starke Reinigungsmittel statt des klebrigen blauen Sprays für Fingerabdrücke, das die Leute von der Spurensicherung benutzt hatten. Und dann diese eigentümliche Stille, diese sonderbare Atmosphäre in der Wohnung. Vielleicht fühlte es sich auch nur so seltsam an, weil Jo nie wieder hereinkommen, die Schuhe von sich werfen und nach der Fernbedienung greifen würde, während sie es sich auf dem Sessel bequem machte. Nie wieder Dido auf voller Lautstärke im Wohnzimmer laufen lassen würde, um die Musik im Bad hören zu können. Nie wieder unter der Dusche Pfirsiche aus der Dose essen würde. Nie wieder ihre Klamotten über das Sofa legen würde, während sie sich vor dem Fernseher zum Ausgehen umzog.

Der braune Blutfleck auf dem Fußboden war auch fort.

Auf dem Tisch lag ein Stapel Briefe. Vermutlich hatten die Reinigungskräfte sie dort hingelegt. Einige waren an Jo adressiert.

«Soll ich sie öffnen?»

«Jemand muss es tun», sagte Bill.

Ich sah sie rasch durch. Wer sollte diesen Leuten mitteilen, dass sie nicht mehr am Leben war, fragte ich mich. Wer sollte sich mit den ausländischen Banken in Verbindung setzen, die Kreditkarten zu Vorzugskonditionen anboten, mit den Immobilienmaklern, die großes Kaufinteresse an Wohneigentum in unserer Straße bekundeten, mit den Dessousversandhäusern und den chinesischen Restaurants und ihnen mitteilen, dass es keinen Sinn mehr hatte?

Eine Postkarte aus Italien war auch dabei. «Hi, Jo! Du meintest doch, ich solle mal schreiben. Ich hoffe, es geht dir sehr gut. Ich wollte dir nur sagen, dass ich dich nicht vergessen werde. Falls du irgendwann mal wieder nach Sardinien kommen möchtest, gib mir einfach Bescheid. Dein Freund Mele.»

«Wer ist Mele?», fragte Bill, der über meine Schulter hinweg mitgelesen hatte.

«Bloß ein Verehrer.» Einer von vielen. «Ich brauche etwas zu trinken. Sie auch?»

«Einen Kaffee gerne.»

«Es wird keine Milch da sein. Es sei denn, wir hatten noch H-Milch.» Ich machte den Kühlschrank auf. Die Polizei hatte den Inhalt nicht angerührt. Ein ungeöffneter Karton Orangensaft war vor Gas aufgebläht und fast zylindrisch gewölbt. In einem Netz befanden sich verschimmelte, aufgeplatzte Satsumas. Aus einer schrumpeligen alten Kartoffel waren pralle Ärmchen gewuchert, wie bei einer indischen Gottheit. Eine Flasche Wein stand ebenfalls noch da. «Gibt doch noch was zu trinken», sagte ich und holte die Flasche heraus. «Der Korkenzieher ist in der Schublade.» Komisch, wie absolut klar manche Dinge waren, während andere im Nebel verschwunden waren. «Die Gläser stehen im Schrank.»

Während er den Wein öffnete, hörte ich den Anrufbeantworter ab. Das Band war voll mit Nachrichten von Freunden, die gehört hatten, was passiert war, mich aber nicht erreichen konnten. Das munterte mich ein wenig auf, denn zu meinem Schock hatte sich auch das Gefühl gesellt, gemieden zu werden.

Ich ging in Jos Zimmer. Das Bett war abgezogen worden, ihre Bettdecke lag säuberlich zusammengelegt auf der nackten Matratze. Ihr Nachttisch war fort. Einige Sachen aber lagen noch genau so da, wie sie sie hinterlassen hatte. Auf dem Fußboden sah ich ein Buch. Ich hob es auf. Jo hatte in eine Seite ein Eselsohr geknickt, als Lesezeichen. Sie war bis Seite einhundertachtundvierzig gekommen, und dann war sie gestorben. Eine Zeitschrift war auf einer Seite aufgeschlagen, auf der es um Diäten ging. Ihr Deoroller lag achtlos herum, ohne Deckel.

«Wer wird sich um ihre Sachen kümmern?», fragte ich Bill, der mir ins Zimmer gefolgt war.

«Theoretisch ihre Angehörigen, aber die werden Ihnen vermutlich dankbar sein, wenn Sie alles für sie zusammenpacken. Werfen Sie nur bitte nichts weg. Man weiß nie, was für die Ermittlung noch nützlich sein könnte.»

Ich nickte.

«Wenn Sie wollen, helfe ich Ihnen», bot er an.

«Das geht doch ziemlich über Ihre Pflichten hinaus, oder?»

«Das hat mit Pflicht nichts zu tun.»

Ich versuchte einen Scherz. «Sind alle Polizisten so nett wie Sie?» Er gab keine Antwort. Auf einmal war ich mir stark seiner Gegenwart bewusst, fühlte, dass er ein wenig dichter bei mir stand, als gut war. Ich wusste nicht, was geschehen würde, nur, dass etwas geschehen würde und ich mir genau das wünschte. Ich berührte seinen Arm. Ich glaubte, er würde mich küssen, aber im letzten Moment besann er sich. Er trat einen Schritt zurück.

«Entschuldigung», murmelte ich verlegen. Ich wendete mich ab.

«Ros», begann er behutsam. «Was Ihnen zugestoßen ist … Es heißt, es dauert Monate, vielleicht Jahre, bis man über so etwas hinwegkommt.»

«Ja.»

«Ich bin Polizist. Es gelten sehr strenge Vorschriften, wie wir mit Zeugen umgehen. Mit wem wir privat Umgang haben.»

«Natürlich.»

«Vielleicht, wenn das alles vorbei ist … Aber nicht jetzt.»

«Ja, sicher», sagte ich. «Nicht jetzt.» Welche Frau würde sich nur wenige Wochen nach einer Vergewaltigung mit einem Mann einlassen? Das war völlig ausgeschlossen.

Aber ich brauchte jemanden, und Bill war da. Prompt legte ich die Arme um ihn und schmiegte mich an seine Brust.

Er hätte die Situation ausnutzen können, wenn er gewollt hätte. Ein Scheißkerl hätte das getan. Ein Scheißkerl oder ein Vergewaltiger hätte das als völlig ausreichende Einladung aufgefasst.

Aber Bill war kein Scheißkerl. Also hielt er mich kurz im Arm und ließ mich dann los, und damit hatte es sich.

Einige Tage später ging ich wieder zur Arbeit. Es tat gut, zurück zu sein. Als ich den weißen Laborkittel und die Spezialbrille anlegte, fühlte ich, wie ich zu einem anderen Menschen wurde: ruhig, gewissenhaft, präzise. Den anderen erzählte ich, ich hätte Grippe gehabt.

Bill rief mich in der Gallery an und teilte mir mit, dass Carl Howell verhaftet worden sei. Ein Polizist hatte einen weißen Lieferwagen wegen defekter Bremsleuchten gestoppt. Howell saß am Steuer und hatte seinen Führerschein vorzeigen müssen. Der Polizeibeamte hatte seinen Namen wiedererkannt.

«Hat er gestanden?»

«Nein. Er hat einen Anwalt verlangt. Interpretieren Sie da bitte nicht zu viel hinein.»

«Aber wenn Sie genug Beweise hatten, um ihn zu verhaften …»

«Ros, bei Ermittlungen in Mordfällen ist es leider üblich, einen Verdächtigen zu verhaften, ehe er eine Aussage macht. Das geschieht zum Schutz seiner Rechte, nicht unserer. Weil er so Anspruch auf einen Rechtsbeistand hat.»

«Ach so, ich verstehe.»

«Der Grund meines Anrufs ist, dass wir gern eine Gegenüberstellung mit Ihnen durchführen würden.»

«Aber ich erkenne ihn doch nie im Leben wieder!»

«Schon möglich. Aber vergessen Sie nicht, er weiß ja nicht, dass Sie unter Amnesie leiden. Sie könnten ja mit dem Finger auf ihn zeigen. Die Gegenüberstellung wird ihn enorm unter Druck setzen. Und Dr. Griffin meint, ein Wiedersehen mit ihm könnte Ihrem Gedächtnis vielleicht auf die Sprünge helfen.»

Ein Streifenwagen holte mich ab und fuhr mich zum Dezernat für Gegenüberstellungen, einem kleinen, separaten Gebäude in der Umgebung von Kilburn. Vom Parkplatz aus führte eine Tür mit der Aufschrift «Eintritt nur für Zeugen» direkt in einen kleinen Raum mit einigen Stühlen und Zeitschriften. An der Wand hingen zwei Plakate. Auf einem stand: «Bitte sprechen Sie im Beisein anderer Zeugen nicht über Ihren Fall. Eine Zuwiderhandlung könnte das Strafverfahren gefährden.» Auf dem anderen: «Interessiert? Gesucht werden Freiwillige für Gegenüberstellungen. Zehn Pfund pro Stunde, die nicht auf Ihre Sozialleistungen angerechnet werden.»

Ich wartete fast eine Stunde lang. Ein Polizist in weißem Hemd mit einem Bierbauch, auf dem eine Krawatte der Metropolitan Police ruhte, kam herein und stellte sich als für Identifizierungen zuständiger Beamter vor. Die Verzögerung, erklärte er, habe sich ergeben, weil ein Anwalt gegen einige der Freiwilligen etwas einzuwenden hatte. Ich musste das unvermeidliche Formular ausfüllen – Name, Anschrift, Geburtsdatum. Er fragte, ob ich meine Verbrechensnummer wüsste. Das war nicht der Fall. Ich unterschrieb das Formular an der Stelle, die er mit einem Kreuzchen markiert hatte.

Schließlich kam eine Polizeibeamtin herein und führte mich in den Raum, in dem die eigentliche Gegenüberstellung durchgeführt wurde. Er war lang und schmal, wirkte eigentlich eher wie ein Flur. Eine Wand war komplett verspiegelt. Auf der anderen Seite der verdunkelten Scheibe befanden sich Jalousien. An der Scheibe klebte ein Hinweiszettel: «Wichtig. Stehen Sie nicht zu dicht am Sichtfenster. Alle Lichter dimmen. Unterlassen Sie bitte während der Gegenüberstellung das Rauchen. Für Personen auf der anderen Seite der Scheibe sind Sie nicht sichtbar.» Ich fühlte mich an das Foto einer Hinrichtungskammer in Amerika erinnert, das ich einmal gesehen hatte.

«Alles klar?», fragte die Polizistin.

«Danke, alles in Ordnung.»

«Möchten Sie ein Glas Wasser?»

Ich schüttelte den Kopf. Der bierbäuchige Polizist kam herein und stellte sich an ein Pult am hinteren Ende des Raumes. Er räusperte sich. «Sind Sie Ros Taylor, derzeit wohnhaft an der Broadhurst Terrace 27?»

«Ja.»

«Sie sind hier, weil Grund zu der Annahme besteht, Sie könnten der Polizei bei der Identifizierung einer Person behilflich sein, die Sie einem Ermittlungsbeamten beschrieben haben. Die Person, die Sie gesehen haben, kann sich unter den Kandidaten befinden oder auch nicht. Falls Sie keine eindeutige Identifizierung vornehmen können, sollten Sie das sagen, aber treffen Sie Ihre Entscheidung erst, nachdem Sie alle Kandidaten mindestens zweimal angeschaut haben.» Er drückte einen Knopf auf seinem Pult, und die Lichter wurden gedimmt. Ein Summer ertönte, die Jalousie auf der anderen Seite der Glasscheibe hob sich.

Auf einer Bank an der gegenüberliegenden Wand saßen neun Männer, alle schwarz und Anfang zwanzig. Der eine ganz außen sah gar nicht übel aus. Er hatte kurze Stummeldreadlocks, die ihm vom Kopf abstanden wie in eine Apfelsine gesteckte Nelken. Vor jedem Mann befand sich eine Nummer.

«Möchten Sie, dass sie sich zur Seite drehen?», fragte der Polizist.

«Können sie aufstehen?»

«Tut mir Leid. Das ist nicht erlaubt.»

Ich versuchte mir vorzustellen, wie einer von ihnen auf mir lag, mich nach unten drückte, aber alles in mir sträubte sich gegen diese Vorstellung. Es wollten sich mir keine Bilder zeigen. Mein Gedächtnis blieb leblos wie eine leere Batterie.

Noch einmal schaute ich sie an, aber meine Antwort stand bereits fest.

«Tut mir Leid. Ich erkenne keinen von ihnen wieder.»

«Kein Problem», sagte der Polizist fröhlich. Er drückte einen Knopf, und die Jalousie senkte sich wieder. Kurz darauf kam Bill herein.

«Nicht fündig geworden?», fragte er leise.

Ich schüttelte den Kopf.

«Keine Sorge. Es war ohnehin nur ein Versuch.»

Ich fragte mich, was passiert wäre, wenn er etwas früher hereingekommen wäre und ganz verstohlen in Richtung einer der Männer genickt hätte – auf den am Rand zum Beispiel, den schnuckeligen mit den Dreadlocks. Was hätte ich dann getan?

Aber natürlich wäre es nicht so einfach gewesen. Als Ermittlungsbeamter hatte Bill vermutlich erst hereinkommen und mit mir reden dürfen, nachdem ich gesagt hatte, dass ich keinen wiedererkannte. Ausgeklügelte Verfahrensregeln sorgten für einen ordnungsgemäßen und einwandfreien Ablauf. Die Polizei wollte nicht, dass ich log. Sie wollte Zeugen, die ihre Verdächtigen wahrheitsgemäß identifizieren konnten.

Eine Ecke der Jalousie hatte sich beim Hinunterlassen verklemmt. Ich konnte sehen, wie die Männer hinausgingen, um ihre zehn Pfund abzuholen, und hatte wieder einmal das Gefühl, alle enttäuscht zu haben.

8

Dr. Griffin las schweigend in meinem Tagebuch. Hin und wieder unterbrach er die Lektüre, um sich auf seinem Block eine Notiz zu machen. Beim Lesen hatte er ein Bein über das andere geschlagen und drehte sich sachte auf seinem Drehstuhl hin und her, erst nach links, dann nach rechts.

«Also», sagte er schließlich und legte das Tagebuch zur Seite. «Ihr Erinnerungsvermögen lässt Sie nach wie vor im Stich?»

Ich nickte.

«Wissen Sie, dass Carl Howell wieder auf freien Fuß gesetzt wurde?»

Das war mir neu.

«Es gab keinerlei Belege, die ihn mit dem Überfall in Verbindung gebracht hätten, aber ich muss auch sagen, dass er kaum in das Profil Ihres Angreifers gepasst hätte.»

«Aha.»

«Ganz nüchtern betrachtet. Neuesten Studien zufolge lassen sich Vergewaltiger in sehr deutlich getrennte Kategorien aufteilen, je nach ihrer Vorgehensweise. Selbst wenn sie häufiger zuschlagen, aggressiver werden, mehr Risiken eingehen oder sonst was, bewegen sie sich meist in genau diesen Kategorien. Das Verbrechen, für das Carl Howell vorbestraft ist, unterschied sich nicht nur graduell von dem, was Ihnen zugestoßen ist, sondern war auch eine völlig andere Art von Straftat. Bei ihm würde eine Vergewaltigung rasch, opportunistisch, schlecht organisiert ablaufen, denke ich – was man sich eben unter einer typischen Vergewaltigung so vorstellt. Bei dem Mann, der Sie vergewaltigt hat, handelt es sich um einen völlig anderen Menschenschlag. Ohne Zweifel spiegelt sich seine Persönlichkeit in der Art wider, wie er sein Leben gestaltet.»

«Inwiefern?»

«Das ist ein ziemlich komplexes Gebiet.»

«Hören Sie, ich bin nicht blöd», brauste ich auf. «Ich habe einen Doktor in organischer Chemie und bin durchaus in der Lage, solche Sachverhalte zu verstehen.»

«Verzeihung. Da habe ich mich wohl missverständlich ausgedrückt. Ich wollte nur sagen, dass ich bezweifle, dass es für Sie der richtige Zeitpunkt ist, sich so stark mit den kriminaltechnischen Details zu beschäftigen. Es besteht die Gefahr, dass Ihr Verstand mit seinem Wissen um die Fakten Ihrer emotionalen Fähigkeit, dieses Wissen zu bewältigen, zu sehr vorauseilt.» Er lehnte sich zurück und musterte mich. «Was eine gute Überleitung ist», sagte er, hob mein Tagebuch hoch und legte es dann wieder auf den Schreibtisch. «Ros, ich weiß Ihre Aufrichtigkeit mir gegenüber sehr zu schätzen. Aber ich muss Ihnen sagen, dass einiges, was ich gerade gelesen habe, mich sehr nachdenklich stimmt.»

«Was denn zum Beispiel?»

«Ihre Gefühle Detective Inspector Thomson gegenüber», sagte er freundlich. «In Ihrem Tagebuch stellen Sie die Frage, welche Frau so kurze Zeit nach einer Vergewaltigung mit dem Gedanken an eine neue Beziehung spielen würde. Offensichtlich bereitet Ihnen die Antwort darauf großes Unbehagen.»

Ich zuckte die Achseln.

«Gestatten Sie mir eine mögliche Antwort: Es ist bei Opfern von Verbrechen gar keine Seltenheit, dass sie eine emotionale Bindung zu Autoritätsfiguren entwickeln.»

Ich spürte, wie ich rot anlief. «Ich fühle mich doch nicht zu Bill hingezogen, weil er Polizist ist.»

Griffins Schweigen zog sich in die Länge. Wenn ein Therapeut schwieg, begriff ich langsam, war das in etwa so, als würde ein normaler Mensch «Unsinn» sagen.

«Ros, Sie sind eine intelligente junge Frau. Was verkörpert ein Polizist für jemanden in Ihrer Lage?», fragte er endlich. «Sicherheit? Gerechtigkeit? Fairness? Vergeltung? Es wäre kaum verwunderlich, wenn das auf Ihre Gefühle ihm gegenüber abfärbte.»

Dem ließ sich kaum widersprechen.

«Er ist überdies geschult im einfühlsamen Umgang mit traumatisierten Personen. Einfühlungsvermögen kann leicht mit etwas anderem verwechselt werden. Wenn jemand durchgemacht hat, was Sie durchgemacht haben …»

«Falls das heißen soll», stammelte ich verlegen, «Sie finden, ich führe mich auf wie ein verknalltes Schulmädchen …»

Griffin hob die Hand. «Mitnichten. Ich sage nur, dass es ein Weilchen dauern könnte, bis sich Ihre Emotionen und Ihr Urteilsvermögen nach dem schlimmen Erlebnis wieder eingependelt haben.»

Wieder schwieg er längere Zeit.

«Außerdem müssen Sie berücksichtigen, dass wir uns

mitten in der Aufklärung eines Verbrechens befinden.» Er reichte mir die rote Kladde zurück. «Falls Sie Ihren Neigungen zu Thomson weiter nachgeben, wird ihn das in eine sehr schwierige Lage bringen. Dadurch könnte die gesamte Ermittlung aufs Spiel gesetzt werden.»

Wie herablassend er dieses Wort aussprach: «Neigungen».

«Ich werde nichts Verbotenes tun», entgegnete ich wütend. «Und er auch nicht. Ich mag ihn, mehr nicht. Was ist daran so schlimm?»

«Ja, genau. Nichts. Und außerdem scheint sich D. I. Thomson nach dem, was Sie geschrieben haben, absolut untadelig zu verhalten. Ich wollte Sie nur zur Vorsicht mahnen, mehr nicht.»

Da Carl Howell nicht länger tatverdächtig war, begann die Ermittlung wieder ganz von vorne.

«Ich möchte von Ihnen eine Liste aller Männer, die in den vergangenen sechs Wochen in Ihrer Wohnung waren», sagte Bill zu mir. «Handwerker, Lieferanten, Freunde, Gäste, sogar Leute, die die Gasuhr abgelesen haben.»

Ich erstellte die Liste, und wir gingen sie durch, wobei Bill mich zu jedem Namen befragte. Wie hat der sich verhalten? War er aufgeregt? Hat er geflirtet? War er mürrisch? In irgendeiner Weise seltsam?

Bill benahm sich anders als sonst. Ruhiger, reservierter, vorsichtiger. Ob Dr. Griffin ihm gegenüber eine Bemerkung gemacht hatte?

Ich stand morgens auf, zog mich an, frühstückte, fuhr zur Arbeit, funktionierte wie immer. Aber das war nicht ich.

Das war jemand vor der Kamera, der meine Rolle spielte und die anderen hinters Licht führte.

Meine Freunde organisierten einen geselligen Abend für mich. Wir saßen in einem Pub und schütteten uns zu. Nur ein paar wussten von meiner Vergewaltigung, Anna, Charlotte und Johnny – es sei denn, von denen hatte einer getratscht. Über Jo aber wussten alle Bescheid. Ich trug meine DKNY-Jeans und mein Lieblingsoberteil von Morgan, Sachen, die ich seit dem Überfall nicht mehr angezogen hatte. Im Lauf des Abends verschickten wir fleißig SMS, und der von jeder größeren Gruppe ausgehende Sog sorgte dafür, dass noch mehr kamen, Pärchen und Freunde von Freunden, bis wir ein ausgelasser Haufen waren, der eine ganze Hälfte des Pubs beanspruchte. Ich kam mit einem Typen ins Gespräch, den ich überhaupt nicht kannte, Hugo oder Hugh, einem Freund von jemandem, der beruflich mit Anna zu tun hatte. Gut aussehend auf konventionelle Art, Typ hünenhafter Fußballer, Produktmanager bei einer Firma, von der ich noch nie gehört hatte. Wir führten eins dieser nichtigen, planlosen Pubgespräche, die so munter dahinplätschern und nur gelegentlich einen Anstoß brauchen. Wusste ich eigentlich, dass Alfred Hitchcock keinen Bauchnabel hatte? Ja, aber wusste er, dass Humphrey Bogart entfernt mit Lady Di verwandt war? Irgendwann war der Punkt erreicht, an dem Leute zu sagen begannen: «Nein danke, muss morgen früh raus.» Von der Theke mitgebrachte Getränke, die andere dann doch nicht mehr wollten, wurden uns in die Hand gedrückt. «Und, woher kennst du die alle?», fragte er.

Er schien völlig ahnungslos zu sein. Ich fühlte mich sehr erleichtert. «Die meisten kenne ich schon ewig.»

«Hast du einen Freund dabei?»

«Nein», antwortete ich und musste ein bisschen über seine direkte Art lächeln.

«Hast du irgendwo sonst einen Freund?»

«Ich habe ein paar unter meinem Bett liegen.»

«Kann ich dich mal anrufen?»

«Wenn du willst», antwortete ich beschwipst.

Er zog einen Kuli heraus und hielt ihn mir zusammen mit einer Zigarettenpackung hin. Ich fragte: «Wieso willst du mich denn anrufen?»

Er wirkte verwirrt.

«Ach ja. Dumm von mir. Um dich mit mir zu verabreden. Vielleicht gehen wir ins Kino, dann rufst du nochmal an und lädst mich zum Abendessen ein, und dann knutschen wir ein bisschen im Taxi rum, und das nächste Treffen findet bei dir zu Hause statt, und du kochst mir was, und dann wirst du mich fragen, ob ich mit dir ins Bett will. Das komplette Programm. Das übliche Blabla. Das übliche Geschwätz.» Ich war inzwischen blau genug, um größten Wert auf den Unterschied zwischen Blabla und Geschwätz zu legen. «Egal. Der Punkt ist, in Wahrheit willst du mich bumsen, aber du findest, das solltest du nicht so direkt sagen.»

«Nein, in Wahrheit will ich dich bumsen, aber ich fürchte, du ergreifst die Flucht, wenn ich das so direkt sage.»

«Versuch's doch mal.»

«Lust zu bumsen?»

«Warum nicht?»

Ich sah mich um. Charlotte versuchte gerade, den betrunkenen Johnny von einer Debatte über Fußball loszueisen. Ich wollte ihr nicht verraten, was ich vorhatte. Also wandte ich mich an eine Frau neben mir. «Kannst du Charlotte ausrichten, dass ich später komme und sie nicht extra aufzubleiben braucht? Ich habe einen Schlüssel.» Sie nickte. «Komm mit», sagte ich zu Hugo oder Hugh.

Wir gingen nach draußen, und er besorgte ein Taxi. Im Wagen knutschte ich mit ihm, weil das einfacher war, als mit ihm zu reden. Bei ihm zu Hause schlug er vor, noch etwas zu trinken, aber mir war nicht danach. Ich fragte ihn, wo sein Schlafzimmer sei. Wir gingen hinein, und ich ließ mich von ihm ausziehen. Dann hatten wir Sex miteinander. Fast hätte er mir das rosafarbene Morgan-Top zerrissen, als er es mir über den Kopf zerrte. Ich war sauer und pflaumte ihn an, er solle vorsichtig sein. Hinterher bat ich ihn, mir ein Taxi zu rufen. Er fragte nochmal nach meiner Telefonnummer, woraufhin ich ihn angiftete: «Wozu? Du hast mich doch schon gebumst!» Wir küssten uns nicht zum Abschied.

Das hätten wir also, dachte ich im Taxi. Ich bin wieder im Rennen. Ich starrte aus dem Fenster. Der Fahrer musste viermal nachfragen, wo genau ich in Maida Vale hinwollte.

Am Sonntag zog ich bei Charlotte aus und zurück in die Wohnung. Egal, was dort passiert war, es war mein Zuhause. Hier fühlte ich mich Jo am nächsten.

Ich redete die ganze Zeit mit ihr. Ich erzählte ihr, was alles passiert war, was gerade auf der Arbeit so los war. Ich erwähnte sogar Sachen aus der Zeitung, die sie vielleicht interessieren könnten. Und ich erzählte ihr von Bill.

Meine Panikattacken hatten aufgehört. Das Leben nahm langsam wieder seinen normalen Lauf. Aber es war ein bisschen so, als wäre der Ton heruntergedreht. Alles kam mir seltsam weit weg vor, wie gedämpft. Wenn andere mit mir redeten, begriff ich den Sinn ihrer Worte immer erst kurze Zeit später, so wie bei einem Telefonat nach Amerika, wenn die Verbindung schlecht ist.

Nur einmal erreichte die Lautstärke kurz wieder normales Niveau, und zwar als Simon mir eine Blume schenkte. Simon war unser EDV-Techniker auf der Arbeit. Ich rief ihn an, weil mein Computer eine seltsame Macke entwickelt hatte, der zufolge ständig irgendwelche Teile auf meinem Bildschirm verschwanden.

Si war schüchtern und eigentlich ein ganz Netter. Er saß an meinem Schreibtisch und plauderte mit mir, während er neu startete, neu konfigurierte, neu installierte, Systemdisketten erstellte und all die anderen mysteriösen Dinge tat, die EDV-Leute so tun. Er erzählte von einer französischen Rockzirkustruppe, die im Roundhouse spielte. Die Akrobaten jonglierten mit Kettensägen und führten Ballette an Bungeeseilen auf. Si fand sie einfach phänomenal. Schon dreimal hatte er sie gesehen.

«Die könnte ich mir noch ein viertes Mal ansehen», schwärmte er. «Wenn du magst, besorge ich Karten.»

«Okay», sagte ich.

«Genial», rief er überrascht aus. «Äh … ja. Genial.» Mit Nachdruck setzte er hinzu: «Würde mir echt Spaß machen.»

O Gott, dachte ich, hoffentlich denkt er nicht, ich wäre auf ein Date aus.

«Dann besorge ich also die Karten. Ist Samstag okay?»

«Wollen wir schauen, ob noch jemand mitwill?», fragte

ich fröhlich. «Alex, möchtest du Samstag eine Zirkustruppe sehen?»

Alex schüttelte den Kopf. «Für so einen Quatsch bin ich zu alt.»

«Tricia?»

Tricia, die andere Laborantin, antwortete: «Danke, ich hab sie schon das letzte Mal gesehen, als sie hier waren. Aber die sind wirklich gut!»

Sie hatte Recht, es war eine tolle Darbietung, und zwei Stunden lang vergaß ich alles und amüsierte mich prächtig. Und dann stand da am Ausgang der Halle ein Blumenverkäufer, und Si kaufte mir eine rote Rose und überreichte sie mir überschwänglich.

Ich zitterte. Alles verschwamm vor meinen Augen. Plötzlich stieg eine Mordswut in mir auf. Man sagt ja, die Galle komme einem hoch, und genau so war es: Ich konnte meinen Zorn tatsächlich schmecken. Hysterisch fauchte ich ihn an: «Du Scheißkerl. Für wen hältst du dich eigentlich?» Ich zerknickte die Blume und schleuderte sie wutentbrannt zu Boden.

Mit offenem Mund stand er da und starrte mich an, während um uns herum die anderen Konzertbesucher ins Freie strömten.

«O Gott», sagte ich. Ich brach in Tränen aus, er ging erst weg und kam dann wieder zurück, denn obwohl er sehr gekränkt war, merkte er doch, dass irgendetwas nicht stimmte. Wir gingen in ein Café, bestellten eine Flasche Wein und redeten. All das Zeug über die Vergewaltigung brach aus mir heraus, er saß da, hörte aufmerksam zu, nickte und sparte nicht mit Mitgefühl.

Der Abend blieb nicht ohne Folgen, denn der schüchterne Si hielt sich fortan für meinen Vertrauten und Retter. Er fing an, mir tiefsinnige E-Mails über das Wesen des Schmerzes und Links zu Selbsthilfe-Websites zu senden. Nach einer Weile antwortete ich ihm nicht mehr. Ich wollte nicht gerettet werden, zumindest nicht von ihm.

«Ich habe mit einem Wildfremden geschlafen. Ich kannte nicht mal seinen Namen.» Trotzig schaute ich Griffin an.

Vorsichtig fragte er: «War es dadurch schlimmer oder besser? Dass Sie seinen Namen nicht kannten, meine ich.»

«Besser, eigentlich.»

Er nickte.

«Das muss doch ein gutes Zeichen sein, oder?», fuhr ich fort. «Ein Schritt in die richtige Richtung.»

«Nun, ein Schritt ist es allemal», brummte er. Dann fing er an, auf seinem Block herumzukrakeln. Das verwirrte mich. Wahrscheinlich hatte ich mit einer heftigeren Reaktion gerechnet.

«Es ist mir ganz leicht gefallen», sagte ich. «Ich meine, ich hatte schon Angst, ich könnte frigide sein oder so. Darüber habe ich vor einiger Zeit mal einen Artikel in der *Marie Claire* gelesen. Vaginismus nennt sich das. Man krampft sich einfach zusammen. Aber wie sich dann herausstellte, funktionierte alles ohne Probleme.»

Er nickte wieder. Ich reckte den Kopf vor, um einen Blick auf sein Gekrakel zu werfen. «Was denken Sie?»

Er wirkte verwundert. «Worüber?»

«Dass ich mit diesem Typen gebumst habe.»

«Ah.» Er legte seinen Stift hin. «Ich denke, Sie wollen mich provozieren.»

«Wie bitte?», fragte ich. «Wollen Sie etwa andeuten,

ich hätte mit Hugo oder wie auch immer er heißt nur gebumst, um Ihnen davon erzählen zu können?»

«Interessante Art, meine Worte zu paraphrasieren», murmelte er. «Ros, lassen Sie es mich so ausdrücken. Sie sind dabei, eine Reihe von Bewältigungsmechanismen auszuprobieren. Manche davon werden sich als maladaptiv herausstellen, manche nicht. Manche werden von kurzer Dauer sein, manche könnten sich verfestigen. Es ist nicht meine Aufgabe, Ihnen zu sagen, welche richtig und welche falsch sind.»

«Sie haben mir aber gesagt, es wäre falsch, mit Bill etwas anzufangen.»

Sein Mund öffnete und schloss sich wieder. «Das ist etwas anderes. Als Mitarbeiter der Polizei muss ich Sie daran erinnern, dass eine solche Liaison gegen die Vorschriften verstoßen würde. Als Therapeut dagegen muss ich mich vor Urteilen hüten.

Sie sind eine intelligente Frau, Ros, also mache ich Ihnen nichts vor. Zu den klassischen Nachwirkungen einer Vergewaltigung gehört eine Art Verschwimmen vormals existierender Grenzen. Eine Zeit lang könnte auch eine Dissoziation auftreten. Aber das ist, wie Sie schon sagten, ein gutes Zeichen – nicht, weil solche Reaktionen nicht schwierig oder schmerzhaft wären, sondern weil sie anzeigen, dass Sie in die nächste Erholungsphase eintreten. Wie auch immer die letztlich aussehen mag.»

Am Wochenende stellte ich mich der Aufgabe, Jos Sachen durchzugehen. Blusen, an denen noch ihr Duft haftete. Ihr Wecker, ihre Zahnbürste, eine halb leere Schachtel Tampons. Eine Haarbürste mit blonden Haaren. In einer

Schachtel unter ihrem Bett fand ich einen Vibrator, den ich wegwarf, trotz Bills Ermahnung, alles aufzubewahren. Ich wollte nicht, dass ihre Angehörigen irgendetwas fanden, was sie in Verlegenheit bringen könnte.

Viel überraschender jedoch war eine Entdeckung in ihrem Kleiderschrank. Ganz an der Seite, neben einen Mantel von Karen Millen gezwängt, hing ein halbes Dutzend Babystrampler auf kleinen Bügelchen. Nagelneue Sachen – an manchen klebte sogar noch das Preisschild. Keine besonders teure Ware, aber hübsche Artikel aus Kaufhäusern. Als hätte sie andere Einkäufe erledigt und die Babysachen aus einem Impuls heraus gekauft. Das war merkwürdig für mich, denn ich kannte niemanden, der so wenig mütterlich war wie Jo. Sie klagte ständig über Freunde, die schon Kinder hatten, und alle anderen mit ihrem Gerede darüber, wie wundervoll und einzigartig ihre sabbernden Kleinen doch waren, tödlich langweilten.

Ich nahm einen der Strampelanzüge aus dem Schrank und begutachtete ihn. Größe Geburt bis sechs Monate. Ich fand keine Erklärung dafür.

Plötzlich kam es mir zu früh vor, das Leben meiner Freundin in Kartons wegzupacken. Also nahm ich die Kleider und hängte sie wieder in den Schrank, neben die Babysachen auf ihren Plastikbügelchen – eine Reihe kleiner Rätsel mit Fragezeichen als Köpfen.

9

Beerdigungen sind anders als Hochzeiten oder Taufen. Es gibt keine gedruckten Einladungen, keine monatelangen Vorbereitungen, keine langwierigen Terminabstimmungen. Die Polizei gab Jos Leichnam an einem Montag frei, vier Tage später fand die Beerdigung statt. Sie wurde im Heimatdörfchen ihrer Eltern, in der Nähe von Basingstoke beigesetzt, neben einer kleinen Kirche aus Naturstein, in der der Trauergottesdienst stattfand.

In seiner Ansprache nannte der Vikar sie Joanna und erzählte, wie er sie früher als Kind samstagnachmittags auf ihrem Pony durchs Dorf hatte reiten sehen. Irgendwie wirkte das falsch auf mich, als wäre die Person im Sarg gar nicht Jo, sondern eine Kindheitsversion von ihr. Wie ich dort saß, in langem schwarzem Rock und schwarzem Kaschmirpulli, drang mir plötzlich ein schwacher Duft von CK One in die Nase. Jos Parfüm. Wahrscheinlich hatte sie den Pullover als Letzte getragen. Ich schob die Nase in die Falten des Kragens und atmete tief ein.

Ungefähr zwanzig ihrer Freunde waren zur Beerdigung angereist. Weniger, als zu einer ihrer Partys gekommen wären. Von den zahlreichen Männern, mit denen sie mal was hatte, waren nur zwei oder drei erschienen. Gerry war nicht darunter. Hatte er einfach beschlossen, sie aus seinem Gedächtnis zu streichen, so zu tun, als ob nie etwas zwischen ihnen geschehen war?

Dabei hatte ich, wie mir schlagartig bewusst wurde, genau dasselbe getan: Ich hatte sie mit meiner Amnesie aus meinem Gedächtnis gestrichen.

Merkwürdig, wie manche Wörter einen geradezu anspringen, wenn sie eine besondere Bedeutung haben. Mein Wort an dem Tag war «Erinnerung». Der Vikar redete ständig von der Erinnerung an Jo: «Und die Erinnerung an Joanna wird uns Kraft geben … Sie wird in unserer Erinnerung weiterleben …» Sogar an den Wänden der Kirche waren Tafeln angebracht, die von Liebe und Erinnerung sprachen.

Erinnern bedeutet Liebe, und Vergessen ist schändlich.

Beinahe wäre ich mit meinen Schuhen auf der frisch ausgehobenen Erde um das Grab herum ausgerutscht. «Nachdem es dem allmächtigen Gott gefallen hat, unsere Schwester Joanna aus diesem Leben abzurufen, befehlen wir sie der Gnade Gottes und legen ihren Leib in Gottes Acker», intonierte der Vikar. Er bückte sich und nahm eine Hand voll Erde. «Erde zu Erde, Asche zu Asche, Staub zum Staube; in der Hoffnung der Auferstehung zum ewigen Leben, durch unseren Herrn Jesus Christus; der unseren vergänglichen Leib umwandeln wird.» Er sprenkelte die Erde ins offene Grab, mit zimperlicher Gebärde, wie jemand, der einen Suppenwürfel in eine Kasserolle bröselt. Jos Mutter hob eine Hand voll Erde auf und warf sie auf den Sarg. Die Trauergäste folgten einer nach dem anderen ihrem Beispiel. Als ich an der Reihe war, zuckte ich leicht zusammen: Es kam mir vor, als würden wir Steine werfen.

Danach gab es Tee im Haus ihrer Eltern. Wir tranken Sherry und aßen Walnusskuchen. Während die ersten Gäste aufbrachen, kam Hector auf mich zu und fragte, ob wir uns kurz unterhalten könnten. Wir gingen nach draußen, und er angelte eine Zigarettenpackung aus seiner Anzugtasche.

«Ich wollte dir danken, dass du der Polizei behilflich warst», sagte er. «Man sagte mir, du hättest viel Zeit auf dem Revier verbracht.»

Ich murmelte etwas vor mich hin, von wegen das sei doch das Mindeste, was ich tun könnte.

Er nickte. «Ich weiß, du willst ebenso sehr wie wir, dass der Scheißkerl geschnappt wird, Ros.»

«Natürlich.»

«Du kannst dich immer noch an nichts erinnern?»

«Nur an Bruchstücke. Nichts, was weiterhilft.»

«Weißt du», sagte er, «Mum und Dad belastet das alles ungeheuer. Dr. Stockton hat sie mit Beruhigungsmitteln voll gepumpt, aber ich glaube nicht, dass sie damit fertig werden, wenn die Polizei nicht bald jemanden verhaftet.» Er schwieg kurz. «Damit will ich nur sagen, Ros, du tust doch alles, was du kannst, oder? Ich meine, ich bin kein Fachmann, aber es muss doch Möglichkeiten geben, Hypnose oder Medikamente vielleicht …»

«Die Ärzte sagen, ich dürfe nichts erzwingen.»

«Bitte, Ros. An irgendetwas musst du dich doch erinnern.»

«Wenn das der Fall wäre, würde ich es ihnen sagen.»

«Wie wär's mit mir?»

«Was meinst du?»

«Falls es Sachen gibt, bei denen du dir nicht sicher bist», sagte er langsam. «Nur so halbe Gedanken, an denen die Polizei nicht interessiert ist und denen sie nicht nachgehen will. Würdest du mir in so einem Fall Bescheid geben?»

«Was soll das heißen, Hecks? Ich soll dir Sachen erzählen, damit du losziehen und dir den Kerl selbst vorknöpfen kannst? Was hast du vor, willst du ihn umbringen?»

Er starrte die Glut seiner Zigarette an und brummte: «Keine Ahnung. Ich wollte mich nur vergewissern. Da gibt es nichts, was die Polizei mir vorenthält?»

«Was denn?»

«Ihr Freund etwa. Dieser Gerry. Was war das für eine Geschichte?»

«Nichts Schlimmes. Sie haben sich ab und zu getroffen, mehr nicht.»

«Jo konnte manchmal so was von scheißblöde sein.»

«Weil er verheiratet war, meinst du?»

Er nickte verbissen. «Kommt mir alles ein bisschen komisch vor. Ich habe mir überlegt, einen Privatdetektiv einzuschalten.»

«Was?»

«Machen wir uns nichts vor, Ros. Die Polizei tut jetzt nur noch so, als ob. Dass sie den Leichnam freigeben, heißt, sie geben auf. In ein paar Wochen werden sie die Sache in die Akte der ungelösten Fälle einordnen und vergessen. Das werde ich nicht zulassen.»

«Aber wie kommst du denn darauf, dass es Gerry war?»

«Vielleicht wurde die Sache ernster, als ihm lieb war. Vielleicht befürchtete er, Jo würde es seiner Frau erzählen. Verheiratete Männer schätzen es nicht immer, von ihrer Geliebten zur Scheidung gedrängt zu werden. Vor allem nicht, wenn sie viel Geld haben.»

«Sie hat ihn nicht –» Ich verstummte. Denn obwohl Jo tatsächlich immer ziemlich abfällig über Gerry gesprochen, ihn ihren reichen alten Sack genannt hatte, sprach die Babykleidung in ihrem Schrank vielleicht eine ganz andere Sprache.

«Was?», fragte er und verengte die Augen.

Und so belog ich Hector ein zweites Mal, indem ich sagte: «Nichts, ehrlich. Die Polizei macht ihre Sache hervorragend. Die schnappen den Kerl, das weiß ich. Das dauert eben seine Zeit.»

Am nächsten Morgen rief ich Bill an und sagte, ich müsste mit ihm reden.

«Okay. Gerade habe ich zu tun, aber ich könnte nach Feierabend in der Gallery vorbeikommen.»

«Super. So um halb sechs?»

«Nach Feierabend, habe ich gesagt, nicht nachmittags. Gegen acht bin ich da.»

Um sechs war ich als Einzige noch im Labor. Der Wachmann machte seine Runde und wünschte mir eine gute Nacht, während er die meisten Lichter ausschaltete. Ich wandte mich wieder meiner Arbeit zu.

«Hi.»

Der Mistkerl versetzte mir einen Heidenschreck. Ich drehte mich um. Bill stand an der Tür. «Wie bist du denn reingekommen?»

«Hab dem Wachmann meinen Dienstausweis gezeigt. Er war selbst mal Bulle. Er meinte, hier verdiene er in drei Nächten pro Woche mehr als bei der Polizei in einem Monat. Hallo.»

Wir waren inzwischen per Du und begrüßten uns mit Küsschen auf die Wange. Ich spürte seinen harten Stoppelbart. «Lass dich von mir nicht abhalten.»

«Schon in Ordnung», sagte ich. «Ich habe nur noch aufgeräumt.»

Die polynesische Nackte stand aufrecht auf meinem Tisch. «Nett», sagte er anerkennend. «Das ist mal die Sorte Kunst, die mir gefällt. Splitternackte Damen, die den Jungs ihre Brüste zeigen.»

«Diese spezielle nackte Dame», sagte ich spröde, «ist meine Aufgabe. Sie ist, wie du schon sagtest, zwar nett, hat's aber auch faustdick hinter den Ohren.»

«Ach ja? Inwiefern?»

«Sie behauptet, ein Gauguin zu sein. Dabei ist sie wahrscheinlich erst vor ein paar Jahren von einem Kopisten in Hove zusammengeschmiert worden, unter Verwendung von Dulux-Dispersionsfarbe gemischt mit Vaseline.»

Er neigte sich vor, um das Bild genauer zu betrachten. «Wie lässt sich das feststellen?»

«Zunächst anhand zweifelhafter Dokumente. Und an ein paar Polyesterfasern.»

«Ros», sagte er überrascht, «bist du Detektivin?»

«Nicht direkt.» Ich überlegte kurz. «Ich bin wohl eher ein bisschen wie eure Leute von der Spurensicherung. Wenn jemand mit sehr viel mehr Sachverstand als ich den Verdacht schöpft, dass etwas faul ist, muss ich greifbare Beweisspuren finden, die ein Speziallabor analysieren kann. Falls sich dann herausstellt, dass eine Straftat begangen wurde, landet die Sache natürlich sofort beim Dezernat Kunstbetrug.»

«Warst du schon mal selbst in ein Verfahren verwickelt?», fragte er beiläufig. «Hast du schon mal vor Gericht aussagen müssen, meine ich?»

«Einmal. Aber nichts Weltbewegendes. Der Verteidiger des Betrügers behauptete allen Ernstes, die vom Labor analysierte Farbe stamme möglicherweise gar nicht von dem Bild, das sein Mandant für mehrere Millionen Dollar verkauft hatte. Belegen konnte er seine Behauptung natürlich nicht. Ich war nur zehn Minuten im Zeugenstand.»

«Falls wir den Schuldigen in deinem Fall finden», sagte er leise, «ist dir klar, dass du dann wesentlich mehr Zeit vor Gericht verbringen könntest?»

Ich zuckte die Achseln. «Ja. Aber das ist nun mal unumgänglich, nicht wahr?»

«Genau. Es ist unumgänglich.»

Trotzdem aber kam ich nicht umhin, über sein «Falls» zu stolpern.

«Wenn Jo schwanger gewesen wäre, hättet ihr das bei der Autopsie feststellen können?»

Wir saßen im Pub. Bill nahm einen Schluck von seinem Bier, während er über meine Frage nachdachte. «Ja. Es gibt einen sehr simplen Test, der routinemäßig durchgeführt wird. Auf eine Schwangerschaft hätte man mich sofort aufmerksam gemacht.»

Verflucht. So viel zu der Theorie, die ich mir zurechtgelegt hatte. Er bemerkte meinen entmutigten Gesichtsausdruck. «Wieso fragst du?», wollte er wissen.

Ich erzählte ihm von der Babykleidung in Jos Kleiderschrank.

Er wirkte nachdenklich. «Sie mag ja zum Zeitpunkt ihres Todes nicht schwanger gewesen sein, aber das heißt ja nicht, dass sie es nicht versucht hat. Oder vielleicht hatte sie gerade eine Abtreibung hinter sich.»

«Nein. Das hätte sie mir erzählt.»

Er zog ein Notizbuch heraus und schrieb etwas hinein. «Ich werde der Sache trotzdem mal nachgehen.»

«Wie laufen die Ermittlungen sonst so? Gibt es irgendwas Neues?»

«Über Details darf ich mich grundsätzlich nicht äußern», antwortete er unbestimmt.

«Dr. Griffin hat etwas gesagt, stimmt's?», fragte ich.

«Was denn?», entgegnete er etwas zu beiläufig.

«Er hat dich vor mir gewarnt.»

Bill schaute in sein Glas. «Wir haben uns schon ein wenig unterhalten.»

«Und?»

«Er wollte wissen, ob ich dir gegenüber Gefühle hege, die über das rein Berufliche hinausgehen.»

«Oh. Verstehe. Was hast du ihm gesagt?»

«Die Wahrheit.» Bills Miene wurde auf einmal ernst. «Ich kann die Tussi nicht ausstehen, habe ich ihm gesagt.»

«Hör auf, mich aufzuziehen.»

«Okay. In Wahrheit habe ich ihm gesagt, dass ich dich ganz gern mag.»

Jetzt schaute ich auf einmal ganz tief in mein Glas.

«Er wies mich darauf hin, dass ich mich, falls die Situation für einen von uns ein Problem würde, umgehend von der Ermittlung freistellen lassen sollte.»

«Hat er sonst noch was gesagt?»

«Ja. Er meinte, du seist gar nicht wirklich an mir interessiert, sondern würdest nur falsche Signale aussenden, weil du momentan so durcheinander bist. Falls du mich attraktiv fändest, dann nur aufgrund meines Jobs und meiner Funktion bei den Ermittlungen. Psychotherapeuten hätten andauernd solche Fälle. Er wies mich außerdem darauf hin, dass es einem Missbrauch gleichkäme, wenn ich meine Position und deine Verletzlichkeit ausnutzen würde. Ach, und er ließ auch durchblicken, dass eine Frau wie du jemanden wie mich nicht zweimal ansehen würde, wenn sie nicht völlig traumatisiert wäre.»

«Meine Herren», sagte ich. «Der hat aber kein Blatt vor den Mund genommen.»

«Eher nicht.»

«Das stimmt aber nicht, Bill. Ich hätte dich auch so gemocht. Das weiß ich genau. Es ist nur Schicksal, dass wir uns noch nicht früher kennen gelernt haben.»

Ich legte meine Hand auf seine. Mir fielen die schwarzen Härchen an seinem Arm auf. Wie sah Bill wohl nackt aus? Ich fühlte ein heftiges Pochen zwischen meinen Beinen. Verlangen? Neugier? Oder bloß die Vorausahnung dessen, was gleich passieren würde? «Was willst du tun?», fragte ich in dem sicheren Wissen, dass, wenn er mir jetzt sagte, dass er mit mir ins Bett wolle, ich ihm diesen Wunsch auf der Stelle erfüllen würde.

«Das Richtige.» Bill sah mir forschend in die Augen. «Ros, ich will dir helfen, über die jüngsten Ereignisse hinwegzukommen, und das geht am besten, wenn wir den Verantwortlichen finden. Das genau ist meine Aufgabe, und ich werde alles dafür tun, ihr gerecht zu werden. Erst wenn ich diese Aufgabe erfüllt habe, haben wir freie Bahn.»

Ich nickte. Meine Enttäuschung versuchte ich so gut wie möglich vor Bill zu verbergen.

Am nächsten Abend tauchte Gerry bei mir auf.

«Was willst du?», fragte ich misstrauisch über die Sprechanlage.

«Ich muss ein paar Sachen abholen.»

Ich drückte auf den Türöffner und wartete, bis er zur Wohnung hinuntergekommen war. Ich hatte mir angewöhnt, die Wohnungstür immer doppelt zu verriegeln. Im Grunde war das albern, da der Angreifer ja wahrscheinlich durchs Fenster hereingekommen war. Aber andererseits, wie dumm stände ich da, wenn es nochmal passierte?

«Hi, Ros.»

«Hallo, Gerry.»

Betretenes Schweigen. Er fragte: «Geht's dir gut? Ich wollte eigentlich schon früher mal kommen.»

«Ich bin okay», antwortete ich wachsam.

«Hast du wirklich das Gedächtnis verloren?»

«Ja. Was glaubst du denn? Warum sollte ich so etwas erfinden?»

Er zuckte mit den Schultern. «Entschuldige. Ich wollte nicht … kann ich irgendetwas tun?»

«Tja, du hättest zum Beispiel zur Beerdigung kommen können.»

«Ah. Ich dachte, das könnte Jos Familie in Verlegenheit bringen.»

Oder auch dich, dachte ich.

«Ich bin später hingefahren. Ich habe mich an ihrem Grab von ihr verabschiedet, allein.» Er rieb sich übers Gesicht. «Die letzte Zeit war nicht einfach für mich, Ros. Wenn jemand, der einem so nahe stand, stirbt, jemand, den man offiziell nicht sehen darf, muss man auch seine Trauer geheim halten. Das fällt mir sehr schwer.»

«Deine Frau weiß also immer noch nichts», sagte ich bissig.

Er wirkte verlegen. «Sie weiß, dass etwas passiert ist. Ganz sicher. Sie weiß auch, dass es vorbei ist. Aber sie weiß nicht, aus welchem Grund.»

«Wie hast du ihr erklärt, dass die Polizei bei euch aufgekreuzt ist?»

«Weiß ich nicht mehr. Hab wohl irgendetwas erfunden.»

«Dann hast du also Jos Tod verschwiegen, um deine armselige Ehe zu retten.»

Er streckte die Hände aus. «Was sollte ich denn machen? Jo ist tot. Wozu sollte ich Caroline unnötigen Schmerz zufügen?»

Auf einmal wurde mir klar, wie unsympathisch ich Gerry fand. Ich hatte dieses Gefühl immer verdrängt, wie man das so tut bei Freunden von Freundinnen, um sich das Leben nicht unnötig schwer zu machen. Er hatte etwas Respekteinflößendes an sich, weil er älter war, verheiratet und reich. In Wirklichkeit aber war er bloß ein verlogenes, doppelzüngiges Schwein.

«Darüber hättest du dir vielleicht Gedanken machen sollen, bevor du dich mit Jo eingelassen hast», murmelte ich. Was natürlich nicht ganz logisch war. Gerry hatte seine Frau von Anfang an belogen. Warum sollte er jetzt plötzlich anfangen, ehrlich ihr gegenüber zu sein? Zum ersten Mal wurde mir wirklich klar, wie schlimm es sein musste, in so einer Beziehung zu leben.

Als könnte er Gedanken lesen, sagte er: «Du kannst ruhig wütend auf mich sein, Ros, wenn es dir dann besser geht. Aber Jo wusste, was sie tat.»

Natürlich hatte er Recht.

«Hol besser das Zeug. Deswegen bist du doch hergekommen», entgegnete ich.

Er ging in Jos Zimmer und schloss die Tür. Ich sah auf die Uhr. Er blieb genau zwölf Minuten drin. Als er herauskam, hatte er eine große Einkaufstüte dabei, die mit Kleidung voll gestopft war. Ganz oben lag eins von Jos Kleidern, das wunderschöne grüne aus Italien. «Das gehört dir nicht», sagte ich aufgebracht. «Das ist ihres. Leg es zurück.»

«Ich habe es ihr gekauft. Ich würde es sehr gern behalten.»

«Um es dann deiner nächsten Geliebten zu schenken?», fragte ich wutentbrannt. «Oder wird deine Frau es bei einer deiner Geschäftsfeiern tragen?»

«Ros», sagte er. «Bitte … Warum bist du so wütend?»

«Weil du es nicht bist», zischte ich. «Weil Jo tot ist und dein Leben einfach weitergeht, als wäre nichts geschehen.»

«Du täuschst dich.» Er deutete auf das Kleid. «Das habe ich ihr in Venedig gekauft. Sie hat es am selben Abend getragen und wir … an dem Abend haben wir darüber gesprochen zu heiraten.»

«Wenn sie nicht gestorben wäre, hätte sie mit dir Schluss gemacht», stieß ich giftig hervor. «Genau das hatte sie vor. Hat sie mir im Urlaub erzählt.»

Das Telefon klingelte. Es war Charlotte. «Moment», sagte ich zu ihr, «ich bringe nur Gerry zur Tür.» Ich funkelte ihn zornig an, bis er den Wink verstanden hatte. Achselzuckend verließ er die Wohnung.

Später ging ich in Jos Zimmer, um nachzusehen, was er noch alles mitgenommen hatte. Ich stellte fest, dass die Babykleidung fort war.

Bill roch nach Qualm und Kneipe. Zur Begrüßung fragte er: «Warum zum Geier hast du ihn reingelassen?»

«Hallo», sagte ich. «Schön, dich zu sehen. Was sollte ich denn machen, Bill? Ihn gewaltsam davon abhalten? Die Polizei rufen?»

«Zeig mir, wo das Zeug war», verlangte er.

Ich ging mit ihm in Jos Zimmer und deutete auf den Kleiderschrank. «Genau dort.»

«Ich fasse es nicht, dass die Spurensicherung die Sachen nicht mitgenommen hat», murmelte er.

«Sind sie wichtig?»

«Keine Ahnung. Dank deinem Hinweis haben wir eine neue Spur, Ros. Offenbar hatte Jo tatsächlich eine Abtreibung vornehmen lassen, und zwar am vierzehnten Juni dieses Jahres. Wir haben in allen Kliniken in der Nähe ihres Arbeitsplatzes nachgefragt. Sie hatte einen Termin um die Mittagszeit und war eine Stunde später wieder draußen, obwohl sie wohl kaum direkt wieder zur Arbeit gehen konnte.»

Ich erinnerte mich daran, wie Jo in eine Bettdecke gehüllt vorm Fernseher gesessen und eine ganze Schachtel Kleenex verbraucht hatte. «Mir hat sie gesagt, sie habe eine Erkältung.»

«Da ist noch was. Der Pizzabote hat sich daran erinnert, einen silbernen Porsche ein Stück die Straße runter gesehen zu haben. An das Kennzeichen kann er sich nicht erinnern, theoretisch kann er sonst wem gehört haben. Aber von den Anwohnern besitzt keiner einen Porsche. Die einzige mit dieser Ermittlung in Zusammenhang stehende Person, die einen silbernen Porsche fährt, ist –»

«Gerry Henson.»

«Ja. Ein silbernes Porsche-Cabriolet.»

«Himmel.» Mir wurde übel. «Meinst du wirklich, er könnte es gewesen sein?»

«Ich weiß es nicht, Ros, ehrlich. Als wir am Tag nach dem Mord mit ihm gesprochen haben, sagte er, er sei zu Hause gewesen, und seine Frau hat die Aussage bestätigt. Ehefrauen sagen aber mitunter, was ihre Männer von ihnen verlangen. Vorläufig kommt er wieder auf die Liste der Personen, die nicht ausgeschlossen werden können.»

«Aber Gerry …» Mit diesem Mann hatte ich unzählige

Flaschen Wein geleert. Ich hatte mit ihm geplaudert, mit ihm herumgealbert, sogar für ihn gekocht. Dass jemand, den ich kannte, für Jos Tod verantwortlich sein könnte, war eine furchtbare Vorstellung.

«Falls er nochmal an dich herantritt, sag besser direkt, die Polizei hätte dich aufgefordert, nicht mit anderen potenziellen Zeugen zu reden, oder so was in der Art. Und sorg dafür, dass du unter gar keinen Umständen mit ihm allein bist.»

«Wieso?»

«Ich will dich nicht beunruhigen», sagte er langsam, «aber falls er es war, wird er Angst haben, dass deine Erinnerung zurückkehrt. Er könnte mit allen Mitteln versuchen, dies zu verhindern.»

«Das Telefon», fiel mir auf einmal wieder ein. «Himmel. Charlotte hat angerufen. Ich bat sie zu warten, während ich ihn zur Tür brachte. Wenn ich das nicht gesagt hätte, hätte niemand je erfahren, dass er hier war. Er hätte mich umbringen können.»

«Halt. Keine voreiligen Schlüsse, okay? Ich sage nur, du sollst besonders vorsichtig sein, mehr nicht. Bei jedem, nicht nur bei Henson.»

Ich zitterte. Der Schock, den ich gerade erlitten hatte, wandelte sich plötzlich in große Angst. «Bleibst du hier? Ich will nicht allein sein.»

«Kannst du nicht jemand anderen fragen?»

«Doch, natürlich. Ich rufe Charlotte an. Die kommt bestimmt vorbei», sagte ich und wandte mich ab.

«Entschuldigung, Ros. Ich wollte dich nicht vor den Kopf stoßen. Ich wollte nur wissen, was genau du gerade gemeint hast.»

Ich atmete tief durch. «Ich bitte dich, genau dich, heute Nacht hier zu bleiben, als starken, männlichen Beschützer. Natürlich enthält diese Bitte nichts, was Dr. Griffin missbilligen würde. Ist das deutlich genug?»

Er lächelte. «Mehr als deutlich. Und mehr als akzeptabel.»

Das war einer der Momente, in denen alles hätte anders kommen können. Wäre eine winzige Entscheidung anders getroffen worden, hätte sich alles ganz anders entwickelt. Schlimme Dinge passieren nicht nur, wenn man spontan den Sprung ins Unbekannte wagt. Schlimme Dinge können auch passieren, wenn man sich behutsam vorwärts tastet und stets darum bemüht ist, das Richtige zu tun.

Mit kleinen Schritten näherten wir uns dem Abgrund, Bill und ich, ganz vorsichtig, Zentimeter für Zentimeter.

«Warum bist du Polizist geworden?»

«Ich glaube, ich habe gedacht, ich könnte damit etwas verändern.»

«Und, hast du das?»

«Keine Ahnung. Wahrscheinlich nicht.»

«Was machst du in deiner Freizeit?»

«Schlafen.»

«Komm schon. Was hast du für Hobbys?»

«Trinken, hauptsächlich. Mit anderen Polizisten.»

«Und im Urlaub?»

«Ich angle gern», sagte er scheu, als würde er eingestehen, dass er strickt oder Damenunterwäsche trägt.

«Und wo?»

«Meistens in Irland.» Und dann begann er, mir von den

Flüssen und Seen im County Mayo zu erzählen, wo er aufgewachsen war.

Es tat gut, so ungezwungen zu sprechen. Die körperliche Anziehung zwischen uns war zwar groß, aber sie stellte kein Hindernis dar. Wir waren einfach zwei erwachsene Menschen, die so vernünftig waren, nicht miteinander ins Bett zu gehen, obwohl sie sich attraktiv fanden.

Mir kamen Dr. Griffins Worte in den Sinn: «Selbstverständlich. Deswegen fühlen Sie sich zu ihm hingezogen, Ros. Bei ihm sind Sie sicher. Sie können flirten, ohne sich Gedanken um die Folgen machen zu müssen.»

Sie können mich mal, antwortete ich ihm.

Ich konnte mir auch Jos Kommentar vorstellen. Was sie sagte, traf schon eher den Kern. *Jetzt machst du den armen Kerl auch noch scharf.*

Wir trinken doch nur Wein, Herrgott nochmal. Essen Pizza. Und plaudern. Ich habe mich doch nicht ausgezogen oder so.

Das ist ja auch gar nicht nötig. Schau euch beide doch mal an. Ihr liegt auf dem Fußboden, stimmt's? Wessen Idee war das denn?

Meine, räumte ich ein. Aber nur, damit wir das Essen zwischen uns stellen können.

Und jetzt fragst du ihn nach früheren Beziehungen. Und erzählst ihm von deinen. Und natürlich tischst du ihm die geschönte Fassung auf.

Warum nicht? Lass mich in Ruhe, Jo. *Du* hattest schließlich ein Verhältnis mit einem verheirateten Mann.

Das ist was anderes. Er war damit einverstanden.

Seine Frau aber nicht.

Dafür hatte sie das Geld. Und das schöne Haus in Hamp-

stead. Wenn ich es nicht gewesen wäre, wäre es eben irgendeine andere gewesen.

Und du hattest eine Abtreibung.

Ach so. Dann weißt du also darüber jetzt Bescheid.

Ja, aber nicht durch dich.

Willst du wissen, warum ich dir das nicht verraten habe?

Natürlich will ich das wissen.

Weil es keine große Sache war, Ros. Schrecklich, aber wahr. Für manche Frauen ist das eine Tragödie. Für manche hingegen nur eine Unannehmlichkeit. Ich gehöre zu der zweiten Sorte. Du hättest ein Riesentrara darum veranstaltet. Und dann hätte ich Schuldgefühle bekommen.

Verarsch mich nicht, Jo. Ich habe doch die Babysachen in deinem Schrank gesehen.

Langes Schweigen.

Hormone. Die beginnen zu wirken und verleiten einen zu den seltsamsten Dingen. Im Prinzip wie Drogen.

Jo?

Ja?

Eins muss ich dich fragen – hatte Gerry irgendwas mit deinem Tod zu tun?

Natürlich nicht. Gerry hat mich geliebt.

Was ist mit dem Baby? Was hat das mit dem ganzen Vorfall zu tun?

Ich habe dir nicht von dem Baby erzählt. Wie kommst du drauf, dass ich ihm davon erzählt habe?

«Ich habe mir gerade ein supermerkwürdiges Gespräch mit Jo zurechtgesponnen», sagte ich zu Bill. «Jetzt eben, während du geredet hast. Ein ganzer Dialog ist mir durch den Kopf gegangen.»

Wir lagen uns immer noch gegenüber, lang ausgestreckt auf der Seite. Er reckte sich und lehnte den Kopf auf den Arm, das Weinglas in der Hand. Da er nur ein T-Shirt anhatte, konnte ich die glatten, harten Muskeln seines Oberarms sehen.

«Was hat sie dir erzählt?»

«Sie sagte, Gerry hätte von dem Baby nichts gewusst.»

«Dafür werden wir wohl eine etwas handfestere Bestätigung brauchen», brummte er. Er drehte sich auf den Rücken und schloss die Augen. «Ich bin total kaputt, Ros. Ich sollte wohl besser ins Bett.»

Ich beugte mich über ihn und gab ihm einen Kuss. Er öffnete die Augen, aber nicht die Lippen.

«Dann gute Nacht», raunte ich und richtete mich auf.

Er lächelte zu mir hoch. «Na ja. Sagen wir in ein oder zwei Minuten.»

Da fiel es mir wieder ein. «Jo meinte außerdem, ich würde dich scharf machen», sagte ich ernst.

«Eher umgekehrt. *Ich* mache *dich* scharf. Oder wie die männliche Entsprechung dazu auch immer heißen mag.»

«Du bist ganz schön frech, hab ich Recht?»

Er grinste. «Ist mir schon mal zu Ohren gekommen.»

Ich neigte mich über ihn und küsste ihn noch einmal, und diesmal waren seine Lippen schon geöffnet.

Zwischen Sofa und Jos Zimmer entschied er sich für das Zweite, um Gespenster, die dort spuken mochten, zu vertreiben und um eine ruhige Nacht zu verbringen.

Trotzdem entging es meiner Aufmerksamkeit nicht, dass sich in seiner Hose etwas regte, als er nach unserem Geknutsche vom Boden aufstand.

«Verdammt frech», murmelte ich, während ich ihm nachsah.

Ich schlief bis ungefähr vier Uhr. Dann stand ich auf und tapste durch die Wohnung. Seine Tür war geschlossen.

Ich wollte ihn nicht wecken. Ich legte eine CD auf, die ich ganz leise laufen ließ, kauerte mich auf dem Sofa zusammen und drückte ein Kissen an mich, bis die gelblich violetten Flecken am Himmel allmählich zu Grau verblassten.

Und dann fiel mir urplötzlich wieder etwas ein. «Gott», murmelte ich. Ich stürmte zu ihm ins Zimmer. «Bill, wach auf.»

Er war sofort wach. «Was ist?»

«Weißt du noch, die Pizzakartons, die in der Mordnacht hier herumlagen – welche Sorten waren das?»

«Ich meine mich zu entsinnen, dass es eine Quattro Stagioni und eine extra scharfe war. Wieso?»

«Jo und ich haben uns immer eine Pizza geteilt. Meistens eine Quattro Stagioni.»

«Dann war also außer euch noch jemand hier?»

«Genau. Jemand, mit dem wir eine Pizza gegessen haben.»

«Gerry?»

Ich zögerte. «Daran kann ich mich nicht erinnern», gestand ich. «Aber es würde passen, oder?»

«Würde es, ja. Aber das heißt nicht unbedingt, dass er hier war, als der Mord sich ereignete.»

Ich fröstelte.

«Ist dir kalt?», fragte er sanft.

Ich nickte. Er schlug die Bettdecke zurück, und ich ließ

mich neben ihn gleiten. Ich schmiegte mich an seinen großen, warmen Körper. Er hielt mich fest in seinen Armen, bis es Zeit zum Aufstehen war.

10

«Sie haben also aufgehört, Tagebuch zu führen», sagte Griffin. Er legte seine Notizen auf die Kunstlederfläche seines Schreibtisches und schwang mit seinem Stuhl herum, um mich mit seinem vorwurfsvollen Blick besser fixieren zu können.

«Ich hatte das Gefühl, es bringt mir nichts.»

«Das werden Sie aber nie erfahren, wenn Sie jetzt damit aufhören.»

Ich zuckte die Achseln.

Seine Augen wurden schmal. «Oder haben Sie weitergeschrieben und wollen nicht, dass ich es lese?»

«Natürlich nicht», log ich.

«Gut.» Er lehnte sich zurück. «Wahrscheinlich haben Sie erraten, dass ich ein Wörtchen mit Detective Inspector Thomson gewechselt habe.»

Ich zuckte wieder mit den Achseln.

«Ich habe nichts Vertrauliches ausgeplaudert, Ros. Ich habe ihm nur ein paar allgemeine Fragen gestellt. Die Schlüsse, die er daraus gezogen hat, waren allein seine Sache.»

«Selbstverständlich.» Dass Bill mir eine ganz andere Version geschildert hatte, ließ ich unerwähnt.

«Gut, dass wir das geklärt haben.» Er legte die Hand auf sein rechtes Knie. Heute trug er schwarze Socken mit Comicfiguren. Rechts Tom, links Jerry. «Wie sieht es mit den Gedächtnisspielen aus?»

«Die mache ich weiter. Passiert ist bisher allerdings nichts.»

Er musterte mich nachdenklich, schwang sachte mit dem Stuhl hin und her. «Ros, ich glaube, es ist an der Zeit, andere Methoden zur Lösung Ihrer Amnesie zu erwägen. Offen gestanden hätte ich erwartet, dass sie sich mittlerweile von selbst gelöst hätte. Ich komme mehr und mehr zu der Überzeugung, dass da ein repressives Element hineinspielt, eine psychische Blockade. Ich werde Sie an eine Klinik überweisen, in der man auf die Behandlung des posttraumatischen Belastungssyndroms spezialisiert ist.»

«Meinen Sie durch Hypnose?»

Griffin schüttelte den Kopf. «Ich würde Sie sehr gerne hypnotisieren, aber wir dürfen nicht vergessen, dass Sie vielleicht als Zeugin vor Gericht aussagen müssen. Leider neigen Geschworene zu der Auffassung, Hypnose könne die Meinung des Zeugen beeinflussen. Dadurch könnte Ihre Aussage für unzulässig erklärt werden. Als Option aber sollten wir uns das in jedem Fall offen halten.»

«Ich will nicht für unzulässig erklärt werden.»

«Ich glaube außerdem, es könnte nützlich sein, wenn Sie an der polizeilichen Rekonstruktion teilnehmen. Das hatten Sie vermutlich ohnehin vor, aber es könnte eben auch Ihrem Gedächtnis auf die Sprünge helfen.»

Ich rief Bill auf seinem Handy an. «Du hast mir nicht erzählt, dass du eine Rekonstruktion durchführen willst.»

«Moment», sagte er. «Ich gehe kurz an einen Ort, an dem ich besser reden kann.» Ich wartete, bis sich im Hintergrund statt der üblichen Bürogeräusche Straßenlärm vernehmen ließ. «Ich wollte den richtigen Zeitpunkt abpassen», sagte er schließlich.

«Tja, das hat Griffin dir jetzt abgenommen.»

«Um die Wahrheit zu sagen, Ros, uns gehen langsam die Ideen aus. Wenn wir den Baum einmal schütteln, vielleicht fällt ja dann etwas heraus.»

«Und falls nicht?»

Schweigen. «Habe ich dir je von der Einunddreißig-Tage-Regel erzählt?», fragte er nach einer Weile.

«Nein. Wieso?»

«Das hat vor allem mit dem Budget zu tun, das uns zur Verfügung steht. Wenn wir nach einunddreißig Tagen nicht über drei verwertbare Beweisstücke verfügen, wird der Fall zu einem so genannten Ladenhüter.»

«Und was bedeutet das genau?»

«Ein pensionierter Beamter wird damit beauftragt, sich die Vorgehensweise bei dem Fall näher anzusehen und anschließend Empfehlungen abzugeben, wie ähnliche Ermittlungen in Zukunft durchzuführen sind.»

Ich verstand gar nichts. «Wie soll das dabei helfen, den Täter zu schnappen?»

«Gar nicht.»

Kurz herrschte Schweigen, während ich mir über seine Aussage klar wurde. «Soll das heißen», fragte ich langsam, «dass ihr, wenn ihr den Täter innerhalb eines Monats nicht geschnappt habt, einfach aufgebt?»

«Der Fall wird zwar dann noch nicht ad acta gelegt, aber alle Beamten werden zusätzlich mit neuen, aktuellen Fällen betraut.»

«Bill, mit wie vielen Fällen hast du neben meinem noch

zu tun? Bei wie vielen Ladenhütern musst du weiter ermitteln?»

Schweigen. «Bei ungefähr vierzehn», gestand er.

«Und an wie vielen davon arbeitest du tatsächlich?»

«An keinem. Solange keine neuen Indizien auftauchen, gibt es nichts zu ermitteln.»

Zwei Gedanken schossen mir gleichzeitig durch den Kopf: erstens, dass Jos Mörder niemals gefasst würde; zweitens, dass nach Abbruch der Ermittlungen endlich nichts mehr zwischen Bill und mir stände.

Sofort überkamen mich Schuldgefühle. Sie war tot, und ich musste verdammt nochmal alles tun, was in meiner Macht stand. «Natürlich nehme ich an der Rekonstruktion teil.»

«Ich habe nachgedacht, Ros. Ich habe demnächst ein paar Tage frei und würde gerne für ein Wochenende zum Angeln nach Irland fahren. Ich wollte dich fragen, ob du Lust hättest mitzukommen. Unter denselben Bedingungen wie neulich Abend, versteht sich. In getrennten Schlafzimmern.»

Ich dachte kurz über seinen Vorschlag nach. «Sehr gern», antwortete ich schließlich.

Damals glaubte ich, die Sache würde bald vorbei sein. Ich müsste nur noch an der Rekonstruktion mitwirken, ein wenig Zeit verstreichen lassen und könnte dann mein Leben von früher fortsetzen. Entweder würde der Täter gefasst, oder die Ermittlungen würden eingestellt werden. So oder so würde ich bald mit Bill richtig zusammen sein.

Das glaubte ich jedenfalls.

Ich fuhr in eine psychiatrische Klinik in einem Vorort von London, um meine Gedächtnisblockade lösen zu lassen. Die Trauma-Abteilung bestand aus Räumen, die an Wohncontainer erinnerten. Eine vergnügte Therapeutin namens Susan wollte von mir wissen, was mir an der Tatsache, dass ich mich an nichts erinnerte, am meisten zu schaffen machte.

«Das ist leicht zu sagen», antwortete ich. «Ich komme mir total nutzlos vor.»

«Okay. Halten Sie den Gedanken fest und folgen Sie mit den Augen meiner Hand.»

Geschwind wedelte sie mit der Hand vor meinem Gesicht hin und her.

«Jetzt denken Sie an etwas Positives, das geschehen würde, wenn Sie sich wieder erinnern könnten.»

Ich dachte im Stillen: *Jos Mörder würde gefasst.*

Sie wedelte mit der Hand in die entgegengesetzte Richtung. «Damit ist die erste Sitzung vorbei», sagte sie fröhlich. «Wir warten ein paar Minuten, und dann fangen wir nochmal von vorne an.»

«Wie, das war's schon?»

«Leider ja.»

«Was soll das bewirken?»

«Das nennt sich Desensibilisierung und Neueinstellung der Augenbewegung, kurz DNAB. Es werden dabei die raschen Augenbewegungen repliziert, die man im Schlaf macht, wenn man traumatische Informationen verarbeitet. Wie das genau funktioniert, wissen wir nicht, aber es funktioniert.» Beim Reden stülpte sie mir einen Kopfhörer über die Ohren. «Okay, weiter geht's. Können Sie einen Piepton im linken Ohr hören?»

Ich nickte.

«Schauen Sie einfach auf meine linke oder rechte Hand, je nachdem auf welchem Ohr Sie das Piepen vernehmen. Denken Sie an den negativen Gedanken von eben.»

Gehorsam ließ ich meinen Blick nach links und nach rechts wandern.

«Und jetzt den positiven.»

Diesmal dachte ich daran, mit Bill ins Bett zu gehen.

«Nun, immerhin gibt es etwas, was Sie zum Lächeln bringt», bemerkte die Therapeutin, als sie mir den Kopfhörer abnahm.

Bills Einschränkung, wir würden nur als Freunde nach Irland reisen, nahm ich nicht besonders ernst. Vielmehr fasste ich sie als Andeutung auf, dass die Entscheidung ganz bei mir lag und dass sein Angebot nicht an Bedingungen geknüpft war. Wenn ich aber nicht mit ihm hätte schlafen wollen, wäre ich gar nicht erst mitgekommen. Es war alles nur eine Frage der Zeit.

Die Rekonstruktion fürs Fernsehen bestand aus zwei Teilen. Zunächst musste ich mich in einem abgedunkelten Zimmer befragen lassen. Die einzige Lichtquelle war eine grelle Lampe hinter meinem Kopf, die dazu diente, mein Profil sichtbar zu machen. Ich musste erst geschminkt und frisiert werden, damit ich auch richtig traumatisiert aussah. Eine Woche später dann wurde die eigentliche Rekonstruktion gedreht, mit zwei Schauspielerinnen, die Jo und mich darstellten. Gefilmt werden sollte in unserer Wohnung, um das Ganze möglichst authentisch wirken zu lassen. Am Tag des Drehs erschien um sieben Uhr früh ein

Aufnahmeleiter mit Formularen, die ich unterschreiben musste. Dann tauchten die Beleuchter auf und entrollten dicke Kabel, die sich durch die gesamte Wohnung schlängelten und in einen riesigen LKW mit Generator draußen auf der Straße mündeten. Als Nächstes kam ein Requisiteur, gefolgt von Maskenbildnern und Garderobieren. Sergeant Alice vom Missbrauchsdezernat war ebenfalls vor Ort, um mich zu betreuen.

Im Vergleich zu all dem Trubel wirkte die Kamera selbst winzig. Sie war an einem sonderbaren Geschirr aus Leder und Metall befestigt, das der Kameramann wie einen Saxophongurt um den Körper geschnallt trug.

«Wir nehmen das Ganze per Steadycam auf», erklärte der Regisseur, als er meinen verwirrten Blick bemerkte. «Das wirkt echter.» Ich nickte, als wüsste ich Bescheid, dabei verstand ich nur Bahnhof.

Schließlich kreuzten die Schauspielerinnen auf und gingen direkt in die Maske. Die, die mich darstellte, war zierlich, dunkel und sah ein wenig französisch aus. Es freute mich ungeheuer, dass sie so hübsch war. Die andere, die Jo spielte, hatte bis auf den Umstand, dass sie groß und blond war, keinerlei Ähnlichkeit mit Jo. Vielleicht hätte ich meine Besetzung also doch nicht als Kompliment auffassen sollen.

Der Mann, der den Mörder spielte, sollte niemandem speziell ähneln, da der Polizei keine Beschreibung des Verdächtigen vorlag. Mir fiel aber auf, dass er von seiner Statur und Kleidung her stark an Gerry Henson erinnerte.

Jeder Szene ging ungefähr eine Stunde Vorbereitung voraus. Ich hatte befürchtet, es würde schwierig für mich sein, einer Neuinszenierung von Jos Tod zuzusehen, aber tatsächlich zog das Ganze sich dermaßen in die Länge, dass ich überhaupt nichts empfand. Bloß Erleichterung, wenn der Regisseur, nachdem er jede Szene drei- oder viermal auf seinem tragbaren Schwarzweißmonitor geprüft hatte, sich endlich einverstanden erklärte und zur nächsten Szene überging.

An dem Monitor klebte ein Storyboard, auf dem jede einzelne Einstellung grob skizziert war. Es sah aus wie ein Comic. Es zeigte mich, wie ich von Drogen betäubt auf dem Sofa lag. Wie ich mich gegen meinen Angreifer zur Wehr setzte, während er mich brutal ins Schlafzimmer schleifte. Wie ich auf dem Bett kurz zu mir kam, in sein schwach umrissenes Gesicht schaute und dann wieder bewusstlos wurde.

Ich ging ins Badezimmer. Die Schauspielerin, die mich darstellte, saß auf einem Hocker vor dem Waschbecken und las in einem Klatschmagazin, während ihr die Maskenbildnerin Rouge auf die Wangen pinselte. Die Schauspielerin lächelte mir kurz routiniert zu. Ich fragte mich, ob sie wohl wusste, dass sie mich darstellte und dass ich genau hier in diesem Raum Jos Leiche gefunden hatte. «Entschuldigung», sagte ich höflich, «ich müsste mal auf Toilette.»

Jemand hatte auf den Teppich rings um die Toilette getröpfelt, bestimmt ein Mann, vielleicht auch mehrere. Ich wischte die Klobrille ab, ehe ich mich darauf setzte. Beim Pinkeln fiel mir auf, dass jemand den Deckel meiner Feuchtigkeitscreme abgeschraubt hatte. Allmählich bekam ich Kopfschmerzen.

Als ich aus dem Bad kam, rief mir jemand zu: «Entschuldige, Liebes, kannst du mal kurz kommen und dich für die Szene hinstellen? Wir müssen die Beleuchtung einstellen.»

«Klar», sagte ich, froh, mich nützlich machen zu können. Ich ging ins Zimmer und stellte mich an die von ihm gewünschte Stelle neben mein Bett. Der Schauspieler saß in einem Regiesessel und blätterte in einem Buch, das, wie ich mit einem Blick erkannte, aus meinem Bücherregal stammte.

«Könnte sie sich mal aufs Bett legen?», fragte der Kameramann, das Auge ans Okular gelegt.

«Leg dich bitte aufs Bett», sagte jemand zu mir. Ich legte mich brav hin. Ich schaute in die Kamera, die über meinem Gesicht baumelte.

«Martin, könntest du mir mal deine erste Position zeigen?», bat der Kameramann seinen Kollegen, ohne ihn anzuschauen.

Der Schauspieler stand auf und kniete sich aufs Bett.

«Okay. Das ist super. Fangen wir gleich an.»

«Ruhe bitte», donnerte jemand. «Aufnahme läuft. Keinen Mucks mehr.» Es wurde sehr still am Set.

«Speed», sagte jemand hinter mir. Am Rande meines Gesichtsfeldes sah ich einen Mikrophongalgen, der knapp außerhalb des Bildes auf mein Gesicht zuschwenkte.

«Moment», fing ich an.

«Und jetzt die zweite Position!», befahl der Kameramann. Der Schauspieler legte seine Hände um meine Hüften und neigte sich über mich, das Gesicht zu einer hässlichen Grimasse verzogen. Ich versetzte ihm einen Kinnhaken.

Er zuckte zurück, und sein Hinterkopf knallte gegen die

Kamera. Der Kameramann schrie «Scheiße!» und hätte die Kamera wohl fallen gelassen, wäre sie nicht an seinen Körper geschnallt gewesen. Sie pendelte am Gurt zur Seite, und zwei Assistenten stürzten sofort herbei, um sie festzuhalten. Der Kameramann legte sich eine Hand auf sein verletztes Auge. Der Schauspieler schrie vor Schmerz und umfasste seinen Kopf so, als wollte er ihn im nächsten Moment von seinem Hals abschrauben.

«So eine Scheiße», sagte jemand.

Der Kameramann bekam an der Stelle, an der ihn das Kamera-Okular getroffen hatte, ein blaues Auge. Der Schauspieler machte erst ein Riesentheater, dann wechselte er abrupt die Taktik und lehnte jede Zuwendung ab, bis es ganz den Anschein hatte, als bekäme er tatsächlich keine, worauf er von Neuem ein Riesentheater machte und abzischte, um mit seinem Agenten zu telefonieren. Ein Krankenwagen wurde gerufen und dann wieder abbestellt, da sich herausstellte, dass Sergeant Alice über eine völlig ausreichende Erste-Hilfe-Ausbildung verfügte. Ich entschuldigte mich tausendmal. Alle waren sehr liebenswürdig und entschuldigten sich im Gegenzug bei mir. Weil die Schauspielerin mir so ähnlich sah, war keinem aufgefallen, dass ich nur eingesprungen war, als die Beleuchtung eingestellt wurde. Dann traf der Krankenwagen ein, obwohl er abbestellt worden war, und nahm den Schauspieler vorsorglich mit ins Krankenhaus.

Es war zu spät, um einen Ersatzdarsteller aufzutreiben, und so ließ sich ein Mitglied der Crew dazu breitschlagen einzuspringen. Er sah ihm nicht besonders ähnlich, aber man war sich einig, dass das weiter keine Rolle spielte, da sein Part ohnehin möglichst verschwommen rüberkommen sollte. Wegen des Darstellerwechsels mussten die vorigen Szenen nochmal gedreht werden, weshalb die Wohnung für den Rest des Tages belegt war. Ich nutzte die Zeit dazu, Alice so unauffällig wie möglich über Bill auszuquetschen.

Die nächste Woche hatte er alle Hände voll zu tun, musste sich um die Ausstrahlung der Rekonstruktion im Fernsehen kümmern und die vielen hundert Anrufe prüfen, die im Anschluss eingingen. Einmal rief er mich spätabends an, er klang müde. Ich nahm das Telefon mit ins Bett, und wir führten ein langes, planloses Gespräch. Irgendwie kamen wir auf Jo und Gerry zu sprechen und über die Beziehung, die sie geführt hatten.

Er sagte: «Muss schwierig für sie gewesen sein, mit jemandem zusammen zu sein, der dazu gezwungen war, ihre Beziehung geheim zu halten.»

Ich gähnte. «Nicht direkt. Ich glaube, sie hat es einfach so akzeptiert, wie es war. Manche Männer mögen Fußball, also geht man mit ihnen ins Stadion. Bei Gerry ging es um Sex. Und der war gut, deswegen hat die Beziehung funktioniert.»

«Ich glaube nicht, dass du je so eine Beziehung führen könntest.»

Auf einmal wurde ich hellwach, denn jetzt ging es nicht mehr um Jo und Gerry.

«Nicht mit jemandem, der verheiratet ist», sagte ich vorsichtig. «Aber falls sie aus anderen Gründen geheim gehalten werden müsste, aus guten Gründen, dann würde ich das schon tun, doch.»

Er fing an, über Irland zu reden, über das Hotel, in dem wir wohnen würden. Mir war sonnenklar, worauf er hinauswollte. Falls wir miteinander schliefen, müsste es ein Geheimnis bleiben. Mir sollte das recht sein. Ich wollte weder mit ihm bei Freundinnen angeben noch mit seinen Kripokollegen einen trinken gehen. Er sollte einfach nur bei mir im Bett liegen und mich im Arm halten, mich vor den Schrecken, die da draußen lauerten, beschützen.

Bei meinem nächsten Termin erkundigte sich Dr. Griffin, ob die Rekonstruktion oder die DNAB irgendwelche Erinnerungen zutage gefördert hatte. Ich musste seine Frage leider verneinen.

«Was geschieht jetzt als Nächstes?», fragte ich.

«Ich werde eine Computertomographie anordnen, nur zur Sicherheit. Aber ich bin überzeugt, dass Sie körperlich vollkommen in Ordnung sind. Davon abgesehen kämen in der nächsten Phase Behandlungen mit Elektroschocks an die Reihe, die meiner Meinung nach ungefähr so zweckmäßig sind, wie auf einem nicht funktionierenden Fernseher herumzuhämmern und abzuwarten, was passiert. Wir müssen uns wohl damit abfinden, dass Ihre Blockade sich irgendwann von allein löst, wann auch immer.»

«Heißt das, ich soll nicht mehr zu Ihnen kommen?»

«Das liegt ganz bei Ihnen. Sie können jederzeit wiederkommen, wenn Sie möchten.» Er wirkte nachdenklich. «Aber darf ich Ihnen einen Rat geben?»

Ich zuckte die Achseln.

«Sie haben sicherlich schon einmal etwas von den sieben Stadien der Trauer gelesen: Schock, Verweigerung, Zorn, Akzeptanz und so weiter. In Wirklichkeit ist das

Ganze wesentlich komplexer. Die Trauer ist ein sonderbares Phänomen. Sie verfolgt uns mit viel Geduld und befällt uns genau dann, wenn wir am wenigsten mit ihr rechnen. Menschen, die Erfahrungen wie Sie durchgemacht haben, sind sich nicht immer bewusst, wie lange es dauern kann, bis sie wieder zur Normalität zurückfinden. Manche Experten behaupten sogar, das gelinge nie und dass die Patienten eine neue Normalität erschaffen müssten, um die verlorene zu ersetzen. Mit diesem Prozess könnten ernst zu nehmende Veränderungen in Ihrem Leben, Ihrer Weltanschauung, sogar Ihrer Persönlichkeit einhergehen. Sie könnten Entscheidungen treffen, die Ihnen, wenn Sie eines Tages zurückblicken, vorkommen könnten, als hätte sie jemand anderes getroffen.»

Bill, dachte ich. Er redet immer noch über Bill. «Wollen Sie damit sagen, ich sei labil?», scherzte ich.

«Ich sage, dass Sie zerbrechlich sind. Mit neuen Situationen sollten Sie sehr vorsichtig umgehen.»

Eine merkwürdige Warnung. Sie kam mir wie eine Floskel aus einem Horoskop vor. Nicht gerade der beste Ratschlag, mit dem ein Spitzenpsychiater aufwarten konnte.

11

Es war Freitagnachmittag, drei Uhr, und ich wartete am Check-in-Schalter im Terminal eins auf Bill, der spät dran war. Viel zu spät dran. Die letzte Gelegenheit zum Check-in war um zehn nach drei. Um halb vier erfolgte der Aufruf an die Reisenden, sich an Bord der Maschine zu begeben.

Um zwanzig vor vier kam Bill hereingerannt und stammelte irgendeine Entschuldigung. Wir drängelten uns in der Warteschlange nach vorn und zeigten am Tresen unsere Flugtickets vor. Die Mitarbeiterin blickte auf ihren Bildschirm und sagte: «Bedaure, der Flug nimmt keine weiteren Passagiere auf.»

«Wann geht der nächste?», fragte Bill.

«Moment bitte.» Es verstrich noch mehr Zeit, während sie auf ihrer Tastatur herumklapperte. «In einer Stunde, aber der ist schon voll. Die frühestmögliche Maschine, in der ich Sie noch unterbringen kann, geht heute Abend um halb elf. Tut mir Leid, aber es ist eben Freitagnachmittag.»

«Gibt es keine andere Möglichkeit?»

Sie zögerte. «Haben Sie nur Handgepäck?»

Bill schob seine Angeltasche außer Sichtweite. «Ja.»

«Sie könnten versuchen, zum Gate zu laufen. Falls die Türen noch nicht geschlossen sind, nehmen die Kollegen Sie vielleicht noch mit.»

Wir rannten los. Unser Gate befand sich in einem anderen Gebäude, das man nur über zahlreiche Laufgänge erreichen konnte. Wir kamen genau in dem Moment am Gate an, als zwei weibliche Angestellte gerade die Türen schlossen. Wir hielten ihnen unsere Tickets unter die Nase, aber die Ältere der beiden schüttelte den Kopf.

«Sie sind zu spät. Tut mir Leid. Die Flugzeugtüren sind schon geschlossen, und der Kapitän will seinen Slot nicht verpassen.»

«Mist.» Bill stellte seine Tasche hin.

Ich wandte mich an die Angestellte. «Es ist nur so, wir sind unterwegs zur Beerdigung meines Großvaters. Vor halb elf ist für uns kein Flug mehr frei, und wenn wir so lange warten, verpassen wir das Begräbnis.»

Nach kurzem Zögern fragte sie: «Um wie viel Uhr ist die Beerdigung?»

«Um sechs. In Mayo.»

«Dann gehen Sie schnell.» Sie hakte die Absperrung los, und wir flitzten hindurch.

Als wir in das Flugzeug einstiegen, gab der Kapitän den anderen Passagieren gerade bekannt, es habe sich eine zehnminütige Verspätung ergeben, weil die Maschine den Startslot verpasst habe.

«Wie hast du das denn hingekriegt?»

Ich kicherte. «War gar nicht so schwer.»

Bill schüttelte ungläubig den Kopf. «Du hast es ja wirklich faustdick hinter den Ohren.»

Man drückte uns zwei Tabletts mit kaltem Economy-Class-Fraß in die Hände. Ich neigte mich zu Bill hinüber und raunte: «Lust auf ein Upgrade?»

«Was soll das heißen?»

«Jo war mit einer Stewardess befreundet. Die kannte diesen todsicheren Trick, wie man sich in die erste Klasse upgraden lassen kann. Champagner gratis, anständiges Essen, bildschöne Stewardessen, die einen nach Strich und Faden bedienen … wollen wir's probieren?»

«Äh … Ros, ich weiß nicht recht, ob ich bei so was –»

«Gib mir ein Haar.»

«Was?»

«Am besten ein Schamhaar. Du kannst bestimmt eins entbehren. Genierst du dich etwa? Egal, so eins tut's auch.» Ich riss ihm ein Härchen aus seinem Unterarm und ließ es auf die klebrige Pampe fallen, die in der Economy Class als Essen durchging. Dann klingelte ich eine Stewardess herbei.

«Kann ich etwas für Sie tun?»

Ich zeigte auf mein Essen. «Hier ist ein Haar drin.» Ich hielt es hoch, damit sie sich selbst davon überzeugen konnte. «Schauen Sie, wie widerlich!»

Die Stewardess dämpfte ihre Stimme. «Tut mir Leid. Möchten Sie eine neue Portion?»

«Nein», sagte ich fest. «Mir ist der Appetit vergangen. Ich hätte gern ein Beschwerdeformular.»

«Einen Augenblick.» Die Stewardess eilte zur Küche, wo ich sie aufgeregt mit ihrer Vorgesetzten debattieren sah.

«Wart's ab», sagte ich zu Bill. «Die haben für alles genaue Regeln. Und in diesem Fall gibt's ein Gratis-Upgrade.»

Die Vorgesetzte kam den Gang zu uns hinab. «Hallo», sagte sie munter. «Ich bitte vielmals um Entschuldigung für das Problem, das bei Ihnen aufgetreten ist. Es trifft sich gut, dass wir vorne im Flugzeug noch einige Menüs übrig haben. Falls Sie dort Platz nehmen würden, könnte ich Ihnen zwei davon als Ersatz anbieten.»

«Na ja, warum nicht», antwortete ich widerwillig.

Und so kam es, dass wir ein First-Class-Menü mit Champagner zu uns nahmen. An ein Leben als Verbrecher könne er sich gewöhnen, kommentierte Bill.

Ich aber wurde auf einmal traurig, weil Jo mir den Trick mit dem Haar gezeigt hatte und wir ihn das letzte Mal auf unserem Flug nach Sardinien ausprobiert hatten.

Dr. Griffin hatte Recht. Die Trauer konnte einen völlig unvorbereitet treffen.

Das Hotel war ein altes Herrenhaus, das schon bessere Tage gesehen hatte, aber wenigstens war es fast leer. Es gab dort mehr arthritische Jagdhunde als Gäste. Die betagten irischen Adligen, denen das Haus gehörte, gaben sich der traurigen Illusion hin, man sei bei ihnen Gast und nicht zahlender Kunde, weswegen wir uns alle im eisig kalten Salon einzufinden hatten, um Aperitifs zu schlürfen und gequält Konversation zu machen. Zum Abendessen mussten wir uns um einen großen Tisch setzen. Unter den Gästen befand sich eine Amerikanerin, die sich als Autorin vorstellte und deren Tätigkeit darin bestand, Ideen für Spielshows zu entwickeln. Des Weiteren ein Ehepaar aus Manchester, das seine goldene Hochzeit beging und kaum ein Wort wechselte, weder miteinander noch mit anderen Gästen. Und dann noch zwei fröhliche Holländer, die mit aller Macht verheimlichen wollten, dass sie schwul waren. Ich hatte mich vor dem Essen umgezogen und trug nun statt alter Jeans mein schwarzes Lieblingskleid, dessen tiefer Ausschnitt Bill nicht kalt zu lassen schien, und obwohl sich das Mahl ewig in die Länge zog, konnten wir danach noch ins Dorf entwischen und ein Pub ausfindig machen, wo das Guinness dunkel und hopfig war und die Luft voller Qualm und Musik.

In jener ersten Nacht passierte nichts – bis auf ein Abschiedsküsschen im Flur und ein etwas wehmütiges Lächeln von Bill, als ich ihm gute Nacht sagte. Der Gedanke daran bereitete mir noch beim Zubettgehen ebenso großen Genuss wie die Vorstellung, was am nächsten Tag alles geschehen könnte.

Bill wollte mir unbedingt das Angeln beibringen. Er stand hinter mir und lenkte meine Arme, während ich die

Rute hielt. Wir ließen sie vor- und zurückschnellen, sodass die Schnur eine riesige Acht über uns beschrieb, ehe sie gute fünfzehn Meter weiter in den See schoss. Ohne seine Hilfe gelang mir gar nichts, aber das störte mich nicht weiter, denn so konnte ich mich an seine starke Brust lehnen und die Kontrolle meiner Gliedmaßen voll und ganz ihm überlassen.

In diesem Augenblick verstand ich, was es bedeutete, sich fallen zu lassen. Ohne Bill wäre ich kaum in der Lage gewesen, aus eigener Kraft dazustehen.

Auf einmal zog etwas ruckartig an der Schnur, die Angelrute bog sich ins Wasser, und Bills Hände um meine Arme spannten sich plötzlich an, um der Belastung standzuhalten. Der Fisch huschte wie wild unter der Wasseroberfläche hin und her, und Bill wies mich an, bei jeder seiner Kehrtwendungen die Spule ein wenig aufzurollen. Schließlich verließen den Fisch die Kräfte, und wir zogen ihn aus dem Wasser.

«Er ist groß», sagte Bill. «Lass ihn herunter, aber ganz vorsichtig.»

Der Fisch schnellte hektisch auf dem Boden herum, bis Bill ihn zu greifen bekam und ihm das Maul aufdrückte, um den Haken zu entfernen. Selbst als er ihn fest gepackt hielt, zappelte er wie wild mit Kopf und Schwanz, ein zuckendes, muskulöses Etwas mit kreisrund geöffnetem Maul und hektisch atmenden Kiemen.

«Meinst du, wir sollen ihn mit ins Hotel nehmen? Die könnten ihn bestimmt köstlich zubereiten.»

«Eigentlich nicht. Willst du?»

«Nein. Komm her.»

Ich kauerte mich neben ihn. Ganz behutsam übergab er

mir den Fisch. Als meine Finger sich um den harten Leib schlossen, geriet das Tier außer Rand und Band, drehte und wand sich zu einer S-Form und versuchte, sich aus meinem Griff zu befreien.

«Hast du ihn?»

«Ja, ich hab ihn», sagte ich. Er ließ los. Ich watete in meinen Gummistiefeln ins Wasser und tauchte meine Hände hinein. Nur einen Moment lang hielt ich ihn noch fest – eine Granate mit gezogenem Ring. Wie bei einer unmittelbar bevorstehenden Explosion. Dann öffnete ich die Finger, und der Fisch war blitzschnell verschwunden. Ich bekam nicht mal mit, wie er davonschwamm.

Nach dem Mittagessen gingen wir in ein anderes Pub. «Ich möchte dich was fragen», begann ich.

«Schieß los.»

Unsere Beine kamen sich unter dem Tisch einvernehmlich in die Quere.

«Liegt es nur an den polizeilichen Vorschriften, dass wir noch nicht miteinander geschlafen haben, oder noch an etwas anderem?»

Sein Blick war seltsam entrückt. «Wovon redest du?»

«Manche Männer halten Frauen, die vergewaltigt worden sind, für angestoßene Ware.»

«Um Gottes willen, so steinzeitlich bin ich nun auch wieder nicht.»

«Vielleicht bist du eher mittelalterlich», mutmaßte ich. «Vielleicht findest du ja eine Beziehung, die nicht durch Sex besudelt wird, irgendwie ritterlicher.»

Er stellte sein Glas ab. «Mensch Ros, wie kommst du denn jetzt da drauf?»

Ich zuckte die Achseln. «Begierde», sagte ich kurz und bündig.

«Oh.» Er überlegte kurz. «Wahrscheinlich empfinde ich so eine Art stellvertretendes Schuldgefühl. Es war ein Mann, der dir das angetan hat. Ich will beweisen, dass nicht alle Männer so sind.»

«Ich brauche keinen Beweis. Ich bin kein Polizist.»

«Wenn ich mit dir ins Bett gehe, bevor du ganz darüber hinweg bist, bin ich genauso schlimm wie er.»

«Ich glaube nicht, dass ich je darüber hinwegkomme», sagte ich. Ich legte meine Hand auf seine. «Aber es könnte helfen, mit dir zusammen zu sein. Ich meine, richtig mit dir zusammen zu sein. Mit dir zu schlafen. Aber wenn du wirklich nicht willst, ist das auch in Ordnung.»

«Ich nicht wollen? Wenn du wüsstest! Ich denke an nichts anderes.»

«Ich auch.»

Er starrte auf den Tisch. «Ich fasse es nicht, dass wir dieses Gespräch führen. Ich habe gerade einen tierischen Ständer», flüsterte er.

«Ich auch. Falls du verstehst, was ich meine. Also sind es wirklich nur diese Vorschriften, die uns davon abhalten.»

«Scheiß auf die Vorschriften», sagte er unvermittelt. «Ich mein's ernst, Ros.»

«Dann steht uns doch jetzt nichts mehr im Weg.»

Wir ließen unser Guinness halb ausgetrunken auf dem Tisch zurück.

Einer der arthritischen Jagdhunde lag auf meinem Bett und schlief. Wir scheuchten ihn aus dem Zimmer und schlossen die Tür ab. Langsam begannen wir, uns gegenseitig auszuziehen.

Als er meinen BH aufhakte, betastete er vorsichtig die Schnittspuren auf meinem Rücken.

«Sind noch Narben da?», fragte ich.

«Nein. Ist kaum noch was zu sehen.» Er legte die Arme um mich und berührte meine Brüste. «Sie sind wunderschön», raunte er.

«Ein bisschen zu klein.»

«Unsinn. Genau richtig.»

Ich schob langsam meine Hand in seinen Hosenschlitz.

«Wow, ich glaube, ich hab einen Großen erwischt. Darf ich mir den zum Mittag zubereiten lassen, oder soll ich ihn wieder freilassen?»

Er biss mir zärtlich ins Ohr. Sein Atem wurde schwerer. Ich drehte den Kopf herum, um seine Lippen zu finden. Gemeinsam ließen wir uns auf das große, weiche Bett sinken.

In dem Moment, als er in mich glitt, verspürte ich einen panischen Krampf. «Hör auf», bat ich ihn. Er hörte auf, und die Panik ließ nach.

«Was ist?», fragte er sanft, ohne sich zu bewegen.

«Nichts», sagte ich. «Ich musste, glaube ich, nur wissen, ob du wirklich aufhörst.» Und dann begann ich, mich unter ihm zu bewegen, ganz sachte zunächst, und er hielt still, bis ich ihm durch den Druck meiner Hände zu verstehen gab, dass ich wieder für ihn bereit war.

12

Die beiden schweigsamen Jubilare waren abgereist. Ihr Zimmer hatten zwei junge Anwälte auf Angeltrip übernommen, die zumindest beim Abendessen recht gesprächig waren und mit Bill über Fliegenfischen, Strömungen und die Vorzüge unterschiedlicher Angelruten fachsimpelten. Ich kam mir verrucht vor, denn die beiden konnten gar nicht den Blick von mir lassen. Was Bill und ich getan hatten, hinterließ eine Art chemische Spur in der Luft. Ganz unauffällig wanderte meine Hand unter den Tisch und griff ihm vorsichtig in den Schritt. Sofort bekam er einen Ständer. Ich streichelte durch den Hosenstoff seinen Schwanz, nur einmal, und hörte dann auf. Kurz darauf beteiligte er sich wieder an dem Gespräch, und ich spürte, wie er erschlaffte. Noch einmal bewegte ich meine Hand, ganz leicht. Wieder reagierte er sofort. So trieb ich es die gesamte Mahlzeit über. Immer wieder erregte ich ihn mit einem zarten Kratzen meiner Fingernägel oder ganz leichtem Druck.

Als wir endlich oben im Zimmer waren, wollte er es für mich ganz langsam angehen lassen, aber ich war selbst schon fast so weit. Ich wollte ihn nur noch in mir haben, und zwar auf der Stelle.

Es war das erste Mal, dass ich mit ihm kam. Man konnte nichts sagen: Anatomisch passten wir sehr gut zusammen.

Am nächsten Morgen liehen wir uns das hoteleigene Boot aus und fuhren hinaus auf den See. Am Angeln hatte ich inzwischen das Interesse verloren, aber es war schön, mit Bill draußen zu sein. Die Sonne kam raus, und wir konnten unsere dicken Pullis ausziehen und in T-Shirts das warme

Wetter genießen, während das Boot langsam in die Mitte des Sees trieb. Ich betrachtete ihn ein Weilchen und bekam sofort wieder Lust auf Sex. Mensch, dachte ich. Ros Taylor, du entwickelst dich noch zur Nymphomanin. Ich musste schmunzeln. Bill drehte sich um und lächelte mich an. «Was ist?»

«Nichts. Angel du schön weiter.»

Er drehte sich wieder zum Wasser hin. Ich rückte hinter ihn und schlang die Arme um ihn. «Ich werde dich festhalten», erklärte ich, «falls ein großer Fisch kommt und dich über Bord zieht.»

«Wenn du willst», sagte er und warf die Angel noch einmal aus. Ich schaute zu, wie die Schnur in der Strömung davonglitt. Ich streichelte ihm über den Bauch und schob dann die Hände in seine Cordhose.

«Angle schön weiter», murmelte ich. Er war bereits hart. Ich zog ihm den Reißverschluss auf und holte seinen Schwanz heraus. «Mir fiele jetzt ein guter Witz über Ruten ein», murmelte ich, während ich ihn gemächlich bearbeitete. «Aber das ist mir jetzt zu anstrengend.»

Er wollte sich umdrehen, aber ich hinderte ihn daran. «Angle einfach weiter.»

Halbherzig warf er die Angel wieder aus, während ich ihn sanft streichelte und seinen Hals küsste. Ich hätte am liebsten so weitergemacht, bis er ins Wasser abspritzte, aber als es ihm schließlich doch gelang, sich umzudrehen, konnte ich ihm nicht mehr widerstehen. Ich half ihm, mir die Jeans auszuziehen, und wir liebten uns auf dem Boden des Boots. Ich lag auf ihm, ganz dicht, um vor neugierigen Blicken hinter der Bootswand geschützt zu sein. Während wir uns rhythmisch bewegten, vernahm ich Stimmen. Es waren die Anwälte, die immer noch über Spinnergrößen, Angelschnüre und Strudel diskutierten. Ihre Stimmen drangen vernehmlich übers Wasser.

«Nicht aufhören», raunte ich ihm ins Ohr.

Die Anwälte redeten jetzt über das Boot, rätselten laut, ob sich jemand an Bord befand. Ich verschloss Bill den Mund und biss ihn zart in die Lippe. Sie waren so dicht bei uns, dass ich das Sirren der Schnüre hören konnte, als sie die Angeln auswarfen.

Nachdem wir gekommen waren, flüsterte ich Bill ins Ohr: «Wenn ich mich aufrichte, sehen sie uns.»

«Aber wir können nicht den ganzen Tag hier bleiben.»

«Doch, das können wir.»

Ich umarmte ihn, und wir dösten gemütlich ein. Das Plätschern der kleinen Wellen an die Bootswand und die Herbstsonne hatten uns in einen angenehmen Zustand der Müdigkeit versetzt. Irgendwie war es kindisch, aber der Umstand, dass wir es in unmittelbarer Nähe anderer Leute getrieben hatten, hatte die Sache noch reizvoller gemacht.

Auf unserem Rückflug stürmte und regnete es. In Heathrow angekommen, stellte Bill fest, dass sein Handy, das er jeden Tag brav auf Nachrichten geprüft hatte, in Irland nicht richtig funktioniert hatte. Er hatte acht neue Nachrichten, alle von Collier, der ihn dringend nach Paddington bestellte.

Abends rief er mich zu Hause an.

«Ros, bleib, wo du bist. Ich komme vorbei.»

«Super. Ich koche uns was.»

Kurz blieb es still. «Ist vielleicht keine so gute Idee. Ich muss danach sofort zurück.»

Als er da war, kam er sofort zur Sache. Ich hatte auf einmal einen anderen Bill vor mir: konzentriert und so geschäftig, dass es mir fast Angst machte. «Es ist ein Anruf wegen des Falls eingegangen. Jemand, der die Fernsehsendung gesehen hat.»

«Gute Neuigkeiten?»

«Wie man's nimmt. Ros, wir haben einen Zeugen, der Gerry Henson in der Mordnacht um drei Uhr früh vor eurer Wohnung beobachtet hat. Er hatte eine schwarze Mülltüte dabei, ganz wie die mit eurem Zeug drin, die wir gefunden haben.»

Ich war wie vor den Kopf geschlagen. Ich hatte nie wirklich geglaubt, dass Gerry der Täter war. Ich hatte gedacht, er wäre nur einer von vielen, die letztlich ausgeschlossen würden, wie die Männer aus der Videothek oder Carl Howell.

«Du weißt, was das bedeutet, oder?», fragte er leise. «Ich kann nicht bleiben.»

«Heute Abend oder überhaupt nie mehr?»

Er zögerte. «Bis der Fall vorüber ist. Ros, falls jemand dahinter kommt, was zwischen uns passiert ist, könnte das alles versauen. Nicht, weil es praktisch irgendeinen Unterschied macht, sondern weil schlaue Anwälte damit die Geschworenen auf ihre Seite bringen können, verstehst du?»

«Ich bin doch nicht blöd», erwiderte ich aufgebracht.

«Da ist noch was.»

«Geh einfach», sagte ich. «Verschwinde. Du kannst mit mir reden, wenn der verdammte Fall vorüber ist.»

«Es geht um den Fall.» Er wirkte verlegen. «Diese Information – sie stammt von jemandem, den wir nicht als Zeugen aufrufen können.»

«Wieso nicht?»

«Er ist viermal wegen Einbruchs vorbestraft. Als er Henson sah, war er gerade selbst unterwegs zu einem Einbruch. Seine Aussage ist wasserdicht, aber vor Gericht können wir ihn als Zeugen nicht anführen.»

Am nächsten Tag hieß es in den Lokalnachrichten, ein Gerald Henson sei in Zusammenhang mit einer zweifachen Vergewaltigung und einem Mord vernommen worden. Es wurden Aufnahmen von Polizisten gezeigt, die Kisten mit Beweismitteln und Kleidung aus seinem Haus trugen. Am Tag darauf berichtete der *Standard*, Mr. Henson sei in die Obhut seiner Anwältin entlassen worden, solange die Ergebnisse kriminaltechnischer Untersuchungen noch ausständen.

Bill hinterließ mir mehrere Nachrichten auf meiner Mailbox. Ich rief ihn nicht zurück. Seine Nachrichten wurden immer knapper und kürzer. Auf unterschiedliche Weise besagten sie alle dasselbe. Nichts Neues. Die Ermittlungen dauern an. Mehrere Spuren, aber nichts, was weiterführt.

Bis er mir endlich eine Nachricht hinterließ, die Gehalt hatte: «Er war's, Ros. Wir haben ihn. Wir haben forensische Beweise.»

Ich trauerte von neuem um Jo.

Zu Anfang hatte ich getrauert, weil sie tot war. Jetzt trauerte ich, weil sie von dem Mann umgebracht worden war, dem sie am meisten vertraut hatte. Weil ich Gerry Henson zu kennen glaubte und geschworen hätte, dass er nicht schlechter war als jeder andere Mensch auch.

Bill hatte mir einmal gesagt, wir alle seien fähig, schreckliche Dinge zu tun. Jeder Mörder, mit dem er zu tun gehabt hätte, sei ein stinknormaler Mensch gewesen, der sich selbst überrascht hatte.

Ich trauerte aber auch um Bill. Weil ich jetzt eine ungefähre Ahnung hatte, wie lange es dauern würde, einen so umfangreichen Fall wie diesen vor Gericht zu bringen, und weil ich Zweifel hegte, ob wir je dort weitermachen könnten, wo wir aufgehört hatten.

Langsam begann ich, Henson zu hassen. Ich verstand, warum Männer rumtönten, einem Vergewaltiger würden sie auf der Stelle die Eier abreißen. Ich ertappte mich dabei, wie ich mir ausmalte, er säße im Gefängnis und würde von einer Gruppe anderer Häftlinge gefoltert. Mich überkam ein triumphaler Schauer bei der Vorstellung, wie ihm das kochend heiße Wasser aus den Kesseln die haarige Haut verbrühte.

Collier hinterließ mir eine Nachricht. Er bat mich, dringend nach Paddington Green zu einem Gespräch zu kommen.

«Miss Taylor, ich muss Ihnen einige Fragen privater Natur stellen.»

O Scheiße, dachte ich. Er weiß Bescheid.

«Als Sie Ihre Aussage gemacht haben, waren Sie so freundlich, uns eine Liste Ihrer bisherigen Sexualpartner zur Verfügung zu stellen. Haben Sie dabei zufällig jemanden vergessen?»

Ich spürte, wie ich rot anlief. Ich schaute zu der Polizeibeamtin, die sich ebenfalls im Raum befand, aber sie musterte eingehend ihre Schuhe. «Was meinen Sie damit?»

«War die Liste Ihrer Partner absolut vollständig, ohne Auslassungen?» Collier schob mir ein Blatt Papier über den Tisch zu. «Da haben Sie die Liste, falls Sie nochmal einen Blick drauf werfen möchten.»

Ich wusste, dass ich Farbe bekennen müsste. «Zu der Zeit hat sie gestimmt», fing ich an, «aber –»

Er hob eine Hand. «Was seitdem passiert ist, interessiert mich nicht», sagte er hastig. Zu hastig. Sah ich da etwa ein Zwinkern in seinen Augen? «Ich muss nur wissen, ob Sie zum Zeitpunkt des Überfalls irgendwelche Sexualpartner hatten, die Sie uns verschwiegen haben.»

«Nein», antwortete ich entgeistert. «Absolut nicht.»

Er notierte sich etwas. «Eins muss ich Sie ganz direkt fragen: Haben Sie zu irgendeinem Zeitpunkt eine sexuelle Beziehung zu Gerry Henson gehabt?»

«Natürlich nicht. Er war mit Jo zusammen.»

«Dann würde also die Vermutung, dass Sie mit ihm im Bett waren, jeder Grundlage entbehren?»

«Wer vermutet denn so was?»

Collier zog eine Packung Tic Tac aus der Jackentasche, kippte sich einige in die Hand und bot mir auch welche an. «Bei der Durchsuchung von Hensons Haus haben wir einige Kleidungsstücke mitgenommen. Im Labor wurde ein Haar sichergestellt, das um den Knopf eines seiner Hemden gewickelt war. Das Hemd war zwar gewaschen worden, aber das Haar hat überlebt. Es wurde mit der Wurzel ausgerissen, wozu einige Kraft vonnöten ist. Hinzu kommen drei kleine Blutflecken auf der Vorderseite des Hemdes und ein wenig Sekret von, verzeihen Sie meine Direktheit, intimer Art am unteren Hemdrand. Alle Flecken enthalten DNS derselben Person.» Colliers Schweinsäuglein glänzten. «Zum Glück wird in Mr. Hensons Haushalt aufgrund einer Hautallergie seiner Frau nichtbiologisches Waschpulver benutzt. Andernfalls hätten die Enzyme die Beweisspuren getilgt.»

«Ich weiß nicht recht, ob ich Ihnen folgen kann», sagte ich matt.

«Das Haar, die Blutspuren und das Sekret deuten alle auf Sie hin.»

Auf Sie. Auf Sie. Wie ein Echo hallte es mir durch den Kopf. Was hatte das zu bedeuten? *Auf Sie.*

«Also», sprach Collier und lehnte sich zurück. «Der Bursche hat jetzt zwei Möglichkeiten. Da ein Sexualkontakt zweifelsfrei feststeht, kann er entweder behaupten, Sie nie angerührt zu haben, und das erhebliche Risiko eingehen, vor Gericht durch das Ergebnis der Beweisaufnahme widerlegt zu werden, oder er kann sagen: Ja, wir hatten Sex, aber die Dame war freiwillig dazu bereit.»

«Lieber Himmel.»

«Womit ich natürlich keinesfalls andeuten wollte, dass Sie tatsächlich dazu bereit waren», setzte er entschuldigend hinzu. «Aber Sie verstehen, warum ich Sie das fragen musste.»

«Ja. Selbstverständlich.»

«Wir nehmen an, dass es am Nachmittag des Überfalls zwischen den beiden zum Streit gekommen ist – vermutlich hat sie ihm eröffnet, dass sie auf Ihren Rat hin die Beziehung beenden wollte. Vielleicht hat sie ihm auch erzählt, dass sie sein Kind abgetrieben hatte. Er beschloss, Ihnen beiden eine Lektion zu erteilen, und kam am Abend mit dem GHB zurück.» Bei diesen Worten behielt Collier mich auf sonderbare Weise im Auge. «Kommt Ihnen irgendetwas davon bekannt vor?»

«Tut mir Leid. Ich kann mich immer noch an nichts erinnern.»

«Schade. Es würde uns sehr helfen, wenn Sie als Opfer unsere Annahme bestätigen könnten. Diese Bestätigung nicht zu haben, macht den Fall, sagen wir mal, ein wenig knifflig.»

«Was wird er kriegen?»

«Wie viele Jahre, meinen Sie?» Collier fing an, seine Unterlagen zusammenzupacken. «Kommt ganz darauf an, wie die Anklage lauten wird. Aber das liegt selbstverständlich nicht in unserem Ermessen, sondern in dem unserer Freunde von der Staatsanwaltschaft. Fest steht allerdings, dass sich Henson bei einer Verurteilung auf zwanzig Jahre einstellen muss, und die wird er hauptsächlich in einem Sicherheitstrakt mit anderen Sexualstraftätern absitzen.»

«Auf welcher Grundlage trifft die Staatsanwaltschaft ihre Entscheidung?»

«Theoretisch muss sie nur erwägen, ob eine Anklage eine fünfzigprozentige oder höhere Chance hat, zu einer Verurteilung zu führen.»

«Und das ist hier der Fall? Ganz bestimmt?»

«Nun, man kann nie wissen, was die Anwälte noch alles vorbringen», antwortete er heiter und erhob sich von seinem Stuhl. «Aber Henson ist der Täter. Daran besteht absolut kein Zweifel.»

Aber so einfach war es dann doch nicht.

Zehn Tage nach Hensons Verhaftung klingelte es an meiner Tür. Es war nach Mitternacht. Ich nahm den Hörer der Sprechanlage ab.

«Ja?»

Es blieb länger still. «Ich bin's, Bill.»

Mein Herz tat einen Sprung. «Falls du glaubst, du kannst hier einfach mitten in der Nacht auf eine schnelle Nummer vorbeikommen, weil die Pubs schon dichtgemacht haben, Mr. Thomson, dann liegst du goldrichtig.»

«Ros –»

«Komm runter.» Ich drückte auf den Türöffner.

Als ich die Wohnungstür aufmachte, wusste ich sofort, dass etwas nicht stimmte.

«Himmel, Bill, was ist los?» Ich zog ihn herein, und er ließ sich schwer gegen mich sinken. Ich strich ihm übers Haar. «Was ist passiert?»

«Das ist alles so dermaßen beschissen», murmelte er und verbarg sein Gesicht in meiner Schulter.

Ich hatte eine böse Vorahnung. «Was?»

«Dieser Fall. Es ist alles im Eimer, Ros. Tut mir Leid.»

«Er war es doch nicht?»

«Doch. Das ist es ja, verdammt nochmal. Es war Henson. Wir haben die Beweise. Wir haben das Material zusammengetragen. Sein Vorgehen, sein Motiv, alles komplett. Wir haben einen Zeugen, der ihn am Tatort gesehen hat. Dazu forensische Belege. Und einen Haufen feiger Anwälte, die behaupten, das alles wäre nicht schlüssig genug, um eine Verurteilung zu rechtfertigen.»

«Was?»

«Es geht nur ums Geld. Dieses Jahr hat es schon ein paar größere Verfahren gegeben, und die Staatsanwaltschaft hat ihr Budget weit überzogen. Hinzu kommt, dass kürzlich in einem anderen Fall eine Revision erfolgreich war, die sich um unser Vorgehen am Tatort drehte, und jetzt hat man Angst, das könnte dazu benutzt werden, um unsere

Beweismittel zu untergraben – wie können wir beweisen, dass die Untersuchungen ordnungsgemäß durchgeführt wurden, blablabla.»

Und ich. Er ist zu rücksichtsvoll, um es mir zu sagen, aber Collier hatte mich ja aufgeklärt. Die Tatsache, dass ich mich nicht erinnern kann, versaut uns den Fall. «Kann die Polizei nichts unternehmen?»

«Der Polizei ist das scheißegal. Wir haben unseren Part erledigt. Fließbandarbeit, Ros, so als ob wir einen Ford Fiesta herstellen. Alle denken sich, prima, ich habe meinen Teil gemacht, ich hab die Windschutzscheibe reingeklatscht oder was auch immer. Ob die Räder abfallen, das interessiert keinen.»

«O Gott.» Ich gab mir Mühe, das alles in meinen Kopf zu bekommen. «Und was passiert jetzt?»

«Wir lassen die Sache auf sich beruhen. Das war's. Es ist noch nicht mal ein Ladenhüter. Es ist ein Phantomfall – kein Prozess, keine Verurteilung, keine Strafe.»

Ich zitterte heftig. Nach allem, was ich durchgestanden hatte, wurde der Fall einfach ungelöst ad acta gelegt.

«Eins würde ich gern wissen, Bill. Bist du absolut sicher, dass es Gerry war?»

«Ja. Daran habe ich nicht den geringsten Zweifel. Er hat Jo umgebracht, und er wird ungeschoren davonkommen.»

Es war nicht Bills Idee. Das muss ich an dieser Stelle betonen. Es war ganz allein meine Idee.

Weil meine Freundin tot war.

Weil ich wollte, dass endlich alles vorbei war.

Weil damals keiner etwas unternommen hatte, als mir das Handy gestohlen wurde.

Weil ich mit schuld war, da ich mich an nichts erinnern konnte.

Weil die Bösen nicht ungestraft davonkommen sollen.

Weil ich Jo durch eine Lüge ein Geschenk machen konnte.

Er blieb über Nacht. Das hätte er nicht tun sollen, aber wir wussten beide nicht, wann wir das nächste Mal so eng zusammen sein könnten. Er schlief noch, als ich am nächsten Morgen die Einsatzzentrale anrief und um ein Gespräch mit Superintendent Collier bat. Nachdem ich zu einem Dutzend verschiedener Leute durchgestellt worden war, landete ich endlich bei ihm.

«Hier ist Ros Taylor», sagte ich. «Ich habe mein Gedächtnis zurückerlangt und möchte gerne eine Aussage machen.»

Es blieb lange still. «An was erinnern Sie sich?»

«An alles. Es war Gerry. Gerry Henson. Ich möchte eine Aussage machen und Gerry Henson als den Mann identifizieren, der mich vergewaltigt hat.»

Wieder Schweigen. «Sind Sie sicher?»

«Ganz sicher.»

«Gut. Sagen Sie jetzt nichts mehr. Wir sehen uns in zehn Minuten in Paddington Green.»

2
BILL

Die Einschränkungen, denen Polizeibeamte und -beamtinnen in ihrem Privatleben unterworfen sind, sind bei so gut wie keiner anderen Berufsgruppe denkbar … Von Polizisten wird erwartet, einen Moralkodex aus dem neunzehnten Jahrhundert einzuhalten, obwohl ihnen tagtäglich vor Augen geführt wird, dass die übrige Gesellschaft diesen längst abgestreift hat.

Ben Whitaker, *The Police in Society*

13 Das Opfer hieß Merrily Brown. Sie kam aus dem Stall der Harkur-Brüder, draußen in Hackney, und ihr Service nannte sich *Lick and shine*, was im Straßenjargon bedeutet, sich eine Dosis Crack und einen Blowjob auf einmal zu kaufen. Da die Crackpreise in den letzten sechs Monaten stark gefallen waren – hauptsächlich aufgrund unserer Unfähigkeit, Leute wie die Harkurs zu kontrollieren –, waren die Brüder auf die Idee gekommen, *Lick and shine* zum selben Preis anzubieten wie andere Dealer eine Dosis Crack; mit anderen Worten, sie lieferten die Prostituierte und ihre Dienste gratis dazu. Da die Mädchen mit Drogen entlohnt wurden, die den Harkurs förmlich aus den Ohren herauskamen, von diversen anderen Körperöffnungen ganz zu schweigen, handelte es sich um ein weiteres Beispiel für die geniale horizontale Integration, die ihnen Lobeshymnen an jeder Wirtschaftsfakultät eingetragen hätte. Die Idee war ein absoluter Erfolg: Die Mädchen schafften neue Kunden heran, solche, die vielleicht bis dahin noch kein Crack probiert hatten, und der durch einen Orgasmus in Kombination mit einer starken Dosis Crack ausgelöste Kick hatte zur Folge, dass ein hoher Anteil dieser Kunden wiederkam. Die einzige zusätzlich benötigte Ressource war ein ständiger Nachschub an Mädchen – nicht unbedingt crackabhängig, dafür konnte gesorgt werden; aber der Nachschub durfte nicht stocken, denn zu den bedauerlichen Nebenwirkungen eines Lebens als crackabhängige Prostituierte gehört eine hohe Sterblichkeitsrate. Dieses Problem lösten die Harkurs, indem sie den größten Zuhälter von Südlondon ausfindig machten, abknallten und seine Mädchen darüber in Kenntnis setzten, dass sie von nun an neue Arbeitgeber hatten. Einige von ihnen sahen das als Gelegenheit, neu über ihre Bezahlung und Arbeitsbedingungen zu verhandeln. Die Harkur-Brüder übergaben die beiden Rädelsführerinnen ihren Handlangern und forderten sie auf, sich ein bisschen zu amüsieren. Als die Party vorbei war, waren beide Mädchen tot. Mit den anderen hatten die Harkur-Brüder fortan keine Scherereien mehr.

Merrily Brown jedoch war nicht durch Drogen zu Tode gekommen, oder durch eine Krankheit, oder durch einen Kunden, oder gar durch die beiden Brüder. Merrily Brown war gerade dabei, einem untergeordneten Yardie, einem jamaikanischen Bandengangster namens Gusto Bart, in seinem Auto einen zu blasen. Der Suzuki-Geländewagen mit getönten Scheiben, tiefer gelegter Aufhängung und golden besprühten Radkappen stand in einer ruhigen Straße in der Gegend hinter dem Euston Square. Die Stille wurde einzig durch die pulsierenden Bässe aus Gustos Hi-Fi-Anlage ein wenig gestört. Plötzlich stieß ihre linke Hand auf die Glock Kaliber 9 mm, die er stets im Hosenbund trug. Merrily wartete, bis Gusto noch einen Zug Crack nahm, untrügliches Zeichen, dass er sich dem Orgasmus näherte und folglich in einem Zustand maximaler Ablenkung befand, dann zog sie ohne lange Überlegung die Knarre aus dem Halfter und schoss sich damit direkt unter dem Ohr in den Kopf. Beim Austritt aus ihrem Mund verfehlte die Kugel seinen Penis zwar wie durch ein Wunder, ihre Zähne und ein großer Teil ihres Kieferknochens hatten dafür aber umso mehr angerichtet. Ich habe die Fotos vom Krankenhaus gesehen, bevor die Chirurgen sich an die schwierige Aufgabe der Wiederherstellung machten. Kein schöner Anblick. Die letzten fünf Zentimeter seiner

Männlichkeit sahen aus, als hätte ein Küchenchef sie sehr fachkundig in Streifen geschnitten, die Haut zurückgepellt und sie dann mit Hackfleisch gefüllt.

Untergeordnete Yardies reden normalerweise nicht mit der Polizei, Gusto Bart aber sehr wohl. Er redete, oder besser gesagt, brüllte schon, bevor der Krankenwagen eintraf, während Merrilys Blut noch von der Sonnenblende in seinem Auto tropfte. Wir waren ziemlich schnell an Ort und Stelle. Etwa zwölf Sekunden nach dem Schuss waren wir da, kamen mit unseren Baseballmützen und dunklen kugelsicheren Westen aus dem nicht gekennzeichneten Einsatzwagen angerannt und schrien ihm zu, er solle mit erhobenen Händen aus dem Wagen aussteigen und das Mädchen in Ruhe lassen, denn zu dem Zeitpunkt war uns noch nicht ganz klar, wer auf wen geschossen hatte.

Gusto Bart schrie zurück, die blöde Nutte hätte sich eine verpasst, oder so was in der Art. Ehrlich gesagt, ich achtete nicht besonders auf sein Gebrüll. Inzwischen hatte ich nämlich die Autotür aufgerissen und starrte den Leichnam der Operation Mansion an, der vor mir in den letzten Todeszuckungen auf Barts Ledersitzen lag. Zwölf Monate Arbeit, zunichte gemacht in der kurzen Zeit, die die Kugel für den Weg aus dem Magazin der Pistole in Merrily Browns Hirn gebraucht hatte.

«Eins sage ich dir, ich mach keine Mund-zu-Mund-Beatmung. Nicht, nachdem der schwarze Dreckskerl seinen Schwanz da drin hatte», stellte ein Kollege klar.

Ich langte nach vorn und zog vorsichtig Merrilys Kopf von Barts Schoß. Über dem rechten Ohr war ihr Kopf aufgeplatzt wie ein Schokoladenei. Das Innere glänzte nass. Und das war nur die Austrittswunde.

Hinter mir knarzte ein Funkgerät. «Krankenwagen ist unterwegs, Sir», raunte mir jemand zu. Ich nickte. Eine dickflüssige, gummiartige Masse quoll aus Merrily Browns Mund. Zu der Zeit hielt ich es für Erbrochenes. Später sollte ich in den Berichten lesen, dass es sich in Wirklichkeit um eine Mischung aus Barts zerfetztem Penis, Blut und Merrilys eigener, abgetrennter Zunge handelte.

Diese großen Suzukis verfügen über eine gute Innenbeleuchtung. Bart schaute an sich hinunter und fing auf einmal an zu brüllen. Aus einem der vielen Stückchen zerfetztem Fleisch in seinem Schoß kam Blut gepumpt, das einzige Indiz dafür, dass es zu ihm und nicht zu ihr gehörte.

«Das sollten wir wohl besser abbinden», schlug Stretch vor.

«Gib mir einen Schnürsenkel, schnell.»

Er befolgte meinen Befehl, händigte dem Mann neben sich seine Pistole aus und zerrte an seinen Turnschuhen herum.

«Mach schon. Beeilung.»

Er gab mir den Schnürsenkel. Mit meiner anderen Hand tastete ich behutsam in der flüssigen Masse auf Barts Schoß nach der Quelle der Blutung. Er versuchte, mich zu schlagen, ein plumper Versuch mit seiner rechten Hand.

«Der glaubt, Sie wollen einen Annäherungsversuch machen, Sir», vermutete Falconer.

«Klappe, und lassen Sie ihn festhalten.»

Zwei Männer langten ins Auto und hielten seine Arme fest. Leider hatte Gusto Bart gerade Crack im Gegenwert von zwanzig Pfund konsumiert und ließ sich von den Händen an seinen Armen wenig beirren. Während ich am blutigen Stumpf seines Glieds herumfummelte und den Schnürsenkel so nahe wie möglich an seinen Hoden anzubringen versuchte, um den Blutstrom zu stoppen, stieß er einen hohen, dünnen Schrei aus und ließ seinen Kopf gegen meinen schnellen. Durch den Stoß wurde ich frontal gegen Merrilys Leiche geschleudert und fügte ihrem bereits angeknacksten Schädel weitere Schäden zu. Aber zu dem Zeitpunkt war ich längst bewusstlos.

Merrily Browns Autopsie verlief schnell und kostengünstig. Die Waffe befand sich noch in ihrer Hand, als man sie im St. Thomas einlieferte, und die Einstichspuren an ihren Armen sowie ihre eingesunkenen Augen und die stark abgemagerte Figur sprachen für sich. Selbstmord, vor allem von *Lick-and-shine*-Nutten, bedarf im Allgemeinen keiner besonderen Leichenschau.

Die Leichenschau nach dem Fehlschlag der Operation Mansion dagegen war lang und zunehmend unschön. Die Operation Mansion hatte in den vergangenen zwölf Monaten wahrscheinlich mehr gekostet, als Merrily in ihrem ganzen Leben verdient hatte – ein außerordentlich teures Fiasko.

Eins musste ich Collier zugute halten: Er stellte sich vor mich. Er hat viele Fehler, aber Illoyalität seinen Leuten gegenüber gehört nicht dazu. Unter vier Augen machte er mich zur Sau, stärkte mir aber vor allen anderen den Rücken.

Wovor er mich allerdings nicht bewahren konnte, war ein Besuch beim internen Untersuchungsausschuss. Zwei Tage nach Merrilys Tod fand ich mich im dritten Stock von New Scotland Yard wieder und musste mich den Fragen zahlreicher Vorgesetzter stellen, darunter auch Collier.

«Schildern Sie uns, was Ihrer Ansicht nach schief gelaufen ist», forderte mich der stellvertretende Polizeipräsident auf, ein großer, bulliger Mann namens Grimes, der für sein hartes Durchgreifen bekannt war.

«Das ist immer noch unklar, Sir. Merrily Browns Hilfe war wie ein Durchbruch für uns – sie war die Erste aus dem Stall der Harkurs, die mit uns zusammenarbeitete, und sie hatte angeboten, noch ein weiteres Mädchen aufzutreiben, das dazu bereit war.» Natürlich hatten wir zwei benötigt. Für Verteidiger ist es kein Problem, die Zeugenaussage einer einzelnen drogenabhängigen Nutte als unglaubwürdig hinzustellen. *Zwei* drogenabhängige Nutten, deren Aussagen sich gegenseitig bestätigen, sind zumindest der Anfang eines Falls.

Grimes nickte. «Und Sie hatten sie auch ordnungsgemäß registriert?»

«Jawohl, Sir.»

Offenbar war dieser Punkt für die versammelten Vorgesetzten besonders wichtig, denn ein Aufatmen ging durch den Raum. Gott sei Dank hatte ich Colliers Rat ignoriert, Merrily Brown nicht in die Informantendatei aufzunehmen. «Ihr eigener, privater Singvogel», hatte er verschwörerisch über sein Bierglas hinweg geraunt. «Könnte doch unter uns bleiben.» Ich hatte lachend mit den Schultern gezuckt, und er hatte mitgelacht, während wir beide so taten, als wäre es nur ein Scherz gewesen.

«Offensichtlich hatte sie doch noch Bedenken, uns zu helfen», regte einer der Vorgesetzten an.

Und das war's dann, dachte ich bei mir. Was auch immer Merrily in dem Bruchteil einer Sekunde durch den Kopf gegangen war, ehe die Kugel hindurchging, Zweifel hatte sie nicht mehr zugelassen. Wovor immer Merrily Angst gehabt haben mochte, diese Angst war groß genug gewesen, um die Gelegenheit, sich eine Kugel in den Kopf zu jagen, wie einen unerwarteten Glücksfall erscheinen zu lassen.

«Nun? Gibt es dafür irgendwelche Belege?», verlangte Grimes zu wissen.

«Möglicherweise hatte sie Angst, das Mädchen, dem sie sich anvertraut hatte, Sheena Mast, hätte vor den Harkur-Brüdern nicht dichtgehalten. Sheena ist seit Merrilys Tod nicht mehr gesehen worden, wir wissen es also nicht mit Sicherheit. Allerdings wissen wir, dass Merrily ungefähr eine Stunde vor ihrem Tod einem der anderen Mädchen erzählt hat, dass die Brüder hinter ihr her waren.»

Grimes bemerkte argwöhnisch: «Aber Ihnen hat sie das nicht erzählt. Kommt Ihnen das nicht reichlich seltsam vor?»

«Sir, sie wusste, wir saßen in dem Einsatzwagen und warteten, dass ihr Zuhälter mit dem frischen Crack-Nachschub auftauchte – man vertraut ja den Mädchen bewusst nicht die gesamte Ration für eine Nacht an, damit sie das Zeug nicht alles selbst nehmen. Geplant war zu warten, bis Henry, der Zuhälter, auftauchen würde, und dann alle zu verhaften, in der Hoffnung, Henry dazu zu überreden, die Brüder ebenfalls zu belasten.»

«Warum ist sie dann nicht einfach herübergekommen und hat Ihnen gesagt, dass sie Angst hatte?»

«Wir haben keine Ahnung, Sir.» Abgesehen natürlich von der nächstliegenden Vermutung. Merrily wusste ganz genau, dass sie dran wäre, wenn wir die Operation vermasselten. Für Leute wie sie gibt es keinen Schutz, wenn sie nicht als Zeugen auftreten können.

Grimes ließ das Thema Merrily Brown seufzend auf sich beruhen. Er griff nach einem Blatt Papier, das vor ihm auf dem Schreibtisch lag. Der Tisch war so sauber und auf Hochglanz poliert, dass das Blatt zunächst an der statisch aufgeladenen Oberfläche haften blieb. «Und Ihnen sind die Anschuldigungen bekannt, Detective Inspector, die der junge Mann in dem Wagen jetzt gegen die Metropolitan Police erhebt?»

«Ja, Sir.»

«Augustus Bart», fuhr Grimes fort, als hätte ich gar nichts gesagt, «lässt über seine Anwälte mitteilen, dass ihm erstens, während er blutend auf dem Fahrersitz des Wagens saß, keinerlei erste Hilfe geleistet wurde, bis die Wiederbelebungsversuche bei Miss Brown aufgegeben wurden; zweitens, dass einer der anwesenden Polizeibeamten ihn als schwarzen Dreckskerl bezeichnet hat, und drittens, dass weiße Beamte, die um den Wagen herumstanden, sich darüber unterhielten, dass sie den Angriff auf ihn leicht hätten verhindern können, wenn sie gewollt hätten. Infolgedessen sein Vorwurf des Rassismus und seine Zivilklage auf Entschädigung.»

«Ja, Sir.»

«Sind Ihnen irgendwelche rassistischen Handlungen oder Unterlassungen aufgefallen, während Sie am Tatort zugegen waren, Detective Inspector?»

Ich merkte, dass Colliers Blick auf mir ruhte. Er wirkte ungewöhnlich nachdenklich.

Ich antwortete: «Sir, Merrily Brown war ebenfalls

schwarz. Es kann also kaum Rassismus gewesen sein, der meine Leute dazu bewog, sie wieder zu beleben, bevor wir uns um Bart kümmerten.»

«Durchaus. Sie waren um Ihre Informantin besorgt.»

«Ich habe vorschriftsgemäß gehandelt, Sir. Sie gab kein Lebenszeichen von sich. Es bestand berechtigter Grund zu der Annahme, dass sie dringender medizinischer Behandlung bedurfte.»

«Und wie lange dauerte es, bis Sie feststellten, dass sie bereits tot war?»

«Meine Beamten haben ihre Wiederbelebungsversuche bis zum Eintreffen des Krankenwagens fortgesetzt. Bei der Einlieferung in St. Thomas wurde ihr Tod festgestellt.» Das war nicht ganz gelogen. Sie hatten nochmals ihren Puls geprüft, nachdem sie sie aus dem Wagen gezogen hatten. Obwohl ihr nicht mehr zu helfen war, hatte einer so getan, als ob, und aus einem der Erste-Hilfe-Koffer einen Tubus geholt, um Mund-zu-Mund-Beatmung zu praktizieren. Ich war bewusstlos, aber sie hatten zum Glück erkannt, dass die Ereignisse dieser Nacht Gegenstand einer Untersuchung sein würden und folglich alles vorschriftsgemäß ablaufen musste.

«Sie selbst haben Barts Blutung abgebunden?»

«Ja, Sir.»

«Und sich damit einer erheblichen Gefahr ausgesetzt, wie ich hörte?» Dieser Einwurf stammte von Collier.

«Er hat mich bewusstlos geschlagen, ja. Er hatte Crack geraucht, während Merrily …», ich versuchte, eine angemessene Umschreibung für ihr Tun zu finden, «ihm das lieferte, wofür er bezahlt hatte, und infolgedessen war er ziemlich unberechenbar.»

«Er war in äußerst guter Verfassung, voller Lebenssäfte», brummte Collier.

«Ja, Superintendent?» Grimes blickte Collier über den Tisch hinweg an. Der winkte ab, wie um zu signalisieren, dass er das Gespräch nicht unterbrechen wollte.

Grimes sagte knapp: «Nach Aussage der Ärzte haben Sie seine Männlichkeit gerettet, und sein Leben möglicherweise auch.»

«Schade», hatte Collier später bemerkt. «Wenn Sie das nicht getan hätten, könnte er uns jetzt nicht anzeigen.»

«Und haben Sie zu irgendeinem Zeitpunkt», fragte Grimes und fixierte mich mit durchdringendem Blick, «die rassistischen Bemerkungen gehört, die seiner Aussage nach gefallen sind?»

Ich zögerte. Colliers Blick ruhte auf mir. Nicht besorgt, sondern interessiert. Sogar belustigt.

«Ja, Sir», sagte ich schließlich. «Ich habe gehört, wie jemand ihn als schwarzen Dreckskerl bezeichnete.»

Im Raum wurde es unruhig. Man tauschte Blicke aus. Grimes verzog keine Miene. «Wer hat das gesagt?»

«Das weiß ich nicht genau, Sir. Es herrschte zu viel Durcheinander.»

«Und Sie wollen keinen Kollegen namentlich nennen.» Diese Bemerkung kam von Scratton, einem drahtigen kleinen Mann vom Dezernat Interne Ermittlungen.

«Das ist es nicht, Sir. Ich weiß wirklich nicht, wer es war.»

Bildete ich mir das nur ein, oder hatte sich soeben eins von Colliers Augen kurz geschlossen und wieder geöffnet?

«Und wie lange waren Sie bewusstlos, Detective Inspector?»

«Ungefähr drei Minuten, hat man mir gesagt.»

«Hatten Sie danach Schmerzen?» Die Frage kam von einem Mann, den ich nicht kannte. Er hatte seine Jacke abgelegt, daher konnte ich seinen Dienstgrad nicht einschätzen.

«Ein bisschen, Sir.»

«Aber Sie entschieden sich, nicht mit dem zweiten Krankenwagen ins Krankenhaus zu fahren. Aus welchem Grund?»

«Zu dem Zeitpunkt hatte Mr. Bart den Wagen verlassen und befand sich in einer Auseinandersetzung mit vier meiner Beamten. Ich hielt es für angebracht, zu bleiben und die Situation unter Kontrolle zu bringen.»

Bart war durchgedreht. Er hatte Falconer gegen den Türrahmen des Geländewagens gedonnert und ihm eine Platzwunde von der Schläfe bis zur Wange zugefügt. Zwei bewaffnete Beamte richteten ihre Pistolen auf ihn. Er beachtete sie einfach nicht. Dadurch, dass die drei anderen weiter versuchten, Bart zu Boden zu zerren, kamen sie nicht zum Schuss. Der kleinen Kathy Grogan gelang es wie durch ein Wunder, ihm eine Handschelle um ein Handgelenk zu legen, bevor sie im hohen Bogen wegflog wie von einem bockenden Wildpferd abgeworfen. Stebbings witterte eine Gelegenheit, seinen Teleskopschlagstock auszufahren und auf Bart niedersausen zu lassen. Und die ganze Zeit über dieser zerfetzte Schwanz, der bei jeder Bewegung von Bart alles mit Blut bespritzte …

«Die Situation wirkte ziemlich unübersichtlich, Sir», setzte ich hinzu.

«Hätte Miss Browns Tod Ihrer Auffassung nach verhindert werden können?»

«Nein, Sir. Wir hatten keinerlei Grund zu der Annahme, dass Bart bewaffnet war oder dass Merrily Selbstmordgedanken hegte.»

«Keine weiteren Fragen.» Grimes wandte sich um und besprach sich flüsternd mit seinem Nachbarn. Als ich aufstand, sah Collier mich mit hochgezogenen Augenbrauen an, als wollte er sagen: «Na ja, was haben Sie denn erwartet?»

«Wie soll es jetzt weitergehen?»

Detective Superintendent Collier trank einen großen Schluck, ehe er antwortete. Er stellte sein halb leeres Bierglas auf dem Tresen ab und antwortete: «In unserem Beruf gibt es drei Sorten Menschen, Bill. Einige würden dieses Pint ansehen und sagen, es ist halb voll. Andere hingegen würden sagen, nein, es ist halb leer. Und dann gibt es einige wenige, die sagen würden, dieses halb leere, halb volle Glas ist das Glas meines Vorgesetzten. Möchten Sie vielleicht noch eins, Sir, und eventuell noch einen Whisky dazu?»

Ich seufzte und wedelte mit einem Geldschein in Richtung der Bardame. «Was passiert weiter mit Bart?»

«Ein Kuhhandel. Wenn er seine Anzeige fallen lässt, lassen wir die Anklage wegen Crackkonsum und Besitz einer Handfeuerwaffe fallen.»

«Wird er sich darauf einlassen?»

«Kommt auf seinen Anwalt an. Kann gut sein, dass das ein Mandat ist, das nur im Erfolgsfall honoriert wird, und in dem Fall würde so ein sauberer kleiner Deal dem Anwalt nichts einbringen. Womöglich müssen wir die Entschädigung erhöhen, um auch den Anwalt abzuspeisen.»

«Sie finden, ich hätte gar nichts sagen sollen, oder?»

«Über die Bemerkung mit dem schwarzen Dreckskerl? Machen Sie sich keine Gedanken, Junge. Das war nicht entscheidend.»

«Wie bitte?» Ich hatte nächtelang wach gelegen und mir den Kopf darüber zerbrochen, was ich sagen sollte, wenn man mich dazu befragte.

«Wissen Sie noch, Rogers Frage, ob Sie Schmerzen hatten, nachdem Sie bewusstlos geschlagen worden waren, und wie Sie gesagt haben, ja, schon möglich?»

Ich nickte.

«Was Sie tatsächlich gesagt haben, war, Sie hatten eine Gehirnerschütterung und konnten sich daher nicht genau an das erinnern, was geschehen ist.»

«Habe ich das?»

«Wenn der Bericht erst abgefasst ist, wird es so zu lesen sein.»

«Verstehe.»

«Ihnen ist nur eines gelungen», sagte Collier freundlich. «Sie haben Ihre bisher mustergültige Karriere vermurkst. Gestern waren Sie noch ein aufgehender Stern. Heute ein – was ist das Gegenteil von einem Stern? Sie wissen schon, wenn der in einem mächtigen Ball aus weißer Hitze explodiert?»

«Eine Supernova?»

«Genau. Jaja, die Wunder der Universitätsausbildung. Machen einen zwar nicht schlauer, helfen aber, die eigene Ignoranz mit den richtigen Worten zu umschreiben.» Collier kippte sich den Whisky in die Kehle und schnalzte missfällig mit der Zunge. «Nächstes Mal ohne Eis, Junge. Das erschwert dem Malz den glatten Rutsch vom Mund in die Gurgel. Scheiße.» Das letzte Wort galt nicht mir, sondern seinem Pager, der zu piepsen begonnen hatte. Er zog ihn aus der Hosentasche und warf einen Blick darauf. «Keine Ruhe für die Schuldigen. Trinken Sie aus, Junge, unser Typ wird verlangt.»

Im Taxi zog Collier das Blechdöschen mit den extrastarken Pfefferminzbonbons aus seiner Brusttasche heraus, das er stets bei sich trug, und knüpfte nahtlos an unser Gesprächsthema aus dem Pub an. «Jetzt ist man also auf Sie aufmerksam geworden. Glauben Sie mir, darauf hätten Sie gut verzichten können. Paul Scratton stand danach neben mir in der Toilette. ‹Interessanter junger Mann, Ihr Mr. Thomson›, sagte er. ‹Wirkt so, als ob er klare Grenzen ziehen kann.› Ein geringeres Lob kennt er nicht.»

«Was soll das bedeuten?»

«Das soll bedeuten, dass man in unserem Beruf mit ein wenig Diskretion oft sehr weit kommt. Natürlich, wenn Sie Merrily nicht registriert hätten, wäre all das nicht passiert.»

«Vielleicht nicht, aber dann hätte ich mich der Nichtregistrierung einer Informantin schuldig gemacht.»

«Ich glaube, Sie verwechseln da etwas», brummte Collier. Wir beschrieben eine scharfe Kurve, während das Taxi um Marble Arch herumfuhr. Überraschend schwer wurde seine Schulter an mich gedrückt. «Die Sache ist die, Bill. Einige Leute werden der Ansicht sein, Sie sollten erheblich mehr Verantwortung für das übernehmen, was da neulich Nacht passiert ist. Manche der Kantinen-Cowboys könnten sogar unterstellen, seinen Kollegen Rassismus vorzuwerfen, sei ein zynischer Versuch, den schwarzen Peter weiterzureichen.»

«Sollen sie doch», sagte ich. «Was genau liegt an?» Ich wollte das Thema wechseln. Ich mochte Collier, aber seine Generation regelte vieles anders.

«Hm?»

«Weswegen müssen wir zurück?»

Collier zog den Pager aus seiner Hosentasche und las den Text wichtigtuerisch vor. «Schwerer Einbruch. Ein Todesfall. West Hampstead.»

Während das Taxi sich die Regent Street hochquälte, brummte er gut hörbar vor sich hin:

«Es herrscht ein Gesetz im Dschungel – so alt wie der
Himmel und ebenso wahr.
Und der Wolf, der's befolgt, mag gedeihen, doch der
Wolf, der's missachtet, kommt um.
Wie die Kletterpflanze, die einen Baumstamm umschlingt,
läuft das Gesetz mal vor, mal zurück;
Denn das Rudel ist stark durch den Wolf nur, und der
Wolf nur im Rudel stark.»

14

Ich wollte den Fall an der Broadhurst Terrace nicht. Ich wollte Sheena Mast ausfindig machen, Merrilys Freundin, die Einzige, die mir sagen konnte, wieso Merrily auf einmal solche Angst bekommen hatte, dass sie sich lieber umbrachte, als die Operation fortzusetzen. Broadhurst Terrace war ein Präventivschlag von Collier, um Leuten wie Scratton und Rogers zu zeigen, dass er nach wie vor die Zügel in der Hand hielt.

Natürlich drückte er das mir gegenüber nicht so aus.

Tatsächlich fragte er mich, als wir wieder zurück in Paddington waren: «Vernehmung für Fortgeschrittene haben Sie doch absolviert, nicht wahr?»

«Ja. Letztes Jahr in Hendon.»

«Und VTSD?»

«Auch.» Vernehmungstechniken bei Sexualdelikten wurden heutzutage in einem separaten Kurs vermittelt, den ein Polizist zu absolvieren hatte, wenn er eine Laufbahn als Kriminalbeamter anstrebte.

«Gut. Die Überlebende ist oben im Missbrauchsdezernat, und sie wird feinfühliger Behandlung bedürfen.» Nur die Andeutung eines spöttischen Grinsens beim Wort «feinfühlig». *Geh du und plaudere mit den Opfern, Bill. Überlass die Drecksarbeit unserer skrupellosen Riege.*

Ich seufzte. «Was genau ist passiert?»

Er reichte mir einige Unterlagen. Es war der CAD-Bericht, eine Abschrift des Notrufs, und ein einseitiges Entscheidungsprotokoll, in dem die bisher unternommenen Schritte aufgeführt waren. Dieses Protokoll schaute ich mir als Erstes an:

0812 Straftat gemeldet (CAD Trans. 786 J422, Anlage).

0820 2 Beamte vor Ort. PS Roberts, DC Horner. 1 Todesopfer, 1 tätlicher Angriff, ?sexuell. Überw. Dez. für Missbr. Spurensicherung verständigt.

0922 Krankenwagen 1. Dez. für Missbr., Diensthabende Serg. Turnbull, Dr. Matthiesson.

0948 Spurensicherung trifft ein. Einsatzbeamte vor Ort. CSM Anwar sichert Tatort.

0952 Krankenwagen 2. Tote nach St. Mary's. Begl.

Roberts. Professor Collins Aufnahme. Autopsie 1400 (ca.).
1048 D.Sup Collier Leiter Ermittl.

Bis Ende der Woche, das wusste ich, würde diese Liste mehrere Aktenordner füllen. Jede einzelne Entscheidung wurde gewissenhaft protokolliert. Schließlich musste immer nachprüfbar sein, ob ein Verfahren auch vorschriftsgemäß durchgeführt worden war.

CAD 786 J422
>> Notrufzentrale, welchen Dienst benötigen Sie?
>> Ich weiß nicht. Ich glaube, sie ist tot, aber ich bin mir nicht sicher.
>> Ich schicke einen Krankenwagen und einen Streifenwagen. Würden Sie mir bitte Ihre Anschrift bestätigen?
>> [Schluchzen]
>> Anruferin, befinden Sie sich in der Souterrainwohnung, Broadhurst Terrace 27?
>> Ja. Ich glaube, meine Freundin ist umgebracht worden. Sie liegt in der Dusche.
>> Atmet sie?
>> Ich weiß nicht. O Scheiße. Kommen Sie einfach, ja? Kommen Sie schnell.
>> Die Beamten sind in wenigen Minuten bei Ihnen, Anruferin. Können Sie die Atmung Ihrer Freundin prüfen? Ich bleibe am Apparat. Prüfen Sie ihre Atmung und kommen Sie dann zurück.
[Verstrichene Zeit: 4 Min.]
[Anruferin hysterisch]
>> Atmet sie?

[Keine Antwort.]

>> Anruferin, können Sie mir Ihren Namen nennen?

[Keine Antwort.]

>> Anruferin? Wie heißen Sie, bitte? Sind Sie die Wohnungsinhaberin?

>> Ros Taylor. Ich heiße Ros Taylor, und die Tote heißt Jo McCourt. Sie ist tot. Sie atmet nicht und ist kalt.

>> Ros, ich werde Ihnen erklären, wie Sie sie beatmen können. Hören Sie gut zu …

So weit nichts Ungewöhnliches. Es war zwar misslich, dass die Lage des Körpers durch die Wiederbelebungsversuche verändert worden war, unter den Umständen aber verständlich.

Ich schaute mir den ersten Einsatzbericht an. Er stammte von P. S. Roberts, der ihn nach Einlieferung der Leiche ins Krankenhaus von dort herübergefaxt hatte:

Um 0812 suchten DC Horner und ich auf einen Notruf hin die Souterrainwohnung Broadhurst Terrace 27 auf. Um 0820 wurden wir von einer IC1-Frau eingelassen, die sich uns als Rosalind Taylor, Alter sechsundzwanzig, vorstellte. Sie befand sich in einem Zustand der Hysterie. Auf ihre Aufforderung hin sahen wir unter der Dusche nach, wo wir ein Todesopfer, weiblich, IC1, unbekleidet, vorfanden. Miss Taylor bestätigte, dass sie den Körper berührt hatte, um den Tod festzustellen, und dabei das Wasser abgestellt hatte. Ein Krankenwagen traf ein, und die Sanitäter begannen mit ihrer Arbeit. Nach ca. vier Minuten bestätigten sie, dass weitere Bemühungen vermutlich zwecklos wären. Pathologen verständigt, um Tod feststellen zu lassen. RT redete undeutlich und inkohärent. Ich fragte, ob sie irgendetwas eingenommen hätte, das dafür verantwortlich sein könnte. Sie verneinte. Ich fragte, ob sie selbst irgendwelche Verletzungen erlitten hatte. Sie deutete an, dass sie möglicherweise auch misshandelt worden sein könnte, «im Schlaf», und erwähnte Schmerzen sexueller Natur. Forderte zweiten Krankenwagen an, verständigte Dezernat für Missbrauchsfälle. Forderte Einsatzteam Spurensicherung an. Untersuchung des Tatorts. Kein Anzeichen für gewaltsames Eindringen. Kein Anzeichen einer Waffe. Große Anzahl blutiger Fußabdrücke auf dem Badezimmerboden von nacktem Fuß, wahrscheinlich RTs. Einige Verunreinigungen durch Rettungssanitäter (Schuhgrößen 8 und 11). Tatortskizze beigefügt. Im Wohnzimmer Fund eines Blutflecks auf dem Fußboden, ca. 2,10 m × 0,60 m. Anzahl verstreuter Fotografien, außerdem Fotoumschlag und Beleg über Filmentwicklung von Boots, Filiale Finchley Road, Datum 11/07/01, Uhrzeit 19.51 h. Des Weiteren DVD-Box von Video City, Finchley Road. Zwei Pizzakartons mit Aufschrift Ristorante Spighetta, frische Essensreste enthaltend. Rotes Holzkästchen, Typ Schmuckbehälter, offen und leer auf Fußboden vorgefunden. 0922 brachte erster Krankenwagen RT ins Dezernat für Missbrauchsfälle in Paddington Green. DC Horner tätigte telefonische Anmeldung. Ich wartete mit dem zweiten Krankenwagen, bis Spurensicherung und Dienst habender Pathologe um 0948 eintrafen, und begleitete dann die Leiche nach St. Mary's. DC Horner blieb zurück, um den Tatort zu sichern. Ich verständigte den Dienst habenden Beamten über Funk, um Kontaktaufnahme mit den genannten Geschäften anzuregen.

Zum Tatort konnte ich noch nicht, da dieser erst für steril erklärt werden musste. Eine weitere der endlosen Vorsichtsmaßnahmen gegen Strafverteidiger, um auszuschließen, dass Fasern auf meine Kleidung gelangten und somit in die Wohnungen von Verdächtigen, die ich befragte. Völlig absurd, denn dies würde nie und nimmer passieren. Aber wir mussten eben beweisen können, dass es nicht passiert war.

In der Zwischenzeit organisierte ich meine Mannschaft und rief zunächst die Verwaltungsleiterin an, um zu fragen, welche Einsatzzentralen und zuständige Aufsichtsbeamte frei waren.

«Cathy Harris ist die Nächste auf der Liste. Zentrale drei.»

«Danke.»

Ich stöpselte meinen Laptop aus und trug ihn hoch in die Einsatzzentrale, die sie mir zugeteilt hatte – eine ganze Folge miteinander verbundener Räume im achten Stock, in denen es noch von der Abschlussfeier der letzten Ermittlung, die von dort aus geleitet worden war, nach kaltem Rauch und Alkohol roch. An den Magnettafeln hafteten Polizeifotos. Opfer? Täter? Wer wusste das schon so genau? Ich entfernte sie und suchte mir einen Schreibtisch am Fenster aus. Dann schlug ich den dicken DIN-A 4-Ordner auf, den ich mit nach oben gebracht hatte. Auf der

Titelseite prangten das Met-Logo sowie die Worte «Handbuch für Mordermittlungen».

Manche Menschen reagieren überrascht, wenn sie erfahren, dass eine Mordermittlung einem vollkommen standardisierten Verfahren folgt. Kriminalbeamten haftet das Image des Draufgängers an, der sich über Vorschriften hinwegsetzt, Verfahren unterläuft, seinen Instinkten folgt. Dabei ist das genaue Gegenteil der Fall. Wenn bis zu hundert Leute an einem Fall arbeiten – das Personal wechselt so rasch, wie die Nachtschicht auf den Tag folgt, Kollegen nehmen Urlaub, werden befördert, fallen wegen Krankheit aus oder werden schlicht in eine andere Ermittlung verwickelt – und wenn man weiß, dass jedes einzelne Detail im Anschluss von äußerst gescheiten Leuten unter die Lupe genommen wird, die viel Geld dafür bekommen, unsere Arbeit zu zerpflücken, ist es von größter Bedeutung, einem geregelten Prozess zu folgen, sonst endet alles unvermeidlich im Chaos. In Hendon wurde immer gern gesagt, falls man tot umfiele, sollte ein anderer Beamter in weniger als einer Stunde in der Lage sein, einzuspringen und die Ermittlung fortzusetzen.

Dem Handbuch für Mordermittlungen zufolge war meine nächste Aufgabe die Ernennung eines Stellvertreters und eines Verwaltungsbeamten. Ich hatte den Personalbedarf einzuschätzen, Dienstpläne zu erstellen und ein Budget abzustecken. Ich musste einen Beamten ernennen, der sämtliche in der Einsatzzentrale eingehende Informationen sichten und entscheiden würde, wie damit zu verfahren war. Ich musste das Material festlegen, das ich zu sehen wünschte – taktische Direktiven? Telefonische Mitteilungen? Einsatzberichte? Zeugenaussagen? Beweismittel? Ich musste entscheiden, wie viele Aussagelektoren wir benötigen würden, und einen Zuweisungsbeamten ernennen, der dafür Sorge zu tragen hatte, dass jede einzelne Aufgabe eine Einsatznummer erhielt, ehe sie einem Beamten übertragen wurde. Ich musste sogar bestimmen, wie viele Computerdateien der Fall erfordern würde. Ein Indexer würde die Dateien laufend durchgehen, um Querverbindungen aufzuspüren und kenntlich zu machen, und ein Ermittler würde den HOLMES-Datenbestand nach Informationen von anderen Fällen durchforsten.

Wie bei allen polizeilichen Tätigkeiten handelte es sich um einen banalen, klar strukturierten, hochbürokratischen Prozess, und obwohl ich wie die anderen Bullen über den enormen Zeitaufwand meckerte, war ich davon ebenso fasziniert wie sie. Es faszinierte mich, wie das zufällige Chaos, das durch einen Akt der Gewalt oder Dummheit oder Habgier angerichtet worden war, nach und nach von Aussagen, Handlungen, sich verdichtenden Tatbeständen und schließlich der Anklage geordnet wurde. Es faszinierte mich, wie jedes Verfahren wiederum in eine Reihe Unterverfahren aufgeteilt wurde, sodass zur Initiierung eines jeden Verfahrens eine Abfolge genau festgelegter Schritte zu unternehmen war. Es faszinierte mich, wie der Prozess in Gang kam, egal, wie wirr oder unerklärlich ein Verbrechen auch sein mochte, und schließlich zu einem Ergebnis führte, das anfangs unvorstellbar schien.

Als ich all das erledigt hatte, war Cathy Harris auch schon eingetroffen. Ich hörte sie mit der Telefonzentrale sprechen, um Direktleitungen zur Einsatzzentrale zu aktivieren und Büromaterial zu bestellen. Sie hatte bereits die Beamten Price und Morgan zum Tatort geschickt, um

Nachbarn zu befragen. Das überlebende Opfer befand sich noch im Missbrauchsdezernat, also fuhr ich los, um mit Roberts der Obduktion beizuwohnen.

Streng genommen war meine Teilnahme an der Autopsie nicht erforderlich. Die Beweiskette war durch Roberts' Anwesenheit ohnehin gewährleistet. Man erwartete jedoch von einem leitenden Ermittlungsbeamten, dass er an einer Obduktion teilnahm. Schließlich konnte man seinen Leuten nichts zumuten, wozu man nicht selbst auch bereit war.

Bei meinem Eintreffen beendete Professor Collins gerade seine äußere Untersuchung, während einer seiner Assistenten ihn filmte. Roberts saß da und machte sich Notizen. Er sah ziemlich mitgenommen aus. Die Obduktion attraktiver Frauen hassen Polizisten mit am meisten, direkt nach der von Kindern.

Die Pathologie von St. Mary's fungiert auch als Hörsaal für Medizinstudenten. Aufsteigende Sitzreihen sind um die Sezierbereiche angeordnet. Helle Halogenlampen wie über einem Zahnarztstuhl tragen zu dem Eindruck bei, man befände sich in einem Theatersaal.

Ich setzte mich neben Roberts, der mir zunickte. Unter uns lag die Leiche des Opfers auf dem Rücken, die Arme über den Tischkanten hängend nach außen gedreht. Ihre blonden langen Haare hingen glatt zum Boden hinab. Einer der Assistenten befestigte die Plastikhüllen neu, die um ihre Hände gestreift worden waren. Ich dämpfte die Stimme, um den Pathologen nicht zu stören, der seine Befunde in ein von der Decke baumelndes Mikrophon sprach. «Wie sieht's aus?»

Wie die meisten Polizisten in Uniform führte Roberts

zwei Notizbücher: das offizielle, das in einem Prozess von beiden Parteien als Beweismittel angefordert werden konnte und entsprechend nur in Reinschrift geführt wurde, und das Buch, in dem er sich tatsächlich Notizen machte. Über seine Schulter las ich: «2 abgebrochene Nägel an rechter Hand – deutet auf ?Widerstand geg. Angreifer. ?mögl. Knochenbruch kleiner Finger rechte Hand (Boxerfraktur) – Röntgenaufnahme angeordnet.»

Ich nickte. Boxerfrakturen, wie sie genannt wurden, waren bei Opfern tätlicher Angriffe keine Seltenheit. Für gewöhnlich traten sie in Form kleiner Brüche im kleinen Finger oder den Knöcheln auf, infolge eines abprallenden Schlags. Mit den Röntgenaufnahmen würde der Pathologe vermutlich bis tief in die Nacht warten müssen, wenn es ruhig war. Lebende Patienten, die sieben Stunden oder länger in der Unfallstation warteten, reagierten meist ziemlich ungehalten, wenn sie sahen, dass Tote vor ihnen an die Reihe kamen.

Collins untersuchte jetzt den Hals des Mädchens. «Am Hals befinden sich eine Reihe Oberflächenkratzer, lotrecht zum Kehlkopf und entlang der Halsschlagader», sagte er. «Ich zähle ungefähr fünf zur Linken und vier zur Rechten, wobei die auf der Rechten etwas tiefer sind. Dies steht im Einklang mit den abgebrochenen Nägeln an den Händen des Opfers.»

Auch mit meinem begrenzten pathologischen Wissen war mir klar, was das bedeutete. Wahrscheinlich Erstickung. Sie hatte versucht, die Hände des Mörders, oder womit auch immer er sie erdrosselt hatte, von ihrem Hals zu reißen, und sich dabei selbst Kratzwunden an der Haut zugefügt.

«Die Unterlippe ist geschwollen und weist zwei auf die Schneidezähne hindeutende Aufschürfungen auf», fuhr Collins fort.

Mit anderen Worten, der Mörder hatte dem sich heftig wehrenden Mädchen die Hand über den Mund gelegt, wodurch die Lippen gegen die Zähne gepresst worden waren.

«Unter den Augen befinden sich Punktblutungen …»

Erstickung, ganz sicher. Durch den Druck waren winzige Blutgefäße in ihren Wangen geplatzt.

«… und ein Hämatom, ungefähr kreisförmig, Durchmesser fünfundzwanzig Millimeter, knapp über dem Kehlkopf, der eingedrückt ist.»

Roberts sah mich fragend an, den Stift direkt über seinem Notizbuch. «Keine Ahnung», murmelte ich.

Als wäre er sich unserer Verwirrung bewusst, hob Professor Collins leicht die Stimme. «Position und Größe zufolge würde ich vermuten, dass dies von der Armbanduhr des Angreifers verursacht wurde.»

Das fand ich interessant.

«Mit anderen Worten, als sie sich zu wehren begann, könnte er sich mit dem linken Unterarm und Handgelenk auf ihren Hals gestützt haben. Seine Uhr könnte sich in ihren Hals gedrückt und das Mal verursacht haben, das wir hier sehen.» Collins veranschaulichte seine Worte, indem er seine Arme entsprechend positionierte. Er blickte zu uns hoch, um sicherzugehen, dass wir alles verstanden. «Das ist bei tätlichen Angriffen dieser Art nicht ungewöhnlich, glaube ich.»

Tja, vielleicht. Das heißt bei Verbrechen aus Affekt. Ich hatte noch nie von einem Einbrecher gehört, der jemanden erwürgt hatte. Und ein Profi würde sich hüten, bei einem Bruch eine Uhr zu tragen. Alle Indizien deuteten auf einen Gelegenheitstäter hin – einen Junkie auf der Suche nach Autoradios oder einer leeren Wohnung, um seinen nächsten Schuss zu finanzieren. Er hatte die offenen Fenster gesehen und beschlossen, sein Glück zu versuchen.

Andererseits lief man selten Junkies über den Weg, die ihre Uhr noch nicht versetzt hatten, um ihre Sucht zu finanzieren.

Collins untersuchte jetzt die Wunde am Kopf des Mädchens. Ihr Haar störte. Er sagte etwas zu einem der Assistenten, der einen Rasierapparat einstöpselte und es am Hinterkopf zu entfernen begann. Ihr Haar fiel in dichten Büscheln zu Boden. Als die Wunde freigelegt war, trat Collins wieder auf den Leichnam zu.

«Es liegt eine Quetschung des Kleinhirns vor. Das mag ausgereicht haben, um Bewusstlosigkeit zu verursachen, scheidet aber als Todesursache wahrscheinlich aus.»

Er arbeitete sich den Körper abwärts. Als er die Schenkel des Mädchens auseinander schob, wandte ich den Blick ab. Ich hörte ihn sagen: «Kleine halbmondförmige Einkerbungen an beiden Schenkelinnenseiten. Möglicherweise von Daumennägeln verursacht.» Ich malte mir aus, wie der Mörder ihre Beine packte und gewaltsam zu öffnen versuchte, seine Daumen in die weiche, weiße Haut grub, während sie strampelte und sich gegen ihn zur Wehr zu setzen versuchte. Keine angenehme Vorstellung.

Auch Roberts neben mir war aschfahl geworden. Collins ging jetzt zu den bei Vergewaltigungen üblichen Prozeduren über, nahm diverse Blutproben und Abstriche. Ich gab mir alle Mühe, meinen Blick nur auf die Lampen zu richten.

Das hat der Vergewaltiger ihr angetan. Er hat sie nicht nur gevögelt und dann umgebracht. Er hatte sie ausgezogen und führte sie mir nun nackt vor Augen, ihren Körper, der wehrlos all den Entwürdigungen ausgesetzt war, die ihm jetzt im Namen der Wissenschaft angetan wurden. Ein Teil von mir wollte in solchen Situationen immer aufspringen und eingreifen, Leute wie Collins aufhalten, mit Gewalt von ihr vertreiben und ihr auf die Beine helfen und sagen, alles in Ordnung jetzt, die Polizei ist da. Nur dass natürlich nichts in Ordnung war und Collins einfach seine Arbeit erledigte. Am Rande meines Gesichtsfeldes nahm ich wahr, wie er in sie hineingriff wie ein Tierarzt in eine Kuh.

Ich war froh, als man mich per SMS informierte, die Überlebende sei jetzt bereit, ihre Aussage zu machen, und ich mich verdrücken konnte. Ich würde lügen, wenn ich behauptete, dass ich diesem Teil der Ermittlung nicht mit einer gewissen Spannung entgegensah. Wie von Collier angemerkt, hatte ich drei Monate zuvor in Hendon eine Lerneinheit in kognitiver Vernehmung absolviert, und ich war neugierig zu erfahren, ob die erlernten Techniken sich als nützlich erweisen würden.

Sie befand sich in Raum zwölf, zusammen mit Alice Turnbull. Alice und ich kannten uns schon ewig. Wir hatten zum gleichen Zeitpunkt im Polizeidienst angefangen, bis sie beschloss, sich mehr auf die Opfer als auf die Täter zu konzentrieren. Eine Versetzung ins Dezernat Sexualdelikte war ungewöhnlich, karrieremäßig eher eine Sackgasse, aber Alice hatte offenbar entschieden, dass es sich lohnte, denn sie arbeitete jetzt schon seit drei Jahren dort. Ich schickte ihr eine SMS, und sie kam aus dem Raum, um mich kurz zu informieren.

«Der Bericht der untersuchenden Ärztin müsste jeden Moment hier sein. Sie hält es durchaus für möglich, dass Ros unter Drogen gesetzt wurde, und hat daher um beschleunigte Blutuntersuchung gebeten.»

Ich nickte. Missbrauchsdrogen bauen sich im Körper binnen weniger Stunden ab, also war dringend Eile geboten. «Gut. Sorg dafür, dass der Pathologe auch darüber informiert wird.»

«Da ist noch was, was du dir ansehen solltest, Bill. Das hat er mit ihrem Rücken angestellt.» Sie reichte mir ein Polaroid-Foto. «Die Ärztin sagt, die Schnitte seien mit einem sehr scharfen Messer ausgeführt worden, einem Skalpell etwa oder einem Bastelmesser. Der Täter hat das gestrige Datum eingeritzt.»

Ich begriff nicht, wie jemand so etwas tun konnte. Sollte es ein Junkie gewesen sein, der gerade auf einem Trip war, war er möglicherweise einer spontanen Eingebung gefolgt. Aber Junkies begehen kaum je Straftaten, wenn sie gerade drauf sind, sondern hocken einfach nur stillvergnügt da und haben ihren Spaß. Erst wenn die Wirkung des Heroins nachlässt, geraten sie langsam in Panik angesichts der Überlegung, wovon sie den nächsten Schuss bezahlen sollen. Außerdem wussten die meisten Junkies, mit denen ich zu tun hatte, nicht mal, welcher Monat gerade war, geschweige denn, welcher Tag.

«Wie geht es ihr?», fragte ich.

Alice zuckte mit den Schultern. «Den Umständen entsprechend.»

15

Sie trug eine Jogginghose und eins der schlichten T-Shirts aus den Beständen des Missbrauchsdezernats, und sie saß sehr aufrecht da. Später sollte ich feststellen, dass das ihre normale Haltung war, die Schultern zurückgenommen, die Wirbelsäule kerzengerade, Vermächtnis jahrelanger Ballettstunden als Kind. In ihren beiden Armbeugen, wo die Ärztin Blut abgenommen hatte, klebten Wattebäusche. Sie hatte dunkle Ringe unter den Augen, war ungeschminkt und trug ihr glattes schwarzes Haar sehr kurz geschnitten, was ihren zarten Hals noch mehr zur Geltung brachte. Sie sah verletzlich aus und argwöhnisch und zerbrechlich, und ungeheuer schön.

Kognitive Vernehmung umfasst im Grunde eine Reihe Techniken, die von Psychologen zu dem Zweck entwickelt wurden, Befragungen effizienter zu gestalten, vor allem Befragungen traumatisierter Personen. Die Vernehmung teilt sich in drei Phasen. Im ersten Durchgang zielt man einfach darauf ab, das Vertrauen der Person zu gewinnen. Man lässt sie zunächst ihre Geschichte erzählen, ohne sie ständig mit Fragen nach Details zu unterbrechen. Vielmehr greift man ihre Antworten auf. Wenn beispielsweise eine Person erzählt: «Und dann kam der große Mann mit der Pistole und hat mich geschlagen», fragt man nicht: «Wie groß war die Pistole?», sondern sagt einfach: «Er hat Sie also geschlagen.» In der zweiten Phase geht man alles noch einmal durch, um ein klareres Bild zu gewinnen, um an die Informationen zu gelangen, die man schließlich ins Aussageprotokoll aufnehmen kann. Doch während man die Person zu den Fakten befragt, lässt man sie auch über ihre Empfindungen sprechen. Im dritten Durchgang soll die Person die ganze Geschichte völlig anders erzählen, rückwärts etwa, oder aus der Perspektive eines anderen: «Als der große Mann mit der Pistole um die Ecke kam, was hätte er da sehen können?»

Viele Kriminalbeamte halten das für Unsinn. Aber Studien belegen, dass auf die Weise nicht nur mehr Informationen zutage gefördert werden, sondern auch eine Beziehung zwischen der vernommenen Person und dem Ermittler aufgebaut wird, dank deren sich Informationen besser nutzen lassen. Dies ist gerade bei Sexualdelikten hilfreich, wo das Opfer dem Ermittlungsbeamten häufig eine gute Beschreibung des Täters liefert, aber kalte Füße bekommt, wenn es darum geht, diese Beschreibung vor Gericht zu wiederholen.

Ros Taylor wollte kooperieren, aber sie war zutiefst traumatisiert. Mehrmals verlor sie die Fassung, als ich sie bat zu schildern, was geschehen war. Außerdem wurde bald deutlich, dass sie sich an den Überfall nicht erinnern konnte, nicht einmal an die vorangegangenen Stunden. Egal, was ich sie fragte, egal, wie ich die Frage umformulierte, sie wiederholte nur ständig, sie könne sich nicht erinnern.

Nach einer Stunde etwa legte ich eine Pause ein und ging los, um uns beiden Tee zu besorgen. Die Ergebnisse der Blutuntersuchung lagen mittlerweile vor. Ich überflog sie rasch, während ich wartete. Beide Mädchen waren positiv auf GHB getestet worden.

Collier steckte den Kopf zur Tür herein. «Wie kommen Sie voran?»

Seiner Stimme hörte ich an, dass das mehr war als eine beiläufige Frage. «Gut. Warum?»

«Sheena Mast ist unten an der Ramp mit einem Dealer namens Azad Karim gesehen worden. Wollen Sie mal nach dem Rechten sehen?»

«Ramp», so lautete der Unterweltname für die Old Montague Street, wo sich die Sexindustrie von Whitechapel konzentrierte. Betrieben wurde sie von einem Konglomerat bengalischer Gangster und weißer Zuhälter, dem Abschaum, der von skrupelloseren, härteren Ganoven – oder im Fall der Mädchen von geringfügig attraktiveren Huren – von King's Cross verdrängt worden war. Sie schwappten ostwärts entlang des Great Eastern Canal, bis sie, wie das gesamte übrige Abwasser Londons, an den Kais und Docks östlich der City ausgespien wurden.

«Natürlich.»

«Dann machen Sie jetzt besser Schluss mit Ihrer Vernehmung.»

«Geben Sie mir zwanzig Minuten.»

Ich kehrte in den Vernehmungsraum zurück und bemühte mich, Ros Taylor nicht den Eindruck zu vermitteln, ich setzte sie unter Druck. Sehr viel mehr war ohnehin nicht aus ihr herauszubekommen. Sie hatte nichts gesehen, nichts gehört, nichts getan. Oder zumindest nichts, woran sie sich erinnern konnte. Sie nannte mir ein paar Namen von Leuten, die in der Wohnung gewesen waren: der verheiratete Freund des toten Mädchens, ein Bursche, der auf eine Abfuhr von ihr unflätig reagiert hatte, aber niemand, der in irgendeinem Zusammenhang mit der Ermittlung zu stehen schien. Schließlich lieh ich ihr mein Handy, damit sie eine Freundin anrufen konnte, bei der sie die Nacht verbringen würde, und ließ sie mit Alice allein.

Die Adresse, die uns für Azad Karim genannt worden war, befand sich im obersten Stock eines alten städtischen Wohnblocks direkt hinter der Brick Lane. Ich wies einen der Polizisten an, beim Fahrzeug zu bleiben. In der Gegend wurden sogar Polizeiautos geklaut. Sie schlugen nicht die Scheiben ein, sondern knackten den Code der elektronischen Schlösser.

«Komisch, kann mich gar nicht erinnern, Dover verlassen zu haben», murmelte Stebbings hinter mir und spähte hoch zum Straßenschild. Es war sowohl in Bengali als auch in Englisch beschriftet.

«Solche Bemerkungen behalten Sie gefälligst für sich», fuhr ich ihn an.

«Ich hab nichts gegen Pakis. Toller Curry-Laden am Ende dieser Straße. Da gibt's die besten Biriyanis von ganz London.»

«Es sind keine Pakistanis. Es sind Bengalen.»

«Ja, von mir aus. Mir war kurzzeitig Ihre Affinität zur eingewanderten Bevölkerung entfallen.»

Ich blieb stehen. «Was soll das heißen?» Collier hatte Recht gehabt. Die Kunde hatte sich wie ein Lauffeuer verbreitet. Stebbings wusste offenbar Bescheid über meine Aussage vor dem Untersuchungsausschuss. Ich schüttelte den Kopf. «Ach, vergessen Sie's. Wir haben Wichtigeres zu tun.»

Eine amerikanische Touristengruppe auf einem Jack-the-Ripper-Rundgang schaute uns neugierig an, als wir uns an ihnen vorbeidrängten. Ihr Reiseleiter, kurioserweise à la Sherlock Holmes gekleidet, mit Jagdmütze und Tweedcape, erzählte gerade mit lauter Stimme von einer Prostituierten namens Dark Annie, die achtzehnhundertsoundso hier ermordet worden war, als die Straße noch als Gin Lane bekannt war.

«*Plus ça change*», sagte Stebbings. «Auf gut Französisch. Oder meinte ich Spanisch, Sir?»

«Jetzt lassen Sie mal gut sein», sagte ich müde. Im Treppenhaus hing der Mief von altem Curry. Die Wand war mit verschnörkelten Graffiti besprüht, das *Tag* irgendeines Teenagers, infolge endloser Wiederholung so stilisiert, dass es so unleserlich wie die Unterschrift eines Arztes geworden war. Je höher wir kamen, desto mehr drang uns der Geruch von Urin in die Nase.

«Da wären wir», sagte Stebbings und zeigte auf eine Tür. «Nummer zweiundzwanzig.»

Die Tür war nicht abgeschlossen. In der Wohnung ließ sich deutlich der beißende Geruch von Crack wahrnehmen. Eine Frau lag bäuchlings auf dem Sofa. Neben ihr eine als Pfeife dienende Colaflasche, in die eine Kugelschreiberhülse gepfropft war. Stebbings sah mich fragend an. Ich schüttelte den Kopf. «Das ist nicht Sheena.»

Der Tisch war übersät mit benutzten Spritzen und leeren Drogenpäckchen. Stebbings stocherte behutsam mit dem Finger in den Abfällen. «Sieht aus, als würden sie Braunen und Weißen nehmen.»

Ich nickte. Falls Sheena sich Heroin spritzte, würde sie eine unzuverlässige Zeugin abgeben, selbst wenn sie lange genug am Leben blieb, um in den Zeugenstand zu treten.

Ich stieß eine Tür am hinteren Ende des Zimmers auf. Sie führte in ein Schlafzimmer. Auf dem Boden lag eine Matratze, umgeben von leeren Imbisskartons und Fetzen von Stanniolpapier. Vor das Fenster war ein Sari gepinnt, der allerdings das Tageslicht kaum aussperrte. Im Bett lagen zwei dunkelhäutige Männer und eine weiße Frau und schliefen. Als ich hereinkam, wachte einer der Männer auf und erhob sich sofort. Es war ein kleiner, dicklicher Bengale. «Ich gehe», sagte er, noch bevor ich ihm meinen Dienstausweis zeigen konnte. Er zog eine Hose an, die neben dem Bett lag.

«Azad Karim?»

«Nein.» Er deutete auf den Mann, der auf der anderen Bettseite schlief. «Das ist Azad. Ich bin bloß ein Kunde.» Er huschte hinaus. Ich versuchte nicht, ihn aufzuhalten.

Das Mädchen im Bett schlug die Augen auf, erblickte mich und murmelte verschlafen: «Oh, Scheiße.»

«Hallo, Sheena.»

Sheena richtete sich im Bett auf und hustete, die Arme um die knochigen Rippen geschlungen. Der Husten schlug schon bald in ein trockenes Würgen um.

«Zieh dich an. Wir müssen mit dir reden.»

Ich ging zurück ins andere Zimmer und wartete. Das Mädchen auf dem Sofa rührte sich nicht. Nach ein paar Minuten ging ich zu ihr und prüfte ihren Puls. Sie war nicht tot, bloß völlig zugedröhnt. Stebbings fing an, die Wohnung abzusuchen und fluchte vor sich hin, weil alles so versifft war. In der Küche fand er schließlich, wonach er gesucht hatte: einen Schuhkarton mit einigen Spritzen, ein paar Päckchen Heroin und drei in Kaugummipapier gewickelte Bröckchen Crack. Außerdem eine in eine Crackpfeife umfunktionierte Evian-Flasche. «Ist ja fein», murmelte er. «Mineralwasser. Die ist wohl eine von den ganz Gesundheitsbewussten.»

Sheena kam aus dem Badezimmer. Obwohl sie jetzt etwas anhatte, konnte von einer Verbesserung nicht die Rede sein.

«Also, was wollen Sie?» Sie lispelte wie ein kleines Mädchen. Statt «Sie» klang es wie «Vie». Sie ging zum Tisch und fischte aus dem Abfall eine Packung Zigaretten.

«Wir müssen uns unterhalten. Und zwar im Revier.»

«Ich brauch erst einen Kaffee.» Lustlos schlurfte sie auf die Küche zu.

Stebbings hielt den Schuhkarton hoch. «Dein Kram ist hier, Sheena.»

«Gib das her, du Arsch. Ich brauch 'n Druck. Ich bin voll auf Turkey.» Sie fing an, sich hektisch über die Arme zu reiben. «Na los, gib schon.»

Stebbings schaute mich an. «Sir?»

Das hatte mir noch gefehlt: eine Junkiebraut. In dem Zustand würde sie mir ganz bestimmt eine große Hilfe sein. Widerstrebend sagte ich: «Also gut, Sheena. Ein Druck. Aber nimm nur eine kleine Dosis, hörst du? Ich will nicht, dass du zu breit zum Reden bist.»

«Keine Chance. Das Zeug ist schwach wie sonst was.» Sie grapschte nach dem Schuhkarton und setzte sich auf den Boden, um ihr Besteck vorzubereiten, ruhiger jetzt, weil sie ihren Willen durchgesetzt hatte.

«Wie lange bist du schon auf Braunem, Sheena?», fragte ich, während ich ihr zusah.

«Scheiße, keine Ahnung. Bin ja gar nicht richtig drauf.»

«Auf uns macht es aber ganz den Eindruck», kommentierte Stebbings, während sie die trübe Flüssigkeit in die Spritze hochzog.

«Das nehme ich nur bei der Arbeit. Ich hör ja auf damit.»

«Mit der Arbeit oder mit dem Fixen?»

«Mit beidem.» Sie hob ein Stromkabel vom Boden auf, band sich damit den Oberarm ab und musterte kritisch das Ergebnis. Ihre Haut war voller Flecken, die wie winzige Brandwunden aussahen, lauter kleine, rot entzündete Einstichstellen. Sie schnipste sich mit dem Finger gegen den Arm, um eine Vene zum Vorschein zu bringen. «Ach, scheiß drauf», murmelte sie. Sie schlug den nackten Fuß hoch auf ihren Schoß und stieß sich die Nadel zwischen die Zehen. Als die Spritze leer war, zog sie die Pumpe wieder hoch, um sie mit Blut zu füllen, und injizierte sich dann das Blut. Das Ganze wiederholte sie zweimal, um sicherzugehen, dass auch noch der letzte Rest Heroin in ihren Körper gelangt war.

«Du wickelst bestimmt auch Zahnpastatuben säuberlich auf», sagte Stebbings.

«Hä?»

«Nichts. Vorwärts, gehen wir.»

Das Mädchen auf dem Sofa regte sich und schlug die Augen auf. Als sie Sheena beim Fixen sah, kreischte sie los. Sheena kreischte etwas zurück. Stebbings griff in den Schuhkarton und warf dem anderen Mädchen ein Päckchen zu. Daraufhin verstummte das Kreischen.

«Was tut man nicht alles für ein wenig Ruhe und Frieden», brummte er.

Wir fuhren mit Sheena zur Old Street und organisierten einen Raum. Der Braune war wohl tatsächlich so schwach, wie sie gesagt hatte, denn die Wirkung ließ bereits nach. Sie biss an ihren Fingernägeln herum und wippte hektisch mit dem Fuß. Während ich eine Kassette einlegte, steckte sie sich eine Zigarette an und begann umgehend, den Filter mit den Nägeln zu zerknibbeln.

Ich fing an wie üblich. «Sheena, weißt du, warum du hier bist?»

Sie zuckte die Achseln.

«Wir wollen mit dir über Merrily Brown reden.»

Eine Crack-Prostituierte lebt ziemlich ungesund. Im hell erleuchteten Vernehmungsraum konnte ich sehen, dass Sheena Wangenknochen hatte, für die viele Frauen sonst was gegeben hätten. Leider aber glich ihr Erscheinungsbild einem wandelnden Leichnam. Ihr Gesicht sah aus wie ein Totenkopf. Im Mundwinkel hatte sie einen schorfigen Herpes, vermutlich weil sie ihren Crack- und Heroinkonsum noch durch Lösungsmittelmissbrauch ergänzte. Mir wurde schlagartig bewusst, dass es tatsächlich Männer gab, die bereit waren, ihren Schwanz in diesen Mund zu stecken. Aber die Orte, an denen Sheena arbeitete, waren vermutlich nicht gerade hell beleuchtet.

«Was ist mit Merrily?»

«Du weißt, dass sie tot ist?»

Sie sah mich nicht an. «Ja, hab ich gehört.»

«Sie hat sich umgebracht. Die Brüder waren hinter ihr her, und sie hat beschlossen, ihnen zuvorzukommen. Tut mir Leid, Sheena.»

Sheena zuckte die Achseln. «Pech gehabt.» Sie fing wieder an, sich an den Armen herumzureiben.

«Ihr wart Freundinnen, stimmt's?»

«Mehr oder weniger. Wir haben zur selben Zeit angefangen.»

Ich griff in meine Tasche und zog eine Tafel Schokolade heraus, die ich in der Kantine besorgt hatte. Junkies essen viel Schokolade. Ich teilte sie in zwei Hälften, da ich selbst nicht zu Mittag gegessen hatte, und fing an, eine der Hälften auszuwickeln. «Hat sie mit dir über die Brüder geredet?»

«Manchmal.»

«In letzter Zeit, meine ich? Hat sie mit dir über die Brüder und die Polizei geredet?»

«Kann schon sein.»

Ich fing an, meine Hälfte der Schokolade zu essen. Sie musterte die andere Hälfte. «Ist die für mich?»

«Bedien dich.» Während sie mit ihren krallenartigen Fingernägeln an der Verpackung herumfummelte, fragte ich: «Hat sie dich gefragt, ob du bereit wärst, eine Aussage zu machen?»

«Ja. Da hat sie drüber geredet.»

«Was hast du gesagt?»

«Ich hab gesagt, Alte, du spinnst.»

«Aber du hast zugestimmt, ihr zu helfen?»

«Kann schon sein.» Sie schob sich die Schokolade in den Mund. Geistesabwesend fing sie an, mit einem Fingernagel an ihrer schorfigen Lippe herumzukratzen.

«Besonders überzeugt klingst du nicht, Sheena.»

«Verdammte Scheiße, ich hab gesagt, mal sehen. Mehr nicht. Ich hab gesagt, wenn sie auspacken wollte, würde ich vielleicht mitkommen. Keine Ahnung. Hab's nicht ernst gemeint. Ich war doch gerade auf Crack.»

Ich seufzte. Darauf liefen letztlich alle Ermittlungen wie die Operation Mansion hinaus: auf das Gebrabbel von ein paar Crackabhängigen, das als Zeugenaussage herhalten musste. «Aber du hast noch jemandem davon erzählt, stimmt's? Wem hast du erzählt, dass Merrily mit uns reden wollte?»

«Keinem. Scheiße, ich bin doch nicht blöd.»

«Nun, irgendjemandem musst du es erzählt haben. Weil die Brüder dann hinter ihr her waren.»

«Ich hab niemandem was erzählt.»

«Sheena, du hast mir gerade gesagt, dass du auf Crack warst. Du hättest es halb London erzählen können.»

«Ich rede nicht, wenn ich breit bin», sagte sie stur. «Nicht über die Brüder. Ich bin doch nicht blöd. Die würden mich auch kaltmachen.»

Ich dachte darüber nach. Sheena Mast mochte ja eine Drogensüchtige sein, aber sie war auch schon lange genug auf der Straße, um die Spielregeln zu kennen. Bloß, wenn sie nicht über Merrilys Pläne geredet hatte, wer dann?

«Ich komm gerade auf Turkey», sagte sie unvermittelt. «Dieser Braune ist wie Wasser. Ich brauch noch einen Druck.»

«Sheena, du befindest dich in einem Vernehmungsraum. Versuch dich einfach zu konzentrieren, dann bist du hier bald wieder raus.»

«Ich will was von dem Braunen», schrie sie. «Sie haben das Zeug, oder? Es gehört mir. Geben Sie's her.»

«Das darf ich nicht, Sheena.»

«Arschloch.»

«Ich brauche jemand anderen, der mir Auskunft über die Brüder gibt, Sheena. Jemanden, der Merrily ersetzen kann, jetzt, wo sie tot ist.»

«Ich nicht. Verdammte Scheiße, die bringen mich um.»

«Wir können dich jederzeit verhaften. Dich in Gewahrsam nehmen, bis zum Prozess. Du weißt doch, was das heißt, oder? Du wirst nach Holloway geschickt. Nette warme Zelle, freundliche Leute. Keine Drogen, aber du hast ja selbst gesagt, dass du aufhören willst. Auch keine Freier. Niemand, der dich verprügelt.»

Es war nur ein Schuss ins Blaue, aber zu meiner Verwunderung schien sie tatsächlich darüber nachzudenken. «Für wie lange?»

«Bis zum Prozess. Länger, wenn du willst. Wir können dich wegen Prostitution und Drogenbesitz einbuchten lassen. Wahrscheinlich kriegst du mindestens sechs Monate. Das sollte für einen Entzug reichen.» In was für einer verrückten Welt lebten wir, in der ein Polizist eine Prostituierte mit einer Gefängnisstrafe köderte, als ob er sie bestechen wollte?

«Holloway hat mir gefallen. Das Singen fand ich gut.» Sie starrte mich an. «Und da gab's auch keine beschissenen Männer.»

Ich hörte mich sagen: «Vermutlich könnten wir auch noch einen Verstoß gegen Bewährungsauflagen dranhängen.»

«Ich nehm die Drogen nur wegen der Arbeit», sagte sie unvermittelt. «Man braucht den Braunen, um nicht auf Turkey zu kommen, also nimmt man den zuerst, dann braucht man Weißen, um vor die Tür zu kommen. Ist einem egal, mit wem man mitgeht, wenn man erst mal den Weißen intus hat. Aber danach braucht man Braunen, um wieder runterzukommen. Und der Braune kostet so viel, dass man am nächsten Tag wieder loszieht, um das Geld dafür zu verdienen.»

Ich nickte und hoffte, dabei ein wenig Mitgefühl auszustrahlen.

«Sechzehnmal bin ich vergewaltigt worden. Ich weiß

nicht mehr, wie oft ich verdroschen worden bin. Ich hasse diese Scheißarbeit. Und ich muss nur die Brüder anschwärzen?»

«Absolut. Bloß eine Aussage machen.»

«Also gut.»

Ich bemühte mich, mir meine Überraschung nicht anmerken zu lassen.

«Ich brauch bloß erst 'n Druck.»

«Sheena, du darfst hier drin keine Drogen nehmen. Dadurch würden wir die Glaubwürdigkeit deiner Aussage aufs Spiel setzen. Man könnte behaupten, du hättest alles nur erfunden, während du breit warst.»

«Ich brauch jetzt meinen Druck», wiederholte sie störrisch. «Auf Turkey kann ich wohl schlecht reden, oder? Außerdem haben Sie das schon mal erlaubt.»

«Da waren wir auch nicht in einem Vernehmungsraum.»

«Dann vergessen Sie's.» Sie klaubte die Zigarettenkippe aus dem Aschenbecher und fing an, sie zu zerpflücken. «Bringen Sie mich nach Hause.»

Ich überlegte, was ich tun sollte. Ich könnte sie von einem Arzt untersuchen lassen, der sie als Süchtige registrieren und ihr Methadon verschreiben könnte, aber das könnte den ganzen Tag dauern.

Stebbings sagte: «Wir könnten wohl alle ein Tässchen Tee gebrauchen, glaube ich.»

«Um es zu Protokoll zu geben», kommentierte ich müde: «D. S. Stebbings verlässt jetzt den Raum.» Sheena zündete sich eine weitere Zigarette an und kratzte sich. Ich schloss die Augen.

Nach ein paar Minuten war Stebbings wieder zurück.

«Bitte sehr, Sheena», sagte er heiter. «Ein schönes Tässchen Tee.» In der Hand hielt er ein Päckchen, einen Teelöffel und eine Spritze. Ihre Augen leuchteten.

«Verdammt, was machen Sie?», zischte ich ihm ins Ohr.

«Nur die Ruhe», flüsterte er. «Der wachhabende Beamte ist ein Kumpel von mir. Geht klar.»

Entgeistert sah ich zu, wie er ein Feuerzeug aus der Tasche holte. Wie ein Gentleman, der einer Dame Feuer gibt, hielt er sogar die Flamme ruhig, damit sie ihren Löffel voller Stoff erhitzen konnte. «Danke, Süßer», sagte sie und belohnte ihn mit einem Totenkopflächeln.

«Nimmst du Milch, Sheena?», fragte Stebbings dem Mikrophon zuliebe. «Oder bloß etwas braunen Zucker?» Das macht dem sogar Spaß, dachte ich. Sheena versuchte, eine Vene an ihrem dürren Arm zum Vorschein zu bringen, aber vergeblich. «Ach, scheiß drauf», fluchte sie, stand auf und knöpfte sich die Jeans auf. Ihre Oberschenkel waren ebenso mit rot entzündeten Stellen übersät wie ihre Arme. Das Erscheinungsbild ihrer Haut erinnerte an Hüttenkäse. Ich wollte nicht sehen, wo sie sich den Druck diesmal setzte. Ich überlegte, gegen welche Gesetze wir gerade verstießen. Wir gaben harte Drogen weiter, damit fing es schon mal an. Andererseits, wenn das die einzige Möglichkeit war, sie zu ihrem Schutz in Haft zu nehmen, retteten wir ihr womöglich auch das Leben.

Sheena schloss die Augen. Als der Stoff in ihr Blut strömte, wich die Anspannung einen Moment lang aus ihrem Gesicht, und sie sah fast normal aus. Es war wie ein flüchtiger Blick in eine andere Wirklichkeit. Man konnte die Frau sehen, die sie hätte sein können, wenn die Drogen und die Zuhälter sie nicht in die Klauen bekommen hätten.

Ich dachte an das andere Mädchen, das ich an dem Tag vernommen hatte, Ros Taylor, und an ihre zerbrechliche, traumatisierte Schönheit. Wie wenig trennte diese beiden Frauen, nur ein paar Wendungen des Schicksals.

«Na schön», sagte Sheena verträumt. «Reden wir über die Harkurs.»

16

In der Zwischenzeit hatte Collier diverse Aufgaben im Fall Broadhurst Terrace weiterdelegiert. Falconer und Grogan hatten den Pizzaboten vernommen, Morgan und Price die Nachbarn befragt. Der Bericht der am Tatort eingesetzten Beamten war in den HOLMES-Bestand eingegeben worden. Eine Durchsuchung der Umgebung war für halb acht am folgenden Morgen angesetzt worden, exakt zum Zeitpunkt des Schichtwechsels, um die Zahl der verfügbaren Beamten zu maximieren. Collier selbst hatte die Angehörigen ausfindig gemacht und einen Termin zur Identifizierung der Leiche vereinbart.

Ich spürte, wie die Kollegen mir überall verstohlene Blicke zuwarfen. Meine Aussage vor dem Ausschuss hatte sich also schon herumgesprochen. Ich ignorierte das weitestgehend. So lief es eben im Polizeidienst. Trotzdem war ich froh, aus dem Laden rauszukommen, um den Freund der Toten zu befragen.

Gerry Henson wohnte in einem riesigen Haus am Ende der Frognal Lane, mit einem regelrechten Fuhrpark in der vorderen Auffahrt. Dort standen ein silberner Porsche, der obligatorische Jeep der Marke BMW ohne einen Spritzer Dreck, ein Mercedes und dazu noch drei Autos von Angestellten, ein Polo und zwei Fiestas. Ich war unterwegs in einem Vectra ohne Kennzeichen, den ich neben dem Polo parkte.

Eine gepflegte Frau um die vierzig öffnete mir die Tür. Sie strahlte eine gewisse Souveränität aus. «Kann ich Ihnen helfen?», fragte sie in einem Tonfall, der mitschwingen ließ, dass sie daran zweifelte.

«Mrs. Henson?»

«Nein. Caroline ist oben. Ich bin Mr. Hensons Assistentin.»

Ich hielt ihr meinen Dienstausweis entgegen. «Ist er zu Hause?»

Sie nahm den Ausweis, prüfte ihn eingehend und gab ihn mir dann zurück. «Ich schaue mal nach. Treten Sie doch ein.»

Ich folgte ihr. Sie deutete auf eine Tür und sagte: «Sie können da drinnen warten. Darf ich Ihnen einen Kaffee anbieten?»

«Danke, nein.»

Hensons Wohnzimmer war größer als meine gesamte Wohnung. An den Wänden hingen zahlreiche Bilder, genauer gesagt Kunstwerke, denn die meisten von ihnen entbehrten einer konkreten Bildhaftigkeit. Sie wirkten sehr modern, waren bunt, fast grell und, so kam es mir vor, mit Absicht hässlich gemalt. Eine Ausnahme bildete ein Ölgemälde, das eine Gruppe Männer zeigte, die vorwurfsvoll um eine junge Frau mit gesenktem Kopf herumstanden. Es kam mir seltsam fehl am Platze vor, und ich ging hinüber, um es genauer zu betrachten.

«Gefällt es Ihnen?», hörte ich eine Stimme hinter mir fragen.

Ich drehte mich um.

Gerry Henson war viel jünger, als ich es von dem Besitzer eines so großen Hauses mit Assistentin erwartet hätte. Ich schätzte ihn auf Ende dreißig. Er trug ein Leinensakko mit Rollkragenshirt darunter, und sein gut geschnittenes Gesicht erhielt durch eine modische Brille mit klobigem Gestell einen intellektuellen Anstrich. Sein auffällig muskulöser Oberkörper ließ auf Krafttraining schließen.

«Gerry Henson.» Er reichte mir die Hand. Ich schüttelte sie und spürte auf der Innenseite die raue Oberfläche eines Heftpflasters.

«Detective Inspector Thomson.»

Er zeigte auf das Gemälde. «Was schätzen Sie, wie alt es ist?»

«Mr. Henson –»

«Bitte. Tun Sie mir den Gefallen. Raten Sie einfach.»

«Ich habe wirklich keine Ahnung. Scheint sehr alt zu sein.»

«Sechzehntes Jahrhundert? Vierzehntes?»

«Kann ich nicht sagen.»

«Versuchen Sie's.»

Ich schüttelte entschieden den Kopf. Er schien enttäuscht darüber, dass ich mich auf sein Spiel nicht einließ. «Nun, Sie liegen auf jeden Fall daneben. Das ist eine Fälschung, entstanden neunzehnhunderteinundvierzig. Sogar Göring ist eine Zeit lang darauf reingefallen.» Henson legte einen Finger auf die Leinwand. «Wertlos, natürlich, verglichen mit meinen Young British Artists. Aber auf seine Weise genauso interessant, und möglicherweise genauso bedeutsam. Na, egal, wo möchten Sie gern anfangen?»

«Mr. Henson, ich bin leider wegen einer sehr ernsten Angelegenheit hier.»

Er starrte mich an. «Nicht wegen Sicherheitsmaßnahmen?»

«Nein, nicht deswegen.»

«Die Wache hat gesagt –» Er verstummte, als ihm der Sinn meiner Worte klar wurde. «Wie ernst?»

«Ist Ihre Gattin im Haus?»

«Ja. Sie ist oben.»

«Dann sollten Sie wohl besser die Tür schließen. Es geht um Jo McCourt.»

Er ging hastig zur Tür, die in die Diele führte, und schloss sie. «Was ist mit ihr?»

«Sie sind doch mit Miss McCourt bekannt?»

«Ja, natürlich», sagte er ungeduldig. «Was ist passiert?»

«Wir wurden darüber in Kenntnis gesetzt, dass Sie ein Verhältnis mit ihr hatten. Trifft das zu?»

«Wer hat Ihnen das erzählt?»

«Stimmt es?»

«Wir sehen uns von Zeit zu Zeit, ja.»

«Ich muss leider sehr direkt sein. Sie ist tot.»

«O Gott.» Er starrte mich an. «Wie ist das passiert?»

«Das wissen wir noch nicht sicher. Möglicherweise war es ein Einbruch, der schief gelaufen ist.»

«Himmel.» Er schüttelte den Kopf. «Was ist mit Ros? Ist sie in Ordnung?»

«Nun, wir nehmen an, sie ist missbraucht worden. Und sie hat ihr Gedächtnis verloren.»

«Aber warum? Sie hatten nichts zu stehlen. Nichts, was einen Mord wert war. Nicht wie …» Sein Blick huschte über seine Gemälde.

«Mr. Henson», sagte ich sanft, «wir glauben, der Einbrecher hat versucht, Jo zu vergewaltigen. Als sie sich zur Wehr setzte, ist er brutal geworden.»

«Großer Gott. Das heißt, wenn sie ihn also – wenn sie ihn gelassen hätte, hätte er sie nicht umgebracht?»

«Nun, die Möglichkeit besteht.»

«Aber warum hat sie es nicht einfach über sich ergehen lassen? Es ist doch nicht so, als wäre eine Vergewaltigung … ich meine, vergewaltigt zu werden ist doch, verglichen damit, umgebracht zu werden, nicht so schlimm.» Er setzte sich und rieb sich übers Gesicht. «Entschuldigung. Ich habe eben nur gedacht … die hiesige Polizei hatte versprochen, mal jemanden vorbeizuschicken, um über Sicherheitsmaßnahmen zu reden.»

«Schon in Ordnung.» Ich zog ein Aussageformular heraus. «Ich müsste Ihnen ein paar Fragen stellen.»

«Selbstverständlich. Müssen Sie auch mit meiner Frau reden?»

«Unsere Aufgabe ist es, Straftaten aufzuklären. Wenn Sie fremdgegangen sind, verstößt das nicht gegen das Gesetz. Es gibt im Moment keinen Grund, warum sie etwas erfahren sollte. Aber Sie müssen mir sagen, was Sie in den letzten achtundvierzig Stunden gemacht haben.»

«Ich?» Er wirkte schockiert.

«Wir versuchen, uns ein Bild von Jos letzten Stunden zu machen. Wann haben Sie sie zum letzten Mal gesehen?»

«Das war gestern. Gestern Nachmittag.»

«In ihrer Wohnung?»

«Ja.»

«Hatten Sie beide Geschlechtsverkehr miteinander?»

«Müssen Sie das unbedingt wissen?»

«Es hat Einfluss auf die gerichtsmedizinischen Untersuchungen.»

Er seufzte. «Ja. Wir hatten Sex.» Er spähte zur Tür.

«Wie lange waren Sie dort?»

«Nicht lange. Ein Stündchen oder zwei. Ich musste zurück nach Hause.»

«Also waren Sie wieder hier um wie viel Uhr?»

«Nun, gegen sechs.»

«Und kann das irgendjemand bestätigen? Ihre Assistentin vielleicht?»

«Nein. Die war um die Zeit schon weg. Nur Caroline und ich waren hier.»

«Ihre Ehefrau?»

Er nickte.

«Dann werde ich mit ihr reden müssen. Aber keine Sorge, ich werde mich um Diskretion bemühen.» Ich machte mir eine Notiz. «Seit wann hatten Sie ein Verhältnis mit Jo McCourt?»

Er zuckte die Achseln. «Seit Januar.»

«Wie haben Sie sich kennen gelernt?»

«Über ihre Mitbewohnerin. Ros arbeitet für ein Labor, das für uns mal ein Bild untersucht hatte – da war ein Kunsthändler, der uns reinzulegen versuchte, und die Wissenschaftler konnten das nachweisen. Aus dem Anlass habe ich eine Party steigen lassen, und Ros hat Jo mitgebracht.» Er seufzte. «Ihnen kommt das vermutlich verrückt vor. Dass ich für ein Mädchen wie sie alles aufs Spiel gesetzt habe.»

Ohne den Blick von meinen Notizen zu heben, sagte ich: «Ich weiß gar nicht, was sie für ein Mädchen war.»

«Nun, sie war großartig. Sehr lustig. Und ohne Zweifel sehr attraktiv.»

«War es eine ernsthafte Beziehung? Bitte verstehen Sie. Ich muss mir ein möglichst klares Bild von ihren Lebensumständen machen.»

«Gott bewahre. Ich bin heilfroh, dass man keine Frau geschickt hat. Einem Mann kann man das viel leichter erklären. Es gibt Frauen, mit denen steigt man ins Bett, und es gibt Frauen, die heiratet man. Jo gehörte zur ersten Sorte. Ich hoffe, dass Sie das für sich behalten.»

Ich dachte, vor vierundzwanzig Stunden warst du mit ihr im Bett. Jetzt ist sie tot, und das Einzige, was für dich zählt, ist, dass außer mir niemand erfährt, dass du sie gevögelt hast. Dann sagte ich: «Jetzt würde ich gern mit Ihrer Frau sprechen, Sir.»

Henson führte mich in ein großes Schlafzimmer, das mit Leinwandbahnen verhängt worden war. Zwei junge Männer wuselten mit Lampen und Polaroidkameras herum. Auf einer Staffelei stand eine Tafel, auf die sie nach und nach die einzelnen Polaroidfotos pappten, um eine Art Bildcollage zu erstellen. Caroline Henson saß auf dem Bett. Sie trug ein federbesetztes, durchsichtiges schwarzes Oberteil. Sie wirkte müde.

«Ian, Kurt, ihr müsstet uns mal kurz allein lassen», sagte Henson.

«Dauert es lange?», verlangte einer der beiden zu wissen. «Das Licht verändert sich, und wir müssen zusehen, dass wir –»

«Es dauert so lange wie nötig», entgegnete ich. Die jungen Männer räumten widerstrebend das Feld.

«Ich würde mit Ihrer Gattin gerne unter vier Augen sprechen», sagte ich zu Henson.

«Selbstverständlich», erwiderte er nervös. Im Hinausgehen warf er mir einen verschwörerischen Blick zu, den ich nach Kräften ignorierte.

«Guten Tag», sagte ich an Mrs. Henson gewandt.

«Guten Tag.» Sie hatte eine leise, nervöse Stimme.

«Keine Sorge, es ist nichts Kompliziertes. Jemand, mit dem Ihr Gatte bekannt ist, wurde gestern Abend überfallen, und er weiß nicht mehr genau, wann er nach Hause gekommen ist. Vielleicht können Sie mir darüber Auskunft geben?»

Sie griff nach einem Glas, das auf dem Boden stand. Es war leer bis auf ein paar Eiswürfel, aber sie behielt es trotzdem in der Hand. «Ich glaube, es war gegen fünf. Zwischen fünf und sechs.»

«Gut», sagte ich aufmunternd. «Und dann waren Sie beide den ganzen Abend zu Hause?»

«Ich glaube, schon.»

«Aber sicher sind Sie nicht?»

«Nein. Entschuldigung, ich muss kurz nachdenken. Ja, wir waren auf jeden Fall hier», sagte sie nervös.

«Was haben Sie gemacht?»

«Was wir gemacht haben?» Sie schien über die Frage verwundert.

«Können Sie sich erinnern?»

«Na ja, wir haben zu Abend gegessen. Und ferngesehen. Nichts Besonderes.»

«Okay. Ich notiere Ihre Aussage rasch auf dem Formular und würde Sie um Ihre Unterschrift bitten. Sie können dann sofort mit Ihrem Bild weitermachen.»

«Es ist nicht mein Bild», sagte sie hastig. «Es ist eine Auftragsarbeit. Die beiden sind Gerrys neueste Entdeckung.»

Sie schwenkte das Glas, und mir wurde klar, dass sie angeheitert war. Obwohl ihr Glas schon leer war, waren die Eiswürfel kaum angeschmolzen.

Ich notierte ihre Aussage auf dem Formular und legte es ihr vor. Sie setzte eilig ihre Unterschrift darunter.

«Eigentlich sollten Sie es erst durchlesen, bevor Sie unterschreiben. Um sicherzugehen, dass ich nichts hinzugedichtet habe.»

«Entschuldigung.» Sie überflog die Aussage. «Ja, das ist okay.»

Ich legte das Formular in den Schnellhefter und beließ es dabei. Dass sie nervös war, fand ich nicht außergewöhnlich. Die Leute sind oft unruhig, wenn sie mit der Polizei reden, ob sie etwas verbrochen haben oder nicht. Vermutlich ahnte sie, dass ihr Mann ihr etwas verheimlichte. Sie kam mir jedoch wie die Sorte Mensch vor, die ihren Partner nicht zur Rede stellte. Es ging mich nichts an.

«Übrigens», sagte ich, nachdem ich das Formular verstaut hatte. «Trägt Ihr Mann eine Armbanduhr?»

«Wie bitte?»

«Mir ist gerade aufgefallen, dass er keine Uhr trägt. Trägt er sonst eine?»

«Ich habe ihm vor zwei Jahren eine Rolex zum Geburtstag geschenkt.»

«Eine von diesen schweren?»

«Ja. Aber er legt sie ab, wenn er schwimmen geht. Wahrscheinlich liegt sie am Pool.»

«Ich verstehe.»

Damals maß ich dem keine besondere Bedeutung bei. Viele Männer tragen schwere Uhren. Bloß weil jemand seine Uhr abgelegt hatte, konnte man ihn noch nicht als Tatverdächtigen einstufen.

Andererseits hatte Henson einen Rollkragen getragen, der Abwehrwunden gut verbergen konnte. Ganz zu schweigen von dem Heftpflaster auf seinem Handteller. Ich notierte mir, bei der örtlichen Polizeiwache nachzufragen, ob er wirklich um Beratung zum Thema Sicherheitsmaßnahmen gebeten hatte.

Zurück in Paddington, stellte ich fest, dass Ros mit meinem Jackett und Haustürschlüssel verschwunden war.

«Wissen Sie, was», sagte Collier, «machen Sie ihr doch weis, Sie wären ihr Freund! Die würde glatt mit Ihnen ins Bett hüpfen, bevor sie ihren schrecklichen Irrtum erkennt.»

«Schönen Dank.»

«Hier. Schauen Sie erst mal, was Ihnen entgeht, bevor Sie nein sagen.» Er zog ein paar Fotos von der Spurensicherung heraus. Sie zeigten die beiden Mädchen an einem Pool. Auf einem waren beide barbusig. Jo, die Blonde, saß aufrecht da und lachte in die Kamera, die Hände stützend um die großen Brüste gelegt, als ob sie eine Pin-up-Pose parodierte. Hinter ihr blickte Ros auf einem Liegestuhl lächelnd von einem Buch hoch, zierlicher und mit kleinerem Busen als ihre Freundin.

«Mensch. Was würde ich dafür geben», sagte Collier genüsslich und rieb sich über den Bauch.

Ich fuhr zum Haus der Freunde, bei denen sie untergekommen war, um meinen Schlüssel abzuholen. Es war nicht leicht. Sie trug einen Bademantel. Ich musste ständig an den Körper ihrer Freundin denken, sinnlich ausgestreckt auf dem Seziertisch, und an Ros' Brüste auf dem Foto. Das Bier, das man mir anbot, lehnte ich ab und brach so schnell wie möglich auf.

17

Am nächsten Morgen stellte die Suchmannschaft in einer Mülltonne an der Belsize Road eine Tüte mit Diebesgut sicher. Ich fuhr mit den Sachen zu Ros, um sie von ihr identifizieren zu lassen. Natürlich erschwerte ihr Gedächtnisverlust das Ganze, aber dass die Sachen ihr gehörten, stand außer Zweifel.

Es deutete immer weniger auf einen Einbruch hin. Zwar kam es mitunter vor, dass berufsmäßige Einbrecher ihre Opfer vergewaltigten und sogar umbrachten. Aber jeder Einbrecher, der wusste, dass es unklug war, Gegenstände zu behalten, die ihn mit einem Mord in Verbindung bringen könnten, wäre auch zu schlau, um sie einfach in der Straße um die Ecke zu entsorgen.

Das warf eine interessante Frage auf. Falls der Täter eine Vergewaltigung intendiert hatte, warum hatte er sich dann die Mühe gemacht, es wie Vergewaltigung und Raub aussehen zu lassen? Welchen Vorteil versprach er sich davon?

Vielleicht hoffte er, wir würden ihn nie in Betracht ziehen, wenn wir nach einem Einbrecher suchten.

Mit anderen Worten, es könnte jemand gewesen sein, der dem Opfer bekannt war.

Ich rief die Wache in Hampstead an. Niemand wusste von einem Gerry Henson, der sich über Sicherheitsbelange unterhalten wollte. Der Polizeibeamte, mit dem ich sprach, meinte jedoch, ich solle da nicht zu viel hineindeuten. «Hier in der Gegend wohnen lauter Millionäre», sagte er heiter. «Bei uns gehen zwanzig Anfragen am Tag ein, mal wegen Sicherheitsmaßnahmen vorbeizukommen. Vielleicht haben wir das bloß verkramt.»

Vielleicht. Ich beschloss, im Beisein einiger Polizeibeamter ein Treffen zwischen Ros und Gerry Henson zu arrangieren. «Arrangierte Gegenüberstellung» nennt sich das, eine scheinbar zufällige Begegnung, die aber geplant ist. Falls sie sich zum Beispiel in der Pathologie über den Weg liefen, überlegte ich, könnte das ihrem Gedächtnis möglicherweise auf die Sprünge helfen. Außerdem war es an der Zeit, jemanden zu Rate zu ziehen, der auf diesem Gebiet besser Bescheid wusste als ich.

Steve Griffin war ein forensischer Psychologe, der für die Polizei hin und wieder auch als Profiler tätig war. Die meisten von uns misstrauten ihm aus Prinzip. Nicht, weil er Psychologe war, sondern weil er wie alle Profiler kein Geld für seine Tätigkeit bekam. Leute, die sich aus freien Stücken an Mordermittlungen beteiligen, haben immer etwas Suspektes. Doch solange wir noch keine professionelle Abteilung für Profiling haben, sind wir auf freiwillige Enthusiasten wie Griffin angewiesen.

Er riet uns, uns andere aktenkundige Vorfälle anzusehen, bei denen Mädchen betäubt worden waren, ob nun mit anschließender Vergewaltigung oder nicht.

«Er wird die Tat monatelang vorbereitet haben. Zuerst, in der Planungsphase, wird ihm allein schon die Vorstellung sexuelle Befriedigung verschafft haben. Ein

Fläschchen GHB zu besorgen und immer dabeizuhaben, hat ihm einen sexuellen Kick gegeben, ein Gefühl von Macht, so als führte er ein Messer mit sich. Als sich diese Phantasie allmählich abnutzte, hat er den nächsten Schritt unternommen. Vielleicht hat er jemanden in einem Pub betäubt, der Person das GHB ins Glas gekippt, um zu sehen, welche Wirkung es hatte, hat langsam die richtige Dosis ermittelt, zugeschaut, wie stark seine Opfer dadurch außer Gefecht gesetzt wurden. Doch tatsächlich angefasst wird er sie noch nicht haben. Er ist sehr vorsichtig – das macht GHB so reizvoll für ihn, es verleiht ihm Macht.»

«Es kann also nicht sein, dass er einfach durch West Hampstead spazierte, ein offenes Fenster sah und beschloss, sein Glück zu versuchen?»

Griffin schüttelte den Kopf. «Das bezweifle ich. Es kann kein Zufall sein, dass er in eine von zwei jungen Frauen bewohnte Wohnung eingedrungen ist. Viel wahrscheinlicher ist, dass er einer von ihnen oder beiden bei einer anderen Gelegenheit begegnet ist und von dort ausgehend seinen Überfall geplant hat. Womöglich ist er ihnen sogar früher schon nach Hause gefolgt, hat sie durch die offenen Fenster beobachtet und sich in seiner Phantasie vorgestellt, was passieren könnte, wenn er hineingelangte.»

«Verstehe ich das also richtig, dass Ihrer Ansicht nach nichts zum Beispiel auf einen geschassten Liebhaber hinweisen könnte?»

Griffin verengte die Augen. «Sie denken an jemand Bestimmten, richtig?»

Griffin mochte zwar, wie Collier sich ausdrückte, eine

Pfeife sein, aber dumm war er nicht. Ich erzählte ihm von Henson.

«Interessant. Soll ich ein komplettes Profil erstellen?»

Ich zögerte. Ich wusste, die anderen Kriminalbeamten würden das für maßlos übertrieben halten. Aber mein Gefühl sagte mir, dass es sich hier nicht um einen zufälligen Übergriff handelte.

«Ja. Würden Sie das tun? Und je eher, desto besser.»

Noch an demselben Tag glaubte Ros Taylor, sich an etwas Neues zu erinnern – einen Maskierten, der sie vergewaltigt hatte. Leider passten die Details nicht zusammen. Angeblich hatte er sie während der Vergewaltigung mehrere Male angespuckt. Aber mit einer Maske vor dem Gesicht war das natürlich schier unmöglich.

Nach meinem Gespräch mit Griffin suchte ich Collier auf.

«Haben Sie sie zur Rede gestellt?», wollte er wissen.

Ich schüttelte den Kopf. «Ich versuche gerade, einen Draht zu ihr zu bekommen. Sie wird mir vermutlich weniger Informationen liefern, wenn sie glaubt, ich warte nur darauf, sie zu zerpflücken.»

Collier griff nach einem Block und stand auf. «Überlassen Sie sie mir.»

Ich fragte rasch: «Was ist mit Steve Griffin?»

«Was soll mit dem sein?»

«Vielleicht kann der etwas tun, um ihrem Gedächtnis auf die Sprünge zu helfen. Wir sollten nichts überstürzen, bevor er es nicht zumindest mal versucht hat.»

Er grinste mich schief an. «Aha. Sie gefällt Ihnen also. Keine Sorge, ich werde sie pfleglich behandeln.»

Im Einsatzwagen roch es wie in einer Umkleidekabine nach einem Rugbymatch – derselbe Mief von Testosteron, Schweiß und zu dicht zusammengedrängten Männerkörpern. Seit drei Stunden hockten wir jetzt da drin, was etwa eine Stunde zu lang war. Ein Trupp Bullen in voller Einsatzmontur sollte nur begrenzte Zeit auf engstem Raum zusammengepfercht sein. Für den Notfall hatten wir zwar ein paar leere Milchflaschen dabei, aber wir hofften alle, dass es nicht so weit kommen würde.

Wir warteten darauf, dass die Harkur-Brüder bei ihrer Fabrik auftauchten, einer heruntergekommenen Lagerhalle am äußersten Rand des Gewerbegebietes. Von den schweren Stahltüren und Stahlblenden abgesehen, die von innen vor den Fenstern angebracht waren, wirkte sie verlassen – eine leer stehende Gewerbeimmobilie, die zum Schutz gegen Vandalen gesichert worden war. Tatsächlich waren hier nach unseren Informationen ein Dutzend Leute rund um die Uhr damit beschäftigt, die kleinen grauen Kristalle zusammenzubacken, die die Dealer der Brüder in ganz Nordlondon vertickten.

Ein Stück die Straße hinunter arbeiteten einige Männer im Schein von Baustellenlampen an einer Grube im Asphalt. Ein Schild bat um Verständnis für dringend erforderliche Kabelarbeiten. Es war ein Vorwand, um einen Bagger mit laufendem Motor in der Nähe zu haben. Sollten unsere tragbaren Rammen mit den Stahltüren nicht fertig werden, würde der Bagger das erledigen.

Geleitet wurde der Einsatz von einem Superintendenten aus Clapham, der eine halbe Meile entfernt in einer mobilen Kommandozentrale parkte. Drei gepanzerte Einsatzfahrzeuge warteten in einem anderen Industriegebäude in der Nähe, bereit, auf unser Signal hin zur Stelle zu sein.

Die Undercover-Einheit SO10 hatte jemanden losgeschickt, der sich als Geschäftsmann mit einer großen Bestellung ausgab. Geliefert werden sollte heute Nacht. Wir gingen davon aus, dass die Brüder Drogen im Wert von einer halben Million Pfund keinem Kurier anvertrauen würden. Sie würden höchstpersönlich zu der Fabrik kommen, um die Ware abzuholen. Falls das ein Irrtum war, würden wir hier hocken, bis die Milchflaschen voll waren.

Das Funkgerät in unserem Einsatzwagen quäkte leise. «Alle Einheiten.» Kurze Pause. «Sie sind unterwegs. Wiederhole, Ziel ist unterwegs. Position beibehalten.»

Wir warteten. Das war der schlimmste Teil von allen. Was auch immer mir dabei durch die Adern pumpte, es war genauso stark und machte genauso süchtig wie das Zeug, das sich Sheena in die Venen jagte.

Ein weiteres Quäken. «Fahrzeug nähert sich. Schwarzer Mercedes, gefolgt von schwarzem Land Cruiser.» Die Brüder hatten eine Eskorte dabei.

Jetzt konnten wir die Scheinwerfer erkennen. Ein Lichtstrahl streifte kurz das Heck des Einsatzwagens und bewegte sich weiter. Wir hörten drei lang gezogene Huptöne.

«Zwei Männer verlassen den Land Cruiser. Gebäudetüren offen. Mercedes fährt durch das Tor. Alle Einheiten, los, los, los. Wiederhole, alle Einheiten los …»

Einer nach dem anderen kullerten wir hinten aus dem Einsatzwagen, wie Fallschirmspringer aus einem Flugzeug. Mir war kaum bewusst, dass ich rannte. Die kugelsichere Weste schnitt mir in die Brust. Die Einsatzwagen kamen die Straße hinaufgeheult. Geschrei. Die Türen schlossen sich. Hinter mir näherte sich der Bagger. Erstaunlich, wie wendig diese Ungetüme sind. Aus dem Weg, fix. Der bedrohlich hin und her schwingende Eimer krachte mit voller Wucht gegen die Türen, die eingedrückt wurden und auf einmal fort waren. Der Bagger setzte sofort mit hoher Geschwindigkeit zurück, gefolgt von dem Mercedes, ebenfalls im Rückwärtsgang, aber weniger kontrolliert. Der erste Schuss krachte – einer von uns, dachte ich, ein Scharfschütze, der die Reifen zu treffen versucht. Ich hörte das metallische Abprallen der Kugel, er hatte sein Ziel also verfehlt. Ein weiterer Polizeibus kam auf uns zugerast, um dem Mercedes den Weg zu verstellen. Dieser krachte in den Bus, schob ihn knapp zwei Meter zur Seite und blieb stehen. Sofort hatten ihn ein Dutzend Beamte umstellt. Der Fahrer stieg aus und warf sich auf den Boden. Die Beamten rissen die hinteren Türen auf. Der Mercedes war leer.

Die Brüder befanden sich also noch in der Fabrik.

Im Gänsemarsch kamen einige Männer aus der Halle, mit über den Kopf erhobenen Händen. Ich drängte mich an ihnen vorbei. Mein Blick fiel auf einen langen Tisch aus Baugerüstteilen. Die Hallenbeleuchtung war ausgefallen. Die Schusswaffen der Beamten waren mit Lampen ausgerüstet. Der Bagger war mit angeschalteten Scheinwerfern wieder hereingerollt, aber es herrschte großes Chaos. Dann flammte ein greller Lichtblitz auf, gefolgt von einem ohrenbetäubenden Knall und einer Druckwelle, die mich heftig zu Boden schleuderte. Alles war voller Qualm. Um mich herum hörte ich das Prasseln und Rieseln von herabfallendem Geröllstaub.

Als der Staub sich einige Minuten später lichtete, klaffte in der hinteren Hallenwand ein riesiges Loch. Von Sammy und Joshua Harkur fehlte jede Spur.

Wie sich herausstellte, hatten die Brüder vorgesorgt und für einen Notfall wie diesen einen Sprengsatz in der Fabrik gelagert. Das in die Wand gesprengte Loch führte in das Nachbargebäude, wo ein voll getankter Geländewagen für sie bereitstand. Den stellten wir später in Shepherd's Bush sicher, voller forensischer Spuren, die aber leider weder das Fahrzeug noch die Brüder mit der Fabrik in irgendeine Verbindung brachten.

Auf der Führungsebene aber herrschte Einigkeit darüber, dass dies nicht entscheidend war. Wir hatten eine der größten Crack-Fabriken Londons ausgehoben und den leitenden Chemiker der Brüder verhaften können. Einer ihrer bewaffneten Handlanger war tot, zwei weitere befanden sich in unserer Gewalt. Ohne ihr Crack und ihre Leute würden die Brüder ihren Turf ohnehin einbüßen. Jemand anderes würde die Leerstelle füllen.

Über Nacht verdoppelte sich der Crackpreis. Auf den Straßen läuft es wie beim Warentermingeschäft. Wenn Dealer merken, dass das Angebot knapp wird, erhöhen sie die Preise und fangen an, die Ware zu bunkern. Auch die Kleinkriminalität nahm schlagartig zu. Süchtige waren gezwungen, Hi-Fi-Anlagen aus Autos zu stehlen und Raubüberfälle zu verüben, um ihren Stoff bezahlen zu können.

So läuft das eben. Viele der jüngeren Beamten vertreten die Ansicht, Drogen sollten legalisiert werden. Wenn Leute sich umbringen wollen, sei das ihre Sache. Die älteren

Kollegen – tja, die haben großteils aufgegeben, sich solche Fragen zu stellen. Sie machen einfach ihren Job, fertig.

Was mich betrifft, ich fand es durchaus von Belang, dass uns die Harkur-Brüder entwischt waren. Aus der Sache mit Merrily Brown musste man schlussfolgern, dass die Brüder zu allem imstande waren. Aber niemanden interessierte, was ich darüber dachte. Seit ich vor dem Untersuchungsausschuss über Gusto Brown ausgesagt hatte, war ich ins Abseits gedrängt worden. Der Abschlussbericht hielt zweifelsfrei fest, dass ich infolge meiner Gehirnerschütterung das, was ich gehört zu haben behauptete, kaum gehört haben konnte, zumal keiner der anwesenden Beamten meine Version bestätigte. Gusto Bart wurde heimlich abgefunden, und die Fußsoldaten schlossen die Reihen. Ich beantragte eine weitere Vernehmung von Sheena Mast und erhielt zur Antwort, ich solle meine Energie auf den Broadhurst-Terrace-Fall konzentrieren. Da die Brüder verschwunden waren, war Sheena nicht mehr von Belang.

Am nächsten Tag hatten die Indexer einen Namen ausfindig gemacht.

«Der Filialleiter von Boots in der Finchley Road hat bei seiner Aussage erwähnt, einer seiner Angestellten sei an dem Morgen nicht zur Arbeit erschienen – ein gewisser Carl Howell», erklärte Cathy Harris. «Und zufällig war er derjenige, der die Fotos der Mädchen entwickelt und eingetütet hatte. Jedenfalls ist er ein RSS.»

Der Index Registrierter Sexualstraftäter war eine Liste aller wegen Sexualdelikten vorbestrafter Personen im Land. Falls unsere Ermittlung auf jemanden von dieser Liste stieß, bestand eine hohe Wahrscheinlichkeit, dass wir unseren Mann gefunden hatten.

«Das war's dann wohl», sagte Collier. «Finden Sie den kleinen Dreckskerl, Bill. Zerren Sie ihn ans Tageslicht, unter welchem Stein er sich auch verkrochen hat. Fahren Sie Überstunden, setzen Sie mehr Leute ein, egal, wie.»

«Woher wusste er die Adresse der Mädchen?», fragte ich Cathy.

«Die stand auf dem Bestellzettel, für den Fall, dass die Fotos nicht abgeholt werden.»

«Na bitte», sagte Collier. «Der Bursche hat die Fotos gesehen, während sie durch die Maschine liefen, und sich gedacht, mit den beiden mach ich's mir nett.»

Ich war nicht überzeugt. Die Tatsache, dass die Tote unter die Dusche gezerrt worden war, um Spuren abzuspülen, die Schnittwunden auf Ros' Rücken, das entsorgte Diebesgut – all dies schien mir nicht auf jemanden hinzudeuten, der tagein, tagaus Knöpfchen einer Kodak-Maschine drückte. Aber ich beschloss, meine Meinung für mich zu behalten, bis mir Griffins Täterprofil vorliegen würde.

Streng genommen wäre es Alice Turnbulls Aufgabe gewesen, Ros in die Wohnung zurückzubegleiten, nachdem die Spurensicherung dort fertig war, aber ich war einfach zu gespannt, ob Ros' Gedächtnis dort wohl zurückkehren würde.

Sie sah besser aus, doch bald wurde klar, dass ihre Gelassenheit nur Fassade war. Sie verlor mehrmals die Fassung, und ich bereute es unwillkürlich, Alice nicht mitgenommen zu haben. Ich half ihr, so gut ich konnte, aber es lag auf der Hand, dass ich ihr nicht einfach die Schlüssel aushändigen und wegfahren konnte.

In dem Kurs über kognitive Vernehmung wird man ausdrücklich davor gewarnt, eine emotionale Bindung zu der vernommenen Person aufzubauen. Mehrmals klammerte sie sich an mich, um Halt zu finden – körperlichen, aber auch seelischen. Ein- oder zweimal ließ ich es zu, dass sie sich an meiner Schulter ausweinte.

Ich weiß nicht, wann mir das erste Mal der Verdacht kam, es könne mehr dahinter stecken. Es schien so unwahrscheinlich, dass sie an mir interessiert war. Nicht nur aufgrund ihrer Attraktivität, sondern aufgrund ihres ganzen Lebensstils, der Leute, mit denen sie Umgang hatte, der Art, wie sie sich kleidete und sprach. Doch als sie ihren Kopf an meine Brust schmiegte, war mir klar: Bei Alice Turnbull hätte sie das nicht getan.

In dem Kurs wird einem beigebracht, wie man sich in solchen Situationen verhalten soll. Freundlich abblitzen lassen, lautet der offizielle Rat. Man muss behutsam, aber unzweideutig seine professionellen Grenzen aufzeigen. Deutlich machen, dass es nicht persönlich gemeint ist, aber Vorschriften nun einmal Vorschriften sind. Leichter gesagt als getan. Ich stammelte ein paar der empfohlenen Floskeln. Es gelang mir, mich eindeutig auszudrücken. Ob es behutsam klang, weiß ich nicht. Ich sah den gekränkten Ausdruck in ihren großen dunklen Augen, bevor sie sich abwandte und so tat, als wäre nichts geschehen.

18

Steve Griffin entwarf ein gutes Täterprofil, zugeschnitten zum einen auf die Beamten, die damit arbeiten müssten, zum anderen auf die Anwälte, die vor Gericht versuchen würden, es in Misskredit zu bringen. Henson wurde zwar an keiner Stelle ausdrücklich als Hauptverdächtiger genannt, aber zwischen den Zeilen war die Aussage klar. Griffin hatte eine Studie zu Rate gezogen, in der Vergewaltiger in fünf verschiedene Persönlichkeitstypen aufgeteilt werden. Aus den Indizien im Fall Broadhurst Terrace – den Schnittwunden, dem Einsatz von Drogen, dem Versuch, DNS-Spuren zu beseitigen und die Tat wie einen Raubüberfall wirken zu lassen – hatte er den Schluss gezogen, dass wir es mit einem hochintelligenten Vergewaltiger zu tun hatten. Als Hauptmerkmale gab Griffin an: reich, weiße Hautfarbe, in einer festen Beziehung lebend, von ausgeprägtem Konkurrenzverhalten anderen Männern gegenüber, Besitzer einer Luxuslimousine, der auf viele sexuelle Eroberungen zurückblicken konnte und vermutlich Trophäen irgendeiner Art sammelte. Das Profil lieferte uns zwar nichts, weswegen wir mit einem Durchsuchungsbefehl in Hensons Haus hätten marschieren können, dafür aber eine Reihe sehr guter Gründe, Carl Howell als Tatverdächtigen endgültig auszuschließen.

Ich rief Griffin an, um mich bei ihm zu bedanken.

«Gern geschehen. Ich hoffe, es hilft Ihnen weiter.» Er stockte kurz. «Da wäre noch etwas, worauf ich Sie aufmerksam machen wollte.»

«Ja?»

«Wie Sie wissen, arbeite ich derzeit mit Ros an ihrem Gedächtnisverlust.»

«Noch keine Besserung, soweit ich höre.»

«Nein. Aber im Laufe unserer Sitzungen hat sich herausgeschält, dass sich bei ihr infolge der Vergewaltigung eine milde Fixierung auf Autoritätsfiguren eingestellt hat. Ihr Vater ist tot, was die Sache teilweise erklären könnte. Ich halte es für denkbar, dass sie sich von der Polizei erhofft, diese Leerstelle zu füllen.»

«Ich kann Ihnen nicht folgen», sagte ich, obwohl ich längst wusste, worauf er hinauswollte.

«Ich weise Sie nur darauf hin, dass sie Interesse an einem Ihrer Beamten entwickeln könnte. Es dürfte nicht schaden, jeden, mit dem sie in Kontakt kommt, vorsorglich an die strenge Einhaltung professioneller Richtlinien zu erinnern.»

Sie hat ihm erzählt, was in der Wohnung vorgefallen ist. Verdammt.

«Tatsächlich ist mir das zuerst an meiner eigenen Person aufgefallen», fuhr Griffin fort. «Sie fragte mich, ob ich sie therapieren könne. Ein vernünftiges Ansinnen, auf den ersten Blick. Erst später wurde mir klar, dass ich mich damit in eine leicht unhaltbare Lage gebracht habe.»

Ich sagte nichts. Ich rätselte, wie eine Lage *leicht* unhaltbar sein und man sich einfach so da reinbringen konnte.

«Ich bin zu der Überzeugung gelangt, sie wollte mich und keinen anderen Therapeuten, weil sie eine überstarke Fixierung auf die Ermittlung entwickelt hat. Die Polizei oder selbst jemand wie ich, der nur am Rande mit der Polizei zu tun hat, scheint die Sicherheit zu verkörpern, nach der sie sich sehnt.»

«Sie dürfte der letzte Mensch in diesem Land sein, der noch dieser Auffassung ist», brummte ich.

«Da ich jetzt ihr Arzt bin, ist natürlich alles, was sie mir erzählt, vertraulich. Ich konnte Gott sei Dank durch therapeutische Distanz sicherstellen, dass sie sich nicht auf mich fixiert. Aber ich bin besorgt, dass sie versuchen könnte, einen Ersatz in Ihren Reihen zu finden.»

Ich als Griffins Ersatz? Kein besonders schmeichelhafter Gedanke.

Als hätte er meine Gedanken gelesen, sagte Griffin: «Es könnte jeder sein. Klar ist, dass sie ihre Ziele wesentlich niedriger steckt, als sie das normalerweise täte. Um nicht das Risiko einer Zurückweisung einzugehen, verstehen Sie?»

Ich antwortete knapp: «Die einzigen Beamten, mit denen sie zu tun hat, sind Alice Turnbull und ich. Und ich glaube, wir sind beide erfahren genug, um mit so einer Situation angemessen umzugehen.»

«Ja, sicherlich. Aber wie sagt man so schön, ‹gewarnt sein heißt gewappnet sein›.»

Die Ermittlung trat auf der Stelle. Obwohl wir die Frist von einunddreißig Tagen noch nicht erreicht hatten, verloren wir ständig Beamte an andere dringendere Fälle.

An dem Abend fühlte ich mich im Pub verpflichtet, Collier von Griffins Bemerkungen zu erzählen. Er lachte. «Dann steht sie also auch auf Sie! Sie werden bestimmt ein glückliches Pärchen.»

«Keine Sorge, Sir. Ich werde nicht vergessen, dass sie eine Zeugin ist.»

Collier trank einen großen Schluck Bier. «Was ja streng genommen gar nicht der Fall ist, oder? Zeugin wird sie erst, wenn sie sich wieder an das erinnert, was sie erlebt hat. Vielleicht kommt die Kleine ja zur Vernunft, wenn Sie sie mal ordentlich flachlegen. Da könnte ihr sogar wieder einfallen, wie das beim letzten Mal war, als sie die Beine breit machen musste.»

«Das ist doch nicht Ihr Ernst.»

«Es gibt nur eine Regel, William, und die gilt für Bullen genau so wie für Bösewichte: Man darf sich bloß nicht erwischen lassen.»

«Aber wir erklären den Bösewichtern doch immer, dass man letzten Endes unweigerlich seine Abrechnung bekommt.»

«Ihre Rechtschaffenheit», sagte Collier mit einer leichten Verneigung, «ist ein Ansporn für uns alle.» Ich merkte, dass er mir mehrere Gläser voraus war. Und danach bekam ich überhaupt nichts Vernünftiges mehr aus ihm heraus, weil er mal wieder anfing, seine Gedichte zu zitieren, wie immer, wenn er keine Lust auf ein Gespräch hatte.

«Nun bin ich kein Fachmann bei den Ladys,
Wenn man sie nämlich alle besieht,
Dann weiß man's nie, bis man's versucht hat,
Und dann liegt man meistens schief.»

Er war jedoch nicht zu betrunken, um das Thema später nochmal aufzugreifen, und zwar in dem Moment, als ich gerade gehen wollte. Mittlerweile war ich selbst nicht mehr nüchtern, aber ich weiß noch, wie er mich von der Seite ansah und sagte: «Jammerschade, Bill. Wenn Sie ihr nicht sagen, woran sie sich erinnern soll, kann es sein, dass sie sich plötzlich an das Falsche erinnert.»

Das Comeback der Harkur-Brüder war von gewohnter Brillanz, ebenso simpel in der Strategie wie brutal in der Umsetzung. Sie wussten, dass sie geschwächt in den Kampf treten mussten – sie hatten wenige Waffen, ihre Rivalen dagegen viele, ihre Bestände waren erschöpft, die ihrer Rivalen nicht. Daher beschlossen sie, die Karten gründlich neu zu mischen, ehe sie wieder ins Spiel einstiegen.

So geschah es, dass an einem verregneten Donnerstag im August zu später Stunde vier verschiedene Brände im Londoner Stadtgebiet gemeldet wurden. Bei näherer Untersuchung entpuppten sie sich als gezielte Brandanschläge auf vier verschiedene Crack-Fabriken, jede im Besitz eines anderen Drogenbarons. Um dieselbe Zeit herum bekamen wir Wind von der Eröffnung einer riesigen neuen Fabrik in Hackney. Die Brüder waren wieder im Geschäft.

Wieder einmal staunte ich über die brutale Effizienz ihres Vorgehens. Der durchschnittliche Gangster ist geistig eher simpel strukturiert. Wird er von einem Rivalen angegriffen, geht er zum Gegenangriff über. Pfuscht ihm die Polizei ins Handwerk, nimmt er Rache an der Person, die seiner Vermutung nach bei der Polizei geplaudert hat. Doch es bedarf schon eines ganz besonderen Typs Bösewicht, dem von der Polizei ins Handwerk gepfuscht wird und der darauf mit Vergeltung gegen seine Rivalen reagiert.

Der durchschnittliche Gangster neigt außerdem dazu, erworbenes Vermögen sofort wieder zu verjubeln. Er legt nichts auf die hohe Kante, um, falls erforderlich, eine neue Fabrik aufziehen zu können. Die beiden Brüder waren entweder ungewöhnlich sparsam, oder …

Oder sie konnten auf ein Netzwerk von Hintermännern zählen. Leute wie Gerry Henson.

Das habe ich natürlich nur so dahergesagt. Zwischen Henson und den Brüdern bestand keinerlei Verbindung. Aber irgendjemand finanzierte die Brüder, irgendwo, und diese Person, sollten wir sie je finden, wäre garantiert jemand wie Henson. Wohlhabend, bürgerlich, arrogant.

Je länger ich in diesem Beruf arbeitete, desto deutlicher sah ich, wie alles letztlich zusammenhing. Jedes Verbrechen wurzelt in einem anderen Verbrechen. Räumte man beim Straßenstrich auf, stieg die Zahl von Raubüberfällen. Klärte man einen Bankraub auf, wurde irgendwo jemand umgebracht, aus Vergeltung, weil er Informationen weitergegeben hatte. Ging man scharf gegen illegale Einwanderer vor, verlegten die Schmuggler sich auf Mädchen oder Drogen. Wir waren wie Kinder, die am Strand einen Damm aus Sand bauten. Je weiter wir kamen, desto mehr Druck baute sich auf, bis das Wasser sich einen neuen Durchlass irgendwo anders suchte.

Ich wusste noch nicht, wie, aber Broadhurst Terrace stand mit jedem anderen Londoner Verbrechen in irgendeiner Verbindung. Wir mussten lediglich abwarten, bis sich das Muster kenntlich machte. Am besten vor Ablauf der einunddreißig Tage.

Sheena Mast kam nicht ins Gefängnis Holloway. Stattdessen wurde sie in eine sichere Einrichtung in Uxbridge geschickt, um an einem neuartigen Entziehungsprogramm teilzunehmen. Sie wusste, dass die Brüder wieder im Geschäft waren – dafür hatte ich gesorgt – und sie sich weiter fern halten sollte. Sie sagte, sie wolle nach Bristol, wo sie Freunde hätte. Wir dachten, in Bristol wäre sie sicher.

Aber Sheena war ein Junkie, und Junkies lügen. Sobald sie in der zweiten Phase des Entziehungsprogramms in ein anderes Haus verlegt wurde, wo den Insassen ein gewisses Maß an Freiheit gewährt wurde, stieg sie in den nächsten Bus nach King's Cross und besorgte sich dort von ihrem letzten Taschengeld eine Dosis Crack. Das fühlte sich so gut an, dass sie sofort mehr wollte. Da sie kein Geld mehr hatte, steuerte sie auf das Auto eines Freiers zu, der ziemlich früh den Straßenstrich an der Caledonian Road abklapperte. Fünf Minuten später hatte sie das Geld für die nächste Dosis. Die wiederum weckte umgehend den Wunsch nach einer weiteren, was zum nächsten Freier am Straßenstrich führte. Inzwischen war es Abend, und die Kunden standen Schlange bei ihr.

Sheena hat es nie bis nach Bristol geschafft. Während sie in King's Cross herumtorkelte und sich abwechselnd mit Crack und Schwänzen voll stopfte, verbreitete sich die Kunde, dass sie in der Stadt war, durch ganz London bis zu ihren früheren Arbeitgebern. Kurz nach elf fuhr ein Wagen mit dunkel getönten Scheiben die Cally Road hinab und drosselte neben ihr sein Tempo. Sie fragte den Fahrer, ob er interessiert sei. Sobald sie eingestiegen war, wurden die Türen verriegelt, und der Wagen raste davon.

Ihre Leiche fanden wir drei Tage später in einer leer stehenden Wohnung in Nordlondon. Die forensische Analyse des Spermas in ihrem Magen ergab, dass sie mit mindestens einem Dutzend Männer Sex gehabt hatte, vermutlich mehr. Wenn ich «Männer» sage, beziehe ich mich ausschließlich auf das Geschlecht, nicht die Reife: Ein vierzehnjähriger Schüler namens Daniel Mazola beichtete seinem Lehrer kurze Zeit später, was vorgefallen war. In seiner Siedlung hatte sich das Gerücht von einer Orgie herumgesprochen. Daniels Gang war eine von denen, dic ungeachtet sonstiger Rivalitäten einträchtig daran teilnahmen. Drogen wurden gratis verteilt, als ob es sich um Chips und Salzstangen handelte. Gestiftet natürlich von den Brüdern. Einer schleppte eine alte Stereoanlage an. Es bildete sich eine Schlange. Mitten in diesem Treiben verlor Daniel auf einer alten, von der DNS seiner Vorgänger triefenden Matratze seine Unschuld an Sheena Most, johlend angefeuert von seinen Kumpels, die darauf warteten, selbst an die Reihe zu kommen.

Todesursache war, wie wir feststellten, eine Überdosis Crack. Nach dem, was Daniel uns erzählte, hatte Sheena sie offenbar freiwillig eingenommen. Die ganze Party über hatte sie an der Pfeife genuckelt, sobald sie in ihre Reichweite kam. Als erfahrene Süchtige dürfte sie gewusst haben, wann sie ihr Limit erreicht hatte, aber ich glaube, das überschritt sie aus freien Stücken, um den Schmerz auszulöschen.

In den nächsten paar Tagen dachte ich oft an Sheena. Sie war eine Hure und ein Junkie gewesen, und die Polizei hatte sie im Stich gelassen, genau wie Merrily Brown. Früher oder später wäre sie ohnehin gestorben, aber sie hätte nicht auf diese Weise, zu diesem Zeitpunkt, sterben müssen. Es war nicht meine Schuld, aber ich fühlte mich mitverantwortlich. Ich war wütend, mir war übel vor Hass auf mich selbst.

Ich dachte auch viel an Ros, an den schmerzvollen Ausdruck in ihren warmen, verletzlichen Augen, aber auch daran, wie sie die Arme um mich gelegt hatte, als ich sie in ihre Wohnung brachte. Sie hatte nach Trost verlangt, doch ohne es zu wissen, hatte sie mir selbst auch Trost gespendet.

Ich wollte meine Wut loswerden und mich in ihrem wunderbaren Körper vergessen. Ich wollte sie vögeln, und ich wollte, dass sie mich liebte und mir das Gefühl vermittelte, mir sei verziehen. Und das Schreckliche war: Dank Griffin und seiner Warnung schien die Erfüllung meines Wunsches in greifbare Nähe gerückt.

Natürlich unternahm ich nichts. Ich betrank mich, wankte in mein eigenes Bett und holte mir einen runter, während ihr Bild über mir schwebte wie ein Gespenst. Stand auf, ging zur Arbeit, betrank mich wieder. Holte mir einen runter. Betrank mich wieder.

Damals schien mir das einfach die professionellste Lösung.

19

Ich ging zu Sheenas Beerdigung. Einer von uns, fand ich, sollte daran teilnehmen. Ich würde sie nicht vermissen, und sie würde uns nicht vermissen, aber sie war ein Mensch gewesen, und jetzt war sie tot.

Es war eine bedrückende Veranstaltung, die da im städtischen Krematorium in Finchley stattfand. Von der Sozialfürsorge ließ sich niemand blicken. Anwesend waren nur der Bestattungsunternehmer, der Priester und zu meiner großen Überraschung Alice Turnbull.

Ich ging zu ihr hinüber. «Ich wusste gar nicht, dass du sie kanntest.»

«O doch.» Sie lächelte freudlos. «Sheena war eine meiner Stammkundinnen.»

Richtig, Sheena hatte von Vergewaltigungen gesprochen – wie viele waren es nochmal gewesen? Ich wusste es nicht mehr. Dass sie sie gemeldet haben könnte, war mir gar nicht in den Sinn gekommen. Das sagte ich Alice auch.

«Ach, sie kam einfach gern auf einen Plausch und ein Tässchen Tee vorbei. Sie war auf Mitgefühl aus, nicht Gerechtigkeit. Und natürlich auf sämtliche Medikamente, die sie der Ärztin abschwatzen konnte.»

«Hat sie je Anzeige erstattet?»

Alice schüttelte den Kopf. «Nie. Einmal hatte sie sogar die Visitenkarte des Freiers mit seiner Telefonnummer drauf, aber sie wollte trotzdem nicht, dass wir ihn belangten. ‹Wenn ich zulasse, dass Sie ihm Schwierigkeiten machen, zahlt er nächstes Mal nicht›, das war ihre Einstellung. Und das einem Kerl gegenüber, der ihr den Kiefer gebrochen hatte. Rate mal, wie alt Sheena war!»

«Schwer zu sagen. Achtundzwanzig? Dreißig?»

«Neunzehn.»

«Großer Gott.» Selbst für dreißig hätte sie fertig ausgesehen. «Was für ein beschissenes Leben.»

Der Priester hob den Blick und runzelte die Stirn. Es war kaum zu glauben: Hier war ein Mädchen, das auf Anordnung ihres Dealers in einem Drecksloch eines elenden Todes gestorben war, fremde Schwänze in jeder einzelnen Körperöffnung, gierig an einer Crackpfeife saugend, wann immer sie den Mund frei hatte. Und dem Priester missfiel es, dass ich bei ihrer Beerdigung Kraftausdrücke benutzte. Dachte er etwa, Gott könnte sich dadurch beleidigt fühlen? Falls das zutraf, setzte dieser Gott ziemlich verkorkste Prioritäten.

«Also, bis dann», sagte ich zu Alice. Ich ging nach draußen.

In der Nacht blieb ich bei Ros.

Ich blieb über Nacht, weil sie mich darum bat. Ich blieb über Nacht, weil sie sagte, sie habe Angst und wolle gern jemanden bei sich haben. Ich blieb über Nacht, weil Gerry Henson vorbeigekommen war, einige Sachen aus Jos Zimmer mitgenommen hatte und Ros in Panik geraten war.

Aber all das war nicht der wirkliche Grund, warum ich in jener Nacht bei ihr blieb. Ich hätte veranlassen können, dass ein Streifenwagen stündlich an ihrem Haus vorbeifuhr. Ich hätte dafür sorgen können, dass eine ihrer Freundinnen vorbeikam. Ich hätte eine Polizeibeamtin rufen können.

In Wirklichkeit blieb ich bei Ros, weil ich etwas wollte, das ich nicht benennen konnte, nicht mal mir selbst gegenüber.

Wir saßen auf dem Boden und aßen etwas, und ich versuchte, ihr zu erklären, wie es bei der Arbeit war.

Ich erinnere mich, als Junge mal gelesen zu haben, dass für die Soldaten, die in den Schützengräben kämpften, das Senfgas oder der Artilleriebeschuss gar nicht das Schlimmste waren. Viel schlimmer war die Erkenntnis, dass, wenn sie Urlaub hatten und heimkamen, das Leben in England seinen normalen Gang ging. Die Theater waren geöffnet, Restaurants gut besucht, die Menschen schliefen in normalen Betten. Diese Menschen konnten nicht annähernd begreifen, was die Soldaten durchgemacht hatten. Nacht für Nacht kauerten sie in ihren matschigen Schützengräben in der Drecksbrühe, unter ständigem Beschuss von

Scharfschützen, geplagt von Läusen und Flöhen, umgeben von den zerfetzten Leichen ihrer Kameraden, um dann auch noch beim Signal einer Trillerpfeife aus diesen Höllenlöchern herauszuklettern und vorwärts zu marschieren, mitten hinein ins Artillerie- und Maschinengewehrfeuer. Das war der Grund, warum mehr Soldaten im Urlaub als in den Schützengräben durchdrehten.

Polizist zu sein fühlte sich manchmal genau so an. Man kämpfte in einem Krieg, und normale Menschen konnten sich einfach nicht vorstellen, wie brutal und blutig und immer während dieser Krieg war. Das Absurde daran war, dass unser Krieg und unsere Schützengräben sich in derselben Stadt befanden, in der die Zivilisten ihrem Alltag nachgingen. Wie zwei voneinander getrennte Welten. Bis einmal eine verirrte Kugel aus meinem Krieg versehentlich einen Zivilisten tötete.

Ich versuchte, Ros zu erklären, wie sich das anfühlte, und als ich fertig war, sagte sie: «Ich habe gerade mit Jo geredet. Jetzt eben, während du mit mir geredet hast. Ist das nicht merkwürdig? Es war, als könnte ich sie hören, in meinem Kopf.»

Und ich hatte ein schlechtes Gewissen. Nach allem, was sie durchgemacht hatte, hatte ihr mein Gejammer wohl gerade noch gefehlt. Ich streckte mich auf dem Boden aus. Sie kuschelte sich an meine Brust, wandte den Kopf zu mir und küsste mich.

Ich redete mir ein, das sei in Ordnung. Solange weiter nichts geschah, würde keine Vorschrift verletzt. Solange ich nicht mit ihr schlief, war alles gut.

«Es gibt drei Sorten von Kriminalbeamten», sagte Collier einmal zu mir. Es war mein erster Tag in seiner Mannschaft, und er hatte mich eingearbeitet. Zur Krönung des Tages gab es ein Megabesäufnis im *Swan*, gleich gegenüber. Betrunken waren wir allerdings beide nicht. In meinem Fall machten das Adrenalin und die Aufregung den Alkohol unschädlich. Und Collier vertrug einfach mehr als ich. «Es gibt welche, die sich an die Vorschriften halten, andere, die die Vorschriften großzügig auslegen, und wieder andere, die sich ihre Vorschriften selbst machen. Da kann keiner aus seiner Haut. Wichtig ist nur, zu wissen, zu welcher Sorte man gehört, und sich dann daran zu halten.»

Er spielte den Enttäuschten, als er feststellte, dass ich der ersten Kategorie angehörte. Aber insgeheim, glaube ich, war er eher erfreut. Er gehörte der zweiten Sorte an, und es war ihm ganz recht, mich als Feigenblatt benutzen zu können.

Ich wusste, dass es nicht richtig war, Ros zu küssen. Aber ich redete mir ein, dass der Trost, den ich ihr geben konnte, mein Vergehen rechtfertigte. Denn letzten Endes würde ja weiter nichts passieren.

Schließlich machte ich mich so behutsam wie möglich von ihr los und ging ins Bett, allein. Dort lag ich eine Stunde wach, drückte meinen Ständer unter Schmerzen in die Matratze, bis der Schlaf mich erlöste.

Ich machte mir eigene Vorschriften.

Nummer eins: Schlaf nicht mit ihr!

Nummer zwei: Lass sie nicht merken, wie gern du mit ihr schlafen würdest!

Nummer drei: Niemand darf davon erfahren!

Ich war wie ein Junkie, der sich einredet, seine Sucht auch stillen zu können, indem er das Heroin raucht, statt es zu spritzen; nur um dann festzustellen, dass er dem Monstrum durch diesen Selbstbetrug bloß zu neuen Kräften verhilft.

Ich behielt die Fotos, auf denen Ros und Jo oben ohne zu sehen waren. Ich bewahrte sie in meinem Schreibtisch auf, in der untersten Schublade, dort, wo ein Alkoholiker seinen Wodka und sein Mundwasser aufbewahrt. Unzählige Male am Tag betrachtete ich ihren entzückenden Körper, und irgendwann nahm ich sie gar nicht mehr wahr. Es war nur noch ein Reflex, so automatisiert und sinnentleert wie ein Kniefall in der Kirche.

Staatsanwälte reden vor Gericht gerne über das Puzzle von Indizien, über all die Stückchen, die nach und nach ein Gesamtbild ergeben. Im Rückblick lässt sich das vielleicht so darstellen. Während der Ermittlung sieht es wesentlich chaotischer aus, mehr wie ein Schneesturm von Informationen ohne jeden Hinweis, welches von den abertausenden Flöckchen, die um einen herumwirbeln, letzten Endes das wirklich entscheidende sein wird. Was hatte es zu bedeuten, dass in der Nacht von Jos Ermordung noch zwei andere Frauen in unterschiedlichen Gegenden von London überfallen worden waren, denen es aber gelungen war, ihre Angreifer abzuwehren? Statistisch gesehen waren zwei versuchte Sexualdelikte in einer Stadt von fünf Millionen Einwohnern nichts Ungewöhnliches und bedeuteten vermutlich gar nichts. Die Möglichkeit einer Verbindung musste aber trotzdem untersucht und ausgeschlossen werden. Was hatte es zu bedeuten, dass sich statt sechs Weingläsern nur fünf in Jos und Ros' Wohnung befanden? Nichts, vermutlich. Uns allen zerbrechen

Weingläser, und wir ersetzen sie nicht immer sofort. Es könnte aber auch darauf hindeuten, dass ihr Angreifer ein Glas mitgenommen hatte – in dem Fall hätten wir es mit jemandem zu tun, den sie so gut kannten, dass sie sich gerne mal mit ihm auf ein Gläschen trafen. Was hatte es zu bedeuten, dass in der fraglichen Nacht ein aktenkundiger Sexualstraftäter, der in Nordlondon im halboffenen Vollzug einer psychiatrischen Klinik lebte, hinausgestürmt war und vier Stunden lang verschollen blieb? Was hatte es zu bedeuten, dass die Schnittwunden auf Ros' Rücken so klein und akkurat waren? Was hatte es zu bedeuten, dass die Leute von der Gerichtsmedizin in der Wohnung an der Broadhurst Terrace DNS-Spuren von mindestens achtzehn verschiedenen Männern identifiziert hatten, von denen acht weiter nicht bekannt waren?

Und die Zeit läuft. Einunddreißig Tage lang kann man Geld in eine Ermittlung stecken. Man kann Durchsuchungen anordnen, forensische Analysen veranlassen und Expertisen von Sachverständigen einholen. Alles, was nach einunddreißig Tagen unternommen wird, gilt als rausgeschmissenes Geld.

Nach einer Weile hört der Schneesturm ohnehin auf. Dann taumeln nur noch vereinzelte Flöckchen vom Himmel. Sie sind leichter zu fangen, diese einzelnen Flöckchen, was aber nicht heißt, dass sie von größerer Bedeutung sind als die, die während des großen Sturmes hinabgewirbelt sind.

Also hört man nach einer Weile auf, Schneeflocken zu fangen, und beginnt, rückwärts zu gehen, wühlt sich durch all die Informationen, die man schon hat, sucht nach den Details, die man beim ersten Mal übersehen hat. Aber ein

Puzzle ist es immer noch nicht. Nur ein Durcheinander von Tatsachen und unverbundenen Enden.

Und manchmal passt dann immer noch nichts zusammen.

Nach und nach jedoch verdichteten sich immer mehr Indiziensplitter um Gerry Henson herum. Der Pizzabote erinnerte sich, ein Auto wie das von Henson unweit der Wohnung gesehen zu haben. An das Kennzeichen konnte er sich nicht erinnern, aber von den ungefähr fünfhundert in London gemeldeten silbernen Porsches war keiner auf einen Halter an der Broadhurst Terrace angemeldet. Ein Hinweis von Ros führte zu der Entdeckung, dass Jo im Frühjahr eine Abtreibung hatte vornehmen lassen. Hatte es zwischen Jo und Henson gekriselt? Hatte Ros Jo dazu bringen wollen, ihn abzuschießen? Hatte dies vielleicht den Ausschlag für den Überfall gegeben?

Henson war nicht aufgrund eines Gewaltdelikts vorbestraft, aber zwei Jahre zuvor war seine Firma in einem Verfahren wegen unrechtmäßiger Entlassung unterlegen. Wir suchten die ehemalige Angestellte, eine gewisse Jill Fresca, auf, um Einzelheiten in Erfahrung zu bringen. Henson, erzählte sie, sei damals zudringlich geworden und hätte sie dann, nachdem sie ihn hatte abblitzen lassen, kurzerhand gefeuert. Sie nannte ihn einen versnobten Dreckskerl, einen Tyrannen, der in seiner Firma ein Schreckensregiment führte und attraktiven Frauen nachstellte.

Wir entschieden, dass es an der Zeit war, uns Mr. Henson vorzuknöpfen. Also luden wir ihn schriftlich zur Abgabe forensischer Proben nach Paddington Green vor. Weitere Erklärungen wurden nicht gegeben.

Unseren Erwartungen entsprechend erhielten wir einen Anruf von einer Anwältin. Einer sehr teuren Anwältin, aus einer Kanzlei in Lincolns Inn Field, die so exklusiv war, dass ihre Nummer nicht im Telefonbuch stand. Die Anwältin wollte sich vergewissern, dass die Probe nur dem Zweck diente, ihren Mandanten auszuschließen. Das bestätigte ich, fügte aber hinzu, dass wir Mr. Henson auch ein weiteres Mal zu seinen Aktivitäten in der letzten Zeit befragen wollten.

Ich ordnete das komplette forensische Programm für ihn an. Er wurde in einen Untersuchungsraum geführt und gebeten, sich zu entkleiden. Speichelproben wurden entnommen, eine Blutprobe aus seinem Arm, Haare von Kopf und Unterleib. Schließlich wurde er zur Abgabe einer Spermaprobe aufgefordert. Er weigerte sich, ganz wie ich erwartet hatte, aber natürlich ohne Erfolg. Im Anschluss saß mir ein zorniger, gedemütigter Mann am Vernehmungstisch gegenüber.

«Vor drei Wochen wurden Sie von mir aufgesucht und gebeten, eine Aussage über Ihre Aktivitäten in der Nacht des elften Juli zu machen», sagte ich. «Und diese Aussage war zutreffend, vollständig und wahrheitsgemäß.» Ich schwieg und wartete auf eine Bestätigung von ihm. Einer der ältesten Tricks, wenn man einen Tatverdächtigen mit einer Unstimmigkeit in seiner Aussage konfrontieren will. Zuerst einmal bringt man ihn dazu, die Lüge, die er bereits erzählt hat, zu bekräftigen.

Aber Henson, beziehungsweise seine Anwältin, war nicht dumm. Er wartete einfach.

Seine Anwältin entgegnete: «Das ist keine Frage, Detective Inspector.»

«War die Aussage, die Sie gemacht haben, zutreffend?»

«Nein», antwortete Henson.

Die Anwältin öffnete ihren Aktenkoffer. «Mein Mandant hat eine revidierte Aussage vorbereitet.»

«Moment. Soll das heißen, Sie haben mich belogen, als ich bei Ihnen war?»

«Mein Mandant hat sich in der Folge an weitere Einzelheiten erinnert und bietet diese freiwillig an, um die Ermittlung zu unterstützen.»

Ich nahm die Aussage in Empfang und las sie durch. Henson gab jetzt zu, nicht nur nachmittags, sondern bis abends in der Wohnung der Mädchen gewesen zu sein. Aber lange vor Mitternacht sei er aufgebrochen und zu seinem Wagen zurückgekehrt, um dann direkt nach Hause zu fahren.

«Und aus welchem Grund haben Sie mir das damals nicht erzählt?»

«Wie Sie wissen, unterhielt mein Mandant seinerzeit ein Verhältnis mit einer der Wohnungsinhaberinnen», sagte die Anwältin beflissen, eine teuer gekleidete, elegante Frau, die den Anschein erweckte, als würde sie jetzt lieber über Skiurlaub und Opern als über das Liebesleben ihres Mandanten plaudern. «Aufgrund der Aussicht, seiner Gattin davon erzählen zu müssen, war ihm viel daran gelegen, so wenig wie möglich in die Ermittlung verwickelt zu werden. Er sieht ein, dass er einen Fehler begangen hat.»

«Warum hat Ihre Frau bestätigt, dass Sie zu Hause waren, obwohl das nicht zutraf?»

«Sie hat sich geirrt.» Es war der längste Satz, den er seit Beginn der Vernehmung geäußert hatte.

«Wirklich? Oder sind Sie nach Hause gefahren, haben

die für den Überfall benötigten Utensilien geholt und sind dann wieder zu der Wohnung zurückgekehrt?»

«Das ist lächerlich», erwiderte er kalt.

«Wussten Sie, dass Jo eine Abtreibung hatte vornehmen lassen?»

«Nein.»

«Am vierzehnten Juni um zwölf Uhr fünfundvierzig hat sie in der Klinik an der Montagu Street abtreiben lassen.»

Er starrte mich an.

«Das müssen Sie gewusst haben», sagte ich, «denn nach ihrem Tod haben Sie ihre Wohnung aufgesucht und unter anderem Babykleidung aus ihrem Schrank mitgenommen.»

«Das waren Geschenke für meinen Patensohn. Jo hat sie für mich ausgesucht.»

«Wie heißt dieser Patensohn?»

«Joshua Elias Richards. Sein Vater gehört zu meinen besten Kunden.»

«Uns wurde berichtet, Sie hätten Jo gebeten, Sie zu heiraten. Trifft das zu?»

«Das ist ein Gerücht», warf die Anwältin ein.

«Mag sein, aber da wir uns nicht vor Gericht befinden, wird Ihr Mandant die Frage sicher beantworten.»

Die Anwältin half ihm: «Das müssen Sie nicht.»

Henson lehnte sich im Stuhl zurück und blickte mich abschätzig an. «Schon gut. Die Antwort lautet nein. Ich habe Jo nie gebeten, mich zu heiraten.»

«Haben Sie Ros Taylor das Gegenteil erzählt?»

«Nein. Wenn sie das behauptet, sagt sie nicht die Wahrheit.»

Ich sah ihm in die Augen. Wir wussten beide, dass er soeben gelogen hatte.

«Ich habe keine weiteren Fragen mehr. Sie haben mir alles erzählt, was ich wissen muss», schloss ich das Gespräch.

Lächelnd stand er auf. Als die beiden den Vernehmungsraum verließen, sah ich, wie Henson der Anwältin den Arm um den Rücken legte, um ihr den Vortritt zu lassen. Seine Finger streiften beiläufig die Stelle direkt über ihrem Gesäß. Sie reagierte nicht. Es war die Art vertraulicher Geste, wie sie unter Liebenden üblich ist, und sie geschah demonstrativ mir zuliebe. Mir aber kam der Gedanke, dass Henson unklug handelte, falls er Geschäftliches mit Vergnügen verquickte. Bald würde er auf diese Anwältin angewiesen sein.

20

Der zweitälteste Trick im polizeilichen Repertoire besteht in gezielter Irreführung. Dass Hensons Vernehmung irgendwelche bahnbrechenden Erkenntnisse zutage fördern würde, hatten wir nie erwartet. Sie sorgte jedoch dafür, dass er nicht zu Hause war und wir seine Frau nochmals befragen konnten. Eigentlich hätte ich das gerne selbst übernommen, aber Collier machte seinen Dienstgrad geltend.

«Manchmal ziehen Charme und Mitgefühl», sagte er, «und manchmal muss man jemandem Angst einjagen, dass es nur so kracht. Hier ist Letzteres erforderlich.»

Bei seiner Rückkehr war er in Hochstimmung. «Der Gott der kleinen Dinge ist uns allmählich günstig gesinnt.»

Er warf mir die Aussage auf den Schreibtisch. «Werfen Sie mal einen Blick auf Seite zwei.» Er tippte mit dem Finger auf den Absatz, den ich lesen sollte:

> Früher am Abend hatte ich mehrere Gin Tonics getrunken. Wahrscheinlich bin ich eingeschlafen. Als ich aufwachte, war es dunkel. Ich ging nach oben ins Bett. Viel später wurde ich wach, als mein Mann ins Schlafzimmer kam. Bei meinem ersten Gespräch mit dem Ermittlungsbeamten könnte ich unabsichtlich den Eindruck vermittelt haben, mir über die Uhrzeit, zu der mein Mann heimkam, sicherer gewesen zu sein, als es tatsächlich der Fall ist. Er könnte zu jeder Zeit zwischen Mitternacht und fünf Uhr früh heimgekommen sein.

Ich schaute auf die Unterschrift. Alles einwandfrei, jede Seite war von Caroline Henson und D.S. Collier unterschrieben. «Wie um alles in der Welt haben Sie sie dazu gebracht, das zuzugeben?»

«Lesen Sie weiter. Es kommt noch besser.»

> Ich wusste, dass mein Mann ein Verhältnis mit einer anderen hatte. Er hat einen starken Geschlechtstrieb, und ich glaube, im Lauf unserer Ehe ist er schon häufiger fremdgegangen. Er geht auch zu Prostituierten. Das weiß ich von seinen Kreditkartenauszügen, die ihm hierher nach Hause geschickt werden und die ich manchmal ohne sein Wissen öffne. Der Name Jo McCourt sagt mir nichts, aber es lagen die üblichen Anzeichen vor. Manchmal roch ich ihr Parfüm in sei-

nem Haar. Gewundert hat mich nur, dass es über längere Zeit dasselbe Parfüm war. Mein Mann hat normalerweise kein Interesse an festen Beziehungen.

«Sie haben ihr also von Jo erzählt», sagte ich. Was natürlich nahe lag, wenn man sie wachrütteln wollte. «Wie hat sie es aufgenommen?»

«Ganz gut. Sie hat natürlich geheult, und dann hat sie geredet.» Collier klatschte sich in die fleischigen Hände. «Und jetzt brauche ich zur Feier des Tages was zu trinken. Könnte sein, dass ich sogar die Zeche übernehme.»

Damit hatten wir alle Hindernisse beseitigt, die Henson entlastet hätten. Aber wir konnten noch längst nicht sicher sein, dass er es war. Ich schreckte davor zurück, Ros der Belastung einer Rekonstruktion auszusetzen, aber wenn die Identifizierung das Hauptproblem ist, kann ein Aufruf an die Öffentlichkeit oft nützliche Hinweise einbringen. Griffin war zudem der Ansicht, eine Nachstellung der Ereignisse jener Nacht könne Ros' Gedächtnis auf die Sprünge helfen.

«Offen gestanden», sagte er zu mir, «ist es ein wenig rätselhaft, dass ihr nicht mehr wieder eingefallen ist. Die Nachwirkungen des GHB dürften längst abgeklungen sein, und die Erinnerung hätte sich eigentlich bald darauf wieder einstellen müssen. Langsam frage ich mich, ob hier nicht eine bewusste Verdrängung vorliegt – ob sie sich nicht erinnert, weil sie sich eigentlich gar nicht erinnern will.»

«Besteht die Möglichkeit, dass die Erinnerung nie zurückkehrt?»

«Schwer zu sagen. Vorstellbar ist, dass eines Tages irgendein Ereignis einen zumindest teilweisen Flashback auslöst, entweder, wenn die äußeren Umstände ähnlich sind, wie bei einer Rekonstruktion, oder wenn sie sich in einer extremen Stresssituation befindet.»

«Sie steht gehörig unter Stress.»

«Sie ist zäher, als es den Anschein hat. Viele Menschen würden nach so einem Erlebnis in Stücke gehen. Sie bewältigt ihr Trauma bemerkenswert gut.»

Ich nickte. Griffin nahm einen Stift und fragte beiläufig: «Und wie steht es um Sie?»

«Bitte?»

«Wie kommen Sie so klar?»

Ich starrte ihn an. «Was meinen Sie?»

«Na ja, mir haben bloß ein oder zwei Leute erzählt, dass Sie selbst momentan ziemlich unter Druck stehen.»

Ich spürte, wie Wut in mir aufflammte, aber ich ließ mir nichts anmerken. «Wer hat das erzählt?»

Er machte eine herablassende Bewegung mit dem Stift. «Das spielt doch keine Rolle, oder?»

«Also, mir fehlt nichts.»

«Darf ich Sie etwas fragen?»

Ich zuckte die Achseln.

«Bewältigen Sie Ihre Arbeit so gut wie immer?»

Mit dieser Frage hatte ich nicht gerechnet. Ich gab keine Antwort.

«Verstehen Sie mich bitte nicht falsch, ich fälle kein Urteil darüber, ob Sie Ihre Arbeit gut bewältigen oder nicht», fügte er hastig hinzu. «Ich wollte bloß wissen, wie *Sie* das sehen.»

«Nun», sagte ich widerstrebend, «in letzter Zeit ist es

schwierig. Wir hatten ein paar Ladenhüter. Manche Leute finden, ich hätte sie bei der Sache mit Merrily Brown im Stich gelassen.» Ich rieb mir kurz übers Gesicht. «Ich bin wohl aus dem Glied ausgeschert. Jetzt haben alle ein wachsames Auge auf mich. Und Collier – der findet, ich bring's nicht mehr.» Die Worte rutschten mir einfach so heraus, überraschten mich selbst. Aber ich wusste, genau so war es. «Wenn wirkliche Polizeiarbeit anfällt, hält er mich davon fern.» Wie etwa bei der Vernehmung Caroline Hensons. «Er hält mich für zu weich.»

«Oder er hält Sie für zu gut. So gut, dass er sicherstellen will, selbst noch einen Anteil des Ruhms zu bekommen.»

Ich schüttelte den Kopf. «Nein. Ich bin nicht wie die anderen, nicht abgebrüht genug. Das finden alle.»

«Und wie sehen *Sie* das?», fragte Griffin freundlich.

Ich zögerte mit der Antwort. Dann sagte ich: «Ich habe eine Dienstmarke. Aber im tiefsten Inneren gehöre ich eigentlich nicht zu ihnen.»

«Wie ich höre, sind Sie letztes Jahr belobigt worden.»

«Stimmt», räumte ich widerstrebend ein.

«Wie kam es dazu?»

«Ich habe jemanden erschossen. Einen Bewaffneten, der eine Geisel genommen hatte.»

«Das war sehr mutig.»

«Im Grunde nicht.» Ich rang um eine Erklärung. «Wenn das Adrenalin strömt, tut man Dinge, die man sonst nie tun würde. Man denkt nicht lange nach. Man reagiert einfach.»

«Ist Ihnen der Ausdruck ‹Burn-out› vertraut, Bill?», fragte er.

Ich zuckte die Achseln.

«Viele behaupten, so etwas gibt es gar nicht. Aber ich habe jetzt seit sieben Jahren mit der Polizei zu tun und unzählige Fälle miterlebt. Es fängt immer genau gleich an – mit dem unklaren Gefühl, ein Schwindler zu sein, während alle anderen echt sind. Dem Gefühl, dass man früher oder später ertappt wird.» Er schwieg kurz. «Und je mehr man an sich zweifelt, desto mehr kompensiert man das mit dem Bemühen, dem Bild gerecht zu werden, das andere von einem haben. Wodurch die Kluft sich nur noch mehr vertieft.»

«Sie finden also, ich bin zu weich.»

Er seufzte. «Das habe ich nicht gesagt. Ich meine aber, Sie sollten vielleicht aufhören, zwanghaft um Perfektion zu ringen.»

Oje, dachte ich, wenn Sie wüssten. Wenn Sie bloß wüssten.

Als ich Ros vorschlug, mit mir zu verreisen, stellte ich eindeutig klar, dass zwischen uns nichts laufen würde. Ich dachte, wenn ich etwas Zeit mit ihr verbrächte, sie als Menschen kennen lernte, würde sie mir irgendwann nicht mehr als erotische Phantasie durch den Kopf geistern. Ich machte ihr deutlich, dass ich mich nie auf die Art heimliche Beziehung einlassen könnte, die Gerry Henson mit Jo geführt hatte. Uns verband eher so etwas wie Freundschaft. Selbst wenn ich kein Bulle gewesen wäre: Sie war Opfer einer Vergewaltigung und hatte Anspruch darauf, dass ich meine niederen Instinkte im Griff hatte. Tatsächlich war ich sogar ziemlich stolz, dass mir das gelang. Meine Beziehung zu Ros kam mir wie die einzige reine, unbefleckte Sache vor, die mir bisher gelungen war.

Sie schnappten sich Daniel Mazola eines Montags nach der Schule. Drei Männer, einer weiß, zwei schwarz – darüber waren die Zeugen sich einig, wenn auch sonst über wenig anderes. Sie hielten neben ihm an, in einem weißen Lieferwagen, öffneten die Seitentür und zerrten ihn hinein, bevor jemand mitbekam, was passierte. Daniel war an eine neue Schule geschickt und in einem anderen Quartier untergebracht worden, in einer Siedlung draußen in Barking. Er hatte noch keine neuen Freunde gefunden, befand sich daher allein auf dem Heimweg. Da es keinen Tatort gibt, glauben wir, dass sich das, was ihm dann zustieß, in dem Lieferwagen abgespielt hat, möglicherweise, während sie die Autobahn hochfuhren, wo der Verkehrslärm die Geräusche übertönte. Der weiße Lieferwagen wurde von mehreren Verkehrskameras auf der Strecke aufgenommen. Viel Platz dürften sie nicht gehabt haben, um ihre Baseballschläger zu schwingen. Ich stelle mir drei Männer in dem beengten Raum vor, die ihre Schläger mittig festhalten, um die Hiebe kurz und präzise ausführen zu können. Irgendwann wurde ihm ein Gürtel um den Hals gelegt und festgezurrt, vermutlich, um ihn zu bändigen. Schließlich legten sie ihn auf den Boden und knieten sich auf seine Arme, während sie ihm mit einem der Schläger die Luftröhre zermalmten. Dann machten sie kehrt, fuhren zurück zu der Siedlung in Macclesfield, wo Sheena gestorben war, warfen seine Leiche auf eine Müllkippe und fackelten den Lieferwagen ab. Und die Siedlung in Macclesfield – durch die wie durch alle Siedlungen normalerweise ein beständiger Strom von Geflüster und Getuschel geht, vertrauliche Mitteilungen, die in Pubs weitergegeben oder von freundlich gesinnten Ganoven an

Polizeibeamte übermittelt werden – verstummte schlagartig, wie ein kaputter Fernseher.

«Sie haben einen Bullen», sagte ich zu Collier. «Das ist die einzige Erklärung. Merrily oder Sheena zu finden, war kein Problem – das waren ihre Mädchen, sie wussten, wo sie arbeiteten. Der Kleine stand unter unserem Schutz, Herrgott nochmal. Nur ein Bulle hätte ihnen stecken können, wo er zu finden war.»

«Das ist ein Schluss, den wir noch nicht voreilig ziehen dürfen», erwiderte Collier. «Vielleicht fühlte Daniel sich einsam und hat einen seiner alten Kumpels angerufen. Vielleicht hat er bei einem Internetchat was Unbedachtes geäußert. Seine neue Schule könnte einen Bericht bei der alten angefordert haben. Es könnte sogar ein wahlloser Übergriff von einer der marodierenden Banden von Kinderschändern gewesen sein, vor denen uns die Boulevardpresse ständig warnt.»

«Sie wissen, dass ich Recht habe. Sie haben mir doch schließlich geraten, Merrily Brown nicht zu registrieren.»

Collier kratzte sich an der Nase. «Stimmt. Aber die Theorie ‹gekaufter Bulle› greift zu kurz, Bill. Sechzig Prozent der Leute, die hier im Revier arbeiten, sind noch nicht mal Polizeibeamte. Vielleicht hat eine der Sekretärinnen einen Freund, der am Wochenende gern mal einen durchzieht. Vielleicht ist eine der Reinigungskräfte auf eine Akte gestoßen, die nicht weggeräumt worden war. Vielleicht ist Daniels Sozialarbeiterin die Handtasche geklaut worden. Bloß weil das System wie ein Sieb leckt, heißt das noch nicht, dass es korrupt ist. Wenn sich die Frage stellt: Panne oder Verschwörung?, sollte man immer auf Panne tippen.

Außerdem ist das nicht mehr Ihre Ermittlung. Sie haben genug anderes um die Ohren.»

Obwohl ich mit der Operation Mansion nichts mehr zu tun hatte, bekam ich trotzdem mit, wie sie endete. Die Anordnung erfolgte von ganz oben: Vergesst die Brüder. Zu viele ungelöste Morde tragen uns den Ruch der Inkompetenz ein. Hier vergeuden wir nur sinnlos unsere Zeit. Wenn die Brüder das Crack nicht verhökern, tut es jemand anderes, warum sie also nicht gewähren lassen? Warum ihnen weiter das Leben schwer machen, wenn das den Tod weiterer unschuldiger Bürger nach sich zieht?

Ich war mit dieser Entscheidung nicht einverstanden. Ich könnte laut geworden sein. Ich könnte nach einem Telefon gegriffen und es quer durchs Zimmer geschleudert haben. Und Collier saß mit einer wahren Engelsgeduld da und erklärte mir die wirkliche Welt, ohne einmal die Stimme zu heben, was ihm hoch anzurechnen ist. Denn uns war beiden klar, egal, wie sehr ich ihn anbrüllte, dass die Entscheidung nicht bei ihm lag und er auch einfach hätte sagen können: «Finden Sie sich damit ab.»

Wegen alldem hätte ich fast den Flug nach Irland verpasst. Ich schaffte es in letzter Sekunde zum Flughafen. Dank Ros' Schlagfertigkeit ließ man uns noch an Bord der Maschine, und dann veranstaltete sie ein albernes Spiel mit einem Haar, das uns ein Upgrade eintrug. Ich bemerkte, dass sie ausnahmsweise einmal vor Aufregung und Fröhlichkeit übersprudelte, allein wegen der Aussicht zu verreisen. Ich ließ mir weiter nichts anmerken, entledigte mich so rasch wie möglich der grässlichen Krawatte, die zu meiner Dienstkleidung gehörte, und stopfte sie in das Fach an der Sitzrückenlehne vor uns, zwischen das Bordmagazin und die Anweisungen für den Fall einer Notlandung.

Und dann waren wir in Irland.

Ein anderes Land, eine andere Welt. Wir wohnten in einem Landhotel, und der alte Knabe, dem es gehörte, war ein hinreißender irischer Schwerenöter, der, obwohl mindestens sechzig und unter strenger Beobachtung durch seine Frau, beim Abendessen schamlos mit Ros flirtete. Sie sei ein reizendes junges Ding, meinte er, und wenn er vierzig Jahre jünger wäre, würde er mir gehörig den Rang ablaufen: «Gütiger Gott, was rede ich da? Wenn ich nur vier Jahre jünger wäre, würde ich mein Glück auf jeden Fall versuchen.» Ros gefiel der alte Schlingel mit seinem augenzwinkernden Charme, und sie genoss seine Aufmerksamkeit. Bis dahin hatte ich sie immer nur in lässiger Kleidung gesehen, in Jeans und T-Shirt, ihrem Laborkittel und den scheußlichen Joggingsachen, die ihr das Missbrauchsdezernat zur Verfügung gestellt hatte, aber an dem Abend trug sie ein enges, tief ausgeschnittenes schwarzes Kleid, das ihr von den Schultern herabhing, als wäre sie schon halb ausgezogen, und eine Halskette, die wie ein Senkblei in die Lücke zwischen ihren kleinen Brüsten fiel. Am Ende der Mahlzeit begannen sogar die beiden nervigen Schwulen am Tisch, ihr schöne Augen zu machen. Ich spürte eine heiße Aufwallung von Eifersucht. Vor meinem geistigen Auge sah ich sie in Unterwäsche dasitzen, wie in einem Porno. Bei der Vorstellung, wie sich ihre Brüste bewegten, als sie in meiner Phantasie ihr Kleid für mich ablegte, bekam ich einen Ständer. Sobald es ging, verdrückte ich mich mit ihr in das Pub am anderen Ende des Dorfes, wo ich, um mich zu beruhigen, viel zu viel trank. Hätte sie mir irgendein Zeichen gegeben, mich ermutigt, wäre ich sofort in die Offensive gegangen, aber sie unterließ es, und letzten Endes gelang es mir, mich zu beherrschen. Abgesehen von allen anderen Dingen, die dagegen sprachen, war unser Rückflug fest gebucht, und wir mussten noch das ganze Wochenende zusammen verbringen, egal, wie unangenehm das werden konnte. Wir amüsieren uns doch prächtig, redete ich mir ein, es wäre dumm, unsere Freundschaft zu versauen.

Als wir schließlich zurück im Hotel waren, schaffte ich es irgendwie in mein eigenes Zimmer, ohne über sie herzufallen, obwohl die Stelle auf meiner Wange, auf der sie mir einen Gutenachtkuss gegeben hatte, noch minutenlang danach zu brennen schien. Ich konnte nicht schlafen. Nach einer halben Stunde dachte ich, scheiß drauf, ich muss mit ihr reden. Im Pyjama schlich ich hinaus auf den Flur und pochte leise an ihre Tür. Keine Reaktion. Ich pochte etwas lauter, aber entweder schlief sie schon, oder sie hütete sich wohlweislich, mitten in der Nacht einen betrunkenen Bullen in ihr Zimmer zu lassen.

Am nächsten Tag war herrliches Wetter, und die Fische bissen an. Mittags ging ich mit ihr in ein anderes Pub und hörte zu, während sie erzählte. Sie sprach von ihrer Familie und zum allerersten Mal von ihrem verstorbenen Vater. Ich versuchte, ihr die Sache mit den Harkur-Brüdern zu schildern und wie alle Frauen, die ich eigentlich hätte beschützen sollen, ums Leben gekommen waren. Gerade dachte ich: Wir haben es geschafft. Ich habe das Schlimmste hinter mir, und eine Freundschaft wie diese ist besser als noch so viel schlechter Sex. Und dann eröffnete sie mir, dass sie mit mir schlafen wolle.

Nein zu sagen wäre mir im Traum nicht eingefallen. All meine guten Vorsätze waren wie weggeblasen.

Im Bett mit ihr war es natürlich ganz anders, als ich mir ausgemalt hatte. Der Anblick ihres nackten Körpers hatte etwas völlig Unerwartetes. Er war nicht mehr so braun wic auf den Fotos in meiner Schreibtischschublade. Die Wandersocken hatten einen Abdruck auf ihren Knöcheln hinterlassen, wie ein Reif, dem ich mit den Fingerspitzen folgte. Ich nahm den leichten Geschmack von Fischschuppen wahr, als ich an ihren Fingern sog, und bedeckte ihren Bauch mit unzähligen Küssen. Als ich mich nicht länger zurückhalten konnte, durfte ich endlich die lang ersehnte süße Wärme ihres Körpers spüren.

«Hör kurz auf», bat sie, und vielleicht eine halbe Minute lang lagen wir regungslos da, bis ich es nicht mehr aushielt und mich wieder zu bewegen begann, zaghaft zunächst und dann immer drängender. Ich schärfte mir ein, dass ich der erste Mann war, der seit dem Vergewaltiger in sie eindrang, und hielt mich entsprechend zurück. Ich wartete, bis sie selbst zu kommen begann, und dann endlich ließ ich los.

Hinterher kuschelte sie sich mit dem Rücken an mich, und mein Blick fiel unwillkürlich auf ihre Schnittwunden. Sie waren inzwischen verblasst, eine winzige Reihe von Narben. Ihre Schulterblätter waren zart wie Schmetterlingsflügel. Ich fuhr mit den Fingern die Narben entlang und küsste sie, und dann begannen wir nochmal von vorne.

An dem Wochenende schliefen wir so oft miteinander, als gelte es, das Pensum eines ganzen Jahres in wenigen

Tagen abzuarbeiten. Ohne es auszusprechen, war uns beiden klar, dass wir womöglich nur dieses eine Wochenende hätten; dass nach unserer Rückkehr nach England alles wieder so sein könnte wie vorher.

21

Der Durchbruch kam nach der Ausstrahlung von «Crimewatch», mit einem Anrufer, der in den frühen Morgenstunden an der Broadhurst Terrace gewesen war, also Stunden später, als Henson für seine Heimkehr angegeben hatte. Der von ihm beobachtete Mann stimmte mit Hensons Personenbeschreibung überein und hatte eine schwarze Mülltüte über der Schulter getragen. Leider war der Anrufer, ein gewisser Billy Mallows, der Polizei kein Unbekannter, wie es vor Gericht immer so schön heißt, sondern infolge zahlreicher Vorstrafen wegen Einbruchs so gut mit ihr bekannt, dass er an Weihnachten Grußkarten mit der örtlichen Polizeiwache austauschte. Gerade weil Billy dachte, der Mann auf der anderen Straßenseite wäre ebenfalls ein Einbrecher, hatte er ihn so eingehend gemustert.

Billy war ein liebenswerter Gauner der alten Schule – keine Schusswaffen, keine Drogen, keine Gewalt, außer im Notfall –, aber auch ein schlichter Mensch. Allein auf der Basis seiner Aussage konnten wir unmöglich den Fall weiterentwickeln. Allerdings ermöglichte sie uns, eine Gegenüberstellung durchzuführen, bei der Billy Henson auf Anhieb erkannte. Daraufhin konnten wir Henson verhaften und sein Haus gründlich auf forensische Spuren durchsuchen lassen.

Die zweiwöchige Wartezeit auf die Laborergebnisse war eine Qual. Inzwischen gingen wir ziemlich sicher davon aus, den richtigen Täter gefasst zu haben. Unsere Vermutung verdichtete sich noch, als die Presse nach Hensons Verhaftung endlich über den Fall berichtete und eine junge Künstlerin namens Kate Blake sich mit uns in Verbindung setzte. Mit stockender, nervöser Stimme sagte sie uns am Telefon, sie wisse nicht, wie relevant das sei, aber Henson sei nicht das erste Mal in so eine Geschichte verwickelt. Ich versicherte ihr, das sei extrem relevant, und überredete sie, bei uns vorbeizukommen. Sie war eine etwas ungepflegte, aber hübsche junge Frau, die an dem, was geschehen war, keinen Zweifel ließ. Vor fünf Jahren hatte sie am Goldsmith College zum Abschluss ihres Kunststudiums ihre Arbeiten ausgestellt. Henson hatte die Schau besucht, was für ziemliche Aufregung gesorgt hatte, da er als einer der wenigen Sammler bekannt war, die allein durch den Ankauf eines Werks den Ruf eines jungen Künstlers begründen konnten. Entsprechend geschmeichelt war Kate, als er Interesse an ihren Arbeiten bekundete, und hatte eine Einladung zum Abendessen im Claridge's dankend angenommen. Dass er dort nicht nur einen Tisch, sondern auch ein Zimmer bestellt hatte, war ihr nicht weiter merkwürdig erschienen, und sie hatte eingewilligt, dort vor dem Essen noch etwas zu trinken. Während sie mir das alles erzählte, ging mir durch den Kopf, wie naiv sie damals gewesen sein musste – und auch jetzt noch hatte sie etwas sehr Kindliches. Henson war wie selbstverständlich davon ausgegangen, dass sie mit ihm ins Bett gehen würde. Er war brutal über sie hergefallen, und sie war nicht in der Lage gewesen, ihn abzuwehren. Leider hatte sie den Vorfall damals nicht der Polizei gemeldet, aber unter Berücksichtigung der Aussage der früheren Angestellten zeichnete sich allmählich ein Muster ab.

Als auf einem der Hemden, die wir in Hensons Haus beschlagnahmt hatten, Spuren von Ros' Blut und DNS sichergestellt wurden, trat die Ermittlung in eine neue Phase. Jetzt verknüpften wir lose Enden, schlossen die bizarrsten Szenarien aus, mit denen die Verteidigung die Geschworenen zu beeinflussen versuchen könnte. Es war harte Arbeit. Aber wir machten Fortschritte, und zum ersten Mal seit Merrily Browns Tod hatte ich das Gefühl, meine Arbeit sei mehr als pure Zeitverschwendung.

Nicht lange nach Hensons Verhaftung rief Ros mich an. Seit über fünf Stunden hockte ich in der Einsatzzentrale, hatte Aussagen und Unterlagen durchforstet, über Budgetfragen gestritten, die Razzien anderer Ermittler abgewehrt, die mir Mitarbeiter, ungenutzte Überstunden und Finanzmittel abzuluchsen versuchten. Es heißt, ein Kriminalbeamter verbringe sechzig Prozent seiner Zeit mit Büroarbeit. An dem Tag schien das eine grobe Untertreibung.

Ohne lange Umschweife sagte sie: «Ich glaube, jemand hat in meinem Müll herumgewühlt.»

«Wie kommst du darauf?»

«Die Müllabfuhr schickt immer jemanden, der die Tüten auf den Bürgersteig rausstellt, bevor der Müllwagen kommt. Heute Morgen habe ich gesehen, dass eine der Tüten geöffnet worden war. Ich bin ganz sicher, dass es meine war. Ich habe den Inhalt wiedererkannt.»

«Vielleicht war es nur ein Versehen. Die Tüte könnte beim Hochheben eingerissen sein.»

«Sie war nicht eingerissen. Der Knoten wurde aufgemacht.»

«Bist du dir ganz sicher, dass du sie zugeknotet hast?»

«Absolut sicher. Bill, ich glaube, Henson könnte mir einen Schnüffler auf den Hals gehetzt haben.»

«Wie kommst du darauf? Abgesehen von dem Müll, meine ich.»

Es blieb länger still. «Keine Ahnung», räumte sie ein. «Ist nur so ein Gefühl.»

Vor Schreck lief es mir kalt über den Rücken. «Ros, von welchem Telefon aus rufst du mich an?»

«Nicht von meinem Handy aus, falls du das meinst.»

«Gut. Hör zu, falls Henson deinen Müll von einem Privatdetektiv durchwühlen lässt, sucht er vermutlich nach Drogenzubehör, Kondomen, allem, womit sie dich in Misskredit bringen können. Falls du so was hast, nimm es mit zur Arbeit und entsorge es dort.»

«So was habe ich nicht.»

Ich überlegte angestrengt. Hatte ich irgendetwas in der Wohnung gelassen? Nicht, dass ich wüsste. Gott sei Dank waren wir vorsichtig gewesen.

«Ich muss dich wiedersehen», sagte sie leise.

«Ausgeschlossen. Wenn uns jemand beobachtet …»

«Wir könnten in ein Hotel gehen.»

Die Vorstellung löste eine sofortige körperliche Reaktion bei mir aus. Blut strömte zwischen meine Beine. «Das ist zu riskant», sagte ich matt.

«Wir könnten nach Heathrow fahren. Da gibt's unzählige Hotels, wo ausschließlich internationale Geschäftsreisende absteigen. Ich werde uns für heute Abend ein Zimmer bestellen.»

Szenen aus Irland tauchten vor meinem geistigen Auge auf.

«Bis drei kann ich's schaffen», antwortete ich.

Sie saß in der Lobby, eine Tasse Kaffee vor sich, und las Zeitung. Ich ließ mich auf dem Sessel ihr gegenüber nieder. Sie schaute mich an. «Kann ich Ihnen helfen?»

Ganz kurz glaubte ich, sie hätte wieder ihr Gedächtnis verloren. Dann sah ich das Funkeln in ihren Augen und begriff, dass es nur ein Spiel war.

«Sie sahen aus, als könnten Sie Gesellschaft gebrauchen», antwortete ich in dem Bemühen mitzuspielen.

Sie zuckte die Achseln. «Ich habe noch neun Stunden, bis mein Flug geht. Ein wenig Gesellschaft wäre mir durchaus willkommen. Falls Sie sich zutrauen, interessanter zu sein als meine Zeitung.»

«Sind Sie allein?», fragte ich.

«Jetzt nicht mehr.» Sie nahm ihre Kaffeetasse und ließ anzüglich die Zungenspitze in den Cappuccinoschaum gleiten, ohne mich aus den Augen zu lassen. Mein Hals fühlte sich an wie ausgedörrt.

«Machen Sie das nochmal.»

«Was denn?»

Ich versuchte es anders. «Ros –»

«Ich heiße Natasha. Wer ist Ros?»

Mit solchen Spielchen hatte ich immer schon meine Probleme. «Würden Sie mich vielleicht nach oben begleiten, Natasha?»

Sie gab dem Kellner ein Zeichen. «Möglich. Nachdem ich etwas zu Mittag gegessen habe.»

«Was darf ich Ihnen bringen?», fragte der Kellner.

Sie streifte einen Schuh ab und fuhr mir unter dem Tisch mit dem Fuß den Oberschenkel entlang. «Ich habe auf einmal einen Bärenhunger», sagte sie zu ihm. «Was empfehlen Sie?»

«Könnten Sie uns kurz allein lassen?», bat ich den Kellner. Und zu Ros sagte ich, sobald er wieder weg war: «Nach oben. Auf der Stelle.»

In dem anonymen Hotelzimmer passierte etwas Seltsames. Ros wollte mit ihrem Spiel nicht aufhören. Während ich sie auszog, tat sie immer noch so, als wäre sie eine Geschäftsfrau. Und als sie endlich nackt war und ich nichts lieber wollte, als sie endlich zu vögeln, machte sie sich plötzlich von mir los und sagte: «Tut mir Leid, ich hab's mir anders überlegt.»

«Oh», sagte ich ernüchtert.

Und sie lächelte genauso durchtrieben wie in der Lobby, kam ganz nah auf mich zu, bis ihre Brustwarzen sich hart an meine Brust drückten, legte mir den Mund ans Ohr und flüsterte mit ihrer normalen Stimme: «Alles okay. Ich will gar nicht wirklich aufhören.» Ihre Zunge fuhr mir nass und aufreizend durchs Ohr, dann wich sie zurück. Mit der harten Stimme der Geschäftsfrau sagte sie: «Du solltest wohl jetzt besser verschwinden.» Sie zog mir den Reißverschluss auf und umfasste mich mit beiden Händen. «Ich habe wirklich keine Lust auf dich.» Sie hob ein Bein und zog meinen Schwanz, nur die Eichel, in sich, eine Sekunde etwa, dann wich sie wieder zurück und sagte: «Und mehr kriegst du nicht.»

«Ros», sagte ich. «Ich verstehe nicht. Was soll das?»

«Natasha. Natasha heiße ich. Wer ist Ros? So eine Frechheit, mir hier von deiner Freundin vorzuquatschen.»

Ihre Augen lachten mir zu, als sie aufsprang und um das Bett herumtanzte. Jetzt begriff ich. Sie wollte, dass ich sie jagte. Und als ich sie erwischt und aufs Bett gezogen hatte, lag sie fügsam da. Ich dachte schon, das Spiel sei endlich vorbei, bis ich merkte, dass sie die Beine fest zusammenpresste. «Zwing mich», flüsterte sie mir zu. Was diese Aufforderung implizierte, war plötzlich unwichtig. Ich fügte mich ihrem Wunsch. Ich drückte sie mit einer Hand nach unten und schob ihr mit der anderen ein Knie hoch an die Brust, damit sie mich reinließ. Brutal vögelte ich sie durch, rammte sie mit jedem Stoß ein Stück weiter nach oben. Sie lachte erst vergnügt, dann kniff sie die Augen zu und verzog das Gesicht, sodass ich nicht sehen konnte, ob es ihr Spaß machte oder nicht.

«Was sollte das denn?», fragte ich hinterher.

«War doch nur ein Spiel», sagte sie. Sie drehte sich um, damit ich ihr Gesicht nicht sehen konnte. «Nimm doch nicht alles so ernst. Es war nur ein Spiel.»

Aber wir wussten beide, dass das gelogen war.

Das Treffen fand in dem Sitz der Staatsanwaltschaft an der Harding Street statt. Von unserer Seite waren Collier, ich und Cathy anwesend, um das Beweismaterial vorzustellen. Die Staatsanwaltschaft wurde durch ein ganzes Rudel eifriger junger Beamter mit glänzenden Augen vertreten, unschwer als extrem karrieregeil zu erkennen, was mich hätte hellhörig machen sollen. Vorsorglich hatte man einen Staatsanwalt mitgebracht, Nick Hawthorne, einen jungen, aalglatten und dank der großzügigen Besoldung feisten Juristen.

Man hörte uns schweigend zu, während wir alle Henson belastenden Sachverhalte darlegten. Als wir fertig waren, herrschte unbehagliche Stille. Hawthorne ergriff als Erster das Wort.

«Welches Motiv hat er?»

Collier und ich wechselten einen viel sagenden Blick. Wir hatten soeben fünfzig Minuten lang ausführlich erläutert, warum Henson es unserer Ansicht nach getan hatte.

«Zurückweisung», sagte ich schlicht. «Er wollte sich nicht mit einem Nein abfinden.»

Der Rechtsberater der Staatsanwaltschaft, ein Beamter namens Derek Berry, sagte: «Dann stellt er also keine akute Gefahr für die Öffentlichkeit dar.»

«Nicht in dem Sinn, dass er losziehen und eine Serie von Vergewaltigungen begehen würde», antwortete ich ruhig. «Aber in dem Sinn, dass er eine Bedrohung für jede Frau ist, die ihn künftig abweist, stellt er fraglos eine Gefahr für die Öffentlichkeit dar.» Allmählich schwante mir, worauf das hinauslief. «Eine Strafverfolgung ist definitiv im öffentlichen Interesse.»

Hawthorne zuckte die Achseln und notierte sich etwas auf seinem Block. «Dann wollen wir doch mal sehen, wie es um die Erfolgsaussichten bestellt ist.» Er zog seine Notizen heran. «Wir haben die Aussage eines freundlichen Einbrechers, gegen den die Verteidigung selbstverständlich vorbringen wird, dass die Polizei ihm einigen Anreiz geboten hat. Wir haben unbewiesene Behauptungen einer ehemaligen Angestellten, Miss Fresca, die aus ihrer Aussage ansehnliches Kapital geschlagen hat und vermutlich in jedem Fall unter Maßgabe ähnlicher Umstände ausgeschlossen wird. Wir haben eine weitere junge Frau, Miss Blake, die jetzt einen Übergriff vorbringt, den sie seinerzeit einer Anzeige nicht für wert erachtete. Wir haben eine Aussage der Ehefrau, die aber dem Beschuldigten lediglich bescheinigt, am Abend des Mordes eine Zeit lang außer Haus gewesen zu sein, und die selbst zugegeben hat, erhebliche Mengen getrunken zu haben. Sie scheint uns deshalb kaum vertrauenswürdig. Wir haben forensische Spuren, die auf Geschlechtsverkehr zwischen einem Opfer und dem Beschuldigten hindeuten, obwohl das Opfer selbst nicht zu erklären vermag, was passiert ist, da sie unter Amnesie leidet. Wir haben Beweismittel, die darauf hindeuten, dass beide Opfer nicht gerade auf dem Pfad der Tugend wandelten. Wir haben Drogen, wir haben Affären mit verheirateten Männern, wir haben wilde Partys, wir haben Fotos oben ohne. Das Einzige, was wir nach meinem Eindruck nicht haben, ist eine vernünftige Chance auf Verurteilung.»

Man schaute mich an.

«Es sind schon Fälle mit weniger Beweismaterial vor Gericht gekommen», beharrte ich.

«Und wurden verloren», sagte Berry und strich sich die Krawatte glatt. «Wir haben eine Zielvorgabe, Detective Inspector, wie Ihnen bekannt sein dürfte. Wir sind gehalten, sechzig Prozent unserer Fälle zu gewinnen.»

«Sie haben gute Chancen, diesen zu gewinnen, ganz sicher.»

«Bedauerlicherweise liegt unsere Erfolgsquote aber ein wenig niedriger als bei sechzig Prozent. Bei um die vierzig, um genauer zu sein. Also müssen wir zu – tja, wie sieht das rechnerisch aus? Ungefähr achtzig, kommt das hin? Achtzig Prozent, so was in der Art?» Niemand kam ihm zu Hilfe. «Jedenfalls müssen wir uns schon ziemlich sicher sein, die Verfahren zu gewinnen, die wir von jetzt an bis zum Ende des Rechnungsjahres in Angriff nehmen», schloss er.

Ich merkte, wie ich wütend wurde. «Ich dachte, Ihre Aufgabe wäre die Strafverfolgung und nicht die Suche nach Gründen, um aufgeben zu können.»

«Tatsächlich ist es unsere Aufgabe, Verurteilungen zu erwirken», warf einer der eifrigen Jungbürokraten ein.

«Wir haben zudem das Budget bereits um sieben Komma zwei Millionen überschritten», sagte Berry kleinlaut. «Wobei es hier natürlich nicht um Geld geht.»

«Und Henson verfügt über die Mittel, ein Marathonverfahren daraus zu machen», fügte der Jungbürokrat hinzu. «Das wird ein Aufsehen erregender Prozess, und falls wir den verlieren, geht unser öffentliches Ansehen noch weiter den Bach runter.»

Kurz blieb es still. «Daran liegt es also», sagte ich ausdruckslos. «Daran, dass er reich ist und Sie nicht glauben, ihn schlagen zu können.» Collier legte mir warnend eine Hand auf den Arm.

«Selbstverständlich nicht», erwiderte Berry. «Aber wir sind verpflichtet, alle Faktoren in Erwägung zu ziehen.»

«Na schön.» Ich hob die Hände vom Tisch, zum Zeichen meiner Kapitulation. «Lassen Sie das Schwein laufen. Aber wählen Sie bloß nicht den Notruf, wenn er als Nächstes Ihre Frau vergewaltigt.»

Im Aufzug sagte ich zu Collier: «Mir fällt auf, dass Sie kaum was sagen.»

Er seufzte. «Alles nur eine Frage der Erwartungen, William. Ich habe mir von den Schnöseln nie viel Gutes erwartet, also bin ich auch nie enttäuscht worden. Bei Ihnen ist das anders. Sie hätten einer von denen sein können, also geht Ihnen umso mehr die Galle hoch, wenn sie Sie im Stich lassen. Kommen Sie, suchen wir uns ein Pub.»

Abends um neun wankte ich aus einem Taxi in den Kiosk unter meiner Wohnung. Der alte Ranjiv saß hinterm Tresen. Wahrscheinlich damit sein Sohn mal einen Abend mit seiner Familie verbringen konnte. Ich nickte ihm zu, und er lächelte fröhlich zurück. Seit er herausgefunden hatte, dass ich bei der Polizei war, machte er mir ab und zu kleine Geschenke: indische Süßigkeiten, Pistazien, Schokolade. Allerdings gehörte ich wahrscheinlich auch zu seinen besten Kunden. Wenn ich Feierabend hatte, waren die meisten Supermärkte schon zu.

Während ich in der Gefriertruhe nach irgendeinem Mikrowellengericht herumkramte, dachte ich kurz darüber nach, wie anders mein Leben sein könnte, wenn ich mit Ros zusammen wäre. Es gäbe vernünftiges Essen, das nicht aus irgendeinem Karton kam. Gespräche, die nicht aus dem Fernseher kamen. Sex, der nicht aus einem Magazin oder einem von Ranjivs Videos ganz oben im Regal kam.

Mir war absolut schleierhaft, wie ich ihr das mit Henson erklären sollte.

Ich hörte ein Krachen aus dem vorderen Teil des Kiosks und schaute sofort, was los war. Zwei halbwüchsige Mädchen waren in den Kiosk gekommen und versuchten gerade, ihn auszurauben. Eines von ihnen hatte den Ständer mit Lottoscheinen auf den Boden gestoßen, sodass der alte Mann mehr oder weniger eingepfercht war, während ihre Freundin sich so viele Wodkaflaschen wie möglich griff.

Viele waren es nicht, eine in jeder Hand, und eine dritte zerbrach am Boden. Der alte Ranjiv schrie wie am Spieß, und die Mädchen rannten davon, die Straße hoch. Ich lief sofort hinterher. Sie waren jung und erstaunlich schnell, sahen sich jedoch immer wieder an, um abzustimmen, wo die jeweils andere hinwollte. Dadurch minderte sich ihr Tempo ein wenig. Ich schrie: «Halt – Polizei», was genau so viel ausrichtete, wie ich erwartet hatte. Nach etwa hundert Metern taten sie das einzig Richtige und trennten sich. Ich folgte dem Mädchen mit den Flaschen. Sinnlos, jemanden ohne Beweismittel zu schnappen. Die Straße hoch befand sich eine Siedlung, ein typischer Sechziger-Jahre-Schandfleck aus verdreckten Hochhäusern, und ich wusste, wenn sie dort erst ankam, müsste ich aufgeben. Nicht, weil ich sie nicht zu fassen bekäme, sondern weil ich keinen Schimmer hatte, wer dort auf sie wartete und welche Waffe er trug. Aber entweder war das Mädchen dümmer, als es den Anschein hatte, oder sie kannte die Siedlung nicht so gut wie ihre Freundin. Sie bog nämlich in einen Durchgang ab, der sich als Sackgasse entpuppte, die bloß zu einigen Garagen führte. Inzwischen hatte sie, wie mir auffiel, nur noch eine Flasche. Die andere hatte sie wohl weggeworfen. Sie blieb stehen und drehte sich zu mir um, beugte sich vornüber und stützte die freie Hand auf ein Knie, wie eine Joggerin, die aus der Puste ist und eine kurze Pause einlegt. Sie versuchte, mir zuzulächeln. Ich war zu müde und außer Atem, um sofort eine Verwarnung abzuspulen, also blieb ich ein paar Meter vor ihr ebenfalls stehen.

«Sie sind doch kein echter Bulle, oder?», keuchte sie.

«Leider doch.»

«Scheiße. Soll ich Ihnen einen blasen?» Sie kam auf mich zu und schwang im letzten Moment die Flasche auf mein Gesicht zu. Ein kläglicher Versuch. Ich fing sie mit der Hand ab. Sie lachte nervös, wie um zu sagen, dass es nur ein Scherz war.

Ich dachte, wenn ich sie laufen lasse, verzeiht mir das der alte Inder nie.

Aber wenn ich sie mitnahm, würde ich die ganze Nacht im Revier verbringen. Vermutlich war sie noch keine sechzehn. Ich müsste sie registrieren, alle Formulare ausfüllen und dann mindestens zwei Stunden warten, bis ein geeigneter Erwachsener auftauchte. Ich müsste sie vernehmen, beschuldigen und schließlich vor Gericht erscheinen, alles wegen einer Flasche Wodka.

Ich nahm ihr die Flasche aus der Hand und schleuderte sie so weit wie möglich von mir. Ich hörte, wie sie rechts von mir auf dem Beton zerklirrte.

Sie verstand die Geste falsch. Sie lachte und streckte die Hände nach meiner Hose aus. Ich spürte, wie sie mich befummelte, meine Hüften betatschte, mir vorne am Glied herumrieb. Ich zog sie an den Schultern zu mir und ließ mein Knie mit voller Wucht in ihre Magengrube hochschnellen. Sie sackte mir in die Arme, mit einem Laut, der an aus einem Reifenventil entweichende Luft erinnerte. Ich hieb ihr die Faust auf dieselbe Stelle, packte sie am Hals und wirbelte sie herum. Als sie zu Boden ging, verpasste ich ihr einen kräftigen Tritt in den Hintern und dann noch einen in die Rippen.

«Lass dich in dem Laden nie wieder blicken», sagte ich zu ihr. «Und falls ich dich je wiedersehe, buchte ich dich ein.»

Sie lag um Atem ringend am Boden. Sie versuchte zu

weinen, bekam aber zu wenig Luft. Ein leises Wimmern war alles, was sie zustande bekam.

Ich machte kehrt. Der alte Ranjiv stand vorne an der Einfahrt und beobachtete mich. Ich ging schnurstracks an ihm vorbei. Er sagte nichts.

Verantwortlich für die Lüge war ich. Das möchte ich ganz eindeutig klarstellen.

Ich ging bei Ros vorbei und erzählte ihr von Henson.

Sie fragte: «Aber bist du sicher, dass er es war?»

«Absolut sicher. Ros, es gibt zwar manchmal Fälle, bei denen man sich nicht sicher ist, Verdächtige, die nur deshalb unter Verdacht geraten, weil sie zur Tatzeit in der Nähe waren oder weil sie wegen eines ähnlichen Delikts vorbestraft sind. Hier liegen die Dinge anders. Es muss jemand gewesen sein, der euch kannte. Henson war dort, und er hatte ein Motiv. Der springende Punkt sind die forensischen Indizien.»

Sie schwieg eine Weile. «Und wenn es jetzt eine Möglichkeit gäbe, die forensischen Indizien den Geschworenen vor Gericht vorzulegen?»

«Wovon redest du?»

«Ich könnte der Staatsanwaltschaft erklären, ich erinnere mich daran, dass er da war. Und ich könnte sagen, dass er eine Wut auf Jo bekam, als sie mit ihm Schluss gemacht hat.»

«Ros, du kannst nicht –»

«Und dann, wenn der Prozess erst angelaufen ist, könnte ich die Aussage verweigern. Dann könnten sie keinen Rückzieher mehr machen, es wäre zu spät. Die Geschworenen könnten selbst eine Entscheidung fällen.»

Ich erwiderte: «Ein guter Plan. Aber er wird nicht funktionieren. Die Verteidigung würde dir unterstellen, du ziehst deine Aussage zurück, weil du weißt, dass er es nicht war. Das würde schlimmer aussehen, als wenn du nie eine Aussage gemacht hättest.»

«Das ist unfair, oder? Wir müssen die Wahrheit sagen, während die anderen so viel lügen dürfen, wie sie wollen.»

«Ja. Es ist sehr unfair.»

«Dann müsste ich eben vor Gericht aussagen, ich erinnere mich daran, wie Henson mich vergewaltigt hat. Das wäre doch nicht gelogen, oder? Er hat mich ja vergewaltigt. Das entspricht der Wahrheit. Ich kann mich bloß nicht daran erinnern.»

Ich hatte den Eindruck, mir würde alles entgleiten. «Ros. Überleg mal, was passieren würde – falls du nur über einen winzigen Punkt stolpern würdest, über irgendeine Unstimmigkeit zwischen deiner Aussage und den forensischen Indizien.»

«Aber du kannst mir doch erklären, was ich sagen soll. Du kannst mir alle forensischen Indizien zugänglich machen. Dann könnte ich über nichts stolpern.»

Ich fuhr mir mit beiden Händen übers Gesicht. «Das ist riskant. Falls du erwischt wirst, landest du im Gefängnis. Stell dir das mal vor, Ros. Henson wäre ein freier Mann, und du wärst im Gefängnis.»

«Aber das bin ich Jo schuldig», erwiderte sie schlicht.

Ich schwieg. Jo war mir egal, ehrlich gesagt.

«Verstehst du denn nicht?», sagte sie, und ihre Augen zeigten dasselbe intensive Leuchten wie im Hotel, als sie vorgegeben hatte, jemand anderes zu sein. «Ich bin so frustriert, weil ich nichts tun konnte. Ich bin lange genug ein armes kleines Opfer gewesen. Jetzt kann ich endlich etwas tun, um zu helfen. Keine Miene verziehen, das konnte ich immer schon gut. Niemand wird je dahinter kommen.»

Ich dachte, sie muss damit abschließen. Falls Henson wirklich hinter Gitter kommt, besteht für sie die Chance, ein neues Leben zu beginnen.

Und um ganz ehrlich zu sein, dachte ich auch an mich. Wenn sie log und Henson dadurch verurteilt würde, hätte ich gewonnen. Damit hätte ich die Bürohengste bei der Staatsanwaltschaft geschlagen und die Leute, die Merrily Brown, Sheena Mast und Daniel Mazola auf dem Gewissen hatten, ebenfalls. Und all die bösen Zungen und Kantinenhocker im Revier, die mich als Lusche abtaten, weil ich vor dem Untersuchungsausschuss ausgesagt hatte, dass ein Kollege Augustus Bart als schwarzen Dreckskerl bezeichnet hatte. Auch wenn sie das niemals erfahren würden.

Sie sagte: «Es liegt ganz bei dir. Wenn du meinst, ich soll es tun, tue ich es. Wenn du es für falsch hältst, dann nicht.»

«Schlafen wir eine Nacht drüber», schlug ich vor.

In der Nacht liebten wir uns zärtlich und in aller Ruhe, und sie war wieder die echte Ros, nicht mehr Natasha. Aber im Dunkeln, wenn einem solche Gespräche leichter fallen, flüsterte ich ihr etwas zu, und als ich morgens aufwachte, war sie fort, und das Laken war mit braunen Flecken gesprenkelt, von derselben Farbe wie ein angebissener Apfel, der in der Sonne gelegen hat.

3
ROS

Es gibt keine Wahrheit,
es gibt nur Interpretationen.
Nietzsche

22

«Ros Taylor?»
«Ja.»
«Kommen Sie bitte mit.»

Die Gerichtsdienerin hielt mir die Tür auf, und ich folgte ihr. Ihre Schuhe klapperten über den Holzfußboden. Von mir aus hätte sie schneller gehen können, aber sie schien entschlossen, mit feierlicher Gemessenheit dahinzuschreiten, und überholen konnte ich sie wohl kaum.

Schließlich hielt sie die Tür in den Gerichtssaal auf, wo mich eine zweite Gerichtsdienerin in Empfang nahm. Die Leute schauten mir nach, während ich auf den Zeugenstand zuging. Wie eine Braut, die bei ihrer Hochzeit zum Altar schreitet, dachte ich, mit der Gerichtsdienerin als meiner Brautjungfer und dem Richter als Pfarrer, der mich auf der Empore erwartete.

Mit einem leichten Schwindelgefühl nahm ich die Stufen. Ehe ich mich versah, forderte mich die Gerichtsdienerin auf, die Hand auf die Bibel zu legen, und fragte, ob ich schwören würde, die Wahrheit und nichts als die Wahrheit zu sagen.

Ich schwor es.

Einer der Kronanwälte erhob sich. Er trug eine schwarze Robe und eine alte graue Perücke, die an einen gekochten Blumenkohl erinnerte. Es war Nick Hawthorne, der Staatsanwalt. Ihm gegenüber sah ich eine elegant wirkende Frau an einem Tisch voller Papierstapel sitzen, die jeweils mit einem rosafarbenen Band zusammengeschnürt waren. Das musste Elizabeth Bishop sein, schloss ich, Hensons Kronanwältin. Ihre Perücke war kleiner als die ihrer männlichen Kollegen. Sie sah keck und streitlustig damit aus, wie ein Mädchen, das in einer Schulaufführung in die Rolle eines Jungen schlüpft. Ein schlauer Schachzug von Hensons Rechtsberatern, dachte ich, ihn von einer Anwältin verteidigen zu lassen. Die Geschworenen könnten daraus den Schluss ziehen, eine Frau vertrete einen der Vergewaltigung beschuldigten Mann wohl nur, wenn sie von seiner Unschuld überzeugt war.

Der Gerichtssaal Nummer sieben wirkte wie eine größere, verschlafenere Version des anonymen Hotelzimmers in Heathrow, in dem Bill und ich uns während der Ermittlung zu gelegentlichen Rendezvous getroffen hatten: helles Holzmobiliar, gepolsterte Stühle in Behördenblau, die Luft dumpfig von Staub und Möbelpolitur. Aufgelockert wurde dieser bedrückend nichtssagende Raum nur durch die bunte Tafel mit dem Löwen und dem Einhorn, die eine ganze Wand schmückte. Sie wirkte irgendwie fehl am Platz, so als hätte ein Travelogue-Hotel beschlossen, seinen Empfang mit einem überladenen Stück Nippes aus einem Antiquitätengeschäft zu verschönern. Aber vielleicht steckte hinter den neutralen Farben dieses Behördenmobiliars ja die Absicht, den hier verhandelten Fällen ihre Dramatik zu nehmen, entsetzliche Verbrechen zu neutralisieren und sie dadurch in den Griff zu bekommen.

Die Geschworenen musterten mich neugierig. Gewiss erwarteten sie schon mit Vorfreude all die grausamen Einzelheiten, die ich ihnen jetzt auftischen würde, selbst wenn sie noch nicht entschieden hatten, ob Henson schuldig war oder nicht. Ihre Gesichter wirkten dumm und ausdruckslos. Nichts unterschied sie von einer wahllos zusammengewürfelten Gruppe von Menschen, die an einer Haltestelle auf den Bus wartete. Einige Männer trugen billige graue Anzüge. Ein dünner, ernsthaft wirkender junger Mann mit

Brille saß im T-Shirt da. Auf dem Sims vor ihm lag ein Paar Fahrradklammern. Ein kräftiger Mann, der wie ein Bauarbeiter aussah, trug ein rotes Hemd mit offenem Kragen und hochgekrempelten Ärmeln, wodurch seine mächtigen Unterarme zum Vorschein kamen, die er vor der Brust verschränkt hatte. Eine Frau mittleren Alters mit Brosche am Kaschmirpulli hinterließ den Eindruck, als wäre die schwierigste Entscheidung in ihrem bisherigen Leben gewesen, wie viel Futter sie ihren Katzen in den Napf geben müsste. Eine Inderin in grellrotem Sari fiel mir ins Auge. Die anderen konnte ich mir nicht mehr genauer ansehen.

«Würden Sie uns bitte Ihren Namen nennen?», richtete Hawthorne das Wort an mich. Er lächelte mir aufmunternd zu. Seine ausgeprägte Oberlippe faltete sich in einem fleischigen W über seine Unterlippe, wie ein weicher Schnabel. Zusammen mit seinem pausbäckigen Gesicht verlieh sie ihm das Aussehen eines unartigen, übergroßen Chorknaben.

«Mein Name ist Ros Taylor.»

«Was machen Sie beruflich?»

«Ich bin Laborantin.»

«Was für eine Ausbildung haben Sie, Miss Taylor?»

«Ich habe einen Doktor in organischer Chemie.»

«Dann sind Sie also eine hoch qualifizierte Wissenschaftlerin.» Die Betonung legte er auf das Wort «Wissenschaftlerin» und schaute dann zu den Geschworenen hinüber, um sicherzugehen, dass sie mitbekommen hatten, dass ich schon von Berufs wegen objektiv, sachlich und der Wahrheit verpflichtet war, anders als etwa eine überspannte, neurotische Kunststudentin.

«Ja.» Zum ersten Mal wagte ich einen verstohlenen Blick

zur Anklagebank. Ich erschrak, wie gut Gerry aussah, kein bisschen wie ein Vergewaltiger. Er trug einen eleganten italienischen Anzug, wirkte gelassen und interessiert an dem, was ich sagte.

«Haben Sie vor den Ereignissen im letzten Juli jemals im Leben unter Amnesie oder ähnlichen gesundheitlichen Störungen gelitten, Miss Taylor?»

«Nein, nie.»

«Und wie lange waren Sie mit Jo McCourt bekannt?»

«Wir waren seit fünf Jahren befreundet.»

«Sie teilten sich eine Wohnung an der Broadhurst Terrace 27?»

«Das stimmt.»

«Und hat ein Mann Ihrer Freundin dort zwischen Februar und Juli regelmäßige Besuche abgestattet?»

«Ja.»

«Wer war dieser Mann?»

«Gerry Henson.»

«Wusste sie, dass er verheiratet war?»

«Einspruch, Euer Ehren.» Hensons Kronanwältin hatte sich erhoben.

Hawthorne nickte höflich in ihre Richtung. Dann wandte er sich an mich. «Ich hätte fragen sollen: Wussten *Sie*, dass er verheiratet war?»

«Ja. Er hat nie ein Geheimnis daraus gemacht.»

«War die Beziehung der beiden eine lockere Affäre oder etwas Ernsteres?»

«Ziemlich ernst. Ich glaube, er –»

Hensons Kronanwältin stand schon wieder. «Euer Ehren, die Zeugin wird nach ihrer Meinung befragt. Die Staatsanwaltschaft wird ausreichend Gelegenheit dazu haben, meinen Mandanten persönlich nach seiner Beziehung zu Miss McCourt zu befragen.»

«Ganz recht, Mrs. Bishop.» Der Richter spähte Hawthorne über seine Lesebrille hinweg an. Er trug eine ausladendere Perücke als die anderen Juristen. Sie verlieh ihm das Aussehen eines sanftmütigen alten Schafs. «Fahren Sie fort, Mr. Hawthorne, aber fragen Sie freundlicherweise nach Tatsachen, nicht nach Meinungen.»

«Euer Ehren.»

Aus diesem Hin und Her wurde ich nicht schlau. Hatten Mrs. Bishops Einsprüche zu bedeuten, dass wir uns nicht gut schlugen, oder das Gegenteil? Erhob sie Einspruch, um die Wirkung von Hawthornes Fragen zu schmälern? Hawthorne jedenfalls schien sich nicht im mindesten aus der Ruhe bringen zu lassen. Er fragte: «Haben Sie die beiden häufig zusammen gesehen?»

«Ja. Er war oft bei uns, wenn ich von der Arbeit nach Hause kam.»

«Was tat er dann?»

«Normalerweise war er gerade damit beschäftigt, sich anzuziehen.»

Im Gerichtssaal machte sich eine gewisse Heiterkeit bemerkbar. Überrascht hielt ich inne. Ich hatte gar nicht komisch sein wollen. Vielleicht waren die Anwesenden bloß schon gelangweilt.

Hawthorne fuhr fort: «Ist Ihnen dabei irgendetwas ungewöhnlich vorgekommen?»

Die Frage stand eine Weile im Raum. Ich spürte förmlich, wie jetzt alle Augen im Gerichtssaal auf mir ruhten. Hawthorne setzte nach: «Haben Sie zum Beispiel je Spuren von Gewalt bemerkt?»

«Euer Ehren.» Mrs. Bishop hatte sich schon wieder erhoben. Einigermaßen entnervt sagte sie: «Die Staatsanwaltschaft stellt der Zeugin Suggestivfragen.»

«Ich bin nur bestrebt, die Gemütslage der Verstorbenen vor ihrem Tod zu ermitteln, Euer Ehren.»

Der Richter lächelte milde. «Formulieren Sie Ihre Frage bitte anders, Mr. Hawthorne.»

Hawthorne nickte. Ich hatte den Eindruck, er war ganz zufrieden mit sich. Rasch fragte er: «Haben Sie an der Beziehung der beiden Dinge beobachtet, die Sie in irgendeiner Form als beunruhigend empfanden?»

«Ja.» Ich berichtete von der Szene mit der Gardinenstange und dem Kerzenwachs, die Striemen auf Jos Armen hinterlassen hatten. Während ich redete, bekam ich mit, wie zwei der Geschworenen – der Mann mit den kräftigen Unterarmen, den ich im Stillen den «Bauarbeiter» getauft hatte, und der Dünne, Ernsthafte im T-Shirt, der «Radfahrer» – den Kopf zu Henson wandten. Ob sie ihn wohl gerade um seine sexuellen Aktivitäten beneideten oder aufgrund meiner Aussage bereits als Täter abgestempelt hatten?

«In den Wochen vor dem Mord waren Sie und Miss McCourt zusammen im Urlaub, ist das richtig?», wollte Hawthorne nun wissen.

«Ja, sie wollte eigentlich mit Gerry verreisen, aber der ist in letzter Minute abgesprungen, und dann hat sie stattdessen mich gefragt.»

«Ich verweise das Gericht auf die Reisedokumente auf Seite sechsunddreißig Ihrer Unterlagen.» Hawthorne wartete, bis die Geschworenen die Stelle gefunden hatten. «Sie bestätigen, dass Miss McCourt ihre Reise ursprünglich in

Begleitung von Mr. Henson antreten wollte.» Dann fragte er mich: «Wie hat sie reagiert, als sie erfuhr, dass er nicht konnte?»

«Nun, zuerst hat sie sich aufgeregt. Aber später war sie irgendwie erleichtert. Sie fürchtete, es hätte schwierig mit ihm werden können.»

«Aus welchem Grund?»

«Ich hatte das Gefühl, dass die Beziehung sich ihrem Ende zuneigte.»

«Sie hatte beschlossen, ihm den Laufpass zu geben?»

«Euer Ehren.» Hensons Anwältin stand schon wieder. Diesmal strahlte sie eine eisige Wut aus. «Die Frage lädt die Zeugin dazu ein, sich von den Fakten zu entfernen.»

«Es geht um Miss McCourts Gemütszustand, Euer Ehren.»

«Und selbst wenn, die Staatsanwaltschaft stellt wiederholt Suggestivfragen.»

«In der Tat», kommentierte der Richter trocken. An Hawthorne gewandt, sagte er: «Vielleicht könnte statt Ihrer die Zeugin dem Gericht schildern, was passiert ist.»

Hawthorne nickte und fragte mich: «Wie kam Jo Ihnen während des Urlaubs vor?»

«Sie wirkte unruhig.»

«Inwiefern?»

«Sie wusste nicht recht, wie sie Gerry beibringen sollte, dass sie die Sache beenden wollte.»

«Hatte sie Angst vor ihm?»

«Euer Ehren.» Wieder erhob sich Mrs. Bishop.

«Ihr Einspruch ist berechtigt», pflichtete der Richter ihr bei. Er wandte sich an die Geschworenen. «Mr. Hawthorne hat eine Frage gestellt, die eindeutig darauf abzielt, Ihre Gefühle dem Angeklagten gegenüber negativ zu beeinflussen. Ich fordere Sie daher auf, sowohl die Frage als auch die darin enthaltenen Andeutungen zu ignorieren. Um der Klarheit willen wiederhole ich, dass dem Gericht keine Beweise vorliegen, dass die Verstorbene jemals Angst vor dem Angeklagten hatte.» Er warf Hawthorne einen kühlen Blick zu, was diesen allerdings nicht im Geringsten aus der Fassung zu bringen schien. «Fahren Sie fort, Mr. Hawthorne, aber bitte formulieren Sie Ihre Fragen von nun an sachlicher.»

Hawthornes List dürfte damit aufgegangen sein. Ihm war natürlich vollkommen klar, dass ich seine letzte Frage mit Nein beantwortet hätte, doch nach diesem kleinen Zwischenfall würden die Geschworenen glauben, ich hätte mit Ja antworten wollen.

«Wann sind Sie am Nachmittag vor dem Mord in die Wohnung zurückgekommen?»

«Gegen halb vier.»

«War das früher oder später als normal?»

«Früher.»

«War der Angeklagte anwesend?»

Kurz verdichtete sich wieder der graue Nebel, der mir jedes Mal beim Gedanken an diesen Nachmittag durchs Hirn waberte. Ich trat mutig in den Nebel und antwortete: «Nein. Jo erzählte mir, er hätte angerufen und sie hätte ihm endlich gesagt –»

«Einspruch!», fauchte Mrs. Bishop.

«Miss Taylor, Sie dürfen nicht wiederholen, was der Angeklagte angeblich gesagt hat», erklärte Hawthorne mir freundlich.

«Entschuldigung. Nein, Gerry war nicht anwesend. Wir besorgten Wein und einen Film und machten uns einen gemütlichen Frauenabend daheim, nur wir beide.»

«Wie viel haben Sie getrunken?»

«Nicht viel. Jede ein paar Gläser.»

«In welchem Stock befindet sich Ihre Wohnung?»

«Im Souterrain. Die Fenster gehen hinten auf einen gepflasterten Hof hinaus.»

«Wie könnte jemand in diesen Hof gelangt sein?»

«Von der Straße aus, wenn man den Weg kennt. Seitlich befindet sich eine Treppe.»

«Haben Sie den Wein unbeaufsichtigt gelassen?»

«Ja, weil wir uns in der ganzen Wohnung aufhielten. Während wir uns den Film anschauten, stand die Flasche zum Beispiel in der Küche.»

«Und wer von Ihnen beiden hat mehr getrunken?»

«Jo etwas weniger als ich, weil ich am Ende ihr Glas ausgetrunken habe. Danach wurde mir langsam übel.»

«Sie waren berauscht?»

«Ja, aber nicht vom Alkohol. Ich hatte nur ein oder zwei Gläser getrunken. Ich fühlte mich völlig hinüber. Sehr, sehr müde. Ich ging ins Bett und war sofort weg.»

«Erinnern Sie sich, was dann geschah?»

«Als Nächstes erinnere ich mich daran, wie ich aufgewacht bin. Es muss Stunden später gewesen sein. Es war dunkel, obwohl einige Lampen brannten. Ich fühlte mich schrecklich, war nicht in der Lage, mich zu bewegen. Ich hörte ein Rascheln, und mir wurde klar, dass sich jemand in meinem Zimmer befand.»

«Wer befand sich in Ihrem Zimmer?»

Bill und ich hatten mit einem Lügendetektor, den man an einen Computer anschließen kann, geübt. Er registrierte die Stimmlage und die durch vermehrte Transpiration ausgelösten Veränderungen der elektrischen Aktivität in der Haut. Wenn wir uns beibrachten, den Computer zu belügen, könnten wir auch vor Gericht die Unwahrheit überzeugender aussprechen. Die Gesten, Ticks oder nervösen Blicke, die uns wortlos verraten, konnte der Detektor natürlich nicht registrieren. Das mussten wir gesondert einüben.

Im Gerichtssaal herrschte jetzt absolute Stille. Hawthorne sah mich an, während er auf meine Antwort wartete.

«Gerry», sagte ich ruhig.

«Der Angeklagte?»

«Ja. Gerry Henson.»

Es sollte ein bedeutsamer Augenblick werden, aber ich nahm ihn selbst kaum zur Kenntnis. Ich hatte ihn so lange eingeübt und geplant, dass er nicht mehr als eine weitere Version der Ereignisse war. Hawthorne setzte beharrlich seine Befragung fort, verfiel in einen ruhigen, drängenden Rhythmus.

«Was hat er getan?»

«Er zog mich nackt aus und … legte sich auf mich. Er vergewaltigte mich.»

«Haben Sie sich bewegt oder geschrien?»

«Ich habe es versucht, aber ich war völlig gelähmt.»

Mrs. Bishop schien mit dem Gedanken zu spielen, sich zu erheben, überlegte es sich aber dann anders. Hawthorne fuhr fort:

«Woher wissen Sie so genau, dass er es war?»

«Ich habe sein Gesicht deutlich gesehen.»

«Sie sagen, er hat Sie vergewaltigt. Was meinen Sie damit?»

«Ich spürte, wie er in mich eindrang.»

«Möchten Sie ein Glas Wasser, Miss Taylor?»

«Nein, es geht schon.»

«Wie verhielt er sich bei der Vergewaltigung?»

«Er war brutal. Sehr brutal. Er hat grob an mir herumgezerrt. Und hinterher hat er mir Schnittwunden zugefügt.»

«Wurden Sie am darauf folgenden Morgen von einem Krankenwagen in das Dezernat für Missbrauchsfälle im Polizeirevier Paddington Green gebracht?»

«Ja.»

«Wurden einige Ihrer Verletzungen von einem Polizeifotografen fotografiert?»

«Ja.»

«Ich verweise das Gericht auf Beweisstück F12», sagte Hawthorne. Es dauerte ein wenig, bis die Geschworenen nach langem Geblätter in ihren Unterlagen das Foto von meinem Rücken gefunden hatten. Die Frau mit der Brosche warf mir einen entsetzten Blick zu.

«Handelt es sich hier um Wunden, die Ihnen der Angeklagte während der Vergewaltigung zugefügt hat?», fragte Hawthorne mich.

«Ja.»

«Was geschah, nachdem er Ihnen die Schnittwunden zugefügt hatte?»

«Ich bin wohl wieder bewusstlos geworden. Als ich aufwachte, war es Morgen. Ich ging ins Badezimmer, und da fand ich … da fand ich Jos Leiche in der Dusche vor.»

«Sie fanden Ihre Mitbewohnerin ermordet in der Dusche vor», wiederholte er langsam.

«Ja. Dann habe ich die Polizei gerufen.»

«Haben Sie versucht, sie wiederzubeleben?»

Ich antwortete: «Ja. Es war zu spät. Sie war längst tot. Jetzt hätte ich gern ein Glas Wasser, bitte.»

Hawthorne brachte meinen Gedächtnisverlust selbst zur Sprache, um diesen Punkt nicht der Verteidigung zu überlassen.

«Wann haben Sie der Polizei mitgeteilt, dass Gerry Henson derjenige war, der Sie vergewaltigt hat?»

«Erst einige Zeit später. Nach der Vergewaltigung litt ich ungefähr drei Wochen unter Amnesie.»

«Als Sie Ihr Gedächtnis dann zurückerlangten, wie schnell haben Sie es der Polizei erzählt?»

«Umgehend.»

«Und als Sie es meldeten, hatten Sie da irgendwelche Zweifel an der Identität des Mannes, der Sie vergewaltigt hat?»

«Nicht die geringsten Zweifel.»

«Trotz des zeitlichen Abstands waren Sie sich ganz sicher?»

«Ja. Er war es auf jeden Fall.»

«Vielen Dank. Keine weiteren Fragen.»

Und so log ich also unter Eid. Aber eigentlich log ich nicht wirklich. Wenn man die Dinge genau betrachtete, müsste man sagen: Ich schilderte eine Reihe Ereignisse, von denen ich wusste, dass sie sich zugetragen hatten. Ich unterließ es nur, dem Gericht mitzuteilen, dass ich mich in Wahrheit nicht an sie erinnern konnte.

Derek Berry von der Staatsanwaltschaft hatte mich unter dem Vorwand zum Abendessen eingeladen, er wolle mir einen Überblick über die verschiedenen juristischen Verfahren geben. In Wirklichkeit aber hatte er eine Reihe verzweifelter Annäherungsversuche unternommen. Als wir schon bei unserer zweiten Flasche Wein angelangt waren, hatte er auf einmal sehr ernst gefragt: «Sie wissen, dass Hensons Kronanwältin Sie ins Kreuzverhör nehmen wird?»

«Ja, natürlich.»

«Theoretisch gibt es heutzutage diverse Schutzvorkehrungen – bestimmte Befragungsmethoden dürfen zum Beispiel nicht mehr zum Einsatz kommen. Aber Sie sollten sich darüber im Klaren sein, dass es ziemlich haarig werden kann. Hensons Anwältin hat nur zwei Möglichkeiten, wenn sie einen Freispruch erwirken will. Entweder widerlegt Sie Ihre Aussage, oder sie stellt Ihre Glaubwürdigkeit infrage. Oder sie wird beides versuchen.»

«Aber wie will sie das anstellen?»

Er hatte die Achseln gezuckt und den Rotwein in seinem Glas geschwenkt. «Keine Ahnung. Im Grunde hat die Verteidigung kaum Handlungsspielraum. Aber da sie nichts zu verlieren hat, könnte sie durchaus versuchen, Sie ins Kreuzverhör zu nehmen.»

«Mir wäre es lieber, Sie würden dieses Wort nicht ständig benutzen», hatte ich ihn halb im Scherz gebeten. «Bei Ihnen muss ich da immer an Kreuzigung denken.»

Er hatte mich aufmerksam angeschaut. «Der Vergleich könnte Ihnen noch ziemlich treffend vorkommen. Na ja, hoffentlich nicht.» Er hatte genüsslich an seinem Weinglas geschnuppert. «*Ça sent la merde.* Ein zartes Aroma von

Scheiße. Gehört zu einem guten Burgunder einfach dazu. Ohne es ist er nur ein fader Pinot Noir.» Er hatte das Glas abgestellt. «Und es gibt nichts, was Sie mir erzählen wollen? Nichts, was Sie gerne vorab mit mir durchspielen würden, sozusagen unter Ausschluss der Öffentlichkeit?» Er hatte mit seiner fleischigen Hand meinen Unterarm umfasst.

Ich war ziemlich blau gewesen, aber so blau auch wieder nicht. «Nein», hatte ich gesagt und diskret meinen Arm weggezogen. «Gar nichts.»

Als sich die würdige Gestalt der Mrs. Bishop erhob, um ihre Vernehmung zu beginnen, fühlte ich mich auf einmal nicht mehr ganz so sicher.

«Sie haben dem Gericht ausführlich über den Tag berichtet, an dem Jo McCourt ermordet wurde», fing sie an. «Darauf kommen wir später zurück. Ich würde jedoch gerne etwas früher ansetzen, nämlich bei dem Urlaub, den Sie anstelle meines Mandanten gemacht haben.» Sie nahm etwas vom Tisch. «In dem Urlaub hat es Jo an männlicher Gesellschaft nicht gemangelt?»

«Inwiefern?»

«Ich beziehe mich auf diese Postkarte, die nach ihrem Tod eintraf.» Sie hielt die Karte in die Höhe und las sie laut vor: «‹Ich wollte dir nur sagen, dass ich dich nicht vergessen werde. Falls du irgendwann mal wieder nach Sardinien kommen möchtest, gib mir einfach Bescheid. Dein Freund Mele.› Ein Verehrer, den sie dort kennen gelernt hat, nehme ich an?»

«Ja.»

«Eine Urlaubsromanze?»

«Keine Romanze, nein.»

«Dann also ein Flirt.»

«Na ja, er hat mit ihr geflirtet.»

«Und sie hat es ihm erlaubt?»

«Es war harmlos.»

«Harmlos?», wiederholte sie. «In jener Situation vielleicht. Jetzt ist Ihre Freundin immerhin tot.» Sie legte die Karte zurück auf den Tisch. «Miss McCourt wirkte offenbar auf Männer sehr attraktiv.»

«Ja. Sie sah extrem gut aus.»

«Und umgekehrt genoss sie die Aufmerksamkeit von Männern.»

«Sie war es jedenfalls gewohnt, dass man ihr viel Aufmerksamkeit schenkte.»

«Was haben Sie und Miss McCourt am Abend des zehnten Juli gemacht?»

«Wir haben eine Party gefeiert.»

«In Ihrer Wohnung?»

«Ja.»

«Waren viele Gäste anwesend?»

«Ungefähr vierzig.»

«Und konnten Sie der Polizei eine Liste mit allen Namen und Adressen zur Verfügung stellen?»

«Nicht von allen.»

«Wieso nicht?»

«Ich kannte nicht alle.»

«Etwas so Förmliches wie eine Gästeliste gab es also nicht?» Im Gerichtssaal wurde hier und da verstohlen gegrinst.

«Nein», erwiderte ich knapp.

«Einige der Anwesenden waren Ihnen also gänzlich unbekannt?»

«Es waren Freunde von Freunden.»

«Zwei attraktive junge Frauen, erst kürzlich aus dem Ausland heimgekehrt, die alle und jeden gerne bei sich willkommen heißen. Ihre Partys müssen sehr beliebt gewesen sein.»

«Euer Ehren.» Hawthorne erhob sich. «Die Verteidigung schweift vom Thema ab.»

«Ich pflichte Ihnen bei», sagte der Richter. «Haben Sie eine Frage, Mrs. Bishop?»

«War der Angeklagte bei dieser Party anwesend?», fragte sie mich.

«Nein.»

«Aber er war eingeladen?»

«Ja. Es war manchmal schwierig für ihn, von seiner Frau wegzukommen.»

«Oder er wollte nicht kommen», sagte Mrs. Bishop kühl. «Tatsächlich kam es häufiger vor, dass mein Mandant Jo sich selbst überlassen hat. Im Urlaub, bei der Party, um nur zwei Gelegenheiten zu nennen.»

«Kann sein.»

«Was kaum dem Bild einer großen Leidenschaft entspricht, oder?» Sie ließ mich gar nicht erst zu Wort kommen. «Verhält es sich in Wirklichkeit nicht so, dass die Beziehung zu Miss McCourt für meinen Mandanten bloß eine flüchtige Affäre war? Bedauerlich, vielleicht sogar tadelnswert, aber wohl kaum das erste Mal, dass ein wohlhabender, erfolgreicher Mann sich von der schmeichelhaften Zuwendung einer jüngeren Frau hat hinreißen lassen. Zumal wenn die jüngere Frau wie in diesem Fall attraktiv, unkompliziert und, wie Sie dem Gericht vorhin berichtet haben, auf erotische Abenteuer aus war.»

«Er hat mir erzählt –»

Mrs. Bishop sagte eifrig: «Auf das, was er Ihnen erzählt hat, kommen wir später zu sprechen. Momentan versuchen wir, Tatsachen zu ermitteln. Fakt ist, dass Miss McCourt mehr als gewillt war, sich mit einem verheirateten Mann einzulassen, und dass sie sich in seiner Abwesenheit prompt einen Ersatz gesucht hat.» Sie schaute mich aufmerksam an. «Was trug sie an jenem Abend?»

«Ein T-Shirt und einen Rock.»

«Ich nehme an, sie wollte ihre Urlaubsbräune zur Schau tragen?»

«Vermutlich.»

«Ein kurzes T-Shirt und einen kurzen Rock?»

«Ja.»

«Sie dürfte also noch attraktiver als sonst ausgesehen haben.»

«Jo sah immer gut aus.»

«Vor allem, wenn sie entsprechend freizügig gekleidet war?»

«Euer Ehren», intervenierte Hawthorne mit angewiderter Miene, aber Mrs. Bishop redete bereits weiter.

«Kam es bei dieser Party zu zahlreichen sexuellen Handlungen?»

«Euer Ehren», sagte Hawthorne wieder.

«Die Frage bezieht sich auf das forensische Beweismaterial», erwiderte Mrs. Bishop forsch.

«Das ist richtig», pflichtete der Richter ihr bei. «Miss Taylor, Sie dürfen die Frage beantworten.»

Widerstrebend stammelte ich: «Ein paar Leute haben, glaube ich, rumgemacht.»

«‹Ein paar Leute haben rumgemacht›», wiederholte

Mrs. Bishop. «Würden Sie dem Gericht genauer erklären, was Sie darunter verstehen?»

«Geflirtet, sich geküsst, so was in der Art.»

«Aber es ist möglich, dass manche weiter gegangen sind?»

«Möglich schon. Ich war aber nicht auf Kontrollgang, falls Sie darauf hinauswollen.» Was mir ein Glucksen vom hinteren Ende des Gerichtssaals und der Besuchergalerie einbrachte. In dem Moment war mir klar, dass diese Leute Mrs. Bishop nicht mochten. Sie wollten, dass ich gewinne, nicht sie.

Mrs. Bishop wartete, bis das letzte Geräusch verebbt war, und sagte dann streng: «Worauf ich hinauswill, Miss Taylor, ist, ob Miss McCourt zu denen gehörte, die mit jemandem ‹rumgemacht› haben.»

«Sie hat jemanden geküsst. Es war nichts Ernstes.»

«Wen hat sie geküsst? Nicht den Angeklagten. Der war nicht dort.»

«Bloß jemanden, mit dem sie getanzt hat.»

«Haben Sie gesehen, wie diese Person die Wohnung verlassen hat?»

«Nein. Ich war schon im Bett.»

«Ah, ja.» Mrs. Bishop schaute auf ihre Notizen. «Ein Bett, in dem sich bereits ein anderer junger Mann befand.»

«Er schlief. Ich forderte ihn auf zu gehen.»

«Um wie viel Uhr war das?»

«Kurz nach Mitternacht.»

«Die Party ging aber noch weiter?»

«Ja.»

«Und Miss McCourt küsste immer noch ihren neuen Freund.»

«Kann sein.»

«Miss McCourt könnte also durchaus Verkehr mit diesem Mann gehabt haben.»

«In dem Fall hätte sie es mir erzählt.»

«Erzählte sie Ihnen immer von ihren One-Night-Stands?»

«Ja. Das heißt –» Ich kam mir dämlich vor. Ich war in eine Falle getappt. «Sie hatte keine One-Night-Stands, nicht, während sie mit Gerry zusammen war. Aber wenn sie welche gehabt hätte, hätte sie es mir erzählt.»

«Hatte sie Ihnen erzählt, dass sie ein paar Wochen zuvor schwanger geworden war und in ihrer Mittagspause eine Abtreibung durchführen ließ?»

«Nein», gestand ich.

Im Gerichtssaal machte sich Unruhe breit. «Also hat sie Ihnen doch nicht immer alles erzählt», sagte Mrs. Bishop ruhig. «Hatte sie viele Liebhaber?»

Ich blickte in der Hoffnung zu Hawthorne, er könne diese Frage unterbinden, aber er gab mir mit einem kurzen Nicken zu verstehen, dass ich zu antworten hatte. «In der Zeit, in der ich sie kannte, ungefähr ein Dutzend.»

«Ungefähr ein Dutzend. Und sie war wie alt? Vierundzwanzig? Es müssen einige sehr kurze Affären darunter gewesen sein.»

«Einige, ja.»

«One-Night-Stands, mit anderen Worten.»

«Sie versuchen sie als Schlampe hinzustellen», fuhr ich sie aufgebracht an. «Das war sie aber nicht.»

Mrs. Bishop machte große Augen. «Ob sie eine ‹Schlampe› war, um mich an Ihre Wortwahl zu halten, ist nicht von Belang. Forensische Indizien belegen, dass sie in den achtundvierzig Stunden vor ihrem Tod Geschlechtsverkehr gehabt hatte. Uns liegen mehrere Zeugenaussagen vor, nach denen sie sich in diesem Zeitraum eifrig mit einem jungen Mann geküsst hat. Da scheint es doch durchaus möglich, dass der Mann, mit dem sie Geschlechtsverkehr hatte, derselbe Mann war, den sie geküsst hat. Oder, falls nicht, dass es neben dem Angeklagten mindestens noch einen Mann gegeben hat, der Anlass zu dem Eindruck haben durfte, in ihrer Gunst zu stehen?»

«Euer Ehren», warf Hawthorne ein, während er sich erhob, «das ist reine Spekulation.»

«Ihre Frage bitte, Mrs. Bishop», sagte der Richter.

«Können Sie mit absoluter Gewissheit sagen, dass sie am Abend der Party keinen Geschlechtsverkehr hatte?», fragte sie mich.

«Natürlich nicht.»

Sie machte sich eine Notiz. «Wurden bei der Party Drogen gereicht?»

«Euer Ehren», intervenierte Hawthorne von neuem. «Das ist eine Suggestivfrage.»

«Gestatten Sie mir, die Frage umzuformulieren», bat Mrs. Bishop. «Die Polizei hat Spuren von Kokain in Ihrem Badezimmer gefunden. Wie kamen die dorthin?»

Der Richter sagte: «Miss Taylor, ich möchte Sie daran erinnern, dass Sie diese Frage nicht beantworten müssen, wenn Sie das Gefühl haben, die Antwort könnte Sie belasten.»

«Schon in Ordnung. Ich vermute, jemand hat es zur Party mitgebracht. Ich wusste nichts davon.»

«Wäre das normal, dass es bei einer Ihrer Partys Drogen gab?»

«Wenn man eine Party gibt, bringen die Leute manchmal Drogen mit.»

«Und Sie drücken ein Auge zu.»

Erschöpft antwortete ich: «Man kann die Leute nicht leicht davon abhalten.»

«Die Polizei hat außerdem Spuren von Cannabis in Ihrem Blut nachgewiesen.»

Ich zögerte. «Ja. Ich habe ein paar Mal an einem Joint gezogen, der die Runde machte.»

«Nehmen Sie regelmäßig Drogen, Miss Taylor?»

«Nicht was Sie meinen.»

«Was soll das heißen?»

«Wie die meisten Leute habe ich schon mal was ausprobiert. Mehr nicht.»

«Wann haben Sie das letzte Mal Ecstasy probiert?»

«Auch auf diese Frage müssen Sie nicht antworten», warf der Richter ein. «Sollten Sie sich jedoch entscheiden zu schweigen, sind die Geschworenen berechtigt, daraus gewisse Schlüsse zu ziehen.»

Ungeduldig antwortete ich: «Ecstasy habe ich nicht öfter als drei- oder viermal in meinem Leben genommen. Das letzte Mal liegt wahrscheinlich ein Jahr zurück.»

«Das stimmt nicht ganz, oder?» Mrs. Bishop schaute auf ihre Notizen. «Zur Zeit der gerichtsmedizinischen Untersuchungen hatten Sie Gammahydroxybutyrat, auch bekannt als GHB oder flüssiges Ecstasy, im Blut.»

Ich starrte sie an. «Das ist etwas ganz anderes.»

«Tatsächlich? Würden Sie all denen von uns zuliebe, die nicht über Ihr detailliertes Wissen über harte Drogen verfügen, bitte erklären, worin der Unterschied besteht?»

Ich spürte, wie ich rot wurde. «Erstens habe ich das

nicht freiwillig eingenommen. Und zweitens handelt es sich bei GHB um eine Missbrauchsdroge.»

«Und woher wissen Sie das?»

Ich begriff nicht, worauf sie hinauswollte. «Die Polizei hat es mir erklärt.»

«Aber bevor Sie mit der Polizei gesprochen haben, bevor Ihre Freundin umgebracht wurde, wussten Sie da, dass GHB, auch bekannt als flüssiges Ecstasy, ein gefährliches Narkotikum ist, dessen Nebenwirkungen unter anderem Bewusstlosigkeit, Übelkeit und Gedächtnisverlust sind?»

«Nein.»

Mrs. Bishop sagte ruhig: «Sie könnten also bei der Party flüssiges Ecstasy angeboten bekommen haben und es für eine relativ harmlose Variante einer Droge gehalten haben, die Sie schon mehrfach davor genommen hatten.»

Ich war jetzt knallrot. «Mir wurde keines angeboten.»

«Vielleicht haben Sie am nächsten Tag welches gefunden, beim Aufräumen», regte Mrs. Bishop an. «Oder Ihre Mitbewohnerin vielleicht.»

«Nein.»

«Was das betrifft, sind Sie sich absolut sicher?»

Eine Sekunde nur regte sich etwas in den weißen Schichten von Nebel in meinem Hirn. Aber es war nicht ratsam, auch nur die geringste Unsicherheit einzugestehen. Diese Hexe würde sich sofort darauf stürzen und sie zu Hensons Gunsten auslegen.

«Absolut sicher», bestätigte ich.

Mrs. Bishop schaute mich fast mitleidig an. «Sie haben nach dem Vorfall unter Gedächtnisverlust gelitten.»

«Das ist richtig.»

«Ist Ihr Gedächtnis auf einmal zurückgekehrt oder nach und nach?»

«Nach und nach.»

«Sie können also im Grunde nicht sicher sein, ob es Sachverhalte gibt, an die Sie sich noch nicht wieder erinnert haben.»

«Nein, ich bin sicher, mich an alles wieder erinnert zu haben.»

«Zum Beispiel», sagte sie, ohne auf meine Bemerkung einzugehen, «könnten Sie sich eines Tages daran erinnern, dieses flüssige Ecstasy gefunden und freiwillig eingenommen zu haben.»

«Nein. Absolut ausgeschlossen.»

«Das können Sie doch gar nicht wissen», beharrte sie. «So ist es doch, oder, Miss Taylor? Es lässt sich nicht ausschließen, dass Sie dieses Gericht verlassen und sich morgen an etwas anderes erinnern, an irgendein Detail, das Ihrem Gedächtnis momentan entfallen ist.»

«Das glaube ich nicht.»

«Aber es ist möglich.»

«Es könnte möglich sein. Aber ich halte es nicht für wahrscheinlich.»

«Es könnte möglich sein», wiederholte sie. Um meine Worte gebührend wirken zu lassen, blätterte sie kurz in ihren Unterlagen. Dann fuhr sie fort: «Sie wurden von Dr. Griffin, einem Psychologen, untersucht.»

«Das ist richtig.»

«Wer hat Sie zu ihm überwiesen?»

«Die Polizei.»

«Können Sie dem Gericht erklären, aus welchem Grund?»

«Man glaubte, er könne mir bei meiner Amnesie helfen.»

«Und hat er Ihnen geholfen?»

«Ja.»

«Er hat Sie ermuntert, sich an Dinge zu erinnern, die der Polizei helfen könnten, einen Fall gegen Mr. Henson zu konstruieren?»

«Nein. So war es nicht.»

«Wie war es nicht?»

«Er hat mir nichts suggeriert.»

«Euer Ehren», sagte Hawthorne und erhob sich, «Dr. Griffin wird zu diesem Punkt in Kürze Rede und Antwort stehen.»

«Oh, an Dr. Griffin werde ich einige Fragen richten», versicherte Mrs. Bishop. «Zunächst aber würde ich Miss Taylor gerne Folgendes fragen: Woher wissen Sie, dass die Dinge, an die Sie sich mit Dr. Griffins Hilfe erinnert haben, nicht von ihm beeinflusst wurden?»

«So war es nicht. Über die Ermittlungen der Polizei haben wir gar nicht geredet. Er interessierte sich genauso für die Sachen, bei denen ich mich geirrt habe.»

Mrs. Bishop hob ruckartig den Kopf. «Dann waren also manche Ihrer Erinnerungen nicht wahr?»

Mir war schwindelig. «Ich hatte ein paar Flashbacks – so was Ähnliches wie Flashbacks: Halluzinationen.»

Sie ließ nicht locker. «Und woher wissen Sie, dass Ihre Erinnerung daran, von meinem Mandanten angegriffen worden zu sein, keine Halluzination war?»

«Ich –» Ich stockte.

«Sie waren durcheinander.»

«Nein.»

«Bitte, Miss Taylor. Sie müssen durcheinander gewesen sein, warum wären Sie sonst zu Dr. Griffin gegangen?»

«Ich wollte bloß helfen.»

«Wem helfen? Der Polizei?»

«Ja, schon.»

«Die bereits entschieden hatte, dass mein Mandant schuldig war, und nur noch eine Aussage benötigte, um das zu beweisen.»

«So etwas hat man mir nie nahe gelegt.»

«Miss Taylor, Sie geben selbst zu, der Polizei zwei Versionen Ihrer Beobachtungen in jener Nacht geliefert zu haben. In der ersten Version sind Ihre Erinnerungen ganz weg, oder bestenfalls verschwommen, nichts als wirre Halluzinationen. Richtig?»

«Ja.»

«Doch nach mehreren Besuchen bei einem Polizeipsychiater gibt es eine zweite Version der Ereignisse. In dieser zweiten Version haben Sie Ihre Geschichte geändert, und – siehe da! – sie stimmt auffälligerweise mit dem überein, was die Polizei zu hören bekommen muss, um meinen Mandanten anzuklagen. Richtig?»

«Ja», sagte ich widerstrebend.

«Welche also sollen wir glauben, Version eins oder Version zwei?»

Ich schwieg eine Weile. «Version zwei.»

«Und warum?»

Müde antwortete ich: «Weil das die Wahrheit ist.»

«Über die Wahrheit, Miss Taylor, hat das Gericht zu befinden», sagte sie scharf. Sie blätterte eine Seite mit Notizen um. Himmel, es sah aus, als wären noch ein gutes Dutzend weiterer Seiten durchzugehen. «Ich möchte jetzt auf den Morgen nach der Party zu sprechen kommen, das heißt auf den Morgen vor dem Überfall. Nur eine von Ihnen ist an dem Tag arbeiten gegangen.»

«Ja. Ich.»

«Sie haben Miss McCourts Chef erzählt, sie habe eine Magenverstimmung.» Sie schaute zu mir hoch, als sei sie verwirrt. «Aber wie Ihnen sicher bekannt ist, stimmt das nicht mit den Ergebnissen der Obduktion überein.»

«Jo war müde nach der Party. Sie bat mich, für sie anzurufen und zu sagen, sie wäre krank.»

«Aber wie konnten Sie Miss McCourts Arbeitgeber davon überzeugen, dass sie ernstlich krank war, wenn sie doch in Wirklichkeit unter nichts Schlimmerem litt als den Folgen von Drogenmissbrauch und Schlafmangel?»

«Ich …» Weiter kam ich nicht.

«Haben Sie gelogen?»

«Nein. Nicht direkt.»

Mrs. Bishop sah mich fragend an, und ich redete unbeholfen weiter. «Sie hat sich nicht gut gefühlt. Ich habe nur ein wenig übertrieben.»

Mrs. Bishop machte große Augen. «Übertreiben Sie häufiger?»

«Nein, natürlich nicht.»

«Aber Sie haben bei Ihrer Aussage vor diesem Gericht übertrieben.»

«Nein.»

«Sie haben dem Gericht erzählt, Sie erinnern sich daran, wie mein Mandant Sie vergewaltigt hat. In Wahrheit erinnern Sie sich an nichts dergleichen.»

«Ich weiß, was passiert ist», entgegnete ich lahm.

«Sie waren bewusstlos. Sie wachten kurz auf, und etwas Unangenehmes trug sich gerade zu. Fast unmittelbar darauf verloren Sie wieder das Bewusstsein. Das trifft zu, nicht wahr?»

«Ja.»

«Sie waren also bestenfalls halb wach.»

«Vermutlich.»

«Mit anderen Worten, Sie befanden sich im Halbschlaf.» Ich öffnete den Mund, aber sie redete weiter. «Sie könnten geträumt haben, oder halluziniert, oder beides.»

«Das habe ich nicht, da bin ich mir sicher.»

«Tatsächlich waren Sie derart mit Drogen voll gepumpt, dass Sie sich beim Aufwachen an nichts erinnerten. Mehrere Wochen lang hielt dieser Gedächtnisverlust an. Und dann haben Sie entschieden, dass die verschwommene Gestalt, an deren Angriff Sie sich dann wieder erinnerten, mein Mandant gewesen sein könnte. Das erzählten Sie der Polizei, die, wie wir noch sehen werden, mit ihren eigenen Ermittlungsversuchen nicht vom Fleck kam. Gewiss fragte man Sie, ob Sie sicher seien. Denn Sie müssen sicher sein, damit wir eine Verhaftung durchführen können. Also haben Sie in bester Absicht das, woran Sie sich zu erinnern glaubten, übertrieben. ‹Ich bin mir sicher›, sagen Sie. Und ehe Sie sichs versehen, bilden Ihre drogenumnebelten Erinnerungen die Grundlage einer Strafverfolgung.»

«Ich weiß, was passiert ist», entgegnete ich müde. «Es war Gerry Henson, der mich vergewaltigt hat.»

«Das sagen Sie ständig. Aber wie können Sie da sicher sein? Sie befanden sich in einem Rauschzustand.»

«Ihr Standpunkt ist, glaube ich, deutlich geworden, Mrs. Bishop», sagte der Richter freundlich.

Hensons Anwältin seufzte leise, wie ein Folterknecht, dem die Gelegenheit verweigert wird, seine Lieblingsmarter zum Einsatz zu bringen.

«Ich denke, dies ist ein guter Zeitpunkt, uns bis nach dem Mittagessen zu vertagen», sagte der Richter. «Mrs. Bishop?»

«Selbstverständlich, Euer Ehren.»

«Dann treffen wir uns um vierzehn Uhr wieder hier. Ich möchte die Geschworenen ermahnen, den Fall oder damit zusammenhängende Sachverhalte unter keinen Umständen mit Außenstehenden zu erörtern oder sich von Außenstehenden dazu befragen zu lassen. Erörterungen dürfen nur in der Abgeschiedenheit des Geschworenenzimmers angestellt werden, wenn Sie unter sich sind.»

Nachdem ich mich auf der Toilette übergeben hatte, ging ich hinaus an die frische Luft. Unglaublich, dass all diese Leute die Straße entlangschlenderten, sich Sandwiches besorgten und in den Pubs drängten, ihrem ganz normalen Alltag nachgingen, während mir gerade von Mrs. Bishop bei lebendigem Leib die Haut abgezogen worden war. Ob Folterer in der Dritten Welt wohl auch zwei Stunden Mittagspause einlegten? Ich überlegte, wo sie gerade sein könnte. Saß sie irgendwo in einem gemütlichen Pub für Anwälte, mit einem Shepherd's Pie und einem Glas Wein? Nein, entschied ich, sie war eher der Typ, der am Schreibtisch ein fettarmes Sandwich und ein Glas Wasser zu sich nahm und schon einmal die Fragen für den Nachmittag einstudierte. Ich stellte sie mir vor, wie sie sich gerade eine besonders verheerende Rufschädigung ausdachte und dabei kühl lächelte.

Ich schaltete mein Handy an und wählte Bills Nummer. «Ich bin's.»

«Ros!» Er klang erschrocken. «Wo bist du?»

«Draußen vorm Old Bailey. Wo bist du?»

«Leg lieber auf. Wenn dieser Anruf zurückverfolgt wird –»

«Danke der Nachfrage, es ist die Hölle.»

Kurzes Schweigen. «Bist du okay?»

«Eigentlich nicht. Ich muss dich sehen.»

«Ros», flüsterte er, «bist du wahnsinnig?»

«Ich weiß nicht, ob ich das durchstehe, wenn ich dich danach nicht sehen kann.»

Wieder Schweigen. «Ruf mich an, wenn es vorbei ist. Ich werde sehen, was ich tun kann.»

23

Auf dem Weg zurück in den Gerichtssaal fing Derek Berry mich ab. «Sie schlagen sich hervorragend», flüsterte er mir zu.

«Wirklich? Ich fühle mich schrecklich.»

«Alles Show. Keine Sorge, sie hat keinen Schaden angerichtet.» Er klopfte mir aufmunternd auf die Schulter. Und schon wurde ich wieder in den Zeugenstand gerufen.

«Kehren wir zurück zu dem Tag vor dem Überfall», fing Mrs. Bishop an und blätterte in ihren Notizen. «Waren Sie den ganzen Tag bei der Arbeit?»

«Nein. Ich wurde … na ja, man hat mir mein Handy gestohlen. Den Nachmittag habe ich mir freigenommen.»

«Ihrer Personalakte nach waren Sie erkrankt.»

«Ich war ein bisschen aufgewühlt.»

«Wieder eine Übertreibung», murmelte sie. Aber über die Mittagspause hatte ihr Auftreten sich verändert. Bis dahin war sie unnachsichtig und streng gewesen, hatte mich unbarmherzig immer wieder auf einen Punkt festgenagelt. Jetzt aber fragte sie mich fast fröhlich: «Was haben Sie getan, als Sie wieder zu Hause waren?»

«Wie meinen Sie das?»

«Ist die Frage so schwer zu verstehen? Womit haben Sie die Stunden zwischen Ihrer Heimkehr von der Arbeit gegen – lassen Sie mich nachschauen – drei Uhr und dem Überfall verbracht, der frühestmöglich um elf stattfand?»

«So genau weiß ich das nicht. Wir haben ein bisschen gequatscht, uns einen Film angeschaut und Wein getrunken.»

«Welchen Film haben Sie sich angesehen?»

Ich öffnete den Mund und schloss ihn sofort wieder. «Daran erinnere ich mich nicht.»

«Dann gibt es also doch einiges, woran Sie sich nicht erinnern. Wissen Sie noch, was Sie an dem Abend anhatten?»

Ich dachte nach. «Nein.»

«Hatte Miss McCourt ungefähr dieselbe Kleidergröße wie Sie?»

«Ja. Ungefähr.»

«Haben Sie manchmal Anziehsachen ausgetauscht?»

«Ab und zu.»

«Haben Sie sich den Nabel piercen lassen, Miss Taylor?»

Ich schaute zu den Geschworenen. Sie schienen ebenso verwirrt von diesem Zickzackkurs wie ich. «Ja.»

«Wann war das?», hakte Mrs. Bishop nach.

«Ungefähr eine Woche bevor wir in Urlaub gefahren sind. Wir haben es zusammen machen lassen.»

Ich sah, wie Hawthornes jüngerer Kollege, ein angehender Kronanwalt, ihm auf die Schulter tippte und etwas ins Ohr flüsterte.

«Hat es seit Miss McCourts Tod Kontakt zwischen Ihnen und dem Angeklagten gegeben?»

«Ja, ich habe ihn ein paar Mal gesehen. Einmal in der Leichenhalle, mit der Polizei. Und einmal ist er bei mir zu Hause vorbeigekommen.»

«Warum ist er bei Ihnen vorbeigekommen?»

«Um einige seiner Sachen abzuholen.»

«Fanden Sie das nicht ziemlich merkwürdig?», fragte Mrs. Bishop sanft.

«Inwiefern?»

«Warum sollte ein Schuldiger eine Konfrontation mit Ihnen riskieren?»

«Damals war mir noch nicht klar, dass er es war.»

«Und sein Benehmen zu der Zeit war völlig normal?»

«Ja, eigentlich schon.»

«Er benahm sich Ihnen gegenüber also wie ein Mann, der an dem Verbrechen, dessen Sie ihn später beschuldigt haben, völlig unschuldig war?»

«Ja.»

«Danke», sagte Mrs. Bishop. «Ich habe keine weiteren Fragen.»

Und damit war es ganz plötzlich vorbei. Der Richter fragte, ob die beiden Rechtsparteien noch weitere Verwendung für mich vorsahen. Das war nicht der Fall. Ich wurde entlassen, aus Mrs. Bishops eleganten Kiefern ausgespien wie ein Stück Knorpel, das zwar gründlich durchgekaut, aber nur halb verdaut worden war.

Bis ich auf der Besuchergalerie angelangt war, befand sich schon jemand anderes im Zeugenstand. Es dauerte kurz, ehe ich die Ärztin aus dem Missbrauchsdezernat wiedererkannte. Als ich mich setzte, sagte sie gerade: «Gemäß dem üblichen Verfahren nahm ich drei Blutproben ab und führte eine äußere Untersuchung der Haut des Opfers durch. Auf ihrem Rücken befanden sich eine Reihe von Schnittwunden, die fotografiert wurden.»

«Was für Untersuchungen folgten dann?», fragte Hawthorne.

«Drei Genitalabstriche, befeuchtet mit destilliertem Wasser, wurden genommen und luftgetrocknet, ehe sie für die Analyse markiert wurden. Außerdem führte ich eine visuelle und beidhändige Untersuchung des Scheidenkanals und Gebärmutterhalses des Opfers mit Hilfe eines schmalen Pedersen-Spekulums durch. Das verursachte dem Opfer einige Beschwerden, weshalb ich das Spekulum vor erneuter Einführung mit Salzlösung anfeuchtete. Die Abstriche habe ich entsprechend beschriftet.»

Ein Mann, der mit einem aufgeschlagenen Notizbuch auf den Knien unweit von mir auf der Galerie saß, hatte den Kopf herumgewandt, um mich anzuschauen. Ich blickte starr geradeaus. Ich spürte, wie sein Blick meinen Körper eingehend musterte. Ich stand abrupt auf und suchte Zuflucht in den Toiletten. Allmählich lernte ich diese Toiletten recht gut kennen.

Als ich endlich den Mut fasste, in den Saal zurückzukehren, war Mrs. Bishop gerade beim Kreuzverhör.

«Der Unterschied besteht also darin, dass das für die DNS-Analyse abgenommene Blut keine Konservierungsstoffe enthält, während das für die serologische Analyse bestimmte Blut Chelatbildner enthält, um die Proben frisch zu halten?»

«Das ist richtig.»

«Dr. Matthiesson. Sie dürften doch in Ihrer Ambulanz im Dezernat für Missbrauchsfälle bisweilen sehr schwere Verletzungen zu sehen bekommen.»

«Ja, das stimmt.»

«Könnten Sie uns einige der Verletzungen beschreiben, die für eine brutale Vergewaltigung typisch sind?»

«Nun – Blutergüsse um den Genitalbereich natürlich. Abschürfungen oder Risswunden an Gebärmutterhals oder Anus. Und dann gibt es noch andere Verletzungen, die verbreitet sind, wie etwa Blutergüsse im Gesicht und an den Armen, verursacht durch den Mann, der das Opfer fest gepackt hält, um es zu bändigen. Bissspuren, Genitalrisse, Hautabschürfungen – all so etwas.»

«Lag etwas dergleichen in diesem Fall vor?»

Die Ärztin zögerte. «Nicht in einem nennenswerten Grade.»

«Welche Verletzungen haben Sie eigentlich zu der klaren Feststellung bewogen, die von Ihnen untersuchte Frau sei vergewaltigt worden?»

«Ich habe diese Feststellung nicht getroffen.»

Mrs. Bishop blickte sie fragend an. «Ach nein?»

«Es ist nicht meine Aufgabe zu bestimmen, ob jemand vergewaltigt wurde oder nicht. Ich sammle nur Beweismittel.»

«Und die Beweismittel in diesem Fall, wenn ich Sie recht

verstanden habe, deuten weniger auf eine Vergewaltigung hin als auf einvernehmlichen Verkehr.»

«Vergewaltigungen unter Betäubung funktionieren anders. Es kommt meist zu geringerer Gewaltanwendung, weil das Opfer leichter zu überwältigen ist.»

«Und was hat Sie zu der Vermutung veranlasst, das vermeintliche Opfer in diesem speziellen Fall wäre betäubt worden?»

«Nun, eine Kombination von Umständen. Zunächst einmal hatte sie Schwindelanfälle. Und außerdem waren da, wie Sie schon erwähnten, die relativ geringfügigen Verletzungen.»

«Mit anderen Worten», sagte Mrs. Bishop, «was Sie zu der Vermutung veranlasste, das Opfer sei betäubt worden, war das Fehlen aller normalen Anzeichen einer Vergewaltigung, in Verbindung mit ihrem offensichtlichen Rauschzustand.»

«Ja, so könnte man es ausdrücken.»

«Danke, Dr. Matthiesson. Keine weiteren Fragen.»

«Ich habe an der Leiche einer weißen Frau im Alter von ungefähr vierundzwanzig Jahren eine Autopsie durchgeführt. Die Leiche war von einem Polizisten, Sergeant Tom Roberts, vom Fundort in die Klinik gebracht worden. Ich fand sie unbekleidet bei mir vor, und Sergeant Roberts bestätigte, dass sie genau in diesem Zustand aufgefunden worden war.»

«Danke, Professor Collins. Wie sind Sie bei der Autopsie vorgegangen?» Die Befragung des Pathologen hatte Hawthorne dem angehenden Kronanwalt überlassen, einer jüngeren, weniger feisten Ausgabe seiner selbst. Aus welchem

Grund wohl? War Hawthorne seiner Sache so sicher, dass er den Fall Referendaren überließ? Oder galt die Vernehmung von Pathologen als spezieller Fall, der getrost weniger erfahrenen Anwälten überlassen werden konnte, so wie Steinmetze im Mittelalter ihre Lehrlinge zunächst Tiere meißeln ließen, ehe sie sich an menschliche Gesichter heranwagen durften?

Professor Collins antwortete: «Ich untersuchte den Körper zunächst äußerlich auf Oberflächenmale, von denen eine ganze Reihe vorhanden waren. An der linken Kopfseite befand sich eine große Wunde, die stark geblutet haben dürfte, meiner Ansicht nach als Todesursache aber ausscheidet. Die Haut wies außerdem eine Anzahl oberflächlicher Verletzungen auf, wie in meinem Bericht detailliert aufgeführt. Sie lassen sich in zwei Kategorien aufteilen: dem Opfer durch Misshandlung des Täters zugefügte Verletzungen und Abwehrverletzungen, die das Opfer sich vermutlich mit den eigenen Fingernägeln zugefügt hat, während es sich aus dem Griff seines Angreifers zu befreien versuchte.»

«Können Sie, als Ergebnis Ihrer Untersuchung, dem Gericht sagen, wie Miss McCourt zu Tode gekommen ist?»

«Ja. Sie starb an Erstickung infolge gleichzeitiger Kompression der Drosselvene und der Halsschlagader.»

«Und wie haben Sie ermittelt, dass es sich hierbei um die Todesursache handelt?»

«Der Kehlkopf wies Quetschungen auf, vor allem an den oberen Hörnern des Schildknorpels und den großen Hörnern des Zungenbeins. Hinzu kamen zahlreiche Punktblutungen im ganzen Gesicht, infolge erhöhten venösen Blutdrucks.»

«Wie lange hat es gedauert, bis der Tod eintrat?»

«Das geht erstaunlich rasch – viel rascher, als wenn nur die Drosselvene betroffen ist. Zwischen Kompression und Verlust des Bewusstseins vergehen nur etwa zehn Sekunden. Irreversible Hirnschäden stellen sich nach etwa zwanzig Sekunden ein, und der Tod tritt nach etwa dreißig Sekunden bis einer Minute ein.»

Es schloss sich eine längere Diskussion über die medizinische Beweislage an, unter anderem über den Unterschied zwischen Erdrosselung, Erwürgung und Erstickung.

«Haben Sie ermittelt, ob die Erstickung manuell verursacht wurde?»

«Meiner Auffassung nach wurde sie dadurch verursacht, dass der Mörder Miss McCourt seinen Unterarm auf den Hals gedrückt hat. Das würde zudem einen kleinen, kreisrunden Bluterguss rechts vom Schildknorpelvorsprung erklären, der von einer Armbanduhr oder sonstigem Schmuck stammen könnte, die sich in die Haut gegraben hat.»

Weitere technische Diskussionen. Selbst mit meinem wissenschaftlichen Know-how fiel es mir schwer, ihnen zu folgen. Ich blickte hinüber zu den Geschworenen. Die Frau mit der Brosche und der Radfahrer lauschten gebannt, schauten zwischen dem Pathologen und dem jungen Anwalt hin und her wie bei einem Tennisspiel. Der Bauarbeiter fixierte den Boden in der Mitte des Gerichtssaals. Ob er das tat, um sich besser auf das Gesagte zu konzentrieren, oder einfach nur, weil er sich langweilte, war schwer zu sagen. In Anbetracht seiner tiefen, rhythmischen Atemzüge tippte ich auf Letzteres.

Endlich erhob sich Mrs. Bishop, um ihr Kreuzverhör zu beginnen. «Professor Collins», sagte sie munter, «wurde Miss McCourt absichtlich getötet?»

«Gewisse Indizien deuten jedenfalls darauf hin», antwortete der Professor vorsichtig. «Der Zeitraum zwischen Bewusstlosigkeit und Tod dürfte, wie soeben dargelegt, ungefähr dreißig Sekunden betragen haben. Sollte ihr Angreifer nur versucht haben, sie zu überwältigen, hätte er vermutlich aufgehört, sobald sie bewusstlos war.»

«Und wenn er nun durch den Umstand abgelenkt gewesen wäre, dass er in sie eindringen konnte?»

Professor Collins wirkte argwöhnisch. «Was meinen Sie damit?»

«Erlauben Sie mir eine anschauliche Demonstration meiner Theorie.» Sie beugte sich über die Unterlagen auf ihrem Tisch, den linken Arm um einen imaginären Hals geschlungen. «Ich bin der Angreifer und habe es darauf abgesehen, Sex mit Miss McCourt zu haben. Ich kauere über ihr, mit dieser Armhaltung. Richtig?»

Professor Collins nickte. «Ja, so könnte man sich das vorstellen.»

«Sie leistet heftige Gegenwehr, durchkreuzt immer wieder meine Versuche. Aber jetzt ist sie bewusstlos. Ist das immer noch richtig?»

«Ich glaube schon, ja.»

«Als sie bewusstlos ist, nehme ich sofort die Gelegenheit wahr, in sie einzudringen.» Mrs. Bishop legte sich die rechte Hand an den Unterleib und stieß mit den Hüften gegen den Tisch, um ihre Worte zu veranschaulichen. Ich spähte hinüber zu den Geschworenen. Sie wirkten wie versteinert. Sogar der Bauarbeiter starrte sie mit weit offenem Mund an. «Aber ich nehme nicht meinen Ellenbogen von ihrem Hals», fuhr sie fort. «Tatsächlich ruht jetzt mein gesamtes Gewicht auf meinem Unterarm – ganz zu schweigen von der Gewalt, die ich ausübe, während ich brutal in sie eindringe.» Weitere Hüftstöße. Dann war die Vorführung abrupt zu Ende. Mrs. Bishop richtete sich auf und strich sich den Rock glatt. «Könnte das ausgereicht haben, sie zu töten?»

«Es könnte ausgereicht haben», bestätigte Professor Collins. Auch er wirkte ein wenig benommen.

«Mit anderen Worten, der Zweck des über den Hals gelegten Arms war womöglich nicht Mord. Er könnte genausogut Zudringlichkeit gewesen sein.»

«So könnte es gewesen sein, ja.»

«Die Art Zudringlichkeit nämlich, für die Miss McCourt, wie wir bereits wissen, eine Schwäche hatte.»

«Euer Ehren.» Hawthorne hatte sich erhoben. Zum ersten Mal seit Beginn der Verhandlung machte er einen besorgten Eindruck auf mich. «Das ist pure Interpretation.»

«Allerdings, Mr. Hawthorne.»

«Ich bitte um Entschuldigung, Euer Ehren», sagte Mrs. Bishop. «Professor Collins, erlauben Sie mir diese Frage: Was an Miss McCourts Tod veranlasst Sie zu der Annahme, dass der Angriff des Mörders speziell ihr und nicht Miss Taylor galt?»

«Ich bin mir nicht sicher, ob ich das annehme.»

«Oh?», sagte Mrs. Bishop. «Aber die Polizei hat doch als Verdächtigen einen Mann benannt, der Ros Taylor kaum kannte. Man unterstellt, aufgrund ihres Todes, dass Jo McCourt das Hauptziel des Angreifers gewesen sein muss.

Und doch haben Sie gerade festgestellt, dass ihr Tod auch ein Unfall gewesen sein könnte.»

Der Professor zögerte. «Nun, um ehrlich zu sein, es hätte wohl jede der beiden treffen können. Durch die Indizien wird nicht belegt, dass er eine der beiden brutaler behandelt hat als die andere.»

«Vielen Dank.»

Und der Zweck deiner kleinen Sexshow war, unsere Aufmerksamkeit neu zu wecken, damit uns bloß nicht der Punkt entging, den du gerade vorgebracht hast, dachte ich bei mir.

«Tragen Sie eine Uhr, Professor Collins?»

«Ja, sicher.» Der Professor hob die linke Hand, an deren Gelenk sich eine klobige silberne Uhr befand.

«Sind Sie Linkshänder?»

«Nein, Rechtshänder.»

«Kurios, nicht wahr? Ein Linkshänder trägt seine Armbanduhr normalerweise am rechten Arm und umgekehrt.»

«Ja.»

«In unserem Fall dürfte die von Ihnen erwähnte Einbuchtung von einer am linken Handgelenk getragenen Uhr verursacht worden sein.»

«Ja.»

«Und können Sie erklären, Professor Collins», fuhr Mrs. Bishop fort, «warum ein rechtshändiger Mörder seinen linken Arm benutzt haben soll, um Miss McCourt zu ersticken, wenn er doch im anderen Arm viel mehr Kraft gehabt hätte?»

Professor Collins blinzelte. «Ich … ähm … darüber habe ich mir keine Gedanken gemacht.»

«Würden Sie sich jetzt darüber Gedanken machen?», bat ihn Mrs. Bishop mit süßer Stimme.

Der Professor blies die Wangen auf. «Nun. Ich nehme an, dass dieser Sachverhalt die von Ihnen soeben geäußerte Theorie stützt – dass der Tod ein Unfall war.»

«Die linke Hand übte den Zwang aus, weil die rechte Hand gerade Wichtigeres zu tun hatte, etwa beim Eindringen zu helfen?»

«Nun, ja.»

«Ein letzter Punkt. Hätte Miss McCourts Kopfwunde die Kleidung ihres Angreifers mit Blut beschmutzen können?»

«Schwer zu sagen. Aus Kopfwunden sickert das Blut eher heraus, als dass es spritzt. Wenn er vorsichtig gewesen wäre, hätte er eine Beschmutzung vermeiden können.»

«Aber es wäre schon extrem schwierig gewesen?»

«Einen blutenden Körper zu bewegen, ohne dabei Blut abzubekommen, ist immer schwierig, ja.»

«Vielen Dank, Herr Professor. Ich habe keine weiteren Fragen.»

Plötzlich wurde mir klar, an wen Mrs. Bishop mich erinnerte. Natürlich entstammte sie einer ganz anderen Welt, aber in gewisser Weise hatte sie Ähnlichkeit mit Jo.

Emily Pearson war Inspektorin bei der Einheit, die für Spurensicherung zuständig war.

«Wir haben die Räumlichkeiten am Morgen des zwölften Juli betreten, um die Spuren am Tatort zu sichern. Unter Leitung von Sergeant Anwar, dem zuständigen Beamten am Tatort, habe ich fünf Spezialbeamte in steriler Kleidung eingesetzt und sie beauftragt, den Tatort zu untersuchen und tatrelevante Gegenstände für die weitere Analyse zu kennzeichnen.»

«Und haben Sie bei dieser Gelegenheit tatrelevante Gegenstände gefunden, Inspector?»

«Ja. In einem Schlafzimmer, das wir im Folgenden als Schlafzimmer eins bezeichneten, stand neben dem Bett ein Tischchen mit Blutspritzern entlang der vorderen Kante, an denen einige Menschenhaare klebten. Hinzu kam blutbefleckte Bettwäsche, die zur Analyse eingeschickt wurde, sowie ein großer Blutfleck auf einem der Fußböden.»

«Wie ich höre, haben Sie ein Diagramm vorbereitet, um uns die Lage der verschiedenen Blutflecken zu zeigen.»

«Ja.»

Hawthorne ging an seinen Tisch und brachte ein großes Diagramm auf weißer Pappe zum Vorschein, das er Inspector Pearson im Zeugenstand aushändigte. «Würden Sie uns etwas zu Ihren Funden sagen?»

Zunächst erläuterte Emily Pearson eingehend den Schnitt unserer Wohnung. Es war sonderbar, aber ich fühlte mich zunehmend losgelöst von den Ereignissen, die sie schilderte. Es handelte sich nicht länger um etwas, was mir zugestoßen war. Als Inspector Pearson die diversen Teile beschmutzter Unterwäsche beschrieb, die sie vom Tatort entfernt hatte, war das nicht mehr meine schmutzige Unterwäsche. Es war nur noch irgendwelches Zeug.

Ich befand mich wieder im Zeugenstand. Mrs. Bishop fragte mich: «Würden Sie sich dem Gericht zuliebe entkleiden, damit wir Sie uns besser anschauen können?»

«Selbstverständlich.» Ich zog meine Sachen aus und reichte sie nach und nach Dr. Matthiesson.

«Also dann. Doktor Matthiesson, wie ich höre, haben Sie das Opfer mit einem schmalen, mit Salzlösung befeuchteten Pedersen-Spekulum untersucht?»

«Das trifft zu.»

«Vielleicht könnten Sie der Zeugin behilflich sein, die richtige Haltung einzunehmen.» Mrs. Bishop schnipste mit den Fingern, worauf die Gerichtsdienerinnen mit einer Arztliege und mobilen Stützschalen hereingelaufen kamen.

Nackt ging ich die Stufen hinab in den Bereich, der den Anwälten vorbehalten war.

«Moment», sagte Mrs. Bishop eisig. «Ich sehe schon, ich werde die korrekte Prozedur selbst demonstrieren müssen.» Sie nahm ein Spekulum von der Liege, damit ich Platz zum Hinlegen hatte. Dann kam sie mit dem Mund ganz dicht an mein Ohr und flüsterte: «Jetzt gehen wir der Wahrheit auf den Grund.»

Ruckartig wachte ich auf. Himmel, ich war eingenickt. Ich blickte mich um, ob jemand etwas bemerkt hatte. Das schien Gott sei Dank nicht der Fall zu sein. Ich setzte mich aufrecht hin.

Mrs. Bishop fragte: «Haben Sie eine Bestandsaufnahme sämtlicher Gegenstände in der Wohnung durchgeführt?»

Inspector Pearson schüttelte den Kopf. «Das hätte Wochen gedauert. Unser übliches Verfahren sieht vor, die Parameter der Durchsuchung mit den Ermittlungsbeamten festzulegen und dann entsprechend vorzugehen.»

«Mit anderen Worten, Sie suchen nach dem, was man Ihnen zu suchen aufträgt.»

«Das ist zwar sehr vereinfacht dargestellt, aber so läuft es ungefähr.»

«Und wonach sollten Sie in diesem Fall suchen?»

«Nun, nach allem, was auf widerrechtliches Eindringen, Tötung, Vergewaltigung oder sexuellen Missbrauch hätte hindeuten können.»

«Mit anderen Worten, die Polizei hatte bereits entschieden, was geschehen war, und forderte Sie auf, entsprechendes Beweismaterial sicherzustellen, um ihre Vermutungen zu untermauern?»

Inspector Pearson zögerte. «Das waren die Prioritäten, ausgehend von den Umständen am Tatort. Aber das heißt nicht, dass wir andere Beweismittel übergangen hätten.»

«Sofern Sie sie überhaupt als Beweismittel erkannt hätten», kommentierte Mrs. Bishop abschätzig. «Keine weiteren Fragen.»

Der nächste Zeuge war ein Vertreter des gerichtsmedizinischen Labors. Offensichtlich sagte er nicht zum ersten Mal vor Gericht aus, denn seine Antworten auf Hawthornes Fragen ratterte er zügig herunter und hinterließ dabei einen sehr kompetenten Eindruck. Er war um die Untersuchung einer Reihe von Gegenständen gebeten worden, die dem Labor in versiegelten Umschlägen zugegangen waren, darunter einige Vaginalabstriche und Blutproben gemäß Standardverfahren bei Vergewaltigungen. Diverse Gegenstände waren mit Hilfe eines Polymarkers einer DNS-Analyse unterzogen worden. Zum Polymarker merkte er an, er sei «informationell weniger ergiebig als ein STR-Apparat, aber dafür genauer, wenn die zu testenden Mengen sehr gering oder fragmentarisch sind». Man hatte somit DNS-Profile für einige mit der Ermittlung in Zusammenhang stehende Individuen erstellen können, die dem Labor aber nicht namentlich bekannt, sondern als Person A, Person B und so weiter gekennzeichnet waren. Materialien der beiden mutmaßlichen Opfer wurden mit Opfer eins und Opfer zwei etikettiert. Zu einem späteren Zeitpunkt war ein zweiter Schub Material aus dem Haus eines Verdächtigen eingegangen, darunter ein himbeerrotes Leinenhemd von einer italienischen Marke. Ein um den dritten Hemdknopf gewickeltes Haar stimmte mit der DNS von Opfer zwei überein, ebenso vier winzige Blutstropfen, die mit bloßem Auge kaum zu erkennen waren. In beiden Fällen betrug die mögliche Fehlerquote weniger als eins zu fünfhunderttausend. Dasselbe galt für einen kleinen, getrockneten Sekretfleck auf besagtem Hemd. Er konnte bestätigen, dass Form und Größe der Blutstropfen mit einem kurzen Kontakt des Hemdes mit frischen Verletzungen auf der Haut des Opfers in Einklang gebracht werden konnten. Das getrocknete Sekret enthielt ebenfalls DNS von Opfer zwei. Die spezifische Mischung von Proteinen und Säure bildenden Antigenen stimmte mit dem Scheidenabstrich aus der Probensammlung überein.

Ich fragte mich, wie um alles in der Welt Mrs. Bishop diese Fakten widerlegen wollte. Aber sie versuchte es gar nicht erst. Sie stand auf, verneigte sich und sagte: «Euer Ehren, ich habe keine Fragen an diesen Zeugen», wobei sie in ihren Unterlagen blätterte, als wäre der Eckpfeiler der Anklage nicht mehr als eine kleine Unannehmlichkeit.

«Da es jetzt vier Uhr ist, können wir die Verhandlung für heute schließen», sagte der Richter. «Ich möchte die Geschworenen abermals ermahnen, diesen Fall unter keinen Umständen mit Außenstehenden zu erörtern. Morgen früh um neun Uhr sehe ich Sie alle hier wieder.»

«Kurz habe ich geglaubt, sie würde mich ins Straucheln bringen.»

«Aber das hat sie nicht.»

«Nein, das hat sie nicht», bestätige ich.

«Du hast dich gut geschlagen.»

«Ich weiß nicht, wie das auf die Geschworenen gewirkt hat.»

Wir liegen eng aneinander in Bills Badewanne. Zwei große Kerzen stehen auf der Toilette, ihre Flammen flackern umher wie bei einem Balztanz.

Hier ist alles ruhig. Dunkelheit und Wasser und Feuer und Liebe. Ich schöpfe etwas Wasser mit meiner Hand und lasse es ihm über den Rücken laufen. «Komm, ich wasche dich.»

Er hat nur Flüssigseife, funktionelles Zeug in einem grünen Spender aus Plastik, wie es ein Mechaniker verwenden könnte, um sich Schmiere von den Händen zu entfernen. Ich nehme reichlich davon und fahre ihm über die Brust, bis Schaum entsteht. Die dunklen Härchen bilden seifige Löckchen.

Seine breiten Schultern fühlen sich glatt unter meinen seifigen Händen an, aber sie sind verspannt. Ich massiere sie mit den Daumen, übe tüchtig Druck aus, arbeite mich nach und nach seine empfindsameren Rippen hinunter. Er stöhnt. Ich tauche eine Hand ins Wasser, um die Seife abzuspülen, und schiebe ihm zwei Finger in den Mund. Er lutscht daran. Unter der seifigen Oberfläche des Badewassers öffnen mich zwei seiner Finger und gleiten in mich hinein. Seltsam fühlt sich das an – das Wasser an seinen Fingern ist weniger geschmeidig als mein eigenes Gleitsekret.

«Lass sie drin», sage ich.

Ich greife nach dem Shampoo, kippe ihm etwas auf die Haare und massiere ihm gemächlich die Kopfhaut. Unsere Gesichter sind sich ganz nahe, seine Augen nur ein bis zwei Zentimeter von meinen entfernt.

«Langsam», flüstere ich, als das Vergnügen seiner Finger mir zu viel zu werden droht.

Sein Kopf wird von einer Schaumperücke gekrönt, die mich an den Richter denken lässt. Ich küsse ihn. Seine Finger winden sich in mir, wühlen umher wie eine Made. Ich beiße ihn am Mundwinkel sanft in die Lippe.

Mit der freien Hand schöpft er mir Wasser über die Brüste.

«Hier», sage ich. Ich nehme eine der Kerzen und halte sie ihm hin. Mit der anderen Hand biete ich ihm eine Brust dar.

Sanft streichelt er die Brustwarze, überlegt noch.

«Na los», flüstere ich.

Er kippt die Kerze. Ein dünnes Rinnsal durchsichtiges Wachs strömt mir auf die Brustwarze. Mir stockt der Atem.

Als ich hinabschaue, ist das Wachs erstarrt, hat eine weiße Haube um den Warzenhof gebildet.

Ich lege mir die andere Hand unter die zweite Brust, damit er diese auch erreichen kann. Unter Wasser findet er mit Zeigefinger und Daumen meine Klitoris und kneift hinein, fest.

Hinterher sage ich: «Ich gehe wohl besser.»

«Nicht. Bleib doch.»

«Das geht nicht.» Ich rappele mich hoch. «Überleg mal,

wie das aussehen würde, wenn ich morgen in derselben Kleidung vor Gericht erscheine wie heute.»

«Wer würde denn darauf achten?»

«So was kann echt nur ein Mann sagen.» Ich setze mich auf den Badewannenrand und halte Ausschau nach meiner Unterwäsche.

Bill schnappt sich mein Handgelenk, packt es fest. Ich versuche, mich loszumachen, aber es ist aussichtslos.

«Bill, nein», sage ich. «Schluss für heute.»

Eine ganze Weile bleibt er still. Dann lässt er mich unvermittelt los.

Schweigend ziehe ich mich an.

Kurz bevor ich gehe, beginnt er: «Wenn das alles vorbei ist, Ros …»

«Ja?»

«Lass uns dann auf diese Spielchen verzichten. Lass uns die Tür schließen und den Schlüssel herumdrehen.»

Ich sage nichts. Beim Hinausgehen schließe ich die Wohnungstür. Aber ich weiß, dass er etwas anderes gemeint hat.

Von der anderen Straßenseite aus gelingen dem Mann mit dem Teleobjektiv ein paar gute Schnappschüsse von mir, wie ich zögere, mich umdrehe und fast wieder hineingehe, ehe ich dann schließlich doch davonmarschiere.

Am nächsten Morgen rief die Staatsanwaltschaft Jill Fresca in den Zeugenstand. Mrs. Bishop verlangte sofort danach, die Geschworenen hinauszuschicken. Dann entspann sich ein längerer juristischer Disput, ob Jill Frescas Zeugenaussage zulässig war.

Ich schickte Bill eine SMS. *Wer ist Jill F?*

Er antwortete: *Angestellte von Henson, sexuell belästigt.*

Ich schrieb zurück: *Wo bist du?*

Vor dem Gericht. Warte. Dann, wenig später: *Kann dich noch an meinen Fingern riechen.*

Ich lächelte und schrieb zurück: *Viel Glück.*

Schließlich entschied der Richter, dass Jill Frescas Aussage unzulässig war, weil es sich bei ihr nicht um «ähnliche Umstände» handelte, was immer das zu bedeuten hatte. Hawthorne nahm es mit einem Achselzucken hin.

Kurz darauf kamen die Geschworenen wieder herein, und Hawthorne rief Detective Inspector Bill Thomson auf.

Selbstbewusst schritt er zum Zeugenstand. Mit seinen dunklen, bis zum Anzugkragen reichenden Haaren sah er mehr aus wie ein Musiker als wie ein Polizist. Ich spähte zu den Geschworenen, die ebenfalls beeindruckt wirkten. Die Frau mit der Brosche lächelte sogar.

Er antwortete mit klarer, selbstsicherer Stimme. Er schilderte, wie die Ermittlung zunächst mit der Erwägung aller Möglichkeiten begonnen hatte und wie im Zuge der Beweisaufnahme nach und nach immer mehr auf Henson hindeutete. Er erwähnte, dass Henson und seine Frau ihre Aussagen beide mehrfach geändert hatten und dass Henson mehrere Wochen nach dem Überfall Gegenstände vom Schauplatz des Verbrechens entfernt hatte, «die von Belang für seine Beziehung zu Miss McCourt waren». Er erklärte, dass die Polizei schon über ausreichend Beweismittel für eine Verhaftung Hensons und einen Durchsuchungsbefehl verfügt hatte, bevor ich meine Aussage machte.

Am Ende blieb den Geschworenen im Grunde nur eine Schlussfolgerung: Henson war schuldig.

Mrs. Bishop erhob sich und schaute Bill müde an.

«Detective Inspector. Am Tatort wurden Spuren von Cannabis und Kokain gefunden?»

«Das ist richtig.»

«Haben Sie je die Herkunft dieser Drogen zurückverfolgt?»

«Nein.»

«Haben Sie es versucht?»

«Bis zu einem gewissen Grad. Aber im Vordergrund unserer Ermittlung standen andere Delikte.»

«Der Gedanke, zwischen Drogenkonsum und Mord könnte ein Zusammenhang bestehen, ist Ihnen nicht gekommen?»

Bill antwortete wachsam: «Uns lagen keine Indizien vor, die auf einen Zusammenhang hätten schließen lassen.»

«Weil Sie nicht danach gesucht haben.»

Bill öffnete den Mund, um zu antworten, aber sie redete bereits weiter. «Der Zusammenhang liegt doch auf der Hand. Kokain und Gammahydroxybutyrat fallen in dieselbe Kategorie harter Drogen.»

«Der Konsum von Rauschmitteln ist mittlerweile leider so verbreitet, dass man nur noch selten auf Straftaten stößt, bei denen Drogen keine Rolle spielen.»

«Ist der Angeklagte bisher je wegen Drogenmissbrauchs aufgefallen?»

«Meines Wissens nicht.»

«In der Hinsicht also ein mustergültiger Bürger.»

«In der Hinsicht schon», erwiderte Bill trocken.

«Und diese anderen Leute, die an der von Miss Taylor und Miss McCourt veranstalteten Party teilgenommen haben. Waren das auch mustergültige Bürger?»

«Bedauerlicherweise konnten wir nicht alle aufspüren. Etwa ein Dutzend ist immer noch nicht identifiziert.»

«Trotz eines, wie ich gehört habe, Aufrufs in der Fernsehsendung ‹Crimewatch›?»

«Richtig.»

«Diese Leute sind nicht gerade erpicht auf ein Gespräch mit der Polizei?»

«Wir können darüber spekulieren, aber tatsächlich wissen wir nicht, warum sie sich nicht gemeldet haben.»

«Was ist die Ursache der meisten Einbrüche, Detective Inspector?»

«Die meisten Eigentumsdelikte stehen in Zusammenhang mit Drogensucht.»

«Und wie viele Einbrüche werden aufgeklärt?»

«Die Aufklärungsquote liegt, glaube ich, bei etwa fünfzehn Prozent.»

«Eine Straftat also, die recht selten von der Polizei mit Erfolg gelöst wird?»

«Vermutlich.»

«Wie hoch ist Ihre Zielvorgabe für die Aufklärung von Delikten im Geltungsbereich der Londoner Polizei?»

«Wir sind bestrebt, dreißig Prozent aller Delikte aufzuklären.»

«Eine recht bescheidene Zielvorgabe. Und erreichen Sie diese Quote dieses Jahr?»

«Wir liegen knapp darunter, glaube ich.»

«Sie dürften also unter erheblichem Druck stehen, Verurteilungen zu erwirken.»

Freundlich entgegnete er: «Ein Polizist braucht keine Zielvorgaben, um seine Arbeit zu erledigen.»

«Detective Inspector, wir haben hier eine Wohnung, in

der eine Party stattfindet, eine Party, bei der eine beachtliche Anzahl von Drogenkonsumenten anwesend ist. Diese hätten ausreichend Gelegenheit gehabt zu bemerken, dass die Fenster hinten auf einen gepflasterten Hof hinausgingen, von wo aus man leicht Zugang hatte. Sie hätten außerdem Gelegenheit gehabt, die beiden jungen Frauen zu beobachten, die sich die Wohnung teilten. Eine von ihnen küsst einen Mann, den sie nie zuvor getroffen hat, und ist so betrunken, dass sie am nächsten Tag nicht zur Arbeit geht. Die andere geht in ein Schlafzimmer, aus dem später ein anderer junger Mann auftaucht. Beide Frauen sind attraktiv und tragen Kleidung, die ihre Reize voll zur Geltung bringt. Lässt sich da wirklich mit letzter Sicherheit ausschließen, dass eine dieser zwielichtigen Gestalten am folgenden Abend mit bösen Absichten wiederkommt?»

«Es lagen keine Indizien vor, die nahe legten, dass das der Fall war.»

«Kommt das nicht ziemlich darauf an, wie man die Indizien deutet?»

Bill gab keine Antwort.

«In Wirklichkeit, Detective Inspector, war das schlüssigste Szenario zugleich dasjenige, bei dem Ihre Chancen auf eine Verurteilung am geringsten waren. Also verlagerten Sie Ihr Augenmerk auf meinen Mandanten und versuchten, die Indizien umzubiegen, um ihn anzuschwärzen.»

«In keinster Weise. Wir hatten eindeutige Aussagen, unter anderem von Miss Taylor, die auf Mr. Hensons Beteiligung hindeuteten. Die forensischen Indizien bestätigten diese Aussagen zur Genüge.»

Sie versuchte weiter, ihn aus der Ruhe zu bringen, den Geschworenen Sand in die Augen zu streuen, aber sosehr sie sich auch bemühte, dem springenden Punkt an der Sache vermochte sie nichts entgegenzusetzen.

Einfacher wurde es für sie, als sie Dr. Griffin ins Kreuzverhör nahm.

«Sagen Sie, Dr. Griffin, auf wie viele Fälle genau stützte sich Ihr psychologisches Profil?»

«Die Studie, auf die ich mein Profil gestützt habe, war das Ergebnis der Analyse von über vierzig Fällen.»

«Und in wie vielen davon wurden den Opfern auf dem Rücken Schnittwunden zugefügt, wie in diesem Fall?»

«Bei keinem. Diese Art sehr kontrollierter Schnitte ist meines Wissens einzigartig.»

«Mit anderen Worten, es handelte sich nicht um ein Delikt wie aus dem Lehrbuch.»

«Nicht wirklich.»

«Was allerdings die Vermutung nahe legt, das Lehrbuch könnte nur begrenzt dazu taugen, Erklärungen zu liefern.»

Griffin antwortete vorsichtig: «Es ist immer schwierig, in solchen Belangen zu verallgemeinern. Aber ich hoffe, einige nützliche Fingerzeige gegeben zu haben.»

«Tja, schauen wir doch mal.» Mrs. Bishop blätterte in ihren Unterlagen. «Sie haben geschrieben, der Täter fahre wahrscheinlich einen Sport- oder Geländewagen und trainiere regelmäßig in einem Fitnessclub. Auf einen wie großen Anteil der Bevölkerung trifft dies Ihrer Einschätzung nach zu?»

«Könnte ich nicht sagen. Auf einen erheblichen Anteil, offenkundig.»

«Sie schreiben auch, dass er in seinem Leben schon viele

Affären gehabt habe und sich Frauen gegenüber grob verhalte. Wäre die Polizei Ihnen in diesem Punkt gefolgt, hätten fast alle meine Kollegen aus der Anwaltszunft verhaftet werden können.»

Gelächter im Gerichtssaal. Die sonst so unterkühlte Lady hatte offensichtlich Sinn für Humor.

«Ein Täterprofil soll der Polizei nicht dabei helfen, Verdächtige zu finden», entgegnete Griffin sanft, «sondern sie auszuschließen.»

«Würden Sie mir zustimmen», fragte sie, «dass es zahlreiche vollkommen unschuldige Menschen gibt, die hierdurch nicht ausgeschlossen würden?»

«Ohne weiteres.»

«Würden Sie mir außerdem zustimmen, dass nichts in diesem Profil den Angeklagten tatsächlich belastet?»

Er zögerte.

«Ja oder nein, Dr. Griffin?»

«Das kann ich leider nicht mit Ja oder Nein beantworten. Die Dinge sind wesentlich komplizierter.»

«Dr. Griffin», sagte sie, «ich habe Ihnen eine klare Frage gestellt. Sie verdient eine klare Antwort. Belastet Ihr psychologisches Profil meinen Mandanten – ja oder nein?»

Griffin erklärte schwülstig: «Ich stehe unter Eid, die reine Wahrheit zu sagen. Weder ja noch nein entspricht der reinen Wahrheit.»

«Demnach besteht also durchaus Raum für Zweifel?»

«Natürlich, aber –»

«Vielen Dank», sagte sie schnippisch und wandte sich von ihm ab. «Keine weiteren Fragen.»

Hawthorne erhob sich wieder. «Für den Fall, dass die Verteidigung unbeabsichtigt die Geschworenen verwirrt haben sollte: Könnten Sie erklären, welchem Zweck ein psychologisches Profil dient?»

«Ja. Ein Täterprofil ist schlicht ein Hilfsmittel zur Identifizierung, das sich auf empirische Werte stützt. So wie Straßenräuber meist jung, körperlich fit und auf Bargeld aus sind sowie am liebsten Leute ausrauben, die zahlreiche Wertsachen dabeihaben, können wir auch eine Reihe von Beobachtungen über Vergewaltiger und ihre Opferauswahl anstellen. Belasten kann ein psychologisches Profil niemanden. Es kann belegen, dass jemand zu der Sorte Mensch gehört, die ein bestimmtes Verbrechen potenziell begeht.»

«Vielen Dank, Dr. Griffin.» Er wandte sich zum Richter. «Euer Ehren, damit ist die Beweisaufnahme der Anklage abgeschlossen.»

Der Richter schaute auf die Wanduhr. «In dem Fall werden wir uns auf morgen früh vertagen. Meine Damen und Herren Geschworenen, die Anweisung, das Verfahren nicht außerhalb dieses Gerichts zu erörtern, gilt nach wie vor.»

24

«Und haben Sie an besagtem Abend zwei Pizzen an eine Adresse an der Broadhurst Terrace geliefert?», fragte Mrs. Bishop.

«Ja, das habe ich.»

«Unter welchem Namen wurde die Bestellung aufgegeben?»

«McCourt.»

Der erste Zeuge der Verteidigung war ein junger Mann,

achtzehn vielleicht, der sehr nervös wirkte. Er trug einen billigen Anzug und hatte die Haare mit Gel zurückgekämmt. Schweiß glänzte auf seinem pickeligen Gesicht.

«Sie haben also bei ‹McCourt› geklingelt?»

«Ja.»

«Was passierte dann?»

«Eine Frau hat die Tür aufgemacht.» Der Milchbubi klang auf einmal selbstsicherer.

«Können Sie sie beschreiben?»

«Sie hatte blonde Haare. Und sah verdammt gut aus.»

«Sie haben diese Frau später anhand eines Polizeifotos als die Verstorbene identifiziert.»

«Ja.»

«Was hatte sie an?»

«So eine Art Morgenmantel.»

«Trug sie einen Gürtel?»

«Sie hielt ihn irgendwie mit der Hand zu.»

«Was passierte dann?»

«Ich hab ihr die Pizzen und den Lieferschein gegeben. Den muss man unterschreiben, zum Beweis, dass wir die Ware geliefert haben.»

«Fahren Sie fort.»

«Na ja, sie hat, äh … eine Hand unter die Pizzakartons geschoben, mit der anderen den Stift genommen und dann den Lieferschein unterschrieben.»

«Was passierte dabei mit dem Morgenmantel?»

«Der ist irgendwie aufgegangen.»

«Was trug sie darunter?»

«Nix.»

Mrs. Bishop zeigte sich nach Kräften schockiert. «Sie hat sich vor Ihnen entblößt?»

«Na ja – nur obenrum.» Bei der Erinnerung konnte er sich ein Grinsen nicht verkneifen.

«Hat sie verlegen gewirkt?»

«Nee. Sie hat … es war, als fand sie das irgendwie lustig. Sie sagte so was wie: ‹Hoppla, ein Trinkgeld brauch ich Ihnen jetzt wohl nicht mehr zu geben, oder?›»

«Euer Ehren.» Das war Hawthorne. Es folgte ein kurzer juristischer Disput, den ich nicht verstand. Mrs. Bishop setzte sich offenbar durch, denn sie wandte sich an den Zeugen und fragte: «Wie würden Sie Miss McCourts Benehmen beschreiben?»

«Sie war ziemlich gut drauf. Ich dachte, sie war ein bisschen blau oder so.»

«Sie wirkte also berauscht?»

«So kam's mir vor.»

Hawthorne versuchte weiterhin zu intervenieren. Aber die Sache war klar. Jo hätte schon zu dem Zeitpunkt, als sie die Tür aufmachte, high gewesen sein können.

«Würden Sie bitte Ihren Namen nennen?»

«Peter Longworth.»

«Wo arbeiten Sie, Mr. Longworth?»

«Bei Leo Burnett. Das ist die sechstgrößte Werbeagentur in London.»

«In was für einer Beziehung standen Sie zu Miss McCourt?»

«Ich war ihr Chef.»

«Ist das alles?», fragte Mrs. Bishop.

«Ich hatte kurzzeitig ein Verhältnis mit ihr.»

«Sie waren ein Liebespaar?»

«Mehr oder weniger.» Jos Chef fummelte nervös an

seinen Manschettenknöpfen herum. «Es blieb bei einem Mal.»

«In gemeinsamem Einvernehmen?»

«Nicht direkt. Ich wollte … ich hoffte, es würde mehr daraus. Aber sie hat deutlich gemacht, dass sie nicht interessiert war.»

«Hat Sie das überrascht?»

«Ja, schon. Ein bisschen.»

Mrs. Bishop warf den Geschworenen einen vielsagenden Blick zu. «Warum erzählen Sie uns nicht genau, was passiert ist?», schlug sie vor.

Worauf Peter detailliert seinen Flirt mit Jo schilderte, der in dem Abend gipfelte, als er nach der Arbeit mit ihr ausging und sie betrunken machte.

«Sie hat immer heftiger geflirtet», sagte er ernst und schob das Kinn vor. «Es war ziemlich klar, dass sie mit von der Partie sein würde.»

«Was ist dann passiert?»

«Ich schlug vor, zu mir nach Hause zu fahren, nach Barnes.»

«Hat sie zugestimmt?»

«Sie hat gemeint, im Büro könne es vielleicht aufregender sein. Außerdem sei das nicht so weit weg.» Von der Besuchergalerie ließ sich ein unterdrücktes Kichern vernehmen.

«Sie gingen also in Ihr Büro. Was ist dort passiert?»

«Na ja, wir hatten Sex.»

«Und hinterher?»

«Hinterher habe ich ihr ein Taxi gerufen, und sie ist nach Hause gefahren. Am nächsten Tag habe ich ihr Blumen geschickt.»

«Sehr galant von Ihnen», merkte Mrs. Bishop trocken an. Wieder leises Kichern. «Wie hat sie reagiert?»

«Gar nicht, eigentlich. Sie schien komplett das Interesse an mir verloren zu haben. Wenn überhaupt, hat sie die Situation zu ihrem Vorteil genutzt. Als eine der größten Werbeagenturen in London müssen wir oft Vertreter zu Verbrauchertestgruppen schicken oder Überstunden bei Veranstaltungen von Kunden machen. Wenn ich Jo zu so etwas verpflichten wollte, hat sie immer Ausflüchte gemacht.»

«Sie nahm ihre Arbeit nicht mehr ernst?»

«Ich hatte den Eindruck, sie dachte, nur weil sie mit mir Sex gehabt hatte, müsse sie sich nicht mehr mit dem langweiligen Kram abgeben.»

«Am Morgen des elften Juli, haben Sie da einen Anruf von Miss McCourts Mitbewohnerin Ros Taylor erhalten?»

«Ja, das habe ich.»

«Beschreiben Sie uns bitte das Telefonat!»

«Sie rief an, um mir zu sagen, dass Jo krank war und an dem Tag nicht zur Arbeit kommen würde.»

«Und wie haben Sie darauf reagiert?»

«Ich war ehrlich gesagt ein bisschen misstrauisch. Ros hatte schon öfter angerufen, um sie krank zu melden. Ich hatte den Verdacht, dass sie mich anlog. Jetzt weiß ich, dass mein Misstrauen begründet war.»

«Haben Sie Miss Taylor gegenüber Ihre Vermutungen geäußert?»

«Nein.»

«Wieso nicht?»

«Ich konnte hören, wie die beiden über mich lachten.»

Er schwieg kurz. «Wenn Jo in so einer Stimmung war, war es mir ohnehin lieber, sie blieb zu Hause.»

Als Nächste trat eine Frau um die dreißig in den Zeugenstand. Sie trug eine aparte Jacke in einem dunklen Grünton, die fraglos mehr gekostet hatte, als ich in einem Monat verdiente. Ihre Hände zitterten unbeherrscht, als sie den Eid mit kaum vernehmbarer Stimme sprach.

«Würden Sie bitte Ihren Namen nennen?», bat Mrs. Bishop in gedämpfter Tonlage, wahrscheinlich aus Mitgefühl.

«Caroline Henson.»

«In was für einer Beziehung stehen Sie zu dem Angeklagten?»

«Ich bin seine Ehefrau.»

«Wie lange sind Sie verheiratet?»

«Sechs Jahre.»

«Würden Sie dem Gericht sagen, wo Sie den letzten Monat verbracht haben?»

«In der Priory, in Roehampton. Das ist eine Fachklinik für Suchtkrankheiten.»

«Haben Sie sich freiwillig dorthin begeben, oder sind Sie überwiesen worden?»

«Ich habe mich aus freien Stücken dorthin begeben.»

«Welche Art von Suchterkrankung liegt bei Ihnen vor?»

Mrs. Hensons Hände verkrampften sich. «Ich bin Alkoholikerin», antwortete sie sehr leise.

«Ist Ihre Behandlung erfolgreich verlaufen?»

«Bisher ja. Seit meiner Entlassung bin ich trocken geblieben.»

«Dann muss man Sie beglückwünschen, den Kampf gegen eine sehr ernste Krankheit aufgenommen zu haben», sagte Mrs. Bishop. «Hat Ihre Alkoholabhängigkeit für Probleme in Ihrer Ehe gesorgt?»

Mrs. Henson nickte.

«Sie müssen laut antworten», half Mrs. Bishop ihr freundlich auf die Sprünge.

«Ja.» Caroline Henson räusperte sich. «Lange Zeit war es sehr schwierig, mit mir zusammenzuleben. Gerry hat versucht, mir zu helfen, aber es liegt in der Natur des Alkoholikers, dass er die Menschen schlecht behandelt, die ihn lieben.»

«Könnten Sie ein wenig deutlicher werden?»

«Es ist alles etwas verschwommen. Ich erinnere mich an Streitsituationen – wie ich mit Gegenständen geworfen habe. Ich wurde oft gewalttätig, vor allem, wenn er die Flasche zu verstecken versuchte. Bei verschiedenen Anlässen habe ich ihn angegriffen und ihm das Gesicht zerkratzt. Einmal habe ich ein Glas zerbrochen und ihn damit beworfen. Er musste genäht werden.»

«Und Ihre körperliche Beziehung?», fragte Mrs. Bishop mitfühlend. «Hat die auch gelitten?»

«Natürlich. Ich war außerstande, ihn auf normale Weise zu lieben.» Sie stockte, flüsterte «Entschuldigung» und sagte dann mit festerer Stimme: «Die meiste Zeit über kreisten meine Gedanken um die Frage, wie ich an den nächsten Drink kam.»

«Wie hat Ihr Mann auf Ihre Krankheit reagiert?»

«Er versuchte immer wieder, mich dazu zu bewegen, einen Arzt aufzusuchen. Leider habe ich seine Bemühungen ignoriert.»

«Das muss schwierig für Sie beide gewesen sein.»

«Ich ahnte, dass er schrecklich einsam war. Mir war klar, dass ich ihn so weit treiben könnte, sich in eine Affäre zu stürzen. Aber das war mir zu dem Zeitpunkt schon egal. Ich wollte nur, dass er mich in Ruhe ließ, damit ich trinken konnte.»

«Heißt das, Sie fühlen sich verantwortlich für sein Verhältnis mit Jo McCourt?», fragte Mrs. Bishop sanft.

«Natürlich.»

«Gab es ein bestimmtes Ereignis, bei dem Ihnen klar wurde, dass Sie das Trinken aufgeben mussten?»

«Ja.»

«Würden Sie dem Gericht erzählen, was genau den Ausschlag gab?»

«Eines Nachmittags hat mich ein Polizist aufgesucht, als Gerry nicht da war. Er war selbst gerade im Polizeirevier, mit unserer Rechtsanwältin.»

«Was dem Beamten, der Sie aufsuchte, vermutlich bekannt gewesen sein dürfte?»

«Ja. Er machte deutlich, dass er mich allein sehen wollte.»

«Wie hieß dieser Polizeibeamte?»

«Collier, wie ich später herausfand. Superintendent Collier. Er hat die Ermittlungen geleitet.»

«Was taten Sie gerade, als er zu Ihnen kam?»

«Ich habe getrunken, sonst nichts.»

«Waren Sie betrunken?»

«Ziemlich.»

«Vielleicht war Superintendent Collier sich dessen nicht bewusst.»

«Ich hatte während der gesamten Befragung eine Flasche Wodka in der Hand. Als ich sie ausgetrunken hatte, schlug er mir vor, noch eine zu holen. Und ein Glas für ihn mitzubringen.»

«Wie viel von dieser zweiten Flasche Wodka haben Sie zusammen getrunken?»

«Die ganze Flasche.»

«Das dürfte ihm doch ziemlich erschwert haben, Sie ordnungsgemäß zu vernehmen.»

Caroline Henson lachte bitter. «Das hat er gar nicht erst versucht.»

«Ach ja? Warum nicht?»

«Er war gar nicht gekommen, um mich zu vernehmen. Er war gekommen, um mir zu eröffnen, dass mein Mann fremdgegangen war.»

«Hat er Ihnen gesagt, dass das Mädchen tot war?»

«Nein. Er sagte, sie mache Ärger und beschuldige Gerry. Obwohl die Polizei ihr keinen Glauben schenke, sei er verpflichtet, der Sache nachzugehen.»

«Was sollen das für Anschuldigungen gewesen sein?»

«Hat er nicht gesagt. Ich dachte mir, es müsse mit sexueller Belästigung zu tun haben. Ich konnte gar nicht klar denken.»

«Sie waren sicherlich sehr aufgewühlt.»

«Ja. Sehr.»

«Hat er die Vernehmung unterbrochen?»

«Nein. Er hat mir einfach noch ein Glas eingeschenkt.»

«Was hat er dann getan?»

«Er forderte mich auf, etwas zu unterschreiben. Nur eine Formalität, erklärte er, damit sie dieses Mädchen loswerden könnten.»

«Haben Sie versucht, Ihre Anwältin anzurufen?»

«Meine Anwältin und mein Mann befanden sich noch

im Polizeirevier. Ich versuchte, sie anzurufen, aber ihre Handys waren ausgeschaltet.»

«Also haben Sie das Aussageformular unterschrieben, das der Polizeibeamte für Sie ausgefüllt hatte?»

«Ja.»

«Haben Sie gelesen, was Sie da unterschrieben haben?»

«Nein. Ich wollte bloß, dass er ging.»

«Ist Ihnen der Inhalt dieser vorgeblichen Aussage inzwischen bekannt?»

«Ja. Ich hätte keine Ahnung, wann mein Mann in der Mordnacht nach Hause gekommen sei, aber dass er auf jeden Fall erst gekommen sei, nachdem ich schlafen gegangen war.»

«Traf das zu?»

«Nein. Gerry war lange vor Mitternacht wieder zu Hause.»

«Als Ihr Mann herausfand, dass Sie zu dieser irreführenden Aussage verleitet worden waren, war er da böse?»

«Nein. Gerry wird nie böse. Er meinte, das könne Probleme verursachen, aber die würden wir schon bewältigen.» In Carolines großen, kajalumrandeten Augen zeigte sich eine Träne. «Da wurde mir langsam klar, wie sehr ich ihn im Stich gelassen hatte.»

«Und daraufhin beschlossen Sie, sich in Behandlung zu begeben.»

«Ja.»

«Wie steht es jetzt um Ihre Ehe?»

Sie nickte. «Wir stehen das gemeinsam durch. Was den Menschen nicht umbringt, macht ihn stärker.»

«Vielen Dank», sagte Mrs. Bishop freundlich. Sie nahm Platz.

«Mrs. Henson», begann Nick Hawthorne heiter. «Sie haben uns gerade einen Haufen Lügen aufgetischt, nicht wahr?»

Sie starrte ihn eisig an. «Natürlich nicht.»

«Sie mussten irgendwie versuchen, eine extrem belastende Aussage wieder rückgängig zu machen, eine Aussage, die Sie aus freien Stücken gemacht haben.»

«Nein.»

«Warum sind Sie zur Alkoholikerin geworden, Mrs. Henson?»

«Weil ich von Natur aus suchtgefährdet bin, nehme ich an.»

«Sie haben soeben gesagt, Ihr Alkoholismus hätte Probleme in Ihrer Ehe verursacht. Sind Sie sicher, dass nicht vielmehr die Probleme in Ihrer Ehe Ihren Alkoholismus verursacht haben?»

«Euer Ehren!» Mrs. Bishop sprang auf. «Das ist ebenso spekulativ wie irrelevant.»

Der Richter fragte: «Hat Ihre Frage einen triftigen Grund, Mr. Hawthorne?»

«Euer Ehren, ich versuche festzustellen, ob Mrs. Henson genötigt wurde, ihre eigene Aussage zu widerrufen.»

«Dann schlage ich Ihnen vor, sie direkt danach zu fragen.»

«Mrs. Henson, sind Sie irgendwann unter Druck gesetzt worden, Ihre Aussage zu widerrufen?»

«Nein», flüsterte sie.

«Erwarten Sie wirklich, das Gericht könnte glauben, die Polizei würde eine wichtige Ermittlung gefährden – eine Ermittlung, die bereits eine Fülle von Beweisen zusammengetragen hatte, die Ihren Gatten belasteten –, um Sie zu einer irreführenden Aussage zu verleiten?»

Sie zuckte hilflos mit den Schultern.

«Ihre heutige Aussage ändert ohnehin nichts», sagte Hawthorne. «Wie Sie selbst erklärt haben, waren Sie zur Zeit der hier erörterten Geschehnisse chronisch alkoholabhängig. Jedes Alibi, das Sie Ihrem Gatten jetzt verschaffen, ist eindeutig unglaubwürdig.»

«Einspruch, Euer Ehren.»

«Haben Sie eine Frage, Mr. Hawthorne?»

«Euer Ehren, ich sehe keinen Grund, die Geschworenen weiter mit der Aussage dieser Zeugin zu behelligen», antwortete Hawthorne. Er nahm Platz.

Der junge Mann, der jetzt in den Zeugenstand trat und den Eid ablegte, kam mir irgendwie bekannt vor, doch zunächst konnte ich ihn nicht einordnen.

«Würden Sie dem Gericht bitte Ihren Namen nennen?»

Er schaute nervös zum Richter. «Ich heiße Gary Lewis.»

«Sind Sie berufstätig, Mr. Lewis?»

«Nein. Ich bin arbeitslos.»

«Würden Sie dem Gericht sagen, wo Sie am Abend des elften Juli waren?»

«Ich war auf einer Party in der Wohnung in West Hampstead.»

«An der Broadhurst Terrace siebenundzwanzig?»

«Ja, genau.» Daher kannte ich ihn also.

«Waren Sie eingeladen?»

«Ich bin mit ein paar Freunden hingegangen. Einer von ihnen kannte die Gastgeberin und meinte, das würde schon klargehen.»

Plötzlich wusste ich ganz genau, wer Gary Lewis war:

der Typ, der am Abend der Party in meinem Bett geschlafen hatte.

«War die Party gut?»

«Ja, es war klasse.»

«Haben Sie, von Alkohol abgesehen, auf der Party noch andere Rauschmittel eingenommen?»

Gary Lewis antwortete: «Ja. Ein Typ hatte E dabei, davon habe ich welches genommen.»

«Sie haben also Ecstasy eingenommen?»

«Ja. Aber es war keine Pille, sondern ein Popper.»

Im Gerichtssaal war es sehr still geworden. Gary Lewis schien sich seiner Wirkung gar nicht bewusst zu sein. Er rieb sich nervös über den Kopf und schaute sich um.

«Wollen Sie damit sagen, die Droge wurde in flüssiger statt in Tablettenform gereicht?», half Mrs. Bishop nach.

«Ja. Ich fand zwar, das Zeug sah irgendwie dubios aus, aber ich hatte schon ziemlich viel getrunken und hab's daher trotzdem genommen.»

«Sie haben das flüssige Ecstasy eingenommen. Was geschah dann?»

«Mir ging's auf einmal ziemlich dreckig.»

«Ihnen war übel?»

«Ja, und ich wurde sehr müde. Ich wollte nur noch schlafen. Danach weiß ich nicht mehr viel. Ich hab, glaube ich, ein Bett gefunden und versucht, den Rausch wegzupennen.»

«Wann sind Sie aufgewacht?»

«Da war plötzlich diese Frau und hat angefangen, mir Stress zu machen, von wegen das sei ihr Bett und ich solle abhauen. Also bin ich nach draußen und hab im Auto von meinem Kumpel weitergepennt.»

«Der Mensch, von dem Sie dieses flüssige Ecstasy hatten. Hatte der noch mehr davon?»

«Ja, er hatte einige Fläschchen davon.»

«Wissen Sie, was aus denen geworden ist?»

«Er meinte, er wolle zusehen, dass er die bei der Party loswird.»

«Soso», sagte Mrs. Bishop. «Keine weiteren Fragen.»

«Mr. Hawthorne?», fragte der Richter.

«Ich habe keine Fragen an diesen Zeugen», antwortete Hawthorne. «Aber ich würde mich gern mit meinen Kollegen von der Staatsanwaltschaft beraten.»

«Sehr wohl. Da es inzwischen fast vier Uhr ist, werden wir die Sitzung schließen und morgen vormittag um zehn Uhr wieder zusammenkommen.»

Sobald der Richter den Saal verlassen hatte, machte sich auf der Besuchergalerie aufgeregtes Getuschel breit.

«Du weißt, was das heißt», sagte eine Frau zu ihrer Nachbarin. «Er glaubt, die Staatsanwaltschaft lässt die Klage fallen.»

«Dabei sollte man meinen, die Polizei hätte inzwischen dazugelernt», erwiderte die andere kopfschüttelnd.

«Das sind diese Zielvorgaben», sagte die erste Frau im Brustton der Überzeugung. «Wie seine Anwältin schon sagte. Sie haben gewisse Zielvorgaben, und die müssen sie erfüllen.»

Ich kochte vor Wut. Wer gab diesen Weibern das Recht, hier aufzukreuzen und meine Verhandlung zu verfolgen? Die hatten doch gar keine Ahnung. Ich drängelte mich an ihnen vorbei. Im Weggehen hörte ich eine sagen: «Oh, schau mal. Ist das nicht das arme Mädchen, das auch ausgesagt hat?»

Bills Handy war ausgeschaltet. Später erfuhr ich, dass er in einer Besprechung mit Hawthorne, Collier und den zuständigen Staatsanwälten war, um zu diskutieren, ob die Anklage zurückgezogen werden sollte oder nicht.

Die Staatsanwaltschaft vertrat die Auffassung, durch den unsachlichen Auftritt der Polizei sei das gesamte Verfahren in Mitleidenschaft gezogen worden.

Derek Berry fragte Bill, was die Polizei zu diesem Vorwurf zu sagen habe.

«Wenn wir uns jetzt zurückziehen, brandmarken wir zwei Menschen als Lügner», antwortete Bill. «Erstens ist mein Boss beschuldigt worden, Caroline Hensons Aussage fingiert zu haben.»

«Der dürfte schon viel schlimmerer Dinge beschuldigt worden sein», murmelte Berry mit gequältem Grinsen.

«Zweitens sagen wir damit, wir hätten kein Vertrauen mehr in Ros Taylors Zeugenaussage. Sie wissen, was das bedeutet. Die Zeitungen werden sie in Stücke reißen.»

Hawthorne hatte das letzte Wort. Bill erzählte mir später, seine Empfehlung hätte ausschließlich auf der Überzeugung beruht, die Geschworenen hätten mich persönlich glaubwürdig gefunden. «Sie mögen zwar dem Beweismaterial der Polizei keinen Glauben schenken», hatte er argumentiert, «weil die Polizei durch jeden einzelnen Justizirrtum, über den sie in der *Daily Mail* gelesen haben, heillos in Misskredit geraten ist. Andererseits sind sie schon so an die Geschichten von Inkompetenz und Korruption bei der Polizei gewöhnt, dass sie darüber nicht mehr allzu schockiert sein können. Ros Taylor aber hat genau die Sorte Gesicht, dem Geschworene gern Glauben schenken.»

Und so wurde eine überzeugende Lüge letzten Endes wichtiger für den Prozess als zahlreiche nicht überzeugende Tatsachen.

«Würden Sie dem Gericht bitte Ihren Namen und Ihren Beruf nennen?»

«Ich heiße Richard Scott. Ich bin Professor für Pharmakologie an der Southampton University.»

«Und Sie sind ein anerkannter Experte, was die Wirkung von Drogen und Toxinen auf das Nervensystem betrifft?»

«Ich habe über zwanzig Studien zu dem Thema veröffentlicht, die in wissenschaftlichen Kreisen hoch anerkannt sind.»

«Würden Sie uns die Auswirkungen erläutern, die Gammahydroxybutyrat, auch bekannt als GHB oder flüssiges Ecstasy, auf den Körper hat?»

«Das kommt stark auf die Größe und körperliche Verfassung der Person an, die es einnimmt. Faktoren wie das Geschlecht sind genau so relevant wie beispielsweise die Frage, ob sich im Körper vor Konsum der Droge bereits andere Rauschgifte oder Medikamente befunden haben.»

«Könnten Sie einmal die Wirkung der Droge auf eine gesunde junge Frau beschreiben, die kurz davor Kokain oder Cannabis konsumiert und noch dazu mehrere Gläser Wein getrunken hat?»

«Bei einer kleinen Dosis, hundert Milligramm etwa oder weniger, ein leichter Rauschzustand, Schläfrigkeit, eine allgemeine Lockerung sozialer Hemmungen, Wohlgefühle und Euphorie. Eine größere Dosis, sagen wir zweihundert Milligramm, könnte bei der Person Bewusstlosigkeit zur Folge haben. Eine Dosis irgendwo dazwischen würde äußerst schwer vorhersagbare Ergebnisse erzielen.»

«Welche etwa?»

«Nun ja, in manchen Fällen könnte die vorliegende Kombination von Chemikalien Paranoia, Atembeschwerden, Halluzinationen, psychotische Schübe, Panikattacken und Ähnliches auslösen – all das, was unter Drogenkonsumenten als ‹Horrortrip› bekannt ist.»

«Welche Formen können solche Halluzinationen annehmen?»

«Die betreffende Person kann außerstande sein, zwischen dem, was real, und dem, was nur eingebildet ist, zu unterscheiden.»

«Kann es auch passieren, dass sie jemanden sieht, der in Wirklichkeit gar nicht anwesend ist?»

«Ja.»

«Vielen Dank. Keine weiteren Fragen.»

Hawthorne stand auf. «Professor Scott, haben Sie Miss Taylor unmittelbar nach dem Überfall untersucht?»

«Nein.»

«Wenn Sie also von Horrortrips und Halluzinationen sprechen, handelt es sich um rein hypothetische Ausführungen?»

«Ja, richtig.»

«Und Ihnen liegen keine Beweise vor, die nahe legen, dass die von Ihnen geschilderte hypothetische Situation, dieser Horrortrip, im vorliegenden Fall tatsächlich stattgefunden hat?»

«Nein.»

«Es handelt sich also um reine Spekulation.»

Der Professor zögerte.

«Vielen Dank», sagte Hawthorne und nahm wieder Platz.

Die Verteidigung rief Gerry Henson auf. Er begab sich in den Zeugenstand und leistete mit leiser, ruhiger Stimme seinen Eid. Es gelang ihm hervorragend, den Unschuldsengel zu spielen.

«Mr. Henson, was sind Sie von Beruf?»

«Ich bin Kunsthändler.»

«Sind Sie erfolgreich?»

«Mein Beruf hat mir einen sehr guten Lebensstandard ermöglicht, ja.»

«Würden Sie uns Ihre Beziehung zu Miss McCourt schildern?»

Bedächtig sagte er: «Es war eine dumme Beziehung.»

«Aus welchem Grund?»

«Weil ich verheiratet war. Ich habe die Frau, die ich liebe, betrogen. Ich hätte es besser wissen sollen.»

«Und warum wussten Sie es nicht besser?»

«Nun, meine Frau und ich machten eine schwere Zeit durch. Und Jo», er hielt inne, wie um nach dem passenden Wort zu suchen, «war verführerisch, in jeder Hinsicht. Schön, jung, unkompliziert – jemandem wie ihr war ich noch nie zuvor begegnet.»

«Haben Sie sie mit Geschenken überhäuft?»

«O ja.» Henson wirkte beschämt. «Ich habe das Glück, nicht wenig Geld zu verdienen, und Jo hatte gewiss nichts dagegen, dass ich ihr Geschenke machte.»

«Was haben Sie ihr gekauft?»

«Champagner, Urlaubsreisen, Schmuck. Und Kleidung. Ich habe ihr viel Kleidung gekauft.»

«Haben Sie ihr je ein himbeerrotes Leinenhemd mit Perlmuttknöpfchen gekauft?»

«Ja.»

«Ist es dieses hier?» Mrs. Bishop hob einen Beweisbeutel aus Zellophan auf. Sie hielt das Hemd hoch, damit Henson es sehen konnte.

«Ja. Das habe ich bei Ralph Lauren in der New Bond Street gekauft.»

«Es sieht aus wie ein Männerhemd.»

«Ist es auch. Hin und wieder trug sie gerne Männerhemden.»

«Dies ist das Hemd, das die Polizei aus Ihrem Haus mitgenommen hat, richtig?»

«Ja.»

«Das Hemd, auf dem das gerichtsmedizinische Labor Spuren von Miss Taylors DNS gefunden hat.»

«Anscheinend.»

«Wieso befand es sich in Ihrem Haus?»

«Ungefähr drei Wochen nach Jos Tod bin ich zu ihrer Wohnung gefahren, um einige der Sachen zu holen, die ich ihr geschenkt hatte. Warum, weiß ich selbst nicht genau. Vermutlich, weil ich in irgendeiner Form an ihnen hing.»

Mrs. Bishop fuhr bedächtig fort: «Sie haben also das Hemd mitgenommen, als Sie in der Wohnung waren, drei Wochen *nach* Miss McCourts Tod?»

«Ja.»

Auf der Bank der Geschworenen wurde hörbar nach Luft geschnappt. Die Fixeren von ihnen begriffen sofort, was das bedeutete.

Mrs. Bishop redete ruhig weiter. «Das deckt sich mit Miss

Taylors Aussage, nicht wahr? Sie hat dem Gericht erzählt, Moment ...» Sie blätterte demonstrativ in ihren Aufzeichnungen. «Sie hat dem Gericht erzählt, dass Sie vorbeikamen, um einige Ihrer Sachen abzuholen. Und außerdem, dass sie häufiger Kleidung ihrer Mitbewohnerin trug.»

«Ja. Mehr als einmal habe ich sie in Sachen gesehen, die ich Jo gekauft hatte. Ich hatte nichts dagegen. Sie waren sehr eng befreundet, also kam mir das ganz normal vor.»

«Dann haben Sie also eine Erklärung dafür, wieso das gerichtsmedizinische Labor Ros Taylors DNS auf einem Hemd gefunden hat, das sich in Ihrem Haus befand?»

«Ja. Mir erscheint das ganz simpel. Ich habe das Hemd Jo geschenkt. Irgendwann einmal muss ihre Mitbewohnerin es getragen haben. Viel später habe ich das Hemd aus der Wohnung geholt und es mit zu mir nach Hause genommen.»

Die Worte wirkten aus seinem wohlgeformten Mund wie glänzende Perlen.

«Die Geschworenen erinnern sich gewiss», sagte Mrs. Bishop mit einem Lächeln in ihre Richtung, «dass Miss Taylor und Miss McCourt sich beide in der Woche vor ihrem Urlaub den Nabel piercen ließen.»

«Ich weiß nicht, wie es bei Ros – Miss Taylor – war», knüpfte Gerry an, «aber ich erinnere mich, dass Jos Piercing in den Tagen nachdem sie es hatte stechen lassen, hin und wieder geblutet hat.»

«Was die Blutflecken erklären würde, die die Polizei auf dem Hemd gefunden hat.»

«Ja.»

Oh, das war schlau. Sie hatten sich jedes Detail gemeinsam zurechtgelegt.

«Und die anderen Sekrete, die das gerichtsmedizinische Labor gefunden hat? Die mit ihren Vaginalabstrichen übereinstimmten?»

«Die haben mutmaßlich mit Ros zu tun.»

«Um es deutlich zu sagen, sie muss in diesem Hemd mit jemandem geschlafen oder masturbiert haben?»

«Eine andere Erklärung fällt mir dazu nicht ein», antwortete Henson, als müsste er sich dafür entschuldigen.

«Diese Rückstände hatten also mit Ihnen nichts zu tun?»

«Nicht das Geringste.»

«Mr. Henson», fragte Mrs. Bishop, «diese Erklärung der forensischen Indizien scheint so einleuchtend und so simpel, warum ist die Polizei nicht darauf gekommen?»

Gerry zuckte die Achseln. «Keine Ahnung. Ich habe den Beamten darzulegen versucht, was aus meiner Sicht passiert war, aber ich hatte den Eindruck, als wären sie gar nicht daran interessiert. Als ob für sie schon feststand, dass ich der Täter war und dass sie nun nichts mehr hören wollten, was ihnen das Leben unnötig schwer machen könnte.»

«Wie fühlen Sie sich jetzt?»

«Ich bin sehr wütend. Nicht, weil ein Unschuldiger seinen Kopf hinhalten muss, obwohl mir das große Unannehmlichkeiten verursacht hat. Viel gravierender noch ist, dass, während die Zeit damit verplempert wird, mir den Mord an Miss McCourt anzuhängen, der wahre Mörder unbehelligt durch die Gegend läuft.»

«Mr. Henson, haben Sie Jo McCourt vergewaltigt?»

«Nein.»

«Haben Sie Jo McCourt umgebracht?»

«Nein.»

«Haben Sie Ros Taylor vergewaltigt?»

«Nein.»

«Haben Sie Ros Taylor oder Jo McCourt tätlich angegriffen und Ros Taylor mit einem Messer Schnittwunden zugefügt?»

«Nein.»

«Und doch hat Ros Taylor Sie als denjenigen identifiziert, der sich an ihr vergangen hat.»

«Ja.» Gerry seufzte. «Das kann ich mir nur damit erklären, dass Ros sich irrt. Sie stand Jo sehr nahe.»

«Vielen Dank, Mr. Henson. Würden Sie bitte noch im Zeugenstand bleiben? Möglicherweise hat die Staatsanwaltschaft weitere Fragen an Sie.»

25

Hawthorne erhob sich gemächlich. In der Hand hielt er seine Notizen, in die er sich mit Bleistift Anmerkungen machte. Falls ihn der Verhandlungsverlauf beunruhigte, ließ er es sich zumindest nicht anmerken.

«Wie schreibt sich Ihr Name genau?», murmelte er und blickte zu Henson hinüber. «Schreibt Gerry sich mit G oder J am Anfang? In meinen Unterlagen tauchen beide Versionen auf.»

«Mit G.»

«Sind Sie in Panik geraten, als Sie Miss McCourt umbrachten?»

Eine Weile blieb es mucksmäuschenstill. Ich dachte schon, Hawthorne hätte Gerry aus der Fassung gebracht. Aber dann antwortete Gerry ruhig: «Wie ich dem Gericht schon erklärte, ich habe sie nicht umgebracht.»

«Was Sie dem Gericht erzählt haben, war ein Haufen klug konstruierter Lügen, um sich der Verantwortung für Ihr Verbrechen zu entziehen.»

«Nein», erwiderte Gerry mit einem feinen Lächeln.

«Eine raffinierte Geschichte, darauf angelegt, die forensischen Befunde zunichte zu machen. Aber es ist schon seltsam, dass Ihre Version durch kein einziges zusätzliches Beweismittel gestützt wird, finden Sie nicht?»

Henson zuckte mit den Achseln. «Das kann schon mal vorkommen.»

«Es kommt auch schon mal vor, Mr. Henson, dass Menschen vor dieses Gericht treten und unter Eid lügen.»

«Ich lüge nicht.»

«Darüber haben die Geschworenen zu befinden.»

«Euer Ehren», sagte Mrs. Bishop müde, «die Staatsanwaltschaft schweift ab.»

Der Richter pflichtete ihr bei. «Allerdings. Mr. Hawthorne. Ihr Plädoyer dürfen Sie zu gegebener Zeit halten.»

Hawthorne fragte: «Haben Sie Ihrer Frau gesagt, dass Sie mit Miss McCourt ins Bett gingen?»

«Damals nicht, nein.»

«Sie dürfte sich bisweilen gefragt haben, wo Sie steckten. Was haben Sie ihr erzählt?»

Henson zuckte die Achseln. «Verschiedenes.»

«Verschiedene Lügen.»

«Vermutlich.»

«Sie müssen ein sehr gewiefter Lügner sein.»

Gerry Henson war nicht dumm. Er sagte vorsichtig: «Nicht gewiefter als die meisten anderen Leute auch.»

«Nein, Mr. Henson. Sie hatten eine leidenschaftliche Affäre. Wie lange noch? Fünf Monate lang. Mit allem

Drum und Dran, langen Nachmittagen im Bett, Reisen ins Ausland, kostspieligen Geschenken wie Kleidung und anderem, und die ganze Zeit ist es Ihnen gelungen, das alles vor der Person zu verheimlichen, die Ihnen am nächsten stand. Wären die meisten Leute zu so etwas imstande?»

«Ich bin nicht stolz auf das, was geschehen ist, Mr. Hawthorne.»

«Warum haben Sie dann nicht damit aufgehört? Die Affäre beendet?»

«Wie ich schon sagte, es war schwierig.»

«Weil Sie der Verstorbenen verfallen waren?»

«Wohl kaum.»

«Ah ja.» Hawthorne schaute in seine Notizen. «Sie haben dem Gericht gesagt, dass es nur eine lockere Beziehung war.»

«Ja.»

«Und doch deutet die Beweisaufnahme in eine andere Richtung. Das war kein kurzes Techtelmechtel, habe ich Recht? Sondern eine rücksichtslose Affäre, der Sie nachgegangen sind, obwohl Sie sich fünf Monate lang in einer Lüge nach der anderen verstrickten.»

«Nein.»

«Drei Wochen nach Jos Tod», fuhr Hawthorne unbeirrt fort, «haben Sie sogar ihre Wohnung noch einmal aufgesucht und Gegenstände entfernt, an denen Ihnen etwas lag. Handelt so ein Mann, dem seine Affäre nichts bedeutet hat?»

Henson öffnete den Mund und schloss ihn dann wieder. Hawthorne ließ ihn zappeln. Das Schweigen dehnte sich in die Länge. «Nun?»

«Ich hatte Jo gern. Mehr nicht. Ich wollte ein paar Sachen behalten, die mich an sie erinnerten.»

«Als Andenken.»

«Wenn Sie so wollen.»

«Wie ja auch Mörder angeblich Andenken an ihre Opfer aufbewahren.»

Mrs. Bishop erhob wütend Einspruch. Hawthorne jedoch war jetzt in Fahrt und ließ sich nicht anfechten. «Als Sie in Miss McCourts Wohnung waren, haben Sie da Babykleidung aus ihrem Schrank mitgenommen?»

«Ja. Ich dachte, sie hätte sie für meinen Patensohn gekauft.»

Hawthorne sagte bedächtig: «Sie haben die Sachen mitgenommen, weil Sie der Vater ihres ungeborenen Kindes waren.»

«Zu der Zeit wusste ich ja noch nicht mal von ihrer Schwangerschaft.»

«Dem Gericht könnte das ziemlich unwahrscheinlich vorkommen.»

«Es ist die Wahrheit.»

«In Wahrheit, Mr. Henson, waren Sie außer sich vor Zorn, als Sie erfuhren, dass sie Ihr Kind abgetrieben hatte.»

«Nein.»

«Sie hatten ihr einen Heiratsantrag gemacht, und sie hatte Ihnen einen Korb gegeben.»

«Nein.»

«Es muss ein ziemlicher Schock für Sie gewesen sein. Schließlich waren Sie ein vermögender, erfolgreicher, gut aussehender Mann, gewohnt, stets alles zu bekommen, was Sie wollten – ob nun ein Kunstwerk für Ihre Sammlung oder eine junge Frau fürs Bett. Aber Jo McCourt lehnte es ab, sich von Ihnen besitzen zu lassen. Sie hatte eine Affäre mit Ihnen, aber zu ihren eigenen Bedingungen, und als sie von Ihnen genug hatte, hat sie die Sache beendet, eine für Sie unerträgliche Zurückweisung, die Sie in rasende Eifersucht versetzte.»

«Nein.»

«Und Ihr Zorn richtete sich nicht ausschließlich gegen sie. Ihre Mitbewohnerin und beste Freundin, Ros Taylor, die, das wussten Sie, Jo darin bestärkt hatte, mit Ihnen Schluss zu machen, war in Ihren Augen ebenfalls schuld, nicht wahr?»

«Nichts davon trifft zu.»

«Erlauben Sie mir darzulegen, was sich meiner Ansicht nach abgespielt hat. Sie waren häufiger Gast in dieser Wohnung. Sie kannten sich dort aus, wussten, wie man von der Straße aus durch die Fenster hineingelangen konnte. Sie wussten, dass die beiden jungen Frauen oft die Fenster offen ließen, wenn sie an warmen Abenden zu Hause waren. Sie schlichen sich hinein und betäubten sie mit einer Missbrauchsdroge, die Sie zu genau diesem Zweck mitgebracht hatten. Und während die jungen Frauen sich in komatösem, wehrlosem Zustand befanden, haben Sie beide vergewaltigt.»

«Nein.»

Hawthorne beachtete ihn nicht. «Aber dann geschah etwas Unerwartetes. Beide Mädchen waren durch die Droge weniger stark betäubt, als Sie erwartet hatten. Ros Taylor kam während der Vergewaltigung lange genug zu sich, um Sie zu erkennen, als Sie sich an ihr vergingen.»

«Das ist lächerlich», erwiderte Gerry ruhig.

«Und Jo McCourt versuchte sogar, Sie abzuwehren.

Was geschah dann? Sie drückten Ihren Unterarm gegen ihren Hals und zermalmten ihr die Luftröhre.» Hawthorne schwieg kurz. «Und Sie schleiften Miss McCourts Körper – den Körper, auf dem sich, das wussten Sie, vermutlich Spuren Ihrer eigenen DNS befanden, welche die Polizei fraglos identifizieren würde – Sie schleiften ihren Körper in die Dusche, um die forensischen Spuren abzuwaschen, und dann arrangierten Sie die Szene so, dass alles nach einem Einbruch aussah. Anschließend fuhren Sie heim zu Ihrer Gattin, als wäre nichts passiert, nicht wahr?»

«Ich habe dem Gericht erzählt, was passiert ist.»

«Nein, Mr. Henson. Sie haben dem Gericht erzählt, was Sie uns gerne glauben machen würden.» Theatralische Pause. «Keine weiteren Fragen.»

Mrs. Bishop erhob sich. «Euer Ehren, unter den Umständen möchte ich die Anklage bitten, Miss Taylor noch einmal in den Zeugenstand zu rufen, vorausgesetzt, Sie sind damit einverstanden.»

«Ich dachte mir schon, dass Sie diese Bitte äußern würden. Mr. Hawthorne?»

Hawthorne zögerte. «Ich habe keine Einwände, Euer Ehren.»

«Ist Miss Taylor anwesend?», fragte der Richter.

Erwartungsvolle Stille. Widerwillig sagte ich: «Ich bin hier.» Oben auf der Galerie waren sechzig Augenpaare gleichzeitig auf mich gerichtet.

«Würden Sie bitte in den Zeugenstand treten?», bat mich der Richter. «Die Anwälte haben weitere Fragen an Sie.»

Wie ein Kind, das aus dem Klassenzimmer geschickt wird, drängte ich mich an den übrigen Stühlen auf der Besuchergalerie vorbei und begab mich in den Gerichtssaal. Die Gerichtsdienerin hielt mir die Tür auf. Ich ging auf den Zeugenstand zu.

Kurz bevor ich dort ankam, merkte ich, wie mein Handy vibrierte. Unter dem Vorwand, es auszuschalten, schaute ich rasch auf die SMS im Display. *Bleib auf jeden Fall bei deiner Geschichte*, stand dort.

«Miss Taylor», fing Mrs. Bishop an, während sie mich mit eisigem Blick fixierte. «Sie haben dem Gericht zu einem früheren Zeitpunkt des Verfahrens gesagt, dass Sie meinen Mandanten zweifelsfrei als denjenigen identifizierten, der Sie angegriffen hat.»

«Stimmt.»

«Inzwischen haben wir festgestellt, dass Sie sich zum Zeitpunkt des Angriffs unter dem Einfluss einer starken halluzinogenen Droge befunden haben.»

Mittlerweile war ich so klug, die Frage abzuwarten.

«Wir haben gehört, dass die fragliche Droge nach der Party am Vorabend in Ihrer Wohnung zurückgelassen worden sein könnte. Erinnern Sie sich, eine solche Droge gefunden zu haben?»

«Nein.»

«Könnte dies auf den Gedächtnisverlust zurückzuführen sein, unter dem Sie gelitten haben?»

«Nein.»

«Sie klingen, wenn ich das so sagen darf, etwas weniger sicher als bei Ihrer letzten Aussage.»

«Ich bin mir ganz sicher.»

«Wir haben außerdem gehört, dass diese Droge, wenn sie in Kombination mit anderen Chemikalien eingenommen wird, psychotische Schübe auslösen kann.» Mrs. Bishop schwieg. Im Gerichtssaal war es totenstill. «Das bedeutet, Miss Taylor, dass es durchaus möglich ist, dass Sie Miss McCourt selbst umgebracht haben.»

Alle Blicke waren auf mich gerichtet, um meine Reaktion zu beobachten. Mir war, als würde ich gleich ohnmächtig.

«Hat die Polizei Sie je gefragt, ob Sie sie umgebracht haben?»

«Nein.»

«Wie überaus nachlässig von der Polizei. Nun, dann werde ich Sie jetzt fragen. Haben Sie Miss McCourt umgebracht?»

Ich bekam keine Luft. «Nein», brachte ich mühsam hervor.

«Es ist ein heißer Nachmittag, und Sie haben sich beide vor der Arbeit gedrückt. Vielleicht sagt Ihre Mitbewohnerin: ‹Schau mal, ich habe ein Fläschchen Ecstasy gefunden. Wär doch schade, es umkommen zu lassen›?»

«Nein.»

«Die Droge zeitigt eine Reihe unerwarteter Folgen. Sie verspüren zunehmende Paranoia. Ist es womöglich zu einer Art Kampf gekommen, in dessen Verlauf Miss McCourt gestürzt und mit dem Kopf gegen ihren Nachttisch geprallt ist?»

«Nein.»

«Falls doch, wären große Mengen Blut geflossen, was Sie noch mehr in Panik versetzt hätte. Haben Sie sie erdrosselt? Uns wurde gesagt, das Mal an ihrem Hals wäre von einer Uhr verursacht worden, aber ebenso leicht hätte es ein Armband gewesen sein können.»

«Nein. Ich war es nicht. Das ist absurd.»

«Wer war es dann?»

«Es hätte jeder sein können.» Die Worte waren mir herausgerutscht, ehe ich nachgedacht hatte. Ich wollte mich verbessern, aber es war zu spät. Mrs. Bishop hatte die Augen aufgerissen und fixierte mich eindringlich. «Es hätte jeder sein können?»

«Ich meine … Gerry war es.»

«Letztes Mal haben Sie dem Gericht gesagt, Sie wären absolut sicher, meinen Mandanten dabei gesehen zu haben, wie er sie vergewaltigte. Jetzt sagen Sie, es hätte jeder sein können.»

«Ich wollte damit nur sagen, dass ich es nicht war.»

«Sie waren es nicht, und der Angeklagte war es auch nicht.»

«Es war …»

«In Wirklichkeit, Miss Taylor, weiß niemand, wer Jo McCourt umgebracht hat. Es liegen keinerlei schlüssige Beweise vor.» Sie setzte sich.

Hawthorne erhob sich. «Miss Taylor, ich habe nur drei Fragen an Sie. Als der Angeklagte in Ihre Wohnung kam, um verschiedene Kleidungsstücke fortzuschaffen, haben Sie da gesehen, was er mitnahm?»

«Ich habe die Tüte gesehen, ja.»

«Befand sich unter den entfernten Kleidungsstücken auch ein rotes Leinenhemd?»

«Gesehen habe ich es jedenfalls nicht.»

«Als der Angeklagte Sie vergewaltigte, haben Sie da gesehen, was er anhatte?»

Ich begriff sofort, worauf er hinauswollte. Mit einer kleinen Ausschmückung konnte ich sämtliche Zweifel, die

Mrs. Bishop erfolgreich gesät hatte, vom Tisch fegen. Ich zögerte nicht. «Ja. Er hatte ein rotes Leinenhemd an.»

«Vielen Dank.»

Auf die Kreuzverhöre folgten die Plädoyers. Hawthorne machte den Anfang.

«Im Lauf der letzten Woche haben Sie mehrere verschiedene Versionen der Ereignisse gehört», sagte er, an die Geschworenen gewandt. «Lassen Sie uns all das jetzt beiseite legen und uns die Fakten in Erinnerung rufen.

Irgendwann in der Nacht des elften Juli wurde zwei jungen Frauen Gammahydroxybutyrat in ausreichenden Mengen verabreicht, um beide zeitweilig bewusstlos zu machen. Die Polizeiärztin, die Miss Taylor untersucht hat, und der Pathologe, der Miss McCourt obduziert hat, stimmten darin überein, dass ihre Verletzungen aus einer Vergewaltigung resultierten. Jo McCourt wurde ermordet. Aus ihren Verletzungen können wir schließen, dass sie ihr Bewusstsein wiedererlangt hatte und sich heftig gegen ihren Angreifer wehrte. Ihr Körper wurde anschließend unter die Dusche geschleift. Ros Taylor wurde das Datum jenes Tages in den Rücken geritzt – eine sadistische, kaltblütige Tat, die unmittelbar verdeutlicht, dass dieses Verbrechen weitaus mehr war als der routinierte Überfall eines Fremden.» Er schwieg kurz. «Miss Taylor hat ihren Angreifer später als den Mann identifiziert, den Sie vor sich auf der Anklagebank sehen. Vernehmungen der Polizei hatten bereits erbracht, dass er guten Grund hatte, wütend auf beide Opfer zu sein. Eins der Opfer war im Begriff, seine Affäre mit ihm zu beenden, worin es von dem anderen Opfer bestärkt worden war. Als sein Haus von forensischen Fachleuten untersucht wurde, wurde ein Hemd sichergestellt, auf dem sich Spuren von Miss Taylors Blut und andere Sekrete befanden, unter anderem ein Haar, das mit der Wurzel ausgerissen worden war. Die einfache Erklärung für diese Tatsachen lautet, dass der Angeklagte in der Tat der Verantwortliche ist.

Seine Strafverteidigerin hat den Fall anders interpretiert, was kaum überraschen dürfte. Sie hat behauptet, die Substanz, mit der die beiden Frauen betäubt wurden, hätte sich möglicherweise schon in der Wohnung befunden. Die Anklage kann dies nicht widerlegen. Aber die Frage, die Sie sich werden stellen müssen, lautet: Wird dadurch die Beweisführung der Anklage nennenswert beeinträchtigt? Macht es wirklich einen so großen Unterschied, ob der Angreifer die Drogen vor Ort gefunden oder selbst mitgebracht hat?

Die Verteidigung hat auch eine andere Erklärung für die forensischen Indizien vorgebracht, und zwar, dass der Angeklagte in die Wohnung zurückgekehrt sei und das fragliche Hemd mit nach Hause genommen habe, trotz seiner Beteuerung, der Verstorbenen gegenüber keine starken Gefühle gehegt zu haben.

Ihnen, verehrte Geschworene, obliegt die Entscheidung, welcher Erklärung Glauben zu schenken ist – der einfachen, offensichtlichen oder der vertrackten, raffinierten, die von der Verteidigung vorgebracht wird.» Er schaute sie kurz an, um seinen Worten Nachdruck zu verleihen. «Die Schlüsselzeugin in diesem Fall kann natürlich nicht aussagen, da sie tot ist, vom Angeklagten mit seinem Unterarm erstickt wurde, während sie um ihr Leben kämpfte. Vielleicht geschah dies sogar, während er sie gerade vergewaltigte. Das werden wir nie erfahren, so wie wir auch nie erfahren werden, was Jo McCourt uns sonst noch alles hätte berichten können.

Allerdings haben wir die Aussage ihrer Mitbewohnerin, die selbst Opfer eines abscheulichen und widerwärtigen Verbrechens wurde. Sie ist hierher gekommen, hat tapfer dem Blick des Mannes, der sie vergewaltigt hat, und der feindseligen Befragung durch seine Verteidigung standgehalten, aus einem einzigen Grund: um Ihnen zu schildern, was sich in jener schrecklichen Nacht zugetragen hat. Miss Taylors Aussagen werden durch Beweise untermauert – die einzelnen Stücke mögen, für sich betrachtet, nicht ausreichen, den Angeklagten zu verurteilen, in ihrer Gesamtheit aber liefern sie hinreichend Anlass zu der Annahme, dass der Mann, der diese grässlichen Taten begangen hat, der Mann ist, der vor Ihnen auf der Anklagebank sitzt.»

Er nahm Platz.

Nun war Mrs. Bishop an der Reihe.

«Meine Damen und Herren Geschworenen, es ist nicht Ihre Aufgabe zu entscheiden, was sich in jener tragischen Nacht im Juli tatsächlich ereignet hat. Wir wissen natürlich, dass zwei junge Frauen unter Drogeneinfluss standen und dass eine von ihnen umgebracht wurde, unter Umständen, die weiter rätselhaft sind. Aber das ist nicht die Frage, die Sie zu beantworten haben. Sie haben einzig und allein darüber zu entscheiden, ob meinem Mandanten eindeutig nachgewiesen wurde, für diese Taten verantwortlich zu sein.

Ehe Sie Ihre Entscheidung treffen, möchte ich Sie auffordern, dreierlei zu bedenken. Erstens, hat die Polizei bewiesen, dass seine charakterliche Disposition mit einer solchen Tat in Einklang zu bringen ist? Zweitens, kann sie durch handfeste Beweise belegen, dass er der Täter war? Und drittens, gibt es eine Zeugenaussage, die eindeutig seine Schuld aufzeigt?

Die Anklage hat unterstellt, die angebliche Abkühlung einer Beziehung zwischen dem Angeklagten und Miss McCourt sei für ihn ausreichender Anlass gewesen, sie zu vergewaltigen und umzubringen und die Freundin, die dabei eine Rolle spielte, ebenfalls zu vergewaltigen. Selbstverständlich ist durch nichts erwiesen, dass eine solche Abkühlung eingetreten ist. Aber selbst wenn dem so gewesen wäre, ist die Unterstellung unglaubhaft. Tausende Beziehungen gehen tagtäglich in die Brüche, doch Verbrechen wie dieses kommen zum Glück sehr selten vor. Die meisten Männer – und im Übrigen auch die meisten Frauen – finden sich irgendwie mit dem Ende einer Beziehung ab. Sie zucken mit den Achseln, fühlen sich eine Weile ein bisschen elend, und dann leben sie normal weiter. Wo sind die Belege, die zeigen, dass mein Mandant hiervon eine Ausnahme ist? Dass er eine Art verstörter, gefährlicher Irrer ist, rasend vor Eifersucht, vom Ende einer bloßen außerehelichen Affäre gänzlich um den Verstand gebracht? Sie haben keinen einzigen Beleg dafür erhalten, denn es gibt keinen.

Die materiellen Beweise haben wir in diesem Gerichtssaal ausführlich erörtert. Der Dreh- und Angelpunkt der Anklage, die forensischen Spuren, die meinen Mandanten mit einem der Opfer in Zusammenhang bringen, stellt sich als bedeutungslos heraus – das Ergebnis von Tests, die an einem Kleidungsstück durchgeführt wurden, das sowohl vor als auch nach Miss McCourts Tod in ihrer Wohnung herumgelegen hat, bis mein Mandant selbst es mit nach Hause genommen hat.

Und schließlich sind da die Zeugenaussagen. In Miss McCourts Fall zeichnen sie das Bild einer sympathischen, abenteuerlustigen, attraktiven jungen Frau, die ihre Freiheiten als Karrierefrau in vollen Zügen auskostete.» Mrs. Bishop machte eine Pause. «Bedauerlicherweise ist sie auch so manchen Verlockungen ihres Lebenswandels erlegen. Sie hat sich in eine Reihe sexueller Abenteuer gestürzt, darunter eine Affäre mit ihrem Chef und mit einem verheirateten Mann, dem Angeklagten. Beide Männer teilen den Eindruck, von ihr mindestens ebenso sehr benutzt worden zu sein, wie sie sie selbst benutzt haben. Sie bewegte sich in dubiosen Kreisen und feierte Partys bis zum Umfallen. Sie nahm Drogen. Manche der Leute in ihrem Umfeld gehören zum Abschaum unserer Gesellschaft, gingen womöglich gefährlichen Aktivitäten nach.

Und doch hat die Polizei entschieden, diesen Aspekt von Miss McCourts Leben auszuklammern. Da es nicht gelungen war, alle zwielichtigen Gestalten aufzuspüren, die auf ihrer letzten Party anwesend waren, nur vierundzwanzig Stunden vor ihrem Tod, hat die Polizei sich auf meinen Mandanten gestürzt, weil er sich als Tatverdächtiger geradezu anbot.»

Mrs. Bishop hielt inne und trank einen Schluck Wasser, ehe sie weitersprach. «Natürlich gilt es, noch eine weitere Zeugenaussage zu berücksichtigen, nämlich die Aussage von Miss Taylor. Miss Taylor, das sollten wir nicht vergessen, hat schrecklich gelitten. Ihre beste Freundin wurde umgebracht, sie selbst wurde Opfer eines brutalen Übergriffs. Sie beharrt weiter darauf, dass die Person, die diese Angriffe verübt hat, mein Mandant ist. Doch sollten wir nicht vergessen, dass sie meinen Mandanten erst nach seiner Verhaftung durch die Polizei identifiziert hat, nicht davor. Hat diese Tatsache ihre Identifizierung möglicherweise beeinflusst? Das verneint sie. Aber sie ist auch, wie wir gesehen haben, eine verletzliche, beeinflussbare junge Frau, die offenbar durch die Geschehnisse jener schrecklichen Nacht immer noch tief traumatisiert ist. Was sie gesehen hat und was sie zu sehen geglaubt hat, sind zwei verschiedene Dinge. Sie hatte eine besonders starke Mischung von Cannabis, Alkohol und flüssigem Ecstasy im Blut. Beim Aufwachen war sie außerstande, sich zu bewegen, geschweige denn, ihren Angreifer abzuwehren. Ihnen, verehrte Geschworene, lege ich den Schluss nahe, dass sie folglich auch außerstande war, ihren Angreifer eindeutig und zuverlässig zu identifizieren, von der Farbe seines Hemdes ganz zu schweigen.

Dies ist kein Fall, bei dem Sie zu entscheiden haben, ob einer von beiden, der Angeklagte oder Miss Taylor, gelogen hat. Zwischen ihren Schilderungen bestehen Unstimmigkeiten, gewiss. Sie aber sollten schlicht das Vorhandensein dieser Unstimmigkeiten und die Tatsache, dass die Anklage sie nicht aus dem Weg räumen konnte, zur Kenntnis nehmen. Auf dieser Grundlage, behaupte ich, können Sie meinen Mandanten unmöglich als schuldig bezeichnen.»

Sie nahm Platz. Die Anspannung im Saal ließ spürbar nach. Die Geschworenen streckten ihre Beine aus und blickten umher wie Theaterzuschauer nach dem plötzlichen Ende einer Aufführung. Von den beiden Anwälten, so mein Eindruck, hatte Hawthorne mehr überzeugt, aber Mrs. Bishop hatte für ihren Mandanten die bessere Arbeit geleistet.

Der Richter ergriff das Wort. Da er höher als die Geschworenen saß und sie gleichzeitig über seine Brille hinweg anschaute, musste er das Kinn so tief an die Brust drücken, dass oben auf der Galerie kaum zu verstehen war, was er sagte. Nach und nach aber wurde es still im Gericht, und ich konnte einige seiner Worte verstehen.

Er erörterte ausgiebig die Frage der Identifizierung, die er als Schlüssel für das gesamte Verfahren bezeichnete. Er legte den Geschworenen dar, dass meine Zeugenaussage zentral für die Frage der Identifizierung sei. Sie würden entscheiden müssen, ob ich mich wirklich zutreffend an das erinnerte, was ich in jener Nacht gesehen hatte, und ob das, woran ich mich erinnerte, dem tatsächlichen Geschehen entsprach. Zuerst dachte ich, er wolle damit andeuten, dass ich log. Doch es war nur eine Überleitung zu Mrs. Bishops Vermutung, ich hätte unter Halluzinationen gelitten. «Aus genau diesem Grund gibt es das Schwurgerichtsverfahren: damit zwölf normale Bürger das Für und Wider der Beweislage abwägen und vermittels ihres gesunden Menschenverstandes befinden können, was passiert ist. Falls Sie der Auffassung sind, ein vernünftiger Mensch würde bei Prüfung der Beweislage den Angeklagten für schuldig befinden, müssen Sie ihn für schuldig befinden. Falls Sie der Auffassung sind, die Beweislage sei insgesamt betrachtet zu dürftig, um einen vernünftigen Menschen wie Sie zu überzeugen, müssen Sie ihn für nicht schuldig befinden.»

Motorrad fahrende Kronanwältin im Karriereschlagloch

Elizabeth Bishop, erfolgsverwöhnte Kronanwältin mit einem Faible für schnelle Motorräder, musste gestern eine ungewohnte Schlappe hinnehmen. Es gelang ihr nicht, ein Schwurgericht von der Unschuld des Kunsthändlers Gerald Henson zu überzeugen, dem zur Last gelegt wird, seiner ehemaligen Geliebten und ihrer Mitbewohnerin eine Missbrauchsdroge verabreicht und anschließend beide Frauen brutal vergewaltigt zu haben. Eine der Frauen kam dabei zu Tode, die andere wurde verstümmelt.

Wie das Gericht erfuhr, hatte der verheiratete Henson, 36, mit seinem Opfer, das aus juristischen Gründen anonym bleiben muss, fünf Monate lang eine rücksichtslose Affäre, bei der es häufig zu Drogenkonsum und sadomasochistischen Sexspielchen kam. Beide Frauen wurden bei dem Überfall mit einem Messer verletzt.

«Dies ist einer der schwierigsten Fälle meiner bisherigen Laufbahn», erklärte Richter Harold Shaw, nachdem die Geschworenen mit einer Mehrheit von zehn zu eins den Täter für schuldig erkannt hatten. Hensons Ehefrau hatte bei dem Prozess ausgesagt, die Polizei hätte im Zuge der Ermittlung ihre Alkoholkrankheit ausgenutzt.

Der Angeklagte und seine Anwältin nahmen

das Urteil scheinbar gelassen entgegen. In juristischen Kreisen aber heißt es, der Schuldspruch sei ein Rückschlag für Mrs. Bishop, die für ihre häufigen Attacken gegen die Polizei, der sie Korruption und Beweismanipulation vorwirft, ebenso bekannt ist wie für ihre juristische Brillanz. «Liz Bishop verdient mehr als ein Anwalt, der fünfzehn Jahre mehr Berufserfahrung hat als sie», munkelt man. «Damit dürfte vorerst Schluss sein. Offensichtlich schenken Geschworene der pauschalen Unterstellung, polizeiliches Beweismaterial sei per se verdächtig, zunehmend weniger Glauben. Die hervorragende Arbeit der Staatsanwaltschaft scheint endlich Früchte zu tragen.»
Detective Inspector William Thomson erklärte Reportern im Anschluss: «Die Aussage von Ros Taylor hat sich als absolut schlüssig erwiesen. Diese Frau ist zweimal hintereinander auf furchtbare Weise gedemütigt worden: Erst wurde sie von Gerry Henson brutal vergewaltigt, und dann musste sie vor Gericht das Trauma ein zweites Mal durchleben, weil Henson sich weigerte, seine Schuld einzugestehen.» Zu der Frage, ob Mrs. Bishops aggressive Befragung des Opfers ihren Mandanten möglicherweise die Sympathie der Geschworenen gekostet haben könnte, wollte er sich nicht äußern.

Dubioses Doppelleben eines Kunsthändlers, Seite 9

4
ROS

Nichts ist wahr; alles ist erlaubt.
Nietzsche

26

Es wurde eine rauschende Feier veranstaltet, in einem kleinen Pub am Rand einer städtischen Wohnsiedlung hinter der Edgware Road. Der Laden befand sich auf halbem Weg zwischen dem Revier Paddington Green und der Unfallstation am anderen Ende der Straße, außerdem gab es dort Curry und Pommes frites zu essen, also trafen sie sich dort immer zum Trinken. Und *wie* sie tranken. Für die Männer wurden bei jeder Runde mindestens zwei große Bier besorgt, mit Whisky zum Nachspülen. Die Beamtinnen tranken fast genauso viel Bier, verzichteten aber auf den Whisky. Neben meinen alten Freunden von der Kriminalpolizei waren auch zahlreiche Innendienstler mit kurios klingenden Titeln dabei, Hauptamtlicher Kollator vom Dienst, Inhaber des Lochers im Polizeibezirk London, lauter so etwas. Nick Hawthorne kam auch, zusammen mit dem angehenden Kronanwalt, der das Kreuzverhör des Pathologen übernommen hatte. Er brachte Champagner mit. Alice Turnbull umarmte mich stürmisch und kreischte: «Wir haben's geschafft!» Dieses «Wir» fiel mir auf – diese Leute waren eine Mannschaft, der Sieg der Anklagebehörde war ein Sieg für sie alle, und ich so etwas wie ihr Mittelstürmer oder Torjäger oder was auch immer. Sie hatten mir den Ball zugespielt, und ich hatte ihn sicher verwandelt. Ständig klopften mir Leute auf den Rücken und beglückwünschten mich. Collier war ebenfalls da, und in seinem «Gut gemacht, Schätzchen» schwang so etwas wie ein Anflug von Dankbarkeit mit, als hätte das Urteil auch seine Haut gerettet. «Dachte schon, das würde in einer Pleite enden», fügte er strahlend hinzu.

Einige Kriminalbeamte umringten ihn wie eine Schar Jünger, johlten und pfiffen begeistert.

«Auf Miss Rosalind Taylor», rief er übermütig aus und hob sein Glas in die Höhe. «Möge Gott alle segnen, die auf ihr segeln.»

Wieder Gejohle. Einer hielt Collier eine Bierflasche vor den Mund wie ein Mikrophon und fragte: «Superintendent Collier, ist etwas dran an der Behauptung, dass Sie Mrs. Hensons Alkoholabhängigkeit ausnutzten und ihre Aussage manipulierten?»

«Mrs. Henson ist eine Lügnerin», antwortete Collier. «Sie hat behauptet, wir hätten uns eine Flasche geteilt. Dabei hat sie in Wahrheit das meiste davon selbst getrunken.» Brüllendes Gelächter, ausgelassene Heiterkeit.

Viel zu reden brauchte ich nicht. Ich wurde von einer lärmenden Gruppe zur nächsten gewirbelt wie die letzte Person bei einem schottischen Reel, umtost von lautstarken Gesprächen in merkwürdigem Polizeijargon – Sektion Achtzehner, Polypen, Singvögel, Grasfresser.

Die Kriminalbeamten waren leicht zu erkennen, sie tigerten von einer Gruppe zur nächsten, sichtlich stolz auf ihren Status. Einer namens Mickey hatte sich in den Kopf gesetzt, mir zu imponieren. Er zog seinen Dienstausweis heraus. «Sehen Sie den? Der heißt bei uns nur ‹internationale Discokarte›. Damit kommt man in jeden Club Londons. Gratisgetränke die ganze Nacht. Falls Sie später noch zu *Annabel's* wollen, sagen Sie einfach Bescheid. Ich kümmere mich gern darum.» Ich wusste keinen Ort, zu dem es mich weniger hinzog als zu *Annabel's*, brachte es aber nicht übers Herz, ihm das zu sagen, und lächelte nur beschwipst. Leider fasste er das als Ermutigung auf, und als er gerade anfing, mir über den Rücken zu streicheln, musste Alice herbeieilen und mich retten.

«Danke», sagte ich zu ihr. «Haben Sie Bill gesehen?»

«Der ist da drüben, glaube ich.» Sie nickte in Richtung eines lärmenden Männerhaufens. Als sie mein Grinsen bemerkte, fragte sie: «Sie mögen ihn, nicht wahr?»

Ich lächelte noch mehr. «Kann schon sein.»

«Von dem Haufen hier hebt er sich jedenfalls ab, das muss ich ihm lassen.»

«Die scheinen doch ganz in Ordnung zu sein.»

«Ja, aber versuchen Sie mal, mit denen zusammenzuarbeiten.»

Ich war ein bisschen angeheitert. «Waren Sie mal mit einem von ihnen im Bett?», fragte ich. Aber auch sie war angetrunken genug, um freimütig zu antworten.

«Mit zu vielen.»

«Mit wie vielen denn?»

«Mit einem.»

Wir lachten, aber dann wurde sie auf einmal ernst. «Meinen Sie, jetzt wo es vorbei ist, könnten Sie und Bill zusammen … Sie wissen schon?»

Mein Gesichtsausdruck muss mich wohl verraten haben, denn sie riss schockiert die Augen auf. «O Gott, waren Sie etwa schon …?»

Ich zuckte nur die Achseln.

«So was hätte ich ihm nie zugetraut», sagte sie, beinahe zu sich selbst. «Er muss sich ganz schön in Sie verknallt haben.»

Sie verabschiedete sich kurz darauf, und ich ließ mich von Nick Hawthornes jungem Kollegen so lange mit Bacardi Breezers und Gerichtsanekdoten abfüllen, bis der Raum sich um mich zu drehen begann und ich nach draußen ins Freie torkelte, um mir ernsthaft Gedanken darüber zu machen, ob ich jetzt kotzen müsste oder nicht. Bill fand mich eine halbe Stunde später. Er war herausgekommen, um zu sehen, wo ich abgeblieben war. Behutsam legte er seine Jacke um mich und begleitete mich auf der Suche nach einem Taxi die Edgware Road hinunter. Die anderen waren alle nach draußen gekommen, um uns hinterherzujubeln, wie eine Hochzeitsgesellschaft, die das glückliche Paar verabschiedet.

Am nächsten Morgen wachte ich mit hämmerndem Schädel in meinem Bett auf. Wie auf Autopilot wankte ich ins Badezimmer und ließ mich schwer auf die Toilette sinken.

Hinter dem Duschvorhang hörte ich rauschendes Wasser.

Ich schrie auf. Der Vorhang wurde beiseite gezogen, und Bills Gesicht lugte besorgt hervor. «Was ist?»

«Nichts.» Weil er mir das ohnehin nicht abgenommen hätte, stammelte ich: «So schlimm habe ich mich das letzte Mal gefühlt, als … weil ich doch Jo hier gefunden habe und die Dusche an war …»

Dann brach ich in Tränen aus. Er kam aus der Dusche, um mich in den Arm zu nehmen, drückte mich fest an seine warme, nasse Haut. Ich hob das Gesicht und ließ mir von ihm die Tränen wegküssen. Weil es vorbei war und wir gewonnen hatten und von jetzt an zusammen sein würden.

Auf der Fußmatte lag ein ganzer Haufen Briefe, viel mehr, als ich sonst bekam. Einer enthielt eine Glückwunschkarte von Charlotte. Ich bekam ein schlechtes Gewissen: Sie hatte angeboten, während des Prozesses bei mir zu wohnen und mich zu unterstützen, aber ich hatte abgelehnt. Ich legte die Karte zur Seite, damit ich später nicht vergessen würde, sie anzurufen. Der nächste Brief kam von einer Redakteurin der Lokalzeitung *Ham and High*.

Sehr geehrte Ros Taylor,

herzlichen Glückwunsch zum gewonnenen Prozess. Falls Sie Interesse haben, ein kurzes Gespräch über die jüngsten Ereignisse zu führen – selbstverständlich unter voller Wahrung Ihrer Anonymität –, setzen Sie sich bitte baldmöglichst mit mir unter der unten angegebenen Nummer in Verbindung. Ich glaube, Ihre Geschichte wird viele unserer Leserinnen interessieren.

Mit freundlichen Grüßen
Jennie Allen

Redakteurin

«So viel zu meinem Recht, anonym zu bleiben», sagte ich und zeigte Bill das Schreiben.

«Sie sind dazu verpflichtet, deinen Namen und deine Anschrift nicht zu veröffentlichen. Das heißt aber nicht, dass die Presse die Daten nicht von allein herausbekommt», klärte er mich auf.

«Die können mich mal. Es ist vorbei.» Ich warf das Schreiben in den Mülleimer.

Ich nahm den nächsten Brief. Er war persönlich vorbeigebracht worden – Briefmarke und Anschrift fehlten, und mein Name war mit einer altmodischen Schreibmaschine auf den Umschlag getippt worden. Zum Vorschein kam eine Postkarte mit dem Schwarzweißfoto einer Frau, durch ein Glas Wasser hindurch aufgenommen, sodass ihre eine Gesichtshälfte verzerrt war. Das Bild kam mir irgendwie bekannt vor – von Man Ray oder so was in der Art.

Ich drehte die Karte um. Genau zwei Worte standen dort, ebenfalls mit Maschine geschrieben.

Vielen Dank.

«Hier ist was Komisches», sagte ich und gab Bill die Karte.

«Vermutlich irgendein Spinner. Kunstliebhaber gegen Missbrauch, oder so was in der Art.» Er nahm mir den Stapel Post aus der Hand und legte ihn beiseite. «Wie wär's mit einem leckeren Frühstück?»

Gleich um die Ecke, am Canfield Place, hatte ein Immobilienmakler sein Büro. Im Schaufenster stand eine Art Touchscreen-Computer, in den man seine Wünsche und Preisvorstellungen eingeben konnte. Der Computer zeigte dann an, was in der Kategorie erhältlich war.

«Meine Güte, ist das alles teuer.»

«Besser wär's ja, nach Stoke Newington zu ziehen», regte Bill an. «Ich kenne da draußen eine Wohnung, die sehr erschwinglich ist.»

«Verrat's mir nicht. Statt Miete zu zahlen, müsste ich dem Vermieter regelmäßig einen blasen, stimmt's?»

«Da macht er bestimmt ein gutes Geschäft.»

Ich legte den Arm um Bill. «Ich glaube, ich brauche eine Wohnung für mich. Fürs Erste jedenfalls. Wenn ich mich dann entschließe, zu dir zu ziehen ...»

«… kannst du wieder ausziehen, wenn wir uns ständig die Köpfe einschlagen?»

«Ich wollte sagen, dann weißt du, dass ich nicht zu dir ziehe, nur weil ich ein Dach über dem Kopf brauche.»

«Kann ich Ihnen helfen?» Einer der Immobilienmakler war an die Tür gekommen.

«Wir schauen nur mal.»

«Ja dann.» Er betrachtete den Bildschirm. «Aber wenn das Ihre Preiskategorie ist, da habe ich gerade etwas Neues reinbekommen, was Sie interessieren könnte. Eine geräumige Einzimmerwohnung am Belsize Park.»

Der Belsize Park war nur ein Stück die Straße hoch. «Können Sie mir schon ein paar Details verraten?»

«Leider nicht. Das Angebot ist gerade erst auf meinem Schreibtisch gelandet. Wissen Sie, was, ich bin sowieso auf dem Weg dorthin, zum Vermessen. Wenn Sie möchten, können Sie kurz mitkommen.»

Ich zögerte.

«Bei der derzeitigen Marktlage ist die bis Ende der Woche verkauft», sagte der Makler lächelnd.

«Na los, Ros», drängte Bill. «Du hast doch selbst gesagt, du musst umziehen.»

Also stiegen wir zusammen ins Auto des Maklers und fuhren den Berg hoch zum Belsize Park. Die Wohnung war tatsächlich sehr hübsch: hell und ziemlich geräumig, mit Blick auf den Regent's Park in der Ferne.

«Was meinst du?», fragte ich Bill.

«Hm. Erster Stock, also sehr sicher. Scheint so weit alles vorhanden. Wir müssten natürlich erst mal das Pub um die Ecke testen.»

Ich seufzte. «Darauf kommt es dir also an!»

«Sind Sie Teil einer Eigentümergemeinschaft?», fragte der Makler.

«Das ist ein bisschen kompliziert», antwortete ich.

«Eigentlich gar nicht», korrigierte mich Bill. «Die testamentarischen Fragen sind alle erledigt. Jos Familie wird nichts dagegen haben, wenn du verkaufst.»

«Falls Sie Ihre Wohnung auf den Markt bringen wollen», sagte der Makler, «kann ich sehr gern mal vorbeikommen und sie für Sie schätzen. Ganz unverbindlich, natürlich.»

Ich zuckte die Achseln. Auf einmal fühlte ich mich zutiefst glücklich. «Tja, warum nicht?»

Wir aßen im Pub um die Ecke zu Mittag, der Gnade bei Bill fand, weil es dort sein Lieblingsbier, Thai-Küche und *Sky Sports* im Fernsehen gab. «Mehr brauche ich nicht, um glücklich zu sein», sagte er.

Ich schaute mich um. Mir gefiel es auch. Die Gegend war nett, und von hier aus käme ich leicht zur Arbeit. Was wollte ich mehr?

«Ich warte erst mal ab, wie viel ich für meine Hälfte der Wohnung bekomme», sagte ich.

«Okay. Wollen wir zurück? Nach dem Bier ist mein Kater von gestern Abend fast weg. Ich hab schon wieder Lust auf dich.»

Bei unserer Heimkehr erwartete mich ein neuer Stapel Briefe. Ich hob sie auf und sah sie rasch durch.

«Nun lass die doch», drängte Bill. «Komm.»

«Da ist wieder so einer», sagte ich langsam.

«Was für einer?»

Ich zeigte ihm den Umschlag. «Persönlich vorbeigebracht.» Erneut stand nur mein Name darauf. Ich riss ihn auf.

Wieder eine Karte – dasselbe Foto. Ich drehte sie um. Auf der Rückseite stand in Maschinenschrift:

> Eine schöne Frau lieben kann jeder Dummkopf. Damit brüstet er sich lediglich seines guten Geschmacks weibliche Formen betreffend.
>
> Wie ungleich nobler ist es, eine hässliche Frau zu lieben, weil man etwas an ihr entdeckt hat, das schön ist.
>
> Und eine schöne Frau zu lieben, dieser einen winzigen Hässlichkeit, dieses einen Makels wegen, den sie vor dem Rest der Welt verbirgt – ist dies nicht die edelste Liebe überhaupt?
>
> M. A.
>
> PS: Ich liebe dich, Ros. Was du getan hast, kann meiner Liebe zu dir nichts anhaben.

«Sehr seltsam», sagte ich.

«Mach sie in Zukunft nicht mehr auf. Wirf sie einfach weg», schlug Bill mir vor.

Ich betrachtete die Karte eingehender. «Tatsächlich, Man Ray.»

«Wer?»

«Die Karte. Es ist ein Foto von Man Ray. Die gibt es in der Gallery, im Geschenkshop.»

«Na und? Die gibt's vermutlich überall.»

Ich ließ mir die Karte von ihm aus der Hand nehmen. Was er damit machte, bekam ich nicht mit.

Bill musste aufstehen, um zur Arbeit zu gehen. Ich döste noch ein Stündchen im Bett vor mich hin. Das Wochenende lag vor mir. Ich hatte keine Verpflichtungen, keine Sorgen. Das Telefon klingelte, ich war zu faul, um aufzustehen und dranzugehen. Nach einer Minute sprang der Anrufbeantworter an, aber der Anrufer hinterließ keine Nachricht.

Von draußen oder von der Wohnung über mir drang Musik herein. Rockmusik, nichts, was mir bekannt vorkam. Ich lag da und lauschte müßig dem Sound. Allmählich wurde die Musik lauter. Vielleicht ließ Ian von oben es ja mal richtig krachen.

Plötzlich wurde mir bewusst, dass die Musik nicht dumpf genug klang, um von oben zu kommen. Ich rappelte mich hoch und hörte genau hin.

Die Musik spielte in meiner eigenen Wohnung, auf der Stereoanlage im Wohnzimmer. Und sie wurde immer lauter, ohrenbetäubend laut, als stünde jemand hinter der geschlossenen Wohnzimmertür und drehte langsam den Lautstärkeknopf bis ganz nach oben.

«Bill?», rief ich. Aber ich wusste, wenn Bill zurückgekommen wäre, wäre er direkt ins Schlafzimmer gekommen. Abgesehen davon war er auch kein Fan lauter Rockmusik.

Ich stand auf und zog mir einen Morgenmantel über. Ich musste nachschauen, wer da Musik spielen ließ.

Vielleicht hatte Bill beim Gehen die Tür nicht abgeschlossen.

Die Musik war jetzt so laut, dass sie völlig verzerrt klang, klirrte und schepperte, mit einem dumpfen Bassgebrumm. «Leiser!», schrie ich, aber der Lärm übertönte meine Stimme.

Blindlings stieß ich die Wohnzimmertür auf.

Dort war niemand. Die Lautsprecherboxen zitterten und bebten auf ihren Regalborden. Ich hastete zur Anlage und drehte die Lautstärke ganz herunter.

Die Fenster waren geschlossen, ebenfalls die Gitter davor.

Ich lief zur Wohnungstür und prüfte sie. Sie war zu, der Riegel verschlossen.

Ich war allein.

Ich rief Bill an.

«Als du eben gegangen bist, hast du da die Tür richtig zugemacht?»

«Ja, klar. Wieso?»

«Bist du sicher?»

Ich hörte ihn zu jemand anderem sagen: «Legen Sie's einfach dahin, ja? Ich komme gleich.» Er wandte sich wieder an mich: «Ja, absolut. Sieh doch nach, wenn du's nicht glaubst.»

«Ich hab ja nachgesehen. Jetzt ist sie zu. Was ich wissen will, ist, ob sie auch zu war, als du gegangen bist.»

«Holla. Jetzt mal langsam. Was ist los?»

«Ich habe Musik gehört.»

«Musik?»

«Richtig laut, bis zur Schmerzgrenze. Jemand war hier drinnen und hat Musik laufen lassen.»

«Hast du denn jemanden gesehen?»

«Nein. Die Tür war zu. Ich habe sie gehört.»

«Was hast du gehört?»

«Die Musik, hab ich doch gesagt.»

Er fragte vorsichtig: «Du hast also nicht gehört, wie jemand durch die Wohnung gegangen ist?»

«Verdammte Scheiße, hör auf daherzuquatschen wie ein Bulle. Es war jemand hier, kapierst du denn nicht!»

Kurz blieb es still. Ich spürte, dass er mir nicht glaubte. «Soll ich kommen?», fragte er endlich.

Ich fragte: «Glaubst du an Gespenster?»

«Gespenster? Mensch, Ros. Wie kommst du denn jetzt darauf?»

«Diese Karte, schon vergessen? ‹Vielen Dank.› Was, wenn …» Ich stockte. «Was, wenn das Jo ist – ach, keine Ahnung, das klingt verrückt, aber wenn mir jetzt jemand weiszumachen versucht, es wäre Jo?»

«Aber unter der anderen Karte stand doch M. A.», wandte er ein. «Wieso M. A.?»

«Keine Ahnung.»

«Hör zu, ich komme zurück. Warte auf mich, verstanden?»

«Ich werd bestimmt jetzt keinen Spaziergang machen», blaffte ich, aber er hatte schon aufgelegt.

«Jo?», flüsterte ich.

Die Digitalanzeige an der Anlage begann zu blinken und zu hüpfen. Ich hatte sie doch ausgeschaltet, oder? Oder sie zumindest ganz leise gestellt.

Musik füllte den Raum. Dröhnende Rockmusik. Wie eine Schlafwandlerin ging ich hinüber und drehte erneut den Lautstärkeknopf ganz herunter.

Gleich darauf dröhnte die Musik wieder auf voller Lautstärke.

Vielleicht hat die Anlage eine Macke, dachte ich. Und dann kam mir ein schrecklicher Gedanke.

Ich nahm meinen Schlüssel und ging, nachdem ich die Wohnungstür hinter mir abgeschlossen hatte, hoch in den Hausflur. Dort, auf der Matte, lag wieder ein Brief. Derselbe maschinengetippte Name. Ros Taylor. Keine Anschrift, keine Briefmarke. Ich riss den Umschlag auf.

Das achte Gebot, Ros. Du sollst nicht falsch Zeugnis reden wider deinen Nächsten.

Ich nahm ihn mit in die Wohnung. *Reiß dich zusammen.* Ich ging ans Bücherregal und nahm ein Zitatenlexikon heraus. Ich schaute unter A nach und fand meine Vermutung bestätigt. Der Text auf der zweiten Karte war ebenfalls ein Zitat: M. A. stand für Marc Aurel.

Beim Schrillen der Türklingel schreckte ich zusammen. Es war nur Bill.

«Alles in Ordnung mit dir?», fragte er, als ich ihn hereinließ.

«Ja. Aber schau mal. Da ist wieder so was gekommen.» Ich zeigte ihm die Karte.

«Ich dachte, wir hätten uns darauf geeinigt, dass du sie sofort wegwirfst», sagte er sanft.

«Nein. *Du* hast das befohlen», erwiderte ich aufgebracht.

Er seufzte. «Wo steht diese Anlage?»

Ich zeigte hin. «Da drüben.»

Er ging hinüber und besah sich die Anlage genauer. Dann stand er auf und fragte: «Weißt du, wo die Fernbedienung ist?»

«Nein. Sie müsste hier irgendwo rumliegen.»

Er suchte hinter den Sofakissen. «Ist sie das?» Ich nickte.

«Warte hier, ja?»

Er ging nach draußen. Eine halbe Minute später schaltete der CD-Player sich an und begann zu spielen. Die Lautstärke ging hoch und wieder runter.

Bill klopfte wieder an die Tür. Ich ließ ihn herein. «Irgendwas passiert?», fragte er.

«Ja. Es hat schon wieder angefangen.»

«Das war ich, draußen auf der Straße.» Er warf die Fernbedienung zurück aufs Sofa. «Wahrscheinlich hat einer deiner Nachbarn sich gerade eine ähnliche Anlage gekauft. Wenn er seinen Fernseher lauter stellt, hörst du auf einmal Pink Floyd. Versucht er, eine Sportsendung aufzunehmen, hörst du ‹Phantom der Oper›. Stellen wir die Anlage einfach auf die andere Zimmerseite, weg vom Fenster. Damit müsste das Thema vom Tisch sein.»

Ich weinte schon wieder.

«Und kein Gerede mehr von Gespenstern», setzte er sanft hinzu.

«Ach, Bill. Es tut mir so Leid.»

«Schon gut. Ich wollte sowieso zurückkommen. Ich habe gute Neuigkeiten. Ich soll mich beim Sonderdezernat Schwerkriminalität bewerben.»

«Das ist gut, oder?»

«Ros, das ist nicht nur gut. Es ist das, wovon ich immer geträumt habe!»

«Und das nur, weil wir den Prozess gewonnen haben?»

«Mehr oder weniger.» Er zögerte. «Es hat auch mit der Art und Weise zu tun, wie wir ihn gewonnen haben.»

«Wie meinst du das?»

«Meine Vorgesetzten glauben, dass wir – dass ich mir dabei die Finger schmutzig machen musste. Komischerweise hat das geholfen.»

«Collier und Kumpane finden, du bist jetzt einer von ihnen.»

«Kann schon sein, ja.»

«Und, stimmt das auch?»

Er lachte. «Wir sitzen alle in einem Boot, falls du das meinst.»

Auf einmal fiel mir etwas ein: «Bill, warst du eigentlich mal mit Alice Turnbull im Bett?»

Er zuckte die Achseln. «Einmal. Vor ewig langer Zeit, als wir beide noch in der Ausbildung waren. Wieso? Hat sie was gesagt? Überrascht mich, dass sie sich überhaupt noch dran erinnert.»

«Sie meinte, sie sei mit einem Kriminalbeamten im Bett gewesen, und das sei schon einer zu viel gewesen.»

«Aua. Nicht sehr schmeichelhaft.»

«So hat sie es, glaube ich, nicht gemeint. Ich glaube, du hast ihr das Herz gebrochen, Bill.»

«Doch nicht Alice. Die ist zäh wie Leder, wie wir alle. Aber wie kommst du überhaupt darauf?»

Ich drückte auf die Taste am CD-Player, um den Schlitten herausfahren zu lassen. «Sie hat gemeint, sie findet, du bist anders.» Ich holte die CD heraus und hielt Ausschau nach der Hülle.

Merkwürdig, aber ich konnte mich nicht entsinnen, dass Jo oder ich jemals ein Album von Fleetwood Mac gekauft hätten. Das Lied, das gelaufen war, hieß «Tell Me Lies».

27 Bis Montag hatte ich mich einigermaßen beruhigt. Ich redete mir ein, nach dem Stress der letzten paar Wochen einfach überreagiert zu haben. Montagmorgen ging ich zum ersten Mal wieder zur Arbeit. Die meisten wussten natürlich von dem Prozess, und es kam zu einer spontanen kleinen Versammlung im Labor, bei der Sekt aus Laborgläsern getrunken wurde und sogar Barry Powell, der Museumsdirektor höchstpersönlich, sich blicken ließ, um mich mit einer kleinen Ansprache wieder willkommen zu heißen.

«Ich habe gute Neuigkeiten», verkündete er. «Als direktes Ergebnis von Ros' Untersuchungen konnte das Gemälde ‹Polynesische Frau, Öl auf Leinwand›, angeblich von Gauguin, jetzt neu betitelt werden als ‹Polyfaser-Frau, Dulux-Dispersionsfarbe auf öligem Lumpen›.» Er wartete, bis das Gelächter abgeebbt war. «Da die Schuldigen bereits hinter Schloss und Riegel sitzen, scheint eine weitere Strafverfolgung entbehrlich. Aus diesem Grund haben wir beschlossen, das Corpus Delicti unserer lieben wissenschaftlichen Mitarbeiterin zum Geschenk zu machen. Ros, würden Sie bitte vortreten.» Er winkte einen Packer herbei, der mit dem kleinen Bild hereinkam, das mich so lange beschäftigt hatte. «Und nur für den Fall, dass Sie selbst einmal versucht sein könnten, auf die schiefe Bahn zu geraten, Ros, haben wir vorsorglich eine Warnung darauf vermerkt, die nicht einmal ein Händler an der Cork Street übersehen könnte.» Er drehte das Bild herum, damit wir alle die Rückseite sehen konnten. Darauf stand in großen, poppigen Buchstaben: DAS IST EINE FÄLSCHUNG. Unter Gelächter und Applaus nahm ich es in Empfang.

«Ich habe natürlich schon vorher gewusst, dass etwas

damit nicht stimmte», fügte Powell hinzu, worauf man ihn gnadenlos ausbuhte.

«Danke sehr.» Gerührt schaute ich in die freundlichen Gesichter um mich herum. «Es ist schön, wieder zurück zu sein.»

«Ganz klar», sagte Alex finster, als alle wieder fort waren, «das ist Blutgeld.»

«Was?»

«Dir diesen Schund zu schenken. Man hat ein schlechtes Gewissen, weil du Henson durch die Gallery kennen gelernt hast.»

«Hatte ich ganz vergessen.» Ich strich über das Bild. «Ich finde nicht, dass es Schund ist. Es ist schön.»

«Schön, aber wertlos. Mir wäre ein Scheck lieber gewesen.»

Ich schaltete meinen Computer an. Da ich während des gesamten Gerichtsverfahrens gefehlt hatte, musste ich mich durch über hundert E-Mails kämpfen.

Das Telefon läutete. «Ros Taylor», sagte ich.

«Hi, Ros», sprach eine Stimme zögerlich. «Kennst du mich noch?»

Ich klickte ein E-Mail-Angebot an, das mir größere Brüste mit Geld-zurück-Garantie versprach, und ließ es in den Papierkorb segeln. Irgendwie schien meine E-Mail-Adresse schon wieder auf eine Spam-Liste geraten zu sein. «Kann sein, aber du musst mir wohl auf die Sprünge helfen.»

«Ich bin's, Nathan.»

«Nathan.» Der Typ, der mich als Miststück beschimpft hatte, weil ich mich nicht mit ihm hatte treffen wollen. «Was liegt an?»

«Du meintest doch, ich sollte mich in ein paar Monaten nochmal melden. Also melde ich mich jetzt.»

«Nathan.» Ich suchte nach den richtigen Worten. «Hör mal, ich war länger weg. Alles Mögliche ist passiert …»

«Ich weiß. Jo und das alles.» Er schwieg. «Du hast mir doch die Polizei auf den Hals gejagt, weißt du noch?»

«Habe ich das? Die Polizei hat jeden befragt, mit dem ich in Kontakt war. Du hattest mich an dem Tag angerufen, als ich – als es passiert ist, mehr nicht.» Mir behagte die Andeutung nicht, ich wäre ihm etwas schuldig, weil die Polizei ihn um ein Alibi gebeten hatte.

«Na ja, ist sowieso längst gegessen. Ich rufe an, weil du dich bestimmt einsam fühlst, ohne Jo, meine ich. Ich würde gern mit dir ins Kino gehen. Das ist wohl besser für ein erstes Treffen als ein Abendessen, aber wir können auch jederzeit –»

«Hör mal, Nathan», sagte ich, «momentan ist mir nicht nach Ausgehen zumute. Nimm's nicht persönlich, aber ich will einfach niemanden sehen.» Ich bin ruhig und höflich und drücke mich klar und deutlich aus, dachte ich. Ich wartete. Wenn er mich wieder Miststück nennt, dachte ich, werde ich Arschloch zu ihm sagen und auflegen.

Aber Nathan blieb höflich. «Schon okay. Aber falls du's dir anders überlegst oder vielleicht einfach mal quatschen willst, meld dich bei mir.»

«Danke. Ciao, Nathan.»

Ich wandte mich wieder meinen E-Mails zu. Damit war ich auch eine halbe Stunde später noch beschäftigt, als der Packer mit einem riesigen in Zellophan gehüllten Rosenstrauß hereinkam.

«Schon viel besser», sagte Alex anerkennend.

«Gerade angekommen», verkündete der Packer lächelnd.

Mein erster Gedanke war: *O nein, Nathan.* Dann lief es mir kalt den Rücken runter. Ein Umschlag war beigelegt. Darauf, in Maschinenschrift, mein Name. Ros Taylor.

Ich öffnete ihn.

Rosen für Ros.

Und diesmal ein anderes Bild. «Leda mit dem Schwan». Du dürftest vermutlich wissen, wo es hängt. Schau es dir doch in der Mittagspause mal an – normalerweise machst du so gegen 13.20 Uhr Pause, stimmt's? Ich schlage vor, 13.40 Uhr vor dem Bild. Da hast du vorher Zeit, dir bei Pret A Manger etwas zu essen zu holen, so wie du es immer tust.

Bitte versteh – ich will dir nichts tun. Ich möchte bloß sehen, wie du dir das Bild anschaust. Wenn du dabei auch noch die Blumen im Arm trägst, würde ich mich natürlich noch viel mehr freuen.

Das kannst du mir doch kaum abschlagen, oder?

Ich drehte die Karte um. Sie zeigte eine Frau mit blasser Haut, umschlungen von einem riesigen Schwan. Natürlich kannte ich das Bild. Es gehörte zu den Prachtstücken in der Sammlung des Museums.

«Stimmt etwas nicht?», fragte Alex.

«Nein. Alles in Ordnung.»

Ich kehrte an meinen Computer zurück und loggte

mich in den Katalog der in der National Gallery ausgestellten Werke ein.

Leda mit dem Schwan – Michelangelo zugeschr.
C212

Leda war eine schöne Sterbliche, die Zeus' heimliche Liebe erregte. Um sein Verlangen nach ihr zu stillen, näherte er sich ihr in Form eines riesigen Schwans, als sie gerade an einem Fluss eingeschlafen war. Sie erwachte und stellte fest, dass der Schwan sie bereits bestieg, doch Ovid zufolge «wandelte ihr Entsetzen sich bald in Liebe». Frucht dieser Vereinigung war Helena, deren Schönheit Männer wie Theseus betörte und deren Entführung schließlich den Trojanischen Krieg auslöste.

Das Original war eine Auftragsarbeit für den Herzog von Ferrara, wurde aber von Michelangelo nach einem Streit mit dem Gesandten des Herzogs, der die unverhohlen erotische Thematik beanstandete, an einen Gehilfen verschenkt. In der Folgezeit ging es verloren. Man nimmt an, dass diese Kopie von Michelangelo selbst oder seinem Schüler Rosso Fiorentino stammt.

Ich sah auf die Uhr. Viertel nach eins. Ich nahm den Telefonhörer ab.

«Polizei, Paddington Green, was können wir für Sie tun?»

«Detective Inspector Thomson, bitte.» Ich musste lange

warten. Jetzt berieselte einen auch schon die Polizei in der Warteschleife mit klassischer Musik!

«Einsatzzentrale.»

«Könnte ich mit D. I. Thomson sprechen, bitte?»

«Tut mir Leid, der Fall ist abgeschlossen. Haben Sie's schon bei der Kriminalpolizei versucht?»

«Könnten Sie mich durchstellen?»

«Moment.» Die Leitung brach ab. Ich versuchte es noch einmal, aber jetzt war besetzt. Ich warf einen weiteren Blick auf die Uhr: zwanzig nach eins.

Falls der Kerl, der mir diese Briefe schreibt, wirklich aufkreuzt, wird er schon dort sein. Aber er rechnet erst in zwanzig Minuten mit mir. Ich könnte ihn heimlich beobachten.

Im Museum würde es von Touristen wimmeln, und in jedem Raum gab es einen Wachmann. Ausgeschlossen, dass er im Beisein so vieler Menschen irgendwelche krummen Touren versuchen könnte.

Ich schaute mich im Labor um, ob ich jemanden bitten könnte mitzukommen, aber sie waren alle schon in die Mittagspause gegangen.

Die «Leda» hing in Raum acht, am äußersten Ende des Westflügels. Der Weg dahin führte mich durch ein Labyrinth von Ausstellungsräumen. Ausländische Schüler mit Kopfhörern plapperten laut drauflos, während sie der Führung in ihrer Muttersprache lauschten. Das Gemälde hing zentral an einer Wand, damit es einem, wenn man durch den Haupteingang kam, gleich ins Auge fiel. Ich betrat den Raum absichtlich von einer Nebengalerie aus, in der Hoffnung, so unbemerkt zu bleiben. Ungefähr zwanzig oder dreißig Besucher waren anwesend, aber niemand, den ich erkannte. Mir fiel zwar ein leicht schmierig wirkender Mann mittleren Alters auf, aber er war in Begleitung seiner Ehefrau, die wenig später zu ihm kam, um ihn weiterzuscheuchen. Ein Haufen Studenten umringte eine deutsch sprechende Museumsführerin. Von ihnen kam wohl kaum einer infrage. Ein gut aussehender, unrasierter junger Mann schaute zu mir herüber, doch gleich darauf trat seine Begleiterin zu ihm, ein hübsches, gertenschlankes Mädchen mit Sonnenbrille.

Dann lichtete sich die Menge, und ich sah einen Mann direkt vor der «Leda» stehen, der konzentriert der Kassettenführung zuhörte. Er war um die dreißig, sein Schädel kahl rasiert. Entsprechend der Anweisung der Stimme aus dem Kopfhörer, ließ er seinen Blick auf verschiedene Stellen des Gemäldes wandern. Es wirkte irgendwie obszön: der riesige weiße Schwan zwischen den nackten Schenkeln des Mädchens, von denen einer in schlaftrunkener Hingabe seitwärts weggebogen war; der gekrümmte Hals des Vogels zwischen ihren Brüsten ruhend, ein schroffer Kontrast zu den Flügeln, mit denen er sich noch tiefer in sie zu drängen versuchte. Und dann dieser Mann, der das alles aus nächster Nähe betrachtete, den Blick vom Gefieder weiter zum Fleisch gleiten ließ, während eine Stimme ihm vorgab, was er sich anzuschauen hatte.

Er war völlig auf das Bild konzentriert. Ich näherte mich ihm vorsichtig, jederzeit zur Flucht bereit, bis ich unmittelbar neben ihm stand, sodass ich ihn hätte berühren können.

Die aus seinem Kopfhörer dringende Stimme sprach italienisch. Die Kadenzen waren unverkennbar. Gleich darauf schlenderte er weiter zum nächsten Bild und stellte sich wieder direkt davor, um es ebenso aufmerksam zu betrachten.

Ich ging zum Wachmann hinüber. «Thomas, dir ist hier niemand aufgefallen, der sich merkwürdig benommen hat, oder?»

«Hier sind alle ziemlich merkwürdig. Vor allem die Deutschen.»

«Aber sonst nichts Ungewöhnliches?»

Er schüttelte den Kopf und sagte mit trauriger Miene: «Leider nicht.» Ich konnte ihn verstehen: Wenn man den ganzen Tag damit verbrachte, einen Raum voller Touristen im Auge zu behalten, wäre ein ungewöhnliches Vorkommnis vermutlich als Abwechslung hochwillkommen.

«Danke.» Ich wandte mich ab. Ganz kurz war mir, als hätte ich ein bekanntes Gesicht gesehen, das aber sofort am hinteren Ende des Raumes verschwand.

Ich folgte ihm. Wer auch immer es sein mochte, er war in einen Nebenraum abgebogen. Leute verstellten mir den Weg, und ich erhaschte nur einen flüchtigen Blick auf einen irgendwie vertrauten grau-schwarzen Schopf. Ich begann zu laufen. Als ich um die Ecke bog, wäre ich um ein Haar mit ihm zusammengestoßen.

Alex.

«Hallo», sagte er.

«Was machst du denn hier?», platzte ich heraus.

«Holbein.» Er deutete auf das Gemälde vor sich. «Eins meiner Lieblingsbilder. Und du?»

Ich stotterte irgendetwas. Alex konnte es unmöglich sein. Viele Mitarbeiter schauten sich in der Mittagspause die Bilder an. Ich auch, ziemlich oft sogar. Es war nur ein Zufall, mehr nicht.

Nachmittags rief Nicholas Spence an, einer der Kuratoren, und bat mich, in sein Büro zu kommen. Als ich dort eintraf, untersuchte er gerade mit weiß behandschuhten Händen ein Gemälde auf seinem Schreibtisch.

«Ah, Ros», sagte er und streifte einen Handschuh ab, um mir die Hand zu geben. «Kommen Sie doch herein. Möchten Sie eine Tasse Tee?»

«Nein, danke.» Es kursierte die Geschichte, jemand hätte Dr. Spence einmal um einen Earl Grey statt um einen Lapsang Souchong gebeten und sich darauf geschlagene zwanzig Minuten lang darüber belehren lassen müssen, wie töricht diese Wahl gewesen sei.

«Ich wollte nur sagen, gut gemacht. Es freut mich so, dass Sie … aber Sie müssen es uns wirklich wissen lassen, wenn wir irgendetwas tun können …» Er nahm seine Brille ab und kaute hektisch auf einem Bügelende herum, während er auf meine Antwort wartete.

«Wirklich, mir fehlt nichts.»

«Schön», sagte er erleichtert. «Und wie steht es mit denen da?» Er deutete auf das Bild. «Was meinen Sie? Fehlt denen auch nichts?»

Es war ein sehr altes Altarbild, das sah selbst ich als Laie, und stammte eindeutig aus einer Zeit noch vor der Renaissance, in der Gemälde eher religiöse Ikonen als realistische Tableaux waren. Zu sehen war eine Kreuzigung mit einer Jesus darstellenden Gestalt. Sie schwebte über der das Jesuskind stillenden Maria. Zeichnerisch war es eher ungelenk, aber das Bild war kürzlich gereinigt worden, und die Farben – das Rosa und Blau der Stoffe und das den Himmel versinnbildlichende Blattgold – waren wundervoll.

«Könnte ich nicht sagen», sagte ich wahrheitsgemäß.

«Wir sind uns auch nicht sicher. Früher waren wir das mal, jetzt aber nicht mehr.»

«Wo liegt das Problem?»

«Wie gut kennen Sie sich mit der Technik der Perspektive aus?»

«Nicht besonders gut», gestand ich.

«Vor der Renaissance beruhte die Perspektive nicht auf Mathematik, sondern auf Mutmaßungen. Dann, im frühen fünfzehnten Jahrhundert, stießen zwei Florentiner Gelehrte, Leon Alberti und Filippo Brunelleschi», er sprach die Namen in tadellosem Italienisch aus, «auf das Geheimnis. Den Schlüssel bildete die Erkenntnis, dass das Bild sich vom Gesichtspunkt des Betrachters aus zu einem unendlichen Punkt in der Ferne erstrecken muss, den Alberti als Fluchtpunkt bezeichnete.» Er hatte sich ein Blatt Papier genommen und fertigte beim Reden eine grobe Skizze zur Veranschaulichung. «Sobald man weiß, dass ein Bild einen Fluchtpunkt haben soll, ergibt alles einen perfekten geometrischen Sinn.»

«Verstehe.»

«Nun, unser Stall hier, obschon sehr grob ausgeführt, hat interessanterweise einen Fluchtpunkt.» Er schaute mich kurz an, um zu prüfen, ob ich ihm folgen konnte. «Die Sache ist die, sobald man das Geheimnis der Perspektive einmal erfahren hat, setzt man sie intuitiv ein. Es fällt ausgesprochen schwer, es wieder zu vergessen und sozusagen aus dem Gemütszustand eines Menschen heraus zu malen, der es nie gekannt hat.»

«Wenn es also einen Fluchtpunkt gibt, ist dieses Bild eine Fälschung?»

«Vielleicht. Es gibt noch eine andere Möglichkeit.»

Ich sah ihm an, dass er hoffte, ich würde von selbst darauf kommen, aber ich musste ihn enttäuschen: «Welche denn?»

«Es besteht immer noch die Chance, dass der Mensch, der dieses Bild gemalt hat», er deutete auf das Altargemälde, «die Geometrie des Fluchtpunktes selbst entdeckt hat, schon damals im vierzehnten Jahrhundert, über hundert Jahre vor Alberti und Brunelleschi. Und in dem Fall wäre dieses kleine Stück von einer unglaublich großen Bedeutung.» Er lächelte. «Ich habe sogar einen Aufsatz darüber verfasst.»

«Ah.»

«Es wäre natürlich ziemlich peinlich, wenn nach Veröffentlichung eines Artikels, in dem dieses Bild als unentdecktes Juwel gepriesen wird, herauskäme, dass es sich um eine Fälschung handelte. Und dank Mr. Drewe und Konsorten wird die internationale Kunstwelt ohnehin geneigt sein, das zu glauben.»

«Aber Drewe hat doch keine alten Meister gefälscht. Soweit wir wissen, hat er es nur auf moderne Werke abgesehen.»

«Soweit wir wissen. Aber Künstler aus der Zeit vor der Renaissance stellen für Fälscher kein großes Problem dar. Im Großen und Ganzen braucht man dazu nicht übermäßig viel Talent, nur die Fähigkeit, es alt aussehen zu lassen.»

Ich schaute wieder auf das Altarbild. «Woher stammt das Bild?»

«Schwer zu sagen. Aber mit dieser Frage beschäftigen sich schon einige Kollegen. Ihre Aufgabe, Ros, besteht darin zu prüfen, ob die Wissenschaft uns Antworten geben kann.»

«Sollte es nicht besser sofort zu einem Experten geschickt werden?»

«Wir sind alle sehr beeindruckt von der vorzüglichen Arbeit, die Sie leisten, Ros. Alex hat speziell Sie dafür vorgeschlagen.»

«Ich werde zusätzliche Mittel benötigen, für eine Reihe spekulativer Untersuchungen – Datierung mit Radiokarbonmethode, Röntgenaufnahmen und so weiter.»

«Was immer Sie für nötig erachten.» Der Kurator lächelte fröhlich. «Ich bin mir sicher, das Geld wird gut angelegt sein.» Er deutete auf das Bild. «Ich lasse es Ihnen von einem Packer nach oben bringen.»

«Danke. Vermutlich muss es sehr sicher aufbewahrt werden.»

«Selbstverständlich. Mit der Prüfung soll ja nur einer Katastrophe vorgebeugt werden. Leider müssen wir es Ihnen am Ende eines jeden Tages wegnehmen. Und Sie müssen eine Maske tragen – es darf nicht mit Ihrem Atem in Kontakt kommen.»

Vor Aufregung, an einem so wichtigen Projekt wie dem Altarbild arbeiten zu dürfen, vergaß ich bis Feierabend sogar die anonymen Briefe. Doch bei meiner Heimkehr erwartete mich schon der nächste Umschlag.

Liebe Ros,

du hast mich also versetzt. Das war dumm von dir. Versteh bitte, wir können das auf die sanfte Tour machen oder auf die harte – das liegt ganz bei dir. Aber machen werden wir es auf jeden Fall. Du kannst mich nicht ignorieren.

Muss ich deutlicher werden? Du hast vor Gericht gelogen. Wegen dieser Lüge sitzt ein Mann im Gefängnis. Falls die Lüge je ans Licht kommt, wanderst du selbst hinter Gitter. Bei Meineid verstehen Richter keinen Spaß, sagt man – das ist eins der wenigen Verbrechen, die sie persönlich nehmen.

Ich gebe dir eine einzige Chance, die Sache zu beenden. Wenn du morgen das enge weiße T-Shirt trägst, ohne BH, das du vorletzten Dienstag anhattest, werde ich das als Botschaft akzeptieren, dass du in Ruhe gelassen werden willst, und ich werde deinen Wunsch respektieren.

Ein ganz schönes Dilemma, nicht wahr? Damit ich mit diesem Spiel aufhöre, musst du dich darauf einlassen. Beim Schach heißt so etwas Zugzwang – ein erzwungener Spielzug.

Du fragst dich, woher du wissen sollst, ob du diesem Menschen trauen kannst? Schließlich schreibt er dir anonyme Briefe, was weder besonders nett noch Vertrauen erweckend ist. Und er hat dich mit einem Messer verletzt. (Was mir übrigens Leid tut. Du solltest nur wissen, dass ich da war. Ich musste mein Werk signieren.)

Die Antwort lautet: Du hast keine Wahl, Ros. Du musst mir vertrauen. Dein Vertrauen, mehr will ich nicht, um mehr bitte ich nicht. Ich will dir nicht nochmal wehtun.

Ich rief Bill an. Drei Nachrichten musste ich ihm auf der Mailbox hinterlassen, ehe er sich meldete. Ich las ihm den Brief vor.

«Fass ihn nicht mehr an», befahl er. «Leg ihn beiseite. Ich bringe einen Beweisbeutel mit.»

«Bist du noch zu retten? Den darf niemand zu sehen bekommen.»

«Bleib, wo du bist», sagte er leise. «Darüber müssen wir unter vier Augen reden.»

Doch als er dann bei mir ankam, hatte er bereits entschieden, dass ich überreagierte.

«Dieser Brief beweist gar nichts, Ros. Es könnte nur ein übler Scherz sein – mehr ist es wahrscheinlich nicht. Nichts spricht dagegen, ihn der Polizei auszuhändigen.»

«Wenn die Polizei diesen Brief in die Hände bekommt, muss sie den Behauptungen nachgehen, die er aufstellt, oder? Sieh's ein, Bill, Henson war es nicht. Sondern dieser Typ. Uns ist ein fürchterlicher Irrtum unterlaufen.»

«Nun mal langsam –»

«Ich habe meine Aussage nur gemacht, weil du mir gesagt hast, Hensons Schuld würde durch forensische Indizien zweifelsfrei belegt. Aber das stimmt gar nicht, oder? Hensons Anwältin hat eine ganz vernünftige Erklärung für die Indizien gefunden. Die Geschworenen haben ihn nicht wegen der Indizien auf schuldig erkannt, sondern weil ich vor Gericht ausgesagt habe, Henson hätte dieses rote Hemd getragen, als er mich vergewaltigt hat. Was, wenn Hensons Anwältin Recht hatte?»

«Er ist nicht nur wegen deiner Aussage verurteilt worden. Seine Frau hat gelogen –»

«Sie war Trinkerin, um Himmels willen. Dein Chef hat sie eingeschüchtert, bis sie eine Aussage gemacht hat.»

«Es gab doch noch mehr Zeugenaussagen, die wir dem Gericht nicht vorgelegt haben. Die andere Frau, die er missbraucht hat. Der Mann, der ihn um drei Uhr früh mit einer schwarzen Tüte von hier hat weggehen sehen.»

«Ich weiß nicht. Vielleicht gibt es ja gute Gründe, warum derartige Aussagen nicht zulässig sind. Weil sie wirklich zu dürftig sind, um sich darauf zu stützen.»

«Dann glaubst du also eher diesem Spinner?» Langsam wurde er wütend. Mir ging es nicht anders.

«Er schreibt: ‹Ich will dir nicht nochmal wehtun›, Bill. Wie fasst du das auf? Das ist doch eine Drohung.»

«Es könnte pure Spekulation sein.» Bill deutete auf den Brief. «Es könnte jemand sein, der den Verdacht hegt, du hast gelogen, aber keinerlei Beweise dafür hat. Falls du darauf irgendwie reagierst, sagst du damit, dass er Recht hat, und gestehst deine Schuld ein.»

«Unsere Schuld, Bill! Da stecken wir beide drin. Ich habe vielleicht unter Eid gelogen, aber du hast eine Zeugin gevögelt, schon vergessen?»

«Ach, Ros.» Er breitete die Arme aus. «Sei doch nicht so. Natürlich stecken wir da beide drin. Egal, was passiert, Ros, ich liebe dich.»

Vor dem Prozess, als wir mit dem Lügendetektor herumexperimentierten, hatte ich ihn dazu bringen wollen, diesen Satz in das Mikro zu sprechen. Und er hatte sich geweigert. Nicht, weil er nicht der Wahrheit entspreche, hatte er gesagt, sondern weil er zu gehaltvoll sei.

«Dann sage ich es eben», hatte ich gemeint. «Ich liebe dich.» Auf dem Bildschirm waren die gezackten Messkurven erschienen, die den Tonfall verbildlichten, und das Ergebnis hatte gelautet, dass ich größtenteils die Wahrheit sagte. Größtenteils, aber nicht ausschließlich.

«Moment», hatte ich gesagt. «Ich sage es nur nicht richtig.» Ich nahm das Mikro und sagte ganz ruhig: «Ich. Liebe. Dich.» Anscheinend war das wahrer. «Isch libbe disch.» Nicht übel. Ich versuchte es mit Quietschstimme à la Donald Duck. «Ich liebe dich, Daffy.» Das war noch wahrer. Den höchsten Wahrheitsgehalt aber erzielte ich, als ich den Satz ganz oft hintereinander abspulte, bis die Wörter ineinander übergingen und jeden Sinn verloren: «Ichliebedichichliebedichichliebedich.» Je sinnloser die Worte, desto positiver die Reaktion des Detektors.

«Wenn wir das alles nicht getan hätten, wenn ich einfach so mit so einem Brief bei der Polizei vorbeikäme, was würde sie mir da raten?»

«Nun, das neue Gesetz gegen Belästigung legt fest, dass derlei Nachstellungen eine Straftat darstellen. Aber du musst trotzdem beweisen, dass der, der dir nachstellt, böswillige Absichten verfolgt und sich über längere Zeit bedrohlich verhalten hat. Wahrscheinlich würden wir dir einfach eine unserer Broschüren geben, mit Tipps, wie du dich weniger angreifbar machst.»

«Was steht da zu solchen Fällen drin?» Ich zeigte auf den Brief.

«Nicht reagieren, nicht darauf eingehen, nicht aufregen. Solche Typen haben Spaß daran, andere zu schikanieren. Je mehr du ihnen deine Angst zeigst, desto aufregender wird es für sie.»

«Also soll ich mich nicht darauf einlassen? Morgen nicht das weiße T-Shirt anziehen?»

«Bloß nicht. Der Typ darf auf gar keinen Fall glauben, er hätte dich in der Hand.»

28

Am nächsten Morgen stand ich auf, duschte und zog das weiße T-Shirt an. Ich betrachtete mich im Spiegel. Es war mein Lieblingsshirt.

Wenn ich dieses T-Shirt nicht trage, überlegte ich, ist das vielleicht auch eine Reaktion. Was wäre, wenn ich noch eine Bluse darüberzog?

Und dann dachte ich, was ist denn in mich gefahren? Ich versuche, im Geist mit einem Kerl zu verhandeln, der keinerlei Recht hat, irgendetwas von mir zu verlangen.

Ich zog es aus und entschied mich stattdessen für ein blaues Sweatshirt. Das T-Shirt ziehe ich nie wieder an, dachte ich.

Kein Brief an diesem Morgen. Nichts bei der Arbeit. Das Einzige, was mir geliefert wurde, war das Altarbild. Alle drängten sich um mich, um es zu bewundern. Tricia rief begeistert aus: «Ist das süß!» Ich wusste, was sie sagen wollte: Die Kombination aus Blau und Gold, dazu die frommen, ungelenk gemalten Gesichter gaben dem Gemälde eine fast naive Anmutung.

«Dieses Bild gefällt mir», erklärte Alex entschieden.

«Wenn es eine Fälschung ist, werde ich schwer enttäuscht sein.»

«Und wenn nicht, wird Ros enttäuscht sein», wandte Tricia ein.

«Ich? Mir ist das eigentlich egal», erwiderte ich. Aber im Grunde hatte sie natürlich Recht; obwohl ich nur die Wahrheit ans Tageslicht zu befördern hatte, wäre es schon großartig, wenn ich der Kunstwelt beweisen könnte, dass es eine Fälschung war.

Es war ein hartes Stück Arbeit, der Telefonistin des St. Thomas Hospital begreiflich zu machen, dass ich ihren Ultraschallscanner für ein Gemälde buchen wollte. «Könnte ich den Namen des Patienten haben?», fragte sie immer wieder.

«Es ist ein Altarbild. Natürlich zahlen wir den üblichen Tarif.»

«Ist der Patient privat krankenversichert?»

«Nein. Hören Sie, wir haben das schon mal gemacht. Vielleicht sollten Sie kurz beim Facharzt nachfragen. Sagen Sie, es wäre für die National Gallery.»

Kurzes Schweigen. «Übernimmt also der Arbeitgeber die Behandlungskosten?»

Ich seufzte. «Wenn Sie so wollen.»

«Und wie hieß der Patient noch gleich?»

Wenn ich Madonna sagte, würde sie vermutlich glauben, ich meinte die Sängerin. «Maria Joseph.»

«Miss oder Mrs.?»

Ich musste an mich halten, um nicht loszukichern. «Weiß ich nicht genau. Aber sie hat einen Sohn, aus einer früheren Beziehung. Der kommt auch mit.»

«Und welcher Art sind ihre Beschwerden?»

«Sie sieht ständig Seraphim und Cherubim.»

«Also ein Augenleiden, ja?»

«Vermutlich eher ein Nervenleiden.»

«Danke sehr», sagte die Telefonistin, in dem müden und doch triumphierenden Tonfall eines Menschen, der letzten Endes doch noch die gewünschten Antworten erhalten hat. «Ich trage Sie für Freitagmorgen ein.»

«Eins noch. Sie wird von einigen Sicherheitsleuten begleitet. Ist das in Ordnung?»

«Als Privatpatientin kann sie mitbringen, wen sie will.»

Ein Bimmeln meldete mir den Eingang einer E-Mail. Ich warf einen Blick auf den Absender und erstarrte. Die Mail war von Jo.

Aber Jo war tot.

Ich klickte die Mail an.

An: RosTaylor@nationalgallery.org
Von: Jo McCourt (joMcC@burnett.co.uk)
Betreff: Dein heutiges Outfit

Hi, Ros,
viele Grüße aus dem Paradies! Ich amüsiere mich prächtig hier oben und liege viel in der Sonne. Danke, dass du vor Gericht für mich ausgesagt hast. Das Dumme ist nur, Gerry Henson war's nicht. Und jetzt hast du auch noch dem wahren Täter ans Bein gepinkelt.

Das war echt sehr dumm, Ros. Darf ich einen Vorschlag machen? Wenn er mit dir in Kontakt tritt und dir eine Chance anbietet, das wieder gutzumachen, tu alles, was er von dir verlangt. Es ist nicht ratsam, mit ihm zu spaßen – überleg doch mal, was mit mir passiert ist.

Mit lieben Grüßen
Jo (oder was von ihr übrig ist)

Ich war wie vor den Kopf geschlagen. Ich griff zum Telefonhörer und rief Simon in der EDV an.

«Simon, ist es möglich, die Herkunft einer E-Mail zurückzuverfolgen, die ich gerade bekommen habe?»

«Hat sie einen Absender?»

«Ja, aber der kann absolut nicht stimmen.»

«Ist sie von einem Büro oder von zu Hause aus geschickt worden?»

«Angeblich von einem Büro aus.»

«Dann könnte es jemand sein, der das Passwort der betreffenden Person kannte. Aber selbst wenn nicht, es gibt eine einfache Methode, es aussehen zu lassen, als käme eine E-Mail von jemand anderem. Man muss nur vorübergehend die eigene Adresse in der Absenderzeile ändern. Man könnte sogar MarilynMonroe@WhiteHouse.com verwenden, wenn man wollte.»

«Aber es muss doch möglich sein, den wirklichen Absender herauszubekommen?»

«Nein», sagte er entschuldigend. «Es ist leider ein Märchen, dass E-Mails immer zurückverfolgt werden können.»

Ich leitete die E-Mail mit einem kurzen Kommentar an Bill weiter: *Ich finde, das stellt eine Drohung dar, du nicht?*

Es kam keine Antwort. Ich probierte sein Handy, aber es war ausgeschaltet. Schließlich, kurz vor Feierabend, antwortete er doch noch:

An: RosTaylor@nationalgallery.org
Von: ThomsonW@metpolice.org
Betreff: Dein heutiges Outfit

Ros,
ja, das stellt wahrscheinlich eine Drohung dar, aber du müsstest beweisen, dass sie von derselben Person stammt, die die anderen Briefe verfasst hat, und dass der Absender der Briefe dieselbe Person ist, von der in der E-Mail als «er» die Rede ist – ein in der dritten Person abgelegtes Geständnis zählt nicht, und ein Gericht würde das vermutlich nur als üblen Scherz bezeichnen.
Ich kann jetzt nicht anrufen – hier läuft gerade was Größeres an, und ich muss mich sofort drum kümmern.

B.

Na schönen Dank auch, dachte ich.

An: ThomsonW@metpolice.org
Von: RosTaylor@nationalgallery.org
Betreff: AW: Dein heutiges Outfit

Kommst du heute Abend vorbei?

An: RosTaylor@nationalgallery.org
Von: ThomsonW@metpolice.org
Betreff: AW: Dein heutiges Outfit

Glaube, nicht. Sorry.

An: ThomsonW@metpolice.org
Von: RosTaylor@nationalgallery.org
Betreff: AW: Dein heutiges Outfit

Ich brauche dich aber. Ich habe Angst. Entschuldige, dass ich so kindisch bin, aber ich kann nicht anders.

An: RosTaylor@nationalgallery.org
Von: ThomsonW@metpolice.org
Betreff: AW: Dein heutiges Outfit

Mir ist gerade eine größere Mordermittlung übertragen worden. Ich muss jetzt zu einem Briefing, dann zu einer Autopsie, die wohl die ganze Nacht dauern wird.

Lass uns morgen reden. Hab keine Angst. Höchstwahrscheinlich ist es nur ein schlechter Scherz.

Ich bestellte mir telefonisch ein Taxi. An der Broadhurst Terrace angelangt, bat ich den Fahrer, kurz zu warten, bis er gesehen hatte, wie ich durch die Haustür gegangen war.

«Kein Problem», sagte er heiter. «Man kann nie vorsichtig genug sein, nicht wahr? Hier in der Ecke ist doch ein

Mädchen gekillt worden, stand in der Zeitung. Brauchen Sie eine Quittung?»

Ich schloss die Haustür auf. Mein Blick huschte als Erstes zu dem Tisch, auf den immer die Post gelegt wurde.

Für mich war nichts dabei.

Gott sei Dank. Ich ging ins Souterrain und schloss die Wohnungstür auf. Zuallererst vergewisserte ich mich, dass niemand sonst da war.

Es pochte an der Tür. Mir schlug das Herz bis zum Hals.

«Wer ist da?», rief ich argwöhnisch.

«Ian. Von oben.»

Ich öffnete die Tür, nahm aber die Sicherungskette nicht ab. «Hallo.»

«Ich bin's, Ian.»

«Ja.»

Als er merkte, dass ich die Kette nicht loshaken wollte, wurde er verlegen und sagte: «Äh, das war mit bei meiner Post. Ist wohl falsch einsortiert worden.» Durch den Türspalt reichte er mir einen Brief.

«Und ich … ich wollte nur sagen, wie Leid mir das mit Jo tut», fing er an.

«Ja?»

Er schwieg. Ich hakte die Kette immer noch nicht los. Dann sagte er: «Vielleicht ist der Zeitpunkt nicht so günstig.»

«Nein.»

Leck mich, dachte ich, während er sich umdrehte und wieder die Treppe hochging. Als er fort war, riss ich den Umschlag auf.

Ros,

ich bin dir nicht böse.

Zuerst war ich böse, aber nach reiflicher Überlegung bin ich eher froh. Froh, weil du deine Wahl getroffen hast und diese Wahl mir unendlich mehr Vergnügen bereiten wird, als dich in Ruhe zu lassen.

Apropos Vergnügen – weißt du eigentlich, dass du gekommen bist, als ich dich vergewaltigt habe? Haben die Ärzte dir das erzählt, oder können ihre wissenschaftlichen Tests das nicht feststellen? Es stimmt aber. Du warst zwar bewusstlos, aber dein Körper hat reagiert, als ich dir die Möse geleckt habe.

Ich fühlte mich wie Ali Baba, der vor der Schatzhöhle kniet. Sesam öffne dich. Es hat etwas gedauert, aber ich war geduldig.

Wusstest du, dass dein Inneres denselben Salzgehalt hat wie Meerwasser? Weil wir aus dem Meer gekommen sind, vor ewiger Zeit. Du hast nach Ozean geschmeckt, Ros, und deine kleine Klitoris wurde hart, als ich daran herumkaute. Und obwohl du bewusstlos warst, fühlte ich die kleinen Schauder und Zuckungen, als du kamst, wie ein Hund, der im Schlaf Karnickel jagt. Du siehst also, dein Körper ist weit weniger wählerisch, als du denkst.

Ros, was passieren wird, wird nicht angenehm für dich. Aber es ist nichts verglichen mit dem Schmerz, den ich schon lange erleide – dem Schmerz, dich zu begehren. Ich verteile diesen Schmerz nur ein wenig gleichmäßiger, mehr nicht. Ein bisschen mehr für dich, ein bisschen weniger für mich. Was soll ich sagen? Es tut mir Leid, ehrlich.

Du wirst dich fragen: «Wie kann er mir wehtun, wenn er behauptet, mich zu lieben?» Weil du wie alle Frauen der Vorstellung anhängst, Liebe sei etwas Schönes. Wenn du nur wüsstest, was wirklich in unseren Köpfen abläuft.

Liebe ist selbstsüchtig. Manchmal haben Menschen Glück und können paarweise selbstsüchtig sein. Wie du mir, so ich dir. Ich glaube nicht, dass das zwischen dir und mir je passieren könnte – seien wir ehrlich, ich weiß es sogar. Also begnüge ich mich mit der zweiten Wahl. Wenn ich deine Liebe nicht haben kann, begnüge ich mich eben mit deiner Angst. Wenn du deinen Körper nicht freiwillig an mich drücken willst, muss ich ihn eben mit Gewalt dazu zwingen. Das ist natürlich nicht die beste Lösung. Aber es ist das, was ich haben kann.

Du bist die Hüterin deiner Schönheit – eine merkwürdige Floskel, aber sie geht mir nicht aus dem Kopf. Dein Körper gehört dir nicht, Ros. Du hast ihn geerbt, und du wirst ihn an die nächste Generation weitergeben, und in der Zwischenzeit verwaltest du ihn treuhänderisch, achtest darauf, dass nichts davon an Menschen wie mich vergeudet wird, die Revolutionäre, die die Adligen köpfen und ihre Paläste einreißen, sich mit Gewalt nehmen, was ihnen durch ihre Geburt verweigert wurde.

Inzwischen hast du wahrscheinlich erraten, dass ich Jo umgebracht habe. Aber vergewaltigt habe ich sie nicht. Als es beim Prozess hieß, sie wäre vergewaltigt worden, hat mich das sehr aufgeregt. Ich hätte sie vögeln können, aber ich hab's bleiben lassen. Es ging immer nur um dich. Und es wird wieder nur um dich gehen.

Ich stelle dich trotzdem vor die Wahl.

Die erste Möglichkeit ist folgende: Lass deine Tür offen, damit ich hereinkann. Nimm ein Bad, wasch dir die Haare und bürste sie, leg ein wenig Parfüm auf (aber nicht zu viel), nimm ein Schlafmittel und geh nackt in dein mit frischen weißen Laken bezogenes Bett. Wenn du das tust, schlafe ich mit dir, bringe dich aber nicht um. Es wird nicht schlimmer, als sich operieren zu lassen, und danach wird es endgültig vorbei sein.

Die zweite Möglichkeit ist, du verriegelst die Tür vor mir, aber dann werde ich dich trotzdem vergewaltigen, nur wird es dann eine ganz andere Art Vergewaltigung. Zunächst einmal wirst du wach sein, oder wach genug, um mitzubekommen, was passiert. Am

Ende aber wirst du tot sein. Ich werde dir in die Augen sehen, und du wirst mich anbetteln, dich umzubringen, und das werde ich auch. Aber erst dann.

Natürlich bleibt dir noch eine dritte Möglichkeit. Du kannst direkt zur Polizei gehen und um Polizeischutz bitten. Du wirst erklären müssen, wer ich bin – was ich bin – und warum ich noch frei bin. Du wirst ins Gefängnis wandern. Aber letzten Endes werde ich dich doch kriegen, wenn du wieder rauskommst. Dann bist du ein entlassener Häftling, und die Polizei wird kein Interesse mehr daran haben, dich zu beschützen. (Falls sie das überhaupt jemals gehabt hat. Du hast doch die Polizei bei der Arbeit gesehen. Nicht unbedingt Vertrauen erweckend, oder?)

Jedenfalls lasse ich dir ein paar Tage Bedenkzeit. Falls du dich für die vernünftige Variante entscheidest, schick mir eine Mail. Ich habe eine Hotmail-Adresse einrichten lassen:
Hueter@hotmail.com

Wenn ich bis Sonntag nichts von dir gehört habe, gehe ich davon aus, dass du lieber mein Opfer als meine Geliebte bist.

29

Ich fühlte mich wie nach einem Schlag ins Gesicht. Ich stolperte durch die Wohnung, überprüfte alle Fenster zweimal, achtete darauf, dass nirgends ein Vorhangspalt offen blieb, durch den mich jemand von außen hätte sehen können, während ich weinte und schrie und vor mich hinschimpfte. Dann kuschelte ich mich in einem Zustand betäubter Katatonie auf dem Sofa zusammen, wo ich auch die Nacht verbrachte.

Am nächsten Tag rief ich wieder ein Taxi, um mich zur Arbeit fahren zu lassen. Mir den weißen Laborkittel überzustreifen, verschaffte mir diesmal kein Gefühl von Sicherheit mehr. Die Freiheit und Normalität, die er mir vermittelt hatte, waren eine Illusion gewesen.

Ich konnte nicht arbeiten. Trübe starrte ich die Darstellung des Heilands an seinem goldenen Kreuz an. Ich hätte wohl zu ihm gebetet, wenn nicht durchaus die Möglichkeit bestanden hätte, dass das Scheißding wieder eine Fälschung war.

Alex kam herüber, um mit mir über das Altarbild zu reden. Er wollte hören, welche Untersuchungen ich durchführen lassen wollte. Irgendwie gelang es mir, auf Autopilot zu schalten.

«Ich werde ein totales Ionenchromatogramm anordnen», sagte ich, «um die Zusammensetzung des Firnis zu prüfen.»

Alex nickte. Firnis aus der Zeit vor dem zwanzigsten Jahrhundert unterscheidet sich von modernen, synthetischen Firnissen. Man kann alten Firnis fälschen, indem man Lärchenharz mit Mastix und Terpentin vermischt, aber die Mühe machten sich die wenigsten Fälscher. Sollte sich herausstellen, dass das Bild mit synthetischem Firnis überzogen war, wäre das ein wichtiger Hinweis auf eine Fälschung.

«Ich habe schon mal Ultraschall und einen Scan zur Diffraktometrie gebucht. Falls das nichts Konkretes ergibt, sollten wir wohl, glaube ich, noch eine XRF machen lassen.» Eine, wie ihr vollständiger Name lautete, energiedispersive Röntgenfluoreszenzspektroskopie war die stärkste Waffe überhaupt in unserem Arsenal. Mit ihr ließ sich ein Computerausdruck jedes einzelnen chemischen Bestandteils der Farbe generieren. Clevere Fälscher verwendeten natürlich Pigmente, die bereits zur vermeintlichen Entstehungszeit des Gemäldes verfügbar waren. Aber auch cleveren Fälschern unterliefen bisweilen Fehler.

«Dann noch Radiokarbondatierung der Holztafel – wenn wir das bei Freer machen lassen, müssen wir nur eine winzige Probe nehmen. Und es wäre auch nicht verkehrt, wenn die ein paar Farbfragmente auf Säure und Protein untersuchen könnten. Ich wollte heute Nachmittag mal anrufen, wenn die in den Staaten aufgewacht sind, und hören, was die so vorschlagen.»

«Gut», sagte er anerkennend. «Genauso wäre ich auch vorgegangen.» Er sah mich direkt an. «Fehlt dir was?»

«Nein, nein», antwortete ich munter.

«Du wirkst ein bisschen gequält.»

«Bin bloß etwas müde, mehr nicht.»

«Muss schwer sein, wieder zur Arbeit zu kommen, nach allem, was du durchgemacht hast. Deshalb dachte ich mir …» Er deutete auf das Bild. «Etwas, womit du alle Hände voll zu tun hast. Aber wenn es dir zu viel wird, sag mir Bescheid, ja?»

«Klar.»

«Denk dran, es ist nur ein Gemälde. Menschen sind wichtiger. Na ja, manche Menschen jedenfalls.» Ganz kurz nahm er meine Hand in beide Hände und drückte sie.

«Ich komme schon klar», sagte ich.

Um zehn nahm Tricia einen Anruf vom Empfang entgegen.

«Ros, unten ist ein Polizist, der dich sehen möchte.»

Gott sei Dank. Ich nahm den Brief und eilte nach unten ins Foyer. Aber es war nicht Bill. Ein magerer, kleiner Mann in einem dunklen Anzug und eine größere Frau erwarteten mich. Der Mann hatte eine Aktentasche dabei. Der Wachmann am Schalter sagte etwas zu ihm, als ich die Treppe hinunterkam, und er drehte sich zu mir um.

«Ros Taylor?»

«Ja?»

Der Mann zeigte seinen Ausweis. «Ich bin Detective Superintendent Scratton, und das ist Detective Sergeant Hill. Können wir uns irgendwo ungestört unterhalten?»

Wir gingen in ein Besprechungszimmer. Ich sah zu, wie Scratton einige Unterlagen aus seiner Aktentasche holte. Dann zog er einen altmodischen Füllfederhalter aus seiner Brusttasche und schraubte ihn auf. Die kurze Gesprächspause nutzte ich dazu, mich so gut wie möglich zusammenzureißen.

«Ich vertrete ein Dezernat der Metropolitan Police namens Interne Ermittlungen», fing er an. «Wir untersuchen Beschwerden über einzelne Polizeibeamte. Ich bin hier, weil bei uns eine Beschwerde gegen einen der in Ihrem Fall tätigen Beamten eingegangen ist.»

«Von wem?», zwängte ich mühsam heraus.

«Die Beschwerde wurde anonym getätigt.» Er lächelte

mir kurz und routiniert zu, seine Augen aber blieben von dem Lächeln unberührt. «Was es natürlich sehr schwierig macht, ihren Wahrheitsgehalt einzuschätzen. Dennoch, wir müssen alle gegen unsere Beamten erhobenen Anschuldigungen sehr ernst nehmen.»

«Ja. Das müssen Sie wohl. Darf ich sie mal sehen?»

«Was sehen?»

«Die Beschwerde.»

«Jetzt noch nicht. Darf ich fragen, wie Sie darauf kommen, dass es ein Brief war?»

Ich zuckte hilflos die Achseln.

«Die Anschuldigung betrifft das Verhalten von Detective Inspector Thomson.» Er fixierte mich kurz, und mir wurde klar, dass ich nicht «Von wem?» hätte fragen sollen, sondern «Über wen?». «Sie kennen den Beamten, von dem ich rede.»

«Natürlich. Bill hat die Ermittlung geleitet.»

«Sie kennen ihn also in beruflichem Zusammenhang.»

«Ja.»

«Haben Sie davon abgesehen weitere Kontakte mit ihm gepflegt?»

«Was für Kontakte?», hörte ich mich fragen.

«Haben Sie ihn je außerhalb eines Polizeireviers getroffen?»

«Wir haben uns manchmal in Cafés getroffen. Wenn er mich über den Fortgang der Ermittlungen informierte. Ich bin nicht so gern ins Revier gekommen.»

«Aber das waren Treffen in Zusammenhang mit der Ermittlung.»

«Ja.»

«War sein Benehmen jederzeit professionell?»

«Ja. Jederzeit.»

«Haben Sie sich je abends mit ihm getroffen?»

«Hm.» Ich dachte angestrengt nach. Wir hatten uns so oft getroffen. Das könnten andere Polizisten Scratton bestätigen. Oder würden sie es Scratton verheimlichen? Ich beschloss, auf Zeit zu spielen. «Nun, ich war bei der Feier, nach Prozessende. Alle Kriminalbeamten waren dort.»

«Und vor Prozessende, wie sieht es da aus?»

«Ein- oder zweimal. Ganz unverbindlich.»

«Hatten Sie eine Beziehung privater Natur zu ihm?»

Hilfe suchend schaute ich die Frau an, aber die blickte völlig teilnahmslos. Sie war nur hier, um die nötigen X-Chromosome zu liefern, damit die Befragung stattfinden konnte. Ich sah Scratton wieder an. «Nein, unser Verhältnis war ein rein professionelles.»

«Hat er sich je mit Ihnen verabreden wollen?»

«Nein», antwortete ich wahrheitsgemäß.

«Hat er Ihnen je irgendwelche Avancen gemacht, verbale oder nonverbale?»

«Nein.» Was, wie es sich traf, wieder der Wahrheit entsprach. Schließlich hatte ich ihm Avancen gemacht.

«Hatten Sie ein Verhältnis mit ihm?» Seine Augen waren so ausdruckslos wie die der Frau.

«So ein Unsinn», sagte ich.

«Wissen Sie, wo er wohnt?»

«Keine Ahnung.»

Er griff in seine Aktentasche und zog ein glänzendes Foto, zehn mal sechs, in einer Plastikhülle hervor. «Ich zeige Ihnen ein Foto, das uns zugesandt wurde. Erkennen Sie sich?»

Auf dem Foto war ich zu sehen, wie ich gerade von Bills

Wohnung wegging. Es musste während der Verhandlung entstanden sein. Ich erkannte das Kostüm wieder, das ich im Gericht getragen hatte.

«Sieht ganz so aus, als ob ich das bin», sagte ich matt.

«Hätten Sie irgendeinen Grund, sich in Stoke Newington aufzuhalten?»

Ich antwortete: «Nun, eine meiner Freundinnen, Tricia Mills, wohnt in der Gegend. Ich besuche sie manchmal.»

Scratton behielt mich unverwandt im Auge. «Wie lautet deren Adresse?»

«Fernley Road. Nummer, äh, neununddreißig.»

«Wenn Sie sie besuchen, welche Verkehrsmittel benutzen Sie da?»

«Die U-Bahn, normalerweise. Ich habe kein Auto. Und von der U-Bahn aus gehe ich dann zu Fuß.» Ich tippte auf das Foto. «Da bin ich wahrscheinlich gerade auf dem Rückweg zur U-Bahn-Station. Ich bin wohl am Haus Ihres Beamten vorbeigekommen, ohne mir dessen bewusst zu sein.»

Er nickte, aber nicht, um mir zuzustimmen, sondern um mir seine Anerkennung für meinen klugen Schachzug zu signalisieren. «Haben Sie je bemerkt, dass jemand Sie fotografiert hat?»

«Nein … es ist seltsam, aber in den letzten Monaten hatte ich mehrmals das Gefühl, mir würde jemand folgen. Und einmal habe ich festgestellt, dass meine Mülltüte geöffnet worden war, als einzige auf der Straße.»

Wieder ein Nicken, diesmal nachdenklicher.

«Steckt Bill in Schwierigkeiten?», fragte ich.

Scratton schraubte seinen Füller wieder zu. «Nicht, wenn sein Bericht mit Ihrem übereinstimmt. Wahrscheinlich handelt es sich um einen Unruhestifter, oder es versucht irgendein skrupelloser Freund von Mr. Henson, Gründe für eine Berufung zu schaffen.» Er sammelte seine Notizen ein. «Sie müssten später bei Scotland Yard vorbeischauen, um das Befragungsprotokoll zu unterschreiben. So in ein paar Stunden, bis dahin ist es abgetippt.»

«Kein Problem.»

«Und wir müssten auch mit Ihrer Freundin Tricia reden. Können Sie mir sagen, wo ich sie finden kann?»

«Sie arbeitet hier, in der Abteilung Forschung und Konservierung.»

«Oh.» Der Füller wurde wieder gezückt. «Nun, in dem Fall könnten wir uns ja auch jetzt gleich mit ihr unterhalten.»

Verzweifelt suchte ich nach einer Möglichkeit, sie von einem Gespräch mit Tricia abzuhalten, bevor ich ihr erklären konnte, was sie zu sagen hätte. Ich öffnete den Mund. Es kam nichts heraus.

Die Polizistin sagte: «Sir, um halb zwölf haben Sie den Termin beim Polizeipräsidenten.»

«Ach, stimmt ja. Unter diesen Umständen muss ich wohl morgen wiederkommen.»

Ich rannte nach oben und erklärte der perplexen Tricia, warum sie aussagen müsste, dass ich während des Prozesses ein paar Mal bei ihr zu Besuch gewesen war.

«Ist doch schlüssig. Ich wollte nicht allein sein. Bitte, Trish. Es ist nichts Schlimmes. Es darf nur nicht herauskommen, dass wir zusammen sind. Falls Scratton und das Dezernat davon erfahren, bekommt Bill einen Haufen Ärger.»

Ich machte ihr klar, dass diese Paragraphenreiter unsere Liebe gefährdeten. Tricia, das wusste ich, war kein Freund der Obrigkeit. Sie nahm an jeder Demonstration auf dem Trafalgar Square teil, johlte und pfiff zusammen mit anderen Protestierenden.

«Also gut», lenkte sie widerstrebend ein.

«Du bist ein Engel.»

Ich rannte hinaus auf den Trafalgar Square und hechtete in ein Taxi. «St. Mary's, Paddington», sagte ich zum Fahrer.

Ich muss zu einer Autopsie, die wohl die ganze Nacht dauern wird. Bitte lass ihn noch dort sein, betete ich im Stillen. Ich musste ihn vor Scratton erwischen.

Im Krankenhaus schlug ich denselben Weg ein, den ich vor einer halben Ewigkeit mit Bill und Charlotte zurückgelegt hatte, hinunter in die Pathologie. Dieselbe Empfangsschwester beaufsichtigte denselben leeren Warteraum, in dem genau dieselben Zeitschriften herumlagen.

«Ist Detective Inspector Thomson hier?»

«Geht es um Mr. Harkurs Autopsie?»

«Ich denke mal.»

Sie fuhr mit dem Finger eine Liste hinab. «Ja, ich glaube, er ist noch da. Wollen Sie warten?»

Ich wartete eine Dreiviertelstunde, bis endlich ein aschfahler Bill auftauchte. Begleitet wurde er von einem anderen Mann, den ich nicht kannte. Sein Notizbuch aber erkannte ich, denn es gehörte zur Standardausrüstung der Polizei.

Bill sah mich kurz an und erklärte dem anderen Mann: «Ich komme gleich nach.»

Sobald der andere außer Hörweite war, wandte er sich

an mich. «Scheiße, Ros, das ist echt keine gute Idee von dir.»

«Ein Kerl namens Scratton vom Dezernat Interne Ermittlungen ist uns auf der Spur. Jemand hat ihm ein Foto geschickt. Und den hier habe ich gestern Abend bekommen. Ich habe probiert, dich anzurufen, aber dein Handy war ausgeschaltet.» Ich fuchtelte mit dem Brief herum. «Das mit Scratton ist okay, ich habe meine Freundin Tricia herumgekriegt, für uns zu lügen. Aber du musst unbedingt die E-Mails löschen, die ich dir geschickt habe. Und die SMS auf deinem Handy.»

«Moment mal. Ganz ruhig. Eins nach dem anderen.» Nach einem kurzen Blick auf den Brief sagte er: «Nein, erzähl mir erst von Scratton. Was wollte er?»

«Habe ich doch schon gesagt, er hat ein Foto.» Ich holte Luft und berichtete ihm dann genau von der Befragung in der Gallery.

«Und diese Tricia. Wie zuverlässig ist sie?»

«Die macht das schon.»

«Falls nicht, falls die auch nur den kleinsten Verdacht schöpfen, werde ich suspendiert, und es wird eine richtige, detaillierte Ermittlung durchgeführt werden. Und dann finden sie Belege. Es haben uns zu viele Leute zusammen gesehen.»

«Bullen. Die verpfeifen uns doch nicht, oder?»

«Ich weiß nicht.» Bill wirkte besorgt. «Ros, vor langer Zeit, kurz bevor ich dich kennen lernte, habe ich einem internen Untersuchungsausschuss erzählt, ich hätte mitbekommen, wie ein Polizist eine rassistische Bemerkung gemacht hat. Ich habe ihn nicht namentlich genannt, weil ich nicht wusste, wer es war, aber einige meiner Kollegen fanden, ich hätte einfach den Mund halten sollen. Manchen von ihnen könnte es gut in den Kram passen, wenn ich Ärger bekäme.»

«Keiner von denen kann beweisen, dass wir was miteinander hatten.» Da erinnerte ich mich. «Oh, bis auf Alice Turnbull, der habe ich davon erzählt. Aber die wird doch dichthalten, oder?»

«Alice lügt nie. Wenn sie gefragt wird, sagt sie die Wahrheit.»

«Aber doch nicht, wenn du dann Ärger bekommst. Sie ist verliebt in dich, Bill. Na ja, vielleicht nicht direkt verliebt, aber eine Schwäche hat sie auf jeden Fall für dich.»

«Sie lügt nie», wiederholte er. «Das weiß ich. Sie ist so, wie ich mal war.» Er seufzte und schaute den Brief an. «Okay. Dann gib mal her.»

Beim Lesen versteinerte seine Miene noch mehr. «Mein Gott», murmelte er. «Wir müssen zu Scratton gehen und ihm alles erzählen.»

Was sollte ich darauf sagen?

«Ich gehe jetzt sofort zu ihm», sagte er. «Verdammte Scheiße!»

«Ich kann nicht, Bill. Ich kann nicht ins Gefängnis. Gibt es denn sonst keine Möglichkeit?»

«Ich weiß nicht.» Er wirkte plötzlich völlig kraftlos. «Ich weiß es einfach nicht.»

Während der Ermittlung war er für mich stark gewesen. Jetzt musste ich für ihn stark sein. Ich sagte: «Gut. Überstürzen wir nichts. Wir haben bis zum Wochenende Zeit, uns zu überlegen, was wir tun können. Und Tricia wird uns Scratton vorläufig vom Leib halten. Lass mich nachdenken. Es muss einen Ausweg geben.»

Ich würde mich von dem Kerl nicht noch einmal zum Opfer machen lassen! Meine Panik war verflogen, stattdessen erfüllte mich eine stille Wut. Ich würde mich nicht zerstören lassen. Diesen Kampf würde ich gewinnen, egal wie!

Ich kehrte ins Büro zurück und streifte mir wieder meinen weißen Kittel über. Ich war Wissenschaftlerin. Irgendwo gab es einen logischen, rationalen Plan, mit dem sich alles lösen ließ. Ich musste ihn nur finden.

30

«Ist gerade für dich gekommen.»

Wieder ein Umschlag, er kam mit der Hauspost der Gallery. *Ros Taylor, Abteilung Forschung und Konservierung.* Doch diesmal zitterten meine Hände nicht, als ich ihn öffnete.

Der Umschlag enthielt abermals eine Kunstpostkarte der Gallery: «Raub der Europa» von Guido Reni. Diesmal wurde eine nackte, dralle Schöne von einem Stier beglückt – natürlich in hoch stilisierter Form, aber die Aussage des Bildes war eindeutig. Ein noch drallerer kleiner Amor verfolgte die Szene hinter vorgehaltener Hand.

Ich drehte die Karte um. Auf die Rückseite war ein großes Herz gezeichnet. Ringsherum stand in winzig kleinen Buchstaben:

Meine süße, liebste Ros,

hast du dir in letzter Zeit mal die Audioführung der Gallery angehört? Ich schon, neulich. Da wurde über

Amor in diesem Bild etwas sehr Interessantes gesagt.

Ich bin deswegen sogar ins Grübeln gekommen. Warum malen wir ein Herz als Symbol der Liebe? Schließlich sieht es kein bisschen aus wie ein richtiges Herz. Und dann kam ich drauf – es ist natürlich gar kein Herz, sondern ein *Yoni*, jene Wunderhöhle, deren Eingang sich zwischen deinen Beinen befindet.

Ehe ich die Karte in den Umschlag stecke, küsse ich meine Zeichnung, wie ich bald ihr reales Vorbild zu küssen hoffe. Um dich nochmal zu beruhigen – du wirst nichts spüren. Es werden keine sichtbaren Spuren bleiben. Von einer schwachen Halberinnerung mal abgesehen, vielleicht, durchsichtig wie ein Gespenst, die sich deinem Herzen einprägt – ganz zu schweigen von jenem anderen Ort –

Hier, am Fuß der Karte, brach der Text abrupt ab. Ich loggte mich ins Intranet der Gallery ein und rief den Teil der Audioführung auf, der sich mit dem Bild von Guido Reni befasste. Eine muntere Stimme drang aus meinem iMac:

«Raub der Europa» von Guido Reni wird auf das Jahr 1620 datiert. Dargestellt ist die Geschichte der schönen Europa, in die der Gott Jupiter sich verliebte. In Gestalt eines Stieres entführte er sie und verschleppte sie nach Kreta, wo ihre Geschichte sich mit einem anderen Mythos verschränkt, dem des Minotaurus. Die Anwesenheit Amors bei Darstellungen dieser

Geschichte ist ungewöhnlich. Reni scheint damit andeuten zu wollen, dass Jupiter von Liebe, nicht Begierde getrieben wurde. Es könnte eine Auftragsarbeit für einen Mäzen gewesen sein, der von Reni ausdrücklich diese Deutung verlangte. Das Gemälde ist eine Leihgabe aus der Sammlung von Sir Denis Mahon …

Per Mausklick brach ich die Ansage ab. Der Absender der Briefe kannte die Sammlung des Museums sehr gut. Was aber nichts zu bedeuten hatte, denn schließlich waren sämtliche Informationen frei zugänglich.

Wenn wir doch nur die Polizei einschalten könnten, dachte ich.

Das Telefon klingelte. Es war Julia Pressburg vom Freer-Labor in New York, die Kollegin, mit der ich immer zu tun hatte. Sie meldete sich auf meinen Anruf wegen des Altarbildes hin. Wir erörterten fachspezifische Fragen – den Unterschied zwischen XRF und XRD, was letzten Endes nützlicher wäre, Chromatographie oder Spektrographie. Ich fragte, ob sie noch irgendwelche anderen Untersuchungen empfehlen könne.

«Wir haben hier ein paar tolle neue Spielsachen», schwärmte sie. «Gerade haben wir aus Japan ein neuartiges Elektronenmikroskop bekommen, mit dem sich Fingerabdrücke auf Firnis sichtbar machen lassen, und zusätzlich zu unseren Apparaten zur Radiokarbondatierung haben wir jetzt einen Laserdiffraktor und einen Polymarker …»

In meinem Hinterkopf regte sich etwas. Polymarker. Wo hatte ich den Namen schon mal gehört?

Dann fiel es mir wieder ein. Beim Prozess. Die monotone Stimme des Forensikers. *«Der Polymarker ist informationell weniger ergiebig als ein STR-Apparat, aber dafür genauer, wenn die zu testenden Mengen sehr gering sind …»*

Ich fragte: «Julie, ein Polymarker dient doch der DNS-Analyse, nicht wahr?»

«Ja, genau.»

Ehe ich die Karte in den Umschlag stecke, küsse ich meine Zeichnung …

«Und das funktioniert auch mit sehr kleinen Materialmengen?»

«Mit den winzigsten Mengen. Schon bei fünf Zellen hatten wir gute Ergebnisse.»

Ich griff nach dem Umschlag. «Könnten Sie DNS von einer Postkarte isolieren, die sich jemand an die Lippen gedrückt hat? Die er geküsst hat, meine ich?»

«Möglich.»

«Wie sieht es bei der Gummierung eines Briefumschlags aus? Sie wissen schon, wenn jemand darüber geleckt hat, um ihn zuzukleben?»

«Kommt drauf an. Aber wir könnten es auf jeden Fall versuchen.»

«Wie schnell könnten Sie das erledigen? Wenn ich Ihnen heute Abend per FedEx ein paar Proben zukommen lasse?»

«In einer Woche etwa. Aber das wird nicht billig, wenn es so schnell gehen muss.»

«Das ist kein Problem», hörte ich mich sagen. «Sie bekommen das Material morgen früh. Und in ein paar Tagen noch einen Schwung, zum Vergleich.»

«Klar. Schicken Sie mir, was Sie wollen.»

Ich isolierte die Umschlagklappe und das Herz in ein

halbes Dutzend Trockenpräparate und machte sie versandfertig. Aber das war erst der Anfang. Ich würde eine DNS-Probe des Mörders benötigen. Und bevor daran auch nur zu denken war, müsste ich eine Liste mit Verdächtigen erstellen.

Du bist Wissenschaftlerin, ermahnte ich mich. Vergiss deine Gefühle. Schreib einfach auf, wer es sein könnte.

Ich nahm mir ein Blatt Papier. Es könnte jeder sein, dachte ich.

Korrigiere: jeder, den ich kenne. Der Kerl schreibt mir intime Briefe. Er beschreibt meine Kleidung. Der Kerl glaubt, mich zu kennen.

Ich muss ihm schon mal begegnet sein.

Vielleicht ein Dutzend Proben könnte ich zur Analyse nach New York schicken, mehr nicht. Die Tests würden mehrere zehntausend Dollar kosten. Bei zu vielen Proben könnte Julie auf die Idee kommen, wegen der Genehmigung einen meiner Vorgesetzten anzurufen. Ich musste zusehen, die Zahl der Verdächtigen so gering wie möglich zu halten.

Als Polizist würde ich ein psychologisches Profil in Auftrag geben und mich auf die Verdächtigen konzentrieren, die ihm entsprachen.

Aber ich hatte ja schon ein Täterprofil, das von Dr. Griffin. Es befand sich bei den Beweisunterlagen, die dem Gericht vorgelegt worden waren.

Die Unterlagen waren noch bei mir zu Hause. Ich rief mir sofort ein Taxi. Das Profil befand sich in der Mitte des Packens: «Profil eines unbekannten Straftäters», von Dr. Stephen Griffin, MA, Dr. Phil., Dipl.-Psych.

Bei der Lektüre wurde mir klar, dass Dr. Griffins Einschätzung auf diversen Informationen basierte, die inzwischen überholt waren. Beispielsweise hatte er angenommen, der Vergewaltiger hätte uns auch die Drogen verabreicht. Zog man aber in Betracht, dass Jo und ich die Drogen ebenso gut nach der Party gefunden und selbst genommen haben könnten, ergab sich ein ganz anderes Bild.

Wirklich hellhörig aber wurde ich bei einem Abschnitt über DNS-Analyse:

> 6.3 Von Bedeutung ist meiner Ansicht nach, dass bei sachkundiger Untersuchung des Tatorts bislang keine DNS-Spuren sichergestellt wurden, die dem Täter mit einiger Sicherheit zugeordnet werden können. Entweder liegt dort DNS des Täters vor, kann aber nicht isoliert werden, weil ihr Vorhandensein plausible Gründe hat, oder der Täter hat außerordentliche Vorkehrungen getroffen, keine zu hinterlassen. Möglicher Grund dafür könnte sein, dass seine DNS bereits irgendwo gespeichert ist, wie im Fall sämtlicher registrierter Sexualstraftäter, bei vielen Polizeibeamten und Menschen mit seltenen Erbkrankheiten wie Hämophilie oder Huntington's Chorea. Andererseits könnte er auch eine längere Verbrecherlaufbahn ins Auge fassen und deshalb jede nur denkbare Vorkehrung dagegen getroffen haben, gefasst zu werden. Eine dritte Möglichkeit wäre, dass er sich für einen offensichtlichen Tatverdächtigen hält, der automatisch von jedweder DNS-Überprüfung durch die Polizei erfasst würde.

Ein offensichtlicher Tatverdächtiger, dachte ich. Also jemand, der mich kennt.

Griffin hatte die Schnittwunden als «Signatur» des Mörders bezeichnet. Was natürlich absolut zutraf. Er hatte mich auf meinem Bett liegen gelassen, fast wie ein Tableau. Wie ein Kunstwerk, und dann hatte er sein Werk signiert.

Kunst. *Kunst*. Der Michelangelo, der Guido Reni, die Anspielungen auf die Audioführung. Alles kreiste immer um Kunst.

Ich nahm mir ein frisches Blatt Papier und schrieb: *Der Täter kennt sich gut mit Kunst aus.*

Aber auch mit Wissenschaft und Technik. Er hatte keine DNS-Spuren am Tatort hinterlassen. Hatte die Absenderadresse einer E-Mail geändert, um ihre Herkunft zu verschleiern.

Ich schrieb: *Der Täter verfügt über Sachkenntnis in wissenschaftlichen und technischen Dingen.*

Ich starrte meine Notizen an. Ich kannte nur einen Menschen, auf den beides zutraf, und zwar meinen Chef Alex.

Er war in der Nähe von Raum acht gewesen, als ich mich vor den Michelangelo stellen sollte.

Er hatte mir am Tag der Vergewaltigung freigegeben und folglich gewusst, dass ich nachmittags zu Hause sein würde.

Er hatte zu mir gemeint, ich sei viel zu jung und schön, um in einem Museum zu versauern.

Menschen sind wichtiger als Gemälde, Ros. Du wirkst so gequält. Möchtest du dich mal aussprechen?

Zieh keine voreiligen Schlüsse, ermahnte ich mich. Er steht auf der Liste, mehr nicht.

Carl Howell schied natürlich aus. Ein arbeitsloser schwarzer Sexualstraftäter konnte diese Briefe unmöglich geschrieben haben. Die beiden Halbstarken, die mir mein Handy abgenommen hatten, schieden aus demselben Grund aus.

Der technisch versierteste Mensch, den ich kannte, war Simon, der EDV-Experte.

Der kommt mit auf die Liste, dachte ich.

Ich schrieb: *Der Täter ist von mir besessen. Folglich hat er vermutlich keine Freundin. Er glaubt nicht, mein Interesse auf normalem Wege erregen zu können. Er dürfte weder selbstsicher noch erfolgreich wirken.*

Alex hätte ich weder als schüchtern noch unsicher bezeichnet. Allerdings war er meines Wissens Single. Und er könnte durchaus annehmen, viel zu alt für mich zu sein, ganz davon abgesehen, dass er mein Chef war.

Simon dagegen war geradezu krankhaft schüchtern. Und bei näherer Überlegung war es schon leicht widerlich, wie er sich mir als Vertrauter förmlich aufgedrängt hatte.

Oder vielleicht war er einfach nur ein netter Mensch.

Ich schüttelte den Kopf. Das waren pure Spekulationen, die mich nicht weiterbrachten. Worauf es ankam, war die DNS. Simon stand schon auf der Liste. Wer noch?

Nathan, dachte ich. Nathan hatte auf jeden Fall etwas Zwanghaftes an sich. Aber den hatte die Polizei ja bereits zu Beginn der Ermittlungen befragt. Er war zu besagter Zeit im Internet gewesen und hatte das auch belegen können.

Das Internet. Schon wieder Computer. Zufall? Ich notierte seinen Namen mit einem Fragezeichen dahinter.

Als Nächstes schrieb ich: *Der Täter kann meine Wohnung und die Gallery gut erreichen.*

Alle bisher notierten Personen gingen in der Gallery ein und aus. Meine Wohnung lag etwas weiter weg – was aber auch nur ein Hinweis darauf sein könnte, wie übermächtig die Obsession des Täters war. Andererseits hatte ich ja auch noch unmittelbare Wohnungsnachbarn – wie Ian etwa.

Inzwischen umfasste meine Liste vier Namen:

1. Alex.
2. Simon.
3. Nathan?
4. Ian von oben??

Seufzend lehnte ich mich zurück. Meine kleine Liste kam mir kindisch und amateurhaft vor, wie ein armseliger Versuch, Detektiv zu spielen.

Aber auch die Polizei fasste Täter nicht, indem sie ermittelte, wer es sein könnte, sondern indem sie überlegte, wer es nicht sein könnte. «Wie beim Firnis», sagte ich laut vor mich hin. «Moderner Firnis belegt noch nicht, dass ein Gemälde gefälscht ist, aber mittelalterlicher Firnis belegt, dass es echt ist.»

Bis sechs Uhr hatte ich vierzehn Namen beisammen.

Bill las meine Liste schweigend durch. Ich versuchte, ihm zu erklären, wie ich sie erstellt hatte. Ich wusste nicht recht, ob er das nur für Quatsch hielt, aber schließlich sagte er: «Es kann nicht schaden, diese Leute zu überprüfen. Falls du wirklich meinst, dir DNS von ihnen beschaffen zu können.»

«Über das Wie habe ich mir noch keine Gedanken gemacht. Nur über das Was.»

«Du hörst dich an wie Collier», brummte er.

«Apropos, als ihr Nathan zu Beginn aus der Ermittlung ausgeschlossen habt, weil er sagte, er hätte im Internet gesurft, woher wusstet ihr da, dass das auch stimmte?»

«Wenn ich mich recht entsinne, wurde seine Aussage durch die Liste seiner Telefonverbindungen bestätigt.»

«Aber halt. Das beweist doch gar nichts, oder?», wandte ich ein. «Sein Computer war vielleicht ins Internet eingeloggt, aber woher wissen wir, dass er auch tatsächlich davor gesessen hat? Ich bin kein Fachmann, aber wäre es nicht ziemlich leicht, sich einzuwählen und dann wegzugehen, während der Computer online ist?»

Bill nickte unwirsch. «Vermutlich. Alibis sind selten absolut wasserdicht. Falls er befragt wurde und seine Erklärung glaubhaft schien, hätten meine Beamten keinen Grund gehabt, sie weiter zu verfolgen. So läuft das einfach.»

Ich strich das Fragezeichen neben Nathans Namen durch. «Bill, mir kommt noch etwas rätselhaft vor. Dr. Griffin schreibt, der Mörder hätte keinerlei DNS hinterlassen.»

«Stimmt.»

«Aber in seinem Brief schreibt er doch ausdrücklich, er hatte mich geleckt.» Bill zuckte zusammen. Ungeduldig sagte ich: «Vergiss mal für eine Minute, dass es hier um mich geht. Bei meiner Untersuchung im Missbrauchsdezernat hat Dr. Matthiesson doch Abstriche genommen. Wieso hat man seine DNS da nicht sichergestellt?»

«Weil man die Genitalabstriche nicht getestet hat.»

Ich sah ihn bestürzt an. «Was? Wieso nicht?»

«Weil es zu der Zeit noch nicht danach aussah, als hätten wir es mit einem Vergewaltiger zu tun, der so was tun würde», antwortete er müde. «Ros, es gibt über hundert verschiedene Tests, die gemäß Standardverfahren bei Vergewaltigungen durchgeführt werden könnten. Die alle bei jeder Vergewaltigung vornehmen zu lassen, dazu fehlen uns schlicht die Mittel. Jede Ermittlung erfordert eine Reihe finanzieller Kompromisse. Man kann nur hoffen, die Kompromisse zu erwischen, die keinen Schaden anrichten.»

Ich fragte leise: «Was war mit den Abstrichen? Habt ihr die benutzt?»

«Weiß ich nicht mehr», murmelte er. «Eher nicht.»

«Dann lag ich also auf einer Liege und habe es über mich ergehen lassen, dass eine wildfremde, wenngleich ohne Zweifel freundliche Ärztin mir ihre Hand reingeschoben hat, ohne Gleitmittel, wie sie vor Gericht ja anschaulich dargelegt hat, obwohl das für die Ermittlung überhaupt nicht von Belang war?»

«Die Ärztin hat im Einklang mit gängigen Verfahren gehandelt. Zu dem Zeitpunkt konnte sie noch nicht absehen, welche Tests notwendig würden. Das konnte keiner absehen.»

«Eins sage ich dir, Bill. Ich bin heilfroh, mich nicht mehr auf die Polizei zu verlassen. Weil ihr echt gar nichts auf die Reihe kriegt, weißt du das?»

«Ja», sagte er leise. «Das weiß ich.»

31 Ian von oben stand zwar ganz unten auf meiner Liste, aber von ihm ließ sich am leichtesten DNS beschaffen. Ich lud mich einfach zu einer Tasse Kaffee bei ihm ein. Während er ihn zubereitete, fragte ich, ob ich mal sein Bad benutzen dürfe. Dort verriegelte ich die Tür und schaute mir den Boden der Dusche genauer an.

Ein Knäuel nasser Haare hatte sich im Abflusssieb verfangen. Ich hatte mir eine Pinzette, Plastikhandschuhe und einige Umschläge mitgebracht. Als ich den glitschigen Klumpen herausfischte, fiel mir wieder Dr. Matthiessons Bemerkung ein, die Haare müssten Wurzeln haben. Ich besah mir die stinkende, vergammelte Masse genauer und rümpfte die Nase. Da gab es gewiss bessere Möglichkeiten.

Ich hob den Blick zur Wand der Duschzelle. An einer Kachel haftete ein rotes Härchen, geformt wie ein Bassschlüssel. Ich pflückte es mit der Pinzette ab und steckte es in einen Umschlag. Vorsorglich klebte ich den Umschlag sofort zu und beschriftete ihn mit Ians Namen.

Auch Alex war ziemlich einfach. Als er in der Lichtzelle zu tun hatte, ging ich an den Schrank, in dem wir während der Arbeit unsere Jacken und Mäntel aufbewahrten. Sein schwarzer Ledermantel hing ganz außen. Ich knipste das Ultraviolettlämpchen an, das ich mitgebracht hatte, und richtete den lila Lichtstrahl auf den Kragen. Das UV-Licht brachte ein Dutzend weißer Hautschuppen zum Vorschein, wie eine Konstellation von Sternen. Ich riss einen Streifen Heftpflaster von einer Rolle ab, drückte ihn fest auf den Kragen und zog ihn wieder ab. Damit hatte ich die Hautschuppen erbeutet. Ich kehrte an meinen

Tisch zurück, isolierte einige Schuppen und präparierte sie sachgerecht. Ich war eben fertig, als Alex blinzelnd aus der Lichtzelle trat.

Zwei erledigt. Blieben noch zwölf.

Simon war schwieriger. Am Ende entschied ich, es wäre am einfachsten, meinen Computer absichtlich abstürzen zu lassen und ihn dann mit Kaffee und Keksen zu bewirten, bis ich irgendetwas hatte, worauf sich DNS von ihm befand.

Leider schien Simon weder Hunger noch Durst zu haben. Und er brachte auch keine Jacke mit. Er hob zwar meinen Computerbildschirm hoch und bewegte ihn hin und her, um zu sehen, was damit nicht stimmte, aber selbst mir leuchtete ein, dass ich wohl kaum einen kompletten Bildschirm in die USA verfrachten lassen konnte.

Da fiel mir der Zipfel eines Papiertaschentuchs auf, der aus seiner Hosentasche hervorguckte. Es lag ziemlich nahe, dass er es irgendwann mal benutzt hatte. Etwas Besseres würde ich wohl nicht bekommen. Ich beugte mich schamlos über die Tastatur, vorgeblich, um zu schauen, was er mit dem Monitor anstellte. In Wirklichkeit aber lenkte ich ihn ab, während ich mit der linken Hand das Tuch aus seiner Tasche angelte. Es fiel zu Boden. Mit einem Tritt beförderte ich es unter den Tisch und holte es dann hervor, sobald er weg war.

Die nächsten paar Tage über war ich auf der Jagd nach angebissenen Keksen und abgeleckten Gabeln. Ich heimste abgeklippte Fingernagelhalbmonde ein, stürzte mich auf Zigarettenkippen. Meine Beute umfasste ein graues, steinhartes Kaugummi, eine im Postraum ergatterte abgeleckte Briefmarke sowie ein benutztes Heftpflaster. Auf dem Fußboden unter dem Schreibtisch des Kurators fand ich ein außergewöhnlich langes, verzwirbeltes Schamhaar, wie ein aufgebogener Drahtkleiderbügel. Jedes einzelne Fundstück kam in einen gesonderten Umschlag, und jeder Umschlag wurde umgehend zu Julia nach New York geschickt.

Blieb nur noch Nathan. Sosehr mir davor graute, ihn anzurufen und zu sagen, dass ich mich jetzt doch mit ihm treffen wollte, eine andere Möglichkeit, an ihn heranzukommen, hatte ich nicht. Vorsorglich schlug ich aber einen sehr belebten Treffpunkt vor. In der Krypta von St. Martin-in-the-Fields war ein Café eingerichtet worden, wo es von Besuchern wimmelte, die gerade an einem Gottesdienst oder einer Bibelstunde teilgenommen hatten. Wenn ich dort nicht sicher wäre, wo dann?

Falls Nathan sich wunderte, weil ich mich endlich zu einem Treffen mit ihm bereit fand, ließ er es sich nicht anmerken. Ich gewann eher den Eindruck, dass er das vor lauter Arroganz für selbstverständlich hielt. Leider war er auch zu arrogant für lockeres Geplauder. Was lange, lastende Gesprächspausen zur Folge hatte, die ich offenbar mit tiefsinnigen Bemerkungen füllen sollte. Aber mir wollte nichts Rechtes einfallen.

Mein Plan sah ursprünglich vor, ihn dazu zu bekommen, irgendetwas zu löffeln, am besten einen schaumigen Cappuccino, in der Hoffnung, so genug Material für einen Test zu ergattern. Aber er bestellte ein Glas Rotwein. Ich war mir nicht sicher, dachte mir aber, dass ein Glas zwar

Fingerabdrücke gut konservierte, für organisches Gewebe aber weniger geeignet wäre. Die Zeit wurde unerträglich lang, aus einer Stunde wurden zwei, und ich hatte die jähe Schreckensvision, mit ihm schlafen zu müssen, um an seine DNS zu gelangen. Ich sah vor mir, wie ich mit einem benutzten Kondom von seinem Bett wegschlich, als hielte ich einen seltenen Fisch in den Händen. Eklig. Ich schüttelte den Kopf, um das Bild zu verscheuchen.

Ich neigte mich vor und fragte: «Weißt du, worauf ich jetzt wirklich Lust hätte?»

«Nein, worauf?»

«Eine Zigarette. Rauchst du eine mit?»

«Ich bin Nichtraucher.»

Verflucht.

«Ich gehe mal aufs Klo», sagte er unvermittelt.

Dort war reichlich DNS, aber ich konnte ihm wohl schlecht auf die Männertoilette folgen.

Am Nebentisch fiel einer Kellnerin bei dem Versuch, Platz für ein Tablett zu schaffen, ein Weinglas zu Boden. Es ging klirrend in Stücke, und sie drehte sich bestürzt zu mir um und stammelte eine Entschuldigung.

«Ist doch nichts passiert», beruhigte ich sie. Das Glas war halb leer gewesen, und zum Glück hatte ich nichts abbekommen.

«Ich hol ein Kehrblech», sagte sie. Ihrem Akzent nach zu urteilen war sie Australierin. «Aber schön aufpassen, wo Sie hintreten, ja?»

«Keine Sorge. Ich passe auf.»

Schon war sie davongehuscht, wäre um ein Haar mit Nathan zusammengestoßen, der gerade aus der Herrentoilette kam. Ich dachte: Jetzt oder nie. Ich bückte mich und hob vorsichtig einen länglichen Glassplitter vom Boden auf. Beiläufig legte ich die Hand über Nathans Glas, als wollte ich es nur etwas beiseite rücken, und ließ den Splitter in den Wein fallen.

«Wo waren wir stehen geblieben?», fragte er, während er sich auf seinem Stuhl niederließ.

«Wir hatten gerade Riesenspaß», gluckste ich. «Prost.» Ich hob mein Glas. Automatisch folgte er meinem Beispiel. Gleich darauf war ein dumpfes «Scheiße!» zu vernehmen, während er vornübergebeugt den Glassplitter ausspie. Er legte sich den Handrücken an den Mund. Als er ihn wegzog, war er rot von Blut. «Scheiße!», wiederholte er. Ein Blutstropfen landete auf der Papiertischdecke. Mit zorngerötetem Gesicht sprang er auf. «Was hast du getan?», zischte er. «Du blöde Kuh. Ich hab gesehen, wie du –»

«Das war ich», sagte die Kellnerin, die gerade mit Kehrblech und Handfeger zurückkam. «Ach du Schande. Ist der in Ihrem Wein gelandet? Das war meine Schuld, tut mir echt Leid. Alles in Ordnung mit Ihnen?»

Nathan funkelte mich wutentbrannt an. «Sie war es. Ich habe gesehen, wie sie an meinem Wein rumhantiert hat.»

«Ihr ist ein Glas zerbrochen. Da ist wohl ein Splitter in deinen Wein geraten», erwiderte ich.

«Hier, bitte.» Die Kellnerin reichte ihm ein Glas Wasser. Als er trank, geriet Blut hinein, das sich wie ein dünner roter Faden in dem klaren Getränk kräuselte. Dann sagte er zu mir: «Du findest das wohl komisch?»

«Ich lache doch gar nicht.»

«Du hast mich schon den ganzen Abend ausgelacht. Aber dir wird das Lachen auch noch vergehen.» Er legte sich die Hand an den Mund und zog von dannen.

«Oje, tut mir echt Leid, dass Ihr Freund jetzt sauer auf Sie ist», sagte die Kellnerin.

«Das ist nicht mein Freund.»

«Gott sei Dank, oder?», fragte die Kellnerin, und wir zwinkerten uns kurz an. Als sie fort war, riss ich sorgsam die Stelle aus der Papiertischdecke, die mit Nathans Blut getränkt war.

An dem Abend erwartete mich wieder ein Brief. Er lautete:

> Hasse mich nicht, Ros. Hass zerfrisst dich innerlich und macht dich hässlich. Ich könnte es nicht ertragen, wenn wegen mir das reizende Lächeln in deinen Augen erlöschen würde.

Es war Freitagabend, achtundvierzig Stunden vor Ablauf des Ultimatums.

Ich suchte den Immobilienmakler auf. Nachdem ich Platz in seinem beengten kleinen Büro genommen hatte, erklärte ich ihm, dass ich vor jemandem fliehen müsse.

«Wenn ich diese Wohnung kaufe, wie kann ich sicher gehen, dass niemand davon erfährt?»

Falls ihm diese Frage befremdlich vorkam, ließ er es sich nicht anmerken. «Sie stehen im Wählerverzeichnis. Da würde wohl jeder als Erstes nachsehen.»

«Kann ich mich da irgendwie streichen lassen?»

«Falls es Sie nicht stört, nicht wählen gehen zu können.»

«Glauben Sie mir», erwiderte ich, «das ist meine geringste Sorge. Was weiter?»

Er dachte nach. «Der Eintrag im Telefonbuch, das liegt auch nahe.»

«Prima. Ich brauche kein Telefon, ich benutze mein Handy.»

«Die werden eine Anschrift brauchen, um Ihnen die Rechnung zuzuschicken.»

«Reicht denen auch eine Postfachadresse?»

«Ich nehm's an. Natürlich müssen Sie Ihren Namen auf die Hypothekenbriefe setzen, unter Berufung auf das Datenschutzgesetz aber können Sie um Geheimhaltung bitten. Trotzdem brauchen Sie ja eine Anschrift für Ihre Kreditkarte, Ihre Gas- und Stromrechnungen und so weiter. Wenn jemand darauf aus ist, Sie zu finden, schafft er das vermutlich auch, so ist es leider.»

In einem kuriosen Laden unweit der Baker Street wollte ich mir Reizgas besorgen.

«Das dürfen wir nicht mehr verkaufen», erklärte der beflissene Verkäufer. «Ich kann Ihnen allerdings ein Pfefferspray anbieten.» Er öffnete eine Vitrine und holte ein kleines Silberfläschchen heraus, das wie ein modischer Parfümflakon aussah.

«Sieht ziemlich harmlos aus», sagte ich zweifelnd. «Kann das tatsächlich jemanden abwehren?»

«Es sprüht dem Angreifer auf Knopfdruck eine ganze Flasche Tabasco ins Gesicht», erklärte er ruhig. «Mich würde es auf jeden Fall aufhalten.»

«Oh. Das ist bestimmt ziemlich unangenehm.»

«Ist auch praktisch zur Zubereitung von Bloody Mary», sagte er. «Verstehe ich recht, Sie haben es auf erhöhte persönliche Sicherheit abgesehen?»

«Schon, ja.»

Er holte etwas anderes aus der Vitrine. Es ähnelte einem sehr dicken, wulstigen Stift. Am unteren Ende befand sich eine Metallspitze, wie eine Patrone, während oben drei Metallringe in den Stift eingelassen waren. «Das ist unsere derzeit wirksamste Waffe.» Er legte mir das Gerät in die Hand. Es war verblüffend schwer.

«Was ist denn das?»

«Ein Elektroschocker. Na ja, rein technisch handelt es sich um einen Viehtreibstab, aber glauben Sie mir, wenn Sie damit berührt werden, gehen Sie sofort zu Boden.»

«Ist der auch gesichert?»

«Keine Angst. Sie müssen ihn anschalten, hier, und den Daumen fest auf dem Knopf behalten. Dann berühren Sie mit der Spitze den Angreifer. Der Stromstoß überwindet Stoff, Leder und jedes andere Material.»

«Den nehme ich.»

Ich trat hinaus auf die gleißend helle Straße und spürte das Gewicht des Elektroschockers in meiner Tasche. Fast komisch, wie sehr er mich beruhigte. Ich kam mir vor wie ein Revolverheld. All die Männer, die mir auf der Baker Street entgegenkamen, mit ihren unternehmungslustig in den Hosen baumelnden Schwänzen und ihren ständigen Gedanken an Sex, sollten sich jetzt besser in Acht nehmen. Ich konnte es mit ihnen aufnehmen. Ich war gut bestückt. Das Gefühl hielt genau zehn Sekunden lang an, bis ein großspuriger junger Araber sich umdrehte und mich lüstern anstarrte. Ich wandte den Blick ab, wie immer.

Am Sonntag, dem letzten Tag vor Ablauf der Frist, bestand ich darauf, mit Bill auszugehen. Wir gingen in Stoke Newington ins Kino, wo wir uns einen Kinderfilm anschauten, weil alle Erwachsenenfilme von Menschen handelten, die einander schlimme Dinge antaten. Im Anschluss kauften wir etwas zu essen und gingen im Park spazieren.

Er erzählte mir von dem Fall, mit dem er gerade zu tun hatte. «Dieser Kerl, den wir bald verhaften wollen, er heißt Sammy Harkur und ist einer der größten Crack-Dealer von Nordlondon. Hinter dem bin ich schon fast drei Jahre her.»

«Ich dachte, ihr ermittelt nur einunddreißig Tage pro Fall?»

«Hier liegen die Dinge anders. Das ist nicht ein Fall, das sind Dutzende. Mord, Zuhälterei, Drogenhandel, Bestechung, das ganze Programm hat er durch. Ist wahrscheinlich der wichtigste Fall meiner Karriere.»

Und den willst du dir nicht vermasseln, dachte ich, indem du dich freiwillig stellst. Unser Meineid vor Gericht, das ist vorbei. Bloß ein weiteres schmutziges kleines Geheimnis, das ad acta gelegt und für immer weggeschlossen wird.

Das war ungerecht von mir, denn Bill war genauso in Nöten wie ich. Nur wusste er auch keinen Rat.

In der Nacht bekam er keinen hoch.

«Entschuldige», murmelte er und rollte sich von mir herunter. «Ich weiß nicht, was –»

«Scht», sagte ich. «Kein Problem. Ich kümmere mich drum. Leg dich hin und mach die Augen zu.»

Ich setzte mich auf ihn und küsste ihn zärtlich. Mit meinen Haaren fuhr ich ihm übers Gesicht, schwang den Kopf hin und her, um ihn ganz sanft damit zu streicheln, an der Brust und an seinem muskulösen Bauch. Ich fuhr zärtlich mit meiner Zunge über seinen Schwanz und saugte genüsslich an seinen Hoden.

Nach wenigen Minuten sagte er: «Vielleicht sollte ich mir irgendwo Viagra besorgen.»

«Ist doch nicht schlimm», log ich. «Das ist bestimmt der Stress.»

Ich war in Gedanken bei meinem Vergewaltiger. Genau in diesem Moment dachte er womöglich an mich und hatte einen steinharten Ständer, während er sich ausmalte, was er gern mit mir anstellen würde.

Es war so ungerecht. Warum ich, warum wir, warum die ganze Misere?

Bill begleitete mich am Montagmorgen zu meiner Wohnung, um zu sehen, ob irgendeine Reaktion auf die verstrichene Frist gekommen war. Das war nicht der Fall, aber mittlerweile kannte ich den Briefschreiber zu gut, um daraus Hoffnung zu schöpfen.

Natürlich hatte ich Recht. Er hatte es sich für die Gallery aufgespart. Als ich ins Büro kam, fand ich an meinem Schreibtisch Kate, unsere Personalchefin, und Simon von der EDV vor.

«Ros, haben Sie Ihre E-Mails schon gelesen?», fragte sie behutsam.

«Nein. Ich bin gerade erst gekommen.» Bei ihrer Miene schwante mir nichts Gutes. «Ist es was Unangenehmes?»

«Ja. Sehr.»

Ich schaltete meinen Computer an, hörte das Glockensignal, während er startete.

«Ich glaube nicht, dass Sie sich das ansehen sollten», warnte sie mich. «Wir haben schon eine Rundmail verschickt, mit der Aufforderung, die Mail sofort zu löschen, ohne sie zu öffnen.»

Womit natürlich erst recht sichergestellt war, dass jeder sie las. «Heißt das, sie ist in der ganzen Gallery rumgegangen?»

«Leider ja. Ros, wissen Sie, wer sie verschickt haben könnte?»

«Nein», sagte ich knapp. «Irgendein Spinner. Wegen des Prozesses.»

«Ich werde die Polizei anrufen –»

«Ist nicht nötig, Kate, wirklich nicht. Ich bin schon in Kontakt mit der Polizei, die wissen, was Sache ist.» Ich gab mein Passwort ein und ging meine E-Mail-Liste durch. Es war nur eine mit Anhang dabei. Ich klickte sie an.

An: alle Mitarbeiter
Von: anonym@anonym.com
Betreff: Was ihr noch nicht über Ros wusstet

Ein Bild von mir, auf dem ich von einem Hund gevögelt wurde. Natürlich war ich es nicht selbst. Sondern der Körper einer anderen mit meinem Kopf. Auf den ersten Blick war es als Collage nicht zu erkennen, erst bei genauerem Hinsehen sah man, dass mein Gesicht etwas grobkörniger war als das übrige Bild. Aber wer würde sich die Mühe schon machen? Unter dem Bild stand geschrieben:

Hmm – sie ist süß. Aber ist sie auch echt?

Ich fragte Simon: «Kannst du weitere E-Mails von dem Widerling sperren?»

Er sah bekümmert aus. «Tja, es gibt Software, die alle Anhänge mit pornographischen Bildern herausfiltern kann. Aber das könnte Probleme aufwerfen – die Software macht keinen Unterschied zwischen so etwas und einem Rubens.»

«Alles in Ordnung, Ros?», fragte Kate besorgt.

«Alles bestens», antwortete ich. Und das stimmte auch. Ich hatte keine Angst mehr. Ich empfand Ekel und Wut, aber auch eine seltsame Aufregung. Der Kerl war auf einen Kampf aus. Konnte er haben. Wie oder wo, wusste ich noch nicht, aber ich würde es mit ihm aufnehmen.

Eine halbe Stunde später klingelte das Telefon. Als ich den Hörer abnahm, fragte eine höfliche Stimme: «Dürfte ich mit Miss Taylor sprechen?»

«Am Apparat.»

«Miss Taylor, hier spricht Edward Mills von Mills and White, Bestattungsunternehmen.»

«Ja?»

«Ich habe den Auftrag, Sie anzurufen. Passt es Ihnen jetzt, oder soll ich mich später wieder melden?»

«Um was für einen Auftrag handelt es sich?»

«Verzeihung?»

«Dieser Auftrag, mich anzurufen. Was beinhaltet der genau?»

«Soweit ich sehe, dass wir einen Verstorbenen bei Ihnen abholen sollen.»

«Von wem stammt denn die Anfrage?»

Er schien verwundert. «Von Ihnen selbst, dachte ich, Miss Taylor.» Ich hörte Papiergeraschel. «Genau. Hier steht Ros Taylor, und dazu die Nummer, die ich gerade gewählt habe.»

«Da hat sich jemand einen Streich erlaubt», bemerkte ich knapp. Er setzte zu einer wortreichen Entschuldigung an, aber ich sagte nur: «Machen Sie sich keine Gedanken», und legte dann schnell auf.

Dann kam der Anruf von Julia aus New York, und der brachte ganz andere Hiobsbotschaften.

«Guten Morgen, Ros», sagte sie, und ich wünschte ihr ebenfalls einen guten Morgen, obwohl es in London schon zwei Uhr nachmittags war.

«Tja, ich habe jetzt die Ergebnisse des Polymarkers.»

«Super. Das ging ja schneller als gedacht.»

«Ja. Negative Ergebnisse werden ziemlich schnell festgestellt. Nur zur Ermittlung positiver Übereinstimmungen braucht der Computer etwas mehr Zeit.»

«Moment.» Das musste ich erst mal geistig verarbeiten. «Soll das heißen, keine der Proben, die ich Ihnen geschickt habe, hat eine Übereinstimmung erbracht?»

«Stimmt genau. Sind das gute Neuigkeiten oder nicht?»

Vermutlich dankte ich ihr, erkundigte mich nach dem Wetter in New York, versprach, mich bei meinem nächsten Besuch drüben auf jeden Fall bei ihr zu melden. An den weiteren Verlauf des Telefonats kann ich mich nicht mehr erinnern. Nur daran, wie ich auflegte und benommen das Telefon anstarrte. Natürlich war es gut, dass es nicht Alex war, oder Simon, oder sonst einer der Männer, deren DNS ich hinübergeschickt hatte. Aber das bedeutete, dass ich weiterhin völlig im Dunkeln tappte. Wer mich tyrannisierte, das wusste ich in diesem Moment genauso wenig wie vor sechs Monaten. Die Wissenschaft hatte mich im Stich gelassen. Wieder war ich ganz auf mich allein gestellt.

Keine Briefe an dem Abend. Dafür hatte jemand mit größter Sorgfalt das Namensschildchen von meinem Klingelknopf entfernt und durch das Wort «Lügnerin» ersetzt.

«Wird er aufhören?»

Bill streichelte mir übers Haar. «Ich wünschte, ich könnte diese Frage bejahen. Aber ich habe lange mit einer Kollegin gesprochen, die öfters mit derartigen Fällen zu tun hat. Sie ist der Ansicht, dass er weitermachen wird. Solche Aktivitäten wirken laut Psychologen selbstverstärkend. Ihm geht einer ab bei der Vorstellung, dir Angst einzujagen. Das allein ist Ansporn genug für ihn. Wenn ihm dabei langweilig wird, hört er nicht auf, sondern greift zu stärkeren Mitteln.»

Wir lagen im Bett. Seine Libido versagte ihm weiter den Dienst.

«Manchmal male ich mir aus, wie es wäre, ihn umbringen zu lassen. Vielleicht sollte ich einen Profikiller anheuern», sagte ich.

«Wen willst du denn killen lassen? Außerdem würdest du sowieso nur auf die Schnauze fallen.»

«Du kennst doch bestimmt Hunderte Killer.»

«Nun, sie sind nicht gerade meine größten Fans.»

«Das Geld könnte ich auftreiben.»

«Ist das dein Ernst?»

«Keine Ahnung», gestand ich. «Aber wenn ich daran denke, ihn umzubringen, wenn ich mir ausmale, ihn einfach auszulöschen, kommt mir das nicht unrecht vor.

Ich denke nur daran, was es für eine Erleichterung wäre, wenn das alles endlich vorbei wäre.»

«Manchmal geht es mir auch durch den Kopf, ihn umzubringen», sagte er. «Es ist ein männlicher Urinstinkt in mir, der Wunsch, dich zu beschützen.»

«Ich weiß. Manchmal wünschte ich mir, du würdest deine Skrupel vergessen und aus dem Schwein einfach Hackfleisch machen. Nur ganz kurz ist so ein Gedanke da. Ich meine, mir ist klar, wie unwahrscheinlich das ist. Aber die Vorstellung, wie du ihn umbringst, fühlt sich extrem gut an. So unausweichlich. Weil ich weiß, dass du mich beschützen willst, und weil ich keine Angst mehr haben will.»

Es war dunkel. Im Dunkeln fallen einem solche Gespräche leichter.

«Es ist nicht leicht, jemanden umzubringen. Das ist nicht wie im Fernsehen. Ein Mensch stirbt nie so schnell, wie sie es uns da vormachen.»

«Ich habe etwas, um ihn erst bewusstlos zu machen. Einen Elektroschocker.»

Langes Schweigen.

Ich fragte: «Könntest du das?»

«Könnte ich was?»

«Jemanden umbringen?»

Wir lagen so nah beisammen, dass ich hörte, wie sein Atem kurz stockte. «Das habe ich sogar schon mal.»

«Wann?»

«Letztes Jahr. Bei einer Geiselnahme. Ein Mann war mit einer Schusswaffe in die Wohnung seiner Exfrau eingedrungen. Wir hatten uns ringsum verteilt und warteten darauf, dass die Unterhändler die Sache friedlich lösen würden. Ich stand direkt links von der Tür. Schließlich kam er raus, stieß sie vor sich her. Wir forderten ihn auf, die Waffe wegzuwerfen, aber er gehorchte nicht. Sie legte sich auf den Boden, und er stand einfach so da, die Pistole in der Hand. Lächelnd. Ich sah, wie er die Pistole hob – mit beiden Händen, als wäre es ihm Ernst, ganz langsam. Dann richtete er die Waffe auf sie. In solchen Situationen gelten klare Anweisungen. Wenn man freie Bahn hat und schießen kann, schießt man. Also habe ich ihn erschossen.»

«Mein Gott.»

«Dabei glaube ich noch nicht mal, dass er sie töten wollte. Eher, dass er selbst eine Art Todessehnsucht verspürte. Freitod mit polizeilicher Beihilfe, sozusagen.»

«Wie bist du damit klargekommen?»

«Gut. Ich bin belobigt worden.»

«Un in deinem tiefsten Innern?»

Er stieß langsam die Luft aus. «Ich fragte mich: Ist das alles? Einen Menschen zu töten, dieses Riesentabu, diese Tat, für die wir Kriminelle lebenslang ins Gefängnis stecken – und im Grunde war es so leicht, wie am Schießstand auf einen Pappkameraden zu ballern.»

Ich fuhr ihm mit der Hand über die Brust. «Hast du ihn gezielt getötet?»

Er brummte. «Das macht man immer, auch wenn die Politiker einem immer das Gegenteil weismachen wollen. Ob man jemanden stoppen oder ob man jemanden töten will: Der Schuss ist derselbe. Man tut einfach, was man tun muss.»

Ich flüsterte: «Könntest du das nochmal tun?»

Er antwortete nicht.

«Mir fällt nur einfach kein anderer Ausweg ein.»

«Ros. Ich bin Polizist. Wir befinden uns in England. Wir richten keine Menschen hin.»

«Okay. Entschuldige. Bist du böse?»

«Nein.»

«Hab doch nur rumgesponnen.»

Ich tastete hinab und nahm sein Glied und seine Hoden in die Hand. Sie fühlten sich so weich an, so verletzlich, wie ein Vögelchen mit gebrochenem Genick. Früher mal wäre er schon bei der Berührung meiner Hand steif geworden, aber jetzt tat sich nichts.

Schroff fragte er: «Willst du kommen?»

«Nein. Schlaf nur. Ich halte dich gerne so fest.»

32

Ros,

ich habe mich über Vergewaltiger informiert. Dem *British Journal of Psychiatry*, 2001, Band drei zufolge bin ich ein extremer Narzisst. Mein Verlangen nach dir ist in Wahrheit ein Verlangen nach mir selbst.

Blödsinn.

Als Mike Tyson, ein vorbestrafter Vergewaltiger, Lennox Lewis während einer live übertragenen Pressekonferenz vor dem Kampf tätlich angriff, hat er nach Aussage mehrerer Augenzeugen geflüstert: «Ich werd dich ficken, bis du mich liebst.»

Eine Vergewaltigung ist besser als Liebe – denn selbst wenn du jemanden liebst, lieferst du dich ihm nicht auf Gedeih und Verderb aus. Du gibst ihm keine Macht über Leben und Tod. Aber einem Vergewaltiger gibst du sie, und deshalb kannst du nicht anders, als den Mann zu lieben, der dir Gewalt antut.

Ich werde dich ficken, bis du mich liebst. Und dann töte ich dich vielleicht, oder vielleicht auch nicht.

Wehr dich nicht länger, Ros. Lass es geschehen. Du kannst dich immer noch für die glimpfliche Lösung entscheiden.

«Die Tafel besteht aus Eichenholz, das mit Hilfe der Radiokarbonmethode auf etwa fünfzehnhundert datiert werden konnte. Wenn sich das Altargemälde als echt herausstellte, wäre das sehr ungewöhnlich, denn Renaissancemaler verwendeten im Normalfall Pappelholz.»

Ich hielt inne und blickte hoch, um mich zu vergewissern, dass meine Zuhörer sich nicht langweilten. Aber Dr. Spence und seine Assistenzkuratoren wirkten gefesselt.

«Die XRF-Analyse hat ergeben, dass es sich bei den verwendeten Pigmenten hauptsächlich um Gold, Grünspan und Kobaltblau, versetzt mit Tempera, handelt. Was im Einklang mit den zu der Zeit üblichen Pigmenten steht – kein Zinkweiß, kein Preußisch Blau. Aber – und das ist der Knackpunkt – auch die Temperafarbe wurde per Radiokarbonmethode datiert und ist deutlich jüngeren Datums: um neunzehnhundertfünfzig etwa.»

Dr. Spence seufzte. Er ahnte, worauf das hinauslief.

«Den letzten Beweis liefert die Röntgenaufnahme. Sie lässt klar erkennen, dass die Holztafel einst wurmstichig war und die Löcher mit Bleifarbe gefüllt wurden. Mit anderen Worten, der Maler dieses Bildes verwendete eine Holztafel, die schon alt war, als er sie sich beschaffte. Durchaus möglich, dass er bei einer Versteigerung einen antiken Eichenschrank erstanden hat, ihn zerlegte und die Einzelteile als Grundlage einer Anzahl von Fälschungen benutzte. Entscheidend sind die Fraßgänge der Holzwürmer. Kein italienischer Maler, der etwas auf sich hielt, hätte je eine wurmstichige Holztafel verwendet, geschweige denn die Löcher mit einer Farbe gefüllt, die zu seinen Lebzeiten noch gar nicht erfunden war.»

«Also ist es eine Fälschung.» Dr. Spence schaute zu seinem Schreibtisch, auf dem das Altargemälde lag.

«Ja. Nicht von Drewe natürlich – der war in den Fünfzigern nicht aktiv, und selbst wenn, ist in seinem Fall nicht dokumentiert, dass er sich je die Mühe gemacht hätte, altes Holz zum Bemalen aufzutreiben. Wir haben es mit einem ganz anderen Fälscher zu tun, würde ich sagen.»

«Ist ja eigentlich auch unwichtig, wer dieser Idiot war.» Damit war der Fall für Dr. Spence erledigt. «Wir informieren wohl besser die Versicherung.»

«Selbstverständlich. Ich werde einen schriftlichen Bericht anfertigen.»

«Und vielen Dank, Ros. Sie haben wieder einmal hervorragende Arbeit geleistet, auch wenn das Ergebnis leider sehr schlecht für uns ist.»

Da schrillte plötzlich die Alarmanlage der Gallery – eine Kakophonie von Klingeltönen unterschiedlichster Klangfarbe. Dr. Spence sah seinen engsten Assistenten an. «Ist das eine Übung?»

«Glaube ich nicht.»

«Phantastisch. Dann sollten wir wohl jetzt besser tun, was man in einem solchen Fall von uns erwartet.» Müde erhob er sich und machte sich daran, seinen Tresor abzuschließen.

Hinterher stellte sich heraus, dass der Alarm durch einen Akt des Vandalismus in einem der Räume ausgelöst worden war. Jemand hatte mit einem Filzstift das Wort «Lüge» auf eines der Gemälde geschmiert, als der Wachmann gerade nicht hingeschaut hatte.

«Auf welches Gemälde denn?», fragte ich mit einer bösen Vorahnung.

«Bloß auf einen verdammten Michelangelo», antwortete Alex hellauf empört. «Leda mit dem Schwan.»

Der Brief an dem Abend:

Ros,

nimm das als eine Art Vorspiel.

Angst ist ein seltsames Gefühl. Normalerweise befällt sie einen blitzartig: der jähe Schreck, wenn ein Auto sich in Bewegung setzt und man erkennt, dass der Fahrer einen nicht gesehen hat; das Zusammenzucken auf der Leiter, die plötzlich unter einem ins Wanken gerät; ein Telefon, das mitten in der Nacht klingelt. So unangenehm dieses

Gefühl ist, zumindest verleiht es einem Energie, wenngleich auf brutale Art und Weise.

Aber es gibt noch eine andere Angst, bei der es nicht um Adrenalinschübe geht, sondern ums Überleben: ständige, zermürbende Todesangst. Zu der Zeit wurde in den Medien viel über den Konflikt zwischen Palästinensern und Israelis berichtet, über das Bemühen der Menschen auf beiden Seiten, normal weiterzuleben, trotz der permanenten Furcht, womöglich als Nächster der Kugel eines Soldaten oder einem Selbstmordanschlag zum Opfer zu fallen. Genauso fühlte ich mich: unter Belagerung. Das Leben ging seinen halbwegs normalen Gang, aber ich glich einem Zombie. Mein Kampfgeist war gänzlich versiegt. Ich war lethargisch, ewig niedergeschlagen und bisweilen so müde, dass mir der Gedanke an den Tod fast willkommen schien.

Manchmal hatte ich den Eindruck, Bill und mich hielt kaum noch etwas zusammen. Vielleicht hatte Griffin ja Recht gehabt, vielleicht hatte ich mich wirklich immer nur seiner Dienstmarke wegen zu ihm hingezogen gefühlt, wegen der Illusion von Schutz, die sie zu verheißen schien. Denn jetzt, wo er mich nicht mehr beschützen konnte, liebte ich ihn nicht länger. Oder hatte vielmehr keine Kraft mehr, ihn zu lieben. Wie eine Schwangere, die all ihre Energie für die bevorstehende Geburt sammelt, hatte ich mich von ihm abgewandt, war ganz in mich gekehrt.

Todkranke, hatte ich mal irgendwo gelesen, durchlaufen verschiedene Stadien: erst Schock, dann Zorn, dann Verweigerung. Darauf folgt Verzweiflung und danach endlich die Hinnahme des Schicksals – der Zustand stiller Ergebung, den Verfasser von Nachrufen gern Tapferkeit nennen.

Dieser Tapferkeit fühlte ich mich schon sehr nahe.

«So kann es mit uns nicht weitergehen», sagte Bill.
«Stimmt.»
«Wir reden ja nicht mal mehr miteinander.»
«Willst du Schluss machen?»
«Möchtest du das gern?»
«Keine Ahnung. Liegt ganz bei dir.»
«Ros …»

Ich wusch mir nicht mehr die Haare und schminkte mich nicht mehr. Vielleicht würde der Unbekannte ja das Interesse verlieren, falls ich übel roch, pickelig und hässlich aussah. Ich bemühte mich, nicht zu lächeln. Mein Gesicht war wie eine Maske. Ich hatte alle Muskeln abgeschaltet, die auf anderer Leute Verhalten oder Worte reagierten, nahm alles um mich herum mit dem teilnahmslosen Blick einer Marmorstatue wahr.

«So kann es mit uns nicht weitergehen», sagte Bill.
«Dieses Gespräch haben wir schon mal geführt.»
«Ich kann nicht zulassen, dass du dir das antust.»
«Ich tue gar nichts. Schuld ist nur er.»
«Ich werde mich freiwillig stellen.»
«Dieses Gespräch hatten wir auch schon mal.»
Auf einmal hatten wir uns nichts mehr zu sagen.

Es war eine große Ehre. Von allen Technikern der Abteilung Forschung und Konservierung war ich auserwählt worden, den Schaden einzuschätzen, der der unbezahlbaren «Leda mit dem Schwan» zugefügt worden war.

Ich erhielt mein eigenes Büro. Die Wachleute wurden angewiesen, auf ihren Rundgängen regelmäßig bei mir vorbeizuschauen. Früher einmal hätte mich das enorm beruhigt.

Ich stellte das Gemälde auf die Werkbank und untersuchte es mit einer Lupe. Das Wort «Lüge» war in etwa zehn Zentimeter hohen Buchstaben mit schwarzem Filzstift auf das weiße Gefieder des Schwans und Ledas blasse Haut geschmiert worden. Obwohl sichtlich hastig ausgeführt, waren die Lettern genau gleich groß. Die Schrift war auch nicht zu einer Seite geneigt, wie es zu erwarten wäre, wenn jemand, der gleichzeitig den Wachmann und einen Fluchtweg im Auge behalten musste, etwas auf eine aufrechte Oberfläche schrieb.

Wie die Zahlenfolge auf meinem Rücken, dachte ich. Verhältnismäßig klein geschrieben, kontrolliert und ordentlich in der Ausführung. Und vor allem perfekt ausgeklügelt.

Ich nahm drei Wattestäbchen aus einer Schachtel. Eins befeuchtete ich mit Wasser, eins mit schwacher Acetonlösung und eins mit einer noch schwächeren Lösung aus reinem Alkohol. Ich würde ein, gemessen an den Standards unserer Abteilung, äußerst riskantes Manöver versuchen. Ich hoffte, die Tinte des Stifts aufzulösen, aber nicht die Farbschichten darunter, verließ mich auf wenige Mikron Firnis und mein eigenes Feingefühl, um nicht eines der unumstrittenen Meisterwerke der Gallery für alle Zeit zu ruinieren, indem ich es verschmierte.

Als Erstes versuchte ich es mit Wasser. Zu meiner Verblüffung ließ sich die Schrift sofort entfernen. Mein unbekannter Verfolger hatte einen wasserlöslichen Stift verwendet.

Die meisten Filzstifte enthalten dauerhafte Tinte oder sind zumindest ölbasiert. Eine Ausnahme bilden Filzstifte zum Gebrauch auf weißen Kunststofftafeln, die sich leicht abwischen lassen müssen und deshalb ein langkettiges Polymer enthalten, das sich nicht mit der glatten Oberfläche der Tafel verbindet. Anscheinend war hier genau so ein Stift verwendet worden.

Der Unbekannte war also sehr darauf bedacht gewesen, das Meisterwerk nicht zu beschädigen.

Ich lehnte mich zurück und dachte nach. Ein solches Vorgehen entsprach nicht dem der Gestörten, die immer mal wieder Kunstwerke verunstalten. Der Kerl, der mir nachstellte, hielt sich ja für einen Kunstliebhaber.

Es lag eine gewisse Ironie in der Tatsache, dass Michelangelo dem Gemälde seines Schülers wahrscheinlich nur wenige Pinselstriche hinzugefügt hatte und es dennoch als Meisterwerk galt, während John Drewes Bemühungen als Fälschungen abgetan wurden.

Den Rest der Aufschrift tupfte ich mit einem feuchten Papiertuch ab, brachte dann die Oberfläche mit einem Stoß Pressluft auf Hochglanz und wischte sie zum Abschluss mit etwas synthetischer Politur ab. Die «Leda» war wieder wie neu. In der Chefetage der Gallery würde vielen ein Stein vom Herzen fallen.

Dann sah ich ihn: Ganz außen am Bilderrahmen, in einem dünnen Riss, wo das Holz gesprungen war, hatte sich ein einzelner blauer Faden verfangen. Ich betrachtete ihn mit der Lupe. Er hing an der unteren rechten Kante, einer Stelle, die jemand, der davor stand und sich hastig umwandte, mit dem Arm durchaus hätte streifen können.

Ich fotografierte den Faden in situ, für den Fall, dass er je als Beweismittel dienen müsste, entfernte ihn und sicherte ihn auf einem Objektträger.

Ich zog los und fand eine Wachbeamtin. «Ich brauche einen Faden von Ihrer Jacke», erklärte ich ihr. Sie schien kein bisschen verwundert über dieses sonderbare Ansinnen und streckte einen Arm aus, damit ich mit einer Pinzette einen Faden aus dem Stoff lösen konnte. Mit diesem Faden kehrte ich zum Mikroskop zurück und legte ihn ebenfalls auf einen Objektträger. Selbst bei zweihundertfacher Vergrößerung waren die beiden Fäden identisch. Zum Beweis hätte ich noch ein Elektronenmikroskop heranziehen können, aber das war nicht nötig. Die Uniform der Wachleute bestand aus einem derben, billigen Serge, einem Stoff, den die normalen Besucher der Gallery kaum tragen dürften.

Du bist die Hüterin deiner Schönheit – eine merkwürdige Floskel, aber sie geht mir nicht aus dem Kopf …

Ich habe eine Hotmail-Adresse einrichten lassen: Hueter@hotmail.com …

Der Vandale, mein Verfolger, war einer der Wärter, die den ganzen Tag in der Gallery herumstanden und mit unbewegter Miene die Besuchermassen im Auge behielten, die ihrerseits stumpfsinnig die Kunstwerke an den Wänden betrachteten.

Dann erinnerte ich mich. Ich hatte den Wärter aus dem Raum, in dem der Michelangelo hing, zu unserer Party eingeladen. Er hieß Thomas Fraser, war jung, gut aussehend und freundlich und hatte mir einmal im Café der Gallery einen Schokomuffin spendiert. Ich stand gerade vor ihm in der Schlange und hatte die Muffins kurz gemustert, mich aber dann dagegen entschieden, als er nach vorne griff, einen nahm und sagte: «Hier. Geht auf mich.» Danach hatten wir hin und wieder geplaudert, wenn wir uns in den Museumsgängen über den Weg liefen. Mehr als ein paar Sätze hatte ich in meinem Leben wahrscheinlich nicht mit ihm gewechselt.

Thomas Frasers Schicht endete um vierzehn Uhr dreißig, also ungefähr zu derselben Zeit, zu der ich am Tag des Mordes die Gallery verlassen hatte. Damals war er mir wohl gefolgt. Heute sollte ich ihm folgen.

Er nahm die U-Bahn nach Queens Park. Ich folgte ihm zu einem Apartmentblock. Er ging hinein, ich wartete draußen. Der Liste an der Sprechanlage zufolge bewohnte Thomas Fraser Apartment Nummer fünf. Nach einer Stunde kam er wieder heraus, jetzt in normaler Kleidung. Ich wartete, bis er außer Sichtweite war, und ging dann zu dem kleinen überdachten Platz, wo die Mülltonnen standen. Ich hatte Glück. Auf den Tonnen standen die Nummern der dazugehörigen Apartments. Ich langte in die Tonne von Nummer fünf und holte eine Mülltüte heraus. Ich riss sie auf und kippte den Inhalt auf den Boden, eine Lawine von stinkigem, altem Unrat, der stark nach Curry roch.

«Was machen Sie da?»

Eine junge Frau war gerade selbst dabei, Müll in eine Tonne zu werfen. Ich warf einen Blick auf ihre Nummer. Neun. Also keine direkte Nachbarin von Thomas.

«Ich habe was verloren», sagte ich. «Einen Ohrring. Sie wissen doch, wie das ist. Ich will nur nachschauen, ob er versehentlich im Müll gelandet ist.»

«Das räumen Sie aber alles wieder weg, oder?», fragte sie argwöhnisch.

«Natürlich.»

Sie zog die Nase hoch, wie um anzudeuten, dass sie mir nicht ganz traute. Ich hockte mich hin, um meine Beute zu untersuchen.

Einige Fertigmenüpackungen, grünes Thai-Curry, eine leere Whiskyflasche, eine leere Diskettenbox, eine Butterverpackung voll ranziger alter Butterklümpchen, Einkaufstüten, Zeitungen, Sandwichverpackungen. Ganz normaler Abfall.

Etwas blinkte. Eine Rasierklinge. Ich nahm sie vorsichtig an den Rändern heraus und betrachtete sie genauer. An der Klinge haftete ein verkrusteter Rest von angetrocknetem Rasierschaum, darin zahlreiche schwarze Bartstoppeln, die aussahen wie Schokostreusel. Jeder einzelne Stoppel enthielt Thomas Frasers DNS.

Ich verstaute die Rasierklinge in einem Tütchen, das ich extra mitgebracht hatte. Unter dem Müll befand sich ein Stoß Papier, teils mit Currysoße durchnässt. Ich zog die Blätter heraus. Es waren Fotos.

Fotos von mir, unzählige Fotos. Genauer gesagt ein Foto, unzählige Male ausgedruckt. Jedes Bild zeigte einen anderen Ausschnitt, variierte in der Bildschärfe oder in den Farben. In manchen Fällen hatte er sogar meine Frisur oder meinen Hals digital verändert und meine Augen retuschiert. Bei einem Foto, das mich nackt zeigte, hatte er zuvor mein Gesicht auf ein anderes Foto montiert, so wie bei der E-Mail, die er in der Gallery herumgeschickt hatte. Eine ganze Serie zeigte nur meine Lippen, per Computer Dutzende Male immer neu umgestaltet.

Ich musste würgen. Schnell sammelte ich den Müll mit den Händen auf. Schließlich bestand immer die Gefahr, dass die neugierige Nachbarin Thomas Fraser von mir berichten würde. Es war sicherlich klüger, keine Spuren zu hinterlassen. Vielleicht würde er dann sogar denken, dass sie eine andere Tonne gemeint hatte.

Ich schickte die DNS-Probe nach New York. Ich wusste, dass ich den Schuldigen gefunden hatte, aber ich wollte Beweise, und zwar solche, die auch Bill verstehen würde.

Mir fiel ein, dass Thomas Fraser mich selbst darauf hingewiesen hatte, wo ich mehr über ihn erfahren konnte: *Dem British Journal of Psychiatry, 2001, Band drei zufolge bin ich ein extremer Narzisst ...*

Ich fuhr zur British Library und bestellte mir den betreffenden Band aus dem Magazin. Es dauerte ein bisschen, weil ich keinen Benutzerausweis hatte, aber als ich mich als Mitarbeiterin der Gallery vorstellte, händigte mir eine gelangweilt wirkende Bibliothekarin die Zeitschrift aus.

Zur Psychopathologie gewalttätiger Sexualstraftäter: Einige diagnostische Anmerkungen.
Robson, S.J.; Forman, T.; Healey, G.H.

Die vorliegende Studie enthält eine detaillierte Auswertung der Literatur zu einhundertundzwölf Sexualstraftaten. Die Verfasser schlagen vor, Vergewaltiger entsprechend des vorherrschenden Beweggrundes oder Motivs der Tat in fünf Kategorien zu unterteilen. Die hauptsächlichen Beweggründe sind: (1) Sadismus, (2) Aggressivität, (3) Raub, (4) Suche nach Selbstbestätigung und (5) obsessive Belästigung.

(1) Sadismus

Der sadistische Vergewaltiger vereint Aggression mit sexueller Phantasie. Je aggressiver der Angriff, desto größer seine Erregung. Dabei wirkt er häufig ruhig, sogar gelangweilt – Angst und Gefühle sind den Opfern vorbehalten, nicht dem Sieger. Er neigt dazu, Messer und andere Werkzeuge an sexuell signifikanten Körperteilen einzusetzen. Fallweise führt er eine Folterausrüstung mit sich, bestehend aus Messern, Peitschen, verschiedenen Fesseln und anderen Werkzeugen, wie etwa Zangen. Bei diesem Typus herrschen Täter mit dominanter Persönlichkeit vor, eventuell mit Interesse an abseitigen Philosophien wie dem Sozialdarwinismus, der NS-Ideologie oder dem Okkulten. Wie der Vergewaltiger, dessen Hauptbeweggrund die Suche nach Selbstbestätigung ist (s. unten), fragt er sein Opfer gern, ob er ihm wehtut – doch anders als jener hat er es auf die Antwort «Ja» abgesehen. Es kommt vor, dass er sein Opfer zwingt, bestimmte Dialoge zu sprechen, wie aus einem Drehbuch. Beispiel:

«Gefällt dir der Schmerz?»

«Ja, mir gefällt der Schmerz.»

«Sag mir, wie sehr er dir gefällt.»

«Er gefällt mir sehr gut.»

«Sag mir, dass du ihn liebst.»

«Ich liebe ihn.»

Typisch für sadistische Vergewaltiger sind ritualähnliche Straftaten. Nicht selten legen sie auf der Suche nach geeigneten Opfern große Entfernungen zurück. Während der Straftat kommt es selten zur

Ejakulation, da dieser Typus am Schauplatz eher zur Selbstbeherrschung neigt und sich später ungestört erleichtert. Wenn er mit seinem Opfer fertig ist, tötet er es mitunter, wobei zu beachten ist, dass dies ausschließlich dazu dient, einer Festnahme vorzubeugen – der eigentliche Akt des Tötens bereitet den sadistischen Vergewaltigern kein Vergnügen. Typischerweise werden sie ihre «Drehbücher» auch mit Prostituierten oder Ehefrauen ausagiert haben, wobei sie sich graduell von der Phantasie in den Grenzbereich von Phantasie/Ausagieren bewegt haben und damit hin zu der Straftat selbst.

Sadistische Vergewaltiger sind nur für 4% aller Vergewaltigungen verantwortlich. Der von ihnen angerichtete Schaden macht sie allerdings unverhältnismäßig gefährlich.

Das war nicht die Sorte Mensch, mit der ich es zu tun hatte, dachte ich. Mir waren zwar Schnittwunden zugefügt worden, aber ein sadistischer Vergewaltiger hätte Wert darauf gelegt, dass ich dabei wach und mir des Geschehens voll bewusst gewesen wäre.

(2) Aggressivität

Vergewaltiger mit einem spezifisch aggressiven Beweggrund suchen sich Opfer aus, die eine Gruppe repräsentieren, gegen die sie Groll hegen – Mutter, Ehefrau, Freundin, Lehrerin. Ihr Zorn tendiert dazu, in unbeherrschte Gewalt auszuarten. Aber sie töten selten, wenn ihre Wut erst gestillt ist. Sie bevorzugen erniedrigende Akte, etwa Analverkehr, oft gefolgt von Oralverkehr. Sie ejakulieren fast nie im Körper des Opfers. Mitunter führen sie ein Messer mit sich, das sie jedoch typischerweise nicht geplant und inkonsequent einsetzen. Sie treffen kaum Vorsichtsmaßnahmen. Die Attacken erfolgen häufig nach Stresssituationen – Druck oder Ereignisse, die den Vergewaltigungsimpuls auslösen. Die Vergewaltigungen finden typischerweise in unmittelbarer Umgebung der Wohnung des Straftäters statt.

Vergewaltiger dieser Kategorie zeichnen für etwa 5 % aller Vergewaltigungen verantwortlich.

(3) Raub

Die Vergewaltiger mit dem Hauptmotiv des Raubes stellen den zweithäufigsten Typus dar. Diese Vergewaltiger sind Opportunisten, erhöhen mitunter die Chance, ein passendes Opfer zu finden, indem sie in geeigneten Umgebungen wie Bars und Clubs «auf die Jagd gehen». Sie bevorzugen Fremde, können aber in früheren Stadien ihrer «Laufbahn» durchaus auch Bekannte, Kolleginnen oder sogar Familienangehörige vergewaltigt haben. Für diesen Typus Vergewaltiger stellen Verführung und Vergewaltigung austauschbare Strategien dar. Sie zielen darauf ab, Unterwerfung oder Erniedrigung zu erzwingen, was in ihren Augen dem Sieg in einem «Spiel» oder einer Konkurrenzsituation gleichkommt – wobei zu beachten ist, dass die Täter sich ebenso sehr mit anderen Männern in Konkurrenz sehen wie mit der Frau.

Der Vergewaltiger dieser Kategorie setzt Drogen, Alkohol, Charme oder Hinterlist ein, um anfänglichen

Widerstand zu überwinden. Der Übergriff selbst umfasst typischerweise anale und orale Penetration, fallweise auch Anspucken oder Urinieren. Paraphilie spielt selten eine Rolle dabei, abgesehen vom Wunsch nach Dominanz. Sexuell ist dieser Täter selbstsüchtig, er versteht, dass die Vergewaltigung dem Opfer kein Vergnügen bereitet. Das Risiko, gefasst zu werden, minimiert er sorgsam, einmal, indem er dem Opfer einredet, niemand würde ihm glauben, wenn Aussage gegen Aussage stünde, zum anderen durch das Vernichten forensischer Spuren. Aus diesem Grund zwingt er das Opfer mitunter, sein Sperma zu schlucken, obwohl er es häufig vorzieht, dem Opfer ins Gesicht zu ejakulieren. Es kommt so gut wie nie vor, dass er zu seinem Opfer zurückkehrt. Dem Opfer abgenommene Andenken dienen ihm – und dem Opfer – als Erinnerung daran, es jetzt zu «besitzen». Nicht selten sammelt er Trophäen unterschiedlichster Art in anderen Lebensbereichen – Pokale, Preise, Fotos, Souvenirs usw.

Vergewaltiger dieses Typs zeichnen für 20% aller Vergewaltigungen verantwortlich.

Auch in diese Kategorien passte mein Vergewaltiger nicht, obwohl ich jetzt begriff, wieso die Polizei durch Griffins Profil so sehr in die Irre geführt worden war. Den Einsatz von Drogen hatte er als typisches Vorgehen eines Vergewaltigers der dritten Kategorie gedeutet. Schließlich konnte er ja nicht wissen, dass wir die Drogen freiwillig genommen haben konnten.

(4) **Suche nach Selbstbestätigung**

Der meistverbreitete Typus jedoch ist der nach Selbstbestätigung suchende Vergewaltiger. Er empfindet sich im Allgemeinen als unzulänglich und sexuell erfolglos. Er hält sich für unfähig, Frauen wie das Opfer auf normalem Wege auf sich aufmerksam zu machen, und vergewaltigt, um sich seiner Männlichkeit zu versichern. Falls er ein Messer mit sich führt, gebraucht er es so gut wie nie. Er phantasiert gerne eine Beziehung zu seinem Opfer herbei, bittet es, ihn zu küssen, mit ihm zu sprechen, ihm zu sagen, dass es ihn liebt usw. Nach der Tat bittet er sein Opfer oft um Entschuldigung, begleitet es nach Hause, macht ihm Geschenke oder gibt «gute Ratschläge» (etwa, sich sein Leben durch die Vergewaltigung nicht zerstören zu lassen).

Vergewaltiger auf der Suche nach Selbstbestätigung küssen und streicheln ihre Opfer meist, wechseln beim Verkehr häufig die Stellung. Sie versuchen gern Cunnilingus, fordern das Opfer zur Masturbation auf oder versuchen, es zum Höhepunkt zu bringen. Zu analer Penetration kommt es bei diesem Typus von Vergewaltigern eher selten, sie benutzen keine Kondome und ejakulieren typischerweise im Körper des Opfers. Mitunter verlangen sie von der Frau, das Ejakulat zu schlucken, zum Beweis ihrer Gefühle ihrem Angreifer gegenüber. (Bei verschlucktem Sperma können noch forensische Spuren spezifischer Antigene vorliegen, die durch Entnahme einer Oropharhyngealprobe ermittelbar sind.) Paraphilie bei diesen Vergewaltigern äußert sich meist als Fetisch, etwa im zwanghaften Interesse an einem speziellen Körperteil.

Vergewaltiger dieses vierten Typus planen einen Angriff mitunter wochenlang im Voraus. Nach dem Übergriff treten sie oft mit ihrem Opfer in Kontakt, um herauszufinden, ob sie durch die Vergewaltigung dazu «überredet» worden ist, eine Beziehung mit dem Täter einzugehen. Zwischen ihrem Selbstbild und der tatsächlichen Erfahrung des Opfers klafft eine starke kognitive Dissonanz – bei Vernehmungen behaupten sie häufig, «gar keine richtigen Vergewaltiger» zu sein.

Vergewaltiger auf der Suche nach Selbstbestätigung sind für 70 % aller Vergewaltigungen verantwortlich, wobei ihre Obsession jedoch graduell höchst unterschiedlich ausgeprägt ist.

Das kam der Sache schon näher. Die herbeiphantasierte Beziehung, die «guten» Ratschläge, die Behauptung, dass es eigentlich gar keine Vergewaltigung war – all dies kam meiner eigenen Situation sehr nahe.

Erst bei Lektüre des letzten Artikelabschnitts jedoch gefror mir das Blut so richtig in den Adern.

(5) Obsessive Belästigung

Vergewaltiger mit diesem Hauptmotiv können nicht von der fixen Idee lassen, das Opfer «gehöre» ihnen oder sei in irgendeiner Weise «dazu bestimmt», mit ihnen zusammenzukommen. Häufig glauben sie, in der Vergangenheit ein hohes Maß an Zurückhaltung gezeigt zu haben, für die das Opfer sich mit Liebesbeweisen oder sexuellen Gefälligkeiten erkenntlich zu zeigen hat. Zwanghaftes Anhäufen von Kenntnissen über das Privatleben des Opfers – Lektüre der privaten Post, Durchwühlen von Kleidung, Zugriff auf private E-Mails u. Ä. – nährt die Illusion einer intimen Beziehung (manche Vergewaltiger dieses Typs vergleichen die Beziehung zu ihrem Opfer mit den Kabbeleien eines alten Ehepaares; einer schlug seinem Opfer sogar vor, zwecks Lösung ihrer Probleme gemeinsam eine Eheberatung aufzusuchen). Die Ansichten des Opfers sind nicht von Belang – in der extrem narzisstischen Gedankenwelt dieses Vergewaltigers hat es sein Recht, nein zu sagen, durch die hartnäckige Weigerung, ja zu sagen, verwirkt. Tatsächlich wird das Opfer zu einer bloßen Projektion für die Obsession des Täters reduziert. «Du scheinst gar nicht zu würdigen, wie nett ich derzeit bin», schrieb ein Vergewaltiger der fünften Kategorie, «deshalb habe ich beschlossen, von nun an andere Saiten aufzuziehen.»

Obsessiv belästigende Vergewaltiger neigen dazu, die Gefahr herunterzuspielen, die sie für das Objekt ihrer Obsession darstellen; haben sie aber eine Drohung erst einmal ausgesprochen, betrachten sie es als Ehrensache oder Beweis ihrer Liebe, diese buchstabengetreu in die Tat umzusetzen. Dabei gehen sie gewissenhaft und organisiert zu Werke, erweisen sich bei der Ausführung des Vorhabens als bemerkenswert flexibel, bleiben allerdings, was das Ziel betrifft, absolut inflexibel. Der Wunsch, von dem Opfer gefürchtet zu werden, ersetzt oder verdrängt irgendwann

> den Wunsch, von ihm geliebt zu werden. Ist diese Schwelle einmal erreicht, wird aus dem vorliegenden Vergewaltigertyp effektiv ein sadistischer Vergewaltiger, ohne dessen Bestreben jedoch, einer Festnahme vorzubeugen.
> Vergewaltiger dieses Typs stellen den seltensten Typus Vergewaltiger dar und sind lediglich für etwa 1 % aller Vergewaltigungen verantwortlich.

Damit stand zweifelsfrei fest: Thomas Fraser gehörte der Kategorie Vergewaltiger an, die von den Verfassern als am gefährlichsten eingestuft wurde. Momentan gab er sich noch der Illusion hin, ich könnte seine Zuneigung erwidern oder mich zumindest bereit erklären, mit ihm zu schlafen. Sobald er einsah, dass es nie so weit käme, würden bei ihm sadistische Impulse die Oberhand gewinnen. Und dann würde es rein gar nichts mehr geben, was ich dagegen unternehmen konnte.

33

Die Entfernung des Graffito von dem Michelangelo war im Grunde natürlich gar nicht mein Verdienst: Es hatte dazu kaum größerer Sachkenntnis bedurft, als wenn eine Mutter ihrem Liebling Schokolade vom Lätzchen abwischt. Vor Erleichterung über die Rettung ihres Meisterwerks aber übersahen meine Vorgesetzten völlig, wie simpel die Methode gewesen war, und wieder einmal wurde ich für mein Können mit Lob überschüttet. Man bat mich umgehend, beim nächsten größeren Projekt auszuhelfen, einem Oudry diesmal, der nach langen Jahren auf der Liste gestohlener Werke angeblich wieder aufgetaucht war. Ob das fragliche Bild echt war oder nur ein zynischer Versuch, ein «verlorenes» Meisterwerk nachzuliefern, darüber herrschte Uneinigkeit. Der neue Besitzer, ein Privatsammler, war bereit, sich unser Gutachten einiges kosten zu lassen.

«Das geht ja wie am Fließband hier», rief Alex gut gelaunt, als der Michelangelo durch das Stillleben ersetzt wurde. «Der Nächste, bitte!»

Ich sagte nichts. Ich hatte gerade Thomas Fraser gesehen. Er gehörte einer Gruppe Wachleute an, die zum Abtransport des Michelangelo hergeschickt worden waren. Aus sicherer Entfernung sah ich ihn: Er hielt Ausschau nach mir. Durch die Glaswand des Büros konnte ich genau erkennen, wie er mit einem Finger über den Stuhl strich, auf dem ich gesessen hatte. Er atmete tief ein. Großer Gott, ohne es zu merken, hatte ich wohl meinen Duft im Büro hinterlassen.

Er musste gespürt haben, dass ich ihn beobachtete, denn er wandte den Kopf nach mir um, und ganz kurz trafen sich unsere Blicke.

Länger als eine halbe Sekunde kann es nicht gedauert haben.

Er lächelte.

Spione im Einsatz, hatte ich mal irgendwo gelesen, verfügen zur Übermittlung kodierter Informationen an die Basis über spezielle Transmitter, die ihre Botschaften in winzige Salven von Sekundenbruchteillänge komprimieren, um die Übertragungszeit möglichst gering zu halten.

Ich reagierte kaum auf sein Lächeln – ich glaube, ich

erstarrte eher. Etwas in meiner Reaktion aber hatte ihm wohl eine Salve von Daten übermittelt, eine plötzliche Kaskade von Informationen zwischen uns ausgelöst. Wir wussten beide Bescheid.

Am Nachmittag rief Julia aus New York an, um mir mitzuteilen, dass die DNS von der Rasierklinge mit einer Wahrscheinlichkeit von mehr als fünfundneunzig Prozent mit der DNS von der Postkarte übereinstimmte. Der Apparat war zwar noch mit der Datenauswertung beschäftigt, dieser Wert aber konnte sich nur noch erhöhen, so viel stand fest.

Er wartete auf mich.

Ich verließ die Gallery um sechs. Ein Taxi stand in der Orange Street für mich bereit. Da es in Strömen goss, hastete ich mit gesenktem Kopf auf den Wagen zu, doch als ich hochschaute, sah ich ihn seitlich am Säulengang stehen, den Blick auf mich gerichtet. Er war völlig durchnässt, als hätte er seit Stunden dort gestanden, trotz der anhaltenden Regengüsse.

Ich stieg eilig ins Taxi ein und knallte die Tür zu. Im allerletzten Moment, als der Fahrer schon den Gang einlegte, kam Thomas angelaufen und schob einen Zettel unter den Scheibenwischer, wo er feucht umherflatterte. Fluchend drehte der Fahrer sein Fenster herunter und griff nach vorne, um ihn zu entfernen.

«Der ist für mich», sagte ich. Er reichte mir den Zettel über die Schulter, während er etwas von «idiotischen Fußgängern» vor sich hin murmelte.

Ros,

ich muss es tun. Nur das eine Mal. Mehr verlange ich nicht. Ich muss dich besitzen. Ein Exorzismus. Danach siehst du mich nie wieder. Ich schwöre bei meinem Leben.

Thomas.

Ich lag in der Badewanne und starrte zur Decke hoch, die Hände über der Brust gekreuzt wie die Figur auf einer Grabplatte.

Jetzt wusste ich also, wer es war. Vor Konzentration auf dieses eine Ziel hatte ich mir gar keine Gedanken gemacht, was ich tun würde, wenn ich seine Identität herausgefunden hatte. Als brave Wissenschaftlerin war ich von der Annahme ausgegangen, dass sich mit dem Wissen auch die Einsicht einstellen würde, wie es zu gebrauchen war.

Eines stand nach wie vor fest: Ich konnte nicht zur Polizei. Ich hatte einen dummen und gleichzeitig hochkriminellen Fehler begangen. Wenn ich ihn jetzt eingestand, wären Bill und ich erledigt.

Ich rief Derek Berry an, den Juristen von der Staatsanwaltschaft. Vermutlich war das nicht besonders schlau, aber ich kannte sonst kaum Anwälte.

«Derek, hier ist Ros Taylor.»

«Miss Taylor. Es geht Ihnen gut, hoffe ich.»

«Ja, sehr gut. Ich hätte da bloß eine theoretische Frage an Sie.»

«Ja?»

«Wenn jemand vor Gericht meineidig wird und jemand

anderes infolgedessen ins Gefängnis kommt, welche Strafe wird in so einem Fall verhängt?»

«Hmm.» Ich merkte, wie es in seinem miesen kleinen Hirn arbeitete. Bestimmt überlegte er gerade, ob meine Frage als Vorwand herhalten könnte, mich zum Abendessen einzuladen. «Das käme ganz auf die Umstände an», entschied er schließlich. «Darf ich fragen, warum Sie das wissen wollen?»

«Für ein Buch, das ich gerade schreibe.»

«Ah. Nun, wenn Sie mir ein bisschen mehr von der Handlung verraten könnten ...»

«So wichtig ist es auch nicht. Das kommt nur am Rande vor.»

«Wir könnten bei einem Gläschen Wein darüber sprechen.»

«Kein Problem, wenn Sie es nicht wissen. Ich kann auch jemand anderen fragen.»

«Nein, nein», erwiderte er hastig. «Ich kann es auch gleich nachschlagen. Bleiben Sie dran.» Ich hörte hektisches Geblätter. «Also, die Höchststrafe beträgt sieben Jahre», sagte er schließlich. «Aber wenn ich mich richtig erinnere, sind vier oder fünf Jahre eher gängig. Jeffrey Archer hat für seinen Meineid vier Jahre bekommen, Jonathan Aitken achtzehn Monate. Aber das waren auch Zivilverfahren. Bei Meineid in einem Strafverfahren müssten Sie vermutlich so mit fünf oder sechs Jahren rechnen.»

Das «Sie» in seinem Satz war nicht zu überhören. Ob er Verdacht schöpfte?

«Und natürlich könnte auch die geschädigte Partei Zivilklage auf Schadensersatz erheben», fuhr er hilfsbereit fort. «Das könnte in die Millionen gehen.»

«Danke schön», sagte ich und legte auf, ehe er noch etwas sagen konnte.

Fünf Jahre. Nach der Entlassung wäre ich dann über dreißig. Meine Karriere könnte ich getrost an den Nagel hängen. Ich wäre alt und eine ehemalige Strafgefangene. Mein ganzes Leben wäre zerstört.

Dem Artikel in der psychiatrischen Zeitschrift zufolge war es für Thomas Ehrensache, sozusagen ein Beweis seiner Liebe, seine Drohungen und Versprechungen buchstabengetreu in die Tat umzusetzen.

Wenn ich mich darauf einließ, hatte er versprochen, wäre die Sache damit vorbei.

Ich hatte keine andere Wahl, als ihm zu vertrauen, das war die schreckliche Wahrheit.

Ich schickte eine E-Mail an die Hotmail-Adresse.

Von: RosTaylor@nationalgallery.org
An: Hueter@hotmail.com
Betreff:

Na gut. Du hast gewonnen. Wenn du wirklich schwörst, mich danach in Ruhe zu lassen, tue ich, was du willst.

Die Antwort ließ nicht lange auf sich warten.

Von: Hueter@hotmail.com
An: RosTaylor@nationalgallery.org
Betreff: Du

Sehr begeistert klingst du nicht, Ros. Ja, ich schwör's. Aber bist du ganz sicher, dass du das auch willst? Dann müsstest du mich lieb darum bitten.

Von: RosTaylor@nationalgallery.org
An: Hueter@hotmail.com
Betreff: AW: Du

Bitte. Bitte tu, was du tun willst. Ich will, dass es vorbei ist.

Von: Hueter@hotmail.com
An: RosTaylor@nationalgallery.org
Betreff: AW: Du

Eine positivere Antwort kann ich von dir unter den gegebenen Umständen wohl nicht erwarten. Ich gebe dir jetzt meine Anweisungen. Befolge sie genau, oder alle Zusicherungen sind hinfällig.

Das Ganze hat zwei Teile. Erstens: Um verschwinden zu können, brauche ich Geld.

Du hast kürzlich ein Gemälde erhalten, einen Oudry mit dem Titel «Die weiße Ente». Man hat dich gebeten, seine Echtheit mit einer Reihe wissenschaftlicher Tests zu überprüfen.

Führe die Tests weisungsgemäß durch, aber ersetze die Proben durch moderne Materialien, damit durch die Testergebnisse der Eindruck erweckt wird, das

Bild wäre eine Fälschung. Die Einzelheiten überlasse ich dir. Wenn das erledigt ist, setz dich wieder mit mir in Verbindung.

Mir blieb keine andere Wahl.

Ich saß vor meinem Labortisch und starrte den Oudry an. Soweit ich es beurteilen konnte, war er absolut echt. Die erste Chromatographie und die Pigmentspektrographie waren beide positiv ausgefallen. Das Gemälde wies oberflächliche Schäden auf, da es aus seinem Originalrahmen geschnitten und auf eine frische Leinwand aufgezogen worden war, aber das würde sich leicht beheben lassen.

Ich würde Thomas Fraser ermöglichen, «Die weiße Ente» zu stehlen. Fast so, als ob ich mit dem Bild unter dem Arm aus der Gallery spazieren würde, um es ihm persönlich zu überreichen. Tatsächlich würde dieser Diebstahl noch um einiges raffinierter sein, denn ein berühmtes, als gestohlen gemeldetes Gemälde ist häufig unverkäuflich, während ich das Bild einfach vorübergehend für wertlos erklären würde. Hatte erst einmal eine so geachtete Institution wie die National Gallery es als Fälschung eingestuft, könnte Fraser es bei einer Auktion für ein paar tausend Pfund abstauben. Danach wäre es ein Leichtes, die Tests noch einmal durchführen zu lassen und daraufhin zu verkünden, dass es sich doch um ein Original handelte, und es zu einem Preis zu veräußern, der seinem wirklichen Wert entsprach.

Andererseits schadete ich ja niemandem. Der derzeitige Besitzer wäre vermutlich sogar begeistert, wenn es als Fälschung eingestuft würde – falls wir es für echt erklärten, müsste er nämlich der Versicherung die Summe rückerstatten, die ihm beim ersten Diebstahl des Bildes ausbezahlt worden war, und dieses Geld hatte er inzwischen vermutlich längst ausgegeben. Der Versicherung wäre es im Grunde auch egal. Den Verlust dürften sie wohl schon vor Jahren abgeschrieben und zur Deckung der Kosten einfach ihren übrigen Kunden eine saftige Beitragserhöhung aufgebrummt haben.

Ich öffnete die Schublade und entnahm ihr ein Präparat mit Nylonpinselfasern, das ich damals in dem gefälschten Gauguin sichergestellt hatte. Es waren so viele gewesen, dass nicht alle zur Analyse eingeschickt werden mussten. Ich knibbelte das Etikett ab, beseitigte mit Feuerzeugbenzin alle Spuren von Klebstoff von dem Objektträger und klebte ein neues Etikett mit dem aktuellen Datum und der Katalognummer des Oudry darauf. Ich wartete, bis Alex das Labor verließ, und entnahm dann dem Calder, an dem er gerade arbeitete, einen winzigen Farbsplitter. Der war zwar ebenfalls echt, aber eine XRF-Analyse würde ergeben, dass es sich um moderne Pigmente handelte. Auch diese Probe etikettierte ich mit der Katalognummer des Oudry. Zum Schluss isolierte ich noch ein Bröckchen weißer Farbe zum Zweck der Datierung per Radiokarbonmethode. Die Farbe stammte aus einer Ecke im Büro, wo die Wand von Arbeitern beim Herumrücken schwerer Möbel zerschrammt worden war. Mit einem Skalpell löste ich einen lose vorstehenden Farbpartikel und sicherte ihn auf einem weiteren Objektträger. Wenn die Probe aus New York zurückkam, würde die schöne weiße Ente den Anschein erwecken, mit Dispersionsfarbe gemalt zu sein.

Von: RosTaylor@nationalgallery.org
An: Hueter@hotmail.com
Betreff:

Alles erledigt. Wird noch ein paar Tage dauern, bis die Resultate da sind, aber der Befund steht zweifelsfrei fest.

Von: Hueter@hotmail.com
An: RosTaylor@nationalgallery.org
Betreff:

Gut.
Morgen Abend lässt du die Gitter vor deinem Fenster offen und das Fenster nur angelehnt. Nimm zwei Dosen GHB oder eine starke Schlaftablette – so was hast du doch wohl, oder? Falls nicht, gib mir Bescheid, dann schicke ich dir was. Während du auf die Wirkung wartest, nimm ein Bad und wasch dir die Haare. Ein wenig Parfüm wäre schön, aber bloß nicht zu viel. Dein Bett sollte frisch bezogen sein – mit guter Wäsche: Bei Morrows in der Jermyn Street gibt es wunderbar dicke französische Laken. Besorge acht große Kerzen und stell sie um dein Bett herum auf. Achte darauf, dass sie nichts in Brand stecken können. Besorg die CD von Rachmaninows «Vesper», gesungen vom Ensemble Gilles Binchois, und lass sie ganz leise auf dem CD-Player laufen, den du auf Repeat stellst. *Zünde* die Kerzen an. Leg dich aufs Bett. Ohne Kleidung, aber decke dich mit einem weißen Laken zu. Schlaf ein. Ich weiß, das wird schwer, weil

du nervös sein wirst, aber lass dich nicht dazu verleiten, weitere Schlaftabletten zu nehmen. Stell dir vor, du wärst ein Kind, das auf den Weihnachtsmorgen wartet und weiß, dass der Weihnachtsmann erst kommt, wenn es die Augen zumacht.

Das ist alles. Wenn du aufwachst, ist alles vorbei. Vielleicht bleibt ja die Erinnerung an das, was wir getan haben, irgendwie in deinem Körper zurück – natürlich nicht in deinem Gehirn, das nichts von alldem mitbekommen haben wird, aber im Gedächtnis deiner Haut, deiner Gelenke, deiner Muskeln. Geh zur Arbeit. Lächle der Welt zu. Schenke deine Schönheit anderen, zeig dich ihnen. Ich werde dich nie wieder behelligen.

Ich ging zu Dr. Griffin. Seit dem Prozess hatte ich ihn nicht mehr gesehen. Seine Sekretärin wollte mich erst nicht zu ihm lassen, aber aus Erfahrung wusste ich, dass man Leute wie sie zum Einlenken bewegen konnte, indem man sein Anliegen einfach oft genug wiederholte. Am Ende gestand sie mir fünf Minuten zwischen zwei anderen Terminen mit ihm zu.

Ich war ganz ruhig und geriet nicht ins Stocken. Ich hätte Schlafprobleme, erklärte ich ihm, und bräuchte daher ein Rezept für Schlaftabletten.

«Haben Sie es mal mit homöopathischen Mitteln probiert?», fragte er. «Entspannungstechniken, Aromatherapie, Vitamin E?»

Eine fast schon komische Vorstellung, Thomas unter dem Einfluss läppischer ätherischer Öle zu erwarten. «Ich brauche etwas, womit ich auf jeden Fall einschlafen kann, wenn alles andere versagt», erklärte ich ihm fest.

«Also gut. Aber nur als letzten Ausweg. An dieses Zeug sollten Sie sich lieber gar nicht erst gewöhnen.» Er stellte mir ein Rezept aus. «Sie scheinen sich nicht so gut zu erholen, wie ich gehofft hatte», bemerkte er, als er es mir aushändigte. «Möchten Sie über irgendetwas reden?»

Ich zuckte nur die Achseln.

«Immer noch Lücken in der Erinnerung?», fragte er.

«Eigentlich nicht. Hier und da mal ein wenig weißer Nebel. An das meiste habe ich mich ja vor dem Prozess wieder erinnert.»

«Ja, natürlich.» Kurz schien es mir, als wollte er noch etwas anderes sagen. Dann ertönte ein Summer auf seinem Schreibtisch. Er machte einen gequälten Eindruck.

«Hören Sie, nehmen Sie das fürs Erste mit und kommen Sie nochmal vorbei, zu einem richtigen Gespräch, wenn wir beide mehr Zeit haben», sagte er abschließend. «Vereinbaren Sie mit meiner Sekretärin einen Termin, bevor Sie gehen.»

«Einverstanden», antwortete ich. Ich verließ sein Büro und marschierte schnurstracks am Empfangstresen vorbei. Ich hatte nicht vor, Dr. Griffin je wiederzusehen.

Französische Laken kaufte ich nicht, dafür aber die Kerzen und die CD. Ich wollte ihm keinen Grund zu der Behauptung liefern, ich hätte mich nicht an meinen Teil der Abmachung gehalten.

Ich lag in der Badewanne. Das Licht ließ ich ausgeschaltet. Alles sollte im Dunkeln geschehen. Ich drückte zwei Schlaftabletten aus der Folienverpackung und ließ mich hinabgleiten, bis mein Gesicht unter Wasser war. Ich öffnete den Mund. Während Wasser hineinlief, nahm ich die beiden Tabletten und schluckte sie runter.

Erledigt, dachte ich benommen.

Alles Weitere war so, als würde ich mich zum Ausgehen fertig machen. Fast automatisch bürstete ich mir das nasse Haar. Ich tupfte mir einen Hauch Parfüm hinter die Ohren, trug Lipgloss und ein wenig Wimperntusche auf. Danach verteilte ich etwas Lidschatten auf den Augenlidern. Es war nicht logisch, aber geschminkt kam ich mir weniger nackt vor. Außerdem schaltete ich bei diesem vertrauten Ritual kurzzeitig meinen Kopf aus. Ich wollte nicht länger darüber nachdenken, ob ich das Richtige tat. Ich wollte es einfach nur hinter mich bringen. Ich legte die Musik auf – unheimlicher, ätherischer Gesang, wie bei einem Staatsbegräbnis. Ich zündete die Kerzen an. Ich legte das Badetuch ab und ging ins Bett. Auf den Tisch hatte ich gut sichtbar ein Kondom gelegt, nur für den Fall, dass er vergessen würde, eins mitzubringen. Ich hatte mir außerdem einen Drink zubereitet, den ich jetzt gemächlich schlürfte, nur wegen des Alkohols, während ich auf den Schlaf wartete. Während ich auf den Tod wartete, der mich mit seinem kalten Atem streifen und dann wieder fortgehen würde. Mir war schwindelig. Es geht los, dachte ich. Ich fühlte mich wie damals, als ich mit Blaulicht ins Krankenhaus gefahren wurde, um den Blinddarm entfernt zu bekommen – voller Angst, aber schicksalsergeben. Es gab keinen Ausweg. Die Wände dehnten sich aus. Das Zimmer um mich herum begann langsam, sich aufzulösen. Meine Haut fühlte sich taub an, mein Gesicht gehörte jemand anderem. Ich konnte die Hände nicht bewegen. Es ist so weit, dachte ich. Mir fielen die Augen zu. Dunkelheit strömte über mich herein wie Sturzfluten schwarzen Wassers und riss mich mit sich.

5
BILL

Vorsicht vor Halbwahrheiten,
mitunter erwischt man die falsche Hälfte.
Unbekannt

34 Ich saß Lenny Scharf gegenüber und schaute ihm direkt in die Augen.

«So sieht's aus, Lenny. Sammy Harkur hat ausgepackt. Er hat uns gesagt, dass du Joshua umgebracht hast. Und außerdem, dass du den kleinen Danny Mazola zum Schweigen gebracht hast, damals im Lieferwagen. Er hat dich hochgehen lassen. Damit ist die Ermittlung abgeschlossen. Wir haben einen Mord, und wir haben einen Mörder. Ende.»

Lenny sah mich kaltblütig an. «Das alles hat er nie gesagt, und das wissen Sie auch.»

«Willst du das Aussageprotokoll sehen?»

Er machte große Augen. Ich langte in meine Aktentasche, fummelte in den Unterlagen herum und ließ dann lässig ein Protokoll über den Tisch segeln. «Wirf da mal einen Blick rein. Lesen kannst du doch, oder?»

Im Vernehmungsraum herrschte jetzt absolute Stille. Nicht einmal das Aufnahmegerät surrte, aus dem einfachen Grund, weil es bereits vor längerer Zeit ausgeschaltet worden war.

Bevor er seine Lektüre beendet hatte, sagte ich: «Ein Mann, der fähig wäre, seinen eigenen Bruder umzubringen, wird schließlich kaum davor zurückschrecken, seine Nummer zwei ans Messer zu liefern. Wobei er natürlich seinen Bruder gar nicht umgebracht hat. Dieser Aussage zufolge hattest du die Ware ausgiebig getestet und bist dann gewalttätig geworden, ohne dass man dich provoziert hatte.»

Ich redete sehr schnell, damit er Sammy Harkurs Unterschrift nicht allzu gründlich unter die Lupe nahm. Die Unterschrift war zwar gut, aber so gut auch wieder nicht.

«Im Grunde muss man ihn bewundern», fuhr ich fort. «Das fand ich besonders gelungen, Danny noch mit ins Spiel zu bringen. Sammy denkt voraus, wie immer. Ein Mord, da wärst du nach zwölf Jahren draußen und könntest dich an seine Fersen heften. Fügt man den Jungen noch hinzu, kannst du dich einstellen auf – tja, zwanzig Jahre? Fünfundzwanzig? Bis dahin hat Sammy sich längst auf seiner eigenen kleinen Karibikinsel zur Ruhe gesetzt.»

Lenny schluckte. Ich konnte sehen, wie es in seiner Lippe heftig zuckte. «Ich hab Danny nicht angerührt», sagte er.

«Ach nein? Warst du ganz woanders, ja? Denn falls du dabei warst, hängst du mit drin.»

«Ich war der Fahrer. Ich hab den Lieferwagen gefahren. Ich hab's im Rückspiegel gesehen.»

«Du warst nicht der Fahrer, Lenny. Chris Patts macht immer den Fahrer für Sammy.»

«Der hat sich verfahren. Konnte die Scheißautobahn nicht finden. Sammy ist ausgeflippt. Hat Chris nach hinten in den Wagen geschickt, und ich musste fahren.»

Ich nahm das Aussageprotokoll an mich und schob es unbemerkt zurück in die Aktentasche. Dann schaltete ich das Aufnahmegerät an.

«Also, ich höre», sagte ich.

Sammy Harkurs Verhaftung war ein Erfolg, der natürlich im Pub begossen werden musste. Aus irgendeinem Grund aber ging ich vorher nochmal an meinem Schreibtisch vorbei. Der Computer war übersät mit Post-its. Ich beachtete sie nicht. Doch als ich meine Jacke von der Stuhllehne nahm, flatterte eins davon zu Boden.

Dr. Griffin anrufen. Dringend.

Ich warf einen Blick auf die anderen gelben Zettelchen. Und Tatsache, da war noch einer in der Art: *Steve Griffin. Sagt, es ist dringend.*

Ich setzte mich hin und wählte seine Nummer. Seine Sprechstundenhilfe sagte, er habe gerade einen Patienten da und rufe so bald wie möglich zurück.

Ich zog meine Jacke über, dann setzte ich mich wieder hin. Könnte auch ebenso gut warten. Das Pub lief mir nicht weg.

Schließlich meldete er sich. «Bill, gut, dass ich Sie erwische. Vielleicht ist es gar nichts Schlimmes, aber ich mache mir Sorgen um Ros Taylor.»

«Wieso?»

«Sie war vorhin da, um sich von mir Schlaftabletten verschreiben zu lassen. Ich fand, sie sah ein bisschen mitgenommen aus, aber ich hatte keine Zeit, also habe ich sie aufgefordert, sich einen Termin geben zu lassen, was sie aber nicht getan hat. Ich habe meine Sprechstundenhilfe gefragt.»

«Und das heißt?»

«Sie hat doch keine Selbstmordabsichten durchblicken lassen, oder?», fragte er mich auf den Kopf zu.

Da er darauf verzichtete, so zu tun, als wäre ich nicht mit ihr zusammen, verzichtete ich ebenfalls darauf. «Mir ist nichts dergleichen aufgefallen. Das heißt, sie war deprimiert in letzter Zeit, aber ich hatte den Eindruck, sie käme darüber hinweg.»

«Okay. Wahrscheinlich ist alles in Ordnung. Aber es wäre bestimmt keine schlechte Idee, am Montag mal eine der Beamtinnen aus dem Sexualdezernat bei ihr vorbeizuschicken.»

«Das werde ich tun», sagte ich. «Alice Turnbull versteht sich gut mit ihr. Ich werde sehen, ob sie Zeit hat.»

Ich machte mich auf zum Pub, aber irgendwie war ich nicht zum Feiern aufgelegt. Schließlich verdrückte ich mich unauffällig und nahm mir ein Taxi zur Broadhurst Terrace. Unterwegs ließ ich den Fahrer beim Supermarkt an der Finchley Road halten, der die ganze Nacht geöffnet hatte, und kaufte ihr einen dieser blöden Blumensträuße, die so perfekt aussehen, dass sie fast künstlich wirken.

Als ich draußen vor ihrer Wohnung stand, wurde ich kurz nachdenklich.

Ich wusste, sie hegte keine Selbstmordabsichten. Das passte nicht zu Ros. Aber in letzter Zeit war ich ihr keine große Hilfe gewesen, das stand fest, und ich war ratlos, wie ich die Distanz zwischen uns überbrücken sollte.

Ich wollte nicht sofort mit ihr reden. Bloß mal nachsehen, ob sie da war. Mittlerweile war es schon sehr spät. Ich ging ums Haus herum und schaute über das Geländer ins Souterrain hinab, wo sich ihre Wohnung befand, um zu sehen, ob bei ihr noch Licht brannte.

Hinter den Vorhängen sah ich flackerndes Kerzenlicht. Das war seltsam. Warum Kerzen?

Ich kletterte über das Geländer und ließ mich leise auf den Boden hinab. Das Sicherheitsgitter stand offen, und das Wohnzimmerfenster war nur angelehnt. Auch das war merkwürdig. Seit dem Mord hatte Ros immer ängstlich darauf geachtet, dass Fenster und Gitter verriegelt waren.

Ich stieß das Fenster auf.

Ich dachte, geh lieber nicht durchs Fenster. Wenn sie dich kommen sieht, kriegt sie Schreikrämpfe.

Ich wollte sie beobachten, sie sehen, ohne gesehen zu werden. Ich schob den Vorhang beiseite.

Kerzen. Viele Kerzen im Schlafzimmer. Leise Musik. Ich konnte gerade ihre nackten Beine sehen, ausgestreckt auf dem Bett. Und ich hörte, dass jemand unter der Dusche stand.

Vielleicht nur eine Freundin, dachte ich. Kein Liebhaber. Nur eine Freundin.

Ich schwang die Beine über das Fensterbrett. Die Tür zum Badezimmer stand offen. Im Schlafzimmer lag Ros nackt auf dem Bett und schlief, einen Arm hochgeworfen wie in postkoitaler Gelöstheit.

Die Dusche wurde abgestellt. Ich wartete. Ein Mann kam aus dem Bad. Er drehte sich um. Er riss die Augen auf. «Hat sie also –», stieß er aus.

Ich stürzte mich auf ihn. Als seine Hand hochfuhr, sah ich ein Messer aufblitzen. Das begriff ich nicht. Ich begriff nicht, wo das Messer hergekommen war.

Und dann ging mir ein Licht auf. *O Gott, nein. Schlaftabletten – ein Messer –*

Ich packte die Hand mit dem Messer und drehte sie blitzschnell nach hinten. Meine Ausbilder in Hendon wären stolz auf mich gewesen. Auf das, was folgte, wohl weniger. Es gibt einen äußerst umstrittenen Würgegriff, bei dem man sich auf den Rücken des Gegners kniet, ihm den rechten Arm um den Hals schlingt und gleichzeitig den Arm des Gegners hoch- und nach hinten reißt. Der Griff ist inzwischen verboten, weil es infolge seiner Anwendung zu viele Todesfälle in Gewahrsam gegeben hat.

Ich wendete ihn an.

Er sah überhaupt nicht wie tot aus. Er zuckte und zappelte auf dem Boden herum wie ein Fisch auf dem Trockenen. Ich wusste aber, was ich hier mit ansah, war nur Lufthunger, jenes Stadium beim Sterben infolge eines Genickbruchs, bei dem die Lungen sich immer noch über die unterbrochenen Atemwege mit Luft zu füllen versuchen und der Körper noch darum kämpft, sich aufzurichten.

Ein Mensch mit gebrochenem Genick braucht ungefähr drei Minuten, bis er tot ist. Ich stand dabei und sah zu. Einen Krankenwagen zu rufen kam aus verschiedenen Gründen nicht infrage.

35

Ich sah nach Ros. Sie schlief tief und fest, aber ihre Pupillen reagierten träge auf Lichteinfall. Ich küsste sie, brachte sie in die stabile Seitenlage und setzte mich hin, um sie anzuschauen.

Ich ließ die Musik weiterlaufen und pustete auch die Kerzen nicht aus. Zunächst jedenfalls nicht. Weil es schön war, so über sie zu wachen. Ich hatte gerade einen Menschen umgebracht, aber meine Tat entsetzte mich nicht. Ich war völlig ruhig.

Nach einer Weile stand ich auf, zog das Laken von ihrem Körper und untersuchte sie eingehend. Ich redete mir ein, sie nur nach Verletzungen absuchen zu wollen, aber in Wahrheit war es ein wenig komplizierter.

Ihr schien nichts zu fehlen. Auf dem Tisch neben dem Bett lag ein Kondom, noch eingepackt. Vermutlich, folgerte ich, hatte ich den Angreifer überrascht, bevor er tun konnte, weswegen er hergekommen war, nicht danach. Aber ich musste es ganz genau wissen.

Ich untersuchte die Laken, blickte zwischen ihre Beine. Ich musste es wissen. Lieber Gott. Wie ein vor Eifersucht rasender Ehemann kauerte ich mich zwischen ihre Beine und schnupperte an ihr herum. Wenn man getötet hat, tut man die seltsamsten Dinge.

Ich brachte sie wieder in die stabile Seitenlage. Das erste Morgenlicht sickerte allmählich durch die Vorhänge. Und jetzt endlich pustete ich die Kerzen aus und behielt ihr schönes Gesicht im Auge, während die Wirkung der Medikamente langsam abklang und sie sich wieder in Ros verwandelte.

Gegen acht Uhr küsste ich sie noch einmal. Sie schlug die Augen auf, sah mich an, kein bisschen überrascht, und fragte: «Ist es vorbei?»

«Ja», antwortete ich. «Es ist vorbei.» Sie strahlte mich an, drehte sich um und schlief wieder ein.

Ich brachte ihr Frühstück ans Bett, frischen Kaffee, Toast und Orangensaft. «Es fällt mir nicht leicht, dir das zu sagen. Aber im anderen Zimmer liegt eine Leiche», sagte ich.

Sie sah mich mit ihren großen Augen an und schwieg.

«Es war die einzige Lösung.»

Sie nickte bedächtig und aß weiter ihren Toast.

Später sagte sie ruhig: «Wir müssen ihn in Stücke schneiden. Auf die Weise können wir die Körperteile getrennt entsorgen.»

«Das wäre der pure Wahnsinn», erwiderte ich. «Früher

oder später wird man die Tat bis zu uns zurückverfolgen. Du müsstest doch jetzt wissen, wie das geht. Locards Prinzip eben – jede Berührung hinterlässt eine forensische Spur.»

«Wir sind ja einer Meinung. Ich weiß sehr gut, wie forensische Indizien gesammelt werden. Deshalb können wir ja dafür sorgen, dass wir keine hinterlassen.»

Sie stellte eine Liste zusammen, mit der ich einkaufen ging. In einem Haushaltswarengeschäft besorgte ich ein Hackbeil. Dazu kaufte ich noch haufenweise anderes Zeug, um kein Aufsehen zu erregen – eine Salzmühle, ein Stahlsieb, sechs Teller, einen Holzlöffel, ein Paar Topflappenhandschuhe. Außerdem kaufte ich zehn Rollen Mülltüten, schwarzes Klebeband und eine Rolle Frischhaltefolie. Dann ging ich zu einem Friseur und ließ mir, gemäß ihrer Anweisung, die Haare bis auf die Kopfhaut abscheren.

Ich stand unter der Dusche, und sie seifte mich am ganzen Körper ein. Geduldig hielt ich still, bis sie mir die gesamte Körperbehaarung abrasiert hatte.

«Jetzt muss ich dich mit Öl einreiben. Damit sich keinerlei tote Haut löst, und danach schneidest du dir die Fingernägel ganz kurz.»

Während ich fort war, hatte sie Jos Zimmer mit Mülltüten ausgekleidet, eine Schicht nach der anderen, bis das Rauminnere einem schwarz glänzenden Kubus ähnelte, der verzerrte Reflexionen in alle Richtungen sandte, die sich in der Unendlichkeit verloren.

Ich durchsuchte seine Kleidung nach persönlichen Dingen. Viel war es nicht, nur ein Haustürschlüssel, eine Packung Kondome, eine kleine Digitalkamera und ein an Ros adressierter Brief. Ich räumte die Sachen beiseite, ohne den Brief zu öffnen. Dann zog ich der Leiche die Kleidung aus. Ein hartes Stück Arbeit. Die Kleidungsstücke stopfte ich in einen Müllbeutel, den ich ins andere Zimmer trug.

«Bill», sagte sie, «du schwitzt ja.»

«Ist das schlimm?»

«Ja. Manche Apparate können DNS aus allen organischen Rückständen isolieren. Sogar aus einem Tropfen Schweiß.» Sie kam auf mich zu und wischte mir mit einem Papiertuch die Stirn ab. «Ich helfe dir besser.»

«Ausgeschlossen. Deine Haare –»

«Ich ziehe mir eine Duschhaube über.»

«Ich war schon bei vielen Autopsien. Ich weiß, was zu tun ist.»

«Und ich bin Wissenschaftlerin», sagte sie. «Ich habe Sektionen durchgeführt. Das hier ist nichts anderes.»

Als ich ein Junge war, brachte mein Vater aus dem Pub hin und wieder ein Paar Fasane mit nach Hause, einen bunt gefiederten Hahn und eine kleinere braune Henne, mit einer Schlaufe Garn an den Köpfen zusammengeknüpft, als würden sie sich küssen. Sie wurden an einem Haken an der Decke der Speisekammer aufgehängt, eine Woche oder länger. Dann war die Zeit reif, sie zu rupfen oder, wenn die Jagdsaison schon fast vorüber war und die Vögel zäh und nur noch für den Suppentopf geeignet waren, gleich zu häuten. Wir erledigten beide Vögel auf einmal, mein Vater nahm sich den Hahn vor, ich die Henne. Zuerst hackte man ihnen den Kopf mit einem Hackbeil ab.

Manchmal befand sich noch Getreide im Kropf des Vogels, unverdaute Reste seiner letzten Mahlzeit. Zwei weitere Hiebe, und die schwarzen, schuppigen Füße waren ebenfalls ab. Dann fächerte man die Flügel aus und hackte sie mit einem Hieb durch das Gelenk direkt am Körper ab. Danach wurde die obere Hautschicht mit Federn und allem abgezogen, wie ein Pelzmantel. Schließlich wurde unter laufendem Wasserhahn ein Schnitt unter dem Steißbein gesetzt, und jemand mit einer kleinen Hand – also ich – musste hineingreifen und alles herausholen, was sich in der Brusthöhle befand: Herz und Leber, winzig klein und hart, die weichen, knubbeligen Eingeweide, die schlaff eingesunkenen Lungen.

Es war nicht ganz so schlimm, wie ich immer befürchtete. Und kneifen kam ohnehin nicht infrage, das hätte mein Vater mir nicht durchgehen lassen.

Aus den Mülltüten bastelte sie uns Schürzen und Handschuhe.

Ich ließ das Beil auf der weichen Haut am Hals ruhen, direkt unter dem Adamsapfel. Ich sah Bartstoppeln aus der Haut ragen. «Kipp ihm den Kopf zurück», befahl ich.

Sie kniete sich über den Körper und nahm den Kopf in beide Hände. Als sie den Kopf zurückkippte und sein Kinn nach oben ragte, hob und straffte sich der Hals.

«Jetzt», sagte ich, hob das Beil und ließ es schwer niedersausen. Ein Laut wie ein Stöhnen drang aus dem Mund, als das Beil mühelos den Hals durchtrennte, die weiße Luftröhre zerschnitt und sich in die Halswirbel grub. Aus den durchtrennten Adern quoll Blut. Im Querschnitt waren sie so dick wie Würmer.

«Zieh weiter», sagte ich. Ich löste die Klinge aus dem Knochen und hackte einmal, zweimal, dreimal. Jedes Mal kam Blut herausgeschossen und bespritzte uns. Dann waren die Wirbel durchtrennt. Nur noch zwei dünne Hautstränge hielten den Kopf an Ort und Stelle. Ein letzter Hieb mit dem Beil, und durch waren sie.

Sie holte eine Mülltüte, legte sie, von innen nach außen gestülpt, um den Kopf und tütete ihn ein.

«Wickel Papier drum. Damit die Form nicht mehr zu erkennen ist.»

«Moment», lenkte sie ein. Sie ging aus dem Zimmer und kam mit einem Becher Fruchtjoghurt zurück. «Wenn wir lebende Bakterien hinzufügen, verwest er schneller», erklärte sie nüchtern. Sie goss den Joghurt über den Kopf in der Tüte, rieb ihn durch das Plastik ein. Ein Klecks Joghurt war auf ihrem Handrücken gelandet, sie leckte ihn geistesabwesend ab. «Was ist mit Zahnarztunterlagen?»

«Was soll damit sein?»

«Wir müssen ihm das Gebiss zertrümmern.»

«Wenn wir ihm das Gebiss zertrümmern, fliegen überall Zahnsplitter hin.»

«Wir könnten es durch die Tüte einschlagen», schlug sie vor.

Also schmetterte ich den Griff des Hackbeils immer wieder gegen den Mund. Die Tüte fing an einzureißen, und wir mussten mehrere neue Tüten herumwickeln, bis wir endlich fertig waren. Während sie sich daranmachte, den Kopf in Dutzende Lagen Zeitungspapier einzuwickeln, hackte ich die Hände ab. Die Fingerspitzen zerfetzten wir sorgsam, um eine Identifizierung anhand von Fingerabdrücken zu erschweren, dann ließen wir die Hände in eine weitere Mülltüte fallen und packten diese ebenso dick ein.

«Und jetzt?»

«Die Beine, würde ich sagen.»

Ich schaute seine Beine an. Sie verhießen wesentlich mehr Arbeit als die Hände.

«Du schwitzt schon wieder», sagte sie. «Überlass die mir.»

«Ich will nicht, dass du mit reingezogen wirst.»

«Dafür ist es wohl ein bisschen zu spät.» Sie sah mir in die Augen. Auf einmal schien das, was ich gerade gesagt hatte, unglaublich komisch. Hier waren wir in unseren selbst gemachten, blutbespritzten Chirurgenkitteln und zerstückelten eine Leiche, und ich wollte nicht, dass sie mit reingezogen wurde.

So unpassend das auch war, wir brachen in Gelächter aus. Wir lachten, bis uns die Tränen kamen, und sie sagte: «Vorsicht, DNS», und wischte mir behutsam mit einem Papiertuch die Flüssigkeit von den Augen.

Sie drehte den Körper um und hackte die Beine unterhalb der Knie durch. Wo ich brutale Kraft eingesetzt hatte, ging sie intelligent vor, indem sie das Hackbeil in die Gelenke schob und sie auseinander hebelte. Den Rumpf schlugen wir in die blutigen Tüten ein, auf denen er lag, wickelten ihn dick ein und verklebten das Bündel sorgsam. Dann duschten wir nacheinander, um uns von dem Blut zu säubern. Am Ende hatten wir drei verklebte Pakete, ein großes und zwei kleinere.

Während Ros die Wohnung gründlich reinigte, brachte ich die Tüten nach draußen und stellte sie vor drei verschiedenen Häusern zu den übrigen Mülltüten. Keine Ideallösung zwar, aber von einem Fall, mit dem ich im Vorjahr zu tun gehabt hatte, wusste ich, dass man sich einer Leiche auf diese Weise ebenso sicher entledigen konnte wie mit anderen, komplizierteren Methoden. Als ich zurückkam, lag sie auf dem Bett. Ich ging hin und legte mich neben sie.

«Wie geht's dir?», fragte sie.

«Besser, als angebracht wäre.»

«Geht mir genauso.»

Es fühlte sich komisch an, als sie mir über die haarlose Brust rieb. «Aber müde bist du doch bestimmt.»

«Mir tut alles weh», gab ich zu.

Sie setzte sich rittlings auf mich, knetete meine verkrampften Schultern und Arme durch. Ich schloss die Augen. «Das ist schön», sagte ich.

Während sie sich zu meinem Bauch hinabarbeitete, merkte ich, wie ich hart wurde.

«Ich liebe dich», flüsterte sie.

36

Liebste Ros,

wenn du das liest, ist alles vorbei. Hoffentlich geht's dir gut – keine Kopfschmerzen oder so.

Mir kam der Gedanke, du würdest vielleicht gern wissen, was sich in der Nacht des elften Juli genau abgespielt hat. Vielleicht ist es dir ja schon wieder eingefallen – ich war mir nie sicher, wie viel von deiner so genannten Amnesie vorgetäuscht und wie viel echt war. Na ja, ich werde dir schildern, was ich gesehen habe.

Weißt du noch, wie heiß es in jener Nacht war? Es war eine dieser drückend schwülen Nächte, die es in London manchmal gibt, wenn es abends kaum kühler zu sein scheint als tagsüber. Du warst in Urlaub gefahren, weiß ich noch, und ich konnte deine Rückkehr kaum erwarten, um meine Rolle als dein unsichtbarer Beobachter weiterspielen zu können. Ja, ganz recht – ich war dir schon einige Monate gefolgt. Seit du eines Nachmittags im April mit dem Kurator in meinen Raum spaziert kamst, im weißen Laborkittel, in ein ernstes Gespräch über irgendein Konservierungsproblem vertieft, einen Finger an den Hals gelegt, wie du es immer tust, wenn es um ernste Themen geht.

Von da an dachte ich an nichts anderes mehr, all die langen Stunden, die ich dort in dem Raum hockte wie die Wachsoldaten vor dem Buckingham Palace, während mir der Kopf schwirrte von Gedanken an dich … Ich stellte mir immer vor, dein Gesicht, dein Körper würden an der Wand hängen, ein Dutzend riesige Ros, wohin ich auch sah. Und dann fing ich an, dir nach Hause zu folgen, in der Hoffnung, einen Blick auf das zu erhaschen, was ich mir in meiner Phantasie ausmalte. So kam ich dahinter, dass deine

Mitbewohnerin und ihr Freund nicht immer darauf achteten, die Vorhänge zu schließen. Aber glaub mir, sie waren immer nur Beiwerk. Lieber hätte ich dir nur ein einziges Mal beim Haarebürsten zugesehen als deiner Mitbewohnerin unzählige Male dabei, wie sie an sich herumfingerte.

An dem Tag wurde dir das Handy gestohlen. Ich war am Boden zerstört, als ich das hörte. Wozu taugt ein Schutzengel, wenn er nicht beschützt? Ich machte mich auf die Suche nach den Übeltätern, aber natürlich fand ich sie nicht. Aber als ich zurückkam, sah ich, wie du früher als sonst aus der Gallery kamst, um nach Hause zu fahren. Also bin ich dir gefolgt. Und habe alles beobachtet.

Anfangs warst du mit Jo alleine. Dann kam Henson zurück. Der miese Henson. Er hatte nur Zigaretten besorgt. Ich beobachtete euch, aber zunächst war es langweilig. So langsam kamen die Leute von der Arbeit nach Hause. Ich musste kurz abhauen. Später aber kehrte ich zurück. Ich sah euch drei zusammen. Da hat mich die Wut gepackt. Über Jo und den miesen Kerl wusste ich Bescheid, aber die Vorstellung, dass du da auch mitmachtest, konnte ich nicht ertragen. Und dann wäre ich fast von dem Pizzaboten erwischt worden, als er sein Moped ans Geländer lehnte. Also bin ich wieder abgehauen und viel später zurückgekommen, aber wütend war ich immer noch. Es sah erst so aus, als wäre der Widerling nicht mehr da. Alles war still. Ich schlich mich in die Wohnung, und da fand ich euch. Der Kerl war gar nicht weg, er schlief, ihr habt alle geschlafen.

Jo hat mich nicht interessiert. Aber sie kam langsam zu sich, und ich musste sie zum Schweigen bringen, bevor sie diesen miesen Typen wecken konnte.

Du siehst also, was geschehen ist, war ganz verständlich. Wenn ihr nicht getan hättet, was ihr getan habt, hätte ich auch nicht getan, was ich schließlich tat.

Leb wohl, Ros. Es tut mir Leid, dass ich dir nur auf diese Weise nahe kommen konnte. Wenn wir uns in einem anderen Universum unter anderen Umständen begegnet wären und du meine Liebe erwidert hättest, hättest du feststellen können, dass sie etwas ganz Wundervolles ist. Aber für all das ist es jetzt zu spät.

Thomas.

37

Sie sagte: «Ich muss dir etwas erzählen.»

«Was denn?»

«Mir ist wieder eingefallen, was passiert ist. Alles. Durch den Brief ist alles irgendwie zurückgekehrt.»

«Du musst nicht darüber reden, wenn du nicht willst.»

«O doch. Ich will, dass du die Wahrheit erfährst.»

Sie kam an dem Tag früher von der Arbeit nach Hause, weil ihr das Handy gestohlen worden war. Jo hatte sich freigenommen, ursprünglich, um nach der Party die Wohnung aufzuräumen. Doch dann hatte Henson Ros angerufen und herausgefunden, dass Jo zu Hause war. Er war bei ihr vorbeigefahren.

Ros war hereingekommen und hatte Jo, nur mit einem Morgenmantel bekleidet, auf dem Sofa vorgefunden. Der Gürtel des Morgenmantels war um eins ihrer Handgelenke geschlungen.

Ros blieb wie angewurzelt stehen. «Himmel, Jo.»

«Ach, du bist's. Ich dachte, es wäre Gerry. Er ist nur kurz Zigaretten holen.»

«Ich dachte, du wolltest mit ihm Schluss machen.»

Sie seufzte. «Habe ich auch gedacht. Aber Gerry hat mich umgestimmt. Auf sehr einfallsreiche Weise. Armselig von mir, oder? Ich kann einfach nicht damit aufhören. Hast du die Fotos abgeholt?»

«Nein, habe ich vergessen. Ich habe früher Feierabend gemacht, weil mir das Handy geklaut wurde.»

Während Ros Jo die Sache mit dem Handy erzählte, kam Gerry mit Wein und Zigaretten zurück. Sie machten den Wein auf, und eins führte zum anderen. Später ging Ros nochmal aus dem Haus, um die Fotos abzuholen und neuen Wein zu besorgen. Und irgendwann schlug Jo vor, das flüssige Ecstasy zu nehmen, das sie beim Aufräumen nach der Party gefunden hatte. Sie kippten es in den Wein. Auf einmal waren sie alle sehr entspannt, hingen träge auf dem Sofa, ein Gewirr verschlungener Arme und Beine. Gerry war mit seiner Hand ganz unverhohlen in Jos Morgenmantel zugange, machte vor Ros' Augen mit ihr rum.

«Warst du in dem Moment eifersüchtig?»

Sie überlegte kurz. «Nicht eifersüchtig auf Jo, das nicht. Eher auf sie beide. Auf das, was sie hatten – was sie Jos Worten zufolge hatten.»

«Weiter.»

Jo hatte zu Ros hochgeschaut und gelächelt. Gerrys Hand steckte in ihrem Morgenmantel, umfasste ihre Brust, sein Daumen bewegte sich rhythmisch unter dem Baumwollstoff. «Wir bringen dich doch nicht in Verlegenheit, oder?»

«Natürlich nicht. Du hast doch sowieso keine Geheimnisse vor mir, schon vergessen?»

Gerry lachte. «Du erzählst ihr also immer alles, ja?»

«Ros und ich teilen alles miteinander», antwortete Jo.

«Alles?»

«Warum nicht?»

Jo fuhr ihm mit der Hand in die Hose. Von der Droge wurde Ros immer schwindeliger. Als sie die Augen schloss, hatte sie das Gefühl davonzugleiten. Wie aus weiter Ferne hörte sie Gerry sagen: «Ich weiß nicht, ob das, was ich zu geben habe, für euch beide reicht.»

Jo lachte. «Ich habe da nicht den geringsten Zweifel.»

Ros fühlte sich nervös, entspannt und abenteuerlustig zugleich. Sie schlug die Augen auf und trank noch ein Schlückchen von dem drogenversetzten Wein. Dann fragte sie: «Wie kommst du darauf, dass ich was von ihm will?»

Jo antwortete: «Probieren geht über studieren.» Und dann machten sich Hände an ihrer Bluse zu schaffen und knöpften sie auf, während andere Hände ihr den Rock von der Taille zogen, und sie war aufgeregt, ängstlich und erfüllt von künstlich erzeugter Liebe.

«Und?»

«Und nichts. Das war's. Ein volltrunkener Dreier unter Ecstasyeinfluss. Ich weiß noch, während er in mir war, ging mir durch den Kopf, dass sie danach mit ihm Schluss machen müsste. Diese Peinlichkeit konnte ihre Beziehung unmöglich überstehen.» Sie seufzte. «Ich glaube, ich fand ihn wohl schon länger irgendwie gut. Aber gleichzeitig ein bisschen widerlich, auch wenn das jetzt keinen Sinn ergibt. Ich stand hauptsächlich wegen Jo auf ihn. Ich wollte ihn mit ihren Augen sehen. Henson hatte sowieso schon immer mit mir geflirtet, wenn Jo nicht dabei war. Das war unser kleines Geheimnis. Deswegen habe ich das alles abgeblockt, aus schlechtem Gewissen, hinter ihrem Rücken mit ihm geflirtet zu haben.»

«Hat es dir Spaß gemacht? Ich meine, Sex mit ihm zu haben.»

«Eigentlich nicht. Es war lange nicht so genial, wie sie immer erzählt hatte. Aber gut, das ist es wahrscheinlich sowieso nicht, wenn Drogen im Spiel sind.»

Ich warf ein: «Komisch, irgendwie kommst du mir gar nicht vor wie die Art Mensch, die an solchen Dingen Spaß hat.»

«Hör zu, Bill.» Sie lachte freudlos. «Ich bin eine Kriminelle. Ich habe einen Meineid geschworen. Beihilfe zu einem Mord geleistet. Was macht es da noch für einen Unterschied, wenn ich einmal den Freund meiner besten Freundin rangelassen habe?»

Aber es machte einen Unterschied. Einen gewaltigen

Unterschied. Für Thomas jedenfalls, der draußen am Fenster lauerte und alles mit ansah.

Sie sagte: «Ich begreife immer noch nicht, wieso Gerry nicht die Polizei gerufen hat, als er zu sich kam.»

«Ich auch nicht. Es sei denn, er war so breit, dass er wirklich glaubte, sie selbst umgebracht zu haben. Aber wahrscheinlich ist er bloß in Panik geraten. Er wollte nicht, dass seine Frau oder sonst wer dahinter kam, dass er dort gewesen war. Also zerrte er ihren Körper unter die Dusche und versuchte, das Ganze wie einen Einbruch aussehen zu lassen. Wahrscheinlich hat er gedacht, du wärst auch tot.»

Sie seufzte. «Thomas hatte schon Recht. Er war ein Widerling.»

«Ein Widerling, der wegen einer Tat im Gefängnis sitzt, die er nicht verübt hat.»

Wir lagen nebeneinander im Bett, im Dunkeln.

«Ros, hör zu, was ich dir jetzt erkläre, ist wichtig. Als du im Gericht gesagt hast, du könntest dich erinnern, wie Henson dich vergewaltigte, war das nicht gelogen. Das war eine Konfabulation – ein Streich, den dein Gehirn dir gespielt hat. Du dachtest, es wäre die Wahrheit. Erst nach dem Prozess ist dir das mit Thomas eingefallen, und dann bist du direkt zu mir gekommen, um eine Aussage zu machen. Was Thomas betrifft, du hast seine Briefe nicht gelesen. Du hast sie direkt an mich weitergegeben. Du hast nichts verbrochen. Gar nichts.»

«Aber wieso sollte mir jemand dazu Fragen stellen?»

«Nur für den Notfall.»

Als Dr. Griffin ihr unterstellte, sich in meine Uniform verliebt zu haben, weil sie Schutz für sie symbolisierte, war das nur eine Seite der Medaille. Denn auch ich hatte mich in eine Uniform verliebt, nur dass diese in meinem Fall aus der schlabbrigen Jogginghose und dem Gap-T-Shirt aus den Beständen des Missbrauchsdezernats bestand. In ihr hatte ich endlich jemanden gefunden, den ich beschützen konnte.

Und das war auch immer noch so.

«Als ich seinen Müll durchwühlt habe, habe ich einige Fotos gefunden, die er von mir gemacht hatte. Sie waren, glaube ich, von einem Computer ausgedruckt.»

«Hat dich jemand dabei gesehen?»

«Eine Frau. Eine Nachbarin. Meinst du, das ist schlimm?»

Ich war todmüde, eigentlich war es ein Wunder, dass ich nicht schlafen konnte. Ich sagte: «Wir haben seinen Schlüssel. Am besten, wir gehen mal bei ihm vorbei.»

Ich fuhr mit ihr zu seiner Wohnung. Was zwar das Risiko barg, dass forensische Spuren von ihr in meinem Auto zurückblieben, aber das ließ sich nicht ändern. Ich wollte sie dabeihaben, falls irgendetwas passierte. Also band sie sich das Haar zurück und lehnte den Kopf nicht gegen die Kopfstütze. Mehr konnten wir nicht tun.

Sie dirigierte mich zu dem Apartmentblock, in dem er wohnte. Es schien alles ziemlich einfach zu sein. An seinem Schlüsselbund hingen nur vier Schlüssel, wir mussten also nicht allzu lange am Haustürschloss herumprobieren, was leicht hätte Verdacht erregen können.

Wir betraten seine Wohnung. Thomas Fraser war Raucher gewesen, und die Bude stank nach altem Zigarettenrauch. Überall lagen Kunstbücher verstreut. Auch Ölbilder lehnten hintereinander gestapelt an den Wänden, riesige Leinwände mit bunten modernen Porträts darauf, vermutlich von ihm selbst gemalt.

«O Gott», sagte Ros. «Das bin ja ich.» Sie streckte die Hand nach den Bildern aus.

«Nichts anrühren.»

Sie zog die Hand zurück. «Was sollen wir mit denen machen?»

«Zum Mitnehmen sind sie zu sperrig.»

«Ich werde Bleichmittel auftreiben», sagte sie. Sie ging in die Küche. Ich hielt Ausschau nach seinem Computer. Ich hatte auf einen Laptop gehofft, aber Fraser hatte einen großen, altmodischen Apple, so einen, wie ich ihn schon bei Designern und Leuten, die mit Graphik zu tun hatten, gesehen hatte. Ich hob ihn hoch. Er war unheimlich schwer. Ich stöpselte das Kabel zum Monitor aus. Den würden wir zwar nicht brauchen, doch mir war klar, dass, wenn der Bildschirm hier bliebe, man schnell bemerken könnte, dass jemand den Computer gestohlen hat. Wir mussten also beides mitnehmen.

Ros arbeitete sich methodisch durch die Leinwände, schrubbte die Oberfläche jedes einzelnen Bildes mit Bleichmittel ab. «So.» Sie drehte sich um und sah, wie ich mich mit dem Computer abmühte. «Ich mach dir die Tür auf.»

Ich kam gerade bis zur Treppe, wo ich keuchend stehen blieb und das Teil auf dem Geländer abstützte. Ros drückte den Knopf, um den Aufzug zu rufen.

«Nicht den Aufzug», schnaufte ich.

«Komm, ich nehm dir die Tastatur ab.»

Als wir fast im Erdgeschoss waren, hörten wir Stimmen. Wir warteten, bis sie fort waren, und setzten dann unseren Weg zur Haustür fort. «Ich hole den Wagen», sagte Ros. Da kam jemand durch die Haustür. Eine Frau. Ros streifte sie mit einem Blick, blieb aber nicht stehen.

«Was machen Sie da?», fragte die Frau mit schriller Stimme.

Ros antwortete schlagfertig: «Der muss zur Reparatur.»

«Sie waren schon mal hier. Sie haben im Abfall herumgewühlt. Ich habe Thomas darauf angesprochen.» Sie starrte uns vorwurfsvoll an. «Sie haben gesagt, Sie hätten einen Ohrring verloren. Thomas wusste nichts davon.»

«Wir sind Freunde von ihm.»

«Dann haben Sie wohl nichts dagegen, wenn ich ihn kurz frage.» Sie drückte einen Knopf an der Sprechanlage.

«Um ehrlich zu sein, wir sind von der Polizei. Wir entfernen diese Geräte zwecks näherer Untersuchung», entgegnete Ros.

«Können Sie sich ausweisen?»

Ich stellte den Computer ab und zog meinen Dienstausweis heraus. Sie betrachtete ihn. «Oh. Verstehe. Was ist denn passiert?»

«Darüber dürfen wir leider keine Auskunft geben. Die Ermittlungen laufen noch.»

«Wir hatten hier nämlich viele Einbrüche in letzter Zeit. Und man kann ja nicht vorsichtig genug sein, oder?»

«Schon in Ordnung. Es kann nie schaden, auf der Hut zu sein.» Ros hielt mir die Tür auf, und ich lud mir den Computer wieder auf die Arme.

Wir machten mit dem Auto unweit einer Müllkippe Halt und warfen den Computer aus dem Fenster. Kinder würden ihn finden und auseinander nehmen, um an Ersatzteile zu kommen. In wenigen Stunden würde nichts mehr von ihm übrig sein.

Sie sagte: «Diese Frau. Da ist mir ein dummer Fehler unterlaufen, oder?»

«War schon okay.»

«Ich hätte nicht sagen sollen, dass wir von der Polizei sind. Hätte nie damit gerechnet, dass sie nach einem Ausweis fragt.»

«Danach hat sie wenigstens den Mund gehalten.»

«Aber man wird doch auch sie befragen, oder? Früher oder später, wenn man rausfindet, dass Thomas Fraser verschwunden ist. Sie wird sich an uns erinnern, und dann erzählt sie es der Polizei.»

Ich antwortete: «Vielleicht ist sie dann gerade nicht zu Hause. Vielleicht wohnt sie im obersten Stock, und der Polizist, der die Befragungen durchführt, hat keine Lust, so weit hochzulatschen. Vielleicht erwähnt sie es auch gar nicht.»

«Vielleicht.»

Schweigend fuhren wir eine Weile vor uns hin. Dann sagte sie: «Aber wir können nicht sicher sein. Wenn wir ganz sichergehen wollten …»

Ich wurde zornig. «Ich bringe nicht noch jemanden um, Ros. Und schon gar nicht eine unbeteiligte, unschuldige Frau, die vielleicht noch nicht mal aussagen wird, dass sie gesehen hat, wie wir einen Computer aus Frasers Wohnung geholt haben.»

«Natürlich nicht», sagte sie hastig. «Das habe ich auch gar nicht gemeint.»

Wir fuhren weiter. Ich fragte nicht, was sie denn sonst gemeint hatte, und sie verriet es mir auch nicht. Und ich verriet ihr nicht, dass ich nur deshalb so zornig reagiert hatte, weil genau dieser Gedanke mir auch spontan gekommen war.

6
ROS

Wer die Wahrheit nicht fürchtet,
braucht auch die Lüge nicht zu fürchten.
Thomas Jefferson

38

Ich ging wieder ganz normal zur Arbeit. Gern würde ich sagen, dass mich Schuldgefühle quälten, aber dem war nicht so. Es war vorbei. Bill hatte mich gerettet. Bei der Arbeit an meinem jüngsten Projekt summte ich sogar vor mich hin.

Alex kam ins Labor und blieb wie angewurzelt stehen. «Mein Gott, Ros. Was ist denn mit dir passiert?»

«Ich hatte keine Lust mehr auf braune Haare, das ist alles.» Unsicher fasste ich mir an meinen neuen blonden Pagenschnitt. «Wie findest du's?»

«Es ist … na ja, mal was anderes. Aber es steht dir.»

«Danke sehr.»

«Und die Lippen auch. Himmel. Wo kommt denn das so plötzlich her?»

«Ich fand, es war mal Zeit für was Neues, mehr nicht.»

«Aha. Die Kleine ist verliebt.»

Ich gab ihm ein Küsschen auf die gegerbte Wange. «Nur glücklich.»

Am Nachmittag bekam ich einen Anruf von Kate, der Personalchefin. Sie bat mich, kurz zu ihr zu kommen. Ich ging nach unten in ihr Büro, wo ich Simon von der EDV und einen anderen Mann vorfand, der sich als Peter Thorpe, Polizeibeamter, vorstellte.

«Stimmt etwas nicht?», fragte ich. Es konnte nichts Ernstes sein, überlegte ich, nicht, wenn nur ein Beamter da war.

«Simon hat versucht festzustellen, von wem diese widerwärtige E-Mail stammte», sagte Kate. «Leider haben wir sehr beunruhigende Neuigkeiten. Möglicherweise wurde sie nämlich von einem Mitarbeiter der Gallery verschickt.»

Ich fragte mich, warum sie das schlimmer fand, als wenn

die E-Mail von jemandem gekommen wäre, der mich von außerhalb kannte. Sie sagte: «Wie Sie wissen, stellt es einen klaren Verstoß gegen die hausinternen Vorschriften dar, anstößige oder beleidigende Inhalte zu verbreiten. Wir können den Verantwortlichen umgehend suspendieren und die Angelegenheit, falls erforderlich, der Polizei übergeben.»

«Haben Sie das schon getan? Ihn suspendiert, meine ich?»

«Unser Problem ist, dass der fragliche Mitarbeiter diese Woche bislang nicht zur Arbeit erschienen ist.»

«Es ist ein Mann namens Thomas Fraser», setzte der Polizist hinzu. «Ich war selbst bei ihm zu Hause, und es scheint niemand dort zu sein.»

«Hat er Sie in irgendeiner Weise belästigt?», fragte Kate mich. «Sich irgendwie danebenbenommen oder Sie mit unerwünschter Aufmerksamkeit behelligt?»

Ich gab mich völlig verblüfft. «Nein», antwortete ich. «Er war immer sehr höflich.»

«Tja, der wird schon wieder auftauchen, ganz sicher», sagte der Polizist. «Ich warte noch eine Weile, ehe wir die Suchtrupps losschicken. Aber falls er sich bei Ihnen meldet, geben Sie mir dann Bescheid?»

«Natürlich», versicherte ich ihm.

Tage vergingen, dann Wochen. Wir hörten nichts, und ich glaubte beinahe schon, wir hätten die Sache ausgestanden. Aber es gab noch eine Sache, die wir ins Lot bringen mussten.

Eines Freitags im Dezember betrat Bill um sieben Uhr früh das Polizeirevier Paddington Green und ging zum

Empfangstresen. Ohne den Gruß des Dienst habenden Beamten zu erwidern, sagte er: «Ich bin hier, um eine formelle Aussage über eine sexuelle Beziehung zwischen mir und einer Person zu machen, die als Zeugin der Anklage beim Prozess gegen Gerry Henson aufgetreten ist.»

Ich bin im Labor, arbeite gerade an einem hübschen kleinen Bulleid, als ich durch die Glaswand zwei uniformierte Polizisten und eine Polizistin auf mich zukommen sehe. Ein weiterer Mann begleitet sie, der Kriminalbeamte in Zivil vom Dezernat Interne Ermittlungen, Scratton.

Ich bleibe ruhig. Es ist wichtig, die Adresse fertig zu schreiben und diese Proben versandfertig zu machen.

Er öffnet die Labortür und kommt herein. «Miss Taylor?»

«Moment bitte», sage ich kühl. Ich klebe sorgsam den Adressaufkleber auf den Umschlag und stehe auf, um ihn in den Postausgangskorb zu legen. «Ja?»

«Wir müssen uns im Revier mit Ihnen unterhalten.»

«Worüber denn?» Ich deute mit der Hand auf das Bild. «Ich habe sehr viel zu tun.»

«Ros Taylor, hiermit verhafte ich Sie …»

Er leiert den vorschriftsmäßigen Sermon herunter, wie einen versauten Limerick. Ich werde verhaftet. Nicht angeklagt, verhaftet. Den Unterschied kenne ich inzwischen. Aber die Leute, die jetzt hereingekommen sind und uns zusehen – Alex, Tricia, einer der Kuratoren, der mit offenem Mund dasteht –, kennen ihn nicht. Alex, der Gute, regt sich richtig auf. Einer der Polizisten muss ihn zurückhalten; kurz ist sogar die Rede davon, ihn auch zu verhaften, wegen Behinderung der Polizei.

«Herrgott nochmal», seufze ich. «Bringen wir es einfach hinter uns.»

Die Ärztin nimmt drei Blutproben. Ich spüre den winzigen Stich, als die Nadel sich in die weiche weiße Haut in meiner Armbeuge bohrt, Muskelgewebe verletzt und in die Vene gleitet. Die Phiolen, in die sie das Blut gibt, sind oben mit Farbstreifen versehen, violett, grau und rot, wie beim letzten Mal. Auf der rot gekennzeichneten Phiole befindet sich die Aufschrift: «ACHTUNG. Nur Serumproben. Röhrchen enthält keine Gerinnungshemmer. Für DNS violettes Glas verwenden.»

Ich unterschreibe das Formular, mit dem ich meine Einwilligung gebe. Ich strecke meine Hand vor, zur Untersuchung der Fingernägel mit den kurzen Zahnstochern aus Holz, die unter jedem Nagel entlanggeführt und dann sorgsam in einen Papierumschlag gesteckt werden. Die Ärztin ist nicht so behutsam wie Dr. Matthiesson. Aber vielleicht weiß sie auch, weshalb ich hier bin, und Mordverdächtige werden nicht so behutsam behandelt wie Vergewaltigungsopfer.

Sie suchen nicht bloß nach Spuren von Thomas Frasers DNS. Ich werde aufgefordert, ihnen sechs Schamhaare zu geben, in ein Glas zu spucken, mir die Nase mit einem sterilen Papiertuch zu putzen, mich auf die Liege zu legen, damit die Ärztin mir ein schmales Pedersen-Spekulum einführen kann, nur mit Salzlösung befeuchtet, weil die Abstriche durch Gleitmittel verfälscht werden könnten. Dass sie so viele Untersuchungen durchführen, ist ein gutes Zeichen. Denn das bedeutet, dass sie nicht recht wissen, woran ich schuldig bin, ob ich mit Bill oder Thomas geschlafen habe oder mit beiden, ob ich eine Mörderin bin oder eine Komplizin oder einfach nur ein Opfer.

Es heißt immer, die erste Lüge sei am schwersten, aber das stimmt nicht. Am kniffligsten ist die allerletzte Lüge, die man erzählt, um all die anderen Lügen zu decken, die Lügen, die man anderen Menschen erzählt hat, und die Lügen, die man sich selbst erzählt hat. Besonders die Lügen, die man sich selbst erzählt hat. Das sind die gefährlichen Lügen, die man kaum wahrnimmt, bis es zu spät dafür ist.

Ich werde in einen Vernehmungsraum geführt.

«Ich möchte Sie zunächst zu Ihrer Beziehung zu Detective Inspector Thomson befragen», sagt Scratton, als das Aufnahmegerät läuft.

«Ich habe über drei Monate eine sexuelle Beziehung mit Detective Inspector Thomson gehabt», antworte ich. «Sie fing vor dem Prozess an und endete bald danach.»

Scratton nimmt meine Worte mit versteinerter Miene auf. Ich gewinne den Eindruck, dass dies eigentlich seine Trumpfkarte hatte sein sollen. «Sie wissen, dass Sie diese Beziehung hätten offen legen müssen, sowohl dem Richter als auch Mr. Hensons Verteidigung gegenüber?»

«Ja.»

«Und dass in dem Fall Ihre Aussage für unzulässig erklärt worden wäre?»

«Ja.»

«Haben Sie Ihre Aussage zu irgendeinem Zeitpunkt mit Detective Inspector Thomson erörtert?»

«Nein», sage ich ruhig. «Meine Aussage haben wir nie erörtert. Ich habe vor Gericht nach bestem Wissen und Gewissen ausgesagt.»

«Und wahrheitsgemäß?», fragt er sarkastisch.

Ich sehe ihm in die Augen. «Und wahrheitsgemäß.»

«Wo ist Thomas Fraser, Ros?»

«Ich habe keine Ahnung.»

«Er ist nicht zur Arbeit gekommen. Niemand hat ihn bei sich zu Hause gesehen. Er hat seine Kreditkarten nicht mehr benutzt. Das alles werten wir als äußerst verdächtig.»

«Freut mich, dass Sie diese Anzeichen so ernst nehmen. Aber ich habe Thomas seit Wochen nicht mehr gesehen.»

«Was hatte Thomas Fraser mit dem Tod von Jo McCourt zu tun?» Das ist der zentrale Punkt, und das wissen wir beide. Wenn sie beweisen können, dass er Jo umgebracht hat, haben sie das Motiv gefunden, warum Bill und ich ihm nach dem Leben getrachtet haben.

«Gerry Henson hat Jo umgebracht. Ihre eigenen Beamten haben dafür Beweise gefunden.»

Seine Augen sind kalt. «Wir haben einen Durchsuchungsbefehl für Ihre Wohnung. Würden Sie uns bitte Ihren Schlüssel aushändigen?»

Ich reiche ihm den Schlüssel. «Wollen wir hoffen, dass sie ihre Sache besser als letztes Mal machen.»

«Sie werden ihre Sache hervorragend machen, glauben Sie mir.» Er kaut an einem Nagel herum. «Wir erheben Mordanklage gegen Bill Thomson», setzt er hinzu, fast wie einen nachträglichen Einfall.

Mehrere Stunden werde ich allein gelassen. Vermutlich warten sie erst ab, was die Beamten bei der Durchsuchung finden. Nichts, da bin ich mir ziemlich sicher. Aber ich weiß – wir alle wissen –, dass schon ein Haar genügt, ein mit bloßem Auge nicht zu erkennendes Blutströpfchen, ein Tropfen Schweiß, eine Träne.

Also warten wir.

Wir haben uns etwas versprochen, Bill und ich. Wenn wir das durchstehen, werden wir uns immer offen und ehrlich sagen, was wir denken, egal, wie schmerzhaft es ist oder in welches Licht es uns rückt.

Uns beiden kommt dieses Versprechen ungeheuer wichtig vor.

Ich friere in dem Overall aus Papier, den man mir als Bekleidung gegeben hat. Offenbar ein weiteres Zeichen für die unterschiedliche Behandlung von Vergewaltigungsopfern und Mörderinnen. Kein Jogginganzug von Gap ist mir angeboten worden, keine heiße Dusche, keine kostenlosen Toilettenartikel. Scratton kommt herein und setzt sich. Er gafft meine Brustwarzen an, die sich unter dem dünnen weißen Papier abzeichnen. Gut, denke ich. Vielleicht bringt ihn das aus dem Konzept.

«Bill Thomson hat soeben gestanden», sagt er ohne Umschweife.

«Was gestanden?»

«Alles. Die Manipulierung des Gerichtsverfahrens, den gemeinschaftlichen Entschluss zum Mord, die Beseitigung der Leiche.»

Ich kenne ihre Tricks. Ich lächle und schweige. Ich weiß sehr wohl, dass Bill nichts dergleichen getan hat.

Es vergehen Stunden. Scratton geht hinaus und kommt wieder zurück. Er bringt etwas in einem durchsichtigen Beweishefter mit. Er grinst mir zu. Dieses Grinsen gefällt mir nicht. Er sollte nicht fröhlich sein, er sollte feindselig, wütend und frustriert sein.

«Tja, wir haben Ihre Wohnung durchsucht», sagt er.

«Und Sie haben nichts gefunden.»

«Nein», bestätigt er, «bis jetzt noch nicht. Obwohl uns noch achtzehn Stunden bleiben, ehe wir Sie laufen lassen müssen.» Er setzt sich hin und schaut den Beweishefter an. «Was ich hier habe, Ros, sind eine Reihe von E-Mails zwischen Ihnen und Thomas Fraser. Sie befanden sich auf dem Computerserver an Ihrem Arbeitsplatz der National Gallery. E-Mails lassen sich nämlich nicht löschen. Sie werden automatisch gespeichert.»

«Ja, weiß ich. Thomas hat mir E-Mails geschickt. Na und?»

«Es handelt sich nicht nur um die E-Mails, die er Ihnen geschickt hat. Das sind die E-Mails, die Sie ihm geschickt haben. Und aus denen geht ganz eindeutig hervor, dass Sie ihn vor zwei Wochen zum Sex in Ihre Wohnung eingeladen haben.» Triumphierend schaut er mich an. «Warum haben Sie das getan?»

«Ist ja wohl kein Verbrechen, seinen Freund zu sich zum Sex einzuladen.»

«Fraser war Ihr Freund?»

«Nun – mein Liebhaber. Für kurze Zeit.»

Er blinzelt. «War das vor, nach oder während Ihrer Beziehung mit D. I. Thomson?»

«Danach natürlich.»

«Das haben Sie bisher nicht erwähnt», sagt er vorwurfsvoll.

«Sie haben nicht danach gefragt.»

Er schüttelt den Kopf. «Das zieht nicht, Ros. In dieser

E-Mail ist die Rede von Schlaftabletten, Kerzen, unverriegelten Fenstern. Kaum die Sorte Brief, die man einem Liebhaber schreiben würde.»

«Es war keine konventionelle Beziehung. Um es unverblümt zu sagen, Mr. Scratton, Thomas und ich teilen ein Interesse an Sadomasochismus. Was Sie da vorliegen haben», ich nicke in Richtung des Hefters, «ist nur eine Phantasie. Ein Spiel.»

«Wollen Sie mir ernsthaft weismachen», fragt Scratton ungläubig, «dieses Szenario törnt Sie an, nachdem Sie selbst vergewaltigt worden sind?»

«Das kommt manchmal vor, glaube ich. Fragen Sie Dr. Griffin. Das nennt sich Ausagieren. Oder so ähnlich.»

Er schüttelt den Kopf. «Und die pornographische E-Mail, die er in der Gallery herumgeschickt hat? Die anonymen Briefe?»

«Alles Teil desselben Spiels.»

«Nein», sagt er entschieden. «Sie hatten nie die Absicht, in jener Nacht mit Thomas Fraser zu schlafen. Es war eine Falle. Sie haben ihn in Ihre Wohnung gelockt, wo D. I. Thomson schon wartete. Sie haben ihn dort gemeinsam umgebracht und hinterher den Leichnam beseitigt.»

«Für diese Unterstellung gibt es keinerlei Beweise, und das wissen Sie. Aber Sie müssten», sage ich, «da Sie ja meine Wohnung durchsucht haben, das Tagebuch gefunden haben, das ich auf Aufforderung von Dr. Griffin geführt habe. Sie werden feststellen, dass alles, was ich gesagt habe, durch die täglichen Einträge bestätigt wird.»

«Wie überaus praktisch», höhnt er und fixiert mich. Ich starre zurück. Er senkt den Blick als Erster, blättert in dem Hefter herum.

«Dann ist da noch eine E-Mail», sagt er schließlich, «in der er Sie auffordert, Testergebnisse im Hinblick auf ein Bild zu fälschen.»

«Ach ja?»

«Ja. Wie können Sie das erklären, Miss Taylor?»

«Alles Teil desselben Spiels.»

«Nur, dass es hier Beweise geben wird.» Er wirkt fast eifrig. Er glaubt, jetzt hätte er mich. «Ja. Das ist Ihr Fehler, genau hier. Sie haben es so aussehen lassen, als wäre dieses Bild, dieser Oudry, eine Fälschung. Wir kriegen Sie wegen Verabredung zum Betrug.»

«Und wenn Sie feststellen, dass es dafür keine Beweise gibt, müssen Sie diesen Unsinn fallen lassen, nicht wahr?»

«Wir werden das genau prüfen.»

«Bitte schön. Tatsächlich finden Sie alle Unterlagen dazu in der obersten Schublade in meinem Schreibtisch. Ich habe sie neulich erst noch durchgesehen. Bei einigen Ergebnissen ist ein Problem aufgetreten.»

«Was für ein Problem?»

«Ein falsches Negativergebnis. Komischerweise», sage ich, «sah es zeitweilig nämlich ganz so aus, als könnte das Bild eine Fälschung sein. Aber als ich die Tests habe wiederholen lassen, stellte sich heraus, dass es absolut echt ist.»

Scratton sieht aus, als hätte er in eine Zitrone gebissen. «Sie wurden dabei gesehen, wie Sie einen Computer aus Thomas Frasers Wohnung entfernten.»

«Ich doch nicht.»

«Wir führen eine Gegenüberstellung durch.» Sein Blick fährt hoch zu meinen blonden Haaren. «Wir können Ihnen eine Perücke überstülpen, das wissen Sie.»

«Nur zu», sage ich zu ihm. «Tun Sie, was Sie wollen.»

Plötzlich reißt ihm der Geduldsfaden. Er lässt die Hand vorschnellen und stellt das Aufnahmegerät ab. Er packt mich am Kragen des Overalls und zieht mich zu sich über den Tisch, so ruppig, dass das Gewebe einreißt. Er starrt mir direkt in die Augen. Ich spüre echte Wut bei ihm und bekomme Angst, weiß nicht, wozu er imstande sein könnte.

«Wissen Sie, was ich an Ihnen wirklich verabscheue, verdammte Scheiße?», zischt er.

«Ich habe so das Gefühl, Sie verraten es mir jetzt.»

«Ich kannte Bill Thomson, bevor er Sie kennen gelernt hat. Er hatte alles, was einen guten Polizisten ausmacht. Ein bisschen naiv vielleicht, ein bisschen zu sehr darauf versessen, alles ganz genau zu machen. Aber ein guter Mann. Und Sie, Sie kleines Miststück, Sie haben einen miesen Lügner aus ihm gemacht.» Er lässt mich los. Er schlägt sich mit der Faust in die Hand, fest. Dann steht er unvermittelt auf und geht zur Tür.

Ich rufe ihm nach: «Nein. Sie irren sich. Schuld daran sind Sie.»

Noch vierzehn Stunden. Sie lassen nicht locker. Probieren es abwechselnd mit Einschüchterung, Suggestion und gutem Zureden. Sie bearbeiten Bill, versuchen, ihm irgendetwas zu entlocken, was sie bei mir benutzen können, und dann kommen sie wieder, um zu sehen, ob ich ihnen irgendetwas liefere, was sie bei ihm benutzen können. Und als all das nicht zieht, werden sie nachtragend. Da sie uns nichts konkret anhängen können, versuchen sie, uns zu zerstören. Sie erzählen mir Sachen, die Bill angeblich über mich gesagt hat, schildern mir seine vorgeblichen Schandtaten: Prostituierte, von denen er es sich gratis hat besorgen lassen, Verdächtige, die er krankenhausreif geschlagen hat, eine ganze Phalanx von Frauen, die er angeblich vernascht und dann eiskalt hat abblitzen lassen. Sogar eine arme kleine Polizistin wird herangeschafft, die behauptet, er steige seit Monaten mit ihr ins Bett, ob er mir das nicht erzählt habe. Ich sorge mich nur darum, wie er umgekehrt mit denselben schäbigen Tricks klarkommt.

Und dann ist es ganz plötzlich vorbei. Ich kann gehen. «Fürs Erste», sagt Scratton barsch, um seine Niederlage mit einer kleinen Drohung wettzumachen.

Ich verlasse das Gebäude. Auf der Edgware Road ist es dunkel. Über uns auf dem Westway staut sich der Verkehr; ein Krankenwagen lässt seine Sirene aufheulen, um sich einen Weg hindurchzubahnen.

Er wartet an der Unterführung, das Gesicht dunkel von Bartstoppeln und Erschöpfung. Als ich über die Straße auf ihn zulaufe, breitet er die Arme aus und tritt einen Schritt vom Gehweg herunter, um mich in Empfang zu nehmen. Und ich weiß, was immer geschehen mag, wo immer es uns hinverschlagen mag, dass ich ihn immer so in Erinnerung behalten werde, wie er mir jetzt entgegentritt, mit weit ausgebreiteten Armen, wie ein Mann, der von einem Kreuz heruntersteigt.

Er nimmt mich in die Arme und fragt: «Alles in Ordnung mit dir?»

«Wird schon wieder», sage ich. Ich schlinge ihm den Arm um die Taille. Betrunkene kommen uns auf der Straße entgegen, torkeln auf die Fahrbahn. Wir erregen weiter kein Aufsehen, als wir gegeneinander gelehnt die Straße hinaufstolpern.

ENDE

NACHWORT

Wie eingangs angemerkt, beruht «Auf meiner Haut» auf einer wahren Geschichte. Über einzelne Teile dieser Geschichte wurde in den letzten zwei Jahren in verschiedenen Zeitungen berichtet, ohne dass je eine Verbindung zwischen ihnen hergestellt werden konnte. Zunächst erwog ich, den Fall als wahres Verbrechen zu dokumentieren, aber nachdem ich zahlreiche Gespräche mit Anwälten geführt hatte, entschied ich, dass eine fiktionalisierte Darstellung meiner Absicht ebenso gut dienen und das Risiko einer Klage mindern würde. So konnte ich außerdem diverse Wissenslücken mit eigenen Spekulationen füllen.

Die Figur, die ich «Gerry Henson» genannt habe, saß mehrere Monate im Gefängnis Wandsworth ein, zunächst in U-Haft, dann in Erwartung der Berufungsverhandlung. Seine Verurteilung wurde für nicht haltbar erklärt, nachdem ans Licht gekommen war, dass die entscheidende Aussage im Prozess eine Lüge gewesen war. Er kam wenig später frei und hat mit der Staatsanwaltschaft eine Einigung hinsichtlich einer Entschädigung finden können.

«Bill Thomson» wurde wegen groben Fehlverhaltens aus dem Polizeidienst entlassen, jedoch nie wegen einer Straftat angeklagt. «Ros Taylor» gab ihre Tätigkeit in der Gallery bald darauf auf. Der derzeitige Aufenthaltsort der beiden ist unbekannt. Vor einigen Monaten allerdings wurde mir von einer meiner Kontaktpersonen in der National Gallery ein hochinteressanter Artikel aus dem *Burlington Magazine* zugeschickt, der berichtete, dass ein kleines Gemälde von Bulleid in jüngster Zeit bei Sotheby's für über anderthalb Millionen Pfund versteigert worden sei. Der Artikel merkte an, das Bild habe beim letzten Mal für gerade viertausend Pfund den Besitzer gewechselt, nachdem es nach zahlreichen wissenschaftlichen Tests als Fälschung eingestuft worden war, und zwar durch keine geringere Instanz als die Abteilung Forschung und Konservierung der National Gallery. Die neuen Besitzer hätten dann bei einem ebenso angesehenen Labor in den Vereinigten Staaten eine neue Testreihe in Auftrag gegeben, die die Echtheit des Bildes belegt habe. Der Artikel im *Burlington* merkte ironisch an, diese Episode beweise, «dass Wissenschaftler gelegentlich ebenso fehlbar wie Kunsthistoriker sind, wenn es darum geht, Fälschungen nachzuweisen». Die glücklichen Besitzer wurden in dem Artikel nicht namentlich genannt, es wurde nur gesagt, dass sie auf Zypern lebten. Der türkische Teil Zyperns hat interessanterweise kein Auslieferungsabkommen mit Großbritannien.

Der Fälscher John Drewe wurde 1998 zu sechs Jahren Haft verurteilt und zwei Jahre später auf freien Fuß gesetzt. Nach Einschätzung der Polizei befinden sich mindestens einhundertvierzig von ihm veräußerte Fälschungen weiter in Umlauf. Meines Wissens jedoch ist keine davon je in den Besitz der National Gallery gelangt.

«Alice Turnbull» arbeitet immer noch als Beamtin im Dezernat Sexualdelikte. Sie hat letztes Jahr geheiratet und befindet sich derzeit in Mutterschaftsurlaub. Für ihre Hilfe bei der Abfassung dieses Berichts bin ich ihr sehr dankbar.

Dankbar bin ich außerdem Jill Robertson, die mir als Erste von Ros erzählt hat; dem «Recorder of London», dem Richter Michael Hyam, der freundlicherweise einen Blick auf meine Gerichtsszenen geworfen und mir einige meiner Verfahrensirrtümer aufgezeigt hat – von denen bestimmt nicht alle ausgemerzt sind; Ros' Freunden, Cecile Beaufils und Bobby Thomson, die das Manuskript gelesen und viele hilfreiche Anmerkungen beigesteuert haben; und den tapferen Überlebenden von www.aftertherain.com.

B 110/1

Zwielichter der Großstadt – Mord in der Metropole

Boris Meyn
Die Bilderjäger
3-499-23196-4
Ein Kunstwerk verschwindet, eine Leiche taucht auf. Und bei einer wird es nicht bleiben. Aber ist die erotische Zeichnung von Modigliani wirklich so wertvoll, dass mehrere Menschen dafür sterben müssen? Wer außer der jungen Kunsthistorikerin Grit jagt eigentlich noch hinter der Mappe mit den nackten Tatsachen her? Was haben Schweizer Banken und Museen in Amerika mit der Sache zu tun? Und ist es wirklich nur Dankbarkeit, was Grit gegenüber dem Taxifahrer Zart empfindet, der sie kundig durch die Villenviertel und Schmuddelecken von Hamburg kutschiert?

Dick van den Heuvel/
Simon de Waal
Mord im Revue-Palast
3-499-23697-4

Marion Schwarzwälder
Backstage
Ein Fall für Oshinski und März
3-499-23640-0

Volker Albers
Tod am Kai
Tatort Hafen: Wasserleichen und andere Abgänge ...

3-499-23425-4

Weitere Informationen in der Rowohlt Revue oder unter www.rororo.de